中国古典文学绝妙书系

绝 妙 小 说

副主编 苟人民

主 编 邓绍基

时代文艺出版社

第一册

中国古典文学绝妙书系

绝妙小说

主　　编:邓绍基

副 主 编:苟人民

责任编辑:邓淑杰

责任校对:邓淑杰

装帧设计:龙震海

出　　版:时代文艺出版社

　　　　　(长春市泰来街 1825 号　邮编:130062　电话:86012927)

发　　行:时代文艺出版社

印　　刷:三河市灵山装订厂

开　　本:850×1168 毫米　32 开

字　　数:400 千字

印　　张:20

版　　次:2011 年 5 月第 2 版

印　　次:2011 年 5 月第 3 次印刷

书　　号:ISBN 978 - 7 - 5387 - 0977 - 3

定　　价:119.20 元(全 4 册)

目　录

第一册

邓绍基

第二册

前　言

邓绍基

　　元人曾把他们的"元曲"和"唐诗"、"宋词"并称。清人焦循在《易余籥录》中提出"一代还其一代之所胜"也即"代有所胜"的看法，但他认为"洵可继楚骚、汉赋、唐诗、宋词、元曲以立一门户"的明人写作业绩却是八股文。而在焦循以前，明末人卓人月在《古今词统序》中却说："我明诗让唐，词让宋，曲让元，庶几吴歌、挂枝儿、罗江怨、打枣竿、银绞丝之类，为我明一绝耳！"他们似乎都不把明代小说放在眼里。事实上，我国的白话小说创作的大繁荣时期正是有明一代。就实际的业绩和成就而言，明代的白话小说在中国文学史上的地位确实比同时期的诗文显得重要，也足以把它同"唐诗"、"宋词"和"元曲"并称。"五四"以来，文学史家大抵认为明代是小说和戏曲的时代。这也是对明代文学成就的一种基本估计。清代的白话小说继续繁荣，文言小说也兴旺发达，并都有卓越成就，这也是文学史所昭示的事实。

　　《绝妙小说》作为明清白话小说的一种选本，出于种种考虑，没有选录长篇小说，事实上也难以选录，而只挑择短篇入选。为了说明问题的方便，这里需要追溯这种文学样式的源头。

　　白话小说的起源要追溯到唐代。那时，伴随着传奇小说的繁荣，出现"市人小说"又叫"说话"，是讲说故事的一种社会娱乐活动。到了宋代，这种社会娱乐活动大为盛行。根据记载，宋代开封、杭州等城市里设有"瓦市"，又叫"瓦子"，相当于近代的综合游乐场所。"瓦舍"有演出各种技艺的勾栏，说话就是其中一种重要的技艺，当时甚至还有专门表演说话的勾栏。此外，流动卖艺的说话人，当时叫"打野呵"的，为数当更多。所谓"说话"，就是使用当时人们流行的口语来讲述故事，这种口语后来就叫白语。宋代白话小说主要以口头说讲形式出现，而不像此前的志怪小说、志人小说、传奇小说等文言小说那样一开始就是书面文学。即使说话人有底本，但他们并非借底本来吸引读者，而是靠说讲来招揽观众。"话本"这一名称也并非专指说话人的底本，通常它是故事的意思。关于宋代"说话"的分类，有不同的说法。吴自牧《梦粱录》记有"四家数"：小说、说经、讲史和合生。从小说历史发展来看，小说和讲史是最重要的两家，它们的出现和发展形成了中国白话小说的独特传统。说经在当时和后来始终保留着说唱的特点，和弹词、鼓词等说唱文学近似。合生在当时究竟是什么样的面貌，历来无确切而一致的看法，至少它同我们今天所讲的小说并无关系。宋代的说话既有长篇，也有短篇；在习惯上，长篇叫作平话，短篇叫作小说。

　　白话小说在宋代发达起来，这是文学史上划时代的大事，有十分重要的意义。从形式上说，它是改变了我国历史发展进程中书面创作和口头语言越来越脱节的情况而出现的新兴文学样式。从内容上说，它的一个最大的特点是描写了城市市民的生活，并且反映了他们的思想感情，甚至市民阶层的人物成为作品的主人公，成为作品歌颂的对象。中国文学史上这时出现了真正的"市民文学"。

　　由于文献资料的缺乏，现存较早的白话小说集又大抵是元代刻本，判断具体作品的年代比较困难，一般就把早期的白话短篇小说叫作宋元话本。元代说话也比较盛行，这是见之于的记载；事实上，一直到近代，说话也还是流行的文艺样式之一，不过主要是长篇平话，很少短篇话本罢了。

随着话本小说的刊行和流传，宋元以来又出现了拟话本，在体制上一如话本小说，不过它并不是专供说话人用的。为了和说话人的话本相区别，人们就叫它为拟话本。习惯上的用法又只指短篇，只把明中叶以后产生的大量的白话短篇小说叫作拟话本。现在逐渐已不采用这个名称了。因为从广义上说，直到五四运动前后受西方小说影响的新小说出现以前，许多小说都是在不同程度上保留着话本体制的，莫非都叫拟话本？

明代的白话短篇小说中最著名的是冯梦龙的"三言"，即《喻世明言》、《警世通言》和《醒世恒言》的合称，其中《喻世明言》又称《古今小说》。也有一种看法，认为《古今小说》不是仅指《喻世明言》，而是"三言"的总称。稍后有凌濛初的"二拍"，即《初刻拍案惊奇》和《二刻拍案惊奇》的合称。"三言"中选录了一些宋元话本，但大抵经过冯梦龙或其他人的修改，也收集了更多的明人写的话本体小说，其中可以确切考知是冯梦龙撰写的作品虽然不多，但推想应有相当一部分作品出自他手。"二拍"大都是凌濛初自己所创作。

文学史家通常把"三言"和"二拍"并称，倒也不是把它们等量齐观，"三言"成就在"二拍"之上，几乎已是学界公论。现在有"三言二拍一型"的说法，"一型"是指《型世言》，这是前些年在韩国发现的，早先我们只知道有《幻影》一名《型世奇观》，又称《三刻拍案惊奇》，现在才知道它来自《型世言》。所以这部《型世言》的发现有着重要意义。当然，它的成就远逊于"三言"。

"三言""二拍"题材广泛，内容丰富，但它们的最主要的特点是描写和反映市民生活。而反映市民生活的最鲜明的一个特色是城市中的商人、手工业者大量地作为作品里的正面主人公出现。这里面，有各种商人：买卖珠宝的、贩运布匹的和海外经商的等等，有小手工业者、机户、和工匠等等，还有挑担卖油和提篮售姜等各式小贩。最值得人们注意的是其中一些作品描写市民正面人物的真实性，这种真实性最突出的表现在一些商人的描写上。《转运汉巧遇洞庭红》就是描写商人出海经商的作品，在绝大的程度上，这篇作品是反映了商人海外冒险的美妙理想（它不只是反映破产小商人的发财幻想）。小说中的主人公文若虚在国内经商失败，陷于破产境地，甚至由此得到了"倒运汉"的浑名。一次偶然的机会，他搭一伙"拚死"走海道的商人的船只出海，博得重利，换来一千个银钱（每个重八钱七分多）；还在荒岛获得珍宝，回国卖得五万多两银子，就此成了大富商。于是家乡也不要了，就在沿海之地"重立家园"，做一个殷实富户。

文若虚出海前的境地、心情，在海外发财的遭遇，发了财后"重立家园"的做法，对海外冒险者来说，都是具有诱惑力的。不管这个作品内容的虚构程度怎样，我们说它是反映当时商人的海外冒险事迹的代表作品，应该不能算作是夸大的说法。

海外冒险一般说来是行商的一种致富目标，屯积居奇却是坐商的重要手段。《叠居奇程客得助　三救厄海神显灵》中反映的就是坐商的经营心态。徽州商人程宰因经营失败，流落在关外，为人家掌账。在凄凉的岁月中，得到了辽阳海神（女神）的垂青，和他成了夫妻。对于一个商人来说，程宰必然要向海神吐露"本业"的要求。于是依靠了海神的帮助，程宰发了大财。值得注意的是，海神并不像一般传说中的用平空摄取若干金银的方法来帮助程宰，却劝他不要指望飞来横财，海神指点的是屯积居奇的"路径"。果然，程宰先屯黄柏、大黄，次屯五百足丝缎，再屯六千多足粗布，每次赚钱，四五年间，由十来两本银赚到五十万两。程宰屯积货物时的"预见性"虽然还是依靠了海神的指点，但这"指点"总是表现了商人的一种心态，这种心态也正表现了商人精神世界的特色。

在一些描写市民生活的小说中，还特别值得指出来的是关于对商人的"本业"的公开赞扬，商人对自己事业的自豪感已堂而皇之的被提出来。《乌将军一饭必酬　陈大郎三人重会》的"入话"中叙述了苏州王生行商的经遇。王生经商失败，丧气灰心。但他的婶母却不因侄儿经商活动中的两番挫折而失望，仍加以鼓励，说："不可因此两番堕落了家传行业"。并且为侄儿重新准备银两，要他第三次出门，往南京行商。很清楚，杨氏对她侄儿进行的劝导和鼓励，是从一个坚定的信念出发的，这就是确信他们商人的"家传行业"。

当我们读到这些描写的时候，它使我们想起在某些古代文学作品中常出现的把科举仕途视作是世业的人们的口吻，那种以世代无白衣卿相为骄傲的自豪感。这两者是一种极有意义的对比。从观照中我们更可发现，这些白话小说作品确实带来了和以前的文学作品不同的、新鲜的气息。

"三言""二拍"中有不少描写爱情、婚姻故事的作品，如《杜十娘怒沉百宝箱》、《卖油郎独占花魁》、《玉堂春落难逢夫》、《王娇鸾百年长恨》、《蒋兴哥重会珍珠衫》和《焦文姬生仇死报》等等，像《杜十娘怒沉百宝箱》那样精美的作品，和国外的同样描写妓女的《羊脂球》这样的小说完全可以相并列入世界名作之林。像《蒋兴哥重会珍珠衫》那样的小说也属新颖之作，它描写王三巧既爱丈夫，又爱情人，它描写蒋兴哥既要休妻,又不忍明言,还承担远离妻子的责任,这些从错综复杂的生活现实和凡人性格出发的描写,表现出"平常心"和人情味的描写确实离开了封建道德观念,离开了充斥于社会也充斥于文学作品中的片面要求于妇女的贞节观念,因而显得新颖。

如果说,《杜十娘怒沉百宝箱》中洋溢着女主人公的人格光采,那么,就表现人格平等而言,《卖油郎独占花魁》中描写秦重对莘瑶琴的爱是炫人耳目。

街头卖油的小贩秦重要想博得在王孙公子宠爱下的"花魁"莘瑶琴的爱情看来是"奇想"。然而秦重奇想实现了。实现奇想的关键不是靠秦重有钱(他并没有百万家私),也不是靠他的社会地位(他的社会地位是"卑贱"的小贩),秦重纯粹是凭着一颗真心尊重莘瑶琴的人格,以平等的态度对待她、爱护她、怜惜她、体贴她,莘瑶琴把秦重的真心与王孙公子对待她的行径作了对比后,真正感到秦重对她命运的重要性,就主动向他说:"我要嫁你"。

秦重的社会地位,在夺取莘瑶琴的爱情过程中似乎是无力的,但实际上却是有力的。不能设想莘瑶琴会真正喜欢秦重的小贩身份,甚至在她的思想中,秦重的"卑贱"的社会地位和他的忠厚老实的品格是矛盾而不能统一的。她第一次和秦重见面以后产生的犹疑应是这种"矛盾"的最好说明:"难得这好人,又忠厚,又老实,又且知情识趣,隐恶扬善,千百中难遇此一人。可惜是市井之辈。若是衣冠子弟,情愿委身事之"。最后她嫁给秦重却又正是考虑到秦重的真心的爱情的可贵,从而压倒了歧视"市井之辈"的思想。她不可能知道秦重的真心的爱情正是与他的社会地位有密切的关系。正是秦重的"市井之辈"的身份,决定他不可能用地位、金钱去取得爱情,他只能凭着个人的真心去换取莘瑶琴的心。这点,连秦重自己恐怕也难以自觉认识。然而，就在这点上，我们却发现了明代白话小说描写市民爱情生活的又一种特色。当然，这种城市平民用自己的真诚的人格和真诚的感情去击败当时牢牢地附着在爱情、婚姻上的地位、门第观念的描写是理想的，但它确实又同市民社会力量的壮大联系着的，因此又是现实的。

比较露骨的性描写是"三言""二拍"中一部分白话小说中比较普遍的现象，人们固然不必像道学先生那样不问青红皂白地去指责和诋毁，但值得人们思考的是，正是在闪耀着市民平等人格光彩的《卖油郎独占花魁》和《杜十娘怒沉百宝箱》中，并没有这种描写，如果作者愿意，他们是完全可以插入这种描写的。读者看到，当秦重第一次去花魁处，适逢她大醉，秦重守护了她一宵，这里只有温情的照顾，殷勤的服侍，唯独没有猥亵的意念。看来，恰当地批评话本小说中的那些猥亵描写，在普及性的选本中作适当删节，未必是可作可不作的，或者说，还是有某种必要的。

大家都知道，话本小说在它发展过程中，艺术描写上也是越趋成熟的，明代话本体小说中的优秀篇章吸收了话本艺术的特点而更有发展，表现得更加细致。大体上说来，它们有这样一些主要的特点：

一、细节描写更加细致生动。举凡人物性格的复杂性和多样化，人物思想的微妙的变化，环境的衬托和氛围的渲染等等方面，都有了很大的发展。

二、更加善于用行动表现人物。往往有许多精彩的片段，精雕细琢地刻画人物的行动，但这些片段又都不是孤立的，游离的，而是全篇情节的有机组成部分，是推动故事向前发展的必不可少的环节。

三、故事情节十分讲究。有悬念，有伏笔，对读者有巨大的吸引力。故事的铺述力求曲折多变，避免单调、平淡，常常是一波未平，一波又起，一环扣紧一环，一步逼紧一步。巧合更是常用的手法。在一些优秀的作品中，这种巧合看来仿佛带有一定的偶然性，但并不违反它所反映社会生活的真实。

四、大量写人物的对话，写得生动活泼，贴合人物的身分，具有性格化的特色，成为表现人物性格的一种重要的艺术手段。在叙述中则多引用俗话，运用比喻，收到风趣而又更贴近生活的效果。

五、篇幅增长，主题集中。宋元话本往往在不同的程度上有文字较简，情节枝蔓，以致主题不够鲜明集中之病。明代作品大都较好地避免了这一局限。不少作品都篇幅较长，而不枝不蔓，分别扣紧各自中心人物和中心故事叙述描写，细致而紧凑，较少游辞赘语，也较少游离的情节。

六、心理描写大量增加，这就更加越过了早期话本只用三言二语来勾勒人物性格的传统手法。这种趋势既是对传统的发展，也是一种内在的深化。

关于细节描绘和心理描写，可举《卖油郎独占花魁》中秦重初次去见莘瑶琴的描写为例：

秦重心下想到："除去三两本钱，余下的做一夜花柳之费，还是有余。"又想道："这样散碎银子，怎好出手！拿出来也被人看低了！见成倾银店中方便，何不倾成锭儿，还觉冠冕。"当下兑足十两，倾成一个足色大锭，再把一两八钱，倾成水丝一小锭，剩下四两二钱之数，拈一小块，还了火钱，又将几钱银子，置下镶鞋净袜，新褶了一顶万字头巾。回到家中，把衣服浆洗得干干净净，买几根安息香，薰了又薰。拣个晴明好日，侵早打扮起来。……秦重打扮得齐齐整整，取银两藏于袖中，把房门锁了，一径望王九妈家而来。那一时好不高兴，及至到了门首，愧心复萌，想道："时常挑了担子在他家卖油，今日忽地去……"正在踌躇之际，只听得呀的一声门响，王九妈走将出来……

这段文字把秦重的精细、志诚和谦卑生动地表现了出来。明代白话小说这样写人物性格和心理的不在少数，标志了明代白话短篇小说作者塑造人物艺术手法的进步与成熟。

"三言"和"二拍"不仅是明代白话短篇小说的精萃，在很大的程度上，它们也代表了我国古代短篇白话小说的最高成就。这也就是为什么这个选集侧重从这两个作品集中选录的原因。

"三言"和"二拍"在当时很畅销，据凌濛初的《初刻》和《二刻》的序文中说，书商见到"三言""行世颇捷"，于是向凌濛初谋求印行《初刻》，"贾人一试之有效，谋再试之"，于是又谋求于作者，赶快印行《二刻》。畅销书未必就是有意义的成功的作品，但"三言""二拍"这五种代表着古代短篇白话小说最高成就的小说集的畅销，又是描写和美颂市民和商人的小说集本身成为商品而畅销，却又正是文学史上的一种佳话。

在"二拍"问世的同时和稍后，又出现了不少白话短篇小说集，比较著名的有陆人龙的《型世言》、天然痴叟的《石点头》、周揖的《西湖二集》和金木散人的《鼓掌绝尘》等。到了清代，这类小说集继续出现，而且数量较多，其中比较著名的有东鲁古狂生的《醉醒石》、李渔的《十二楼》、酌元亭主人的《照世杯》和艾衲居士的《豆棚闲话》等。就总体而言，这类小说的内容和题材依然相当广泛，其间有些作品的篇幅较明代小说有所增长，有的还潜心于各篇间的联系，摹拟宋元话本的痕迹逐渐减少，有的作品集的语言更加文人化，文言成份增多，乃至半文半白。从积极方面说，作家个人风格明显呈露，从消极方面说，话本优良传统逐渐削弱。

对"三言""二拍"以后的明清白话短篇，我们这本选集也酌量选收，但大抵止于清初的作品，因为清代中叶以后，白话短篇呈衰微之势，几无佳作出现了。

这个选本是由我和苟人民君合作选注的，我们共同商定了选目，苟人民君承担注解工作，最后由我通读定稿，在定稿过程中，在不同的程度上作了修改和补订。限于我们的学识和水平，这个选本当会存在错误和不足，恳请专家和读者多予指正。

冯梦龙（1574—1646）

　　字犹龙，一字子犹，又字耳犹，别号龙子犹，又尝自称冯仲子。因其室名墨憨斋，故常自题为墨憨斋主人。别署更多，如顾曲散人、吴下词奴和姑苏词奴等。长洲（今江苏苏州）人。出身士大夫家庭，自早年进学（即为秀才）之后，屡考不中。天启年间，宦党专权，迫害以东林党为代表的忠介正直人士，冯梦龙与东林人士持同一立场，并赞誉苏州民众以周顺昌事件为契机而开展的反抗斗争。崇祯三年（1630），他取得贡生资格，任丹徒县训导，七年升福建寿宁知县。十七年李自成起义军推翻明王朝，接着清兵入关。他参与抗清斗争，后忧愤而死。

　　编著有话本小说集《喻世明言》、《警世通言》、《醒世恒言》（合称"三言"），长篇小说《平妖传》、《新列国志》，传奇《双雄记》、《万事足》等，并更订传奇作品十余种。编印民歌集《挂枝儿》、《山歌》，辑行评纂《古今谭概》、《太平广记钞》、《智囊》、《情史》等，并有笑话集、政论文等十余种传世。散曲集《宛转歌》和诗集《七乐斋稿》、《游闽诗钞》，现已失传。冯梦龙在小说、戏曲、民歌三方面都作出了杰出贡献，有明一代无第二人可与之相比。

蒋兴哥重会珍珠衫

仕至千钟非贵，年过七十常稀。浮名身后有谁知？
万事空花游戏。　　休逞少年狂荡，莫贪花酒便宜。
脱离烦恼是和非，随分安闲得意。

这首词，名为《西江月》，是劝人安分守己，随缘作乐，莫为"酒""色""财""气"四字，损却精神，亏了行止。求快活时非快活，得便宜处失便宜。说起那四字中，总到不得那"色"字利害。眼是情媒，心为欲种。起手时，牵肠挂肚；过后去，丧魄销魂。——假如墙花路柳，偶然适兴，无损于事；若是生心设计，败俗伤风，只图自己一时欢乐，却不顾他人的百年恩义，——假如你有娇妻爱妾，别人调戏上了，你心下如何？古人有四句道得好：

人心或可昧，天道不差移。

我不淫人妇，人不淫我妻。

看官，则今日听我说《珍珠衫》这套词话①，可见果报不爽，好教少年子弟做个榜样。

话中单表一人，姓蒋名德，小字兴哥，乃湖广襄阳府枣阳县人氏。父亲叫做蒋世泽，从小走熟广东做客买卖。因为丧了妻房罗氏，止遗下这兴哥，年方九岁，别无男女。这蒋世泽割舍不下，又绝不得广东的衣食道路②，千思百计，无可奈何，只得带那九岁的孩子同行作伴，就教他学些乖巧。这孩子虽则年小，生得：

眉清目秀，齿白唇红。行步端庄，言辞敏捷。聪

明赛过读书家，伶俐不输长大汉。人人唤做粉孩儿，
个个美他无价宝。

蒋兴泽怕人妒忌，一路上不说是嫡亲儿子，只说是内侄罗小官人。原来罗家也是走广东的，蒋家只走得一代，罗家倒走过三代了。那边客店牙行③，都与罗家世代相识，如自己亲眷一般。这蒋世泽做客，起头也还是丈人罗公领他走起的；因罗家近来屡次遭了屈官司，家道消乏，好几年不曾走动。这些客店牙行见了蒋世泽，那一遍不动问罗家消息，好生牵挂！今番见蒋世泽带个孩子到来，问知是罗家小官人，且是生得十分清秀，应对聪明，想着他祖父三辈交情，如今又是第四辈了，那一个不欢喜。

闲话休提。却说蒋兴哥跟随父亲做客，走了几遍，学得伶俐乖巧，生意行中，百般都会，父亲也喜不自胜。何期到一十七岁上，父亲一病身亡。且喜刚在家中，还不做客途之鬼。兴哥哭了一场，免不得揩干泪眼，整理大事。殡殓之外，做些功德超度，自不必说。七七四十九日内，内外宗亲，都来吊孝。本县有个王公，正是兴哥的新岳丈，也来上门祭奠，少不得蒋门亲戚陪侍叙话。中间说起：兴哥少年老成，这般大事，亏他独力支持。因话随话间，就有人撺掇道："王老亲翁，如今令爱也长成了，何不乘凶完配，教他夫妇作伴，也好过日。"王公未肯应承，当日相别去了。众亲戚等安葬事毕，又去撺掇兴哥。兴哥初时也不肯，却被撺掇了几番，自想孤身无伴，只得应允。央原媒人往王家去说，王公只是推辞，说道："我家也要备些薄薄妆奁，一时如何来得？况且孝未期年，于礼有碍。便要成亲，且待小祥之后再议。"媒人回话，兴哥见他说得正理，也不相强。

光阴如箭，不觉周年已到。兴哥祭过了父亲灵位，换去粗麻衣服，再央媒人王家去说，方才依允。不隔几日，六礼完备，

娶了新妇进门。有《西江月》为证：

孝幕翻成红幕，色衣换去麻衣。画楼结彩烛光辉，
合卺花筵齐备。　　那美妆奁富盛，难求丽色娇妻。
今宵云雨足欢娱，来日人称恭喜。

说这新妇是王公最幼之女，小名唤做三大儿；因他是七月
七日生的，又唤做三巧儿。王公先前嫁过的两个女儿，都是出
色标致的。枣阳县中，人人称羡，造出四句口号，道是：

"天下妇人多，王家美色寡。

有人娶着他，胜似为驸马。"

常言道："做买卖不着，只一时；讨老婆不着，是一世。"若干
官宦大户人家，单拣门户相当，或是贪他嫁资丰厚，不分皂白，
定了亲事。后来娶下一房奇丑的媳妇，十亲九眷面前，出来相
见，做公婆的好没意思。又且丈夫心下不喜，未免私房走野④。
偏是丑妇极会管老公，若是一般见识的，便要反目；若使顾惜
体面，让他一两遍，他就做大起来。有此数般不妙，所以蒋世
泽闻知王公惯生得好女儿，从小便送过财礼，定下他幼女与儿
子为婚。今日娶过门来，果然娇姿艳质，说起来，比他两个姐
儿加倍标致。正是：

吴宫西子不如，楚国南威难赛。

若比水月观音，一样烧香礼拜。

蒋兴哥人才本自齐整，又娶得这房美色的浑家，分明是一
对玉人，良工琢就，男欢女爱，比别个夫妻更胜十分。三朝之
后，依先换了些浅色衣服，只推制中⑤，不与外事，专在楼上
与浑家成双捉对，朝暮取乐。真个行坐不离，梦魂作伴。自古
苦日难熬，欢时易过，暑往寒来，早已孝服完满。起灵除孝，
不在话下。

兴哥一日间想起父亲存日广东生理，如今担阁三年有余了，
那边还放下许多客帐，不曾取得，夜间与浑家商议，欲要去走

一遭。浑家初时也答应道"该去"，后来说到许多路程，恩爱夫妻，何忍分离？不觉两泪交流。兴哥也自割舍不得，两下凄惨一场，又丢开了。如此已非一次。

光阴荏苒，不觉又捱过了二年。那时兴哥决意要行，瞒过了浑家，在外面暗暗收拾行李。拣了个上吉的日期，五日前方对浑家说知，道："常言'坐吃山空'，我夫妻两口，也要成家立业，终不然抛了这行衣食道路？如今这二月天气，不寒不暖，不上路更待何时？"浑家料是留他不住了，只得问道："丈夫此去几时可回？"兴哥道："我这番出外，甚不得已，好歹一年便回，宁可第二遍多去几时罢了。"浑家指着楼前一棵椿树道："明年此树发芽，便盼着官人回也。"说罢，泪下如雨。兴哥把衣袖替他揩拭，不觉自己眼泪也挂下来。两下里怨离惜别，分外恩情，一言难尽。

到第五日，夫妇两个啼啼哭哭，说了一夜的说话，索性不睡了。五更时分，兴哥便起身收拾，将祖遗下的珍珠细软，都交付与浑家收管，自己只带得本钱银两、帐目底本及随身衣服、铺陈之类，又有预备下送礼的人事，都装叠得停当。原有两房家人，只带一个后生些的去；留一个老成的在家，听浑家使唤，买办日用。两个婆娘，专管厨下。又有两个丫头，一个叫晴云，一个叫暖雪，专在楼中伏侍，不许远离。分付停当了，对浑家说道："娘子耐心度日。地方轻薄子弟不少，你又生得美貌，莫在门前窥瞰，招风揽火。"浑家道："官人放心，早去早回。"两下掩泪而别。正是：

　　　　世上万般哀苦事，无非死别与生离。

兴哥上路，心中只想着浑家，整日的不偢不保⑥。不一日，到了广东地方，下了客店。这伙旧时相识都来会面，兴哥送了些人事，排家⑦的治酒接风，一连半月二十日，不得空闲。兴哥在家时，原是淘虚了的身子，一路受些劳碌，到此未免饮食不节，得了个疟疾，一夏不好，秋间转成水痢。每日请医切脉，服药调治，直延到秋尽，方得安痊。把买卖都担阁了，眼见得一年回去不成。正是：

> 只为蝇头微利，抛却鸳被良缘。

兴哥虽然想家，到得日久，索性把念头放慢了。

不题兴哥做客之事，且说这里浑家王三巧儿，自从那日丈夫分付了，果然数月之内，目不窥户，足不下楼。光阴似箭，不觉残年将尽，家家户户，闹轰轰的暖火盆，放爆竹，吃合家欢耍子。三巧儿触景伤情，思想丈夫，这一夜好生凄楚！正合古人的四句诗，道是：

> 腊尽愁难尽，春归人未归。
> 朝来嗔寂寞，不肯试新衣。

明日正月初一日，是个岁朝。晴云、暖雪两个丫头，一力劝主母在前楼去看看街坊景象。原来蒋家住宅前后通连的两带楼房，第一带临着大街，第二带方做卧室，三巧儿闲常只在第二带中坐卧。这一日被丫头们撺掇不过，只得从边厢里走过前楼，分付推开窗子，把帘儿放下，三口儿在帘内观看。这日街坊上好不闹杂！三巧儿道："多少东行西走的人，偏没个卖卦先生在内；若有时，唤他来卜问官人消息也好。"晴云道："今日是岁朝，人人要闲耍的，那个出来卖卦？"暖雪叫道："娘限在我两个身上，五日内包唤一个来占卦便了。"

到初四日早饭过后，暖雪下楼小解，忽听得街上当当的敲响。响的这件东西，唤做"报君知"，是瞎子卖卦的行头。暖雪等不及解完，慌忙检了裤腰，跑出门外，叫住了瞎先生，拨转脚头一口气跑上楼来，报知主母。三巧儿分付：唤在楼下坐启[注]内坐着。讨他课钱，通陈过了，走下楼梯，听他剖断。那瞎先生占成一卦，问是何用。那时厨下两个婆娘，听得热闹，也都跑将来了，替主母传语道："这卦是问行人的。"瞎先生道："可是妻问夫么？"婆娘道："正是。"先生道："青龙治世，财爻发动；若是妻问夫，行人在半途，金帛千箱有，风波一点无。青龙属木，木旺于春，立春前后，已动身了。月尽月初，必然回家，更兼十分财采。"三巧儿叫买办的，把三分银子打发他去，欢天喜地，上楼去了。真所谓"望梅止渴"，"画饼充饥"。

大凡人不做指望，到也不在心上；一做指望，便痴心妄想，时刻难过。三巧儿只为信了卖卦先生之语，一心只想丈夫回来，从此时常走向前楼，在帘内东张西望。直到二月初旬，椿树抽芽，不见些儿动静。三巧儿思想丈夫临行之约，愈加心慌，一日几遍，向外探望。也是合当有事，遇着这个俊俏后生。正是：

有缘千里能相会，无缘对面不相逢。

这个俊俏后生是谁？原来不是本地，是徽州新安县人氏，姓陈名商，小名叫做大喜哥，后来改口呼为大郎。年方二十四岁，且是生得一表人物，虽胜不得宋玉、潘安，也不在两人之下。这大郎也是父母双亡，凑了二三千金本钱，来走襄阳贩籴些米豆之类，每年常走一遍。他下处自在城外，偶然这日进城来，要到大市街汪朝奉①典铺中问个家信。那典铺正在蒋家对门，因此经过。你道怎生打扮？头上带一顶苏样的百柱骔帽，身上穿一件鱼肚白的湖纱道袍，又恰好与蒋兴哥平昔穿着相像。三巧儿远远瞧见，只道是他丈夫回了，揭开帘子，定睛而看。陈大郎抬头，望见楼上一个年少的美妇人，目不转睛的，只道心上欢喜了他，也对着楼上丢个眼色。谁知两个都错认了。三巧儿见不是丈夫，羞得两颊通红，忙忙把窗儿拽转，跑在后楼，靠着床沿上坐地，兀自心头突突的跳一个不住。谁知陈大郎的一片精魂，早被妇人眼光儿摄上去了。回到下处，心心念念的放他不下，肚里想道："家中妻子，虽是有些颜色，怎比得妇人一半？欲待通个情款，争奈无门可入。若得谋他一宿，就消花这些本钱，也不枉为人在世。"叹了几口气，忽然想起大市街东巷，有个卖珠子的薛婆，曾与他做过交易。这婆子能言快语，况且日逐串街走巷，那一家不认得？须是与他商议，定有道理。

这一夜翻来覆去，勉强过了。次日起个清早，只推有事，讨些凉水梳洗，取了一百两银子、两大锭金子，急急的跑进城来。这叫做：

欲求生受用，须下死工夫。

陈大郎进城，一径来到大市街东巷，去敲那薛婆的门。薛婆蓬着头，正在天井里拣珠子，听得敲门，一头收过珠包，一头问道："是谁？"才听说出"徽州陈"三字，慌忙开门请进，道："老身未曾梳洗，不敢为礼了。大官人起得好早！有何贵干？"陈大郎道："特特而来，若迟时，怕不相遇。"薛婆道："可是作成老身出脱些珍珠首饰么？"陈大郎道："珠子也要买，还有大买卖作成你。"薛婆道："老身除了这一行货，其余都不熟惯。"陈大郎道："这里可说得话么？"薛婆便把大门关上，请他到小阁儿坐着，问道："大官人有何分付？"大郎见四下无人，便向衣袖里摸出银子。解开布包，摊在卓⑩上，道："这一百两白银，干娘收过了，方才敢说。"婆子不知高低，那里肯受。大郎道："莫非嫌少？"慌忙又取出黄灿灿的两锭金子，也放在卓上，道："这十两金子，一并奉纳。若干娘再不收时，便是故意推调了。今日是我来寻你，非是你来求我。只为这桩大买卖，不是老娘成不得，所以特地相求。便说做不成时，这金银你只管受用，终不然我又来取讨，日后再没相会的时节了？我陈商不是恁般小样的人！"看官，你说从来做牙婆⑪的那个不贪钱钞？见了这般黄白之物，如何不动火？薛婆当时满脸堆下笑来，便道："大官人休得错怪，老身一生不曾要别人一厘一毫不明不白的钱财。今日既承大官人分付，老身权且留下；若是不能效劳，依旧奉纳。"说罢，将金锭放银包内，一齐包起，叫声："老身大胆了。"拿向卧房中藏过，忙趱出来，道："大官人，老身且不敢称谢，你且说甚么买卖，用着老身之处？"大郎道："急切要寻一件救命之宝，是处都无；只大市街上一家人家方有，特央干娘去借借。"婆子笑将起来，道："又是作怪！老身在这条巷住过二十多年，不曾闻大市街有甚救命之宝。大官人你说，有宝的还是谁家？"大郎道："敝乡里汪三朝奉典铺对门高楼子内是何人之宅？"婆子想了一回，道："这是本地蒋兴哥家里。他男子出外做客，一年多了，止有女眷在家。"大郎道："我这救命之宝，正要问他女眷借借。"便把椅儿掇近了婆子身边，向他诉出心腹，如此如此。婆子听罢，连忙摇首道："此事大难！蒋兴哥新娶这房娘子，不上四年，夫妻两个如鱼似水，寸步不离。如今没奈何出去了，这小娘子足不下楼，甚是贞节。因兴哥做人有些古怪，容易嗔嫌，老身辈从不曾上他的阶头。连这小娘子面长面短，老身还不认得，如何应承得此事？方才所赐，是老身薄福，受用不成了。"陈大郎听说，慌忙双膝跪下。婆子去扯他时，被他两手拿住衣袖，紧紧按定在椅上，动弹不得。口里说："我陈商这条性命，都在干娘身上。你是必思量个妙计，作成我入马，救我残生。事成之日，再有白金百两相酬。若是推阻，即今便是个死。"慌得婆子没理会处，连声应道："是，是，莫要折杀老身，大官人请起，老身有话讲。"陈大郎方才起身，拱手道："有何妙策，作速见教。"薛婆道："此事须从容图之，只要成就，莫论岁月。若是限时限日，老身决难奉命。"陈大郎道："若果然成就，便迟几日何妨？只是计将安出？"薛婆道："明日不可太早，不可太迟，早饭后，相约在汪三朝奉典铺中相会。大官人可多带银两，只说与老身做买卖，其间自有道理。若是老身这两只脚跨进得蒋家门时，便是大官人的造化。大官人便可急回下处，莫在他门首盘桓，被人识破，误了大事。讨得三分机会，老身自来回覆。"陈大郎道：

"谨依尊命。"唱了个肥喏⑫，欣然开门而去。正是：

> 未曾灭项兴刘，先见筑坛拜将。

当日无话。到次日，陈大郎穿了一身齐整衣服，取上三四百两银子，放在个大皮匣内，唤小郎背着，跟随到大市街汪家典铺来。瞧见对门楼窗紧闭，料是妇人不在，便与管典的拱了手，讨个木凳儿坐在门前，向东而望。不多时，只见薛婆抱着一个篾丝箱儿来了。陈大郎唤住，问道："箱内何物?"薛婆道："珠宝首饰，大官人可用么?"大郎道："我正要买。"薛婆进了典铺，与管典的相见了，叫声咭噪，便把箱儿打开。内中有十来包珠子，又有几个小匣儿，都盛着新样簇花点翠的首饰，奇巧动人，光灿夺目。陈大郎拣几吊极粗极白的珠子，和那些簪珥之类，做一堆儿放着，道："这些我都要了。"婆子便把眼儿瞅着，说道："大官人要用时尽用，只怕不肯出这样大价钱。"陈大郎已自会意，开了皮匣，把这些银两白华华的，摊做一台，高声的叫道："有这些银子，难道买你的货不起!"此时邻舍闲汉已自走过七八个人，在铺前站着看了。婆子道："老身取笑，岂敢小觑大官人。这银两须要仔细，请收过了，只要还得价钱公道便好。"两下一边的讨价多，一边的还钱少，差得天高地远。那讨价的一口不移。这里陈大郎拿着东西，又不放手，又不增添，故意走出屋檐，件件的翻覆认看，言真道假、弹勋估两的在日光中烜耀。惹得一市人都来观看，不住声的有人喝采。婆子乱嚷道："买便买，不买便罢，只管担阁人则甚⑬!"陈大郎道："怎么不买?"两个又论了一番。正是：

> 只因酬价争钱口，惊动如花似玉人。

王三巧儿听得对门喧嚷，不觉移步前楼，推窗偷看。只见珠光闪烁，宝色辉煌，甚是可爱。又见婆子与客人争价不定，便分付丫鬟去唤那婆子，借他东西看看。晴云领命，走过街去，把薛婆衣袂一扯，道："我家娘请你。"婆子故意问道："是谁家?"晴云道:"对门蒋家。"婆子把珍珠之类,劈手夺将过来,忙忙的包了,道:"老身没有许多空闲,与你歪缠!"陈大郎道:"再添些卖了罢。"婆子道:"不卖不卖,象你这样价钱,老身卖去多时了。"一头说,一头放入箱儿里,依先关锁了,抱着便走。晴云道:"我替你老人家拿罢。"婆子道:"不消。"头也不回,径到对门去了。陈大郎心中暗喜,也收拾银两,别了管典的,自回下处。正是:

眼望捷旌旗,耳听好消息。

晴云引薛婆上楼,与三巧儿相见了。婆子看那妇人,心下想道:"真天人也!怪不得陈大郎心迷,若我做男子,也要浑了。"当下说道:"老身久闻大娘贤慧,但恨无缘拜识。"三巧儿问道:"你老人家尊姓?"婆子道:"老身姓薛,只在这里东巷住,与大娘也是个邻里。"三巧儿道:"你方才这些东西,如何不卖?"婆子笑道:"若不卖时,老身又拿出来怎的?只笑那下路客人,空自一表人才,不识货物。"说罢便去开了箱儿,取出几件簪珥,递与那妇人看,叫道:"大娘,你道这样首饰,便工钱也费多少!他们还得忒不象样,教老身在主人家面前,如何告得许多消乏?"又把几串珠子提将起来,道:"这般头号的货,他们还做梦哩。"三巧儿问了他讨价还价,便道:"真个亏你些儿。"婆子道:"还是大家宝眷,见多识广,比男子汉眼力,到胜十倍。"三巧儿唤丫鬟看茶,婆子道:"不扰茶了。老身有件要紧的事,欲往西街走走,遇着这个客人,缠了多时,正是:'买卖不成,担误工程。'这箱儿连锁放在这里,权烦大娘收拾。老身暂去,少停就来。"说罢,便走。三巧儿叫晴云送他下楼,出门向西去了。

三巧儿心上爱了这几件东西,专等婆子到来酬价,一连五日不至。到第六日午后,忽然下一场大雨。雨声未绝,闹闹的敲门声响。三巧儿唤丫鬟开看,只见薛婆衣衫半湿,提个破伞进来，口儿道：

"晴干不肯走，直待雨淋头。"

把伞儿放在楼梯边，走上楼来万福道："大娘，前晚失信了。"三巧儿慌忙答礼道："这几日在那里去了？"婆子道："小女托赖新添了个外孙，老身去看看，留住了几日，今早方回。半路上下起雨来，在一个相识人家借得把伞，又是破的，却不是晦气！"三巧儿道："你老人家几个儿女？"婆子道："只一个儿子，完婚过了。女儿倒有四个，这是我第四个了，嫁与徽州朱八朝奉做偏房，就在这北门外开盐店的。"三巧儿道："你老人家女儿多，不把来当事了。本乡本土少甚么一夫一妇的，怎舍得与异乡人做小？"婆子道："大娘不知，到是异乡人有情怀。虽则偏房，他大娘子只在家里，小女自在店中，呼奴使婢，一般受用。老身每遍去时，他当个尊长看待，更不怠慢。如今养了个儿子，愈加好了。"三巧儿道："也是你老人家造化，嫁得着。"说罢，恰好晴云讨茶上来，两个吃了。婆子道："今日雨天没事，老身大胆，敢求大娘的首饰一看，看些巧样儿在肚里也好。"三巧儿道："也只是平常生活，你老人家莫笑话。"就取一把钥匙，开了箱笼，陆续搬出许多钗、钿、缨络之类。薛婆看了，夸美不尽，道："大娘有恁般珍异，把老身这几件东西，看不在眼了。"三巧儿道："好说，我正要与你老人家请个实价。"婆子道："娘子是识货的，何消老身费嘴？"三巧儿把东西检过，取出薛婆的篾丝箱儿来，放在卓上，将钥匙递与婆子道："你老人家开了，检看个明白。"婆子道："大娘忒精细了。"当下开了箱儿，把东西逐件搬出。三巧儿品评价钱，都不甚远。婆子并不争论，欢欢喜喜的道："恁地，便不枉了人。老身就少赚几贯钱，也是快活的。"三巧儿道："只是一件，目下凑不起价钱，只好现奉一半。等待我家官人回来，一并清楚。他也只在这几日回了。"婆子道："便迟几日，也不妨事。只是价钱上相让多了，银水要足纹的。"三巧儿道："这也小事。"
便把心爱的几件首饰及珠子收起。唤晴云取杯见成酒来，与老
人家坐坐。婆子道："造次如何好搅扰?"三巧儿道："时常清
闲，难得你老人家到此，作伴扳话。你老人家若不嫌怠慢，时
常过来走走。"婆子道："多谢大娘错爱，老身家里当不过嘈
杂，家宅上又忒清闲了。"三巧儿道："你家儿子做甚生意?"
婆子道："也只是接些珠宝客人，每日的讨酒讨浆，刮⑭的人不
耐烦。老身亏杀各宅们走动，在家时少，还好。若只在六尺地
上转，怕不燥⑮死了人。"三巧儿道："我家与你相近，不耐烦
时，就过来闲话。"婆子道："只不敢频频打搅。"三巧儿道：
"老人家说那里话。"

　　只见两个丫鬟轮番的走动，摆了两副杯箸，两碗腊鸡，两
碗腊肉，两碗鲜鱼，连果碟素菜，共一十六个碗。婆子道："如
何盛设!"三巧儿道："见成的，休怪怠慢。"说罢，斟酒递与
婆子，婆子将杯回敬，两下对坐而饮。原来三巧儿酒量尽去得，
那婆子又是酒壶酒瓮，吃起酒来，一发相投了，只恨会面之晚。
那日直吃到傍晚，刚刚雨止，婆子作谢要回。三巧儿又取出大
银钟来，劝了几钟，又陪他吃了晚饭，说道："你老人家再宽坐
一时，我将这一半价钱付你去。"婆子道："天晚了，大娘请自
在，不争这一夜儿，明日却来领罢。连这箴丝箱儿，老身也不
拿去了，省得路上泥滑滑的不好走。"三巧儿道："明日专专望
你。"婆子作别下楼，取了破伞，出门去了。正是：

　　　　世间只有虔婆嘴，哄动多多少少人。

　　却说陈大郎在下处呆等了几日，并无音信。见这日天雨，
料是婆子在家，拖泥带水的进城来问个消息，又不相值。自家
在酒肆中吃了三杯，用了些点心，又到薛婆门首打听，只是未
回。看看天晚，却待转身，只见婆子一脸春色，脚略斜的走入
巷来。陈大郎迎着他，作了揖，问道："所言如何?"婆子摇手

道："尚早。如今方下种，还没有发芽哩。再隔五六年，开花结果，才到得你口。你莫在此探头探脑，老娘不是管闲事的。"陈大郎见他醉了，只得转去。

次日，婆子买了些时新果子、鲜鸡、鱼、肉之类，唤个厨子安排停当，装做两个盒子，又买一瓮上好的酻酒，央间壁小二挑了，来到蒋家门首。三巧儿这日，不见婆子到来，正教晴云开门出来探望，恰好相遇。婆子教小二挑在楼下，先打发他去了。晴云已自报知主母，三巧儿把婆子当个贵客一般，直到楼梯口边迎他上去。婆子千恩万谢的福⑯了一回，便道："今日老身偶有一杯水酒，将来与大娘消遣。"三巧儿道："到要你老人家赔钞，不当受了。"婆子央两个丫鬟搬将上来，摆做一卓子。三巧儿道："你老人家忒迂阔了，怎般大弄起来。"婆子笑道："小户人家，备不出甚么好东西，只当一茶奉献。"晴云便去取杯箸，暖雪便吹起水火炉来。霎时酒暖，婆子道："今日是老身薄意，还请大娘转坐客位。"三巧儿道："虽然相扰，在寒舍岂有此理？"两下谦让多时，薛婆只得坐了客席。这是第三次相聚，更觉熟分了。

饮酒中间，婆子问道："官人出外好多时了，还不回，亏他撇得大娘下。"三巧儿道："便是，说过一年就转，不知怎地担搁了？"婆子道："依老身说，放下了恁般如花似玉的娘子，便博个堆金积玉也不为罕。"婆子又道："大凡走江湖的人，把客当家，把家当客。比如我第四个女婿朱八朝奉，有了小女，朝欢暮乐，那里想家？或三年四年，才回一遍，住不上一两个月，又来了。家中大娘子替他担孤受寡，那晓得他外边之事？"三巧儿道："我家官人到不是这样人。"婆子道："老身只当闲话讲，怎敢将天比地？"当日两个猜谜掷色⑰，吃得酩酊而别。

第三日，同小二来取家火，就领这一半价钱。三巧儿又留他吃点心。

从此以后，把那一半赊钱为由，只做问兴哥的消息，不时行走。这婆子俐齿伶牙，能言快语，又半痴不颠的惯与丫鬟们打诨，所以上下都欢喜他。三巧儿一日不见他来，便觉寂寞，叫老家人认了薛婆家里，早晚常去请他，所以一发来得勤了。世间有四种人惹他不得，引起了头，再不好绝他。是那四种？

   游方僧道，乞丐，闲汉，牙婆。

上三种人犹可，只有牙婆是穿房入户的，女眷们怕冷静时，十个九个到要扳他来往。今日薛婆本是个不善之人，一般甜言软语，三巧儿遂与他成了至交，时刻少他不得。正是：

   画虎画皮难画骨，知人知面不知心。

  陈大郎几遍讨个消息，薛婆只回言尚早。其时五月中旬，天渐炎热。婆子在三巧儿面前，偶说起家中蜗窄，又是朝西房子，夏月最不相宜，不比这楼上高厂风凉。三巧儿道："你老人家若撇得家下，到此过夜也好。"婆子道："好是好，只怕官人回来。"三巧儿道："他就回，料道不是半夜三更。"婆子道："大娘不嫌莴恼，老身惯是挜相知的，只今晚就取铺陈过来，与大娘作伴，何如？"三巧儿道："铺陈尽有，也不须拿得。你老人家回覆家里一声，索性在此过了一夏家去不好？"婆子真个对家里儿子媳妇说了，只带个梳匣儿过来。三巧儿道："你老人家多事，难道我家油梳子也缺了，你又带来怎地？"婆子道："老身一生怕的是同汤洗脸，合具梳头。大娘怕没有精致的梳具，老身如何敢用？其他姐儿们的，老身也怕用得，还是自家带了便当。只是大娘分付在那一门房安歇？"三巧儿指着床前一个小小藤榻儿，道："我预先排下你的卧处了，我两个亲近些，夜间睡不着好讲些闲话。"说罢，检出一顶青纱帐来，教婆子自家挂了，又同吃了一会酒，方才歇息。两个丫鬟原在床前打铺相伴，因有了婆子，打发他在间壁房里去睡。

  从此为始，婆子日间出去串街做买卖，黑夜便到蒋家歇宿。

时常携壶挈榼的殷勤热闹，不一而足。床榻是丁字样铺下的，虽隔着帐子，却像是一头同睡。夜间絮絮叨叨，你问我答，凡街坊秽亵之谈，无所不至。这婆子或时装醉诈风⑱起来，倒说起自家少年时偷汉的许多情事，去勾动那妇人的春心。害得那妇人娇滴滴一副嫩脸，红了又白，白了又红。婆子已知妇人心活，只是那话儿不好启齿。

光阴迅速，又到七月初七日了，正是三巧儿的生日。婆子清早备下两盒礼，与他做生。三巧儿称谢了，留他吃面。婆子道："老身今日有些穷忙，晚上来陪大娘，看牛郎织女做亲。"说罢，自去了。

下得阶头不几步，正遇着陈大郎。路上不好讲话，随到个僻静巷里。陈大郎攒着两眉，埋怨婆子道："干娘，你好慢心肠！春去夏来，如今又立过秋了。你今日也说尚早，明日也说尚早，却不知我度日如年。再延捱几日，他丈夫回来，此事便付东流，却不活活的害死我也！阴司去少不得与你索命。"婆子道："你且莫喉急⑲，老身正要相请，来得恰好。事成不成，只在今晚，须是依我而行。"如此如此，这般这般，"全要轻轻悄悄，莫带累人。"陈大郎点头道："好计，好计！事成之后，定当厚报。"说罢，欣然而去。正是：

排成窃玉偷香阵，费尽携云握雨心。

却说薛婆约定陈大郎这晚成事，午后细雨微茫，到晚却没有星月。婆子黑暗里引着陈大郎埋伏在左近，自己却去敲门。晴云点个纸灯儿，开门出来。婆子故意把衣袖一摸，说道："失落了一条临清汗巾儿。姐姐，劳你大家寻一寻。"哄得晴云便把灯向街上照去。这里婆子捉个空，招着陈大郎一溜溜进门来，先引他在楼梯背后空处伏着。婆子便叫道："有了，不要寻了。"晴云道："恰好火也没了，我再去点个来照你。"婆子道："走熟的路，不消用火。"两个黑暗里关了门，摸上楼来。三巧儿问道："你没了甚么东西？"婆子袖里扯出个小帕儿来，道："就是这个冤家，虽然不值甚钱，是一个北京客人送我的，却不道：'礼轻人意重。'"三巧儿取笑道："莫非是你老相交送的表记。"婆子笑道："也差不多。"当夜两个耍笑饮酒。婆子道："酒肴尽多，何不把些赏厨下男女？也教他闹轰轰，象个节夜。"三巧儿真个把四碗菜，两壶酒，分付丫鬟，拿下楼去。那两个婆娘，一个汉子，吃了一回，各去歇息，不题。

再说婆子饮酒中间，问道："官人如何还不回家？"三巧儿道："便是算来一年半了。"婆子道："牛郎织女，也是一年一会，你比他到多隔了半年。常言道：'一品官，二品客。'做客的那一处没有风花雪月？只苦了家中娘子。"三巧儿叹了口气，低头不语。婆子道："是老身多嘴了。今夜牛女佳期，只该饮酒作乐，不该说伤情话儿。"说罢，便斟酒去劝那妇人。

约莫半酣，婆子又把酒去劝两个丫鬟，说道："这是牛郎织女的喜酒，劝你多吃几杯。后日嫁个恩爱的老公，寸步不离。"两个丫鬟被缠不过，勉强吃了，各不胜酒力，东倒西歪。三巧儿分付关了楼门，发放他先睡。他两个自在吃酒。

婆子一头吃，口里不住的说啰说皂，道："大娘几岁上嫁的？"三巧儿道："十七岁。"婆子道："破得身迟，还不吃亏；我是十三岁上就破了身。"三巧儿道："嫁得恁般早？"婆子道："论起嫁，倒是十八岁了。不瞒大娘说，因是在间壁人家学针指，被他家小官人调诱，一时间贪他生得俊俏，就应承与他偷了。初时好不疼痛，两三遍后，就晓得快活。大娘你可也是这般么？"三巧儿只是笑。婆子又道："那话儿到是不晓得滋味的到好，尝过的便丢不下，心坎里时时发痒。日里还好，夜间好难过哩。"三巧儿道："想你在娘家时阅人多矣，亏你怎生充得黄花女儿嫁去？"婆子道："我的老娘也晓得些影像，生怕出丑，教我一个童女方，就遮过了。"三巧儿道："你做女儿时，夜间也少不得独睡。"婆子道："还记得在娘家时节，哥哥出外，我与嫂嫂一头同睡。"三巧儿道："两个女人做对，有甚好处？"婆子走过三巧儿那边，挨肩坐了，说道："大娘，你不知，只要大家知音，一般有趣，也撒得火。"三巧儿举手把婆子肩胛上打一下，说道："我不信，你说谎。"婆子见他欲心已动，有心去挑拨他，又道："老身今年五十二岁了，夜间常痴性发作，打熬不过，亏得你少年老成。"三巧儿道："你老人家打熬不过，终不然还去打汉子。"婆子道："败花枯柳，如今那个要我了？不瞒大娘说，我也有个自取其乐，救急的法儿。"三巧儿道："你说谎，又是甚么法儿？"婆子道："少停到床上睡了，与你细讲。"

说罢，只见一个飞蛾在灯下旋转，婆子便把扇来一扑，故意扑灭了灯，叫声："啊呀！老身自去点个灯来。"便去开楼门。陈大郎已自走上楼梯，伏在门边多时了。——都是婆子预先设下的圈套。婆子道："忘带个取灯儿去了。"又走转来，便引着陈大郎到自己榻上伏着。婆子下楼去了一回，复上来道："夜深了，厨下火种都熄了，怎么处？"三巧儿道："我点灯睡惯了，黑魆魆的，好不怕人！"婆子道："老身伴你一床睡何如？"三巧儿正要问他救急的法儿，应道："甚好。"婆子道："大娘，你先上床，我关了门就来。"三巧儿先脱了衣服，床上去了，叫道："你老人家快睡罢。"婆子应道："就来了。"却在榻上拖陈大郎上来，赤条条的攧在三巧儿床上去。三巧儿摸着身子，道："你老人家许多年纪，身上恁般光滑！"那人并不回言，钻进被里。那妇人一则多了杯酒，醉眼朦胧；二则被婆子挑拨，春心飘荡，到此不暇致详②，凭他轻薄。

一个是闺中怀春的少妇，一个是客邸慕色的才郎。
一个打熬许久，如文君初遇相如；一个盼望多时，如必正初谐陈女。分明久旱逢甘雨，胜过他乡遇故知。

陈大郎是走过风月场的人，颠鸾倒凤，曲尽其趣，弄得妇人魂不附体。云雨毕后，三巧儿方问道："你是谁？"陈大郎把楼下相逢，如此相慕，如此苦央薛婆用计，细细说了："今番得遂平生，便死瞑目。"婆子走到床间，说道："不是老身大胆，一来可怜大娘青春独宿，二来要救陈郎性命。你两个也是宿世姻缘，非干老身之事。"三巧儿道："事已如此，万一我丈夫知觉，怎么好？"婆子道："此事你知我知，只买定了晴云、暖雪两个丫头，不许他多嘴，再有谁人漏泄？在老身身上，管成你夜夜欢娱，一些事也没有；只是日后不要忘记了老身。"三巧儿到此，也顾不得许多了，两个又狂荡起来。直到五更鼓绝，天色将明，两个兀自不舍。婆子催促陈大郎起身，送他出门去了。

自此无夜不会，或是婆子同来，或是汉子自来。两个丫鬟被婆子把甜话儿偎他，又把利害话儿吓他，又教主母赏他几件衣服，汉子到时，不时把些零碎银子赏他们买果儿吃，骗得欢欢喜喜，已自做了一路。夜来明去，一出一入，都是两个丫鬟迎送，全无阻隔。真个是你贪我爱，如胶似漆，胜如夫妇一般。陈大郎有心要结识这妇人，不时的制办好衣服、好首饰送他，又替他还了欠下婆子的一半价钱。又将一百两银子谢了婆子。往来半年有余，这汉子约有千金之费。三巧儿也有三十多两银子东西，送那婆子。婆子只为图这些不义之财，所以肯做牵头。这都不在话下。

古人云："天下无不散的筵席。"

才过十五元宵夜，又是清明三月天。

陈大郎思想蹉跎了多时生意，要得还乡。夜来与妇人说知，两下恩深义重，各不相舍。妇人到情愿收拾了些细软，跟随汉子逃走，去做长久夫妻。陈大郎道："使不得。我们相交始末，都在薛婆肚里。就是主人家吕公，见我每夜进城，难道没有些疑惑？况客船上人多，瞒得那个？两个丫鬟又带去不得。你丈夫回来，跟究出情由，怎肯干休？娘子权且耐心，到明年此时，我到此，觅个僻静下处，悄悄通个信儿与你，那时两口儿同走，神鬼不觉，却不安稳？"妇人道："万一你明年不来，如何？"陈大郎就设起誓来。妇人道："既然你有真心，奴家也决不相负。你若到了家乡，倘有便人，托他捎个书信到薛婆处，也教奴家放意。"陈大郎道："我自用心，不消分付。"

又过几日，陈大郎雇下船只，装载粮食完备，又来与妇人作别。这一夜倍加眷恋，两下说一会，哭一会，又狂荡一会，整整的一夜不曾合眼。到五更起身，妇人便去开箱，取出一件宝贝，叫做"珍珠衫"，递与陈大郎道："这件衫儿，是蒋门祖传之物，暑天若穿了它，清凉透骨。此去天道渐热，正用得着。奴家把与你做个纪念，穿了此衫，就如奴家贴体一般。"陈大郎哭得出声不得，软做一堆。妇人就把衫儿亲手与汉子穿下，叫丫鬟开了门户，亲自送他出门，再三珍重而别。诗曰：

> 昔年含泪别夫郎，今日悲啼送所欢。
> 堪恨妇人多水性，招来野鸟胜文鸾。

话分两头。却说陈大郎有了这珍珠衫儿，每日贴体穿着，便夜间脱下，也放在被窝中同睡，寸步不离。一路遇了顺风，不两月行到苏州府枫桥地面。那枫桥是柴米牙行聚处，少不得投个主家脱货，不在话下。

忽一日，赴个同乡人的酒席。席上遇个襄阳客人，生得风流标致。那人非别，正是蒋兴哥。原来兴哥在广东贩了些珍珠、玳瑁、苏木、沉香之类，搭伴起身。那伙同伴商量，都要到苏州发卖。兴哥久闻得"上说天堂，下说苏杭"，好个大马头所在，有心要去走一遍，做这一回买卖，方才回去。还是去年十月中到苏州的。因是隐姓为商，都称为罗小官人，所以陈大郎更不疑惑。他两个萍水相逢，年相若，貌相似，谭吐应对之间，彼此敬慕。即席间问了下处，互相拜望，两下遂成知己，不时会面。

　　兴哥讨完了客帐，欲待起身，走到陈大郎寓所作别。大郎置酒相待，促膝谈心，甚是款洽。此时五月下旬，天气炎热。两个解衣饮酒，陈大郎露出珍珠衫来。兴哥心中骇异，又不好认他的，只夸奖此衫之美。陈大郎恃了相知，便问道："贵县大市街有个蒋兴哥家，罗兄可认得否？"兴哥到也乖巧，回道："在下出外日多，里中虽晓得有这个人，并不相认。陈兄为何问他？"陈大郎道："不瞒兄长说，小弟与他有些瓜葛。"便把三巧儿相好之情，告诉了一遍。扯着衫儿看了，眼泪汪汪道："此衫是他所赠。兄长此去，小弟有封书信，奉烦一寄，明日侵早送到贵寓。"兴哥口里答应道："当得，当得。"心下沉吟："有这等异事！现在珍珠衫为证，不是个虚话了。"当下如针刺肚，推故不饮，急急起身别去。回到下处，想了又恼，恼了又想，恨不得学个缩地法儿，顷刻到家。连夜收拾，次早便上船要行。

　　只见岸上一个人气吁吁的赶来，却是陈大郎。亲把书信一大包，递与兴哥，叮嘱千万寄去。气得兴哥面如土色，说不得，话不得，死不得，活不得。只等陈大郎去后，把书看时，面上写道："此书烦寄大市街东巷薛妈妈家。"兴哥性起，一手扯开，却是八尺多长一条桃红绉纱汗巾。又有个纸糊长匣儿，内有羊脂玉凤头簪一根。书上写道："微物二件，烦干娘转寄心爱娘子三巧儿亲收，聊表记念。相会之期，准在来春。珍重，珍重。"兴哥大怒，把书扯得粉碎，撒在河中；提起玉簪在船板上一掼，折做两段，一念想起道："我好糊涂！何不留此做个证见也好。"便检起簪儿和汗巾，做一包收拾，催促开船。急急的赶到家乡，望见了自家门首，不觉堕下泪来。想起："当初夫妻何等恩爱，只为我贪着蝇头微利，撇他少年守寡，弄出这场丑来，如今悔之何及！"在路上性急，巴不得赶回。及至到了，心中又苦又恨，行一步，懒一步。进得自家门里，少不得忍住了气，勉强相见。兴哥并无言语，三巧儿自己心虚，觉得满脸惭愧，不敢殷勤上前扳话。兴哥搬完了行李，只说去看看丈人丈母，依旧到船上住了一晚。

次早回家，向三巧儿说道："你的爹娘同时害病，势甚危笃。昨晚我只得住下，看了他一夜。他心中只牵挂着你，欲见一面。我已顾下轿子在门首，你可作速回去，我也随后就来。"三巧儿见丈夫一夜不回，心里正在疑虑；闻说爹娘有病，却认真了，如何不慌？慌忙把箱笼上匙钥递与丈夫，唤个婆娘跟了，上轿而去。兴哥叫住了婆娘，向袖中摸出一封书来，分付他送与王公："送过书，你便随轿回来。"

却说三巧儿回家，见爹娘双双无恙，吃了一惊。王公见女儿不接而回，也自骇然。在婆子手中接书，拆开看时，却是休书一纸。上写道：

> "立休书人蒋德，系襄阳府枣阳县人，从幼凭媒聘
> 定王氏为妻。岂期过门之后，本妇多有过失，正合七
> 出之条。因念夫妻之情，不忍明言。情愿退还本宗，
> 听凭改嫁，并无异言。休书是实。
>
> 　　　成化二年　　　月　　　日　　　手掌为记。"

书中又包着一条桃红汗巾，一枝打折的羊脂玉凤头簪。王公看了，大惊，叫过女儿问其缘故。三巧儿听说丈夫把他休了，一言不发，啼哭起来。王公气忿忿的一径跟到女婿家来，蒋兴哥连忙上前作揖，王公回礼，便问道："贤婿，我女儿是清清白白嫁到你家的，如今有何过失，你便把他休了？须还我个明白。"蒋兴哥道："小婿不好说得，但问令爱便知。"王公道："他只是啼哭，不肯开口，教我肚里好闷！小女从幼聪慧，料不到得犯了淫盗。若是小小过失，你可也看老汉薄面，恕了他罢。你两个是七八岁上定下的夫妻，完婚后并不曾争论一遍两遍，且是和顺。你如今做客才回，又不曾住过三朝五日，有甚么破绽

落在你眼里？你直如此狠毒，也被人笑话，说你无情无义。"蒋兴哥道："丈人在上，小婿也不敢多讲。家下有祖遗下珍珠衫一件，是令爱收藏，只问他如今在否。若在时，半字休题；若不在，只索休怪了。"王公忙转身回家，问女儿道："你丈夫只问你讨甚么珍珠衫，你端的拿与何人去了？"那妇人听得说着了他紧要的关目㉑，羞得满脸通红，开不得口，一发号啕大哭起来，慌得王公没做理会处。王婆劝道："你不要只管啼哭，实实的说个真情与爹妈知道，也好与你分剖。"妇人那里肯说，悲悲咽咽，哭一个不住。王公只得把休书和汗巾簪子，都付与王婆，教他慢慢的偎着女儿，问他个明白。

王公心中纳闷，走到邻家闲话去了。王婆见女儿哭得两眼赤肿，生怕苦坏了他，安慰了几句言语，走往厨房下去暖酒，要与女儿消愁。三巧儿在房中独坐，想着珍珠衫泄漏的缘故，好生难解！这汗巾簪子，又不知那里来的。沉吟了半晌道："我晓得了：这折簪是镜破钗分之意，这条汗巾，分明教我悬梁自尽。他念夫妻之情，不忍明言，是要全我的廉耻。可怜四年恩爱，一旦决绝，是我做的不是，负了丈夫恩情。便活在人间，料没有个好日，不如缢死，到得干净。"说罢，又哭了一回，把个坐兀子㉒填高，将汗巾兜在梁上，正欲自缢。也是寿数未绝，不曾关上房门。恰好王婆暖得一壶好酒走进房来，见女儿安排这事，急得他手忙脚乱，不放酒壶，便上前去拖拽。不期一脚踢翻坐兀子，娘儿两个跌做一团，酒壶都泼翻了。王婆爬起来，扶起女儿，说道："你好短见！二十多岁的人，一朵花还没有开足，怎做这没下梢的事？莫说你丈夫还有回心转意的日子，便真个休了，恁般容貌，怕没人要你？少不得别选良姻，图个下半世受用。你且放心过日子去，休得愁闷。"王公回家，知道女儿寻死，也劝了他一番，又嘱付王婆用心提防。过了数日，三巧儿没奈何，也放下了念头。正是：

夫妻本是同林鸟，大限来时各自飞。

再说蒋兴哥把两条索子，将晴云、暖雪捆缚起来，拷问情由。那丫头初时抵赖，吃打不过，只得从头至尾，细细招将出来，已知都是薛婆勾引，不干他人之事。到明朝，兴哥领了一伙人，赶到薛婆家里，打得他雪片相似，只饶他拆了房子。薛婆情知自己不是，躲过一边，并没一人敢出头说话。兴哥见他如此，也出了这口气。回去唤个牙婆，将两个丫头都卖了。楼上细软箱笼，大小共十六只，写三十二条封皮，打叉封了，更不开动。这是甚意儿？只因兴哥夫妇，本是十二分相爱的。虽则一时休了，心中好生痛切。见物思人，何忍开看？

话分两头。却说南京有个吴杰进士，除授广东潮阳县知县，水路上任，打从襄阳经过。不曾带家小，有心要择一美妾。一路看了多少女子，并不中意。闻得枣阳县王公之女，大有颜色，一县闻名，出五十金财礼，央媒议亲。王公到也乐从，只怕前婿有言，亲到蒋家，与兴哥说知。兴哥并不阻当。临嫁之夜，兴哥顾了人夫，将楼上十六个箱笼，原封不动，连匙钥送到吴知县船上，交割与三巧儿，当个陪嫁。妇人心上到过意不去。傍人晓得这事，也有夸兴哥做人忠厚的，也有笑他痴骏的，还有骂他没志气的；正是人心不同。

闲话休题。再说陈大郎在苏州脱货完了，回到新安，一心只想着三巧儿。朝暮看了这件珍珠衫，长吁短叹。老婆平氏心知这衫儿来得跷蹊，等丈夫睡着，悄悄的偷去，藏在天花板上。陈大郎早起要穿时，不见了衫儿，与老婆取讨。平氏那里肯认。急得陈大郎性发，倾箱倒箧的寻个遍，只是不见，便破口骂老婆起来。惹得老婆啼啼哭哭，与他争嚷，闹吵了两三日。陈大郎情怀撩乱，忙忙的收拾银两，带个小郎，再望襄阳旧路而进。

将近枣阳，不期遇了一伙大盗，将本钱尽皆劫去，小郎也被他杀了。陈商眼快，走向船梢舵上伏着，幸免残生。思想还乡不得，且到旧寓住下，待会了三巧儿，与他借些东西，再图恢复。叹了一口气，只得离船上岸。

走到枣阳城外主人吕公家，告诉其事；又道如今要央卖珠子的薛婆，与一个相识人家借些本钱营运。吕公道："大郎不知，那婆子为勾引蒋兴哥的浑家，做了些丑事。去年兴哥回来，问浑家讨甚么'珍珠衫'，原来浑家赠与情人去了，无言回答，兴哥当时休了浑家回去，如今转嫁与南京吴进士做第二房夫人了。那婆子被蒋家打得个片瓦不留，婆子安身不牢，也搬在隔县去了。"

陈大郎听得这话，好似一桶冷水没头淋下，这一惊非小。当夜发寒发热，害起病来。这病又是郁症，又是相思症，也带些怯症，又有些惊症，床上卧了两个多月，翻翻覆覆只是不愈，连累主人家小厮，伏侍得不耐烦。陈大郎心上不安，打熬起精神，写成家书一封，请主人来商议，要觅个便人捎信往家中，取些盘缠，就要个亲人来看觑同回。这几句正中了主人之意，恰好有个相识的承差，奉上司公文要往徽宁一路，水陆驿递，极是快的。吕公接了陈大郎书札，又替他应出五钱银子，送与承差，央他乘便寄去。果然的"自行由得我，官差急如火"，不勾几日，到了新安县。问着陈商家里，送了家书，那承差飞马去了。正是：

> 只为千金书信，又成一段姻缘。

话说平氏拆开家信，果是丈夫笔迹，写道：

> "陈商再拜，贤妻平氏见字：别后襄阳遇盗，劫资杀仆。某受惊患病，见卧旧寓吕家，两月不愈。字到可央一的当亲人，多带盘缠，速来看视。伏枕草草。"

平氏看了，半信半疑，想道："前番回家，亏折了千金赀本。据这件珍珠衫，一定是邪路上来的。今番又推被盗，多讨盘缠，怕是假话。"又想道："他要个的当亲人，速来看视，必然病势利害。这话是真，也未可知。如今央谁人去好？"左思右想，放心不下。与父亲平老朝奉商议。收拾起细软家私，带了陈旺夫妇，就请父亲作伴，顾个船只，亲往襄阳看丈夫去。到得京口，平老朝奉痰火病发，央人送回去了。平氏引着男女，上水前进。

不一日，来到枣阳城外，问着了旧主人吕家。原来十日前，陈大郎已故了。吕公赔些钱钞，将就入殓。平氏哭倒在地，良久方醒。慌忙换了孝服，再三向吕公说，欲待开棺一见，另买副好棺材，重新殓过。吕公执意不肯。平氏没奈何，只得买木做个外棺包裹，请僧做法事超度，多焚冥资。吕公已自索了他二十两银子谢仪，随他闹吵，并不言语。

过了一月有余，平氏要选个好日子，扶柩而回。吕公见这妇人年少姿色，料是守寡不终，又且襄中有物，思想儿子吕二，还没有亲事，何不留住了他，完其好事，可不两便？吕公买酒请了陈旺，央他老婆委曲进言，许以厚谢。陈旺的老婆是个蠢货，那晓得甚么委曲？不顾高低，一直的对主母说了。平氏大怒，把他骂了一顿，连打几个耳光子，连主人家也数落了几句。吕公一场没趣，敢怒而不敢言。正是：

羊肉馒头没的吃，空教惹得一身骚。

吕公便去撺掇陈旺逃走。陈旺也思量没甚好处了，与老婆商议，教他做脚，里应外合，把银两首饰，偷得罄尽，两口儿连夜走了。吕公明知其情，反埋怨平氏道：不该带这样歹人出来，幸而偷了自家主母的东西，若偷了别家的，可不连累人！又嫌这灵柩碍他生理，教他快些抬去。又道后生寡妇，在此住居不便，催促他起身。平氏被逼不过，只得别赁下一间房子住了。顾人把灵柩移来，安顿在内。这凄凉景象，自不必说。

间壁有个张七嫂，为人甚是活动。听得平氏啼哭，时常走来劝解。平氏又时常央他典卖几件衣服用度，极感其意。不勾几月，衣服都典尽了。从小学得一手好针线，思量要到个大户人家，教习女红度日，再作区处。正与张七嫂商量这话，张七嫂道："老身不好说得，这大户人家，不是你少年人走动的。死的没福自死了，活的还要做人。你后面日子正长哩，终不然做针线娘了得你下半世？况且名声不好，被人看得轻了。还有一件，这个灵柩，如何处置？也是你身上一件大事。便出赁房钱，终久是不了之局。"平氏道："奴家也都虑到，只是无计可施了。"张七嫂道："老身到有一策，娘子莫怪我说。你千里离乡，一身孤寡，手中又无半钱，想要搬这灵柩回去，多是虚了。莫说你衣食不周，到底难守；便多守得几时，亦有何益？依老身愚见，莫若趁此青年美貌，寻个好对头，一夫一妇的，随了他去。得些财礼，就买块土来葬了丈夫，你的终身又有所托，可不生死无憾？"平氏见他说得近理，沉吟了一会，叹口气道："罢，罢，奴家卖身葬夫，傍人也笑我不得。"张七嫂道："娘子若定了主意时，老身现有个主儿在此。年纪与娘子相近，人物齐整，又是大富之家。"平氏道："他既是富家，怕不要二婚的。"张七嫂道："他也是续弦了，原对老身说：不拘头婚二婚，只要人才出众。似娘子这般丰姿，怕不中意。"原来张七嫂曾受蒋兴哥之托，央他访一头好亲。因是前妻三巧儿出色标致，所以如今只要访个美貌的。那平氏容貌，虽不及得三巧儿，论起手脚伶俐，胸中泾渭，又胜似他。

张七嫂次日就进城，与蒋兴哥说了。兴哥闻得是下路人，愈加欢喜。这里平氏分文财礼不要，只要买块好地殡葬丈夫要紧。张七嫂往来回复了几次，两相依允。

话休烦絮。却说平氏送了丈夫灵柩入土，祭奠毕了，大哭一场，免不得起灵除孝。临期，蒋家送衣饰过来，又将他典下的衣服都赎回了。成亲之夜，一般大吹大擂，洞房花烛。正是：

> 规矩熟闲虽旧事，恩情美满胜新婚。

蒋兴哥见平氏举止端庄，甚相敬重。一日，从外而来，平氏正在打叠衣箱，内有珍珠衫一件。兴哥认得了，大惊问道：

"此衫从何而来？"平氏道："这衫儿来得蹊跷。"便把前夫如此张縠㉒，夫妻如此争嚷，如此赌气分别，述了一遍。又道："前日艰难时，几番欲把他典卖，只愁来历不明，怕惹出是非，不敢露人眼目。连奴家至今，不知这物事那里来的。"兴哥道："你前夫陈大郎名字，可叫做陈商？可是白净面皮，没有须，左手长指甲的么？"平氏道："正是。"蒋兴哥把舌头一伸，合掌对天道："如此说来，天理昭彰，好怕人也！"平氏问其缘故，蒋兴哥道："这件珍珠衫，原是我家旧物。你丈夫奸骗了我的妻子，得此衫为表记。我在苏州相会，见了此衫，始知其情，回来把王氏休了。谁知你丈夫客死，我今续弦，但闻是徽州陈客之妻，谁知就是陈商！却不是一报还一报！"平氏听罢，毛骨竦然。从此恩情愈笃。这才是"蒋兴哥重会珍珠衫"的正话㉔。诗曰：

> 天理昭昭不可欺，两妻交易孰便宜？
>
> 分明欠债偿他利，百岁姻缘暂换时。

再说蒋兴哥有了管家娘子，一年之后，又往广东做买卖。也是合当有事，一日到合浦县贩珠，价都讲定。主人家老儿，只拣一粒绝大的偷过了，再不承认。兴哥不忿，一把扯他袖子要搜。何期去得势重，将老儿拖翻在地，跌下便不做声。忙去扶时，气已断了。儿女亲邻，哭的哭，叫的叫，一阵的簇拥将来，把兴哥捉住。不由分说，痛打一顿，关在空房里。连夜写了状词，只等天明，县主早堂，连人进状。县主准了，因这日有公事，分付把凶身锁押，次日候审。

你道这县主是谁？姓吴名杰，南畿㉕进士，正是三巧儿的晚老公。初选原在潮阳，上司因见他清廉，调在这合浦县采珠的所在来做官。是夜，吴杰在灯下将准过的状词细阅。三巧儿正在傍边闲看，偶见宋福所告人命一词，凶身罗德，枣阳县客人，不是蒋兴哥是谁！想起旧日恩情，不觉痛酸，哭告丈夫道：

"这罗德是贱妾的亲哥，出嗣在母舅罗家的。不期客边，犯此大辟。官人可看妾之面，救他一命还乡。"县主道："且看临审如何。若人命果真，教我也难宽宥。"三巧儿两眼噙泪，跪下苦苦哀求。县主道："你且莫忙，我自有道理。"明早出堂，三巧儿又扯住县主衣袖哭道："若哥哥无救，贱妾亦当自尽，不能相见了。"

当日县主升堂，第一就问这起。只见宋福、宋寿弟兄两个，哭啼啼的与父亲执命，禀道："因争珠怀恨，登时打闷，仆地身死。望爷爷做主。"县主问众干证®口词，也有说打倒的，也有说推跌的。蒋兴哥辩道："他父亲偷了小人的珠子，小人不忿，与他争论。他因年老脚踹，自家跌死，不干小人之事。"县主问宋福道："你父亲几岁了？"宋福道："六十七岁了。"县主道："老年人容易昏绝，未必是打。"宋福、宋寿坚执是打死的。县主道："有伤无伤，须凭检验。既说打死，将尸发在漏泽园去，俟晚堂听检。"原来宋家也是个大户，有体面的，老儿曾当过里长，儿子怎肯把父亲在尸场剔骨？两个双双叩头道："父亲死状，众目共见，只求爷爷到小人家里相验，不愿发检。"县主道："若不见贴骨伤痕，凶身怎肯伏罪？没有尸格®，如何申得上司过？"弟兄两个只是求告。县主发怒道："你既不愿检，我也难问。"慌的他弟兄两个连连叩头道："但凭爷爷明断。"县主道："望七之人，死是本等。倘或不因打死，屈害了一个平人，反增死者罪过。就是你做儿子的，巴得父亲到许多年纪，又把个不得善终的恶名与他，心中何忍？但打死是假，推仆是真，若不重罚罗德，也难出你的气。我如今教他披麻戴孝，与亲儿一般行礼；一应殡殓之费，都要他支持。你可服么？"弟兄两个道："爷爷分付，小人敢不遵依。"兴哥见县主不用刑罚，断得干净，喜出望外。当下原被告都叩头称谢。县主道："我也不写审单，着差人押出，待事完回话，把原词与你销讫便了。"

正是：

　　　　公堂造业真容易，要积阴功亦不难。

　　　　试看今朝吴大尹，解冤释罪两家欢。

　　却说三巧儿自丈夫出堂之后，如坐针毡。一闻得退衙，便迎住问个消息。县主道："我……如此如此断了，看你之面，一板也不曾责他。"三巧儿千恩万谢，又道："妾与哥哥久别，渴思一会，问取爹娘消息。官人如何做个方便，使妾兄妹相见，此恩不小。"县主道："这也容易。"看官们，你道三巧儿被蒋兴哥休了，恩断义绝，如何恁地用情？他夫妇原是十分恩爱的，因三巧儿做下不是，兴哥不得已而休之，心中兀自不忍；所以改嫁之夜，把十六只箱笼，完完全全的赠他。只这一件，三巧儿的心肠，也不容不软了。今日他身处富贵，见兴哥落难，如何不救？这叫做知恩报恩。

　　再说蒋兴哥遵了县主所断，着实小心尽礼，更不惜费，宋家弟兄都没话了。丧葬事毕，差人押到县中回复，县主唤进私衙赐座，说道："尊舅这场官司，若非令妹再三哀恳，下官几乎得罪了。"兴哥不解其故，回答不出。少停茶罢，县主请入内书房，教小夫人出来相见。你道这番意外相逢，不象个梦景么？他两个也不行礼，也不讲话，紧紧的你我相抱，放声大哭。就是哭爹哭娘，从没见这般哀惨，连县主在傍，好生不忍，便道："你两人且莫悲伤，我看你不象哥妹，快说真情，下官有处。"两个哭得半休不休的，那个肯说？却被县主盘问不过，三巧儿只得跪下，说道："贱妾罪当万死，此人乃妾之前夫也。"蒋兴哥料瞒不得，也跪下来，将从前恩爱，及休妻再嫁之事，一一诉知。说罢，两人又哭做一团，连吴知县也堕泪不止，道："你两人如此相恋，下官何忍拆开？幸然在此三年，不曾生育，即刻领去完聚。"两个插烛也似拜谢。

　　县主即忙讨个小轿，送三巧儿出衙；又唤集人夫，把原来

陪嫁的十六个箱笼抬去，都教兴哥收领；又差典吏一员，护送
他夫妇出境。——此乃吴知县之厚德。正是：

> 珠还合浦重生采，剑合丰城倍有神。

> 堪羡吴公存厚道，贪财好色竟何人？

此人向来艰子㉘，后行取㉙到吏部，在北京纳宠，连生三子，科
第不绝，人都说阴德之报，这是后话。

　　再说蒋兴哥带了三巧儿回家，与平氏相见。论起初婚，王
氏在前；只因休了一番，这平氏到是明媒正娶，又且平氏年长
一岁，让平氏为正房，王氏反做偏房。两个姊妹相称，从此一
夫二妇，团圆到老。有诗为证：

> 恩爱夫妻虽到头，妻还作妾亦堪羞。

> 殃祥果报无虚谬，咫尺青天莫远求。

选自《喻世明言》

【题解】

　　"商人重利轻别离"，商人妇向来多哀怨多叹息。由于古代
交通和通讯的阻滞，远走他乡的商人和留守本土的家庭，就发
生了许许多多不幸的故事。蒋兴哥、陈大郎两个商人家庭的生
死离合也就是这许多故事中的一个。蒋兴哥、陈大郎同为商人，
俱处异乡，只是心性不同，结局也不同。可见问题的根本不在
于为商一行，而在于商人本身的主体意识。蒋兴哥的妻子三巧
儿在空寂的等待中被陈大郎勾引，落入圈套，按世俗说法，她
也有操守不严的一面，但作者并不很责备她，还是把她写成一
个可怜可爱的女人。作者主要谴责和责备的还是陈大郎，作者
还写了他的死，这既为蒋兴哥最后的婚姻结局，即再娶陈大郎
之妻平氏为妻，提供了可能，也包含对陈大郎的谴责，即遭到
报应。无论在蒋兴哥初婚还是休妻之时以及其后，他与三巧儿

的感情还是十分眷恋的。但作者写他们重圆时，三巧儿成了"偏房"，这可能也是一种"报应"吧，却嫌陈腐。这篇小说中的人物心理描写十分出色，不仅是在明代短篇小说中，而且在古代全部小说中，也是十分出色的。

【注释】

①词话：元明时的一种说唱艺术，其中有词曲，有说有唱。明清也用以泛指小说作品。 ②道路：生意、买卖。 ③牙行：专在买卖双方中做中间人，代客买卖或替双方说合的商号。 ④私房走野：指搞不正当的男女关系。 ⑤制中：居丧叫做制。制中即在丧中。 ⑥不僦不保：僦、保，同瞅、睬，过问、理睬。这里指心绪不佳、对外界没有兴趣。 ⑦排家：逐家、挨家挨户。 ⑧坐启：兼作客堂的起坐间。 ⑨朝奉：本是朝奉大夫、朝奉郎官名的简称，也用作对富人的称呼。 ⑩卓：同"桌"。 ⑪牙婆：买卖的中间人，叫牙郎或牙人；若是女性，则叫牙婆或牙嫂。⑫（唱）肥喏：一面拱手行礼，一面口里讲说颂词，叫唱喏。唱肥喏，恭顺程度更甚。 ⑬则甚：干甚么。⑭刮：同"聒"。 ⑮燥：同"躁"。 ⑯福：妇女行礼下拜，膝盖微曲、身不弯，称为福。 ⑰掷色：掷骰子。 ⑱风：同"疯"。 ⑲喉急：着急。 ⑳致详：深究、细察。 ㉑关目：情节。 ㉒坐几子：小凳。 ㉓张致：举止，样子。致，一作致。 ㉔正话：犹如正题、正文。此处有中心故事的意思。 ㉕南畿：明代洪武后，南京为留都，称南畿。 ㉖干证：与案件有关的证人。 ㉗尸格：验尸单，也叫验状。 ㉘艰子：不生儿子。 ㉙行取：明代州县官由吏部调取至京，补授科道或部属官职，叫做行取。

滕大尹鬼断家私

　　玉树庭前诸谢，紫荆花下三田；埙篪和好弟兄贤，
父母心中欢忻。　　多少争财竞产，同根苦自相煎。
相持鹬蚌枉垂涎，落得渔人取便。

　　这首词，名为《西江月》，是劝人家弟兄和睦的。且说如
今三教经典，都是教人为善的，儒教有十三经、六经、五经，
释教有诸品《大藏金经》，道教有《南华冲虚经》，及诸品藏
经，盈箱满案，千言万语，看来都是赘疣。依我说，要做好人，
只消个两字经，是"孝弟"两个字。那两字经中，又只消理会
一个字，是个"孝"字。假如孝顺父母的，见父母所爱者亦爱
之，父母所敬者亦敬之，何况兄弟行中，同气连枝，想到父母
身上去，那有不和不睦之理？就是家私田产，总是父母挣来的，
分甚么尔我？较甚么肥瘠？假如你生于穷汉之家，分文没得承
受，少不得自家挽起眉毛，挣扎过活。见成有田有地，兀自争
多嫌寡，动不动推说爹娘偏爱，分受不均。那爹娘在九泉之下，
他心上必然不乐。此岂是孝子所为？所以古人说得好，道是：
"难得者兄弟，易得者田地。"怎么是难得者兄弟？且说人生在
世，至亲的莫如爹娘；爹娘养下我来时节，极早已是壮年了，
况且爹娘怎守得我同去？也只好半世相处。再说至爱的莫如夫
妇，白头相守，极是长久的了；然未做亲以前，你张我李，各
门各户，也空着幼年一段。只有兄弟们，生于一家，从幼相随
到老，有事共商，有难共救，真象手足一般，何等情谊！譬如
良田美产，今日弃了，明日又可挣得来的；若失了个弟兄，分

明割了一手，折了一足，乃终身缺陷。说到此地，岂不是"难得者兄弟，易得者田地"？若是为田地上坏了手足亲情，到不如穷汉赤光光没得承受，反为干净，省了许多是非口舌。

如今在下说一节国朝的故事，乃是"滕大尹鬼断家私"。这节故事，是劝人重义轻财，休忘了"孝弟"两字经。看官们，或是有弟兄没弟兄，都不关在下之事，各人自去摸着心头，学好做人便了。正是：

> 善人听说心中刺，恶人听说耳边风。

话说国朝永乐年间，北直顺天府香河县，有个倪太守，双名守谦，字益之，家累千金，肥田美宅。夫人陈氏，单生一子，名曰善继，长大婚娶之后，陈夫人身故。倪太守罢官鳏居，虽然年老，只落得精神健旺。凡收租放债之事，件件关心，不肯安闲享用。其年七十九岁，倪善继对老子说道："'人生七十古来稀'。父亲今年七十九，明年八十齐头了，何不把家事交卸与孩儿掌管，吃些见成茶饭①，岂不为美？"老子摇着头，说出几句道：

> "在一日，管一日。替你心，替你力，挣些利钱穿
> 共吃。直待两脚壁立直，那时不关我事得。"

每年十月间，倪太守亲往庄上收租，整月的住下。庄户人家，肥鸡美酒，尽他受用。那一年，又去住了几日。偶然一日，午后无事，绕庄闲步，观看野景。忽然见一个女子，同着一个白发婆婆，向溪边石上捣衣。那女子虽然村妆打扮，颇有几分姿色：

> 发同漆黑，眼若波明。纤纤十指似裁葱，曲曲双
> 眉如抹黛。随常布帛，俏身躯赛著绫罗；点景野花，
> 美丰仪不须钗钿。五短身材偏有趣，二八年纪正当时。

倪太守老兴勃发，看得呆了。那女子捣衣已毕，随着老婆婆而走。那老儿留心观看，只见他走过数家，进一个小小白篱笆门

内去了。倪太守连忙转身，唤管庄的来，对他说如此如此，教他访那女子跟脚②，曾否许人，"若是没有人家时，我要娶他为妾，未知他肯否？"管庄的巴不得奉承家主，领命便走。原来那女子姓梅，父亲也是个府学秀才。因幼年父母双亡，在外婆身边居住。年一十七岁，尚未许人。管庄的访得的实了，就与那老婆婆说："我家老爷见你女孙儿生得齐整，意欲聘为偏房。虽说是做小，老奶奶去世已久，上面并无人拘管。嫁得成时，丰衣足食，自不须说，连你老人家年常衣服、茶、米，都是我家照顾，临终还得个好断送，只怕你老人家没福。"老婆婆听得花锦似一片说话，即时依允。也是姻缘前定，一说便成。管庄的回覆了倪太守，太守大喜。讲定财礼，讨皇历看个吉日，又恐儿子阻挡，就在庄上行聘，庄上做亲。成亲之夜，一老一少，端的好看！真个是：

恩爱莫忘今夜好，风光不减少年时。

过了三朝，唤个轿子，抬那梅氏回宅，与儿子媳妇相见。阖宅男妇，都来磕头，称为"小奶奶"。倪太守把些布帛，赏与众人，各各欢喜。只有那倪善继，心中不美。面前虽不言语，背后夫妻两口儿议论道："这老人忒没正经，一把年纪，风灯之烛，做事也须料个前后，知道五年十年在世，却去干这样不了不当③的事？讨这花枝般的女儿，自家也得精神对付他，终不然担误他在那里，有名无实？还有一件，多少人家老汉身边，有了少妇，支持不过。那少妇熬不得，走了野路，出乖露丑，为家门之玷。还有一件，那少妇跟随老汉，分明似出外度荒年一般，等得年时成熟，他便去了。平时偷短偷长，做下私房，东三西四的寄开，又撒娇撒痴，要汉子制办衣饰与他；到得树倒鸟飞时节，他便颠作嫁人，一包儿收拾去受用。这是木中之蠹，米中之虫，人家有了这般人，最损元气的。"又说道："这女子娇模娇样，好象个妓女，全没有良家体段，看来是个做声分④的头儿，擒老公的太岁。在咱爹身边，只该半妾半婢，叫声姨姐，后日还有个退步，可笑咱爹不明，就叫众人唤他做'小奶奶'，难道要咱们叫他娘不成？咱们只不作准他，莫要奉承透了，讨他做大起来，明日咱们颠到受他呕气。"夫妻二人，唧唧哝哝，说个不了。早有多嘴的传话出来。倪太守知道了，虽然不乐，却也藏在肚里。幸得那梅氏秉性温良，事上接下，一团和气，众人也都相安。

过了两个月，梅氏得了身孕，瞒着众人，只有老公知道。一日三，三日九，捱到十月满足，生下一个小孩儿出来，举家大惊。这日正是九月九日，乳名取做重阳儿。到十一日，就是倪太守生日。这年恰好八十岁了，贺客盈门。倪太守开筵管待，一来为寿诞，二来小孩儿三朝，就当个汤饼之会。众宾客道："老先生高年，又新添个小令郎，足见血气不衰，乃上寿之征也。"倪太守大喜。倪善继背后又说道："男子六十而精绝，况是八十岁了，那见枯树上生出花来？这孩子不知那里来的杂种，决不是咱爹嫡血，我断然不认他做兄弟。"老子又晓得了，也藏在肚里。

光阴似箭，不觉又是一年。重阳儿周岁，整备做晬盘⑤故事。里亲外眷，又来作贺。倪善继到走了出门，不来陪客。老子已知其意，也不去寻他回来。自己陪着诸亲，吃了一日酒。虽然口中不语，心内未免有些不足之意。自古道："子孝父心宽。"那倪善继平日做人，又贪又狠，一心只怕小孩子长大起来，分了他一股家私，所以不肯认做兄弟，预先把恶话谣言，日后好摆布他母子。那倪太守是读书做官的人，这个关窍怎不明白？只恨自家老了，等不及重阳儿成人长大，日后少不得要在大儿子手里讨针线⑥，今日与他结不得冤家，只索忍耐。看了这点小孩子，好生痛他；又看了梅氏小小年纪，好生怜他。常时想一会，闷一会，恼一会，又懊悔一会。

再过四年，小孩子长成五岁。老子见他伶俐，又忒会顽耍，要送他馆中上学。取个学名，哥哥叫善继，他就叫善述。拣个好日，备了果酒，领他去拜师父。那师父就是倪太守请在家里教孙儿的，小叔侄两个同馆上学，两得其便。谁知倪善继与做爹的不是一条心肠，他见那孩子，取名善述，与己排行，先自不象意⑦了；又与他儿子同学读书，到要儿子叫他叔叔，从小叫惯了，后来就被他欺压，不如唤了儿子出来，另从个师父罢。当日将儿子唤出，只推有病，连日不到馆中。倪太守初时只道是真病，过了几日，只听得师父说："大令郎另聘了个先生，分做两个学堂，不知何意？"倪太守不听犹可，听了此言，不觉大怒，就要寻大儿子，问其缘故。又想道："天生恁般逆种，与他说也没干，由他罢了。"含了一口闷气，回到房中，偶然脚慢，拌着门槛一跌。梅氏慌忙扶起，挽到醉翁床⑧上坐下，已自不省人事。急请医生来看，医生说是中风。忙取姜汤灌醒，扶他上床，虽然心下清爽，却满身麻木，动弹不得。梅氏坐在床头，煎汤煎药，殷勤伏侍。连进几服，全无功效。医生切脉道："只好延捱日子，不能全愈了。"倪善继闻知，也来看觑了几遍，见老子病势沉重，料是不起，便呼么喝六，打童骂仆，预先装出家主公的架子来。老子听得，愈加烦恼。梅氏只得啼哭，连小学生也不去上学，留在房中，相伴老子。

倪太守自知病笃，唤大儿子到面前，取出簿子一本，家中田地屋宅及人头帐目总数，都在上面，分付道："善述年方五岁，衣服尚要人照管，梅氏又年少，也未必能管家，若分家私与他，也是枉然，如今尽数交付与你。倘或善述日后长大成人，你可看做爹的面上，替他娶房媳妇，分他小屋一所，良田五六十亩，勿令饥寒足矣。这段话我都写绝在家私簿上，就当分家，把与你做个执照。梅氏若愿嫁人，听从其便。倘肯守着儿子度日，也莫强他。我死之后，你一一依我言语，这便是孝子。我在九泉，亦得瞑目。"倪善继把簿子揭开一看，果然开得细，写得明，满脸堆下笑来，连声应道；"爹休忧虑，恁⑨儿一一依爹分付便了。"抱了家私簿子，欣然而去。梅氏见他去得远了，两眼垂泪，指着那孩子道："这个小冤家，难道不是你嫡血？你却和盘托出，都把与大儿子了，教我母子两口，异日把甚么过活？"倪太守道："你有所不知，我看善继，不是个良善之人，若将家私平分了，连这小孩子的性命也难保。不如都把与他，象了他意，再无妒忌。"梅氏又哭道："虽然如此，自古道'子无嫡庶'，忒杀厚薄不均，被人笑话。"倪太守道："我也顾他不得了。你年纪正小，趁我未死，将孩子嘱咐善继，待我去世后，多则一年，少则半载，尽你心中拣择个好头脑⑩，自去图下半世受用，莫要在他们身边讨气吃。"梅氏道："说那里话！奴家也是儒门之女，妇人从一而终，况又有了这小孩儿，怎割舍得抛他？好歹要守在这孩子身边的。"倪太守道："你果然肯守志终身么？莫非日久生悔？"梅氏就发起大誓来。倪太守道："你若立志果坚，莫愁母子没得过活。"便向枕边摸出一件东西来，交与梅氏。梅氏初时只道又是一个家私簿子，却原来是一尺阔三尺长的一个小轴子。梅氏道："要这小轴儿何用？"倪太守道："这是我的行乐图，其中自有奥妙。你可悄地收藏，休露人目，直待孩子年长。善继不肯看顾他，你也只含藏于心。等得个贤明有司官来，你却将此轴去诉理，述我遗命，求他细细推详，自然有个处分⑪，尽勾你母子二人受用。"梅氏收了轴子。话休絮烦，倪太守又延了数日，一夜痰厥，叫唤不醒，呜呼哀哉死了。享年八十四岁。正是：

> 三寸气在千般用，一日无常万事休。
>
> 早知九泉将不去，作家辛苦着何由？

　　且说倪善继得了家私簿，又讨了各仓各库匙钥，每日只去查点家财杂物，那有功夫走到父亲房里问安？直等呜呼之后，梅氏差丫鬟去报知凶信，夫妻两口方才跑来，也哭了几声"老爹爹"。没一个时辰，就转身去了，到委着梅氏守尸。幸得衣衾棺椁，诸事都是预办下的，不要倪善继费心。殡殓成服后，梅氏和小孩子两口守着孝堂，早暮啼哭，寸步不离。善继只是点名应客，全无哀痛之意。七中便择日安葬，回丧[12]之夜，就把梅氏房中，倾箱倒箧，只怕父亲存下些私房银两在内，梅氏乖巧，恐怕收去了他的行乐图，把自己原嫁来的两只箱笼，到先开了，提出几件穿旧衣裳，教他夫妻两口检看。善继见他大意，到不来看了。夫妻两口儿乱了一回，自去了。梅氏思量苦切，放声大哭。那小孩子见亲娘如此，也哀哀哭个不住。怎般光景：

> 任是泥人应堕泪，从教铁汉也酸心。

次早，倪善继又唤个做屋匠来，看这房子，要行重新改造，与自家儿子做亲。将梅氏母子，搬到后园三间杂屋内栖身，只与他四脚小床一张，和几件粗台粗凳，连好家火都没一件。原在房中伏侍有两个丫鬟，止拣大些的又唤去了，止留下十一二岁的小使女，每日是他厨下取饭。有菜没菜，都不照管。梅氏见不方便，索性讨些饭米，堆个土灶，自炊来吃。早晚做些针指，买些小菜，将就度日。小学生到附在邻家上学，束修都是梅氏自出。善继又屡次教妻子劝梅氏嫁人，又寻媒妪与他说亲，见梅氏誓死不从，只得罢了。因梅氏十分忍耐，凡事不言不语，所以善继虽然凶狠，也不将他母子放在心上。

光阴似箭，善述不觉长成一十四岁。原来梅氏平生谨慎，从前之事，在儿子面前，一字也不题，只怕娃子家口滑，引出是非，无益有损。守得一十四岁时，他胸中渐渐泾渭分明，瞒他不得了。一日，向母亲讨件新绢衣穿，梅氏回他没钱买得，善述道："我爹做过太守，止生我弟兄两人，见今哥哥怎般富贵，我要一件衣服，就不能勾了，是怎地？既娘没钱时，我自与哥哥索讨。"说罢就走。梅氏一把扯住道："我儿，一件绢衣，直甚大事，也去开口求人。常言道：'惜福积福。''小来穿线，大来穿绢。'若小时穿了绢，到大来线也没得穿了。再过两年，等你读书进步，做娘的情愿卖身来做衣服与你穿著。你那哥哥不是好惹的，缠他甚么？"善述道："娘说得是。"口虽答应，心下不以为然，想着："我父亲万贯家私，少不得兄弟两个大家分受。我又不是随娘晚嫁，拖来的油瓶，怎么我哥哥全不看顾？娘又是恁般说，终不然一匹绢儿，没有我分，直待娘卖身来做与我穿着，这话好生奇怪！哥哥又不是吃人的虎，怕他怎的？"心生一计，瞒了母亲，径到大宅里去，寻见了哥哥，叫声："作揖。"善继到吃了一惊，问他来做甚么。善述道："我是个缙绅子弟，身上蓝缕，被人耻笑。特来寻哥哥讨匹绢去，做衣服穿。"善继道："你要衣服穿，自与娘讨。"善述道："老爹爹家私是哥哥管，不是娘管。"善继听说"家私"二字，题目来得大了，便红着脸问道："这句话，是那个教你说的？你今日来讨衣服穿，还是来争家私？"善述道："家私少不得有日分析，今日先要件衣服，装装体面。"善继道："你这般野种，要甚么体面！老爹爹纵有万贯家私，自有嫡子嫡孙，干你野种屁事！你今日是听了甚人撺掇，到此讨野火吃⑬？莫要惹着我性子，教你母子二人无安身之处！"善述道："一般是老爹爹所生，怎么我是野种？惹着你性子，便怎地？难道谋害了我娘儿两个，你就独占了家私不成？"善继大怒，骂道："小畜生，敢挺撞我！"牵住他衣袖儿，捻起拳头，一连七八个栗暴，打得头皮都青肿了。善述挣脱了，一道烟走出，哀哀的哭到母亲面前来。一五一十，备细述与母亲知道。梅氏抱怨道："我教你莫去惹事，你不听教训，打得你好！"口里虽如此说，扯着青布衫，替他摩那头上肿处，不觉两泪交流。有诗为证：

> 少年孀妇拥遗孤，食薄衣单百事无。
>
> 只为家庭缺孝友，同枝一树判荣枯。

梅氏左思右量，恐怕善继藏怒，到遣使女进去致意，说小学生不晓世事，冲撞长兄，招个不是。善继兀自怒气不息，次日侵早，邀几个族人在家，取出父亲亲笔分关⑭，请梅氏母子到来，共同看了，便道："尊亲长在上，不是善继不肯养他母子，要撵他出去，只因善述昨日与我争取家私，发许多说话，诚恐日后长大，说话一发多了，今日分析他母子出外居住。东庄住房一所，田五十八亩，都是遵依老爹爹遗命，毫不敢自专，伏乞尊亲长作证。"这伙亲族，平昔晓得善继做人利害，又且父亲亲笔遗嘱，那个还肯多嘴，做闲冤家？都将好看的话儿来说。那奉承善继的说道："'千金难买亡人笔'。照依分关，再没话了。"就是那可怜善述母子的，也只说道："'男子不吃分时饭，女子不著嫁时衣'。多少白手成家的，如今有屋住，有田种，不算没根基了，只要自去挣持。得粥莫嫌薄，各人自有个命在。"

梅氏料道在园屋居住，不是了日，只得听凭分析，同孩儿谢了众亲长，拜别了祠堂，辞了善继夫妇，教人搬了几件旧家伙，和那原嫁来的两只箱笼，雇了牲口骑坐，来到东庄屋内。只见荒草满地，屋瓦稀疏，是多年不修整的，上漏下湿，怎生住得？将就打扫一两间，安顿床铺。唤庄户来问时，连这五十八亩田，都是最下不堪的。大熟之年，一半收成还不能勾；若荒年，只好赔粮。梅氏只叫得苦。到是小学生有智，对母亲道："我弟兄两个，都是老爹爹亲生，为何分关上如此偏向？其中必有缘故。莫非不是老爹爹亲笔？自古道：'家私不论尊卑。'母亲何不告官申理？厚薄凭官府判断，到无怨心。"梅氏被孩儿题起线索，便将十来年隐下衷情，都说出来道："我儿休疑分关之语，这正是你父亲之笔。他道你年小，恐怕被做哥的暗算，所以把家私都判与他，以安其心。临终之日，只与我行乐图一轴，再三嘱咐：其中含藏哑谜，直待贤明有司在任，送他详审，包你母子两口，有得过活，不致贫苦。"善述道："既有此事，何不早说？行乐图在那里？快取来与孩儿一看。"梅氏开了箱儿，取出一个布包来。解开包袱，里面又有一重油纸封裹着。拆了封，展开那一尺阔三尺长的小轴儿，挂在椅上，母子一齐下拜。梅氏通陈道："村庄香烛不便，乞恕亵慢。"善述拜罢，起来仔细看时，乃是一个坐像，乌纱白发，画得丰采如生，怀中抱着婴儿，一只手指着地下。揣摩了半晌，全然不解，只得依旧收卷包藏，心下好生烦闷。

过了数日，善述到前村要访个师父讲解，偶从关王庙前经过，只见一伙村人，抬着猪羊大礼，祭赛关圣。善述立住脚头看时，又见一个过路的老者，拄了一根竹杖，也来闲看，问着众人道："你们今日为甚赛神？"众人道："我们遭了屈官司，幸赖官府明白，断明了这公事。向日许下神道愿心，今日特来拜偿。"老者道："甚么屈官司？怎生断的？"内中一人道："本县向奉上司明文，十家为甲。小人是甲首，叫做成大。同甲中，有个赵裁，是第一手针线，常在人家做夜作，整几日不归家的。忽一日出去了，月余不归，老婆刘氏，央人四下寻觅，并无踪迹。又过了数日，河内浮出一个尸首，头都打破的。地方报与官府，有人认出衣服，正是那赵裁。赵裁出门前一日，曾与小人酒后争句闲话，一时发怒，打到他家，毁了他几件家私，这是有的。谁知他老婆把这桩人命告了小人，前任漆知县，听信一面之词，将小人问成死罪。同甲不行举首，连累他们都有了罪名。小人无处伸冤，在狱三载。幸遇新任滕爷，他虽乡科出身，甚是明白。小人因他热审[15]时节，哭诉其冤。他也疑惑道：'酒后争嚷，不是大仇，怎的就谋他一命？'准了小人状词，出牌拘人覆审。滕爷一眼看着赵裁的老婆，千不说，万不说，开口便问他曾否再醮。刘氏道：'家贫难守，已嫁人了。'又问嫁的甚人，刘氏道：'是班辈[16]的裁缝，叫沈八汉。'滕爷当时飞拿沈八汉来，问道：'你几时娶这妇人？'八汉道：'他丈夫死了一个多月，小人方才娶回。'滕爷道：'何人为媒？用何聘礼？'八汉道：'赵裁存日，曾借用过小人七八两银子。小人闻得赵裁死信，走到他家探问，就便催取这银子。那刘氏没得抵偿，情愿将身许嫁小人，准折这银两，其实不曾央媒。'滕爷又问道：'你做手艺的人，那里来这七八两银子？'八汉道：'是陆续凑与他的。'滕爷把纸笔，教他细开逐次借银数目。八汉开了出来，或米或银共十三次，凑成七两八钱之数。滕爷看罢，大喝道：'赵裁是你打死的，如何妄陷平人？'便用夹棍夹起。八汉还不肯认，滕爷道：'我说出情弊，教你心服：既然放本盘利，难道再没第二个人托得，恰好都借与赵裁？必是平昔间与他妻子有奸，赵裁贪你东西，知情故纵。以后想做长久夫妻，便谋死了赵裁。却又教导那妇人告状，捻在成大身上。今日你开帐的字，与旧时状纸笔迹相同，这人命不是你是谁？'再教把妇人拶指，要他承招。刘氏听见滕爷言语，句句合拍，分明鬼谷先师一般，魂都惊散了，怎敢抵赖？拶子套上，便承认了。八汉只得也招了。原来八汉起初与刘氏密地相好，人都不知。后来往来勤了，赵裁怕人眼目，渐有隔绝之意。八汉私与刘氏商量，要谋死赵裁，与他做夫妻，刘氏不肯。八汉乘赵裁在人家做生活回来，哄他店上吃得烂醉，行到河边，将他推倒，用石块打破脑门，沉尸河底。只等事冷，便娶那妇人回去。后因尸骸浮起，被人认出，八汉闻得小人有争嚷之隙，却去唆那妇人告状。那妇人直待嫁后，方知丈夫是八汉谋死的。既做了夫妻，便不言语。却被滕爷审出真情，将他夫妻抵罪，释放小人宁家。多承列位亲邻斗出公分，替小人赛神。老翁，你道有这般冤事么？"老者道："恁般贤明官府，真个难遇！本县百姓有幸了。"倪善述听到那里，便回家学与母亲知道，如此如此，这般这般，"有恁地好官府，不将行乐图去告诉，更待何时？"母子商议已定，打听了放告⑰日期，梅氏起个黑早，领着十四岁的儿子，带了轴儿，来到县中叫喊。大尹见没有状词，只有一个小小轴儿，甚是奇怪。问其缘故。梅氏将倪善继平昔所为，及老子临终遗嘱，备细说了。滕知县收了轴子，教他且去，待我进衙细看。正是：

> 一幅画图藏哑谜，千金家事仗搜寻。
>
> 只因孽妇孤儿苦，费尽神明大尹心。

不题梅氏母子回家，且说滕大尹放告已毕，退归私衙，取那一尺阔三尺长的小轴，看是倪太守行乐图，一手抱个婴孩，一手指着地下。推详了半日，想道："这个婴孩就是倪善述，不消说了。那一手指地，莫非要有司官念他地下之情，替他出力么？"又想道："他既有亲笔分关，官府也难做主了。他说轴中含藏哑谜，必然还有个道理。若我断不出此事，枉自聪明一世。"每日退堂，便将画图展玩，千思万想。如此数日，只是不解。

也是这事合当明白，自然生出机会来。一日午饭后，又去看那轴子。丫鬟送茶来吃，将一手去接茶瓯，偶然失挫，泼了些茶，把轴子沾湿了。滕大尹放了茶瓯，走向阶前，双手扯开轴子，就日色晒干。忽然日光中照见轴子里面有些字影，滕知县心疑，揭开看时，乃是一幅字纸，托在画上，正是倪太守遗笔。上面写道：

> "老夫官居五马，寿逾八旬；死在旦夕，亦无所恨。但孽子善述，方年周岁，急未成立。嫡善继素缺孝友，日后恐为所戕。新置大宅二所，及一切田产，悉以授继。惟左偏旧小屋，可分与述。此屋虽小，室中左壁埋银五千，作五坛；右壁埋银五千，金一千，作六坛，可以准田园之额。后有贤明有司主断者，述儿奉酬白金三百两。八十一翁倪守谦亲笔。
>
> 年月日花押"

原来这行乐图，是倪太守八十一岁上，与小孩子做周岁时，预先做下的。古人云"知子莫若父"，信不虚也。滕大尹最有机变的人，看见开着许多金银，未免垂涎之意。眉头一皱，计上心来，差人密拿倪善继来见我，自有话说。

却说倪善继独昌家私，心满意足，日日在家中快乐。忽见县差奉着手批拘唤，时刻不容停留。善继推阻不得，只得相随到县。正值大尹升堂理事，差人禀道："倪善继已拿到了。"大尹唤到案前道："你就是倪太守的长子么？"善继应道："小人正是。"大尹道："你庶母梅氏，有状告你，说你逐母逐弟，占产占房。此事真么？"倪善继道："庶弟善述，在小人身边，从幼抚养大的。近日他母子自要分居，小人并不曾逐他。其家财一节，都是父亲临终，亲笔分析定的，小人并不敢有违。"大尹道："你父亲亲笔在那里？"善继道："见在家中，容小人取来呈览。"大尹道："他状词内告有家财万贯，非同小可。遗笔真伪，也未可知。念你是缙绅之后，且不难为你。明日可唤齐梅氏母子，我亲到你家查阅家私。若厚薄果然不均，自有公道，难以私情而论。"喝教皂快押出善继，就去拘集梅氏母子，明日一同听审。公差得了善继的东道，放他回家去讫，自往东庄拘人去了。

再说善继听见官府口气利害，好生惊恐。论起家私，其实全未分析，单单持着父亲分关执照，千钧之力，须要亲族见证方好。连夜将银两分送三党⑱亲长，嘱托他次早都到家来，若官府问及遗笔一事，求他同声相助。这伙三党之亲，自从倪太守亡后，从不曾见善继一盘一盒，岁时也不曾酒杯相及，今日大块银子送来，正是"闲时不烧香，急来抱佛脚"，各各暗笑，落得受了买东西吃。明日见官，傍观动静，再作区处。时人有诗云：

休嫌庶母妄兴词，自是为兄意太私。

今日将银买三党，何如匹绢赠孤儿？

且说梅氏见县差拘唤，已知县主与他做主。过了一夜，次日侵早，母子二人，先到县中，去见滕大尹。大尹道："怜你孤儿寡妇，自然该替你说法。但闻得善继执得有亡父亲笔分关，这怎么处？"梅氏道："分关虽写得有，却是保全孩子之计，非出亡夫本心。恩相只看家私簿上数目，自然明白。"大尹道："常言道：'清官难断家事。'我如今管你母子一生衣食充足，你也休做十分大望。"梅氏谢道："若得免于饥寒足矣，岂望与善继同作富家郎乎？"

滕大尹分付梅氏母子，先到善继家伺候。倪善继早已打扫厅堂，堂上设一把虎皮交椅，焚起一炉好香。一面催请亲族，早来守候。梅氏和善述到来，见十亲九眷，都在眼前，一一相见了，也不免说几句求情的话儿。善继虽然一肚子恼怒，此时也不好发泄，各各暗自打点见官的说话。

等不多时，只听得远远喝道之声，料是县主来了，善继整顿衣帽迎接。亲族中年长知事的，准备上前见官。其幼辈怕事的，都站在照壁背后张望，打探消耗。只见一对对执事两班排立，后面青罗伞下，盖着有才有智的滕大尹。到得倪家门首，执事跪下，吆喝一声。梅氏和倪家兄弟，都一齐跪下来迎接。门子喝声："起去！"轿夫停了五山屏风轿子。滕大尹不慌不忙，踱下轿来。将欲进门，忽然对着空中，连连打恭，口里应对，恰像有主人相迎的一般。众人都吃惊，看他做甚模样。只见滕大尹一路揖让，直到堂中。连作数揖，口中叙许多寒温的言语。先向朝南的虎皮交椅上打个恭，恰像有人看坐⑬的一般。连忙转身，就拖一把交椅，朝北主位排下，又向空再三谦让，方才上坐。众人看他见神见鬼的模样，不敢上前，都两傍站立呆看。只见滕大尹在上坐拱揖，开谈道："令夫人将家产事告到

晚生手里，此事端的如何？”说罢，便作倾听之状。良久，乃摇
首吐舌道：“长公子太不良了。”静听一会，又自说道：“教次
公子何以存活？”停一会，又说道：“右偏小屋，有何活计？”
又连声道："领教，领教。"又停一时，说道："这项也交付次
公子，晚生都领命了。"少停又拱揖道："晚生怎敢当此厚惠？"
推逊了多时，又道："既承尊命恳切，晚生勉领，便给批照与次
公子收执。"乃起身，又连作数揖，口称："晚生便去。"众人
都看得呆了。

只见滕大尹立起身来，东看西看问道："倪爷那里去了？"
门子禀道："没见甚么倪爷？"滕大尹道："有此怪事！"唤善继
问道："方才令尊老先生，亲在门外相迎，与我对坐了讲这半日
说话，你们谅必都听见的。"善继道："小人不曾听见。"滕大
尹道："方才长长的身儿，瘦瘦的脸儿，高颧骨，细眼睛，长眉
大耳，朗朗的三牙须，银也似白的，纱帽皂靴，红袍金带，可
是倪老先生模样么？"谎得众人一身冷汗，都跪下道："正是他
生前模样。"大尹道："如何忽然不见了？他说家中有两处大厅
堂，又东边旧存下一所小屋，可是有的？"善继也不敢隐瞒，只
得承认道："有的。"大尹道："且到东边小屋去一看，自有话
说。"众人见大尹半日自言自语，说得活龙活现，分明是倪太守
模样，都信道倪太守真个出现了，人人吐舌，个个惊心。谁知
都是滕大尹的巧言，他是看了行乐图，照依小像说来，何曾有
半句是真话？有诗为证：

圣贤自是空题目，惟有鬼神不敢触。

若非大尹假装词，逆子如何肯心服？

倪善继引路，众人随着大尹，来到东偏旧屋内。这旧屋是
倪太守未得第时所居，自从造了大厅大堂，把旧屋空着，只做
个仓厅，堆积些零碎米麦在内，留下一房家人。看见大尹前后
走了一遍，到正屋中坐下，向善继道："你父亲果是有灵，家中

事体，备细与我说了，教我主张，这所旧宅子与善述，你意下如何？"善继叩头道："但凭恩台明断。"大尹讨家私簿子细细看了，连声道："也好个大家事。"看到后面遗笔分关，大笑道："你家老先生自家写定的，方才却又在我面前，说善继许多不是，这个老先儿也是没主意的。"唤倪善继过来，"既然分关写定，这些田园帐目，一一给你，善述不许妄争。"梅氏暗暗叫苦，方欲上前哀求，只见大尹又道："这旧屋判与善述，此屋中之所有，善继也不许妄争。"善继想道："这屋内破家破火，不值甚事，便堆下些米麦，一月前都粜得七八了，存不多儿，我也勾便宜了。"便连连答应道："恩台所断极明。"大尹道："你两人一言为定，各无翻悔。众人既是亲族，都来做个证见。方才倪老先生当面嘱咐说：'此屋左壁下埋银五千两，作五坛，当与次儿。'"善继不信，禀道："若果然有此，即使万金，亦是兄弟的，小人并不敢争执。"大尹道："你就争执时，我也不准。"便教手下讨锄头铁锹等器，梅氏母子作眼②，率领民壮，往东壁下掘开墙基，果然埋下五个大坛。发起来时，坛中满满的，都是光银子。把一坛银子，上秤称时，算来该是六十二斤半，刚刚一千两足数。众人看见，无不惊讶。善继益发信真了：若非父亲阴灵出现，面诉县主，这个藏银，我们尚且不知，县主那里知道？只见滕大尹教把五坛银子，一字儿摆在自家面前，又分付梅氏道："右壁还有五坛，亦是五千之数。更有一坛金子，方才倪老先生有命，送我作酬谢之意，我不敢当，他再三相强，我只得领了。"梅氏同善述叩头说道："左壁五千，已出望外；若右壁更有，敢不依先人之命。"大尹道："我何以知之？据你家老先生是恁般说，想不是虚话。"再教人发掘西壁，果然六个大坛，五坛是银，一坛是金。善继看着许多黄白之物，眼里都放出火来，恨不得抢他一锭。只是有言在前，一字也不敢开口。滕大尹写个照帖，给与善继为照，就将这房家人，判与善述母子。梅氏同善述不胜之喜，一同叩头拜谢。善继满肚不乐，也只得磕几个头，勉强说句"多谢恩台主张"。大尹判几条封皮，将一坛金子封了，放在自己轿前，抬回衙内，落得受用。众人都认道真个倪太守许下酬谢他的，反以为理之当然，那个敢道个不字？这正叫做"鹬蚌相持，渔人得利"。若是倪善继存心忠厚，兄弟和睦，肯将家私平等分析，这千两黄金，弟兄大家该五百两，怎到得滕大尹之手？白白里作成了别人，自己还讨得气闷，又加个不孝不弟之名，千算万计，何曾算计得他人？只算计得自家而已。

闲话休提。再说梅氏母子，次日又到县拜谢滕大尹。大尹已将行乐图取去遗笔，重新裱过，给还梅氏收领。梅氏母子方悟行乐图上，一手指地，乃指地下所藏之金银也。此时有了这十坛银子，一般置买田园，遂成富室。后来善述娶妻，连生三子，读书成名。倪氏门中，只有这一枝极盛。善继两个儿子，都好游荡，家业耗废。善继死后，两所大宅子，都卖与叔叔善述管业。里中凡晓得倪家之事本末的，无不以为天报云。诗曰：

> 从来天道有何私？堪笑倪郎心太痴。
>
> 忍以嫡兄欺庶母，却教死父算生儿。
>
> 轴中藏字非无意，壁下埋金属有司。
>
> 何似存些公道好，不生争竞不兴词。

选自《喻世明言》

【题解】

家私即家产，家产的处理通常在家庭或家族内部进行，需闹到社会上通过官府所谓公断才能了结，也在所难免，因为家私毕竟是一注财，大家庭内的诸后辈眼睛都盯得紧。本篇中倪太守遗留下来的家私问题，比较起来还不算难处理，原因在于他同时遗留下来的少妻幼子，与那位精明强悍的长子倪善继相比，实在弱小了些，还难以在如何处理问题上构成争执的一方，容易为倪善继单方面把持。无奈，他只好立下求助于官府的遗嘱，使滕大尹得以出演一场鬼断家私。正是这一个"鬼"字，占尽了好处，滕大尹为少妻幼子争得银子的时候，也为自己搞到一坛金子，公私兼顾，何乐而不为呢？这样的"清官"当然和包龙图不同，却也自有生活根据——好官并不是百分之百绝对地好。

【注释】

①茶饭：宋元时人多称菜肴为茶。茶饭，即饭菜。 ②跟脚：来历、出身。跟，通常写作根。 ③不了不当：拖泥带水、没完没了。了当，有了结之意。 ④做声分：装模作样。 ⑤晬盘：民间风俗，小儿满周岁时，用盘陈列弓箭、纸笔、珍宝等物任其抓取，以为可预测小儿将来的志向爱好，也叫抓周。 ⑥讨针线：讨生活。 ⑦不象意：别扭、不满。 ⑧醉翁床：也叫醉床，一种可以倚、可以睡的床。 ⑨恁：这里同您。 ⑩头脑：这里指人物、对象。 ⑪处分：处置、安排。 ⑫回丧：一种迷信说法，人死以后，一定日期，魂魄回家，凶克生人。 ⑬讨野火吃：找便宜的意思。火，指饭食。 ⑭分关：分家文书。⑮热审：明代制度，每年于小满后十余日，朝廷命官府将在狱罪囚，审拟发落，叫做热审。 ⑯班辈：同辈。⑰放告：官府于一定日期受理诉讼，称为放告。 ⑱三党：指父族、母族、妻族。 ⑲看坐：让坐。 ⑳作眼：作向导、引领。

金玉奴棒打薄情郎

枝在墙东花在西，自从落地任风吹。

枝无花时还再发，花若离枝难上枝。

这四句，乃昔人所作《弃妇词》，言妇人之随夫，如花之附于枝；枝若无花，逢春再发；花若离枝，不可复合。劝世上妇人，事夫尽道，同甘同苦，从一而终；休得慕富嫌贫，两意三心，自贻后悔。

且说汉朝一个名臣，当初未遇时节，其妻有眼不识泰山，弃之而去，到后来，悔之无及。你说那名臣何方人氏？姓甚名谁？那名臣姓朱，名买臣，表字翁子，会稽郡人氏。家贫未遇，夫妻二口，住于陋巷蓬门。每日买臣向山中砍柴，挑至市中，卖钱度日。性好读书，手不释卷，肩上虽挑却柴担，手里兀自擒着书本，朗诵咀嚼，且歌且行。市人听惯了，但闻读书之声，便知买臣挑柴担来了，可怜他是个儒生，都与他买。更兼买臣不争价钱，凭人估值，所以他的柴比别人容易出脱。一般也有轻薄少年，及儿童之辈，见他又挑柴，又读书，三五成群，把他嘲笑戏侮，买臣全不为意。一日其妻出门汲水，见群儿随着买臣柴担，拍手共笑，深以为耻。买臣卖柴回来，其妻劝道："你要读书，便休卖柴；要卖柴，便休读书。许大年纪，不痴不颠，却做出恁般行径，被儿童笑话，岂不羞死！"买臣答道："我卖柴以救贫贱，读书以取富贵，各不相妨，由他笑话便了。"其妻笑道："你若取得富贵时，不去卖柴了。自古及今，那见卖柴的人做了官？却说这没把鼻的话！"买臣道："富贵贫

贱，各有其时。有人算我八字，到五十岁上，必然发迹。常言
'海水不可斗量'，你休料我。"其妻道："那算命先生，见你痴
颠模样，故意要笑你，你休听信。到五十岁时，连柴担也挑不
动，饿死是有分的，还想做官！除是阎罗王殿上，少个判官，
等你去做！"买臣道："姜太公八十岁，尚在渭水钓鱼，遇了周
文王，以后车载之，拜为尚父。本朝公孙弘丞相，五十九岁上
还在东海牧豕，整整六十岁，方才际遇今上，拜将封侯。我五
十岁上发迹，比甘罗虽迟，比那两个还早，你须耐心等去。"其
妻道："你休得攀今吊古，那钓鱼牧豕的，胸中都有才学；你如
今读这几句死书，便读到一百岁，只是这个嘴脸，有甚出息？
晦气做了你老婆！你被儿童耻笑，连累我也没脸皮。你不听我
言抛却书本，我决不跟你终身，各人自去走路，休得两相担误
了。"买臣道："我今年四十三岁，再七年，便是五十。前长后
短，你就等耐，也不多时。直恁薄情，舍我而去，后来须要懊
悔！"其妻道："世上少甚挑柴担的汉子，懊悔甚么来？我若再
守你七年，连我这骨头不知饿死于何地了。你倒放我出门，做
个方便，活了我这条性命。"买臣见其妻决意要去，留他不住，
叹口气道："罢，罢，只愿你嫁得丈夫，强似朱买臣的便好。"
其妻道："好歹强似一分儿。"说罢，拜了两拜，欣然出门而
去，头也不回。买臣感慨不已，题诗四句于壁上云：

> "嫁犬逐犬，嫁鸡逐鸡。
>
> 妻自弃我，我不弃妻。"

买臣到五十岁时，值汉武帝下诏求贤，买臣到西京上书，
待诏公车①。同邑人严助荐买臣之才，天子知买臣是会稽人，
必知本土民情利弊，即拜为会稽太守，驰驿赴任。会稽长吏闻
新太守将到，大发人夫，修治道路。买臣妻的后夫亦在役中，
其妻蓬头跣足，随伴送饭，见太守前呼后拥而来，从傍窥之，
乃故夫朱买臣也。买臣在车中，一眼瞧见，还认得是故妻，遂

使人招之，载于后车。到府第中，故妻羞惭无地，叩头谢罪。买臣教请他后夫相见。不多时，后夫唤到，拜伏于地，不敢仰视。买臣大笑，对其妻道："似此人，未见得强似我朱买臣也。"其妻再三叩谢，自悔有眼无珠，愿降为婢妾，伏事终身。买臣命取水一桶，泼于阶下，向其妻说道："若泼水可复收，则汝亦可复合。念你少年结发之情，判后园隙地，与汝夫妇耕种自食。"其妻随后夫走出府第，路人都指着说道："此即新太守夫人也。"于是羞极无颜，到于后园，遂投河而死。有诗为证：

> 漂母尚知怜饿士，亲妻忍得弃贫儒。
>
> 早知覆水难收取，悔不当初任读书。

又有一诗，说欺贫重富，世情皆然，不止一买臣之妻也。诗曰：

> 尽看成败说高低，谁识蛟龙在污泥？
>
> 莫怪妇人无法眼，普天几个负羁妻？

这个故事，是妻弃夫的。如今再说一个夫弃妻的，一般是欺贫重富，背义忘恩，后来徒落得个薄幸之名，被人讲论。

话说故宋绍兴年间，临安虽然是个建都之地，富庶之乡，其中乞丐的依然不少。那丐户中有个为头的，名曰"团头"，管着众丐。众丐叫化得东西来时，团头要收他日头钱。若是雨雪时，没处叫化，团头却熬些稀粥，养活这伙丐户，破衣破袄，也是团头照管。所以这伙丐户，小心低气，服着团头，如奴一般，不敢触犯。那团头见成收些常例钱，一般在众丐户中放债盘利，若不嫖不赌，依然做起大家事来。他靠此为生，一时也不想改业。只是一件："团头"的名儿不好。随你挣得有田有地，几代发迹，终是个叫化头儿，比不得平等[②]百姓人家。出外没人恭敬，只好闭着门，自屋里做大。虽然如此，若数着"良贱"二字，只说娼、优、隶、卒，四般为贱流，到数不着那乞丐。看来乞丐只是没钱，身上却无疤癞。假如[③]春秋时伍子胥逃难，也曾吹箫于吴市中乞食；唐时郑元和做歌郎，唱

《莲花落》；后来富贵发达，一床锦被遮盖，这都是叫化中出色的。可见此辈虽然被人轻贱，到不比娼、优、隶、卒。

闲话休题，如今且说杭州城中一个团头，姓金，名老大。祖上到他，做了七代团头了，挣得个完完全全的家事。住的有好房子，种的有好田园，穿的有好衣，吃的有好食；真个廒多积粟，囊有余钱，放债使婢。虽不是顶富，也是数得着的富家了。那金老大有志气，把这团头让与族人金癞子做了，自己见成受用，不与这伙丐户歪缠。然虽如此，里中口顺，还只叫他是团头家，其名不改。金老大年五十余，丧妻无子，止存一女名唤玉奴。那玉奴生得十分美貌，怎见得？有诗为证：

> 无瑕堪比玉，有态欲羞花。
> 只少宫妆扮，分明张丽华。

金老大爱此女如同珍宝，从小教他读书识字。到十五六岁时，诗赋俱通，一写一作，信手而成。更兼女工精巧，亦能调筝弄管，事事伶俐。金老大倚着女儿才貌，立心要将他嫁个士人。论来就名门旧族中，急切要这一个女子也是少的，可恨生于团头之家，没人相求。若是平常经纪人家，没前程的，金老大又不肯扳他了。因此高低不就，把女儿直捱到一十八岁，尚未许人。

偶然有个邻翁来说："太平桥下有个书生，姓莫名稽，年二十岁，一表人才，读书饱学。只为父母双亡，家穷未娶。近日考中，补上太学生，情愿入赘人家。此人正与令爱相宜，何不招之为婿？"金老大道："就烦老翁作伐何如？"邻翁领命，径到太平桥下，寻那莫秀才，对他说了："实不相瞒，祖宗曾做个团头的，如今久不做了。只贪他好个女儿，又且家道富足。秀才若不弃嫌，老汉即当玉成其事。"莫稽口虽不语，心下想道："我今衣食不周，无力婚娶，何不俯就他家，一举两得？也顾不得耻笑。"乃对邻翁说道："大伯所言虽妙，但我家贫乏聘，如何是好?"邻翁道:"秀才但是允从,纸也不费一张,都在老汉身上。"邻翁回覆了金老大,择个吉日,金家到送一套新衣穿着,莫秀才过门成亲。莫稽见玉奴才貌,喜出望外,不费一钱,白白的得了个美妻,又且丰衣足食,事事称怀。就是朋友辈中,晓得莫稽贫苦,无不相谅,到也没人去笑他。

到了满月,金老大备下盛席,教女婿请他同学会友饮酒,荣耀自家门户,一连吃了六七日酒,何期恼了族人金癞子。那癞子也是一班正理,他道:"你也是团头,我也是团头,只你多做了几代,挣得钱钞在手,论起祖宗一脉,彼此无二。侄女玉奴招婿,也该请我吃杯喜酒。如今请人做满月,开宴六七日,并无三寸长一寸阔的请帖儿到我。你女婿做秀才,难道就做尚书、宰相,我就不是亲叔公? 坐不起凳头? 直恁④不觑人在眼里! 我且去蒿恼他一场,教他大家没趣!"叫起五六十个丐户,一齐奔到金老大家里来。但见:

> 开花帽子,打结衫儿。旧席片对着破毡条,短竹根配着缺糙碗。叫爹叫娘叫财主,门前只见喧哗;弄蛇弄狗弄猢狲,口内各呈伎俩。敲板唱杨花,恶声聒耳;打砖搭粉脸,丑态逼人。一班泼鬼聚成群,便是钟馗收不得。

金老大听得闹吵,开门看时,那金癞子领着众丐户,一拥而入,嚷做一堂。癞子径奔席上,拣好酒好食只顾吃,口里叫道:"快教侄婿夫妻来拜见叔公!"唬得众秀才站脚不住,都逃席去了,连莫稽也随着众朋友躲避。金老大无可奈何,只得再三央告道:"今日是我女婿请客,不干我事。改日专治一杯,与你陪话。"又将许多钱钞分赏众丐户,又抬出两瓮好酒和些活鸡、活鹅之类,教众丐户送去癞子家,当个折席。直乱到黑夜,方才散去。玉奴在房中气得两泪交流。这一夜,莫稽在朋友家借宿,次早方回。金老大见了女婿,自觉出丑,满面含羞,莫稽心中未免也有三分不乐，只是大家不说出来。正是：

> 哑子尝黄柏，苦味自家知。

却说金玉奴只恨自己门风不好，要挣个出头，乃劝丈夫刻苦读书。凡古今书籍，不惜价钱，买来与丈夫看；又不吝供给之费，请人会文会讲；又出资财，教丈夫结交延誉。莫稽由此才学日进，名誉日起，二十三岁发解连科及第。这日琼林宴罢，乌帽宫袍，马上迎归。将到丈人家里，只见街坊上一群小儿争先来看，指道："金团头家女婿做了官也。"莫稽在马上听得此言，又不好揽事，只得忍耐。见了丈人，虽然外面尽礼，却包着一肚子忿气，想道："早知有今日富贵，怕没王侯贵戚招赘成婚？却拜个团头做岳丈，可不是终身之玷！养出儿女来，还是团头的外孙，被人传作话柄。如今事已如此，妻又贤慧，不犯七出之条⑤。不好决绝得。正是事不三思，终有后悔。"为此心中怏怏，只是不乐。玉奴几遍问而不答，正不知甚么意故。好笑那莫稽，只想着今日富贵，却忘了贫贱的时节，把老婆资助成名一段功劳，化为春水，这是他心术不端处。

不一日，莫稽谒选，得授无为军司户，丈人治酒送行。此时众丐户，料也不敢登门闹吵了。喜得临安到无为军，是一水之地，莫稽领了妻子，登舟赴任。行了数日，到了采石江边，维舟北岸。其夜月明如昼，莫稽睡不能寐，穿衣而起，坐于船头玩月。四顾无人，又想起团头之事，闷闷不悦。忽然动一个恶念，除非此妇身死，另娶一人，方免得终身之耻。心生一计，走进船舱，哄玉奴起来看月华。玉奴已睡了，莫稽再三逼他起身。玉奴难逆丈夫之意，只得披衣，走至马门⑥口，舒头望月，被莫稽出其不意，牵出船头，推堕江中。悄悄唤起舟人，分付快开船前去，重重有赏，不可迟慢。舟子不知明白，慌忙撑篙荡桨，移舟于十里之外，住泊停当，方才说："适间奶奶因玩月坠水，捞救不及了。"却将三两银子赏与舟人为酒钱。舟人会意，谁敢开口？船中虽跟得有几个蠢婢子，只道主母真个坠水，悲泣了一场，丢开了手，不在话下。有诗为证：

> 只为"团头"号不香，忍因得意弃糟糠。
>
> 天缘结发终难解，赢得人呼薄幸郎。

你说事有凑巧，莫稽移船去后，刚刚有个淮西转运使许德厚，也是新上任的，泊舟于采石北岸，正是莫稽先前推妻坠水处。许德厚和夫人推窗看月，开怀饮酒，尚未曾睡。忽闻岸上啼哭，乃是妇人声音，其声哀怨，好生不忍。忙呼水手打看，果然是个单身妇人，坐于江岸。便教唤上船来，审其来历。原来此妇正是无为军司户之妻金玉奴，初坠水时，魂飞魄荡，已拼着必死。忽觉水中有物，托起两足，随波而行，近于江岸。玉奴挣扎上岸，举目看时，江水茫茫，已不见了司户之船，才悟道丈夫贵年忘贱，故意欲溺死故妻，别图良配。如今虽得了性命，无处依栖，转思苦楚，以此痛哭。见许公盘问，不免从头至尾，细说一遍。说罢，哭之不已。连许公夫妇都感伤堕泪，劝道："汝休得悲啼，肯为我义女，再作道理。"玉奴拜谢。许公分付夫人取干衣替他通身换了，安排他后舱独宿。教手下男女都称他小姐，又分付舟人，不许泄漏其事。

不一日，到淮西上任。那无为军正是他所属地方，许公是莫司户的上司，未免随班参谒。许公见了莫司户，心中想道："可惜一表人才，干恁般薄幸之事。"约过数月，许公对僚属说道："下官有一女，颇有才貌，年已及笄⑦，欲择一佳婿赘之。诸君意中，有其人否？"众僚属都闻得莫司户青年丧偶，齐声荐他才品非凡，堪作东床之选。许公道："此子吾亦属意久矣，但少年登第，心高望厚，未必肯赘吾家。"众僚属道："彼出身寒门，得公收拔，如兼葭倚玉树，何幸如之，岂以入赘为嫌乎？"许公道："诸君既酌量可行，可与莫司户言之。但云出自诸君之意，以探其情，莫说下官，恐有妨碍。"众人领命，遂与莫稽说知此事，要替他做媒。莫稽正要攀高，况且联姻上司，求之不得，便欣然应道："此事全仗玉成，当效衔结之报。"众人道："当得，当得。"随即将言回复许公。许公道："虽承司户不弃，但下官夫妇，钟爱此女，娇养成性，所以不舍得出嫁。只怕司户少年气概，不相饶让，或致小有嫌隙，有伤下官夫妇之心。须是预先讲过，凡事容耐些，方敢赘入。"众人领命，又到司户处传话，司户无不依允。此时司户不比做秀才时节，一般用金花彩币为纳聘之仪，选了吉期，皮松骨痒，整备做转运使的女婿。

却说许公先教夫人与玉奴说，"老相公怜你寡居，欲重赘一少年进士，你不可推阻。"玉奴答道："奴家虽出寒门，颇知礼数。既与莫郎结发，从一而终。虽然莫郎嫌贫弃贱，忍心害理，奴家各尽其道，岂肯改嫁，以伤妇节？"言毕，泪如雨下。夫人察他志诚，乃实说道："老相公所说少年进士，就是莫郎。老相公恨其薄幸，务要你夫妻再合，只说有个亲生女儿，要招赘一婿，却教众僚属与莫郎议亲，莫郎欣然听命，只今晚入赘吾家。等他进房之时，须是……"如此如此，"与你出这口呕气。"玉奴方才收泪，重匀粉面，再整新妆，打点结亲之事。

到晚，莫司户冠带齐整，帽插金花，身披红锦，跨着雕鞍骏马，两班鼓乐前导，众僚属都来送亲。一路行来，谁不喝彩！正是：

> 鼓乐喧阗白马来，风流佳婿实奇哉。
> 团头喜换高门眷，采石江边未足哀。

是夜，转运司铺毡结彩，大吹大擂，等候新女婿上门。莫司户到门下马，许公冠带出迎，众官僚都别去。莫司户直入私宅，新人用红帕覆首，两个养娘扶将出来。掌礼人在槛外喝礼，双双拜了天地，又拜了丈人、丈母，然后交拜礼毕，送归洞房做花烛筵席。莫司户此时心中，如登九霄云里，欢喜不可形容，仰着脸，昂然而入。才跨进房门，忽然两边门侧里走出七八个老妪、丫鬟，一个个手执篱竹细棒，劈头劈脑打将下来，把纱帽都打脱了，肩背上棒如雨下，打得叫喊不迭，正没想一头处。莫司户被打，慌做一堆蹲倒，只得叫声："丈人、丈母，救命！"只听房中娇声宛转分付道："休打杀薄情郎，且唤来相见。"众人方才住手，七八个老妪、丫鬟，扯耳朵，拽胳膊，好似六贼戏弥陀⑧一般，脚不点地，拥到新人面前。司户口中还说道："下官何罪？"开眼看时，画烛辉煌，照见上边端端正正坐着个新人，不是别人，正是故妻金玉奴。莫稽此时魂不附体，乱嚷道："有鬼！有鬼！"众人都笑起来。只见许公自外而入，叫道："贤婿休疑，此乃吾采石江头所认之义女，非鬼也。"莫稽心头方才住了跳，慌忙跪下，拱手道："我莫稽知罪了，望大人包容之。"许公道："此事与下官无干，只吾女没说话就罢了。"玉奴唾其面，骂道："薄幸贼！你不记宋弘有言：'贫贱之交不可忘，糟糠之妻不下堂。'当初你空手赘入吾门，亏得我家资财，读书延誉，以致成名，侥幸今日。奴家亦望夫荣妻贵，何期你忘恩负本，就不念结发之情，恩将仇报，将奴推堕江心。幸然天天可怜，得遇恩爹提救，收为义女。倘然葬江鱼之腹，你别娶新人，于心何忍？今日有何颜面，再与你完聚？"说罢，放声而哭，千薄幸，万薄幸，骂不住口。莫稽满面羞惭，闭口无言，只顾磕头求恕。

许公见骂得够了，方才把莫稽扶起，劝玉奴道："我儿息怒，如今贤婿悔罪，料然不敢轻慢你了。你两个虽然旧日夫妻，在我家只算新婚花烛，凡事看我之面，闲言闲语，一笔都勾罢。"又对莫稽说道："贤婿，你自家不是，休怪别人。今宵只索忍耐，我教你丈母来解劝。"说罢，出房去。少刻夫人来到，又调停了许多说话，两个方才和睦。

次日许公设宴，管待新女婿，将前日所下金花彩币，依旧送还，道："一女不受二聘，贤婿前番在金家已费过了，今番下官不敢重叠收受。"莫稽低头无语,许公又道:"贤婿常恨令岳翁卑贱,以致夫妇失爱,几乎不终。今下官备员如何?只怕爵位不高,尚未满贤婿之意。"莫稽涨得面皮红紫,只是离席谢罪。有诗为证:

痴心指望缔高姻,谁料新人是旧人?

打骂一场羞满面,问他何取岳翁新?

自此莫稽与玉奴夫妇和好,比前加倍。许公共夫人待玉奴如真女,待莫稽如真婿,玉奴待许公夫妇,亦与真爹娘无异。连莫稽都感动了,迎接团头金老大在任所,奉养送终。后来许公夫妇之死,金玉奴皆制重服,以报其恩。莫氏与许氏世世为通家兄弟,往来不绝。诗云:

宋弘守义称高节,黄允休妻骂薄情。

试看莫生婚再合,姻缘前定枉劳争。

选自《喻世明言》

【题解】

丈夫把妻子推下水,妻子幸而未死,后又团圆。这可真是一个传奇故事。致使莫稽推堕金玉奴下水的,是玉奴落地时与生俱来的出身,亦即门第或名分。这是莫稽一直不能释然的一大心病,在莫稽读书应试时,这块心病隐忍着,至于及第得官,这块心病就发作起来。有一种意见认为,中国文化重"名",对此我们姑且不论,但是如莫稽般为"名"而戕害"实",那恐怕是任何人也难以接受的。后来,莫稽和玉奴重归于好,得益于一顿棒打消了玉奴的怨气,恐怕还得益于玉奴从许公那里借来的虚假的名分,这点名分使莫稽的心病消解,也遮盖了他曾经犯下的罪愆。即在这点上说,这个作品确也自有深刻处。

【注释】

①待诏公车：公车，汉代官署名。汉代曾用公家车马接送应举的人，后来便以公车代指入京应试的人。待诏，等待诏命。②平等：平常。　③假如：这里是譬如的意思。　④直恁：竟然如此。　⑤七出之条：封建社会丈夫中止与妻子关系的七种藉口。如"无子"、"恶疾"等。　⑥马门：船舱门。　⑦及笄：笄，簪。少女以簪子束发如成人叫及笄，相当于男子的冠礼。古代女子已许婚者十五而笄，未许婚者，二十则笄。及笄之年，指许嫁之年。　⑧六贼戏弥陀：一种百戏的名称。佛经称色、声、香、味、触、法为六贼。

沈小霞相会出师表

闲向书斋阅古今，偶逢奇事感人心；忠臣翻受奸臣制，
肮脏英雄泪满襟。休解绶，慢投簪，从来日月岂常阴？
到头祸福终须应，天道还分贞与淫。

话说国朝嘉靖年间，圣人在位，风调雨顺，国泰民安。只
为用错了一个奸臣，浊乱了朝政，险些儿不得太平。那奸臣是
谁？姓严名嵩，号介溪，江西分宜人氏。以柔媚得幸，交通宦
官，先意迎合，精勤斋醮，供奉青词，由此骤致贵显。为人外
装曲谨，内实猜刻。谗害了大学士夏言，自己代为首相，权尊
势重，朝野侧目。儿子严世蕃，由官生①直做到工部侍郎。他
为人更狠，但有些小人之才，博闻强记，能思善算。介溪公最
听他的说话，凡疑难大事，必须与他商量，朝中有"大丞相"、
"小丞相"之称。他父子济恶，招权纳贿，卖官鬻爵。官员求
富贵者，以重赂献之，拜他门下做干儿子，即得超迁显位。由
是不肖之人，奔走如市，科道衙门，皆其心腹牙爪。但有与他
作对的，立见奇祸，轻则杖谪，重则杀戮，好不利害！除非不
要性命的，才敢开口说句公道话儿；若不是真正关龙逢、比干，
十二分忠君爱国的，宁可误了朝廷，岂敢得罪宰相？其时有无
名子感慨时事，将《神童诗》改成四句云：

少小休勤学，钱财可立身。

君看严宰相，必用有钱人。

又改四句，道是：

天子重权豪，开言惹祸苗。

万般皆下品，只有奉承高。

只为严嵩父子恃宠贪虐，罪恶如山，引出一个忠臣来，做出一段奇奇怪怪的事迹，留下一段轰轰烈烈的话柄。一时身死，万古名扬。正是：

家多孝子亲安乐，国有忠臣世泰平。

那人姓沈名炼，别号青霞，浙江绍兴人氏。其人有文经武纬之才，济世安民之志。从幼慕诸葛孔明之为人，孔明文集上有《前出师表》、《后出师表》，沈炼平日爱诵之，手自抄录数百遍，室中到处粘壁。每逢酒后，便高声背诵，念到"鞠躬尽瘁，死而后已"，往往长叹数声，大哭而罢。以此为常，人都叫他是狂生。嘉靖戊戌年中了进士，除授知县之职。他共做了三处知县，那三处？溧阳、茌平、清丰。这三任官做得好，真个是：

吏肃惟遵法，官清不爱钱。

豪强皆敛手，百姓尽安眠。

因他生性伉直，不肯阿奉上官，左迁锦衣卫经历。一到京师，看见严家赃秽狼藉，心中甚怒。忽一日值公宴，见严世蕃倨傲之状，已自九分不象意。饮至中间，只见严世蕃狂呼乱叫，傍若无人，索巨觥飞酒，饮不尽者罚之。这巨觥约容酒斗余，两坐客惧世蕃威势，没人敢不吃。只有一个马给事，天性绝饮；世蕃固意将巨觥飞到他面前，马给事再三告免，世蕃不依。马给事略沾唇，面便发赤，眉头打结，愁苦不胜。世蕃自去下席，亲手揪了他的耳朵，将巨觥灌之。那给事出于无奈，闷着气，一连几口吸尽。不吃也罢，才吃下时，觉得天在下，地在上，墙壁都团团转动，头重脚轻，站立不住。世蕃拍手呵呵大笑。沈炼一肚子不平之气，忽然揎袖而起，抢那只巨觥在手，斟得满满的，走到世蕃面前说道："马司谏承老先生赐酒，已沾醉不能为礼，下官代他酬老先生一杯。"世蕃愕然，方欲举手推辞，只见沈𬭎声色俱厉道："此杯别人吃得，你也吃得。别人怕着你，我沈𬭎不怕你！"也揪了世蕃的耳朵灌去。世蕃一饮而尽。沈𬭎掷杯于案，一般拍手呵呵大笑。唬得众官员面如土色，一个个低着头，不敢则声。世蕃假醉，先辞去了。沈𬭎也不送，坐在椅上，叹道："咳，'汉、贼不两立'！'汉、贼不两立'！"一连念了七八句。这句书也是《出师表》上的说话，他把严家比着曹操父子。众人只怕世蕃听见，到替他捏两把汗。沈𬭎全不为意，又取酒连饮几杯，尽醉方散。

睡到五更醒来，想道："严世蕃这厮，被我使气，逼他饮酒，他必然记恨来暗算我。一不做，二不休，有心只是一怪，不如先下手为强。我想严嵩父子之恶，神人怨怒。只因朝廷宠信甚固，我官卑职小，言而无益，欲待觑个机会，方才下手。如今等不及了，只当做张子房在博浪沙中椎击秦始皇，虽然击他不中，也好与众人做个榜样。"就枕头上思想疏稿，想到天明有了，起来焚香盥手，写就表章。表上备说严嵩父子招权纳贿，穷凶极恶，欺君误国十大罪，乞诛之以谢天下。圣旨下道："沈𬭎谤讪大臣，沽名钓誉，着锦衣卫重打一百，发去口外为民。"严世蕃差人吩咐锦衣卫官校，定要将沈𬭎打死。喜得堂上官，是个有主意的人，那人姓陆名炳，平时极敬重沈公的节气；况且又是属官，相处得好的。因此反加周全，好生打个出头棍儿，不甚利害。户部注籍，保安州为民。沈𬭎带着棒疮，即日收拾行李，带领妻子，顾着一辆车儿，出了国门②，望保安进发。

原来沈公夫人徐氏，所生四个儿子。长子沈襄，本府廪膳秀才，一向留家。次子沈衮、沈褒，随任读书。幼子沈袠，年方周岁。嫡亲五口儿上路，满朝文武，惧怕严家，没一个敢来送行。有诗为证：

一纸封章忤庙廊，萧然行李入遐荒。

相知不敢攀鞍送，恐触权奸惹祸殃。

一路上辛苦，自不必说，且喜到了保安州了。那保安州属宣府，是个边远地方，不比内地繁华。异乡风景，举目凄凉，况兼连日阴雨，天昏地黑，倍加惨戚。欲赁间民房居住，又无相识指引，不知何处安身是好？正在彷徨之际，只见一人打个小伞前来，看见路傍行李，又见沈炼一表非俗，立住了脚，相了一回，问道："官人尊姓？何处来的？"沈炼道："姓沈，从京师来。"那个道："小人闻得京中有个沈经历，上本要杀严嵩父子，莫非官人就是他么？"沈炼道："正是。"那人道："仰慕多时，幸得相会。此非说话之处，寒家离此不远，便请携宝眷同行到寒家权下，再作区处。"沈炼见他十分殷勤，只得从命。行不多路便到了，看那人家，虽不是个大大宅院，却也精致。那人揖沈炼至于中堂，纳头便拜。沈炼慌忙答礼，问道："足下是谁？何故如此相爱？"那人道："小人姓贾名石，是宣府卫一个舍人③。哥哥是本卫千户，先年身故无子，小人应袭；为严贼当权，袭职者都要重赂，小人不愿为官。托赖祖荫，有数亩薄田，务农度日。数日前闻阁下弹劾严氏，此乃天下忠臣义士也。又闻编管在此，小人渴欲一见，不意天遣相遇，三生有幸！"说罢又拜下去。沈公再三扶起，便教沈衮、沈褒与贾石相见。贾石教老婆迎接沈奶奶到内宅安置。交卸了行李，打发车夫等去了。分付庄客，宰猪买酒，管待沈公一家。贾石道："这等雨天，料阁下也无处去，只好在寒家安歇了。请安心多饮几杯，以宽劳顿。"沈炼谢道："萍水相逢，便承款宿，何以当此？"贾石道："农庄粗粝，休嫌简慢。"当日宾主酬酢，无非说些感慨时事的说话。两边说得情投意合，只恨相见之晚。

过了一宿，次早沈炼起身，向贾石说道："我要寻所房子，安顿老小，有烦舍人指引。"贾石道："要甚么样的房子？"沈铼道："只象宅上这一所，十分足意了，租价但凭尊教。"贾石道："不妨事。"出去踅了一回，转来道："赁房尽有，只是龌龊低洼，急切难得中意的。阁下不若就在草舍权住几时，小人领着家小，自到外家去住。等阁下还朝，小人回来，可不稳便。"沈铼道："虽承厚爱，岂敢占舍人之宅？此事决不可。"贾石道："小人虽是村农，颇识好歹。慕阁下忠义之士，想要执鞭坠镫，尚且不能；今日天幸降临，权让这几间草房与阁下作寓，也表得我小人一点敬贤之心，不须推逊。"话毕，慌忙分付庄客，推个车儿，牵个马儿，带个驴儿，一伙子将细软家私搬去，其余家常动使家火，都留与沈公日用。沈铼见他慨爽，甚不过意，愿与他结义为兄弟。贾石道："小人是一介村农，怎敢僭扳贵宦？"沈铼道："大丈夫意气相许，那有贵贱？"贾石小沈铼五岁，就拜沈铼为兄，沈铼教两个儿子拜贾石为义叔，贾石也唤妻子出来都相见了，做了一家儿亲戚。贾石陪过沈铼吃饭已毕，便引着妻子到外舅李家去讫。自此沈铼只在贾石宅子内居住，时人有诗叹贾舍人借宅之事，诗曰：

> 倾盖相逢意气真，移家借宅表情亲。
> 世间多少亲和友，竞产争财愧死人。

却说保安州父老，闻知沈经历为上本参严阁老贬斥到此，人人敬仰，都来拜望，争识其面。也有运柴运米相助的，也有携酒肴来请沈公吃的，又有遣子弟拜于门下听教的。沈铼每日间与地方人等，讲论忠孝大节。及古来忠臣义士的故事。说到关心处，有时毛发倒竖，拍案大叫；有时悲歌长叹，涕泪交流。地方若老若小，无不耸听欢喜。或时唾骂严贼，地方人等齐声附和，其中若有不开口的，众人就骂他是不忠不义。一时高兴，以后率以为常。又闻得沈经历文武全材，都来合他去射箭。沈铼教把稻草扎成三个偶人，用布包裹，一写"唐奸相李林甫"，一写"宋奸相秦桧"，一写"明奸相严嵩"，把那三个偶人做个射鹄。假如要射李林甫的，便高声骂道："李贼看箭！"秦贼、严贼，都是如此。北方人性直，被沈经历哄得热闹了，全不虑及严家知道。自古道："若要不知，除非莫为。"世间只有权势之家，报新闻的极多。早有人将此事报知严嵩父子，严嵩父子深以为恨，商议要寻个事头杀却沈炼，方免其患。适值宣大总督员缺，严阁老分付吏部，教把这缺与他门下干儿子杨顺做去。吏部依言，就将杨侍郎杨顺差往宣大总督。杨顺往严府拜辞，严世蕃置酒送行，席间屏人而语，托他要查沈炼过失。杨顺领命，唯唯而去。正是：

> 合成毒药惟需酒，铸就钢刀待举手。
>
> 可怜忠义沈经历，还向偶人夸大口。

却说杨顺到任不多时，适遇大同鞑虏俺答，引众入寇应州地方，连破了四十余堡，掳去男妇无算。杨顺不敢出兵救援，直待鞑虏去后，方才遣兵调将，为追袭之计。一般筛锣击鼓，扬旗放炮，都是鬼弄，那曾看见半个鞑子的影儿？杨顺情知失机惧罪，密谕将士，搜获避兵的平民，将他割头斩首，充做鞑虏首级，解往兵部报功，那一时不知杀死了多少无辜的百姓。沈炼闻知其事，心中大怒，写书一封，教中军官送与杨顺。中军官晓得沈经历是个揽祸的太岁，书中不知写甚么说话，那里肯与他送。沈炼就穿了青衣小帽，在军门伺候杨顺出来，亲自投递。杨顺接来看时，书中大略说道，一人功名事极小，百姓性命事极大。杀平民以冒功，于心何忍？况且遇鞑贼止于掳掠，遇我兵反加杀戮，是将帅之恶，更甚于鞑虏矣。书后又附诗一首，诗云：

> "杀生报主意何如？解道"功成万骨枯"。
>
> 试听沙场风雨夜，冤魂相唤觅头颅。"

杨顺见书大怒，扯得粉碎。

却说沈炼又做了一篇祭文，率领门下子弟，备了祭礼，望空祭奠那些冤死之鬼。又作《塞下吟》云：

> "云中一片虏烽高，出塞将军已著劳。
> 不斩单于诛百姓，可怜冤血染霜刀。"

又诗云：

> "本为求生来避虏，谁知避虏反戕生？
> 早知虏首将民假，悔不当时随虏行。"

杨总督标下有个心腹指挥，姓罗名铠，抄得此诗并祭文，密献于杨顺。杨顺看了，愈加怨恨，遂将第一首诗改窜数字。诗曰：

> "云中一片虏烽高，出塞将军枉著劳。
> 何以借他除佞贼，不须奏请上方刀。"

写就密书，连改诗封固，就差罗铠送与严世蕃。书中说：沈炼怨恨相国父子，阴结死士剑客，要乘机报仇。前番鞑虏入寇，他吟诗四句，诗中有借虏除佞之语，意在不轨。世蕃见书大惊，即请心腹御史路楷商议。路楷曰："不才若往按彼处，当为相国了当这件大事。"世蕃大喜，即分付都察院便差路楷巡按宣大。临行世蕃治酒款别，说道："烦寄语杨公，同心协力，若能除却这心腹之患，当以侯伯世爵相酬，决不失信于二公也。"路楷领诺。不一日，奉了钦差敕令，来到宣府，到任与杨总督相见了。路楷遂将世蕃所托之语，一一对杨顺说知。杨顺道："学生为此事朝思暮想，废寝忘餐，恨无良策，以置此人于死地。"路楷道："彼此留心，一来休负了严公父子的付托，二来自家富贵的机会，不可错过。"杨顺道："说得是，倘有可下手处，彼此相报。"当日相别去了。

杨顺思想路楷之言，一夜不睡。次早坐堂，只见中军官报道："今有蔚州卫拿获妖贼二名，解到辕门外，伏听钧旨。"杨顺道："唤进来。"解官磕了头，递上文书，杨顺拆开看了，呵呵大笑。这二名妖贼，叫做阎浩、杨胤夔，系妖人萧芹之党。

原来萧芹是白莲教的头儿，向来出入虏地，惯以烧香惑众，哄骗虏酋俺答，说自家有奇术，能呪人使人立死，喝城使城立颓。虏酋愚甚，被他哄动，尊为国师。其党数百人，自为一营。俺答几次入寇，都是萧芹等为之向导，中国屡受其害。先前史侍郎做总督时，遣通事重赂虏中头目脱脱，对他说道："天朝情愿与你通好，将俺家布粟换你家马，名为'马市'，两下息兵罢战，各享安乐，此是美事。只怕萧芹等在内作梗，和好不终。那萧芹原是中国一个无赖小人，全无术法，只是狡伪，哄诱你家，抢掠地方，他于中取事。郎主④若不信，可要萧芹试其术法。委的喝得城颓，呪得人死，那时合当重用；若呪人人不死，喝城城不颓，显得欺诳，何不缚送天朝？天朝感郎主之德，必有重赏。'马市'一成，岁岁享无穷之利，煞强如抢掠的勾当。"脱脱点头道是，对郎主俺答说了，俺答大喜，约会萧芹，要将千骑随之，从右卫而入，试其喝城之技。萧芹自知必败，改换服色，连夜脱身逃走，被居庸关守将盘诘，并其党乔源、张攀隆等拿住，解到史侍郎处，招称妖党甚众，山陕畿南，处处俱有。一向分头缉捕，今日阎浩、杨胤夔亦是数内有名妖犯。杨总督看见获解到来，一者也算他上任一功，二者要借这个题目，牵害沈炼，如何不喜？当晚就请路御史，来后堂商议道："别个题目摆布沈炼不了，只有白莲教通虏一事，圣上所最怒。如今将妖贼阎浩、杨胤夔招中，窜入沈炼名字，只说浩等平日师事沈炼，沈炼因失职怨望，教浩等煽妖作幻，勾虏谋逆。天幸今日被擒，乞赐天诛，以绝后患。先用密禀禀知严家，教他叮嘱刑部作速覆本。料这番沈炼之命，必无逃矣。"路楷拍手道："妙哉，妙哉！"

两个当时就商量了本稿，约齐了同时发本。严嵩先见了本稿及禀帖，便教严世蕃传语刑部。那刑部尚书许论，是个罢软没用的老儿，听见严府分付，不敢怠慢，连忙覆本，一依杨、路二人之议。圣旨倒下，妖犯着本处巡按御史即时斩决。杨顺荫一子锦衣卫千户，路楷纪功，升迁三级，俟京堂⑤缺推用。

话分两头。却说杨顺自发本之后，便差人密地里拿沈炼下于狱中。慌得徐夫人和沈衮、沈褒没做理会，急寻义叔贾石商议。贾石道："此必杨、路二贼为严家报仇之意，既然下狱，必然诬陷以重罪。两位公子及今逃窜远方，待等严家势败，方可出头。若住在此处，杨、路二贼，决不干休。"沈衮道："未曾看得父亲下落，如何好去？"贾石道："尊大人犯了对头，决无保全之理。公子以宗祀为重，岂可拘于小孝，自取灭绝之祸？可劝令堂老夫人，早为远害全身之计。尊大人处贾某自当央人看觑，不烦悬念。"二沈便将贾石之言，对徐夫人说知。徐夫人道："你父亲无罪陷狱，何忍弃之而去？贾叔叔虽然相厚，终是个外人。我料杨、路二贼奉承严氏，亦不过与你爹爹作对，终不然累及妻子。你若畏罪而逃，父亲倘然身死，骸骨无收，万世骂你做不孝之子，何颜在世为人乎？"说罢，大哭不止。沈衮、沈褒齐声恸哭。贾石闻知徐夫人不允，叹惜而去。

过了数日，贾石打听的实，果然扭入白莲教之党，问成死罪。沈炼在狱中大骂不止。杨顺自知理亏，只恐临时处决，怕他在众人面前毒骂，不好看相，预先问狱官责取病状，将沈炼结果了性命。贾石将此话报与徐夫人知道，母子痛哭，自不必说。又亏贾石多有识熟人情，买出尸首，嘱付狱卒：若官府要枭示时，把个假的答应。却瞒着沈衮兄弟，私下备棺盛殓，埋于隙地。事毕，方才向沈衮说道："尊大人遗体已得保全，直待事平之后，方好指点与你知道，今犹未可泄漏。"沈衮兄弟感谢不已。贾石又苦口劝他弟兄二人逃走，沈衮道："极知久占叔叔高居，心上不安。奈家母之意，欲待是非稍定，搬回灵柩，以此迟延不决。"贾石怒道："我贾某生平，为人谋而尽忠，今日之言，全是为你家门户，岂因久占住房，说发你们起身之理？

既嫂嫂老夫人之意已定，我亦不敢相强。但我有一小事，即欲远出，有一年半载不回，你母子自小心安住便了。"觑着壁上贴得有前后《出师表》各一张，乃是沈𬬭亲笔楷书。贾石道："这两幅字可揭来送我，一路上做个记念。他日相逢，以此为信。"沈衮就揭下二纸，双手折叠，递与贾石。贾石藏于袖中，流泪而别。原来贾石算定杨、路二贼，设心不善，虽然杀了沈𬬭，未肯干休。自己与沈𬬭相厚，必然累及，所以预先逃走，在河南地方宗族家权时居住，不在话下。

却说路楷见刑部覆本，有了圣旨，便于狱中取出阎浩、杨胤夔斩讫，并要割沈𬬭之首，一同枭示。谁知沈𬬭真尸已被贾石买去了，官府也那里辨验得出，不在话下。

再说杨顺看见止于荫子，心中不满，便向路楷说道："当初严东楼许我事成之日，以侯伯爵相酬，今日失言，不知何故？"路楷沉思半晌，答道："沈𬬭是严家紧对头，今止诛其身，不曾波及其子。斩草不除根，萌牙复发。相国不足我们之意，想在于此。"杨顺道："若如此，何难之有？如今再上个本，说沈𬬭虽诛，其子亦宜知情，还该坐罪，抄没家私，庶国法可伸，人心知惧。再访他同射草人的几个狂徒，并借屋与他住的，一齐拿来治罪，出了严家父子之气，那时却将前言取赏，看他有何推托？"路楷道："此计大妙！事不宜迟，乘他家属在此，一网而尽，岂不快哉！只怕他儿子知风逃避，却又费力。"杨顺道："高见甚明。"一面写表申奏朝廷，再写禀帖到严府知会，自述孝顺之意；一面预先行牌保安州知州，着用心看守犯属，勿容逃逸。只等旨意批下，便去行事。诗曰：

> 破巢完卵从来少，削草除根势或然。
> 可惜忠良遭屈死，又将家属媚当权。

再过数日，圣旨下了，州里奉着宪牌，差人来拿沈𬬭家属，并查平素往来诸人姓名，一一挨拿。只有贾石名字，先经出外，只得将在逃开报。此见贾石见几之明也。时人有诗赞云：

> 义气能如贾石稀，全身远避更知几。
> 任他罗网空中布，争奈仙禽天外飞！

却说杨顺见拿到沈衮、沈褒，亲自鞫问，要他招承通房实迹。二沈高声叫屈，那里肯招？被杨总督严刑拷打，打得体无完肤。沈衮、沈褒熬炼不过，双双死于杖下。可怜少年公子，都入枉死城中。其同时拿到犯人，都坐个同谋之罪，累死者何止数十人。幼子沈衮尚在襁褓，免罪，随着母徐氏，另徙在云州极边，不许在保安居住。

路楷又与杨顺商议道："沈炼长子沈襄，是绍兴有名秀才，他时得地，必然衔恨于我辈。不若一并除之，永绝后患，亦要相国知我用心。"杨顺依言，便行文书到浙江，把做钦犯，严提沈襄来问罪。又分付心腹经历金绍，择取有才干的差人，赍文前去，嘱他中途伺便，便行谋害，就所在地方，讨个病状回缴。事成之日，差人重赏，金绍许他荐本超迁。金绍领了台旨，汲汲而回，着意的选两名积年干事的公差，无过是张千、李万。金绍唤他到私衙，赏了他酒饭，取出私财二十两相赠。张千、李万道："小人安敢无功受赐？"金绍道："这银两不是我送你的，是总督杨爷赏你的，教你赍文到绍兴去拿沈襄，一路不要放松他。须要……"如此如此，这般这般，"回来还有重赏。若是怠慢，总督老爷衙门不是取笑的，你两个自去回话！"张千、李万道："莫说总督老爷钧旨，就是老爷分付，小人怎敢有违？"收了银两，谢了金经历。在本府领下公文，疾忙上路，往南进发。

却说沈襄，号小霞，是绍兴府学廪膳秀才。他在家久闻得父亲以言事获罪，发去口外为民，甚是挂怀，欲亲到保安州一看。因家中无人主管，行止两难。忽一日，本府差人到来，不由分说，将沈襄锁缚，解到府堂。知府教把文书与沈襄看了备细，就将回文和犯人交付原差，嘱他一路小心。沈襄此时方知父亲及二弟俱已死于非命，母亲又远徙极边，放声大哭。哭出府门，只见一家老小，都在那里搅做一团的啼哭。原来文书上有"奉旨抄没"的话，本府已差县尉封锁了家私，将人口尽皆逐出。沈小霞听说，真是苦上加苦，哭得咽喉无气。霎时间亲戚都来与小霞话别，明知此去多凶少吉，少不得说几句劝解的言语。小霞的丈人孟春元，取出一包银子，送与二位公差，求他路上看顾女婿，公差嫌少不受。孟氏娘子又添上金簪子一对，方才收了。沈小霞带着哭，分付孟氏道："我此去死多生少，你休为我忧念，只当我已死一般，在爷娘家过活。你是书礼之家，谅无再醮之事，我也放心得下。"指着小妻闻淑女说道："只这女子年纪幼小，又无处着落，合该教他改嫁。奈我三十无子，他却有两个半月的身孕，他日倘生得一男，也不绝了沈氏香烟。娘子你看我平日夫妻面上，一发带他到丈人家去住几时，等待十月满足，生下或男或女，那时凭你发遣他去便了。"话声未绝，只见闻氏淑女说道："官人说那里话，你去数千里之外，没个亲人朝夕看觑，怎生放下？大娘自到孟家去，奴家情愿蓬首垢面，一路伏侍官人前行。一来官人免致寂寞，二来也替大娘分得些忧念。"沈小霞道："得个亲人做伴，我非不欲；但此去多分不幸，累你同死他乡何益？"闻氏道："老爷在朝为官，官人一向在家，谁人不知？便诬陷老爷有些不是的勾当，家乡隔绝，岂是同谋？妾帮着官人到官申辨，决然罪不至死。就使官人下狱，还留贱妾在外，尚好照管。"孟氏也放丈夫不下，听得闻氏说得有理，极力撺掇丈夫带淑女同去。沈小霞平日素爱淑女，有才有智，又见孟氏苦劝，只得依允。

当夜众人齐到孟春元家，歇了一夜。次早，张千、李万催趱上路，闻氏换了一身布衣，将青布裹头，别了孟氏，背着行李，跟着沈小霞便走。那时分别之苦，自不必说。一路行来，闻氏与沈小霞寸步不离，茶汤饭食，都亲自搬取。张千、李万初时还好言好语，过了扬子江，到徐州起旱，料得家乡已远，就做出嘴脸来，呼幺喝六，渐渐难为他夫妻两个来了。闻氏看在眼里，私对丈夫说道："看那两个泼差人，不怀好意，奴家女流之辈，不识路径，若前途有荒僻旷野的所在，须是用心提防。"沈小霞虽然点头，心中还只是半疑不信。

又行了几日，看见两个差人，不住的交头接耳，私下商量说话。又见他包裹中有倭刀一口，其白如霜，忽然心动，害怕起来，对闻氏说道："你说这泼差人，其心不善，我也觉得有七八分了。明日是济宁府界上，过了府去，便是大行山、梁山泺⑥。一路荒野，都是响马出入之所。倘到彼处，他们行凶起来，你也救不得我，我也救不得你，如何是好？"闻氏道："既然如此，官人有何脱身之计，请自方便。留奴家在此，不怕那两个泼差人生吞了我。"沈小霞道："济宁府东门内，有个冯主事，丁忧在家。此人最有侠气，是我父亲极相厚的同年，我明日去投奔他，他必然相纳。只怕你妇人家，没志量打发这两个泼差人，累你受苦，于心何安？你若有力量支持他，我去也放胆。不然与你同生同死，也是天命当然，死而无怨。"闻氏道："官人有路尽走，奴家自会摆布，不劳挂念。"这里夫妻暗地商量，那张千、李万辛苦了一日，吃了一肚酒，齁齁的熟睡，全然不觉。

次日早起上路，沈小霞问张千道："前去济宁还有多少路？"张千道："只四十里，半日就到了。"沈小霞道："济宁东门内冯主事，是我年伯，他先前在京师时，借过我父亲二百两银子，有文契在此。他管过北新关，正有银子在家。我若去取讨前欠，他见我是落难之人，必然慨付。取得这项银两，一路上盘缠，也得宽裕，免致吃苦。"张千意思有些作难，李万随口应承了，向张千耳边说道："我看这沈公子，是忠厚之人，况爱妾行李都在此处，料无他故。放他去走一遭，取得银两，都是你我二人的造化，有何不可？"张千道："虽然如此，到饭店安歇行李，我守住小娘子在店上，你紧跟着同去，万无一失。"

话休絮烦。看看已牌时分，早到济宁城外，拣个洁净店儿，安放了行李。沈小霞便道："你二位同我到东门走遭，转来吃饭未迟。"李万道："我同你去，或者他家留酒饭也不见得。"闻氏故意对丈夫道："常言道：'人面逐高低，世情看冷暖。'冯主事虽然欠下老爷银两，见老爷死了，你又在难中，谁肯唾手交还？枉自讨个厌贱，不如吃了饭赶路为上。"沈小霞道："这里进城到东门不多路，好歹去走一遭，不折了甚么便宜。"李万贪了这二百两银子，一力撺掇该去。沈小霞分付闻氏道："耐心坐坐，若转得快时，便是没想头了。他若好意留款，必然有些赍发，明日顾个轿儿抬你去。这几日在牲口上坐，看你好生不惯。"闻氏觑个空，向丈夫丢了眼色，又道："官人早回，休教奴久待则个。"李万笑道："去多少时，有许多说话，好不老气！"闻氏见丈夫去了，故意招李万转来嘱付道："若冯家留饭坐得久时，千万劳你催促一声。"李万答应道："不消分付。"比及李万下阶时，沈小霞已走了一段路了。李万托着大意，又且济宁是他惯走的熟路，东门冯主事家，他也认得，全不疑惑。走了几步，又里急起来，觑个毛坑上自在方便了，慢慢的望东门而去。

却说沈小霞回头看时，不见了李万，做一口气急急的跑到冯主事家。也是小霞合当有救，正值冯主事独自在厅，两人京中，旧时识熟，此时相见，吃了一惊。沈襄也不作揖，扯住冯主事衣袂道："借一步说话。"冯主事已会意了，便引到书房里面。沈小霞放声大哭，冯主事道："年侄有话快说，休得悲伤，悮其大事。"沈小霞哭诉道："父亲被严贼屈陷，已不必说了；两个舍弟随任的，都被杨顺、路楷杀害，只有小侄在家，又行文本府提去问罪，一家宗祀，眼见灭绝。又两个差人，心怀不善，只怕他受了杨、路二贼之嘱，到前途大行、梁山等处暗算了性命。寻思一计，脱身来投老年伯。老年伯若有计相庇，我亡父在天之灵，必然感激。若老年伯不能遮护小侄，便就此触阶而死，死在老年伯面前，强似死于奸贼之手。”冯主事道：“贤侄不妨。我家卧室之后，有一层复壁，尽可藏身，他人搜检不到之处。今送你在内权住数日，我自有道理。”沈襄拜谢道：“老年伯便是重生父母。”冯主事亲执沈襄之手，引入卧房之后，揭开地板一块，有个地道。从此钻下，约走五六十步，便有亮光，有小小廊屋三间，四面皆楼墙围裹，果是人迹不到之处。每日茶饭，都是冯主事亲自送入。他家法极严，谁人敢泄漏半个字？正是：

> 深山堪隐豹，柳密可藏鸦。
>
> 不须愁汉吏，自有鲁朱家。

　　且说这一日，李万上了毛坑，望东门冯家而来。到于门首，问老门公道：“主事老爷在家么？”老门公道：“在家里。”又问道：“有个穿白的官人来见你老爷，曾相见否？”老门公道：“正在书房里吃饭哩。”李万听说，一发放心。看看等到未牌，果然厅上走一个穿白的官人出来。李万急上前看时，不是沈襄。那官人径自出门去了。李万等得不耐烦，肚里又饥，不免问老门公道：“你说老爷留饭的官人，如何只管坐了去，不见出来？”老门公道：“方才出去的不是？”李万道：“老爷书房中还有客没有？”老门公道：“这到不知。”李万道：“方才那穿白的是甚人？”老门公道：“是老爷的小舅，常常来的。”李万道：“老爷如今在那里？”老门公道：“老爷每常饭后，定要睡一觉，此时正好睡哩。”李万听得话不投机，心下早有二分慌了，便道：“不瞒大伯说，在下是宣大总督老爷差来的。今有绍兴沈公子名唤沈襄，号沈小霞，系钦提人犯。小人提押到于贵府，他说与你老爷有同年叔侄之谊，要来拜望。在下同他到宅，他进宅去了，在下等候多时，不见出来，想必还在书房中。大伯，你还不知道，烦你去催促一声，教他快快出来，要赶路走。"老门公故意道："你说的是甚么说话？我一些不懂。"李万耐了气，又细细的说一遍。老门公当面的一啐，骂道："见鬼！何尝有甚么沈公子到来？老爷在丧中，一概不接外客。这门上是我的干纪⑦，出入都是我通禀，你却说这等鬼话！你莫非是白日撞么？强装么公差名色，掏摸东西的。快快请退，休缠你爷的帐！"李万听说，愈加着急，便发作起来道："这沈襄是朝廷要紧的人犯，不是当耍的，请你老爷出来，我自有话说。"老门公道："老爷正瞌睡，没甚事，谁敢去禀！你这獠子，好不达时务！"说罢洋洋的自去了。李万道："这个门上老儿好不知事，央他传一句话甚作难。想沈襄定然在内，我奉军门钧贴，不是私事，便闯进去怕怎的？"李万一时粗莽，直撞入厅来，将照壁拍了又拍，大叫道："沈公子好走动了。"不见答应，一连叫唤了数声，只见里头走出一个年少的家童，出来问道："管门的在那里？放谁在厅上喧嚷？"李万正要叫住他说话，那家童在照壁后张了张儿，向西边走去了。李万道："莫非书房在那西边？我且自去看看，怕怎的！"从厅后转西走去，原来是一带长廊。李万看见无人，只顾望前而行。只见屋宇深邃，门户错杂，颇有妇人走动。李万不敢纵步，依旧退回厅上，听得外面乱嚷。李万到门首看时，却是张千来寻李万不见，正和门公在那里斗口。张千一见了李万，不由分说，便骂道："好伙计！只贪图酒食，不干正事！已牌时分进城，如今申牌将尽，还在此闲荡！不催趱犯人出城去，待怎么？"李万道："吥！那有甚么酒食？连人也不见个影儿！"张千道："是你同他进城的！"李万道："我只登了个东，被蛮子⑧上前了几步，跟他不上。一直赶到这里，门上说有个穿白的官人在书房中留饭，我说定是他了。等到如今不见出来，门上人又不肯通报，清水也讨不得一杯吃。老哥，烦你在此等候等候，替我到下处医了肚皮再来。"张千道："有你这样不干事的人！是甚么样犯人，却放他独自行走？就是书房中，少不得也随他进去。如今知他在里头不在里头？还亏你放慢线儿讲话。这是你的干纪，不关我事！"说罢便走。李万赶上扯住道："人是在里头，料没处去。大家在此帮说句话儿，催他出来，也是个道理。你是吃饱的人，如何去得这等要紧？"张千道："他的小老婆在下处，方才虽然嘱付店主人看守，只是放心不下。这是沈襄穿鼻的索儿，有他在，不怕沈襄不来。"李万道："老哥说得是。"当下张千先去了。

李万忍着肚饥守到晚，并无消息。看看日没黄昏，李万腹中饿极，看见间壁有个点心店儿，不免脱下布衫，抵当几文钱的火烧来吃。去不多时，只听得扛门声响，急跑来看，冯家大门已闭上了。李万道："我做了一世的公人，不曾受这般呕气。主事是多大的官儿，门上直恁作威作势？也有那沈公子好笑，老婆行李都在下处，既然这里留宿，信也该寄一个出来。事已如此，只得在房檐下胡乱过一夜，天明等个知事的管家出来，与他说话。"此时十月天气，虽不甚冷，半夜里起一阵风，簌簌的下几点微雨，衣服都沾湿了，好生凄楚。

捱到天明雨止，只见张千又来了。却是闻氏再三再四催逼他来的。张千身边带了公文解批，和李万商议，只等开门，一拥而入，在厅上大惊小怪，高声发话。老门公拦阻不住，一时间家中大小都聚集来，七嘴八张，好不热闹。街上人听得宅里闹炒，也聚拢来，围住大门外闲看。惊动了那有仁有义守孝在家的冯主事，从里面踱将出来。且说冯主事怎生模样？

　　　　头带栀子花匶折孝头巾，身穿反折缝稀眼粗麻衫，
　　腰系麻绳，足着草履。

众家人听得咳嗽响，道一声："老爷来了。"都分立在两边。主

事出厅问道："为甚事在此喧嚷?"张千、李万上前施礼道："冯爷在上,小的是奉宣大总督爷公文来的,到绍兴拿得钦犯沈襄,经由贵府。他说是冯爷的年侄,要来拜望。小的不敢阻挡,容他进见。自昨日上午到宅,至今不见出来,有误程限,管家们又不肯代禀。伏乞老爷天恩,快些打发上路。"张千便在胸前取出解批和官文呈上,冯主事看了,问道:"那沈襄可是沈经历沈炼的儿子么?"李万道:"正是。"冯主事掩着两耳,把舌头一伸,说道:"你这班配军,好不知利害!那沈襄是朝廷钦犯,尚犹自可;他是严相国的仇人,那个敢容纳他在家?他昨日何曾到我家来?你却乱话,官府闻知传说到严府去,我是当得起他怪的?你两个配军,自不小心,不知得了多少钱财,买放了要紧人犯,却来图赖我!"叫家童与他乱打那配军出去,把大门闭了,不要惹这闲是非,严府知道不是当耍。冯主事一头骂,一头走进宅去了。大小家人,奉了主人之命,推的推,扠的扠,霎时间被众人拥出大门之外,闭了门,兀自听得嘈嘈的乱骂。张千、李万面面相觑,开了口合不得,伸了舌缩不进。张千埋怨李万道:"昨日是你一力撺掇,教放他进城,如今你自去寻他。"李万道:"且不要埋怨,和你去问他老婆,或者晓得他的路数,再来抓寻便了。"张千道:"说得是,他是恩爱的夫妻,昨夜汉子不回,那婆娘暗地流泪,巴巴的独坐了两三个更次。他汉子的行藏,老婆岂有不知?"两个一头说话,飞奔出城,复到饭店中来。

却说闻氏在店房里面听得差人声音,慌忙移步出来,问道:"我官人如何不来?"张千指李万道:"你只问他就是。"李万将昨日往毛厕出恭,走慢了一步,到冯主事家起先如此如此,以后这般这般,备细说了。张千道:"今早空肚皮进城,就吃了这一肚寡气。你丈夫想是真个不在他家了,必然还有个去处,难道不对小娘子说的?小娘子趁早说来,我们好去抓寻。"说犹未了，只见闻氏噙着眼泪，一双手扯住两个公人叫道："好，好，还我丈夫来！"张千、李万道："你丈夫自要去拜甚么年伯，我们好意容他去走走，不知走向那里去了，连累我们，在此着急，没处抓寻。你到问我要丈夫，难道我们藏过了他？说得好笑！"将衣袂掣开，气忿忿地对虎一般坐下。闻氏到走在外面，拦住出路，双足顿地，放声大哭，叫起屈来。老店主听得，忙来解劝。闻氏道："公公有所不知，我丈夫三十无子，娶奴为妾。奴家跟了他二年了，幸有三个多月身孕，我丈夫割舍不下，因此奴家千里相从。一路上寸步不离，昨日为盘缠缺少，要去见那年伯，是李牌头同他去的。昨晚一夜不回，奴家已自疑心。今早他两个自回，一定将我丈夫谋害了。你老人家替我做主，还我丈夫便罢休。"老店主道："小娘子休得急性，那排长与你丈夫前日无怨，往日无仇，着甚来由，要坏他性命？"闻氏哭声转哀道："公公，你不知道我丈夫是严阁老的仇人，他两个必定受了严府的嘱托来的，或是他要去严府请功。公公，你详情⑨，他千乡万里，带着奴家到此，岂有没半句话说，突然去了。就是他要走时，那同去的李牌头，怎肯放他？你要奉承严府，害了我丈夫不打紧，教奴家孤身妇女，看着何人？公公，这两个杀人的贼徒，烦公公带着奴家同他去官府处叫冤。"张千、李万被这妇人一哭一诉，就要分析几句，没处插嘴。老店主听见闻氏说得有理，也不免有些疑心，到可怜那妇人起来，只得劝道："小娘子说便是这般说，你丈夫未曾死也不见得，好歹再等候他一日。"闻氏道："依公公等候一日不打紧，那两个杀人的凶身，乘机走脱了，这干系却是谁当？"张千道："若果然谋害了你丈夫要走脱时，我弟兄两个又到这里则甚？"闻氏道："你欺负我妇人家没张智⑩，又要指望奸骗我。好好的说，我丈夫的尸首在那里？少不得当官也要还我个明白。"老店官见妇人口嘴利害，再不敢言语。店中闲看的，一时间聚了四五十人，闻说妇人如此苦切，人人恼恨那两个差人，都道："小娘子要去叫冤，我们引你到兵备道去。"闻氏向着众人深深拜福，哭道："多承列位路见不平，可怜我落难孤身，指引则个！这两个凶徒，相烦列位，替奴家拿他同去，莫放他走了。"众人道："不妨事，在我们身上。"张千、李万欲向众人分剖时，未说得一言半字，众人便道："两个排长不消辨得，虚则虚，实则实，若是没有此情，随着小娘子到官，怕他则甚！"妇人一头哭，一头走，众人拥着张千、李万，搅做一阵的，都到兵备道前，道里尚未开门。

那一日正是放告期，闻氏束了一条白布裙，径抢进栅门，看见大门上架着那大鼓，鼓架上悬着个槌儿，闻氏抢槌在手，向鼓上乱挝，挝得那鼓振天的响。唬得中军官失了三魂，把门吏丧了七魄，一齐跑来，将绳缚住，喝道："这妇人好大胆！"闻氏哭倒在地，口称泼天冤枉。只见门内吆喝之声，开了大门，王兵备坐堂，问击鼓者何人。中军官将妇人带进。闻氏且哭且诉，将家门不幸遭变，一家父子三口死于非命，只剩得丈夫沈襄，昨日又被公差中途谋害，有枝有叶的细说了一遍。王兵备唤张千、李万上来，问其缘故。张千、李万说一句，妇人就剪一句，妇人说得句句有理，张千、李万抵搪不过。王兵备思想到："那严府势大，私谋杀人之事，往往有之，此情难保其无。"便差中军官押了三人，发去本州勘审。

那知州姓贺，奉了这项公事，不敢怠慢，即时扣了店主人到来，听四人的口词。妇人一口咬定二人，谋害他丈夫；李万招称为出恭慢了一步，因而相失；张千、店主人都据实说了一遍。知州委决不下。那妇人又十分哀切，象个真情；张千、李万又不肯招认。想了一回，将四人闭于空房，打轿去拜冯主事，看他口气若何。

冯主事见知州来拜，急忙迎接归厅，茶罢，贺知州提起沈襄之事，才说得沈襄二字，冯主事便掩着双耳道："此乃严相公仇家，学生虽有年谊，平素实无交情。老公祖休得下问，恐严府知道，有累学生。"说罢站起身来道："老公祖既有公事，不敢留坐了。"贺知州一场没趣。只得作别。在轿上想道："据冯公如此惧怕严府，沈襄必然不在他家，或者被公人所害也不见得；或者去投冯公见拒不纳，别走个相识人家去了，亦未可知。"

回到州中，又取出四人来，问闻氏道："你丈夫除了冯主事，州中还认得有何人?"闻氏道："此地并无相识。"知州道："你丈夫是甚么时候去的? 那张千、李万几时来回复你的说话?"闻氏道："丈夫是昨日未吃午饭前就去的，却是李万同出店门。到申牌时分，张千假说催趱上路，也到城中去了。天晚方回来，张千兀自向小妇人说道：'我李家兄弟跟着你丈夫冯主事家歇了，明日我早去催他出城。'今早张千去了一个早晨，两人双双而回，单不见了丈夫，不是他谋害了是谁? 若是我丈夫不在冯家，昨日李万就该追寻了，张千也该着忙，如何将好言语稳住小妇人? 其情可知：一定张千、李万两个在路上预先约定，却教李万乘夜下手。今早张千进城，两个乘早将尸首埋藏停当，却来回复我小妇人。望青天爷爷明鉴!"贺知州道："说得是。"张千、李万正要分辨，知州相公喝道："你做公差所干何事? 若非用计谋死，必然得财买放，有何理说!"喝教手下将那张、李重责三十，打得皮开肉绽，鲜血迸流，张千、李万只是不招。妇人在傍，只顾哀哀的痛哭，知州相公不忍，便讨夹棍将两个公差夹起。那公差其实不曾谋死，虽然负痛，怎生招得? 一连上了两夹，只是不招。知州相公再要夹时，张、李受苦不过，再三哀求道："沈襄实未曾死，乞爷爷立个限期，差人押小的捱寻沈襄，还那闻氏便了。"知州也没有定见，只得勉从其言。闻氏且发尼姑庵住下。差四名民壮，锁押张千、李万二人，追寻沈襄，五日一比。店主释放宁家。将情具由申详兵备道，道里依缴①了。

张千、李万一条铁链锁着，四名民壮，轮番监押。带得几两盘缠，都被民壮搜去，为酒食之费；一把倭刀，也当酒吃了。那临清去处又大，茫茫荡荡，来千去万，那里去寻沈公子？也不过一时脱身之法。闻氏在尼姑庵住下，刚到五日，准准的又到州里去啼哭，要生要死。州守相公没奈何，只苦得批较②差人张千、李万。一连比了十数限，不知打了多少竹批，打得爬走不动。张千得病身死，单单剩得李万，只得到尼姑庵来拜求闻氏道："小的情极，不得不说了。其实奉差来时，有经历金绍，口传杨总督钧旨，教我中途害你丈夫，就所在地方，讨个结状③回报。我等口虽应承，怎肯行此不仁之事？不知你丈夫何故，忽然逃走，与我们实实无涉。青天在上，若半字虚情，全家祸灭。如今官府五日一比，兄弟张千，已自打死；小的又累死，也是冤枉。你丈夫的确未死，小娘子他日夫妻相逢有日。只求小娘子休去州里啼啼哭哭，宽小的比限，完全狗命，便是阴德。"闻氏道："据你说不曾谋害我丈夫，也难准信；既然如此说，奴家且不去禀官，容你从容查访。只是你们自家要上紧用心，休得怠慢。"李万喏喏连声而去。有诗为证：

> 白金廿两酿凶谋，谁料中途已失囚。
>
> 锁打禁持熬不得，尼庵苦向妇人求。

官府立限缉获沈襄，一来为他是总督衙门的紧犯，二来为妇人日日哀求，所以上紧严比。今日也是那李万不该命绝，恰好有个机会。却说总督杨顺，御史路楷，两个日夜商量，奉承严府，指望旦夕封侯拜爵；谁知朝中有个兵科给事中吴时来，风闻杨顺横杀平民冒功之事，把他尽情劾奏一本，并劾路楷朋奸助恶。嘉靖爷正当设醮祝釐，见说杀害平民，大伤和气，龙颜大怒，着锦衣卫扭解来京问罪。严嵩见圣怒不测，一时不及救护，到底亏他于中调停，止于削爵为民。可笑杨顺、路楷杀人媚人，至此徒为人笑，有何益哉？再说贺知州听得杨总督去任，已自把这公事看得冷了；又闻氏连次不来哭禀，两个差人又死了一个，只剩得李万，又苦苦哀求不已。贺知州分付，打开铁链，与他个广捕文书⑭，只教他用心缉访，明是放松之意。李万得了广捕文书，犹如捧了一道赦书，连连磕了几个头，出得府门，一道烟走了。身边又无盘缠，只得求乞而归，不在话下。

却说沈小霞在冯主事家复壁之中，住了数月，外边消息无有不知，都是冯主事打听将来，说与小霞知道。晓得闻氏在尼姑庵寄居，暗暗欢喜。过了年余，已知张千、李万逃了，这公事渐渐懒散。冯主事特地收拾内书房三间，安放沈襄在内读书，只不许出外，外人亦无有知者。冯主事三年孝满，为有沈公子在家，也不去起复做官。

光阴似箭，一住八年。值严嵩一品夫人欧阳氏卒，严世蕃不肯扶枢还乡，唆父亲上本留己侍养，却于丧中簇拥姬妾，日夜饮酒作乐。嘉靖爷天性至孝，访知其事，心中甚是不悦。时有方士蓝道行，善扶鸾之术。天子召见，教他请仙，问以辅臣贤否。蓝道行奏道："臣所召乃是上界真仙，正直无阿，万一箕下判断有忤圣心，乞恕微臣之罪。"嘉靖爷道："朕正愿闻天心正论，与卿何涉？岂有罪卿之理？"蓝道行书符念咒，神箕自动，写出十六个字来，道是：

> 高山番草，父子阁老。
> 日月无光，天地颠倒。

嘉靖爷爷看了，问蓝道行道："卿可解之。"蓝道行奏道："微臣愚昧未解。"嘉靖爷道："朕知其说。'高山，者，'山，字连'高'，乃是'嵩'字。'番草'者，'番'字'草'头，乃是'蕃'字。此指严嵩、严世蕃父子二人也。朕久闻其专权误国，今仙机示朕，朕当即为处分，卿不可泄于外人。"蓝道行叩头，口称不敢，受赐而出。

从此嘉靖爷渐渐疏了严嵩。有御史邹应龙，看见机会可乘，遂劾奏严世蕃凭藉父势，卖官鬻爵，许多恶迹，宜加显戮。其父严嵩溺爱恶子，植党蔽贤，宜亟赐休退，以清政本。嘉靖爷见疏大喜，即升应龙为通政右参议。严世蕃下法司，拟成充军之罪，严嵩回籍。未几，又有江西巡按御史林润，复奏严世蕃不赴军伍，居家愈加暴横，强占民间田产，畜养奸人，私通倭虏，谋为不轨。得旨三法司⑮提问，问官勘实覆奏，严世蕃即时处斩，抄没家财，严嵩发养济院终老。被害诸臣尽行昭雪。

冯主事得此喜信，慌忙报与沈襄知道，放他出来，到尼姑庵访问那闻淑女。夫妇相见，抱头而哭。闻氏离家时，怀孕三月，今在庵中生下一孩子，已十岁了。闻氏亲自教他念书，五经皆已成诵，沈襄欢喜无限。冯主事方上京补官，教沈襄同去讼理父冤，闻氏暂迎归本家园上居住。沈襄从其言，到了北京。冯主事先去拜了通政司邹参议，将沈炼父子冤情说了，然后将沈襄讼冤本稿送与他看，邹应龙一力担当。次日，沈襄将奏本往通政司挂号投递。圣旨下，沈炼忠而获罪，准复原官，仍进一级，以旌其直。妻子召还原籍。所没入财产，府县官照数给还。沈襄食廪年久准贡⑯，敕授知县之职。沈襄复上疏谢恩，疏中奏道："臣父炼向在保安，因目击宣大总督杨顺，杀戮平民冒功，吟诗感叹，适值御史路楷，阴受严世蕃之嘱，巡按宣大，与杨顺合谋，陷臣父于极刑，并杀臣弟二人，臣亦几于不免。冤尸未葬，危宗几绝，受祸之惨，莫如臣家。今严世蕃正法，而杨顺、路楷安然保首领于乡，使边廷万家之怨骨，衔恨无伸；臣家三命之冤魂，含悲莫控。恐非所以肃刑典而慰人心也。"圣旨准奏，复提杨顺、路楷到京，问成死罪，监刑部牢中待决。

　　沈襄来别冯主事，要亲到云州，迎接母亲和兄弟沈衮到京，依傍冯主事寓所相近居住；然后往保安州访求父亲骸骨，负归埋葬。冯主事道："老年嫂处适才已打听了消息，在云州康健无恙。令弟沈衮，已在彼游庠了。下官当遣人迎之。尊公遗体要紧，贤侄速往访问，到此相会令堂可也。"沈襄领命，径往保安。一连寻访两日，并无踪迹。第三日，因倦借坐人家门首，有老者从内而出，延进草堂吃茶。见堂中挂一轴子，乃楷书诸葛孔明两次《出师表》也。表后但写年月，不着姓名。沈小霞看了又看，目不转睛。老者道："客官为何看之？"沈襄道："动问老丈，此字是何人所书？"老者道："此乃吾亡友沈青霞之笔也。"沈小霞道："为何留在老丈处？"老者道："老夫姓贾名石，当初沈青霞编管此地，就在舍下作寓。老夫与他八拜之交，最相契厚。不料后遭奇祸，老夫惧怕连累，也往河南逃避。带得这二幅《出师表》，裱成一幅，时常展视，如见吾兄之面。杨总督去任后，老夫方敢还乡。嫂嫂徐夫人和幼子沈衮，徙居云州，老夫时常去看他。近日闻得严家势败，吾兄必当昭雪，已曾遣人去云州报信。恐沈小官人要来移取父亲灵柩，老夫将此轴悬挂在中堂，好教他认认父亲遗笔。"沈小霞听罢，连忙拜倒在地，口称"恩叔"。贾石慌忙扶起道："足下果是何人？"沈小霞道："小侄沈襄，此轴乃亡父之笔也。"贾石道："闻得杨顺这厮，差人到贵府来提贤侄，要行一网打尽之计。老夫只道也遭其毒手，不知贤侄何以得全？"沈小霞将临清事情，备细说了一遍，贾石口称难得，便分付家童治饭款待。沈小霞问道："父亲灵柩，恩叔必知，乞烦指引一拜。"贾石道："你父亲屈死狱中，是老夫偷尸埋葬，一向不敢对人说知。今日贤侄来此搬回故土，也不枉老夫一片用心。"

　　说罢，刚欲出门，只见外面一位小官人骑马而来。贾石指道："遇巧，遇巧！恰好令弟来也。"那小官便是沈衮。下马相见，贾石指沈小霞道："此位乃大令兄讳襄的便是。"此日弟兄方才识面，恍如梦中相会，抱头而哭。贾石领路，三人同到沈青霞墓所，但见乱草迷离，土堆隐起。贾石引二沈拜了，二沈俱哭倒在地。贾石劝了一回道："正要商议大事，休得过伤。"二沈方才收泪。贾石道："二哥、三哥，当时死于非命，也亏了狱卒毛公存仁义之心，可怜他无辜被害，将他尸藁葬于城西三里之外。毛公虽然已故，老夫亦知其处，若扶令先尊枢回去，一起带回，使他父子魂魄相依，二位意下何如？"二沈道："恩叔所言，正合愚弟兄之意。"当日又同贾石到城西看了，不胜悲感。次日，另备棺木，择吉破土，重新殡殓。二人面色如生，毫不朽败，此乃忠义之气所致也。二沈悲哭自不必说。当时备下车仗，抬了三个灵枢，别了贾石起身。临别沈襄对贾石道："这一轴《出师表》，小侄欲问恩叔取去，供养祠堂，幸勿见拒。"贾石慨然许了，取下挂轴相赠。二沈就草堂拜谢，垂泪而别。沈襄先奉灵枢到张家湾，觅船装载。

沈襄复身又到北京，见了母亲徐夫人，回复了说话，拜谢了冯主事起身。此时京中官员，无不追念沈青霞忠，怜小霞母子扶枢远归，也有送勘合[①]的，也有赠赆金的，也有馈赆仪的。沈小霞只受勘合一张，余俱不受。到了张家湾，另换了官座船，驿递起人夫一百名牵缆，走得好不快。不一日，来到临清，沈襄分付座船，暂泊河下，单身入城，到冯主事家投了主事平安书信，园上领了闻氏淑女并十岁儿子下船。先参了灵枢，后见了徐夫人。那徐氏见了孙儿如此长大，喜不可言。当初只道灭门绝户，如今依旧有子有孙；昔日冤家，皆恶死见报。天理昭然，可见做恶人的到底吃亏，做好人的到底便宜。

闲话休题。到了浙江绍兴府，孟春元领了女儿孟氏，在二十里外迎接。一家骨肉重逢，悲喜交集。将丧船停泊码头，府县官员都在吊孝。旧时家产，已自清查给还。二沈扶枢葬于祖茔，重守三年之制，无人不称大孝。抚按又替沈炼建造表忠祠堂，春秋祭祀。亲笔《出师表》一轴，至今供奉在祠堂之中。

服满之日，沈襄到京受职，做了知县。为官清正，直升到黄堂知府。闻氏所生之子，少年登科，与叔叔沈襄同年进士。子孙世世书香不绝。

冯主事为救沈襄一事，京中重其义气，累官至吏部尚书。忽一日，梦见沈青霞来拜候道："上帝怜某忠直，已授北京城隍之职。屈年兄为南京城隍，明日午时上任。"冯主事觉来甚以为疑。至日午，忽见轿马来迎，无疾而逝。二公俱已为神矣。有诗为证，诗曰：

> 生前忠义骨犹香，魂魄为神万古扬。
>
> 料得奸魂沉地狱，皇天果报自昭彰。

选自《喻世明言》

【题解】

忠奸斗争历来是封建社会政治斗争中严肃、惨烈的一种，也是文学作品里经常表现的重要题材之一，它总是教育和激励着人们坚持正义的理想，揭露和鞭挞那些丧尽天良之徒。本篇依据明代史实写成的小说，描写的是以沈炼、沈小霞父子为代表的一方对严嵩、严世蕃等为一方的忠奸斗争。沈氏一家为此付出了巨大的代价，真可说是家破人亡、妻离子散。沈炼其人其事，在当时是很有名的，明代著名古文家茅坤的《青霞先生文集序》记沈炼被害，海内人士，"无不酸鼻而流涕"。沈炼是典型的仁人志士，其高尚精神是与世长存，长留青史的。

【注释】

①官生：高级官员子弟应乡试，其取录另有定额，称官生。

②国门：国都城门。　③舍人：明代卫所武官应袭子弟。
④郎主：指少数民族首领。　⑤京堂：犹京官，在京为官。
⑥洓：同泊。　⑦干纪：干系、责任。　⑧蛮子：对南方人一
种轻侮的称呼。　⑨详情：推究、推详。　⑩张智：主张、见
识。　⑪依缴：批准呈文中所陈述的对事务的处理意见。缴，
下属向上级的呈文。　⑫批较：同比较。在限期内完成差事，
否则受罚。　⑬结状：证明事情已经了结的文书。　⑭广捕文
书：随处可以缉捕人犯的文书。　⑮三法司：指刑部、都察院、
大理寺。　⑯准贡：准作贡生。　⑰勘合：明代各衙门公文，
都用半印勘合。有事务发勘合，相符则奉行。

王安石三难苏学士

> 海鳌曾欺井内蛙，大鹏张翅绕天涯。
>
> 强中更有强中手，莫向人前满自夸。

这四句诗，奉劝世人虚己下人，勿得自满。古人说得好，道是："满招损，谦受益。"俗谚又有四不可尽的话。那四不可尽？

> 势不可使尽，福不可享尽，
>
> 便宜不可占尽，聪明不可用尽。

你看如今有势力的，不做好事，往往任性使气，损人害人，如毒蛇猛兽，人不敢近。他见别人惧怕，没奈何他，意气扬扬，自以为得计。却不知八月潮头，也有平下来的时节。危滩急浪中，趁着这刻儿顺风，扯了满篷，望前只顾使去，好不畅快。不思去时容易，转时甚难。当时夏桀、商纣，贵为天子，不免窜身于南巢，悬头于太白。那桀纣有何罪过？也无非倚贵欺贱，恃强凌弱，总来不过是使势而已。假如桀纣是个平民百姓，还造得许多恶业否？所以说势不可使尽。怎么说福不可享尽？常言道："惜衣有衣，惜食有食。"又道："人无寿夭，禄尽则亡。"晋时石崇太尉，与皇亲王恺斗富。以酒沃釜，以蜡代薪。锦步障大至五十里，坑厕间皆用绫罗供帐，香气袭人。跟随家僮，都穿火浣布衫，一衫价值千金。买一妾，费珍珠十斛。后来死于赵王伦之手，身首异处。此乃享福太过之报。怎么说便宜不可占尽？假如做买卖的错了分文入己，满脸堆笑。却不想小经纪若折了分文，一家不得吃饱饭。我贪此些须小便宜，亦有何益。昔人有占便宜诗云：

> 我被盖你被，你毡盖我毡。你若有钱我共使，我
> 若无钱用你钱。上山时你扶我脚，下山时我靠你肩。
> 我有子时做你婿，你有女时伴我眠。你依此誓时，我
> 死在你后；我违此誓时，你死在我前。

若依得这诗时，人人都要如此，谁是呆子，肯束手相让！就是一时得利，暗中损福折寿，自己不知。所以佛家劝化世人，吃一分亏，受无量福。有诗为证：

> 得便宜处欣欣乐，不遂心时闷闷忧。
>
> 不讨便宜不折本，也无欢乐也无愁。

说话的，这三句都是了。则那聪明二字，求之不得，如何说聪明不可用尽？见不尽者，天下之事。读不尽者，天下之书。参不尽者，天下之理。宁可懵懂而聪明，不可聪明而懵懂。如今且说一个人，古来第一聪明的。他聪明了一世，懵懂在一时。留下花锦般一段话文，传与后生小子，恃才夸己的看样。那第一聪明的是谁？

> 吟诗作赋般般会，打诨猜谜件件精。
>
> 不是仲尼重出世，定知颜子再投生。

话说：宋神宗皇帝在位时，有一名儒，姓苏名轼，字子瞻，别号东坡，乃四川眉州眉山人氏。一举成名，官拜翰林学士。此人天资高妙，过目成诵，出口成章。有李太白之风流，胜曹子建之敏捷，在宰相荆公王安石先生门下。荆公甚重其才。东坡自恃聪明，颇多讥诮。荆公因作《字说》，一字解作一义。偶论东坡的坡字，从土从皮，谓坡乃土之皮。东坡笑道："如相公所言，滑字乃水之骨也。"一日，荆公又论及鲵字，从鱼从儿，合是鱼子。四马曰驷，天虫为蚕，古人制字，定非无义。东坡拱手进言："鸠字九鸟，可知有故。"荆公认以为真，欣然请教。东坡笑道："《毛诗》云：'鸣鸠在桑，其子七兮。'连娘

带爷，共是九个。"荆公默然，恶其轻薄。左迁①为湖州刺史。
正是：

> 是非只为多开口，烦恼皆因巧弄唇。

东坡在湖州做官，三年任满，朝京。作寓于大相国寺内。
想当时因得罪于荆公，自取其咎。常言道："未去朝天子，先来
谒相公。"分付左右备脚色手本②，骑马投王丞相府来。离府一
箭之地，东坡下马步行而前。见府门首许多听事官吏，纷纷站
立。东坡举手问道："列位，老太师在堂上否？"守门官上前答
道："老爷昼寝未醒。且请门房中少坐。"从人取交床在门房
中，东坡坐下，将门半掩。不多时，相府中有一少年人，年方
弱冠，戴缠鬃大帽，穿青绢直摆，攞手洋洋，出来下阶。众官
吏皆躬身揖让。此人从东向西而去。东坡命从人去问，相府中
适才出来者何人？从人打听明白回复，是丞相老爷府中掌书房
的姓徐。东坡记得荆公书房中宠用的有个徐伦，三年前还未冠。
今虽冠了，面貌依然。叫从人："既是徐掌家，与我赶上一步，
快请他转来。"从人飞奔去了，赶上徐伦，不敢于背后呼唤，从
傍边抢上前去，垂手侍立于街傍，道："小的是湖州府苏爷的长
班。苏爷在门房中，请徐老爹相见，有句话说。"徐伦问："可
是长胡子的苏爷？"从人道："正是。"东坡是个风流才子，见
人一团和气。平昔与徐伦相爱，时常写扇送他。徐伦听说是苏
学士，微微而笑，转身便回。从人先到门房，回复徐掌家到了。
徐伦进门房来见苏爷，意思要跪下去。东坡用手搀住。这徐伦
立身相府，掌内书房，外府州县首领官员到京参谒丞相，知会
徐伦，俱有礼物，单帖通名。今日见苏爷怎么就要下跪？因苏
爷久在丞相门下往来，徐伦自小书房答应，职任烹茶，就如旧
主人一般，一时大不起来。苏爷却全他的体面，用手搀住道：
"徐掌家，不要行此礼。"徐伦道："这门房中不是苏爷坐处，
且请进府到东书房待茶。"这东书房，便是王丞相的外书房了。

凡门生知友往来，都到此处。徐伦引苏爷到东书房，看了坐，命童儿烹好茶伺候。"禀苏爷，小的奉老爷遣差往太医院取药，不得在此伏侍，怎么好？"东坡道："且请治事。"徐伦去后，东坡见四壁书橱关闭有锁，文几上只有笔砚，更无余物。东坡开砚匣，看了砚池，是一方绿色端砚，甚有神采。砚上余墨未干。方欲掩盖，忽见砚匣下露出些纸角儿。东坡扶起砚匣，乃是一方素笺，叠做两摺。取而观之，原来是两句未完的诗稿，认得荆公笔迹，题是《咏菊》。东坡笑道："士别三日，换眼相待。昔年我曾在京为官时，此老下笔数千言，不由思索。三年后，也就不同了。正是江淹才尽，两句诗不曾终韵。"念了一遍。"呀，原来连这两句诗都是乱道。"这两句诗怎么样写？

　　西风昨夜过园林，吹落黄花满地金。

　　东坡为何说这两句诗是乱道？一年四季，风各有名：春天为和风，夏天为薰风，秋天为金风，冬天为朔风。和、薰、金、朔四样风配着四时。这诗首句说西风，西方属金，金风乃秋令也。那金风一起，梧叶飘黄，群芳零落。第二句说"吹落黄花满地金。"黄花即菊花。此花开于深秋，其性属火，敢与秋霜鏖战，最能耐久。随你老来焦干枯烂，并不落瓣。说个："吹落黄花满地金，"岂不是错误了？兴之所发，不能自己，举笔舐墨，依韵续诗二句：

　　秋花不比春花落，说与诗人仔细吟。

　　写便写了，东坡愧心复萌。"倘此老出书房相待，见了此诗，当面抢白，不象晚辈体面。欲待袖去以灭其迹，又恐荆公寻诗不见，带累徐伦。"思算不妥，只得仍将诗稿摺叠，压于砚匣之下，盖上砚匣，步出书房。到大门首，取脚色手本，付与守门官史嘱付道："老太师出堂，通禀一道，说苏某在此伺候多时。因初到京中，文表不曾收拾。明日早朝赍过表章，再来谒见。"说罢，骑马回下处去了。

不多时，荆公出堂。守门官吏，虽蒙苏爷嘱付，没有纸包相送，那个与他禀话。只将脚色手本和门簿缴纳。荆公也只当常规，未及观看。心下记着菊花诗二句未完韵。恰好徐伦从太医院取药回来，荆公唤徐伦送置东书房，荆公也随后入来。坐定，揭起砚匣，取出诗稿一看，问徐伦道："适才何人到此?"徐伦跪下，禀道："湖州府苏爷伺候老爷，曾到。"荆公看其字迹，也认得是苏学士之笔。口中不语，心下踌躇："苏轼这个小畜生，虽遭挫折，轻薄之性不改! 不道自己学疏才浅，敢来讥诮老夫! 明日早朝，奏过官里，将他削职为民。"又想道："且住，他也不晓得黄州菊花落瓣，也怪他不得!"叫徐伦取湖广缺官册籍来看。单看黄州府，余官俱在，只缺少个团练副使。荆公暗记在心。命徐伦将诗稿贴于书房柱上。明日早朝，密奏天子，言苏轼才力不及，左迁黄州团练副使。天下官员到京上表章，升降勾除，各自安命。惟有东坡心中不服。心下明知荆公为改诗触犯，公报私仇。没奈何，也只得谢恩。朝房中才卸朝服，长班禀道："丞相爷出朝。"东坡露堂一恭。荆公肩舆中举手道："午后老夫有一饭。"东坡领命。回下处修书，打发湖州跟官人役，兼本衙管家，往旧任接取家眷黄州相会。午牌过后，东坡素服角带，写下新任黄州团练副使脚色手本，乘马来见丞相领饭。门吏通报。荆公分付请进到大堂拜见。荆公待以师生之礼。手下点茶。荆公开言道："子瞻左迁黄州，乃圣上主意，老夫爱莫能助。子瞻莫错怪老夫否?"东坡道："晚学生自知才力不及，岂敢怨老太师!"荆公笑道："子瞻大才，岂有不及! 只是到黄州为官，闲暇无事，还要读书博学。"东坡目穷万卷，才压千人。今日劝他读书博学，还读甚么样书! 口中称谢道："承老太师指教。"心下愈加不服。荆公为人至俭，肴不过四器，酒不过三杯，饭不过一箸。东坡告辞。荆公送下滴水檐前，携东坡手道："老夫幼年灯窗十载，染成一症，老年举发。太医院看是痰火之症。虽然服药，难以除根。必得阳羡茶，方可治。有荆溪进贡阳羡茶，圣上就赐与老夫。老夫问太医院官如何烹服。太医院官说：须用瞿塘中峡水。瞿塘在蜀，老夫几欲差人往取，未得其便，兼恐所差之人未必用心。子瞻桑梓之邦，倘尊眷往来之便，将瞿塘中峡水，携一瓮寄与老夫，则老夫衰老之年，皆子瞻所延也。"东坡领命，回相国寺。次日辞朝出京，星夜奔黄州道上。黄州合府官员知东坡天下有名才子，又是翰林谪官，出郭远迎。选良时吉日公堂上任。过月之后，家眷方到。

东坡在黄州与蜀客陈季常为友。不过登山玩水，饮酒赋诗，军务民情，秋毫无涉。光阴迅速，将及一载。时当重九之后，连日大风。一日风息，东坡兀坐③书斋。忽想："定惠院长老曾送我黄菊数种，栽于后园，今日何不去赏玩一番？"足犹未动，恰好陈季常相访。东坡大喜，便拉陈慥同往后园看菊。到得菊花棚下，只见满地铺金，枝上全无一朵。唬得东坡目瞪口呆，半晌无语。陈慥问道："子瞻见菊花落瓣，缘何如此惊诧？"东坡道："季常有所不知。平常见此花只是焦干枯烂，并不落瓣。去岁在王荆公府中，见他《咏菊》诗二句，道：'西风昨夜过园林，吹落黄花满地金。'小弟只道此老错误了，续诗二句道：'秋花不比春花落，说与诗人仔细吟。'却不知黄州菊花果然落瓣！此老左迁小弟到黄州，原来使我看菊花也。"陈慥笑道："古人说得好：

广知世事休开口，纵会人前只点头。

假若连头俱不点，一生无恼亦无愁。"

东坡道："小弟初然被谪，只道荆公恨我摘其短处，公报私仇。谁知他到不错，我到错了。真知灼见者，尚且有误，何况其他！吾辈切记，不可轻易说人笑人，正所谓经一失长一智耳。"东坡命家人取酒，与陈季常就落花之下，席地而坐。正饮酒间，门上报道："本府马太爷拜访，将到。"东坡分付："辞了他罢。"
是日，两人对酌闲谈，至晚而散。次日，东坡写了名帖，答拜
马太守。马公出堂迎接。彼时没有迎宾馆，就在后堂分宾而坐。
茶罢，东坡因叙出去年相府错题了菊花诗，得罪荆公之事。马
太守微笑道："学生初到此间，也不知黄州菊花落瓣。亲见一
次，此时方信。可见老太师学问渊博，有包罗天地之抱负。学
士大人，一时忽略，陷于不知，何不到京中太师门下赔罪一番，
必然回嗔作喜。"东坡道："学生也要去，恨无其由。"太守道：
"将来有一事方便，只是不敢轻劳。"东坡问何事。太守道：
"常规，冬至节必有贺表到京，例差地方官一员。学士大人若不
嫌琐屑，假进表为由，到京也好。"东坡道："承堂尊④大人用
情，学生愿往。"太守道："这道表章，只得借重学士大笔。"
东坡应允。别了马太守回衙。想起荆公嘱付要取瞿塘中峡水的
话来。初时心中不服，连这取水一节，置之度外。如今却要替
他出力做这件事，以赎妄言之罪。但此事不可轻托他人。现今
夫人有恙，思想家乡。既承贤守公美意，不若告假，假亲送家
眷还乡，取得瞿塘中峡水，庶为两便。黄州至眉州，一水之地，
路正从瞿塘三峡过。那三峡？

　　　　西陵峡，巫峡，归峡。

西陵峡为上峡，巫峡为中峡，归峡为下峡，那西陵峡又唤做瞿
塘峡，在夔州府城之东。两岸对峙，中贯一江。滟滪堆当其口，
乃三峡之门。所以总唤做瞿塘三峡。此三峡共长七百余里，两
岸连山无阙，重峦叠嶂，隐天蔽日。风无南北，惟有上下。自
黄州到眉州，总有四千余里之程，夔州适当其半。东坡心下计
较："若送家眷直到眉州，往回将及万里，把贺冬表又担误了。
我如今有个道理，叫做公私两尽。从陆路送家眷至夔州，却令
家眷自回。我在夔州换船下峡，取了中峡之水，转回黄州，方
往东京。可不是公私两尽。"算计已定，对夫人说知，收拾行

李，辞别了马太守。衙门上悬一个告假的牌面。择了吉日，准备车马，唤集人夫，合家起程。一路无事，自不必说。

才过夷陵州，早是高唐县。

驿卒报好音，夔州在前面。

东坡到了夔州，与夫人分手。嘱付得力管家，一路小心伏侍夫人回去。东坡讨个江船，自夔州开发，顺流而下。原来这滟滪堆，是江口一块孤石，亭亭独立，夏即浸没，冬即露出。因水满石没之时，舟人取途不定，故又名犹豫堆。俗谚云：

犹豫大如象，瞿塘不可上；

犹豫大如马，瞿塘不可下。

东坡在重阳后起身，此时尚在秋后冬前。又其年是闰八月，迟了一个月的节气，所以水势还大。上水时，舟行甚迟。下水时却甚快。东坡来时正怕迟慢，所以舍舟从陆。回时乘着水势，一泻千里，好不顺溜。东坡看见那峭壁千寻，沸波一线，想要做一篇《三峡赋》，结构不就。因连日鞍马困倦，凭几构思，不觉睡去。不曾分付得水手打水。及至醒来问时，已是下峡，过了中峡了。东坡分付："我要取中峡之水，快与我拨转船头。"水手禀道："老爷，三峡相连，水如瀑布，船如箭发。若回船便是逆水。日行数里，用力甚难。"东坡沉吟半晌，问："此地可以泊船，有居民否？"水手禀道："上二峡悬崖峭壁，船不能停。到归峡，山水之势渐平，崖上不多路，就有市井街道。"东坡叫泊了船，分付苍头："你上崖去看有年长知事的居民，唤一个上来，不要声张惊动了他。"苍头领命。登崖不多时，带一个老人上船，口称居民叩头。东坡以美言抚慰："我是过往客官，与你居民没有统属。要问你一句话。那瞿塘三峡，那一峡的水好？"老者道："三峡相连，并无阻隔。上峡流于中峡，中峡流于下峡，昼夜不断。一般样水，难分好歹。"东坡暗想道："荆公胶柱鼓瑟。三峡相连，一般样水，何必定要中峡!"叫手下，给官价与百姓买个干净磁瓮，自己立于船头，看水手将下峡水满满的汲了一瓮，用柔皮纸封固，亲手金押，即刻开船。直至黄州拜了马太守。夜间草成贺冬表，送去府中。

马太守读了表文，深赞苏君大才。赍表官就金了苏轼名讳。择了吉日，与东坡饯行。东坡赍了表文，带了一瓮蜀水，星夜来到东京。仍投大相国寺内。天色还早，命手下抬了水瓮，乘马到相府来见荆公。荆公正当闲坐，闻门上通报："黄州团练使苏爷求见。"荆公笑道："已经一载矣!"分付守门官："缓着些出去，引他东书房相见。"守门官领命。荆公先到书房。见柱上所贴诗稿，经年尘埃迷目。亲手于鹊尾瓶中，取拂尘将尘拂去，俨然如旧。荆公端坐于书房。却说守门官延挨了半响，方请苏爷。东坡听说东书房相见，想起改诗的去处，面上赧然。勉强进府，到书房见了荆公下拜。荆公用手相扶道："不在大堂相见。惟思远路风霜，休得过礼。"命童儿看坐。东坡坐下，偷看诗稿，贴于对面。荆公用拂尘往左一指道："子瞻，可见光阴迅速，去岁作此诗，又经一载矣!"东坡起身拜伏于地。荆公用手扶住道："子瞻为何?"东坡道："晚学生甘罪了!"荆公道："你见了黄州菊花落瓣么?"东坡道："是。"荆公道："目中未见此一种，也怪不得子瞻!"东坡道："晚学生才疏识浅，全仗老太师海涵。"茶罢，荆公问道："老夫烦足下带瞿塘中峡水，可有么?"东坡道："见携府外。"荆公命堂候官⑤两员，将水瓮抬进书房。荆公亲以衣袖拂拭，纸封打开。命童儿茶灶中煨火，用银铫汲水烹之。先取白定碗一只，投阳羡茶一撮于内。候汤如蟹眼，急取起倾入。其茶色半响方见。荆公问："此水何处取来?"东坡道："巫峡。"荆公道："是中峡了。"东坡道："正是。"荆公笑道："又来欺老夫了! 此乃下峡之水，如何假名中峡?"东坡大惊。述土人之言，"三峡相连，一般样水。晚学生误听了，实是取下峡之水! 老太师何以辨之?"荆公道："读书人不可轻举妄动，须是细心察理。老夫若非亲到黄州，看过菊花，怎么诗中敢乱道黄花落瓣？这瞿塘水性，出于《水经补注》。上峡水性太急，下峡太缓。惟中峡缓急相半。太医院官乃明医，知老夫乃中脘变症，故用中峡水引经。此水烹阳羡茶，上峡味浓，下峡味淡，中峡浓淡之间。今见茶色半晌方见，故知是下峡。"东坡离席谢罪。荆公道："何罪之有！皆因子瞻过于聪明，以致疏略如此。老夫今日偶然无事，幸子瞻光顾。一向相处，尚不知子瞻学问真正如何？老夫不自揣量，要考子瞻一考。"东坡欣然答道："晚学生请题。"荆公道："且住！老夫若遽然考你，只说老夫恃了一日之长。子瞻到先考老夫一考，然后老夫请教。"东坡鞠躬道："晚学生怎么敢？"荆公道："子瞻既不肯考老夫，老夫却不好僭妄。也罢，叫徐伦把书房中书橱尽数与我开了。左右二十四橱，书皆积满。但凭于左右橱内上中下三层取书一册，不拘前后，念上文一句，老夫答下句不来，就算老夫无学。"东坡暗想道："这老甚迂阔！难道这些书都记在腹内？虽然如此，不好去考他。"答应道："这个晚学生不敢！"荆公道："咳！道不得个'恭敬不如从命'了！"东坡使乖，只拣尘灰多处，料久不看，也忘记了。任意抽书一本，未见签题，揭开居中，随口念一句道："如意君安乐否？"荆公接口道："'窃已啖之矣。'可是？"东坡道："正是。"荆公取过书来，问道："这句书怎么讲？"东坡不曾看得书上详细。暗想："唐人讥则天后，曾称薛敖曹为如意君。或者差人问候，曾有此言。只是下文说，'窃已啖之矣'，文理却接上面不来。"沉吟了一会，又想道："不要惹这老头儿。千虚不如一实。"答应道："晚学生不知。"荆公道："这也不是甚么秘书，如何就不晓得？这是一桩小故事。汉末灵帝时，长沙郡武冈山后有一狐穴，深入数丈。内有九尾狐狸二头。日久年深，皆能变化，时常化作美妇人，遇着男子往来，诱入穴中行乐。小不如意，分而食之。后有一人姓刘名玺，入山采药，被二妖所掳。夜晚求欢，枕席之间，二狐快乐，称为如意君。大狐出山打食，则小狐看守。小狐出山，则大狐亦如之。日就月将，并无忌惮。酒后，露其本形。刘玺有恐怖之心，精力衰倦。一日，大狐出山打食，小狐在穴，求其云雨，不果其欲。小狐大怒，生啖刘玺于腹内。大狐回穴，心记刘生，问道：'如意君安乐否?'，小狐答道：'窃已啖之矣。'二狐相争追逐，满山喊叫。樵人窃听，遂得其详，记于'汉末全书'。子瞻想未涉猎?"东坡道："老太师学问渊深，非晚辈浅学可及！"荆公微笑道："这也算考过老夫了。老夫还席，也要考子瞻一考。子瞻休得吝教！"东坡道："求老太师命题平易。"荆公道："考别件事，又道老夫作难。久闻子瞻善于作对。今年闰了个八月，正月立春，十二月又是立春，是个两头春。老夫就将此为题，出句求对，以观子瞻妙才。"命童儿取纸笔过来。荆公写出一对道：

> 一岁二春双八月，人间两度春秋。

东坡虽是妙才，这对出得蹊跷，一时寻对不出。羞颜可掬，面皮通红了。荆公问道："子瞻从湖州至黄州，可从苏州润州经过么?"东坡道："此是便道。"荆公道："苏州金阊门外，至于虎丘，这一带路，叫做山塘，约有七里之遥，其半路名为半塘。润州古名铁瓮城，临于大江，有金山，银山，玉山，这叫做三山。俱有佛殿僧房，想子瞻都曾游览?"东坡答应道："是。"荆公道："老夫再将苏润二州，各出一对，求子瞻对之。"苏州对云：

> 七里山塘，行到半塘三里半。

润州对云：

> 铁瓮城西，金，玉，银山三宝地。

东坡思想多时，不能成对，只得谢罪而出。荆公晓得东坡受了些醃臜⑥，终惜其才。明日奏过神宗天子，复了他翰林学士之职。后人评这篇话道：以东坡天才，尚然三被荆公所屈。何况才不如东坡者！因作诗戒世云：

> 项托曾为孔子师，荆公反把子瞻嗤。
>
> 为人第一谦虚好，学问茫茫无尽期。

选自《警世通言》

【题解】

王安石和苏轼都是北宋时期举足轻重的大作家，他们都活了六十六岁，可谓巧合。他们政见不同，但苏轼却又曾被王安石的政敌看成"王安石第二"，可谓复杂。本篇写他们之间的交往，就它的史实性而言，也有人持否定意见，但这并不妨碍我们把它作为一篇有趣的文学作品来看待。大凡名人，都会有很多闲话相伴，而文学名人，闲话里就少不了风流色彩，或如李白，或如柳永，如此等等，本篇所写还算是一段雅正高致的故事。两大文学名家聚首一篇，互相切磋，相得益彰，于文坛是一件幸事，于后世是一则佳话，不宜以短长之心作计较，更不必以"不符史实"来指责它。

【注释】

①左迁：降职、贬官。 ②脚色手本：脚色，履历。手本，参见上官所用的名帖。 ③兀坐：独坐、枯坐。 ④堂尊：属官对主官的尊称。 ⑤堂候官：供使唤的员役。 ⑥腌臜：应作腌臜，这里是受气的意思。

老门生三世报恩

> 买只牛儿学种田，结间茅屋向林泉；
> 也知老去无多日，且向山中过几年
> 为利为官终幻客，能诗能酒总神仙；
> 世间万物俱增价，老去文章不值钱。

这八句诗，乃是达者之言，末句说"老去文章不值钱"，这一句，还有个评论。大抵功名迟速，莫逃乎命，也是早成，也有晚达。早成者未必有成，晚达者未必不达。不可以年少而自恃，不可以年老而自弃。这老少二字，也在年数上，论不得的。假如甘罗十二岁为丞相，十三岁上就死了，这十二岁之年，就是他发白齿落背曲腰弯的时候了，后头日子已短，叫不得少年。又如姜太公八十岁还在渭水钓鱼，遇了周文王以后车载之，拜为师尚父，文王崩，武王立，他又秉钺为军师，佐武王伐纣，定了周家八百年基业，封于齐国。又教其子丁公治齐，自己留相周朝，直活到一百二十岁方死。你说八十岁一个老渔翁，谁知日后还有许多事业，日子正长哩！这等看将起来，那八十岁上还是他初束发，刚顶冠，做新郎，应童子试①的时候，叫不得老年。世人只知眼前贵贱，那知去后的日长日短？见个少年富贵的奉承不暇，多了几年年纪，蹉跎不遇，就怠慢他，这是短见薄识之辈。譬如农家，也有早谷，也有晚稻，正不知那一种收成得好？不见古人云：

> 东园桃李花，早发还先萎；
> 迟迟涧畔松，郁郁含晚翠。

闲话休提。却说国朝正统年间，广西桂林府兴安县有一秀才，覆姓鲜于名同，字大通。八岁时曾举神童②，十一岁游庠，超增③补廪。论他的才学，便是董仲舒司马相如也不看在眼里，真个是胸藏万卷，笔扫千军。论他的志气，便象冯京商辂连中三元，也只算他便袋里东西，真个是足蹑风云，气冲牛斗。何期才高而数奇，志大而命薄。年年科举，岁岁观场，不能得朱衣点额④，黄榜标名。到三十岁上，循资该出贡⑤了。他是个有才有志的人，贡途的前程是不屑就的。思量穷秀才家，全亏学中年规这几两廪银，做个读书本钱。若出了学门，少了这项来路，又去坐监⑥，反费盘缠。况且本省比监里又好中，算计不通。偶然在朋友前露了此意，那下首该贡的秀才，就来打话要他让贡，情愿将几十金酬谢。鲜于同又得了这个利息，自以为得计。第一遍是个情，第二遍是个例，人人要贡，个个争先。鲜于同自三十岁上让贡起，一连让了八遍，到四十六岁兀自沉埋于泮水之中，驰逐于青衿之队。也有人笑他的，也有人怜他的，又有人劝他的。那笑他的他也不睬，怜他的他也不受，只有那劝他的，他就勃然发怒起来道："你劝我就贡，止无过道俺年长，不能个科第了。却不知龙头属于老成，梁皓⑦八十二岁中了状元，也替天下有骨气肯读书的男子争气。俺若情愿小就时，三十岁上就了，肯用力钻刺，少不得做个府佐县正，昧着心田做去，尽可荣身肥家。只是如今是个科目的世界，假如孔夫子不得科第，谁说他胸中才学？若是三家村一个小孩子，粗粗里记得几篇烂旧时文⑧，遇了个盲试官，乱圈乱点，睡梦里偷得个进士到手，一般有人拜门生，称老师，谭天说地，谁敢出个题目将带纱帽的再考他一考么？不止于此，做官里头还有多少不平处，进士官就是个铜打铁铸的，撒漫做去，没人敢说他不字；科贡官，兢兢业业，捧了卵子过桥，上司还要寻趁他。比及按院复命，参论的但是进士官，凭你叙得极贪极酷，公道看来，拿问也还透头，说到结末，生怕断绝了贪酷种子，道：
'此一臣者，官箴虽玷，但或念初任，或念年青，尚可望其自
新，策其末路，姑照浮躁或不及例降调。'不勾几年工夫，依旧
做起。倘拼得些银子央要道挽回，不过对调个地方，全然没事。
科贡的官一分不是，就当做十分；晦气遇着别人有势有力，没
处下手，随你清廉贤宰，少不得借重他替进士顶缸。有这许多
不平处，所以不中进士，再做不得官。俺宁可老儒终身，死去
到阎王面前高声叫屈，还博个来世出头，岂可屈身小就，终日
受人懊恼，吃顺气丸度日！"遂吟诗一首，诗曰：

> "从来资格困朝绅，只重科名不重人。
> 　楚士凤歌诚恐殆，叶公好龙岂求真。
> 　若还黄榜终无分，宁可青衿老此身；
> 　铁砚磨穿豪杰事，春秋晚遇说平津。"

汉时有个平津侯，覆姓公孙名弘，五十岁读《春秋》，六十岁
对策第一，到丞相封侯。鲜于同后来六十一岁登第，人以为诗
谶，此是后话。

却说鲜于同自吟了这八句诗，其志愈锐。怎奈时运不利，
看看五十齐头，"苏秦还是旧苏秦"，不能勾改换头面。再过几
年，连小考都不利了。每到科举年分，第一个拦场告考的，就
是他，讨了多少人的厌贱。到天顺六年，鲜于同五十七岁，鬓
发都苍然了，兀自挤在后生家队里，谈文讲艺，娓娓不倦。那
些后生见了他，或以为怪物，望而避之；或以为笑具，就而戏
之。这都不在话下。

却说兴安县知县，姓蒯名遇时，表字顺之。浙江台州府仙
居县人氏。少年科甲，声价甚高。喜的是谈文讲艺，商古论今。
只是有件毛病，爱少贱老，不肯一视同仁。见了后生英俊，加
意奖借；若是年长老成的，视为朽物，口呼"先辈⑨"，甚有戏
侮之意。其年乡试届期，宗师行文，命县里录科⑩。蒯知县将

合县生员考试，弥封阅卷，自恃眼力，从公品第，黑暗里拔了一个第一，心中十分得意。向众秀才面前夸奖道："本县拔得个首卷，其文大有吴越[⑪]中气脉，必然连捷，通县秀才，皆莫能及。"众人拱手听命，却似汉皇筑坛拜将，正不知拜那一个有名的豪杰。比及拆号唱名，只见一人应声而出，从人丛中挤将上来，你道这人如何？

> 矮又矮，胖又胖，须鬓黑白各一半。破儒巾，欠时样，蓝衫补孔重重绽。你也瞧，我也看，若还冠带象胡判。不枉夸，不枉赞，"先辈"今朝说嘴惯。休美他，莫自叹，少不得大家做老汉。不须营，不须干，序齿轮流做领案。

那案首不是别人，正是那五十七岁的怪物，笑具，名叫鲜于同。合堂秀才哄然大笑，都道："鲜于'先辈'，又起用了。"连蒯公也自羞得满面通红，顿口无言。一时间看错文字，今日众人属目之地，如何番悔！忍着一肚子气，胡乱将试卷拆完。喜得除了第一名，此下一个个都是少年英俊，还有些嗔中带喜。是日蒯公发放诸生事毕，回衙闷闷不悦，不在话下。

却说鲜于同少年时本是个名士，因淹滞了数年，虽然志不曾灰，却也是：

> 泽畔屈原吟独苦，洛阳季子面多惭。

今日出其不意，考个案首，也自觉有些兴头。到学道考试，未必爱他文字，亏了县家案首，就搭上一名科举，喜孜孜去赴省试。众朋友都在下处看经书，温后场[⑫]。只有鲜于同平昔饱学，终日在街坊上游玩。傍人看见，都猜道："这位老相公，不知是送儿子孙儿进场的？事外之人，好不悠闲自在！"若晓得他是科举的秀才，少不得要笑他几声。

日居月诸，忽然八月初七日，街坊上大吹大擂，迎试官进贡院。鲜于同观看之际，见兴安县蒯公，正征聘做《礼记》房考官[13]。鲜于同自想，我与蒯公同经，他考过我案首，必然爱我的文字，今番遇合，十有八九。谁知蒯公心里不然，他又是一个见识道："我取个少年门生，他后路悠远，官也多做几年，房师也靠得着他。那些老师宿儒，取之无益。"又道："我科考时不合昏了眼，错取了鲜于'先辈'，在众人前老大没趣。今番再取中了他，却不又是一场笑话。我今阅卷，但是三场做得齐整的，多应是夙学之士，年纪长了，不要取他。只拣嫩嫩的口气，乱乱的文法，歪歪的四六，怯怯的策论，愦愦的判语，那定是少年初学。虽然学问未充，养他一两科，年还不长，且脱了鲜于同这件干纪。"算计已定，如法阅卷，取了几个不整不齐，略略有些笔资的，大圈大点，呈上主司。主司都批了"中"字。到八月廿八日，主司同各经房在至公堂上拆号填榜。《礼记》房首卷是桂林府兴安县学生，覆姓鲜于名同，习《礼记》，又是那五十七的怪物，笑具侥幸了。蒯公好生惊异。主司见蒯公有不乐之色，问其缘故。蒯公道："那鲜于同年纪已老，恐置之魁列，无以压服后生，情愿把一卷换他。"主司指堂上匾额道："此堂既名为'至公堂'，岂可以老少而私爱憎乎？自古龙头属于老成，也好把天下读书人的志气鼓舞一番。"遂不肯更换，判定了第五名正魁。蒯公无可奈何。正是：

> 饶君用尽千般力，命里安排动不得；
>
> 本心拣取少年郎，依旧取将老怪物。

　　蒯公立心不要中鲜于"先辈"，故此只拣不整齐的文字才中。那鲜于同是宿学之士，文字必然整齐，如何反投其机？原来鲜于同为八月初七日看了蒯公入帘[14]，自谓遇合十有八九。回归寓中，多吃了几杯生酒，坏了脾胃，破腹起来。勉强进场，一头想文字，一头泄泻，泻得一丝两气，草草完篇。二场三场，仍复如此，十分才学，不曾用得一分出来。自谓万无中试之理，谁知蒯公到不要整齐文字，以此竟占了个高魁。也是命里否极泰来，颠之倒之，自然凑巧。那兴安县刚刚只中他一个举人。当日鹿鸣宴罢，众同年序齿，他就居了第一。各房考官见了门生，俱各欢喜。惟蒯公闷闷不悦。鲜于同感蒯公两番知遇之恩，愈加殷勤。蒯公愈加懒散，上京会试，只照常规，全无作兴加厚之意。明年鲜于同五十八岁，会试，又下第了。相见蒯公，蒯公更无别语，只劝他选了官罢。鲜于同做了四十余年秀才，不肯做贡生官，今日才中得一年乡试，怎肯就举人职。回家读书，愈觉有兴。每闻里中秀才会文，他就袖了纸墨笔砚，捱入会中同做。凭众人耍他，笑他，嗔他，厌他，总不在意。做完了文字，将众人所作看了一遍，欣然而归，以此为常。

光阴荏苒，不觉转眼三年，又当会试之期。鲜于同时年六十有一，年齿虽增，矍铄如旧。在北京第二遍会试，在寓所得其一梦。梦见中了正魁，会试录上有名，下面却填做《诗经》，不是《礼记》。鲜于同本是个宿学之士，那一经不通？他功名心急，梦中之言，不由不信，就改了《诗经》应试。事有凑巧，物有偶然。蒯知县为官清正，行取到京，钦授礼科给事中之职。其年又进会试经房。蒯公不知鲜于同改经之事，心中想道："我两遍错了主意，取了那鲜于'先辈'做了首卷，今番会试，他年纪一发长了。若《礼记》房里又中了他，这才是终身之玷。我如今不要看《礼记》，改看了《诗经》卷子，那鲜于'先辈'中与不中，都不干我事。"比及入帘阅卷，遂请看《诗》五房卷。蒯公又想道："天下举子象鲜于'先辈'的，谅也非止一人，我不中鲜于同，又中了别的老儿，可不是'躲了雷公，遇了霹雳'！我晓得了，但凡老师宿儒，经旨必然十分透彻，后生家专工四书，经义必然不精。如今到不要取四经[15]整齐，但是有些笔资[16]的，不妨题旨影响，这定是少年之辈了。"阅卷进呈，等到揭晓，《诗》五房头卷，列在第十名正魁。拆号看时，却是桂林府兴安县学生，覆姓鲜于名同，习《诗经》，刚刚又是那六十一岁的怪物，笑具！气得蒯遇时目睁口呆，如槁木死灰模样！

> 早知富贵生成定，悔却从前枉用心。

蒯公又想道："论起世上同名姓的尽多，只是桂林府兴安县却没有两个鲜于同，但他向来是《礼记》，不知何故又改了《诗经》，好生奇怪？"候其来谒，叩其改经之故。鲜于同将梦中所见，说了一遍。蒯公叹息连声道："真命进士，真命进士！"自此蒯公与鲜于同师生之谊，比前反觉厚了一分。殿试过了，鲜于同考在二甲头上，得选刑部主事。人道他晚年一第，又居冷局，替他气闷，他欣然自如。却说蒯遇时在礼科衙门直言敢谏，因奏疏里面触突了大学士刘吉，被吉寻他罪过，下于诏狱⑰。那时刑部官员，一个个奉承刘吉，欲将蒯公置之死地。却好天与其便，鲜于同在本部一力周旋看觑，所以蒯公不致吃亏。又替他纠合同年，在各衙门恳求方便，蒯公遂得从轻降处。蒯公自想道："'着意种花花不活，无心栽柳柳成阴。'若不中得这个老门生，今日性命也难保。"乃往鲜于"先辈"寓所拜谢。鲜于同道："门生受恩师三番知遇，今日小小效劳，止可少答科举而已，天高地厚，未酬万一！"当日师生二人欢饮而别。自此不论蒯公在家在任，每年必遣人问候，或一次或两次，虽俸金微薄，表情而已。

光阴荏苒，鲜于同只在部中迁转，不觉六年，应升知府。京中重他才品，敬他老成，吏部立心要寻个好缺推他。鲜于同全不在意。偶然仙居县有信至，蒯公的公子蒯敬共与豪户查家争坟地疆界，嚷骂了一场。查家走失了个小厮，赖蒯公子打死，将人命事告官。蒯敬共无力对理，一径逃往云南父亲任所去了。官府疑蒯公子逃匿，人命真情，差人雪片下来提人，家属也监了几个，阖门惊惧。鲜于同查得台州正缺知府，乃央人讨这地方。吏部知台州原非美缺，既然自己情愿，有何不从，即将鲜于同推升台州府知府。鲜于同到任三日，豪家已知新太守是蒯公门生，特讨此缺而来，替他解纷，必有偏向之情。先在衙门谣言放刁，鲜于同只推不闻。蒯家家属诉冤，鲜于同亦佯为不理。密差的当捕人访缉查家小厮，务在必获。约过两月有余，那小厮在杭州拿到。鲜于太守当堂审明，的系自逃，与蒯家无干。当将小厮责取查家领状。蒯氏家属，即行释放。期会一日，亲往坟所踏看疆界。查家见小厮已出，自知所讼理虚，恐结讼之日必然吃亏。一面央大分上到太守处说方便，一面又央人到蒯家，情愿把坟界相让讲和。蒯家事已得白，也不愿结冤家。鲜于太守准了和息。将查家薄加罚治，申详上司，两家莫不心服。正是：

> 只愁堂上无明镜，不怕民间有鬼奸。

鲜于太守乃写书信一通，差人往云南府回覆房师蒯公。蒯公大喜，想道："'树荆棘得刺，树桃李得荫'，若不曾中得这个老门生，今日身家也难保。"遂写恳切谢启一通，遣儿子蒯敬共赍回，到府拜谢。鲜于同道："下官暮年淹蹇，为世所弃，受尊公老师三番知遇，得掇科目，常恐身先沟壑，大德不报。今日恩兄被诬，理当暴白。下官因风吹火，小效区区，止可少酬老师乡试提拔之德，尚欠情多多也。"因为蒯公子经纪家事，劝他闭户读书，自此无话。

鲜于同在台州做了三年知府，声名大振，升在徽宁道做兵宪，累升河南廉使，勤于官职。年至八旬，精力比少年兀自有余，推升了浙江巡抚。鲜于同想道："我六十一岁登第，且喜儒途淹蹇，仕途到顺溜，并不曾有风波。今官至抚台，恩荣极矣。一向清勤自矢，不负朝廷。今日急流勇退，理之当然。但受蒯公三番知遇之恩，报之未尽，此任正在房师地方，或可少效涓埃。"乃择日起程赴任。一路迎送荣耀，自不必说。不一日，到了浙江省城。此时蒯公也历任做到大参地位，因病目不能理事，致政在家。闻得鲜于"先辈"又做本省开府，乃领了十二岁孙儿，亲到杭州谒见。蒯公虽是房师，到小于鲜于公二十余岁。今日蒯公致政在家，又有了目疾，龙钟可怜。鲜于公年已八旬，健如壮年，位至开府。可见发达不在于迟早。蒯公叹息了许多。正是：

> 松柏何须羡桃李，请君点检岁寒枝。

且说鲜于同到任以后，正拟遣人问候蒯公，闻说蒯参政到门，喜不自胜，倒屣而迎，直请到私宅，以师生礼相见。蒯公唤十二岁孙儿："见了老公祖⑱。"鲜于公问："此位是老师何人？"蒯公道："老夫受公祖活命之恩，犬子昔日难中，又蒙昭雪，此恩直如覆载。今天幸福星又照吾省。老夫衰病，不久于世。犬子读书无成，只有此孙，名曰蒯悟，资性颇敏，特携来相托，求老公祖青目⑲一二。"鲜于公道："门生年齿，已非仕途人物，正为师恩酬报未尽，所以强颜而来。今日承老师以令孙相托，此乃门生报德之会也。鄙思欲留令孙在敝衙同小孙辈课业，未审老师放心否？"蒯公道："若蒙老公祖教训，老夫死亦瞑目。"遂留两个书童服事蒯悟在都抚衙内读书，蒯公自别去了。那蒯悟资性过人，文章日进。就是年之秋，学道按临，鲜于公力荐神童，进学补廪。依旧留在衙门中勤学。三年之后，学业已成。鲜于公道："此子可取科第，我亦可以报老师之恩矣。"乃将俸银三百两赠与蒯悟为笔砚之资，亲送到台州仙居县。适值蒯公三日前一病身亡，鲜于公哭奠已毕，问："老师临终亦有何言？"蒯敬共道："先父遗言，自己不幸少年登第，因而爱少贱老，偶尔暗中摸索，得了老公祖大人。后来许多年少的门生，贤愚不等，升沉不一，俱不得其气力，全亏了老公祖大人一人，始终看觑。我子孙世世不可怠慢老成之士！"鲜于公呵呵大笑道："下官今日三报师恩，正要天下人晓得扶持了老成人也有用处，不可爱少而贱老也。"说罢，作别回省，草上表章，告老致仕。得旨予告，驰驿还乡，优悠林下。每日训课儿孙之暇，同里中父老饮酒赋诗。后八年，长孙鲜于涵乡榜高魁，赴京会试，恰好仙居县蒯悟是年中举，也到京中。两人三世通家，又是少年同窗，并在一寓读书。比及会试揭晓，同年进士，两家互相称贺。鲜于同自五十七岁登科，六十一岁登甲，历仕二十三年，腰金衣紫，锡恩三代。告老回家，又看了孙儿科第，直活到九十七岁，整整的四十年晚运。至今浙江人肯读书，不到六七十岁还不丢手，往往有晚达者。后人有诗叹云：

> 利名何必苦奔忙！迟早须史在上苍。
> 但学蟠桃能结果，三千余岁未为长。

选自《警世通言》

【题解】

在冯梦龙编纂的"三言"中，只有本篇可确知为他所作。从唐代开始的科举制度，到了明清以降，逐渐成为束缚知识分子手脚，阻碍他们发挥聪明才智的枷锁。但大量读书人还是不得不在科场里往来奔竞，这便构成一幅士林众生图。本篇中的主人公鲜于同就是一生投入在科举场中的人，他少年得意，但志大命薄，乡试屡屡不中，到了老迈之年，却又"时来运转"，即使胡乱应考偏屡试屡中，足见科举考试的荒唐。这篇小说中写老门生三报师恩，同时又强调科举场中不可怠慢"老成之士"，或许也多少表达了作家自己的心声。

【注释】

①应童子试：应做秀才的考试。科举制度称不曾进学做秀才的为童生。　②神童：由古代童子科演变而来的一种举士制度。明代对于特别聪慧的儿童，可以由官员荐举、皇帝召试，

给予读书或进学的机会。　③超增：秀才分为附学、增广、廪膳三级。超增就是由附学跳过增广这一级补上廪生。　④朱衣点额：指文章获中。　⑤出贡：科举时代选一定数量未能从科目出身的秀才做贡生，充任杂职小官。被选定为贡生的方式之一，是按年资挨次轮选，这一年轮着了，就叫出贡。　⑥坐监：指到国子监做监生。　⑦皓：应作"灏"。　⑧时文：明清指八股文。　⑨先辈：科举时代，对登科在前的人，后科的人都称他们为先辈。如果对还没有登科，仅因年纪高而作此称呼，便有嘲弄的意味。　⑩录科：乡试前的一种考试，若获通过，方能参加乡试。　⑪吴越：江浙一带。　⑫后场：科举制度，乡、会试都各考三场，后场指的是第二、三场。　⑬房考官：除主试外，参加阅卷的考官称房考官，按五经分房，每经房数不等。　⑭入帘：指考官进入试院，在试期内不能出来。　⑮四经：有关经义的四道题。　⑯笔资：思路、才情。　⑰诏狱：这里指刑部狱。　⑱老公祖：明清时代乡官士绅称当地巡抚以下府以上现任官员为公祖，"老"属敬词。　⑲青目：多照顾，另眼相看。

玉堂春落难逢夫

公子初年柳陌游，玉堂一见便绸缪；黄金数万皆消费，红粉双眸枉泪流。　　财货拐，仆驹休，犯法洪同狱内囚；按临骢马冤怨脱，百岁姻缘到白头。

话说正德年间，南京金陵城有一人，姓王名琼，别号思竹，中乙丑科进士，累官至礼部尚书。因刘瑾擅权，劾了一本。圣旨发回原籍。不敢稽留，收拾轿马和家眷起身。王爷暗想有几两俸银，都借在他人名下，一时取讨不及。况长子南京中书，次子时当大比，踌躇半晌，乃呼公子三官前来。那三官双名景隆，字顺卿，年方一十七岁。生得眉目清新，丰姿俊雅，读书一目十行，举笔即便成文，元是个风流才子。王爷爱惜胜如心头之气，掌上之珍。当下王爷唤至分付道："我留你在此读书，叫王定讨帐，银子完日，作速回家，免得父母牵挂。我把这里帐目，都留与你。"叫王定过来："我留你与三叔在此读书讨帐，不许你引诱他胡行乱为。吾若知道，罪责非小。"王定叩头说："小人不敢。"次日收拾起程，王定与公子送别，转到北京，另寻寓所安下。公子谨依父命，在寓读书。王定讨帐。不觉三月有余，三万银帐，都收完了。公子把底帐扣算，分厘不欠。分付王定，选日起身。公子说："王定，我们事体俱已定了，我与你到大街上各巷口，闲耍片时，来日起身。"王定遂即锁了房门，分付主人家用心看着生口。房主说："放心，小人知道。"二人离了寓所，至大街观看皇都景致。但见：

人烟凑集，车马喧阗。人烟凑集，合四山五岳之音；车马喧阗，尽六部九卿之辈。做买做卖，总四方土产奇珍；闲荡闲游，靠万岁太平洪福。处处胡同铺锦绣，家家杯斝醉笙歌。

公子喜之不尽。忽然又见五七个宦家子弟，各拿琵琶弦子，欢乐饮酒。公子道："王定，好热闹去处。"王定说："三叔，这等热闹，你还没到那热闹去处哩！"二人前至东华门，公子睁眼观看，好锦绣景致。只见门彩金凤，柱盘金龙。王定道："三叔，好么？"公子说："真个好所在！"又走前面去，问王定："这是那里？"王定说："这是紫金城。"公子往里一视，只见城内瑞气腾腾，红光炯炯。看了一会，果然富贵无过于帝王，叹息不已。离了东华门往前，又走多时，到一个所在，见门前站着几个女子，衣服整齐。公子便问："王定，此是何处？"王定道："此是酒店。"乃与王定进到酒楼上。公子坐下。看到楼上有五七席饮酒的，内中一席有两个女子，坐着同饮。公子看那女子，人物清楚，比门前站的，更胜几分。公子正看中间，酒保将酒来，公子便问："此女是那里来的？"酒保说："这是一秤金家丫头翠香翠红。"三官道："生得清气。"酒保说："这等就说标致；他家里还有一个粉头，排行三姐，号玉堂春，有十二分颜色。鸨儿索价太高，还未梳栊[①]。"公子听说留心。叫王定还了酒钱，下楼去，说："王定，我与你春院胡同走走。"王定道："三叔不可去，老爷知道怎了！"公子说："不妨，看一看就回。"乃走至本司院门首。果然是：

花街柳巷，绣阁朱楼。家家品竹弹丝，处处调脂弄粉。黄金买笑，无非公子王孙；红袖邀欢，都是妖姿丽色。正疑香雾弥天霭，忽听歌声别院娇。总然道学也迷魂，任是真僧须破戒。

公子看得眼花撩乱，心内踌躇，不知那是一秤金的门。正思中间，有个卖瓜子的小伙叫做金哥走来，公子便问："那是一秤金的门?"金哥说:"大叔莫不是要耍?我引你去。"王定便道:"我家相公不嫖,莫错认了。"公子说:"但求一见。"那金哥就报与老鸨知道。老鸨慌忙出来迎接,请进待茶。王定见老鸨留茶,心下慌张,说:"三叔可回去罢!"老鸨听说,问道:"这位何人?"公子说:"是小价。"鸨子道:"大哥,你也进来吃茶去,怎么这等小器?"公子道:"休要听他。"跟着老鸨往里就走。王定道:"三叔不要进去,俺老爷知道,可不干我事。"在后边自言自语。公子那里听他,竟到了里面坐下。老鸨叫丫头看茶。茶罢,老鸨便问:"客官贵姓?"公子道:"学生姓王,家父是礼部正堂。"老鸨听说拜道:"不知贵公子,失瞻休罪。"公子道:"不碍,休要计较。久闻令爱玉堂春大名,特来相访。"老鸨道:"昨有一位客官,要梳栊小女,送一百两财礼,不曾许他。"公子道:"一百两财礼小哉!学生不敢夸大话,除了当今皇上,往下也数家父。就是家祖,也做过侍郎。"老鸨听说,心中暗喜。便叫翠红请三姐出来见尊客。翠红去不多时,回话道:"三姐身子不健,辞了罢!"老鸨起身带笑说:"小女从幼养娇了,直待老婢自去唤他。"王定在傍喉急,又说:"他不出来就罢了,莫又去唤。"老鸨不听其言,走进房中,叫:"三姐,我的儿,你时运到了!今有王尚书的公子,特慕你而来。"玉堂春低头不语。慌得那鸨儿便叫:"我儿,王公子好个标致人物,年纪不上十六七岁,囊中广有金银。你若打得上这个主儿,不但名声好听,也勾你一世受用。"玉姐听说,即时打扮,来见公子。临行,老鸨又说:"我儿,用心奉承,不要怠慢他。"玉姐道:"我知道了。"公子看玉堂春果然生得好:

> 鬓挽乌云,眉弯新月。肌凝瑞雪,脸衬朝霞。袖
> 中玉笋尖尖,裙下金莲窄窄。雅淡梳妆偏有韵,不施
> 脂粉自多姿。便数尽满院名妹,总输他十分春色。

玉姐偷看公子,眉清目秀,面白唇红,身段风流,衣裳清楚,

心中也是暗喜。当下玉姐拜了公子。老鸨就说："此非贵客坐处，请到书房小叙。"公子相让，进入书房，果然收拾得精致。明窗净几，古画古炉，公子却无心细看，一心只对着玉姐。鸨儿帮衬，教女儿捱着公子肩下坐了，分付丫环摆酒。王定听见摆酒，一发着忙，连声催促三叔回去。老鸨丢个眼色与丫头："请这大哥到房里吃酒。"翠香翠红道："姐夫请进房里，我和你吃钟喜酒。"王定本不肯去，被翠红二人，拖拖拽拽扯进去坐了。甜言美语，劝了几杯酒。初时还是勉强，以后吃得热闹，连王定也忘怀了，索性放落了心，且偷快乐。正饮酒中间，听得传语公子叫王定。王定忙到书房，只见杯盘罗列，本司自有答应乐人②，奏动乐器。公子开怀乐饮。王定走近身边，公子附耳低言："你到下处取二百两银子，四匹尺头③，再带散碎银二十两，到这里来。"王定道："三叔要这许多银子何用？"公子道："不要你闲管。"王定没奈何，只得来到下处，开了皮箱，取出五十两元宝四个，并尺头碎银，再到本司院说："三叔有了。"公子看也不看，都教送与鸨儿，说："银两尺头，权为令爱初会之礼；这二十两碎银，把做赏人杂用。"王定只道公子要讨那三姐回去，用许多银子；听说只当初会之礼，吓得舌头吐出三寸。却说鸨儿一见许多东西，就叫丫头转过一张空桌。王定将银子尺头，放在桌上，鸨儿假意谦让了一回。叫玉姐："我儿，拜谢了公子。"又说："今日是王公子，明日就是王姐夫了。"叫丫头收了礼物进去。"小女房中还备得有小酌，请公子开怀畅饮。"公子与玉姐肉手相搀，同至香房，只见围屏小桌，果品珍羞，俱已摆设完备。公子上坐，鸨儿自弹弦子，玉堂春清唱侑酒。弄得三官骨松筋痒，神荡魂迷。王定见天色晚了，不见三官动身，连催了几次。丫头受鸨儿之命，不与他传。王定又不得进房。等了一个黄昏，翠红要留他宿歇，王定不肯，自回下处去了。公子直饮到二鼓方散。玉堂春殷勤伏侍公子上床,解衣就寝,不在话下。天明,鸨儿叫厨下摆酒煮汤,自进香房,叫一声:"王姐夫,可喜可喜。"丫头小厮都来磕头。公子分付王定每人赏银一两。翠香翠红各赏衣服一套,折钗银三两。王定早晨本要来接公子回寓,见他撒漫使钱,有不然之色。公子暗想:"在这奴才手里讨针线,好不爽利,索性将皮箱搬到院里,自家便当。"鸨儿见皮箱来了,愈加奉承。真个朝朝寒食,夜夜元宵,不觉住了一个多月。老鸨要生心科派,设一大席酒,搬戏演乐,专请三官玉姐二人赴席。鸨子举杯敬公子说:"王姐夫,我女儿与你成了夫妇,地久天长,凡家中事务,望乞扶持。"那三官心里只怕鸨子心里不自在,看那银子犹如粪土,凭老鸨说谎,欠下许多债负,都替他还。又打若干首饰酒器,做若干衣服,又许他改造房子。又造百花楼一座,与玉堂春做卧房。随其科派,件件许了。正是:

> 酒不醉人人自醉,色不迷人人自迷。

急得家人王定手足无措,三回五次,催他回去。三官初时含糊答应,以后逼急了,反将王定痛骂。王定没奈何,只得到求玉姐劝他。玉姐素知虔婆利害,也来苦劝公子道:"'人无千日好,花有几日红!'你一日无钱,他番了脸来,就不认得你。"三官此时手内还有钱钞,那里信他这话。王定暗想:"心爱的人还不听他,我劝他则甚?"又想:"老爷若知此事,如何了得!不如回家报与老爷知道,凭他怎么裁处,与我无干。"王定乃对三官说:"我在北京无用,先回去罢!"三官正厌王定多管,巴不得他开身,说:"王定,你去时,我与你十两盘费,你到家中禀老爷,只说帐未完,三叔先使我来问安。"玉姐也送五两,鸨子也送五两,王定拜别三官而去。正是:

> 各人自扫门前雪,莫管他家瓦上霜。

且说三官被酒色迷住,不想回家。光阴似箭,不觉一年。亡八淫妇,终日科派。莫说上头,做生,讨粉头,买丫环,连亡八的寿圹都打得到。三官手内财空。亡八一见无钱，凡事疏淡，不照常答应奉承。又住了半月，一家大小作闹起来。老鸨对玉姐说："'有钱便是本司院，无钱便是养济院'。王公子没钱了，还留在此做甚！那曾见本司院举了节妇，你却呆守那穷鬼做甚！"玉姐听说，只当耳边之风。一日三官下楼往外去了，丫头来报与鸨子。鸨子叫玉堂春下来："我问你，几时打发王三起身？"玉姐见话不投机，复身向楼上便走。鸨子随即跟上楼来。说："奴才，不理我么？"玉姐说："你们这等没天理，王公子三万两银子，俱送在我家。若不是他时，我家东也欠债，西也欠债，焉有今日这等足用？"鸨子怒发，一头撞去。高叫："三儿打娘哩！"亡八听见，不分是非，便拿了皮鞭，赶上楼来，将玉姐撑跌在楼上，举鞭乱打。打得鬏偏发乱，血泪交流。且说三官在午门外，与朋友相叙，忽然面热肉颤，心下怀疑，即辞归，径走上百花楼。看见玉姐如此模样，心如刀割，慌忙抚摩，问其缘故。玉姐睁开双眼，看见三官，强把精神挣着说："俺的家务事，与你无干！"三官说："冤家，你为我受打，还说无干？明日辞去，免得累你受苦！"玉姐说："哥哥，当初劝你回去，你却不依我。如今孤身在此，盘缠又无，三千余里，怎生去得？我如何放得心？你若不能还乡，流落在外，又不如忍气且住几日。"三官听说，闷倒在地。玉姐近前抱住公子。说："哥哥，你今后休要下楼去，看那亡八淫妇怎么样行来？"三官说："欲待回家，难见父母兄嫂；待不去，又受不得亡八冷言热语。我又舍不得你；待住，那亡八淫妇只管打你。"玉姐说："哥哥，打不打你休管他，我与你是从小的儿女夫妻，你岂可一旦别了我！"看看天色又晚，房中往常时丫头秉灯上来，今日火也不与了。玉姐见三官痛伤，用手扯到床上睡了。一递一声长吁短气。三官与玉姐说："不如我去罢！再接有钱的客官，省你受气。"玉姐说："哥哥，那亡八淫妇，任他打我，你好歹休要起身。哥哥在时，奴命在，你真个要去，我只一死。"二人直哭到天明，起来，无人与他碗水。玉姐叫丫头："拿钟茶来与你姐夫吃。"鸨子听见，高声大骂："大胆奴才，少打。叫小三自家来取。"那丫头小厮都不敢来。玉姐无奈，只得自己下楼，到厨下，盛碗饭，泪滴滴自拿上楼去。说："哥哥，你吃饭来。"公子才要吃，又听得下边骂，待不吃，玉姐又劝。公子方才吃得一口，那淫妇在楼下说："小三，大胆奴才，那有'巧媳妇做出无米粥'？"三官分明听得他话，只索隐忍。正是：

　　　　　囊中有物精神旺，手内无钱面目惭。

　　却说亡八恼恨玉姐，待要打他，倘或打伤了，难教他挣钱；待不打他，他又恋着王小三。十分逼的小三极了，他是个酒色迷了的人，一时他寻个自尽，倘或尚书老爷差人来接，那时把泥做也不干。左思右算，无计可施。鸨子说："我自有妙法，叫他离咱门去。明日是你妹子生日，如此如此，唤做'倒房计'。"亡八说："倒也好。"鸨子叫丫头楼上问："姐夫吃了饭还没有？"鸨子上楼来说："休怪！俺家务事，与姐夫不相干。"又照常摆上了酒。吃酒中间，老鸨忙陪笑道："三姐，明日是你姑娘生日，你可禀王姐夫，封上人情，送去与他。"玉姐当晚封下礼物。第二日清晨，老鸨说："王姐夫早起来，趁凉可送人情到姑娘家去。"大小都离司院，将半里，老鸨故意吃一惊。说："王姐夫，我忘了锁门，你回去把门锁上。"公子不知鸨子用计，回来锁门不题。且说亡八从那小巷转过来。叫："三姐，头上吊了簪子。"哄的玉姐回头，那亡八把头口打了两鞭，顺小巷流水出城去了。三官回院，锁了房门，忙往外赶看，不见玉姐，遇着一伙人。公子躬身便问："列位曾见一起男女，往那里去了？"那伙人不是好人，却是短路④的。见三官衣服齐整，心生一计，说："才往芦苇西边去了。"三官说："多谢列位。"公子往芦苇里就走。这人哄的三官往芦苇里去了，即忙走在前面等着。三官至近，跳起来喝一声，却去扯住三官，齐下手剥去衣服帽子，拿绳子捆在地上。三官手足难挣，昏昏沉沉，捱到天明，还只想了玉堂春，说："姐姐，你不知在何处去，那知我在此受苦！"——不说公子有难，且说亡八淫妇拐着玉姐，一日走了一百二十里地，野店安下。玉姐明知中了亡八之计，路上牵挂三官，泪不停滴。——再说三官在芦苇里，口口声声叫救命。许多乡老近前看见，把公子解了绳子。就问："你是那里人？"三官害羞不说是公子，也不说嫖玉堂春。浑身上下又无衣服，眼中吊泪说："列位大叔，小人是河南人，来此小买卖，不幸遇着歹人，将一身衣服尽剥去了，盘费一文也无。"众人见公子年少，舍了几件衣服与他，又与了他一顶帽子。三官谢了众人，拾起破衣穿了，拿破帽子戴了。又不见玉姐，又没了一个钱，还进北京来，顺着房檐，低着头，从早至黑，水也没得口。三官饿的眼黄，到天晚寻宿，又没人家下他。有人说："想你这个模样子，谁家下你？你如今可到总铺门口去，有觅人打梆子，早晚勤谨，可以度日。"三官径至总铺门首，只见一个地方来雇人打更。三官向前叫："大叔，我打头更。"地方便问："你姓甚么？"公子说："我是王小三。"地方说："你打二更罢！失了更，短了筹，不与你钱，还要打哩！"三官是个自在惯了的人，贪睡了，晚间把更失了。地方骂："小三，你这狗骨头，也没造化吃这自在饭，快着走。"三官自思无路，乃到孤老院里去存身。正是：

> 一般院子里，苦乐不相同。

却说那亡八鸨子，说："咱来了一个月，想那王三必回家去了，咱们回去罢。"收拾行李，回到本司院。只有玉姐每日思想公子，寝食俱废。鸨子上楼来，苦苦劝说："我的儿，那王三已是往家去了，你还想他怎么？北京城内多少王孙公子，你只是想着王三不接客，你可知道我的性子，自讨分晓⑤，我再不说你了。"说罢自去了。玉姐泪如雨滴。想王顺卿手内无半文钱，不知怎生去了？"你要去时，也通个信息，免使我苏三常常挂牵。不知何日再得与你相见？"不说玉姐想公子。且说公子在北京院讨饭度日。北京大街上有个高手王银匠，曾在王尚书处打过酒器。公子在虔婆家打首饰物件，都用着他。一日往孤老院过，忽然看见公子，唬了一跳。上前扯住，叫："三叔！你怎么这等模样？"三官从头说了一遍。王银匠说："自古狠心亡八！三叔，你今到寒家，清茶淡饭，暂住几日。等你老爷使人来接你。"三官听说大喜，随跟至王匠家中。王匠敬他是尚书公子，尽礼管待，也住了半月有余。他媳妇见短，不见尚书家来接，只道丈夫说谎，乘着丈夫上街，便发说话："自家一窝子男女，那有闲饭养他人！好意留吃几日，各人要自达时务，终不然在此养老送终。"三官受气不过，低着头，顺着房檐往外，出来信步而行。走至关王庙，猛省关圣最灵，何不诉他？乃进庙，跪于神前，诉以亡八鸨儿负心之事。拜祷良久，起来闲看两廊画的三国功劳。却说庙门外街上，有一个小伙儿叫云："本京瓜子，一分一桶；高邮鸭蛋，半分一个。"此人是谁？是卖瓜子的金哥。金哥说道："原来是年景消疏，买卖不济。当时本司院有王三叔在时，一时照顾二百钱瓜子，转的来，我父母吃不了。自从三叔回家去了，如今谁买这物？二三日不曾发市，怎么过？我到庙里歇歇再走。"金哥进庙里来，把盘子放在供桌上，跪下磕头。三官却认得是金哥，无颜见他，双手掩面坐于门限侧边。金哥磕了头，起来，也来门限上坐下。三官只道金哥出庙去了。放下手来，却被金哥认出说："三叔！你怎么在这里？"三官含羞带泪，将前事道了一遍。金哥说："三叔休哭，我请你吃些饭。"三官说："我得了饭。"金哥又问："你这两日，没见你三姊来？"三官说："久不相见了！金哥，我烦你到本司院密密的与三姊说，我如今这等穷，看他怎么说？回来复我。"金哥应允，端起盘，往外就走。三官又说："你到那里看风色，他若想我，你便题我在这里如此。若无真心疼我，你便休话，也来回我。他这人家有钱的另一样待，无钱的另一样待。"金哥说："我知道。"辞了三官，往院里来，在于楼外边立着。说那玉姐手托香腮，将汗巾拭泪，声声只叫："王顺卿，我的哥哥！你不知在那里去了？"金哥说："呀，真个想三叔哩！"咳嗽一声，玉姐听见，问："外边是谁？"金哥上楼来，说："是我。我来买瓜子与你老人家磕哩！"玉姐眼中吊泪。说："金哥，纵有羊羔美酒，吃不下，那有心绪磕瓜仁！"金哥说："三姊！你这两日怎么淡了？"三姐不理。金哥又问："你想三叔，还想谁？你对我说，我与你接去。"玉姐说："我自三叔去后，朝朝思想，那里又有谁来？我曾记得一辈古人。"金哥说："是谁？"玉姐说："昔有个亚仙女，郑元和为他黄金使尽，去打《莲花落》。后来收心勤读诗书，一举成名。那亚仙风月场中显大名。我常怀亚仙之心，怎得三叔他象郑元和方好。"金哥听说，口中不语，心内自思："王三到也与郑元和相象了，虽不打《莲花落》，也在孤老院讨饭吃。"金哥乃低低把三姊叫了一声，说："三叔如今在庙中安歇，叫我密密的报与你，济他些盘费，好上南京。"玉姐唬了一惊，"金哥休要哄我。"金哥说："三姊，你不信，跟我到庙中看看去。"玉姐说："这里到庙中有多少远？"金哥说："这里到庙中有三里地。"玉姐说："怎么敢去？"又问："三叔还有甚话？"金哥说："只是少银子钱使用，并没甚话。"玉姐说："你去对三叔说，'十五日在庙里等我。'"金哥去庙里回复三官，就送三官到王匠家中，"倘若他家不留你，就到我家里去。"幸得王匠回家，又留住了公子不题。

却说老鸨又问："三姐！你这两日不吃饭，还是想着王三哩！你想他，他不想你。我儿好痴，我与你寻个比王三强的，你也新鲜些。"玉姐说："娘！我心里一件事不得停当。"鸨子说："你有甚么事？"玉姐说："我当初要王三的银子，黑夜与他说话，指着城隍爷爷说誓，如今等我还了愿，就接别人。"老鸨问："几时去还愿？"玉姐道："十五日去罢！"老鸨甚喜。预先备下香烛纸马。等到十五日，天未明，就叫丫头起来："你与姐姐烧下水洗脸。"玉姐也怀心，起来梳洗，收拾私房银两，并钗钏首饰之类，叫丫头拿着纸马，径往城隍庙里去。进的庙来，天还未明，不见三官在那里。那晓得三官却躲在东廊下相等。先已看见玉姐，咳嗽一声。玉姐就知，叫丫头烧了纸马，"你先去，我两边看看十帝阎君。"玉姐叫了丫头转身，径来东廊下寻三官。三官见了玉姐，羞面通红。玉姐叫声："哥哥王顺卿，怎么这等模样？"两下抱头而哭。玉姐将所带有二百两银子东西，付与三官，叫他置办衣帽买骡子，再到院里来，"你只说是从南京才到，休负奴言。"二人含泪各别。玉姐回至家中，鸨子见了，欣喜不胜。说："我儿还了愿了？"玉姐说："我还了旧愿，发下新愿。"鸨子说："我儿，你发下甚么新愿？"玉姐说："我要再接王三，把咱一家子死的灭门绝户，天火烧了。"鸨子说："我儿这愿，忒发得重了些。"从此欢天喜地不题。

且说三官回到王匠家，将二百两东西，递与王匠，王匠大喜。随即到了市上，买了一身衲帛^⑥衣服，粉底皂靴，绒袜，瓦楞帽子，青丝绦，真川扇，皮箱骡马，办得齐整。把砖头瓦片，用布包裹，假充银两，放在皮箱里面，收拾打扮停当。雇了两个小厮，跟随就要起身。王匠说："三叔！略停片时，小子置一杯酒饯行。"公子说："不劳如此，多蒙厚爱，异日须来报恩。"三官遂上马而去。

> 妆成圈套入胡同，鸨子焉能不强从；
>
> 亏杀玉堂垂念永，固知红粉亦英雄。

却说公子辞了王匠夫妇，径至春院门首。只见几个小乐工，都在门首说话。忽然看见三官气象一新，唬了一跳。飞风报与老鸨。老鸨听说，半晌不言："这等事怎么处！向日三姐说：他是

宦家公子，金银无数，我却不信，逐他出门去了。今日到带有
金银，好不惶恐人也！"左思右想，老着脸走出来见了三官，
说："姐夫从何而至？"一手扯住马头。公子下马唱了半个喏，
就要行，说："我伙计都在船中等我。"老鸨陪笑道："姐夫好
狠心也。就是寺破僧丑，也看佛面，纵然要去，你也看看玉堂
春。"公子道："向日那几两银子值甚的？学生岂肯放在心上！
我今皮箱内，见有五万银子，还有几船货物。伙计也有数十人。
有王定看守在那里。"鸨子一发不肯放手。公子恐怕掣脱了，
将机就机，进到院门坐下。鸨儿分付厨下忙摆酒席接风。三官
茶罢，就要走。故意掴出两锭银子来，都是五两头细丝。三官
检起，袖而藏之。鸨子又说："我到了姑娘家酒也不曾吃，就问
你，说你往东去了，寻不见你，寻了一个多月，俺才回家。"公
子乘机便说："亏你好心，我那时也寻不见你。王定来接我，我
就回家去了。我心上也欠挂着玉姐，所以急急而来。"老鸨忙叫
丫头去报玉堂春。丫头一路笑上楼来，玉姐已知公子到了。故
意说："奴才笑甚么？"丫头说："王姐夫又来了。"玉姐故意唬
了一跳，说："你不要哄我！"不肯下楼。老鸨慌忙自来。玉姐
故意回脸往里睡。鸨子说："我的亲儿！王姐夫来了，你不知道
么？"玉姐也不语，连问了四五声，只不答应。这一时待要骂，
又用着他。扯一把椅子拿过来，一直坐下，长吁了一声气。玉
姐见他这模样，故意回过头起来，双膝跪在楼上。说："妈妈！
今日饶我这顿打。"老鸨忙扯起来说："我儿！你还不知道王姐
夫又来了。拿有五万两花银，船上又有货物并伙计数十人，比
前加倍。你可去见他，好心奉承。"玉姐道："发下新愿了，我
不去接他。"鸨子道："我儿！发愿只当取笑。"一手挽玉姐下
楼来，半路就叫："王姐夫，三姐来了。"三官见了玉姐，冷冷
的作了一揖，全不温存。老鸨便叫丫头摆桌，取酒斟上一钟，
深深万福，递与王姐夫："权当老身不是。可念三姐之情，休走

别家，教人笑话。"三官微微冷笑。叫声妈妈："还是我的不是。"老鸨殷勤劝酒，公子吃了几杯，叫声多扰，抽身就走。翠红一把扯住，叫："玉姐，与俺姐夫陪个笑脸。"老鸨说："王姐夫，你忒做绝了。丫头把门顶了，休放你姐夫出去。"叫丫头把那行李抬在百花楼上。就在楼下重设酒席，笙琴细乐，又来奉承。吃了半更，老鸨说："我先去了，让你夫妻二人叙话。"三官玉姐正中其意，携手登楼。

> 如同久旱逢甘雨，好似他乡遇故知。

二人一晚叙话，正是："欢娱嫌夜短，寞寂恨更长。"不觉鼓打四更，公子爬将起来，说："姐姐！我走罢！"玉姐说："哥哥！我本欲留你多住几日，只是留君千日，终须一别。今番作急回家，再休惹闲花野草。见了二亲，用意攻书。倘或成名，也争得这一口气。"玉姐难舍王公子，公子留恋玉堂春。玉姐说："哥哥，你到家，只怕娶了家小不念我。"三官说："我怕你在北京另接一人，我再来也无益了。"玉姐说："你指着圣贤爷说了誓愿。"两人双膝跪下。公子说："我若南京再娶家小，五黄六月害病死了我。"玉姐说："苏三再若接别人，铁锁长枷永不出世。"就将镜子拆开，各执一半，日后为记。玉姐说："你败了三万两银子，空手而回，我将金银首饰器皿，都与你拿去罢。"三官道："亡八淫妇知道时，你怎打发他？"玉姐说："你莫管我，我自有主意。"玉姐收拾完备，轻轻的开了楼门，送公子出去了。天明鸨儿起来，叫丫头烧下洗脸水，承下净口茶，"看你姐夫醒了时，送上楼去。问他要吃甚么？我好做去。若是还睡，休惊醒他。"丫头走上楼去，见摆设的器皿都没了。梳妆匣也出空了，撇在一边。揭开帐子，床上空了半边。跑下楼，叫："妈妈罢了！"鸨子说："奴才！慌甚么？惊着你姐夫。"丫头说："还有甚么姐夫？不知那里去了。俺姐姐回脸往里睡着。"老鸨听说，大惊，看小厮骡脚都去了。连忙走上楼来，喜得皮箱还在。打开看时，都是个砖头瓦片。鸨儿便骂："奴才！王三那里去了？我就打死你！为何金银器皿他都偷去了？"玉姐说："我发过新愿了，今番不是我接他来的。"鸨子说："你两个昨晚说了一夜说话，一定晓得他去处。"亡八就去取皮鞭，玉姐拿个首帕，将头扎了。口里说："待我寻王三还你。"忙下楼来，往外就走。鸨子乐工，恐怕走了，随后赶来。玉姐行至大街上，高声叫屈，"图财杀命！"只见地方都来了。鸨子说："奴才，他到把我金银首饰尽情拐去，你还放刁！"亡八说："由他，咱到家里算帐。"玉姐说："不要说嘴，咱往那里去？那是我家？我同你到刑部堂上讲讲，恁家里是公侯宰相，朝郎驸马，你那里的金银器皿！万物要平个理。一个行院⑦人家，至轻至贱，那有甚么大头面，戴往那里去坐席？王尚书公子在我家，费了三万银子，谁不知道他去了就开手。你昨日见他有了银子，又去哄到家里，图谋了他行李。不知将他下落在何处？列位做个证见。"说得鸨子无言可答。亡八说："你叫王三拐去我的东西，你反来图赖我。"玉姐舍命，就骂："亡八淫妇，你图财杀人，还要说嘴？见今皮箱都打开在你家里，银子都拿过了。那王三官不是你谋杀了是那个？"鸨子说："他那里有甚么银子？都是砖头瓦片哄人。"玉姐说："你亲口说带有五万银子，如何今日又说没有？"两下厮闹。众人晓得三官败过三万银子是真，谋命的事未必。都将好言劝解。玉姐说："列位，你既劝我不要到官，也得我骂他几句，出这口气。"众人说："凭你骂罢！"玉姐骂道：

> "你这亡八是喂不饱的狗，鸨子是填不满的坑。不
> 肯思量做生理，只是排局骗别人。奉承尽是天罗网，
> 说话皆是陷人坑。只图你家长兴旺，那管他人贫不贫。
> 八百好钱买了我，与你挣了多少银。我父叫做周彦亨，
> 大同城里有名人。买良为贱该甚罪？兴贩人口问充军。
> 哄诱良家子弟犹自可，图财杀命罪非轻！你一家万分

无天理，我且说你两三分。"

众人说："玉姐，骂得勾了。"鸨子说："让你骂许多时，如今该回去了。"玉姐说："要我回去，须立个文书执照与我。"众人说："文书如何写？"玉姐说："要写'不合买良为娼，及图财杀命'等话。"亡八那里肯写。玉姐又叫起屈来。众人说："买良为娼，也是门户常事。那人命事不的实，却难招认。我们只主张写个赎身文书与你罢！"亡八还不肯。众人说："你莫说别项，只王公子三万银子也勾买三百个粉头了。玉姐左右心不向你了，舍了他罢！"众人都到酒店里面，讨了一张绵纸，一人念，一人写，只要亡八鸨子押花。玉姐道："若写得不公道，我就扯碎了。"众人道："还你停当。"写道：

　　"立文书本司乐户苏淮，同妻一秤金，向将钱八百
　　文，讨大同府人周彦亨女玉堂春在家，本望接客靠老，
　　奈女不愿为娼。……"

写到"不愿为娼"，玉姐说："这句就是了。须要写收过王公子财礼银三万两。"亡八道："三儿！你也拿些公道出来，这一年多费用去了，难道也算？"众人道："只写二万罢。"又写道：

　　"……有南京公子王顺卿，与女相爱，准得过银二
　　万两，凭众议作赎身财礼。今后听凭玉堂春嫁人，并
　　与本户无干。立此为照。"

后写"正德年月日，立文书乐户苏淮同妻一秤金"，见人有十余人。众人先押了花。苏淮只得也押了，一秤金也画个十字。玉姐收讫。又说："列位老爹！我还有一件事，要先讲个明。"众人曰："又是甚事？"玉姐曰："那百花楼，原是王公子盖的，拨与我住。丫头原是公子买的，要叫两个来伏侍我。以后米面柴薪菜蔬等项，须是一一供给，不许揸勒短少，直待我嫁人方止。"众人说："这事都依着你。"玉姐辞谢先回。亡八又请众人吃过酒饭方散。正是：

周郎妙计高天下，赔了夫人又折兵。

话说公子在路，夜住晓行，不数日，来到金陵自家门首下马。王定看见，唬了一惊。上前把马扯住，进的里面。三官坐下，王定一家拜见了。三官就问："我老爷安么？"王定说："安。""大叔、二叔、姑爷、姑娘何如？"王定说："俱安。"又问："你听得老爷说我家来，他要怎么处？"王定不言。长吁一口气，只看看天。三官就知其意："你不言语，想是老爷要打死我。"王定说："三叔！老爷誓不留你，今番不要见老爷了。私去看看老奶奶和姐姐兄嫂讨些盘费，他方去安身罢！"公子又问："老爷这二年，与何人相厚？央他来与我说个人情。"王定说："无人敢说。只除是姑娘姑爹，意思间稍题题，也不敢直说。"三官道："王定，你去请姑爹来我与他讲这件事。"王定即时去请刘斋长，何上舍®到来。叙礼毕，何刘二位说："三舅，你在此，等俺两个与咱爷讲过，使人来叫你。若不依时，捎信与你，作速逃命。"二人说罢，竟往潭府来见了王尚书。坐下，茶罢，王爷问何上舍："田庄好么？"上舍答道："好！"王爷又问刘斋长："学业何如？"答说："不敢，连日有事，不得读书。"王爷笑道："'读书过万卷，下笔如有神。'秀才将何为本？'家无读书子，官从何处来？'今后须宜勤学，不可将光阴错过。"刘斋长唯唯谢教。何上舍问："客位前这墙几时筑的？一向不见。"王爷笑曰："我年大了，无多田产，日后恐怕大的二的争竞，预先分为两分。"二人笑说："三分家事，如何只做两分？三官回来，叫他那里住？"王爷闻说，心中大恼："老夫平生两个小儿，那里又有第三个？"二人齐声叫："爷，你如何不疼三官王景隆？当初还是爷不是，托他在北京讨帐，无有一个去接寻。休说三官十六七岁，北京是花柳之所，就是久惯江湖，也迷了心。"二人双膝跪下，吊下泪来。王爷说："没下稍的狗畜生，不知死在那里了，再休题起了！"正说间，二位姑娘也到。众人都知三官到家，只哄着王爷一人。王爷说："今日不请都来，想必有甚事情？"即叫家奴摆酒。何静庵欠身打一躬曰："你闺女昨晚作一梦，梦三官王景隆身上蓝缕，叫他姐姐救他性命。三更鼓做了这个梦，半夜捶床捣枕哭到天明，埋怨着我不接三官，今日特来问问三舅的信音。"刘心斋亦说："自三舅在京，我夫妇日夜不安，今我与姨夫凑些盘费，明日起身去接他回来。"王爷含泪道："贤婿，家中还有两个儿子，无他又待怎生？"何刘二人往外就走。王爷向前扯住问："贤婿何故起身？"二人说："爷撒手，你家亲生子还是如此，何况我女婿也？"大小儿女放声大哭，两个哥哥一齐下跪，女婿也跪在地上；奶奶在后边吊下泪来。引得王爷心动，亦哭起来。王定跑出来说："三叔，如今老爷在那里哭你，你好过去见老爷，不要待等恼了。"王定推着公子进前厅跪下说："爹爹！不孝儿王景隆今日回了。"那王爷两手擦了泪眼，说："那无耻畜生，不知死的往那里去了。北京城街上最多游食光棍，偶与畜生面庞厮像，假充畜生来家，哄骗我财物，可叫小厮拿送三法司问罪！"那公子往外就走。二位姐姐赶至二门首拦住说："短命的，你待往那里去？"三官说："二位姐姐，开放条路与我逃命罢！"二位姐姐不肯撒手，推至前来双膝跪下，两个姐姐手指说："短命的！娘为你痛得肝肠碎，一家大小为你哭得眼花，那个不牵挂！"众人哭在伤情处，王爷一声喝住众人不要哭。说："我依着二位姐夫，收了这畜生，可叫我怎么处他？"众人说："消消气再处。"王爷摇头。奶奶说："凭我打罢。"王爷说："可打多少？"众人说："任爷爷打多少？"王爷道："须依我说，不可阻我，要打一百。"大姐二姐跪下说："爹爹严命，不敢阻挡，容你儿待替罢！"大哥二哥每人替上二十，大姐二姐每人亦替二十。王爷说："打他二十。"大姐二姐说："叫他姐夫也替他二十，只看他这等黄瘦，一棍打在那里？等他腆满肉肥，那时打他不迟。"王爷笑道："我儿，你也说得是。想这畜生，天理已绝，良心已丧，打他何益？我问你：'家无生活计，不怕斗量金。'我如今又不做官了，无处挣钱，作何生意以为糊口之计？要做买卖，我又无本钱与你。"二位姐夫问："他那银子还有多少？"何刘便问三舅："银子还有多少？"王定抬过皮箱打开，尽是金银首饰器皿等物。王爷大怒，骂："狗畜生！你在那里偷的这东西？快写首状，休要玷辱了门庭。"三官高叫："爹爹息怒，听不肖儿一言。"遂将初遇玉堂春，后来被鸨儿如何哄骗尽了。如何亏了王银匠收留。又亏了金哥报信，"玉堂春私将银两赠我回乡，这些首饰器皿，皆玉堂春所赠。"备细述了一遍。王爷听说骂道："无耻狗畜生！自家三万银子都花了，却要娼妇的东西，可不羞杀了人。"三官说："儿不曾强要他的，是他情愿与我的。"王爷说："这也罢了，看你姐夫面上，与你一个庄子，你自去耕地布种。"公子不言。王爷怒道："王景隆，你不言怎么说？"公子说："这事不是孩儿做的。"王爷说："这事不是你做的。你还去嫖院罢！"三官说："儿要读书。"王爷笑曰："你已放荡了，心猿意马，读甚么书？"公子说："孩儿此回笃志用心读书。"王爷说："既知读书好，缘何这等胡为？"何静庵立起身来说："三舅受了艰难苦楚，这下来改过迁善，料想要用心读书。"王爷说："就依你众人说，送他到书房里去，叫两个小厮去伏侍他。"即时就叫小厮送三官往书院里去。两个姐夫又来说："三舅久别，望老爷留住他，与小婿共饮则可。"王爷说："贤婿，你如此乃非教子之方，休要纵他。"二人道："老爷言之最善。"于是翁婿大家痛饮，尽醉方归。这一出父子相会，分明是：

月被云遮重露彩，花遭霜打又逢春。

却说公子进了书院，清清独坐，只见满架诗书，笔山砚海。叹道："书呵！相别日久，且是生涩。欲待不看，焉得一举成名，却不辜负了玉姐言语；欲待读书，心猿放荡，意马难收。"

公子寻思一会，拿着书来读了一会。心下只是想着玉堂春。忽然鼻闻甚气？耳闻甚声？乃问书童道："你闻这书里甚么气？听听甚么响？"书童说："三叔，俱没有。"公子道："没有？呀，原来鼻闻乃是脂粉气，耳听即是筝板声。"公子一时思想起来："玉姐当初嘱付我，是甚么话来？叫我用心读书。我如今未曾读书，心意还丢他不下，坐不安，寝不宁，茶不思，饭不想，梳洗无心，神思恍忽。"公子自思："可怎么处他？"走出门来，只见大门上挂着一联对子："'十年受尽窗前苦，一举成名天下闻。'这是我公公作下的对联。他中举会试，官至侍郎。后来咱爹爹在此读书，官到尚书。我今在此读书，亦要攀龙附凤，以继前人之志。"又见二门上有一联对子："不受苦中苦，难为人上人。"公子急回书房，心中回转，发志勤学。一日书房无火，书童往外取火。王爷正坐，叫书童。书童近前跪下。王爷便问："三叔这一会用功不曾？"书童说："禀老爷得知，我三叔先时通不读书，胡思乱想，体瘦如柴；这半年整日读书，晚上读至三更方才睡，五更就起，直至饭后，方才梳洗。口虽吃饭，眼不离书。"王爷道："奴才！你好说谎，我亲自去看他。"书童叫："三叔，老爷来了。"公子从从容容迎接父亲。王爷暗喜。观他行步安详，可以见他学问。王爷正面坐下，公子拜见。王爷曰："我限的书你看了不曾？我出的题你做了多少？"公子说："爹爹严命，限儿的书看了，题目都做完了，但有余力傍观子史。"王爷说："拿文字来我看。"公子取出文字。王爷看他所作文课，一篇强如一篇，心中甚喜。叫："景隆，去应个儒士科举罢！"公子说："儿读了几日书，敢望中举？"王爷说："一遭中了虽多，两遭中了甚广。出去观观场，下科好中。"王爷就写书与提学察院，许公子科举。竟到八月初九日，进过头场，写出文字与父亲看。王爷喜道："这七篇，中有何难？"到二场三场俱完，王爷又看他后场，喜道："不在散举，决是魁解。"

话分两头。却说玉姐自上了百花楼，从不下梯。是日闷倦，叫丫头："拿棋子过来，我与你下盘棋。"丫头说："我不会下。"玉姐说："你会打双陆么？"丫头说："也不会。"玉姐将棋盘双陆一皆撇在楼板上。丫头见玉姐眼中吊泪，即忙掇过饭来，说："姐姐，自从昨晚没用饭，你吃个点心。"玉姐拿过分为两半。右手拿一块吃，左手拿一块与公子。丫头欲接又不敢接。玉姐猛然睁眼见不是公子，将那一块点心掉在楼板上。丫头又忙掇过一碗汤来，说："饭干燥，吃些汤罢！"玉姐刚呷得一口，泪如涌泉，放下了。问："外边是甚么响？"丫头说："今日中秋佳节，人人玩月，处处笙歌，俺家翠香翠红姐都有客哩！"玉姐听说，口虽不言，心中自思："哥哥今已去了一年了。"叫丫头拿过镜子来照了一照，猛然唬了一跳："如何瘦的我这模样？"把那镜丢在床上，长吁短叹，走至楼门前，叫丫头："拿椅子过来，我在这里坐一坐。"坐了多时，只见明月高升，谯楼敲转，玉姐叫丫头，"你可收拾香烛过来，今日八月十五日，乃是你姐夫进三场日子，我烧一炷香保佑他。"玉姐下楼来，当天井跪下，说："天地神明，今日八日十五日，我哥王景隆进了三场，愿他早占鳌头，名扬四海。"祝罢，深深拜了四拜。有诗为证：

> 对月烧香祷告天，何时得泄腹中冤；
>
> 王郎有日登金榜，不枉今生结好缘。

却说西楼上有个客人，乃山西平阳府洪同县人，拿有整万银子，来北京贩马。这人姓沈名洪，因闻玉堂春大名，特来相访。老鸨见他有钱，把翠香打扮当作玉姐，相交数日，沈洪方知不是，苦求一见。是夜丫头下楼取火，与玉姐烧香。小翠红忍不住多嘴，就说了："沈姐夫！你每日间想玉姐，今夜下楼，在天井内烧香，我和你悄悄地张他。"沈洪将三钱银子买嘱了丫头，悄然跟到楼下，月明中，看得仔细。等他拜罢，趋出唱喏。玉姐大惊，问："是甚么人？"答道："在下是山西沈洪，有数万本钱，在此贩马，久慕玉姐大名，未得面睹。今日得见，如拨云雾见青天。望玉姐不弃，同到西楼一会。"玉姐怒道："我与你素不相识，今当黄夜，何故自夸财势，妄生事端?"沈洪又哀告道："王三官也只是个人，我也是个人。他有钱，我亦有钱。那些儿强似我?"说罢，就上前要搂抱玉姐。被玉姐照脸啐一口，急急上楼关上门，骂丫头："好大胆，如何放这野狗进来?"沈洪没意思自去了。玉姐思想起来，分明是小翠香小翠红这两个奴才报他。又骂："小淫妇，小贱人，你接着得意孤老⑨也好了，怎该来啰唣我?"骂了一顿，放声悲哭，"但得我哥哥在时，那个奴才敢调戏我!"又气又苦，越想越毒。正是：

> 可人去后无日见，俗子来时不待招。

却说三官在南京乡试终场，闲坐无事，每日只想玉姐。南京一般也有本司院，公子再不去走。到了二十九关榜之日，公子想到三更以后，方才睡着。外边报喜的说："王景隆中了第四名。"三官梦中闻信，起来梳洗，扬鞭上马。前拥后簇，去赴鹿鸣宴。父母兄嫂，姐夫姐姐，喜做一团。连日做庆贺筵席。公子谢了主考，辞了提学。坟前祭扫了。起了文书。"禀父母得知，儿要早些赴京，到僻静去处安下，看书数月，好入会试。"父母明知公子本意牵挂玉堂春，中了举，只得依从。叫大哥二哥来。"景隆赴京会试，昨日祭扫。有多少人情?"大哥说："不过三百余两。"王爷道："那只勾他人情的，分外再与他一二百两拿去。"二哥说："禀上爹爹，用不得许多银子。"王爷说："你那知道，我那同年门生，在京频多，往返交接，非钱不行。等他手中宽裕，读书也有兴。"叫景隆收拾行装，有知心同年，约上两三位。分付家人到张先生家看了良辰。公子恨不的一时就到北京。邀了几个朋友，雇了一只船，即时拜了父母，辞别兄嫂。两个姐夫，邀亲朋至十里长亭，酌酒作别。公子上的船来，手舞足蹈，莫知所之。众人不解其意，他心里只想着三姐玉堂春。不则一日到了济宁府，舍舟起岸，不在话下。

再说沈洪自从中秋夜见了玉姐，到如今朝思暮想，废寝忘餐。叫声："二位贤姐！只为这冤家害的我一丝两气，七颠八倒，望二位可怜我孤身在外，举眼无亲，替我劝化玉姐，叫他相会一面。虽死在九泉之下，也不敢忘了二位活命之恩。"说罢，双膝跪下。翠香翠红说："沈姐夫！你且起来，我们也不敢和他说这话。你不见中秋夜骂的我们不耐烦。等俺妈妈来，你央浼他。"沈洪说："二位贤姐！替我请出妈妈来。"翠香姐说："你跪着我，再磕一百二十个大响头。"沈洪慌忙跪下磕头。翠香即时就去，将沈洪说的言语述与老鸨。老鸨到西楼见了沈洪。问："沈姐夫唤老身何事？"沈洪说："别无他事，只为不得玉堂春到手。你若帮衬我成就了此事，休说金银，便是杀身难保。"老鸨听说，口内不言，心中自思："我如今若许了他，倘三儿不肯，教我如何？若不许他，怎哄出他的银子？"沈洪见老鸨踌躇不语。便看翠红。翠红丢了一个眼色，走下楼来。沈洪即跟他下去。翠红说："常言'姐爱俏，鸨爱钞。'你多拿些银子出来打动他，不愁他不用心。他是使大钱的人，若少了，他不放在眼里。"沈洪说："要多少？"翠香说："不要少了！就把一千两与他，方才成得此事。"也是沈洪命运该败，浑如鬼迷一般，即依着翠香，就拿一千两银子来。叫："妈妈！财礼在此。"老鸨说："这银子，老身权收下，你却不要性急。待老身慢慢的偎他。"沈洪拜谢说："小子悬悬而望。"正是：

　　　　　请下烟花诸葛亮，欲图风月玉堂春。

且说十三省乡试榜都到午门外张挂，王银匠邀金哥说："王三官不知中了不曾？"两个跑在午门外南直隶榜下，看解元是《书经》，往下第四个乃王景隆。王匠说："金哥好了，三叔已中在第四名。"金哥道："你看看的确，怕你识不得字。"王匠说："你说话好欺人，我读书读到《孟子》，难道这三个字也认不得，随你叫谁看。"金哥听说大喜。二人买了一本乡试录，走到本司院里去报玉堂春说："三叔中了。"玉姐叫丫头将试录拿上楼来，展开看了，上刊"第四名王景隆"，注明"应天府儒士，《礼记》"。玉姐步出楼门，叫丫头忙排香案，拜谢天地。起来先把王匠谢了，转身又谢金哥。唬得亡八鸨子魂不在体。商议说："王三中了举，不久到京，白白地要了玉堂春去，可不人财两失？三儿向他孤老，决没甚好言语，搬斗是非，教他报往日之仇，此事如何了？"鸨子说："不若先下手为强。"亡八说："怎么样下手？"老鸨说："咱已收了沈官人一千两银子，如今再要了他一千，贱些价钱卖与他罢。"亡八道："三儿不肯如何？"鸨子说："明日杀猪宰羊，买一桌纸钱，假说东岳庙看会，烧了纸，说了誓，合家从良，再不在烟花巷里。小三若闻知从良一节，必然也要往岳庙烧香。叫沈官人先安轿子，径抬往山西去。公子那时就来，不见他的情人，心下就冷了。"亡八说："此计大妙。"即时暗暗地与沈洪商议。又要了他一千银子。次早，丫头报与玉姐："俺家杀猪宰羊，上岳庙哩。"玉姐问："为何？"丫头道："听得妈妈说：'为王姐夫中了，恐怕他到京来报仇，今日发愿，合家从良。'"玉姐说："是真是假？"丫头说："当真哩！昨日沈姐夫都辞去了。如今再不接客了。"玉姐说："既如此，你对妈妈说，我也要去烧香。"老鸨说："三姐，你要去，快梳洗，我唤轿儿抬你。"玉姐梳妆打扮，同老鸨出的门来。正见四个人，抬着一顶空轿。老鸨便问："此轿是雇的？"这人说："正是。"老鸨说："这里到岳庙要多少雇价？"那人说："抬去抬来，要一钱银子。"老鸨说："只是五分。"那人说："这个事小，请老人家上轿。"老鸨说："不是我坐，是我女儿要坐。"玉姐上轿，那二人抬着，不往东岳庙去，径往西门去了。走有数里，到了上高转折去处，玉姐回头，看见沈洪在后骑着个骡子。玉姐大叫一声："呓！想是亡八鸨子盗卖我了？"玉姐大骂："你这些贼狗奴，抬我往那里去?"沈洪说:"往那里去? 我为你去了二千两银子，买你往山西家去。"玉姐在轿中号啕大哭，骂声不绝。那轿夫抬了飞也似走。行了一日，天色已晚。沈洪寻了一座店房，排合卺美酒，指望洞房欢乐。谁知玉姐题着便骂，触着便打。沈洪见店中人多，恐怕出丑。想着:"瓮中之鳖，不怕他走了，权耐几日，到我家中，何愁不从。"于是反将好话奉承，并不去犯他。玉姐终日啼哭，自不必说。

却说公子一到北京，将行李上店，自己带两个家人，就往王银匠家，探问玉堂春消息。王匠请公子坐下:"有见成酒，且吃三杯接风，慢慢告诉。"王匠就拿酒来斟上。三官不好推辞，连饮了三杯。又问:"玉姐敢知我来?"王匠叫:"三叔开怀，再饮三杯。"三官说:"勾了，不吃了。"王匠说:"三叔久别，多饮几杯，不要太谦。"公子又饮了几杯。问:"这几日曾见玉姐不曾?"王匠又叫:"三叔且莫问此事，再吃三杯。"公子心疑，站起说:"有甚或长或短，说个明白，休闷死我也!"王匠只是劝酒。却说金哥在门首经过，知道公子在内，进来磕头贺喜。三官问金哥:"你三婶近日何如?"金哥年幼多嘴说:"卖了。"三官急问说:"卖了谁?"王匠瞅了金哥一眼，金哥缩了口。公子坚执盘问，二人瞒不过。说:"三婶卖了。"公子问:"几时卖了?"王匠说:"有一个月了。"公子听说，一头撞在尘埃。二人忙扶起来。公子问金哥:"卖在那里去了?"金哥说:"卖与山西客人沈洪去了。"三官说:"你那三婶就怎么肯去?"金哥叙出"鸨儿假意从良，杀猪宰羊上岳庙，哄三婶同去烧香，私与沈洪约定，雇下轿子抬去，不知下落。"公子说:"亡八盗卖我玉堂春，我与他算帐!"那时叫金哥跟着，带领家人，径到本司院里，进的院门，亡八眼快，跑去躲了。公子问众丫头:"你家玉姐何在?"无人敢应。公子发怒，房中寻见老鸨，一把揪住，叫家人乱打。金哥劝住。公子就走在百花楼上，看见锦帐罗帏，越加怒恼。把箱笼尽行打碎，气得痴呆了。问："丫头，你姐姐嫁那家去？可老实说，饶你打。"丫头说："去烧香，不知道就偷卖了他。"公子满眼落泪，说："冤家，不知是正妻，是偏妾？"丫头说："他家里自有老婆。"公子听说，心中大怒，恨骂"亡八淫妇，不仁不义！"丫头说："他今日嫁别人去了，还疼他怎的？"公子满眼流泪，正说间，忽报朋友来访。金哥劝："三叔休恼，三婶一时不在了，你纵然哭他，他也不知道。今有许多相公在店中相访，闻公子在院中，都要来。"公子听说，恐怕朋友笑话，即便起身回店。公子心中气闷，无心应举。意欲束装回家。朋友闻知，都来劝说："顺卿兄，功名是大事，表子是末节，那里有为表子而不去求功名之理？"公子说："列位不知，我奋志勤学，皆为玉堂春的言语激我。冤家为我受了千辛万苦，我怎肯轻舍？"众人叫："顺卿兄，你倘联捷，幸在彼地，见之何难？你若回家，忧虑成病，父母悬心，朋友笑耻，你有何益？"三官自思言之最当，倘或侥幸，得到山西，平生愿足矣。数言劝醒公子。会试日期已到。公子进了三场，果中金榜二甲第八名，刑部观政。三个月，选了真定府理刑官。即遣轿马迎请父母兄嫂。父母不来，回书说："教他做官勤慎公廉，念你年长未娶，已聘刘都堂之女，不日送至任所成亲。"公子一心只想玉堂春，全不以聘娶为喜。正是：

> 已将路柳为连理，翻把家鸡作野鹜。

　　且说沈洪之妻皮氏，也有几分颜色，虽然三十余岁，比二八少年，也还风骚。平昔间嫌老公粗蠢，不会风流，又出外日多，在家日少，皮氏色性太重，打熬不过。间壁有个监生，姓赵名昂，自幼惯走花柳场中，为人风月。近日丧偶。虽然是纳粟相公，家道已在消乏一边。一日，皮氏在后园看花，偶然撞见赵昂，彼此有心，都看上了。赵昂访知巷口做歇家⑩的王婆，在沈家走动识熟，且是利口，善于做媒说合。乃将白银二十两，贿赂王婆，央他通脚①。皮氏平昔间不良的口气，已有在王婆肚里，况且今日你贪我爱，一说一上，幽期密约，一墙之隔，梯上梯下，做就了一点不明不白的事。赵昂一者贪皮氏之色，二者要骗他钱财。枕席之间，竭力奉承。皮氏心爱赵昂，但是开口，无有不从，恨不得连家当都津贴了他。不上一年，倾囊倒箧，骗得一空。初时只推事故，暂时挪借，借去后，分毫不还。皮氏只愁老公回来盘问时，无言回答。一夜与赵昂商议，欲要跟赵昂逃走他方。赵昂道："我又不是赤脚汉，如何走得？便走了，也不免吃官司。只除暗地谋杀了沈洪，做个长久夫妻，岂不尽美。"皮氏点头不语。却说赵昂有心打听沈洪的消息，晓得他讨了院妓玉堂春一路回来，即忙报与皮氏知道。故意将言语触恼皮氏。皮氏怨恨不绝于声。问："如今怎么样对付他说好？"赵昂道："一进门时，你便数他不是，与他寻闹，叫他领着娟根另住，那时凭你安排了。我央王婆赎得些砒霜在此，觑便放在食器内，把与他两个吃。等他双死也罢！单死也罢！"皮氏说："他好吃的是辣面。"赵昂说："辣面内正好下药。"两个圈套已定，只等沈洪入来。不一日，沈洪到了故乡，叫仆人和玉姐暂停门外。自己先进门，与皮氏相见，满脸陪笑说："大姐休怪，我如今做了一件事。"皮氏说："你莫不是娶了个小老婆？"沈洪说："是了。"皮氏大怒，说："为妻的整年月在家守活孤孀，你却花柳快活，又带这泼淫妇回来，全无夫妻之情。你若要留这淫妇时，你自在西厅一带住下，不许来缠我。我也没福受这淫妇的拜，不要他来。"昂然说罢，啼哭起来，拍台拍凳。口里"千亡八，万淫妇"骂不绝声。沈洪劝解不得。想道："且暂时依他言语在西厅住几日，落得受用。等他气消了时，却领玉堂春与他磕头。"沈洪只道浑家是吃醋，谁知他有了私情，又且房计空虚了，正怕老公进房，借此机会，打发他另居。正是：

> 你向东时我向西，各人有意自家知。

不在话下。

却说玉堂春曾与王公子设誓，今番怎肯失节于沈洪，腹中一路打稿："我若到这厌物家中，将情节哭诉他大娘子，求他做主，以全节操。慢慢的寄信与三官，教他将二千两银子来赎我去，却不好。"及到沈洪家里，闻知大娘不许相见，打发老公和他往西厅另住，不遂其计，心中又惊又苦。沈洪安排床帐在厢房，安顿了苏三。自己却去窝伴[12]皮氏，陪吃夜饭。被皮氏三回五次催赶，沈洪说："我去西厅时，只怕大娘着恼。"皮氏说："你在此，我反恼，离了我眼睛，我便不恼。"沈洪唱个淡喏，谢声："得罪。"出了房门，径望西厅而来。原来玉姐乘着沈洪不在，检出他铺盖撇在厅中，自己关上房门自睡了。任沈洪打门，那里肯开。却好皮氏叫小段名到西厅看老公睡也不曾。沈洪平日原与小段名有情，那时扯在铺上，草草合欢，也当春风一度。事毕，小段名自去了。沈洪身子困倦，一觉睡去直至天明。却说皮氏这一夜等赵昂不来，小段名回后，老公又睡了。番来复去，一夜不曾合眼。天明早起，赶下一轴面，煮熟分作两碗。皮氏悄悄把砒霜撒在面内，却将辣汁浇上。叫小段名送去西厅，"与你爹爹吃。"小段名送至西厅，叫道："爹爹！大娘[13]你，送辣面与你吃。"沈洪见是两碗，就叫："我儿，送一碗与你二娘吃。"小段名便去敲门。玉姐在床上问："做甚么？"小段名说："请二娘起来吃面。"玉姐道："我不要吃。"沈洪说："想是你二娘还要睡，莫去闹他。"沈洪把两碗都吃了。须臾而尽。小段名收碗去了。沈洪一时肚疼，叫道："不好了，死也死也！"玉姐还只认假意，看看声音渐变。开门出来看时，只见沈洪九窍流血而死。正不知甚么缘故。慌慌的高叫："救人！"只听得脚步响，皮氏早到，不等玉姐开言，就变过脸，故意问道："好好的一个人，怎么就死了？想必你这小淫妇弄死了他，要去嫁人？"玉姐说："那丫头送面来，叫我吃，我不要吃，并不曾开门。谁知他吃了，便肚疼死了。必是面里有些缘故。"皮氏说："放屁！面里若有缘故，必是你这小淫妇做下的，不然，你如何先晓得这面是吃不得的，不肯吃？你说并不曾开门，如何却在门外？这谋死情由，不是你，是谁？"说罢，假哭起"养家的天"来。家中僮仆养娘都乱做一堆。皮氏就将三尺白布摆头，扯了玉姐往知县处叫喊。正直王知县升堂，唤进问其缘故。皮氏说："小妇人皮氏，丈夫叫沈洪，在北京为商，用千金娶这娼妇，叫做玉堂春为妾。这娼妇嫌丈夫丑陋，因吃辣面，暗将毒药放入，丈夫吃了，登时身死。望爷爷断他偿命。"王知县听罢，问："玉堂春，你怎么说？"玉姐说："爷爷，小妇人原籍北直隶大同府人氏，只因年岁荒旱，父亲把我卖在本司院苏家，卖了三年后，沈洪看见，娶我回家。皮氏嫉妒，暗将毒药藏在面中，毒死丈夫性命。反倚刁泼，展赖小妇人。"知县听玉姐说了一会。叫："皮氏，想你见那男人弃旧迎新，你怀恨在心，药死亲夫，此情理或有之。"皮氏说："爷爷！我与丈夫，从幼的夫妻，怎忍做这绝情的事。这苏氏原是不良之妇，别有个心上之人，分明是他药死，要图改嫁。望青天爷爷明镜。"知县乃叫苏氏，"你过来，我想你原系娼门，你爱那风流标致的人，想是你见丈夫丑陋，不趁你意，故此把毒药药死是实。"叫皂隶："把苏氏与我夹起来。"玉姐说："爷爷！小妇人虽在烟花巷里，跟了沈洪又不曾难为半分，怎下这般毒手？小妇人果有恶意，何不在半路谋害？既到了他家，他怎容得小妇人做手脚？这皮氏昨夜就赶出丈夫，不许他进房。今早的面，出于皮氏之手，小妇人并无干涉。"王知县见他二人各说有理。叫皂隶暂把他二人寄监。"我差人访实再审。"二人进了南牢不题。却说皮氏差人密密传与赵昂，叫他快来打点。赵昂拿着沈家银子，与刑房吏一百两，书手八十两，掌案的先生五十两，门子五十两，两班皂隶六十两，禁子每人二十两，上下打点停当。封了一千两银子，放在罈内，当酒送与王知县。知县受了。次日清晨升堂，叫皂隶把皮氏一起提出来。不多时到了，当堂跪下。知县说："我夜来一梦，梦见沈洪说：'我是苏氏药死，与那皮氏无干。'"玉堂春正待分辨，知县大怒，说："人是苦虫，不打不招。"叫皂隶："与我拶起着实打。问他招也不招？他若不招，就活活敲死。"玉姐熬刑不过，说："愿招。"知县说："放下刑具。"皂隶递笔与玉姐画供。知县说："皮氏召保在外。玉堂春收监。"皂隶将玉姐手肘脚镣，带进南牢。禁子牢头都得了赵上舍银子，将玉姐百般凌辱。只等上司详允之后，就递罪状，结果他性命。正是：

　　　　安排缚虎擒龙计，断送愁鸾泣凤人。

　　且喜有个刑房吏，姓刘名志仁，为人正直无私，素知皮氏与赵昂有奸，都是王婆说合。数日前撞见王婆在生药铺内赎砒霜，说："要药老鼠。"刘志仁就有些疑心。今日做出人命来，赵监生使着沈家不疼的银子来衙门打点，把苏氏买成死罪，天理何在？踌躇一会，"我下监去看看。"那禁子正在那里逼玉姐要灯油钱。志仁喝退众人，将温言宽慰玉姐，问其冤情。玉姐垂泪拜诉来历。志仁见四傍无人，遂将赵监生与皮氏私情及王婆赎药始末，细说一遍。分付："你且耐心守困，待后有机会，我指点你去叫冤。日逐饭食，我自供你。"玉姐再三拜谢。禁子见刘志仁做主，也不敢则声。此话阁过不题。

　　却说公子自到真定府为官，兴利除害，吏畏民悦。只是想念玉堂春，无刻不然。一日正在烦恼，家人来报，老奶奶家中送新奶奶来了。公子听说，接进家小，见了新人，口中不言，心内自思："容貌到也齐整，怎及得玉堂春风趣？"当时摆了合欢宴，吃下合卺杯，毕姻之际，猛然想起多娇："当初指望白头相守，谁知你嫁了沈洪，这官诰却被别人承受了。"虽然陪伴了刘氏夫人，心里还想着玉姐，因此不快。当夜中了伤寒。又想当初与玉姐别时，发下誓愿，各不嫁娶。心下疑惑，合眼就见玉姐在傍。刘夫人遣人到处祈禳，府县官都来问安，请名药切脉调治。一月之外，才得痊可。公子在任年余，官声大著，行取到京。吏部考选天下官员，公子在部点名已毕，回到下处，焚香祷告天地，只愿山西为官，好访问玉堂春消息。须臾马上人来报："王爷点了山西巡按。"公子听说，两手加额："趁我平生之愿矣。"次日领了敕印，辞朝，连夜起马，往山西省城上任讫。即时发牌，先出巡平阳府。公子到平阳府，坐了察院，观看文卷。见苏氏玉堂春问了重刑，心内惊慌，其中必有跷蹊。随叫书吏过来："选一个能干事的，跟着我私行采访。你众人在内，不可走漏消息。"公子时下换了素巾青衣，随跟书吏，暗暗出了察院。雇了两个骡子，往洪同县路上来。这赶脚的小伙，在路上闲问："二位客官往洪同县有甚贵干？"公子说："我来洪同县要娶个妾，不知谁会说媒？"小伙说："你又说娶小，俺县里一个财主，因娶了个小，害了性命。"公子问："怎的害了性命？"小伙说："这财主叫沈洪，妇人叫做玉堂春。他是京里娶来的。他那大老婆皮氏与那邻家赵昂私通，怕那汉子回来知道，一服毒药把沈洪药死了。这皮氏与赵昂反把玉堂春送到本县，将银买嘱官府衙门，将玉堂春屈打成招，问了死罪，送在监里。若不是亏了一个外郎，几时便死了。"公子又问："那玉堂春如今在监死了？"小伙说："不曾。"公子说："我要娶个小，你说可投着谁做媒？"小伙说："我送你往王婆家去罢，他极会说媒。"公子说："你怎知道他会说媒？"小伙说："赵昂与皮氏都是他做牵头。"公子说："如今下他家里罢。"小伙竟引到王婆家里，叫声："干娘！我送个客官在你家来，这客官要娶个小，你可与他说媒。"王婆说："累你，我转⑭了钱来，谢你。"小伙自去了。公子夜间与王婆攀话。见他能言快语，是个积年的马泊六⑮了。到天明，又到赵监生前后门看了一遍，与沈洪家紧壁相通，可知做事方便。回来吃了早饭，还了王婆店钱。说："我不曾带得财礼，到省下回来，再作商议。"公子出的门来，雇了骡子，星夜回到省城，到晚进了察院，不题。次早，星火发牌，按临洪同县。各官参见过。分付就要审录。王知县回县，叫刑房吏书，即将文卷审册，连夜开写停当，明日送审不题。却说刘志仁与玉姐写了一张冤状，暗藏在身，到次日清晨，王知县坐在监门首，把应解犯人点将出来。玉姐披枷带锁，眼泪纷纷。随解子到了察院门首，伺候开门。巡捕官回风⑯已毕，解审牌出。公子先唤苏氏一起。玉姐口称冤枉，探怀中诉状呈上。公子抬头见玉姐这般模样，心中凄惨，叫听事官接上状来。公子看了一遍，问说："你从小嫁沈洪，可还接了几年客？"玉姐说："爷爷！我从小接着一个公子，他是南京礼部尚书三舍人。"公子怕他说出丑处。喝声："住了，我今只问你谋杀人命事，不消多讲。"玉姐说："爷爷！若杀人的事，只问皮氏便知。"公子叫皮氏问了一遍。玉姐又说了一遍。公子分付刘推官道："闻知你公正廉能，不肯玩法徇私，我来到任，尚未出巡，先到洪同县访得这皮氏药死亲夫，累苏氏受屈，你与我把这事情用心问断。"说罢，公子退堂。刘推官回衙，升堂，就叫："苏氏，你谋杀亲夫，是何意故？"玉姐说："冤屈！分明是皮氏串通王婆，和赵监生合计毒死男子，县官要钱，逼勒成招。今日小妇拚死诉冤，望青天爷爷做主。"刘爷叫皂隶把皮氏采上来。问："你与赵昂奸情可真么？"皮氏抵赖没有。刘爷即时拿赵昂和王婆到来面对。用了一番刑法，却不肯招。刘爷又叫小段名："你送面与家主吃，必然知情！"喝教夹起。小段名说："爷爷，我说罢！那日的面，是俺娘亲手盛起，叫小妇人送与爹爹吃。小妇人送到西厅，爹叫新娘⑰同吃。新娘关着门，不肯起身，回道：'不要吃。'俺爹自家吃了。即时口鼻流血死了。"刘爷又问赵昂奸情。小段名也说了。赵昂说："这是苏氏买来的硬证。"刘爷沉吟了一会,把皮氏这一起分头送监,叫一书吏过来:"这起泼皮奴才,苦不肯招。我如今要用一计,用一个大柜,放在丹墀内,凿几个孔儿,你执纸笔暗藏在内,不要走漏消息。我再提来问他,不招,即把他们锁在柜左柜右,看他有甚么说话,你与我用心写来。"刘爷分付已毕,书吏即办一大柜,放在丹墀,藏身于内。刘爷又叫皂隶,把皮氏一起提来再审。又问:"招也不招?"赵昂、皮氏、王婆三人齐声哀告,说:"就打死小的那呈招?"刘爷大怒。分付:"你众人各自去吃饭来,把这起奴才着实拷问。把他放在丹墀里,连小段名四人锁于四处。不许他交头接耳。"皂隶把这四人锁在柜的四角。众人尽散。却说皮氏抬起头来,四顾无人,便骂:"小段名!小奴才!你如何乱讲?今日再乱讲时,到家中活敲杀你。"小段名说:"不是夹得疼,我也不说。"王婆便叫:"皮大姐,我也受这刑杖不过,等刘爷出来,说了罢。"赵昂说:"好娘,我那些亏着你,倘捱出官司去,我百般孝顺你,即把你做亲母。"王婆说:"我再不听你哄我。叫我圆成了,认我做亲娘;许我两石麦,还欠八升;许我一石米,都下了糠秕;段衣两套,止与我一条蓝布裙;许我好房子,不曾得住。你干的事,没天理,教我只管与你熬刑受苦。"皮氏说:"老娘,这遭出去,不敢忘你恩。捱过今日不招,便没事了。"柜里书吏把他说的话尽记了,写在纸上。刘爷升堂,先叫打开柜子。书吏跑将出来,众人都唬软了。刘爷看了书吏所录口词,再要拷问,三人都不打自招。赵昂从头依直写得明白。各各画供已完,递至公案。刘爷看了一遍。问苏氏:"你可从幼为娼,还是良家出身?"苏氏将"苏淮买良为贱,先遇王尚书公子,挥金三万,后被老鸨一秤金赶逐,将奴赚卖与沈洪为妾,一路未曾同睡,"备细说了。刘推官情知王公子就是本院。提笔定罪:

皮氏凌迟处死,赵昂斩罪非轻。王婆赎药是通情,

杖责段名示警。王县贪酷罢职，追赃不怨衙门。苏淮
买良为贱合充军，一秤金三月立枷罪定。

刘爷做完申文，把皮氏一起俱已收监。次日亲捧招详，送解察
院。公子依拟。留刘推官后堂待茶。问："苏氏如何发放？"刘
推官答言："发还原籍，择夫另嫁。"公子屏去从人，与刘推官
吐胆倾心，备述少年设誓之意："今日烦贤府密地差人送至北京
王银匠处暂居，足感足感。"刘推官领命奉行，自不必说。却说
公子行下关文⑱，到北京本司院提到苏淮一秤金依律问罪。苏
淮已先故了。一秤金认得是公子，还叫："王姐夫。"被公子喝
教重打六十，取一百斤大枷枷号。不勾半月，呜呼哀哉！正是：

万两黄金难买命，一朝红粉已成灰。

再说公子一年任满，复命还京。见朝已过，便到王匠处问
信。王匠说有金哥伏侍，在顶银胡同居住。公子即往顶银胡同，
见了玉姐。二人放声大哭。公子已知玉姐守节之美，玉姐已知
王御史就是公子，彼此称谢。公子说："我父母娶了个刘氏夫
人，甚是贤德，他也知道你的事情，决不妒忌。"当夜同饮同
宿，浓如胶漆。次日，王匠金哥都来磕头贺喜。公子谢二人昔
日之恩，分付：本司院苏淮家当原是玉堂春置办的，今苏淮夫
妇已绝，将遗下家财，拨与王匠金哥二人管业，以报其德。上
了个省亲本，辞朝和玉堂春起马共回南京。到了自家门首，把
门人急报老爷说："小老爷到了。"老爷听说甚喜。公子进到厅
上，排了香案，拜谢天地，拜了父母兄嫂，两位姐夫姐姐都相
见了。又引玉堂春见礼已毕。玉姐进房，见了刘氏说："奶奶坐
上，受我一拜。"刘氏说："姐姐怎说这话？你在先，奴在后。"
玉姐说："奶奶是名门宦家之子，奴是烟花，出身微贱。"公子
喜不自胜。当日正了妻妾之分，姊妹相称，一家和气。公子又
叫："王定，你当先在北京三番四复规谏我，乃是正理，我今与
老老爷说将你做老管家。"以百金赏之。后来王景隆官至都御

史，妻妾俱有子，至今子孙繁盛。有诗叹云：

> 郑氏元和已著名，三官嫖院是新闻，
> 风流子弟知多少，夫贵妻荣有几人？

选自《警世通言》

【题解】

　　这是一个广为传布的真实故事，王公子和玉堂春屡遭劫难，终于得以团圆。落难公子妓家恋，在中国古代文学作品中颇为常见，由于妓家门限，这样的恋爱从一开始便决定了它不顺的将来。一是钱的作用，二是名分差异，两大经常性的障碍，它们的共同作用形成了这种恋爱模式化的格局。当然，每个具体故事又在这个格局上呈现出各自不同的特点。从本篇中，我们看到了玉堂春尤为曲折的经历，王公子始终不渝的感情倾向，这些都加重了他们恋爱的深挚色彩。

【注释】

　　①梳栊：妓女第一次接客。　②答应乐人：专职乐工。答应，同承应。　③尺头：指丝织品。　④短路：拦路行劫。⑤讨分晓：此处是"放明白些"的意思。　⑥衲帛：在绸上织有花。　⑦行院：这里行院指乐户妓院。　⑧斋长，上舍：对读书人的尊称。　⑨孤老：犹言汉子。　⑩歇家：旧时一种行业，从事职业介绍、做媒等，兼营客店，还代办经纪业务等。⑪通脚：做内线，传递消息。　⑫窝伴：亲近，安慰。　⑬欠：挂欠，想念。⑭转：同赚。　⑮马泊六：替男女私情牵引撮合的人。　⑯回风：旧时高级官员升厅前，向主官报告一切已经完备的仪式。　⑰新娘：这里指妾。　⑱关文：各机构间查询和办理事件的文书。

中国古典文学绝妙书系

绝妙小说

副主编　苟人民

主编　邓绍基

时代文艺出版社

第四册

中国古典文学绝妙书系

绝妙小说

主　　编:邓绍基

副 主 编:苟人民

责任编辑:邓淑杰

责任校对:邓淑杰

装帧设计:龙震海

出　　版:时代文艺出版社

　　　　　(长春市泰来街 1825 号　邮编:130062　电话:86012927)

发　　行:时代文艺出版社

印　　刷:三河市灵山装订厂

开　　本:850×1168 毫米　32 开

字　　数:400 千字

印　　张:20

版　　次:2011 年 5 月第 2 版

印　　次:2011 年 5 月第 3 次印刷

书　　号:ISBN 978 - 7 - 5387 - 0977 - 3

定　　价:119.20 元(全 4 册)

天然痴叟 (生卒年不详)

　　明末人，生平无考，著有小说《石点头》。冯梦龙为该书所写序言中称天然痴叟为"浪仙氏"。今人卢前《饮虹簃所刻曲》收有张瘦郎《步雪初声》，末尾附录署名席浪仙的三个套曲，冯梦龙为《步雪初声》所写序文中有"浪仙子从而和之"云云。故可知天然痴叟姓席，"浪仙"当是别号。

贪婪汉六院卖风流

志士不敢道，贮之成祸胎；

小人无事艺，假尔作梯媒。

解释愁肠结，能分睡眼开；

朱门狼虎性，一半逐君回。

这首诗，乃罗隐秀才咏孔方兄①之作。末联专指着坐公堂的官人而言，说道任你凶如狼虎，若孔方兄到了面前，便可回得他的怒气，博得他的喜颜，解祸脱罪，荐植嘘扬，无不应效。所以贪酷之辈，涂面丧心，高张虐焰，使人惧怕，然后恣其攫取，遭之者无不鱼烂，触之者无不齑粉。此乃古今通病，上下皆然，你也笑不得我，我也说不得你。间有廉洁自好之人，反为众忌，不说是饰情矫行，定指是吊誉沽名，群口挤排，每每是非颠倒，沉沦不显。故俗谚说："大官不要钱，不如早归田；小官不索钱，儿女无姻缘。"可见贪婪的人，落得富贵；清廉的，枉受贫穷。因有这些榜样，所以见了钱财，性命不顾，总然被人耻笑鄙薄，也略无惭色。笑骂由他笑骂，好官我自为之，这两句便是行实。

虽然如此，财乃养命之源，原不可少。若一味横着肠子，嚼骨吸髓，果然不可。若如古时范史云，曾官莱芜令，甘自受着尘甑釜鱼；又如任彦生，位至侍中，身死之日，其子即衣不蔽体，这又觉得太苦。依在下所见，也不禁人贪，只是取之有道，莫要丧了廉耻。也不禁人酷，只要打之有方，莫要伤了天理。书上说："放于利而行"，这是不贪的好话；"爱人者，人恒爱之"，这是不酷的好话。又道是："留有余不尽之财，以还造化；留有余不尽之福，以还子孙。"先圣先贤，那一个不劝人为善，那一个不劝人行些方便。但好笑者，世间识得行不得的毛病，偏坐在上一等人。任你说得舌敝唇穿，也只当做飘风过耳。若不是果报分明，这使一帆风的正好望前奔去，如何得个转头日子？在下如今把一桩贪财的故事，试说一回，也尽可唤醒迷人。诗云：

> 财帛人人所爱，风流个人相贪；
>
> 只是勾销廉耻，千秋笑柄难言。

话说宋时有个官人，姓吾名爱陶，本贯西和人氏。爱陶原名爱鼎，因见了陶朱公致富奇书，心中喜悦。自道陶朱公即是范蠡，当年辅越灭吴，功成名就，载着西子，扁舟五湖，更名陶朱公，经营货殖，复为富人。此乃古今来第一流人物，我的才学智术，颇颇与他相仿，后日功名成就，也学他风流潇洒，做个陶朱公的事业，有何不可？因此遂改名爱陶。这西和在古雍州界内，天文井鬼分野，本西羌地面。秦时属临洮，魏改为岷州，至宋又改名西和。真正山川险阻，西陲要害之地。古诗说："山东宰相山西将"，这西和果是人文稀少，惟有吾爱陶从小出人头地，读书过目不忘。见了人的东西，却也过目不忘，不想法到手不止。自幼在书馆中，墨头纸角，取得一些也是好的。至自己的东西，却又分毫不舍得与人。更兼秉性又狠又躁，同窗中一言不合，怒气相加，揪发扯胸，挥砖掷瓦，不占得一分便宜，不肯罢休。这是胞胎中带来的凶恶贪鄙的心性，便是天也奈何他不得。

吾爱陶出身之地，名曰九家村，村中只有九姓人家，因此取名。这九姓人丁甚众，从来不曾出一个秀才。到吾爱陶破天荒做了此村的开山秀才，不久补廪食粮。这地方去处没甚科目，做了一个秀才，分明似状元及第，好不放肆。在闾里间，兜揽公事，武断乡曲，理上取不得的财，他偏生要取，理上做不得的事，他偏生要做。合村大受其害，却又无处诉告。吾爱陶自恃文才，联科及第，分明是瓮中取鳖。那知他在西和便推为第一，若论关西各郡县的高才，正不知有多多少少，却又数他不着了。所以一连走过十数科，这领蓝衫还辞他不得。这九家村中人，每逢吾爱陶乡试入场之时，都到土谷祠，城隍庙，文昌帝君座前祝告，求他榜上无名。到挂榜之后，不见报录的人到村中，大家欢喜，各自就近凑出分金，买猪头三牲，拜谢神道。

吾爱陶不能得中，把这般英锐之气，销磨尽了。那时只把本分岁贡前程，也当春风一度。他自髫年入泮，直至五十之外，方才得贡。出了学门，府县俱送旗扁，门庭好生热闹。吾爱陶便阖门增色，村中人却个个不喜，惟恐他来骚扰。吾爱陶到也公道，将满村大小人家，分为上中下三等，编成簿籍，遍投名帖。使人传话道："一则侥幸贡举，拜一拜乡党；二则上京缺少盘缠，每家要借些银两，等待做官时，加利奉还。有不愿者，可于簿上注一'不与'二字。"村农怕事，只要买静求安，那个敢与他硬。大家小户，都来馈送。内中或有戥秤轻重，银色高低不一，尽要补足。

吾爱陶先在乡里之中，白采了一大注银子，意气洋洋，带了仆人，进京廷试。将缙绅②便览细细一查，凡关中人现任京官的，不论爵位大小，俱写个眷门生的帖儿拜谒，请求荐扬看觑，希冀廷试拔在前列。从来人心不同，有等怪人奔兢，又有等爱人奉承。吾爱陶广种薄收，少不得种着几个要爱名誉收门生的相知，互相推引。廷试果然高等，得授江湖儒学训导。做了年余，适值开科取士，吾爱陶遂应善治财赋公私俱便科中式。改官荆湖路条例司监税提举，前去赴任，一面迎取家小。原来他的正室无出，有个通房，生育儿女两人。儿子取名吾省，年已十岁，女儿才只八岁。这提举衙门，驻扎荆州城外，吾爱陶三朝行香后，便自己起草，写下一通告示，张挂衙门前。其示云：

> 本司生长西邮，偶因承乏分榷重地。虷负之耻，固切于心；但职司国课，其所以不遗尺寸者，亦将以尽瘁济其成法，不得不与商民更新之。况律之所在，既设大意，不论人情；货之所在，既钃寻丈，安弃锱铢。除不由官路私自偷关者，将一半入官外，其余凡属船载步担，大小等货，尽行报官，从十抽一。如有不奉明示者，列单议罚。特示。

出了这张告示，又唤各铺家分付道："自来关津弊窦最多，本司尽皆晓得。你们各要小心奉公，不许与客商通同隐匿，以多报少，欺罔官府。若察访出来，定当尽法处治。"那铺家见了这张告示，又听了这番说话，知道是个苛刻生事的官府，果然不敢作弊。凡客商投单，从实看报，还要覆看查点。若遇大货商人，吹毛求疵，寻出事端，额外加罚。纳下税银，每日送入私衙，逐封亲自验拆，丝毫没得零落。旧例吏书门皂，都有赏赐，一概革除，连工食也不肯给发。又想各处河港空船，多从此转关，必有遗漏。乃将河港口桥梁，尽行塞断，皆要打从关前经过。

一日早堂放关，见几只小猪船，随着众货船过去，吾爱陶喝道："这里漏税的，拿过来！"铺家禀说："贩小猪的，原不起税。"吾爱陶道："胡说！若俱如此不起税，国课何来。"贩猪的再三禀称："此是旧例蠲③免，衙前立碑可据，请老爷查看，便知明白。"吾爱陶道："我今新例，倒不作准，看甚么旧碑？"分付每猪十口，抽一口送入公衙，恃顽者倍罚。贩猪的无可奈何，忍气吞声，照数输纳。刚刚放过小猪船，背后一只小船，摇将过来，吾爱陶叫闸官看是何船。闸官看了一看，禀覆是本地民船，船中只有两个妇女，几盒礼物，并无别货。吾爱陶道："妇女便与货物相同，如何不投税？"铺家禀道："自来人载船，没有此例。"吾爱陶道："小猪船也抽分了，如何人载船不纳税，难道人到不如畜生么？况且四处掠贩人口的甚多，本司势不能细细觉察。自今人载船，不论男女，每人要纳银五分。十五岁以下，小厮丫头，止纳三分。若近地乡农，装载谷米豆麦，不论还租完粮，尽要报税。其余贩卖允许鸡鸭、鱼鲜、果品、小菜，并山柴稻草之类，俱十抽其一。市中肩担步荷，诸色食物牲畜者，悉如此例。过往人有行李的，除夹带货物，不先报税，搜出一半入官外，余无货者，每人亦纳银五分。衙役铺家，或有容隐，访出重责三十，枷号一月，仍倍罚抵补。"

这主意一出，远近喧传，无不骇异。做买卖的，那一个不叫苦连天。有几位老乡绅，见其行事可笑，一齐来教训他几句说："抽分自有旧制，不宜率意增改。倘商民传之四方，有骇观听，这还犹可，若闻之京师，恐在老先生亦有妨碍。"吾爱陶听罢，打一躬道：“承教了，领命。”及至送别后，却笑道：“一个做官，一个立法，论甚么旧制新制？况乡绅也管不得地方官之事。”故愈加苛刻，弗论乡宦举监生员船只过往，除却当今要紧之人，余外都一例施行。任你送名帖讨关，全然不睬。亲自请见也不相接，便是骂他几句，也只当不听见。气得乡绅们，奈何他不得，只把肚子揉一揉罢了。

一日正出衙门放关，见乡里人担着一挑水草，叫皂隶唤过来问道：“这水草一挑，有多少斤数，可曾投税？”乡里人禀说：“水草是猪料，自来无税。”吾爱陶道：“同是物料，怎地无税？”即唤铺家将秤来，每一百斤抽十斤，送入衙中喂猪。一日坐在堂上，望见一人背着木桶过去，只道是挑绸帛箱子的。急叫拿进来，看时，乃是讨盏饭的道人，背着一只斋饭桶。也叫十碗抽一碗，送私衙与小厮们做点心。便是打渔的网船经过，少不得也要抽些虾鱼鳅鳝来嗄饭咽酒。只有乞丐讨来的浑酒浑浆，残羹剩饭，不好抽分来受用。真个算及秋毫，点水不漏。外边商民，水陆两道，已算无遗利。那时却算到本衙门铺家，及书役人等，积年盘踞，俱做下上万家事。思量此皆侵蚀国课，落得取些收用。先从吏书，搜索过失，杖责监禁，或拶夹枷号。这班人平昔锦衣玉食，娇养得嫩森森的皮肉，如何吃得恁般痛苦？晓得本官专为孔方兄上起见，急送金银买命。若不满意，也还不饶。不但在监税衙门讨衣饭的不能脱白，便是附近居民，在本司稍有干涉的也都不免。

为此地方上将吾爱陶改做吾爱钱，又唤做吾剥皮。又有好事的投下匿名帖，要聚集商民，放火驱逐。吾爱陶知得，心中有几分害怕，一面察访倡首之人，一面招募几十名士兵防护，每名日与工食五分。为工食原不出自己财，凡商人投税验放，少不得给单执照，吾爱陶将这单发与士兵，看单上货之多寡，要发单钱若干，以抵工食。那班人执了这个把柄，勒诈商人，满意方休。合分司的役从，只有这士兵，沾其恩惠，做了吾爱陶的心腹耳目，在地方上生事害民。没造化的，撞着吾爱陶，胜遭瘟遭劫。那怨声载道，传遍四方。江湖上客商，赌誓发愿便说："若有欺心，必定遭遇吾剥皮。"发这个誓愿，分明比说天雷殛死翻江落海，一般重大，好不怕人。不但路当冲要，货物出入川海的，定由此经过，没处躲闪，只得要受他荼毒。诗云：

> 竭泽焚山刮地搜，丧心蒙面不知羞，
>
> 肥家利己销元气，流毒苍生是此侪。

却说有个徽州姓汪的富商，在苏杭收买了几千金绫罗绸缎，前往川中去发卖。来到荆州，如例纳税。那班民壮，见货物盛多，要汪商发单银十两。从来做客的，一个钱也要算计；只有钞税，是朝廷设立，没奈何忍痛输纳。听说要甚发单银十两，分明是要他性命，如何肯出。说道："莫说我做客老了，便是近日从北新浒墅各税司经过，也从无此例。"众民壮道："这是我家老爷的新例，除非不过关便罢，要是过关，少一毫也不放。"傍边一个客人道："若说浒墅新任提举，比着此处，真个天差地远。前日有个客人一只小船，装了些布匹，一时贪小，不去投税，径从张家桥转关。被这班吃白食的光棍，上船搜出，一窝蜂赶上来，打的打，抢的抢，顷刻搬个罄空。连身上衣服，也剥干净。那客人情急，叫苦叫冤，要死要活。何期提举在郡中拜客回来，座船正打从桥边经过，听见叫冤，差人拿进衙门审问道：'小船偷过港门，虽所载有限，但漏税也该责罚。'将客人打了十五个板子。向众光棍说：'既然捉获有据，如何不禀官惩治？私自打抢，其罪甚于漏税。一概五十个大毛板，大枷枷号三月。'又对众人说：'做客商的，怎不知法度，自取罪戾。姑念货物不多，既已受责，尽行追还，此后再不可如此行险侥幸了。'这样好话，分明父母教训子孙，何等仁慈！为此客商们，那一个不称颂他廉明。倘若在此处犯出，少不得要打个臭死，剩还你性命，便是造化了。"傍边客商们听见，齐道："果然果然，正是若无高山，怎显平地。"那班士兵，睁起眼向说的道："据你恁般比方，我家爷是不好的了。"那客人自悔失言，也不答应，转身急走，脱了是非。

汪商合该晦气，接口道："常言钟在寺里，声在外边。又道路上行人口是碑，好歹少不得有人传说，如何禁得人口嘴呢。"这话一发激恼了士兵，劈脸就打骂道："贼蛮，发单钱又不兑出来，放甚么冷屁！"汪商是大本钱的富翁，从不曾受这般羞辱，一时怒起，也骂道："砍头的奴才！我正项税银已完，如何又勒住照单，索诈钱财，反又打人？有这样没天理的事，罢罢，我拚这几两本钱，与你做一场。"回身便走，欲待奔回船去。那士兵揪转来，又是两拳，骂道："蛮囚，你骂那个，且见我们爷去。"汪商叫喊地方救命，众人见是士兵行凶，谁敢近前。被这班人拖入衙门，吾爱陶方出堂放关，众人跪倒禀说："汪商船中货物甚多，所报尚有隐匿，且又指称老爷新例苛刻，百般詈骂。"吾爱陶闻言，拍案大怒道："有这等事，快发他货物起来查验。"汪商再三禀说勒索打骂情由，谁来听你。须臾之间，货物尽都抬到堂上，逐一验看，不道果然少报了两箱。吾爱陶喝道："拿下打了五十毛板，连原报铺家，也打二十板罢。"吾爱陶又道："漏税，例该一半入官，教左右取出剪子来分取。"从来入官货物，每十件官取五件，这叫做一半入官。吾爱陶新例，不论绫罗绸缎布匹绒褐，每匹平分，半匹入官，半匹归商。可惜几千金货物，尽都剪破，总然织锦回文，也只当做半片残霞。

汪商扶痛而出，始初恨，后来付之一笑，叹口气道："罢罢，天成天败，时也，运也，命也，数也！"遂将此一半残缎破绸，堆在衙门前，买几担稻草，周回围住，放了一把火，烧得烟尘飞起，火焰冲天。此时吾爱陶已是退堂，只道衙门前失火，急忙升堂，知得是汪商将残货烧毁，气得怒发冲冠，说道："这厮故意羞辱咱家么？"即差士兵，快些拿来。一面分付地方扑灭了火，烧不尽的绸缎，任凭取去。众人贪着小利，顷刻间大桶小杓，担着水，泼得烟销火熄。吾爱陶又唤地方，分付众人不许乱取，可送入堂上，亲自分给。这句话传出来时，那烬余之物，已抢干净。及去擒拿汪商，那知他放了火，即便登舟，复回旧船。顺风扬帆，向着下流直溜，也不知去多少路了。差人禀复，吾爱陶反觉没趣，恨恨而退。当时汪商若肯吃亏这十两银子，何至断送了万金货物，岂非为小失大？所以说：

吃一分亏无量福，失便宜处是便宜。

其时有个王大郎，所居与税课衙门只隔一垣，以杀猪造酒为业。家事富饶，生有二子。长子招儿，年十七岁，次子留儿，十三岁，家人伴当三四人，一家安居乐业。只是王大郎秉性粗直刚暴，出言无忌。地方乡里亲戚间，怪他的多，喜他的少。当日看见汪商之事，怀抱不平，趁口说道："我若遇此屈事，那里忍得过，只消一把快刀，搠他几个窟窿。"这话不期又被士兵们听闻。也是合当有事，王大郎适与儿子定亲，请着亲戚们吃喜酒，夜深未散。不想有个摸黑的小人，闪入屋里，却下不得手。便从空处，打个壁洞，钻过分司衙门，撬开门户，直入卧室。吾爱陶朦胧中，听得开箱笼之声，一时惊觉，叫声不好了，有贼在此。其时只为钱财，那顾性命，精赤的跳下床捉贼。夫人在后房也惊醒了，呼叫家人起来。吾爱陶追贼出房，见门户尽开，口中大叫小厮快来拿贼。这贼被赶得急，掣转身挺刀就刺。吾爱陶命不当死，恰象看见的，将身望后一仰，那刀尖已斗着额角，削去了一片皮肉，便不敢近前。一时家人们，点起灯烛火把，齐到四面追寻。原来从间壁打洞过来的，急出堂，问了王大郎姓名，差士兵到其家拿贼。

　　这王大郎合家，刚刚睡卧，虽闻分司喊叫捉贼，却不知在自家屋里过去的，为此不管他闲帐。直到士兵敲门，方才起身开门。前前后后搜寻，并不见贼的影子。士兵回报说："王大郎家门户不开，贼却不见。"吾爱陶道："门户既闭，贼却从那里去？"便疑心即是此人。就教唤王大郎来见，在烛光下仔细一认，仿佛与适来贼人相似。问道："你家门户未开，如何贼却不见了，这是怎么说？"王大郎禀道："今日小人家里，有些事体，夜深方睡。及至老爷差人来寻贼，才知从小人家里掘入衙中，贼之去来，却不晓得。"吾爱陶道："贼从你家来去，门户不开，怎说不晓得？所偷东西，还是小事。但持刀搠伤本司，其意不良，所关非小，这贼须要在你身上捕还。"王大郎道："小人那里去追寻，还是老爷着捕人挨缉。"吾爱陶道："胡说！出入由你家中，尚推不知，教捕人何处捕缉。"分付士兵押着，在他身儿上要人来。原来那贼当时心慌意急，错走入后园，见一株大银杏树，绿阴稠密，狠命爬上去，直到树顶，缩做一堆，分明象个鹊巢。家人执火，到处搜寻，但只照下，却不照上，为此寻他不着。等到两边搜索已过，然后下树，仍钻到王家。其时王大郎已被拿去，前后门户洞开，悄悄的溜出大门，所以不知贼的来踪去迹，反害了王大郎一家性命。正是：

> 钾龟烹不烂，贻祸到枯桑。

　　吾爱陶查点了所失银物，写下一单，清晨出衙，唤地方人问王大郎有甚家事，平日所为若何，家中还有何人。地方人回说："有千金家私，做人虽则强梗，原守本分。有二子年纪尚小，家人倒有三四个。"吾爱陶闻说家事富饶，就动了贪心，乃道："看他不是个良善之人，大有可疑。"随唤士兵问："可曾获贼？"那知这班士兵，晓得王大郎是个小财主，要赚他钱钞。王大郎从来臭硬，只自道于心无愧，一文钱，一滴酒，也不肯破悭。众人心中怀恨，想起前日为汪商的事，他曾说，只消一把快刀，搠几个窟窿的话，如今本官被伤额上，正与其言相合，不是他做贼是谁？为此竟带入衙内，将前情禀知。王大郎这两句话，众耳共闻，却赖不得，虽然有口难辨。吾爱陶听了，正是火上添油，更无疑惑，大叫道："我道门又不开，贼从何处去，自然就是他了。且问你，我在此又不曾难为地方百姓，有甚冤仇，你却来行刺？"王大郎高声称冤诉辨，那里作准。只叫做贼、行刺两款，但凭认那一件罪，喝教夹起来。

　　皂役一声答应，向前拖翻，套上夹棍，两边尽力一收，王大郎便昏了去。皂隶一把头发揪起，渐渐醒转。吾爱陶道："赃物藏在何处，快些招来！"王大郎睁圆双眼，叫道："你诬陷平人做贼，招甚么。"吾爱陶怒骂道："贼奴这般狠，我便饶你不成。"喝叫敲一百棒头。皂隶一五一十打罢，又问如今可招。王大郎嚷道："就夹死也决不屈招。"吾爱陶道："你这贼子熬得刑起，不肯招么。"教且放了夹棍，唤士兵分付道："我想赃物，必还在家，可押他去眼同搜捕。"又回顾吏书，讨过一册白簿，十数张封皮，交与士兵说："他家中所有，不论粗重什物，钱财细软，一一明白登记封好。虽一丝一粟，不许擅动。并带他妻儿家人来见。"王大郎两脚已是夹伤，身不由主，士兵扶将出去。妻子家人，都在衙前接着，背至家里，合门叫冤叫屈。士兵将前后门锁起，从内至外，掀天揭地，倒箱翻笼的搜寻。便是老鼠洞、粪坑中、猪圈里，没一处不到，并无赃物。只把他家中所有，尽行点验登簿。封锁停当，一条索子，将王大郎妻子杨氏，长子招儿，并三个家人，一个大酒工，一个帮做生意姓王的伙计，尽都缚去。只空了一个丫头，两个家人妇。次子留儿，因去寻亲戚商议，先不在家，亦得脱免。

此时天已抵暮，吾爱陶晚衙未退，堂上堂下，灯烛火把，照耀如同白日。士兵带一干人进见，回覆说赃物搜寻不出，将簿子呈上。吾爱陶揭开一看，所载财帛衣饰，器皿酒米之类甚多，说道："他不过是个屠户，怎有许多东西，必是大盗窝家。"将簿子阁过，唤杨氏等问道："你丈夫盗我的银物，藏在何处，快些招了，免受刑苦。"杨氏等齐声俱称："并不曾做贼，那得有赃?"吾爱陶道："如此说来，到是图赖你了。"喝叫将杨氏掇起。王大郎父子家人等，一齐尽上夹棍，夹的夹，掇的掇，号冤痛楚之声，震彻内外，好不凄惨。招儿和家人们，都苦痛不过，随口乱指，寄在邻家的，藏在亲戚家的，说着那处，便押去起赃。可怜将几家良善平民，都搜干净，那里有甚赃物。严刑拷问了几日，终无着落。王大郎已知不免一死，大声喊叫道："吾爱陶你在此虐害商民，也无数了，今日又诬陷我一家。我生前决争你不过，少不得到阴司里，和你辨论是非。"吾爱陶大怒，拍案道："贼子，你窃入公堂，盗了东西，反刺了我一刀，又说诬陷，要到阴司对证。难道阴司例律，许容你做贼杀人的么？你且在阳间里招了赃物，然后送你到阴司诉冤。"唤士兵分付道："我晓得贼骨头不怕夹挵，你明日到府中，唤几名积年老捕盗来，他们自有猴狲献果、驴儿拔橛，许多吊法，务要究出真赃，好定他的罪名。"这才是：

　　　　　前生结下此生冤，今世追偿前世债。

　　这捕人乃森罗殿前的追命鬼，心肠比钢铁还硬。奉了这个差使，将八个人带到空闲公所，分做四处吊拷，看所招相似的，便是实情。王大郎夫妻在一处，招儿王伙计在一处，三个家人和酒大工，又分做两处。大凡捕人绷吊盗贼，初上吊即招，倒还落得便宜。若不招时，从上至下，遍身这一顿棍棒，打得好不苦怜。任你铜筋铁骨的汉子，到此也打做一个糍粑。所以无辜冤屈的人，不肯招承，往往送了性命。当下招儿，连日已被夹伤，怎还经得起这般毒打，一口气收不来，却便寂然无声。捕人连忙放下，教唤不醒了。飞至衙门，传梆报知，吾爱陶发出一幅硃单道：

　　　　　王招儿虽死，众犯还着严拷，毋得借此玩法取罪。
　　特谕。
　　捕人接这单看了，将各般吊法，逐件施行。王大郎任凭吊打，只是叫着吾爱陶名字，骂不绝口。捕人虽明白是冤枉，怎奈官府主意，不得不如此。惟念杨氏是女人，略略用情，其余一毫不肯放松。到第二日夜间，三个家人，并王伙计，酒大工，五命齐休。这些事不待捕人去禀，自有士兵察听传报。吾爱陶晓得王大郎詈骂，一发切齿痛恨。第三日出堂，唤捕人分付道："可晓得么，王大郎今日已不在阳世了，你们好与我用情。"捕人答应晓得，来对王大郎道："大郎你须紧记着，明年今日今时，是你的死忌，此乃上命差遣，莫怨我们。"王大郎道："咳！我自去寻吾爱陶，怎怨着列位。总是要死的了，劳你们快些罢。"又叫声道："娘子，我今去了，你须挣扎着。"杨氏听见，放声号哭说："大郎，此乃前世冤孽，我少不得即刻也来了。"王大郎又叫道："招儿招儿，不能见你一面，未知可留得性命，只怕在黄泉相会是大分了。"想到此不觉落下几点眼泪。捕人道："大郎好教你知道，令郎前晚已在前路相候；尊使五个人，昨夜也赶上去了。你只管放心，和他们作伴同行。"王大郎听得儿子和众人俱先死了，一时眼内血泪泉涌，咽喉气塞，强要吐半个字也不能。众人急忙下手，将绳子套在颈项，紧紧扣住，须臾了帐。可怜三日之间，无辜七命，死得不如狗彘：

> 曾闻暴政同于虎，不道严刑却为钱；
>
> 三日无辜伤七命，游魂何处诉奇冤。

当下捕人即去禀说，王大郎已死。吾爱陶道："果然死了？"捕人道："实是死了。"吾爱陶唤过士兵道："可将这贼埋于关南，他儿子埋于关北，使他在阴司也父南子北。这五个尸首，总埋在五里之外，也教他不相望见。"士兵禀说："王大郎自有家财，可要买具棺木？"吾爱陶道："此等凶贼，不把他喂猪狗足矣，那许他棺木。"又向捕人道："那婆娘还要用心拷打，必要赃物着落。"捕人道："这妇人还宜从容缓处。"吾爱陶道："盗情如何缓得?"捕人道："他一家男子,三日俱死。若再严追,这妇人倘亦有不测,上司闻知,恐或不便。"吾爱陶道:"他来盗窃国课,行刺职官,难道不要究治的?就上司知得何妨。"捕人道:"老爷自然无妨,只是小人们有甚缘故,这却当不起。"吾爱陶怒道:"我晓得捕人都与盗贼相通,今不肯追问这妇人,必定知情,所以推托。"喝教将捕人羁禁,带杨氏审问,待究出真情,一并治罪。把杨氏重又拶起,击过千余,手指尽断,只是不招。吾爱陶又唤过士兵道:"我料这赃物,还藏在家,只是你们不肯用心,待我亲自去搜,必有分晓。"即出衙门,到王大郎家来。

此时两个家人妇和丫头看守家里,闻知丈夫已死,正当啼啼哭哭。忽听见官府亲来起赃,吓得后门逃避。吾爱陶带了士兵,唤起地方人同入其家,又复前前后后搜寻。寻至一间屋中,见停着七口棺木,便叫士兵打开来。士兵禀说:"这棺木久了,前已验过,不消开看。"吾爱陶道:"你们那里晓得,从来盗贼,把东西藏棺木中,使人不疑。他家本是大盗窝主,历年打劫的财物,必藏在内。不然,岂有好家停下许多棺木。"地方人禀说:"这棺木乃是王大郎的父祖伯叔两代,并结发妻子,所以共有七口。因他平日悭吝,不舍得银钱殡葬,以致久停在家,人所共知,其中决无赃物。"吾爱陶不信,必要开看。地方邻里苦苦哀求,方才止了。搜索一番,依然无迹。吾爱陶立在堂中说道:"这贼子,你便善藏,我今也有善处。"分付士兵,把封下的箱笼,点验明白,尽发去附库。又唤各铺家,将酒米牲畜家伙之类,分领前去变卖。限三日内,易银上库登册,待等追出杨氏真赃,然后一并给还。又道:"这房子逼近私衙,藏奸聚盗，日后尚有可虞。着地方将棺木即刻发去荒郊野地，此屋改为营房，与士兵居住，防护衙门。"处置停当，仍带杨氏去研审。又问他次子潜躲何处，要去拘拿，此是他斩草除根之计。

可怜王大郎好端端一个家业，遇着官府作对，几日间弄得瓦解冰消，全家破灭，岂不是宿世冤仇！商民闻见者，个个愤恨。一时远近传播，乡绅尽皆不平，向府县上司，为之称枉。有置制使行文与吾爱陶说："罪人不孥④，一家既死七人，已尽厥辜，其妻理宜释放。"吾爱陶察听得公论风声不好，只得将杨氏并捕人，俱责令招保。杨氏寻见了小儿子，亲戚们商量说，如今上司尽知冤枉，何不去告理报仇。即刻便起冤揭遍送，向各衙门投词伸冤。适值新巡按铁御史案临，察访得吾爱陶在任贪酷无比，杀王大郎一家七命，委实冤枉，乃上疏奏闻朝廷。其疏云：

> 臣闻理财之任，上不病国，下不病商，斯为称职。乃有吾爱陶者，典榷上游，分司重地，不思体恤黎元，养培国脉；擅敢变乱旧章，税及行人，专为刑虐，惟务贪婪。是以商民交怨，男妇兴嗟。吸髓之谣，久著于汉江；剥皮之号，已闻诸辇毂。昔刘晏桑弘羊，利尽锱铢，而未尝病国病民，后世犹说其聚敛。今爱陶与商民作仇，为国家敛怨，其罪当如何哉！尤可异者，诬良民为盗，捏乌有为赃，不逾三日，立杀七人。掷遗骸于水滨，弃停榇于郊野；夺其室以居爪牙，攫其资以归囊橐。冤鬼昼号，幽魂夜泣，行路伤心，神人共愤。夫官守各有职责，不容紊乱。商税榷曹之任，狱讼有司之事，即使盗情果确，亦当归之执法。而乃

酷刑肆虐，致使阖门殒毙，天理何在，国法奚存！臣衔命巡方，职在祛除残暴，申理枉屈。目击奇冤，宁能忍默？谨据实奏闻，伏乞将吾爱陶下诸法司，案其秽滥之迹，究其虐杀之状，正以三尺，肆诸两观。庶国法申而民冤亦申，刑狱平而王道亦平矣。

圣旨批下所司[5]，着确查究治。吾爱陶闻知这个消息，好生着忙。自料立脚不住，先差人回家，葺理房屋；一面也修个辨疏上奏，多赍金银到京，托相知官员，寻门户挽回。其疏云：

> 臣谬以樗材，滥司权务；固知虻负难胜，奚敢鼹饮自饱。莅任以来，矢心矢日，冰蘗宁甘，虽尺寸未尝少逾。以故商旅称为平衡，地方亦不以为不肖。而忌者反指臣为贪酷，捏以吸髓之谣，加以剥皮之号。无风而波，同于梦呓，岂不冤乎？犹未已也，若乃借盗窃之事，砌情胪列，中以危法，是何心哉？当盗入臣署攫金，觉而逐之，遂投刃以刺，幸中臣额，乃得不死。及追贼踪，潜穴署左，执付捕役，惧罪自尽。穷究党羽，法所宜然。此而不治，是谓失刑。而忌者乃指臣为酷刑肆虐，不亦谬乎？岂必欲盗杀臣，而尽劫国课，始以为快欤？夫地方有盗，而有司不能问，反责臣执盗而不与，抑何倒行逆施之若是也。虽然，臣不敢言也，不敢辨也。何则？诚不敢撄忌者之怒也。惟皇上悯臣孤危孑立，早赐罢黜，以塞忌者之口，使全首领于牖下，是则臣之幸也。

自来巧言乱听，吾爱陶上这辨疏，朝廷看到被贼刺伤，及有司不能清盗，反责其执盗不与，这段颇是有理。亦批下所司，看明具覆。其时乃中书门下侍郎蔡确当国，大权尽在其手，吾爱陶的相知，打着这个关节。蔡确授意所司，所司碍着他面皮，乃覆奏道：

> 看得吾爱陶贪秽之迹，彰彰耳目，虽强词涂饰，公论难掩。此不可一日仍居地方者矣。惟王大郎一案，窃帑伤官，事必有因，死不为枉。有司弭盗无方，相应罚俸。未敢擅便，伏惟圣裁。

奏上，圣旨依拟将吾爱陶削职为民，速令去任，有司罚俸三月。他的打干家人得了此信，星夜兼程，赶回报知。吾爱陶急打发家小起身，分一半士兵护送。王大郎箱笼，尚在库上，欲待取去，踌躇未妥，只得割舍下来。

数日之后，邸报已到，铁御史行牌，将附库资财，尽给还杨氏，一面拿几个首恶士兵到官，刑责问遣。那时杨氏领着儿子，和两个家人妇，到衙门上与丈夫索命。哭的哭，骂的骂，不容他转身。吾爱陶诚恐打将入去，分付把仪门头门紧拴牢闭了。地方人见他惧怕，向日曾受害的，齐来叫骂。便是没干涉的，也乘着兴喧喧嚷嚷，声言要放火焚烧，乱了六七日。吾爱陶正无可奈何，恰好署摄税务的官员来到。从来说官官相护，见百姓拥在衙门，体面不好看，再三善言劝谕，方才解散。放吾爱陶出衙下船，分付即便开去。岸上人预先聚下砖瓦土石，乱掷上去，叫道："吾剥皮，你各色俱不放空，难道这砖瓦不装一船，回去造房子。"有的叫道："吾剥皮，我们还送你些土仪回家，好做人事。"拾起大泥块，又打上去。这一阵砖瓦土石，分明下了一天冰雹。吾爱陶躲在舱中，只叫快些起篷。那知关下拥塞的货船又多，急切不能快行。商船上又拍手高叫道："吾剥皮，小猪船，人载船在此，何不来抽税？"又叫道："吾剥皮，岸上有好些背包裹的过去了，也该差人拿住。"叫一阵笑一阵，又打一阵瘄瘄。吾爱陶听了，又恼又羞，又出不得声答他们一句，此时好生难过。正是：

> 饶君掬尽三江水，难洗今朝一面羞。

后来新提举到任，访得王大郎果然冤死。怜其无辜，乃收他的空房入衙，改为书斋，给银五百两与杨氏，以作房价。叫他买棺盛殓这七个尸骸，安葬弃下的这七口停椑。商民见造此阴德之事，无不称念，比着吾剥皮，岂非天渊之隔。这也不在话下。

再说吾爱陶离了荆州，由建阳荆门州一路水程前去。他的家小船，原期停于襄阳，等候同行。吾爱陶赶来会着，方待开船，只见向日差回去的家人来到，报说："家里去不得了。"吾爱陶惊问为何。家中人道："村人道老爷向日做秀才，尚然百般诈害。如今做官，赚过大钱，村中人些小产业，尽都取了，只怕也还赚少。为此鸣锣聚众，一把火将我家房屋，烧做白地。等候老爷到时，便要抢劫。"吾爱陶听罢，吓得面如土色说："如此却怎么好？"他的奶奶，颇是贤明，日常劝丈夫做些好事，积些阴德，吾爱陶那里肯听。此时闻得此信，叹口气道："别人做官任满，乡绅送锦屏奉贺，地方官设席饯行，百姓攀辕卧辙，执香脱靴，建生祠，立下去思碑，何等光采！及至衣锦还乡，亲戚远迎，官府恭贺，祭一祭祖宗，会一会乡党，何等荣耀！偏有你做官离任时，被人登门辱骂，不容转身。及至登舟，又受纳了若干断砖破瓦，碎石残泥。忙忙如丧家狗，汲汲如漏网鱼，亡命奔逃，如遭兵燹。及问家乡，却又聚党呼号，焚庐荡舍，摈弃不容，祖宗茔墓，不能再见。你若信吾言，何至有家难奔，有国难投？这样做官结果，千古来只好你一人而已。如今进退两难，怎生是好？"

吾爱陶心里正是烦恼，又被妻子这场数落，愈加没趣，乃强笑道："大丈夫四海为家，何必故土。况吾乡远在西邮，地土瘠薄，人又粗鄙，有甚好处。久闻金陵建康，乃六朝建都之地，衣冠文物，十分蕃盛。从不曾到，如今竟往此处寓居。若土俗相宜，便入籍在彼，亦无不可。"定了主意，回船出江，直至建康。先讨个寓所安下，将士兵从役船只，打发回去，从容寻觅住居。因见四方商贾丛集，恐怕有人闻得姓名，前来物色戏侮，将吾下口字除去，改姓为五，号湖泉，即是受陶的意思。又想从来没有姓五的，又添上个人字傍为伍。分付家人只称员外，再莫提起吾字。自此人都叫他是伍员外。买了一所大房屋住下，整顿得十分次第。不想这奶奶因前一气成疾，不久身亡。吾爱陶舍不得钱财，衣衾棺椁，都从减省。不过几时，那生儿女的通房，也患病而死。吾爱陶买起坟地，一齐葬讫。

那吾爱陶做秀才时，寻趁闲事，常有活钱到手。及至做官，大锭小锞，只搬进来，不搬出去，好不快活。到今日日摸出囊中物使费，如同割肉，想道："常言家有千贯，不如日进分文。我今虽有些资橐，若不寻个活计，生些利息，到底是坐吃山空。但做买卖，从来未谙，托家人恐有走失。置田产我是罢闲官，且又移名易姓，改头换面，免不得点役当差，去做甚的好？"忽地想着一件道路，自己得意，不觉拍手欢喜。你道是甚道路？原来他想着，如今优游无事，正好寻声色之乐。但当年结发，自甘淡泊，不过裙布荆钗。虽说做了奶奶，也不曾奢华富丽。

今若娶讨姬妾，先要去一大注身价。讨来时，教他穿粗布衣裳，便不成模样；吃这口粗茶淡饭，也不成体面。若还日逐锦衣玉食，必要大费钱财，又非算计。不如拼几千金，娶几个上好妓女，开设一院，做门户生涯，自己乘间便可取乐，捉空就教陪睡。日常吃的美酒佳肴，是子弟东道；穿的锦绣绫罗，少不得也有子弟相赠。衣食两项，已不费己财。且又本钱不动，夜夜生利，日日见钱，落得风流快活。便是陶朱公，也算不到这项经营。况他只有一个西子，还吃死饭，我今多讨几妓，又赚活钱，看来还胜他一筹。

思想着古时姑臧太守张宪，有美妓六人：奏书者号传芳妓，酌酒者号龙津女，传食者号仙盘使，代书札者号墨娥，按香者号麝姬，掌诗稿者号双清子。我今照依他，也讨六妓。张老止为自家独乐，所以费衣费食。我却要生利生财，不妨与众共乐。自此遂讨了极美的粉头六个，另寻一所园亭，安顿在内。分立六个房户，称为六院。也仿张太守所取名号：第一院名芳姬，第二院名龙姬，第三院名仙姬，第四院名墨姬，第五院名香姬，第六院名双姬。每一院各有使唤丫鬟四人，又讨一个老成妓女，管束这六院姊妹。此妓姓李名小涛，出身钱塘，转到此地，年纪虽有二十七八，风韵犹佳，技艺精妙。又会凑趣奉承，因此甚得吾爱陶的欢心，托他做个烟花寨主。这六个姊妹，人品又美又雅，房帏铺设又精，因此伍家六院之名，远近著名，吾爱陶大得风流利息。

一日有个富翁，到院中来买笑追欢。这富翁是谁？便是当年被吾爱陶责罚烧毁残货的汪商。他原曾读诗书，颇通文理。为受了这场荼毒，遂誓不为商，竟到京师纳个上舍⑥，也要弄个官职，到关西地面，寻吾爱陶报雪这口怨气。因逢不着机会未能到手，仍又出京。因有两个伙计，领他本钱，在金陵开了个典当，前来盘帐。闻说伍家六院姊妹出色，客中寂寞，闻知有此乐地，即来访寻。也不用帮闲子弟，只带着一个小厮。问至伍家院中，正遇着李小涛。原来却是杭州旧婊子，向前相见，他乡故知，分外亲热，彼此叙些间阔的闲话。茶毕，就教小涛引去，会一会六院姊妹。果然人物美艳，铺设富丽。汪商看了暗暗喝采，因问小涛："伍家乐户，是何处人，有此大本钱，觅得这几个丽人，聚在一处？"小涛说："这乐户不比寻常，原是有名目的人。即使京师六院教坊会着，也须让他坐个首席。"汪商笑道："不信有这个大来头的龟子。"小涛附耳低言道："这六院主人，名虽姓伍，本实姓吾。三年前曾在荆州做监税提举，因贪酷削职，故乡人又不容归去，为此改姓名为伍湖泉，侨居金陵。拿出大本钱，买此六个佳人，做这门户生涯。又娶我来，指教管束。家中尽称员外，所以人只晓得是伍家六院。这话是他家人私对我说的，切莫泄漏。"汪商听了，不胜欢喜道："原来却是吾剥皮在此开门头赚钱，好好好！这小闸上钱财，一发趁得稳。但不知偷关过的，可要抽一半入官？罢罢，他已一日不如一日，前恨一笔勾销。倒再上些料银与他，待我把这六院姊妹，软玉窝中滋味尝遍了，也胜似斩这眼圈金线、衣织回文、藏头缩尾、遗臭万年的东西一刀。"

小涛见他絮絮叨叨说这许多话，不知为甚，忙问何故。汪商但笑不答，就封白金十两，烦小涛送到第一院去嫖芳姬。欢乐一宵，题诗一绝于壁云：

> 昔日传芳事已奇，今朝名号好相齐；
> 若还不遇东风便，安和官家老奏书。

又封白金十两，送到第二院去嫖了龙姬。也题诗一绝于壁云：

> 酌酒从来金巨罗，龙津女子夜如何；
>
> 如今识破吾堪伍，渗齿清甜快乐多。

又封白金十两，送到第三院去嫖了仙姬。也题诗一绝于壁云：

> 百味何如此味羶，腰间仗剑斩奇男；
>
> 和盘托出随君饱，善饭先生第餐。

又封白金十两，送到第四院去嫖了墨姬。也题诗一绝于壁云：

> 相思两字写来真，墨饱诗枯半夜情；
>
> 传说九家村里汉，阿翁原是点筹人。

又封白金十两，送到第五院去嫖了香姬。也题诗一绝于壁云：

> 爱尔芳香出肚脐，满身柔滑胜凝脂；
>
> 朝来好热湖泉水，洗去人间老面皮。

又封白金十两，送到第六院去嫖了双姬。也题诗一绝于壁云：

> 不会题诗强再三，杨妃捧砚指尖尖；
>
> 莫羞五十黄荆杖，买得风流六院传。

汪商撒漫六十金，将伍家院子六个粉头尽都睡到。至第七日，心中暗想，仇不可深，乐不可极。此番报复，已堪雪恨，我该去矣。另取五两银子，送与小涛。方待相辞，忽然传说员外来了。只见吾爱陶摇摆进来，小涛和六院姊妹，齐向前迎接。原来吾爱陶定下规矩，院中嫖帐，逐日李小涛掌记。每十日亲来对帐，算收夜钱。即到各院，点简一遭，看见各房壁中，俱题一诗，寻思其意，大有关心，及走到外堂，却见汪商与六院姊妹作别。汪商见了爱陶，以真为假。爱陶见了汪商，认假非真，举手问尊客何来，汪商道："小子是徽商水客，向在荆州。

遇了吾剥皮，断送了我万金货物。因没了本钱，跟着云游道人，学得些剑术，要图报仇。那知他为贪酷坏官，乡里又不容归去。闻说躲在金陵，特寻至此。却听得伍家六院，姊妹风流标致，身边还存下几两余资，譬如当日一并被吾剥皮取去，将来送与众姊妹，尽兴快活了六夜。如今别去，还要寻吾剥皮算帐，可晓得他住在那里么？"这几句诨话，惊得吾爱陶将手乱摇道："不晓得，不晓得。"即回过身叫道："丫头们快把茶来吃。"口内便叫，两只脚急忙忙的走入里面去了。汪商看了说道："若吾剥皮也是这样缩入洞里，便没处寻了。"大笑出门。又在院门上，题诗一首而去，诗云：

> 冠盖今何用，风流尚昔人。
>
> 五湖追故迹，六院步芳尘。
>
> 笑骂甘承受，贪污自率真。
>
> 因忘一字耻，遗臭万年新。

他人便这般嘲笑，那知吾爱陶得趣其中，全不以为异。分明是粪缸里的蛆虫，竟不觉有臭秽。看看一日又一日，一年又一年，吾爱陶儿女渐渐长成，未免央媒寻觅亲事。人虽晓得他家富饶，一来是外方人；二来有伍家六院之名，那个肯把儿女与他为婚。其子原名吾省，因托了姓伍，将姓名倒转来，叫做伍省吾。爱陶平日虽教他读书，常对儿子说："我侨居于此，并没田产，全亏这六院生长利息。这是个摇钱树，一摇一斗，十摇成石，其实胜置南庄田，北庄地。你后日若得上进，不消说起。如无出身日子，只守着这项生涯，一生吃着不尽了。"每到院中，算收夜钱，常带着儿子同走。他家里动用极是淡薄，院中尽有酒肴，每至必醉饱而归。这吾省生来嗜酒贪嘴，得了这甜头，不时私地前去。便遇着嫖客吃剩下的东西，也就啃些，方才转身。更有一件，却又好赌。摸着了爱陶藏下的钱财，背着他眼，不论家人小厮，乞丐化子，随地跌钱，掷骰打牌，件件皆来，赢了不歇，输着便走。吾爱陶除却去点简六院姊妹，终日督率家人，种竹养鱼，栽葱种菜，挑灰担粪喂猪，做那陶朱公事业。照管儿子读书，到还是末务，所以吾省乐得逍遥。

一日吾爱陶正往院中去，出门行不多几步，忽然望空作揖，连叫："大郎大郎，是我不是了，饶了我罢！"跟随的家人，到吃了一惊，叫道："员外，怎的如此？"连忙用手扶时，已跌倒在地。发起谵语道："吾剥皮，你无端诬陷，杀了我一家七命，却躲在此快乐受用，教我们那一处不寻到。今日才得遇着，快还我们命来！"家人听了，晓得便是向年王大郎来索命，吓得冷汗淋身，奔到家中，唤起众仆抬归，放在床上。寻问小官人时，又不知那里赌钱去了，只有女儿在旁看觑。吾爱陶口中乱语道："你前日将我们夹拶吊打，诸般毒刑拷逼，如今一件件也要偿还，先把他夹起来。"才说出这话，口中便叫疼叫痛，百般哀求，苦告讨饶。喊了一回，又说："一发把拶子上起。"两只手就合着叫痛。一会儿，又说："且吊打一番。"话声未了，手足即翻过背后，攒做一簇，头颈也仰转，紧靠在手足上。这哀号痛楚，惨不可言。一会儿又说："夹起来。"夹过又拶，拶过又吊，如此三日，遍身紫黑，都是绳索棍棒捶击之痕。十指两足，一齐堕落。家人们备下三牲祭礼，摆在床前，拜求宽恕。他却哈哈冷笑，末后又说："当时我们，只不曾上脑箍，今把他来尝一尝，算做利钱。"顷刻涨得头大如斗，两眼突出，从额上回转一条肉痕直嵌入去。一会儿又说："且取他心肝肠子来看，是怎样生的这般狠毒。"须臾间心胸直至小腹下，尽皆溃烂，五脏六腑，显出在外，方才气断身绝。正是：

> 劝人休作恶，作恶必有报；
>
> 一朝毒发时，苦恼无从告。

爱陶既死，少不得衣棺盛殓。但是皮肉臭腐，难以举动，只得将衣服覆在身上，连衾褥卷入棺中，停丧在家。此时吾省，身松快活，不在院中吃酒食，定去寻人赌博。地方光棍又多，见他有钱，闻香嗅气的，挨身为伴，取他的钱财。又哄他院中姊妹，年长色衰，把来脱去，另讨了六个年纪小的。一人一出，于中打骗手，倒去了一半。那家人们见小主人不是成家之子，都起异心，陆续各偷了些东西，向他方去过活。不勾几时，走得一个也无，单单只剩一个妹子。此时也有十四五岁，守这一所大房，岂不害怕。吾省计算，院中房屋尽多，竟搬入去住下，收夜钱又便。大房空下，货卖与人，把父亲棺木，抬在其母坟上。这房子才脱，房价便已赌完。两年之间，将吾爱陶这些囊橐家私，弄个馨尽。院中粉头，也有赎身的，也有随着孤老逃的，倒去了四个。那妹子年长知味，又不能配婚，又在院中看这些好样，悄地也接个嫖客。初时怕羞，还瞒着了哥子。渐渐熟落，便明明的迎张送李，吾省也恬不为怪，到喜补了一房空缺。

再过几时，就连这两个粉头，也都走了，单单只剩一个妹子，答应门头。一个人的夜合钱，如何供得吾省所需？只得把这院子卖去，燥皮⑦几日，另租两间小房来住。居室既卑，妹子的夜钱也减，越觉急促。看看衣服不时，好客便没得上门。妹子想起哥哥这样赌法，贴他不富，连我也穷，不如自寻去路，为此跟着一个相识孤老，一溜烟也是逃之夭夭。吾省这番，一发是化子走了猴狲，没甚弄了。口内没得吃，手内没得用，无可奈何，便去撬墙掘壁掏摸过日。做个几遍，被捕人缉访着了，拿去一吊，锦绣包裹起来的肢骨，如何受得这般苦痛？才上吊，就一一招承。送到当官，一顿板子，问成徒罪，刺了金印，发去摆站⑧，遂死于路途。吾爱陶那口棺木，在坟不能入土，竟风化了。这便是贪酷的下梢结果。有古语为证：

> 行藏虚实自家知，祸福因由更问谁；
> 善恶到头终有报，只争来早与来迟。

选自《石点头》

【题解】

一个爱钱如命的人，取名吾爱陶，实即吾爱钱，其心志在命名上已表露无遗。其为官，不过增添了敛聚钱财的手段，如虎添翼，更加有恃无恐。他横征暴敛，连运小猪、担水草的人也得交税。甚而至于害人性命，掠人家产，图的都无非是钱——不断增殖的钱。钱，是封建官僚政客的养命宝，同时也是怀揣在手的危险物，割舍不下，弃之不得，到一定程度则害己害家。吾爱陶的运命正是如此。罢官后，他又操办妓院，赚妓女们出卖肉体所得的脏钱，其实，妓院又何尝不是他出卖灵魂的地方？最后，吾爱陶暴死，子女也不得善终，诚为吾爱陶者之必然。

【注释】

①孔方兄：钱。　　②缙绅：同搢绅，指官宦。　　③蠲（juān）：通"捐"，除去、减免。④不孥：指不惩罚罪人的妻子儿女。⑤所司：主管部门或主管官吏。　　⑥上舍：监生，明清时可捐资纳粟入监。⑦燥皮：爽快。　　⑧摆站：古时犯人被发往驿站充当苦差叫摆站。

侯官县烈女歼仇

梁山感杞妻，痛哭为之倾。
金石忽暂开，都繇激深情。
东海有勇妇，何惭苏子卿。
学剑越处子，超然若流星。
捐躯报夫仇，万死不顾生。
白刃耀素雪，苍天感精诚。
十步两躩跃，三呼一交兵。
斩首掉国门，蹴踏五藏行。
豁此伉俪愤，灿然大义明。
北海李使君，飞章奏天庭。
舍罪警风俗，流芳播沧瀛。
名在列女籍，竹帛已光荣。
淳于免诏狱，汉王为缇萦。
津妾一棹歌，脱父于严刑。
十子若不肖，不如一女英。
豫让斩空衣，有心竟无成。
要离杀庆忌，壮夫所素轻。
妻子亦何辜，焚之买虚声。
岂如东海妇，事立独扬名。

这首诗，乃李太白学士因当时东海有妇人，为夫报仇，白昼杀人都市，羡其勇烈而作。其间引着缇萦豫让等几个古人的事迹，分明说男子不如妇女的意思。此言虽非定论，然形容此妇，十步两躩跃，三呼一交兵之句，无异楚霸王喑哑叱咤，千人自废的景状，令人毛骨竦然。比着斩空衣的豫让，真不可同日而语。但称东海有勇妇，又说学剑越处子，可见此妇素有勇力，又会武艺，故敢与男子格斗。大凡人有了勇力武艺，胆气先壮，若又逞着忿怒，这杀人的事，常要做出来，所以还未足为奇。如今在下说一个娇娇怯怯，香闺弱质，平日只会读书写字，刺绣描花，手无缚鸡之力，一般也与丈夫报仇，连杀十数余人。比东海勇妇，岂不更胜一筹？这桩故事说出来时，直教：

贞娘添正气，淫汉退邪心。

话说宋朝靖康年间，威武州侯官县，有个士人，姓董名昌，表字文枢，生得风姿美好，才学超群。早年丧母，其父董梁秀才，复娶继母徐氏。董昌到十四岁上，父亲又一病去世。本来没甚大家事，薄薄有几亩田产，止堪供饘粥膏火。争奈徐氏贪食性懒，不肯勤苦作家，因此董昌外貌虽以继母看待，心中却不和睦。徐氏只倚着晚娘名分，做出许多恶状。董昌无可奈何，远而敬之，一味苦功读书。却好服满①，遇着岁考，去应童子试，便得领案入泮②。那时豪家富室，争来要他为婿。董昌自想是个穷儒，继母又不贤慧，富家女子，习成骄傲，倘或两不相下，争论是非，反为不美，为此都不肯就。只情愿觅诗礼人家为婚，方是门当户对。这也不在话下。

大凡初进学的秀才，广文先生每月要月考，课其文艺，申报宗师，这也是个旧例。其时侯官教谕姓彭名祖寿，号古朋，就是仙游人，虽则贡士出身，为人却是大雅。新生贽仪，听其厚薄，不肯分别超超上上等户，如钱粮一般征索，因此人人敬爱。其年彭教谕六十八岁，众新生道，已近古稀，各凑小分奉贺。彭教谕乘着月考之期，治具一酌，答其雅情。到晚文完，方要入席，恰好有个故人来相访。此人是谁？覆姓申屠，名虔，别号退翁，长乐人氏。原是个有意思的秀才，指望上进，因累试不第，又见六贼乱政，百姓受苦，四方盗贼丛生，干戈侵扰，无有虚日。知得时事不可为，遂绝意取进，寄情山水，做个散人。与彭教谕通家相好，特来访问。相见已毕，就请登筵。申屠虔年纪又长，且是远客，遂坐了首席。佳宾贤主，杯觚酬酢，十分欢洽。

　　饮酒中间，申屠虔遍将少年秀才来看，看到董昌一貌非凡，便向彭教谕取他月考文字来看。你道他为何要看董昌文字？原来申屠虔当年结发生下一儿一女，儿名希尹，女名希光。中年妻丧，也不续娶，自己抚育这两个子女。此时女儿年已一十六岁，天生得柳叶眉，樱桃口，粉捏就两颊桃花，云结成半弯新月。缕金裙下，步步生莲；红罗袖中，丝丝带藕。且自幼聪明伶俐，真正学富五车，才通二酉。若是应试文场，对策便殿，稳稳的一举登科，状元及第。只可惜戴不得巾帻，穿不得道袍，埋没在粉黛丛中，胭脂队里。希尹一般也有才学，只是颖悟反不及妹子。这希光名字，本取希孟光之意。然孟光虽有德行，却生得又黑又肥，怎比得此女才色兼全，世上无双，人间绝少。申屠虔酷爱女儿才学，所以亲朋中来求婚的，一概不许，直要亲眼选个好对头，方许议婚。不道来访彭教谕，凑巧遇着款待众秀才，从中看中了董昌，为此讨他文字来看。他本来原是高才，眼中识宝，看见董昌才称其貌，欲将希光许嫁与他。当晚剪烛再酌，忽然明伦堂上一声鹊噪，又一声鸦鸣，彭教谕道："黄昏时候，那有鸦鸣鹊噪之事，甚是可怪！申屠虔笑道："从来鹊噪非喜，鸦鸣不凶，凶吉事大，这禽鸟声音，何足计较。不揣口吟一对联，若这新秀才中，接口对出者，决定他年连中三元。"彭教谕点头应道："如此极妙。"申屠虔即出一联道：

鹊噪鸦鸣，凶非凶，吉非吉；

总不若岐山威凤，凤舞鸾翔。

众秀才一个也对不出，独有董昌对道：

牛神蛇鬼，瑞不瑞，妖不妖；

却何如洛水灵龟，龟登龙扰。

众秀才一齐称快，彭教谕也道他才调高捷，他人莫及。申屠虔虽则称赏，细味其中意思，言神言鬼，其实不祥；龟至于登，龙至于扰，俱不是佳兆。但喜此子有才有貌，与希光果是一对，不信阴阳，不取谶语，便也不妨。若错过此姻缘，总然门当户对，龟鹤夫妻，决非双璧。便于席上倩教谕作伐③，成就两家之好。董昌听见教谕称其女才貌兼全，又是诗礼之家，满口应允。申屠虔性子古怪，但要得个好婿，并不要纳聘下礼，只教选定吉日良时，竟来迎娶便了。董秀才一钱不费，白白里就定了一房亲事，这场喜事，岂非从天降下。正是：

只凭一对作良媒，不用千金为厚聘。

当夜宴席散了，明早申屠虔即归长乐，整备嫁女妆奁。那知儿子希尹，年纪才得二十来岁，志念比乃翁更是古怪恬淡。他料天下必要大乱，不思读书求进，情愿出居海上，捕鱼活计，做个烟波主人。申屠虔正要了却向平之愿，自去效司马遨游，为此一凭儿子做主，毫不阻当。希尹置办了渔家器具船只，择日迁移。希光乃作一诗与哥哥送行，诗云：

> 生计持竿二十年，茫茫此去水连天。
>
> 往来潇洒临江庙，昼夜灯明过海船。
>
> 雾里鸣螺分港钓，浪中抛缆枕霜眠。
>
> 莫辞一棹风波险，平地风波更可怜。

希尹看了赞道："好诗好诗！但我已弃去笔砚，不敢奉和了。"他也不管妹子嫁与不嫁，竟携妻子迁居海上去了。看看希光佳期已近，申屠虔有个侄女，年纪止长希光两岁，嫁与古田医士刘成为继室。平日与希光两相亲爱，胜如同胞，闻知出嫁，特来相送。至期，董秀才准备花花轿子，高灯鼓吹，唤起江船，至长乐迎娶。他家原临江而居，舟船直至河下。那申屠虔家传有口宝剑，挂在床头，希光平日时时把玩拂拭。及至娶亲人已到，尚是取来观看，恋恋不舍。申屠虔见女儿心爱，即解来与他佩在腰间，说道："你从来未出闺门，此去有百里之遥，可佩此压邪。"希光喜之不胜，即拜别登轿下舟，申屠虔亲自送女上门。希光下了船，作留别诗一首云：

> 女伴门前望，风帆不可留。
>
> 岸鸣楸叶雨，江醉蓼花秋。
>
> 百岁身为累，孤云世共浮。
>
> 泪随流水去，一夜到闽州。

虽吟了此诗，舟中却无纸笔，不曾写出。到了郡中，离舟登轿，一路鼓乐喧天，迎至董家。教谕彭先生是大媒，纱幅圆领，来赴喜筵。新人进门，迎龙接宝，交拜天地祖宗，三党诸亲，一一见礼。独有继母徐氏，是个孤身，不好出来受礼。董秀才理合先行道达一声，因怀了个次日少不得拜见的见识，竟不去致意，自成礼数。徐氏心中大是不悦，也不管外边事体，闭着房门，先自睡了。堂中大吹大擂，直饮至夜阑方散。申屠虔又入内房，与女儿说道："今晚我借宿彭广文斋中，明日即归，收拾行装，去游天台雁宕，有兴时，直到泰山而返。或遇可止之处，便留在彼，也未可知。为妇之道，你自晓得，谅不消我分付，但须劝官人读书为上。"希光见父亲说要弃家远去，不觉愀然说道："他乡虽好，终不如故里，爹爹还宜早回。"申屠虔笑道："此非你儿女子所知。"道罢相别。董昌送客之后，进入洞房，一个女貌兼了郎才，一个郎才又兼女貌。董官人弱冠之年，初晓得撩云拨雨；申屠姐及笄之后，还未谙蝶浪蜂狂，这起头一宵之乐，真正：

占尽天下风流，抹倒人间夫妇。

　　到次早请徐氏拜见，便托身子有病，不肯出来。大抵嫡亲父母，自无嫌鄙。徐氏既系晚娘，心性多刻，虽则托病，也该再三去请。那董昌是个落拓人，说了有病，便就罢了，却象全然不作准他一般。徐氏心中一发痛恨，自此日逐寻事聒噪，捉鸡骂狗。申屠娘子一来是新媳妇；二来是知书达礼的人，随他乱闹，只是和颜悦色，好言劝解，不与他一般见识。这徐氏初年原不甚老成，结拜几个十姊妹，花朝月夕，女伴们一般也开筵设席。遇着三月上巳，四月初八浴佛，七夕穿针，重九登高，妆饰打扮，到处去摇摆。当日董梁在日，诸事凭他，手中活动，所以行人情，赶分子，及时及景的寻快活。轮到董昌当了家，件件自己主张，银钱不经他手，便没得使费，只得省缩。十姊妹中，请了几遍不去，他又做不起主人，日远日疏，渐渐冷淡。过了几年，却不相往来，间或有个把极相厚的，隔几时走来望望。及至董昌毕婚之后，看见他夫妻有商有量，他却单单独自没瞅没睬，想着昔年热闹光景，便号天号地的大哭一场。董昌颇是厌恶，只不好说得。

时光迅速，董昌成亲早又年余，申屠娘子，已是身怀六甲，到得十月满足，产下一儿。少年夫妻，头胎便生个儿子，爱如珍宝，惟徐氏转加不喜。一日清早，便寻事与董昌嚷闹，董昌避了出去。没对头相骂，气忿忿的坐在房中。只见一个女人走将入来，举眼看时，不是别个，乃是结拜姐姐姚二妈。尝言恩人相见，分外眼青。徐氏一见知心人，回嗔作喜，起身迎迓道："姐姐，亏你撇得下，足足里两个年头不来看我了，今日甚么好风吹得到此。"姚二妈道："你还不知道，我好苦哩！害脚痛了年余，才医得好。因勉强走动了，还常常发作。近时方始全愈，为此不能够来看你，莫怪莫怪。"徐氏道："原来如此，这却错怪你了。"取过杌儿④请他坐下。

姚二妈袖中摸出两个饼饵递与道："昨日我孙儿周岁，特地送拿鸡团与你尝尝。"徐氏接来放过，说道："好造化，又有孙儿周岁了。"又叹口气道："你与我差不多年纪，却是儿孙满堂，夫妻安乐。象我这鳏寡孤独，冰清水冷，真是天悬地隔。"说还未了，两泪双垂。姚二妈道："阿呀！我闻得董官人已娶了娘子，你现成做婆，正好自在受用。巴得董官人一朝发达，怕继母不封赠做老夫人，老奶奶，还有甚不足意，自讨烦恼。"徐氏道："不说不知，当初我进董家门来，昌官还只得三四岁，也亏我抚养成人。如今成人长大，不看我在眼里。就是做亲大礼，也不请我拜见。每日间夫妻打伙作乐，丢我在半边，全然不睬。不要说别样，就是饮食小事，他夫妻两口，大鱼大肉，我做娘的，只是一碗苋菜汤，勉强嗄饭。间或事忙，连这粗茶淡饭，常至缺少。真个是前人田地，后生世界，孤媳寡妇，好不苦恼！"言罢拍台拍凳，放声大哭。惊得申屠娘子，走将出来劝解，却也不知缘故。见姚二妈在坐，又偷忙叙话，问姓张姓李，与董官人家何亲何眷。姚二妈一头答应，两眼私瞧，骨碌碌看上看下，私忖道："世间怎有这般女子，若非天仙织女转世，定是月里嫦娥降生。不知董秀才前世里怎生样修得到，今世受用如此绝色，只怕他没福消受，到要折了寿算。"

这婆子方在惊讶，那知冤家凑巧，适当董昌从外直走进来。见姚二妈与徐氏及申屠娘子三人搅作一堆，哭的哭，笑的笑，因早间这场闷气在肚，正没处消豁，又见如此模样，不觉大怒，骂道："好人好家，三婆不入门。你是何人，在我家说长道短，惹得不和睦。可知有你这歪老货搬弄，致使我家娘一向使心憋气，如今一发啼啼哭哭的，成甚么规矩。"姚二妈也变色说道："你做秀才的好不达道理，凡事也须要问个来历，却如何便破口骂人。我好意来此望望他，因平日受苦不过，故此啼哭，与我甚么相干？你不说自己轻慢晚娘，反说别人搬弄不睦。"董秀才听了，激得怒从心上起，骂道："老贼人，这个话难道不是挑斗我家不和？"劈脸两个漏风巴掌。徐氏连忙来劝，董昌失手一推，跌倒在地。申屠娘子急向前扶起徐氏，劝解姚二妈出门，又劝解丈夫在徐氏面前，陪个不是，方得息了一场闹吵。这一番口舌，不打紧，正是：

　　　　饱学书生垂命日，红颜侠女断头时。

这姚二妈原是走千户踏万户，惯做宝山的喜虫儿。乘便卖些花朵，兑些金珠首饰，忙里偷闲，又捱身与人做马泊六⑤，是个极不端正的老泼贼。被董秀才打了两个巴掌,一来疼痛,二来没趣,心中恼道:"无端受这酸丁一场打骂,须寻个花头摆布他,方销得此恨。"一头走一头想,正行之间,远远望见一个熟人走来。这婆子心里忽然拨动一个恶念,说:"若把那人奉承了这人,定然与我出这一口气。"打定主意,走上一步,去迎这人。你道此人是何等样人物?原来此人唤做方六一,家私巨万,谋干如神,专一交结上下衙门人役,线索相通。又纠连闽浙两广亡命,及海洋大盗,出没彭湖,杀人劫财,不知坏了多少人的性命。却又贩买违禁货物,泛海通番,凡犯法事体,无一不为。更兼还有一桩可恨之处,若见了一个美貌妇女,不论高门富室,千方百计,去谋来奸宿。至于小家小户,略施微计,便占夺来家。奸淫得厌烦了,又卖与他人,也不知破坏了多少良人妻女的行止。因是爪牙四布,一呼百应,远近闻名,人人畏惧,是一个公行大盗,通天神棍。姚二妈平日常在他家走动,也曾做过几遍牵头,赚了好些钱财,把他奉做家堂香火。这时受了董秀才的气,正想要寻事害他,不期恰遇了方六一这个杀星,可不是董昌的晦气到了。

当下方六一见了姚二妈,满面撮起笑来,问道:"二妈,何故两日不到我家来走走?今日为何红了半边面皮,气忿忿,骨笃了嘴,不言不语,莫非与那个合口嘴么?"这婆子正要与他计较,却好被他道着经脉,便扯到一个僻静处,把适来被董秀才殴辱缘故,细细告诉一遍。方六一带着笑道:"如此说来,你却吃了亏哩。"姚二妈道:"便是无端受了这酸丁一场呕气,又还幸得他娘子极力解劝,不曾十分吃亏。"方六一道:"这样不通道理的秀才,却有恁般贤慧老婆。"姚二妈道:"贤慧还是小事，只这标致人物，却是天下少的。"方六一惊问道："你且说他是如何模样？"姚二妈道："那颜色美丽，令人一见销魂，自不消说。只这一种娉婷风韵，教我也形容他不出。六一官，你虽在风月场中走动，只怕眼睛里从不曾见这样绝色的少年妇人。"方六一道："不道我侯官县有恁般绝色，可惜埋没在酸丁手里。二妈，可有甚法儿，教我见他一面，也叫作眼见希奇物，寿年一千岁。"姚二妈笑道："见他也没用，空自动了虚火。你若有本事弄倒了这酸丁，收拾这娘子，供养在家，亲亲热热的受用，这便才是好汉。"方六一听罢，合掌念一声阿弥陀佛："谋人性命，夺人妻子，岂是我良善人做的。你也不消气得，且到我家吃杯红酒，散一散怀抱罢。"姚二妈道："原来六一官如今吃斋念佛了，老身却失言也。"六一笑道："你这婆子，也忒性急。大凡作事，自有次序，又要秘密，怎便恁般乱叫。况他又是个秀才，须寻个大题目，方能扳得他倒。"遂附耳低言道："这桩事，除非先如此如此，种下根基，等待他落了我套中，再与你商量后事。做得成时，不要说出了你的气，少不得我还要重重相酬。"这婆子听了，连声喝采道："如此妙计，管情一箭上垛。"方六一道："我今要去完一小事，归时即便布置起来，明日你早到我家来，再细细商议。"姚二妈应诺，各自分手。正是：

> 继母生猜恨礼疏，虔婆怀怨构风波；
> 阴谋欲攘红颜妇，断送书生入网罗。

且说董秀才，一日方要出门到学中会文，只见一人捧着拜匣走入来，取出两个柬帖递上。董昌看时，却是一个拜帖，一个礼帖，中写着："通家眷弟方春顿首拜。"礼帖开具四羹四果，绉纱二端，白金五两，金扇四柄，玉章二方，松萝茶二瓶，金华酒四坛。董昌不认得这个名字，只道是送错了，方以为讶。外面三四个人，担礼捧盒，一齐送入，随后一人头顶万字头巾，身穿宽袖道袍，干鞋净袜，扩而充之，踱将进来。董昌不免降阶相迎，施礼看坐。这人不是别人，便是方六一这厮。可知六一原是排行，他平生欣羡睦州豪杰方腊以妖术诱众，反于帮源洞，僭号⑥建元。既与同姓，妄意认为一宗，取名方春，见腊后逢春之意，欲待相时行事，大有不轨之念。当下坐定，董昌开言道："小弟从不曾与台丈有交亲，为甚将此厚礼见赐，莫非有误？"方六一道："春虽不才，同与先生土著三山城中，何谓不是交亲。弟此来一为敬仰高才绝学，庠序⑦闻名，定然高攀仙桂，联捷龙门。自今相拜以后，即为故交，日后便好提拔。二则前日姚二妈闹宅，唐突先生，实为有罪。姚二妈乃不肖姨娘，瓜葛相联，方春代为负荆，敢具此薄礼请罪，万祈海涵。"说未了跪将下去。董昌慌忙扶起道："一时小言，何足介意，这厚礼断不敢受。"方六一道："先生不受，是见弃小弟了。"董昌推让再四，方六一坚意不肯收回，叫小厮连盒放下，起身作辞竟去。董昌年少智浅，见他这般殷勤，只道是好意。更兼寒儒家，绝少盘盒进门，见此羹果银纱等物，件件适用，想来受之亦无害于理。即唤转使人，也写个通家眷弟的谢帖，打发去了。

　　申屠娘子问道："适来何人，是何相知，却送如此厚礼？"董昌将名帖送与观看，说道："此人从无一面，据他说，姚二妈是其姨娘，因前日费口一番，特来代他请罪，二则慕我文才，要结识做个相知，为此送这些儿礼物。"申屠娘子听了，摇首道："此事来得蹊跷，不可不察。"董昌道："娘子何以见知？"
申屠娘子道："当今世情，何人不趋炎附势，见兔放鹰，谁肯结
交穷秀才？且又素不识面，骤致厚礼，可疑者一；前日姚二妈
不过小言，又无深怨，此人即系两姨之子，也何消他来代为请
罪，可疑者二。况君子不饮盗泉之水，岂可轻易受人之物？"董
昌笑道："娘子忒过虑了，自来有意思的人，尝物色英雄于尘埃
中，岂可以世情起见，一概抹杀好人。我看此人情辞诚笃，料
无他意，不必疑心。"申屠娘子道："我虽过虑，官人也休过
信。"董昌道："这个我自理会得。"到次日，也备几件礼物去
答拜，秀才人情，少不得是书文手卷诗扇之类。方六一尽都收
了，留住便饭，董昌力辞，那里肯放，只得领情。名虽便饭，
实则酒筵，方六一殷勤相劝，尽醉方散。至明日，姚二妈又到
董家陪小心，称不是，一笑释然。

　　自来读书人最好奉承，董昌见方六一恁般小心克己，认定
是个好人，并无猜虑，日亲日近，竟为莫逆之交。方六一不时
馈礼请酒，自己也常来寻问董昌。他的念头，希冀撞见申屠娘
子一面，看其姿色果是如何。那知这娘子无事不出中堂，再无
由遇见。那姚二妈既揽身入门，也不时来攀谈闲话，卖些花朵，
趋奉申屠娘子，博他欢喜。及至背后向着徐氏，却又冷言冷语
的挑唆，徐氏一发痛恨儿子，巴不得即刻死了，方才快活。

　　方六一与董秀才往还数月，却没个机会下手害他。一日闻
得泉州获了大伙海盗，那为头的浑名扳倒天，与方六一原是一
党。六一知得这个消息，带了若干银子，星夜赶到泉州，寻相
知衙役，到监门上用了些钱钞，进去探问。那班强盗见方六一
来看觑，喜出意外，求他挽回搭救。六一道："我专为此而来，

但不知招稿，可曾定否？"众盗道："初解到时，太爷因事忙，即下了狱，随后又为有病，至今不出堂，所以尚未审问。"六一道："如此就有生路了。"向扳倒天附耳低言道："侯官学中，有个董秀才，久有异志，也结交四方豪杰，乘时欲图大事，官府渐渐也多晓得了。到审问时，众口一辞，竟招称董昌是谋主，纠结闽浙两广亡命，阴谋不轨。我等皆其庄佃，因威逼为非。拼些银两，买上告下，求当案孔目⑧，将董昌装了头，众兄弟只做胁从。招中字眼放活了，待我再到京师，营谋个恤刑御史前来，开招释放，可不好么？"扳倒天道："若得如此，便是再生父母了。"方六一又留银两与他们使费，急回威武来布置。扳倒天把这话通知众盗，及至审问，一口咬定董昌主谋，阴图叛逆。

泉州府尹，大是明察，思想做秀才的，决无此事，定是仇口陷害。但既系众盗招扳，须拿来面质，才见真伪。又恐差捕役前去，必先破家，乃行文至威武州关提，州中转行侯官县拘解。这知县相公，是蔡京门下人，又贪又酷，又昏，耳又是棉花做的。方六一自泉州归时，先使人吹风到大尹耳内，说道董秀才素行不端，结纳匪人。又假捏地方邻里人，具个公呈，说董昌日与异言异服外方人往来，行踪诡秘，举动叵测。大尹见此呈与前言暗合，大是惊骇。方待拘问，恰好州中帖文又下，三处相符，更无疑惑，即差人密拿董昌。不道这差役正是方六一的心腹，飞来报知。六一分付："连妇女都要到官，待我来解劝，方才释放。"差人受了嘱托，竟奔董昌家来，分一半人将前后把住，其余尽赶入去，将夫妻子母，并两个童仆，俱是一条索子扣住。这场大祸，分明青天打下一个霹雳，不知从何而起。

问着差人所犯何事，却又不肯说，只言到县便知。扯扯拽拽，拥出门去。申屠娘子虽有智识，一时迅雷不及掩耳，也生不出甚计较。无可奈何，抱着儿子，只得随行。徐氏大哭大骂道："这个逆贼，平日不把做娘的看在眼里，如今不知做下甚么犯法事体，连累我出乖露丑！"引动邻里间都来观看。

差人方待带着董昌等要行，只见远远一个人走来，董昌望去，认得是方六一。即高叫道："六一兄，快来救我！"方六一赶近前看了，假意失惊道："为甚事体，恁般模样？"董昌道："连我也不知是甚么缘故，叩问公差又不肯说。"方六一道："是甚事如此秘密，真奇怪。"董昌道："六一兄，你怎地救得我，决不忘恩。"六一道："莫忙，待我作了揖，从容商议。"遂向徐氏申屠娘子深深施礼，偷眼觑看，果然天姿国色。暗想便拼用几万两银子，与他同睡一宿，就死也甘心。礼罢，对差人道："列位差公，且入家里来，在下有一言相恳。"差人嚷道："去罢了，有甚话说。"方六一道："列位何消性急。我若说得有理，你便听了，说得没理，去也未迟。"众人依言，复带入家中。方六一道："董相公是读书人，纵有词讼，不过是户婚田土，料必不是甚么谋叛大逆，连家属都要到官。我待送个薄东⑨，与列位买杯酒吃，求做个方便，且慢带家属同去，全了斯文体面。"遂向袖中摸出一锭银子，约有三四两重，差人俱乱嚷道："这使不得，知县相公分付来的，我们难道到担个得钱卖放的罪名。况且事体重大，你若从中打干，恐怕也不得干净。"方六一又道："谁无患难，谁无朋友，便累及我，也说不得了。"又向袖中将出二两多银子，并作一包，送与说："我晓得东道少，所以列位不肯。但我身边只有这些，胡乱收了，后日再补。"差人还假意不肯，方六一道："我有个道理在此，如今先带董相公去见，若不提起要家属，大家混过。如或必要，再来带去，也未为迟。"众人方才做好做歹，将他姑媳家人放了，只牵着董昌到县里去。看官，你道方六一为甚教差人又做出这番局面？他因不曾看见申屠娘子果是怎样姿色，乘着这个机会，逼迫来相见一面。二则假意于中出力周全，显见他好处，使人不疑，以为后日图妻地步，此乃最深最险的奸计。在方六一自道神机妙算，鬼神莫测，正不知上面这空空洞洞不言不语的却瞒不过。所以俗语说：

湛湛青天不可欺，未曾举意早先知；

善恶到头终有报，只争来早与来迟。

当下差人解至当堂，县尹说道："好秀才，不去读书，却想做恁般大事。"董昌道："生员从来自爱，并不曾做甚为非之事。"县尹道："你的所行所为，谁不知道，还要抵赖。我也不与你计较，且暂到狱中坐坐，备文申解。"董昌闻说下监，不服道："生员得何罪，却要下狱。老父母莫误信风闻之言，妄害无辜。"秀才家不会说话，只这一言，触恼了县尹性子，大怒道："自己做下大逆之事，反说我妄害无辜，这样可恶，拿下去打！"董昌乱嚷道："秀才无罪，如何打得。"县尹愈怒道："你道是秀才打不得，我偏要打。"喝教还不拿下。众皂隶如狼虎般，赶近前拖翻在地，三十个大毛板，打得皮开肉绽，鲜血迸流。县尹尚兀是气忿忿的，教发下去监禁。许多差役簇拥做一堆，推入牢中。董昌家人，那里能够近身，急忙归报。把申屠娘子惊呆半晌，自想这桩事没头没脑，若不得个真实缘由，也无处寻觅对头，出词辨雪。一面教家人央挽亲族中人去查问，一面又教到狱中看觑丈夫。惟有徐氏合掌向天道："阿弥陀佛，这逆贼今日天报了。"心中大是欢喜。这也不在话下。

且说董昌本是个文弱书生，如何经得这般捶扑，入到牢中，晕去几遍。睁眼见方六一在旁，两泪交垂，一句话也说不出。方六一将好言安慰，监中使费饮食之类，都一力担承。暗地却叮咛禁子，莫放董昌家人出入，通递消息。又使差人执假票，扬言访缉董昌党羽，吓得亲族中个个潜踪匿影，两个仆人也惊走了一个。方六一托着董昌名头，传言送语，假效殷勤。姚二妈又不时来偎伴，说话中便称方六一家资巨富，做人仁厚，又有义气，欲待打动申屠娘子。怎知申屠娘子一心只想要救丈夫，这样话分明似飘风过耳，那在他心上，但也不猜料六一下这个毒计。

申屠娘子想起董门宗族，已没个着力人，肯出来打听谋干；自己父亲又远游他处，哥哥避居海上，急切不能通他知道。且自来不历世故，纵然知得，也没相干，自己却又不好出头露面。左思右想，猛然想着古田刘家姐夫，素闻他任侠好义，胸中极有谋略。我今写书一封寄与，教刘姐夫打探谁人陷害，何人主谋，也好寻个机会辨头，或者再生有路，也不可知。又想向年留别诗尚未写出，一并也录示姐姐，遂取过纸笔写书云：

> 忆出阁判袂，忽焉两易风霜。老父阿兄，远游渔海，鳞鸿香绝。吾姊复限此襟带，不得一叙首以申间阔，积怀徒劳梦寐耳。良人佳士，韫椟未售，满图奋翮秋风，问月中仙索桂子。何期恶海风波，陡从天降。陷身坑阱，肢体摧伤，死生未保；九阍远隔，天日无光。岂曾参果杀人耶？董门宗族寥落，更鲜血气人，

无敢向圉扉通问者。想风鹤魂惊，皆鼠潜龟伏矣。熟
知姊婿热肠侠骨，有古烈士风，敢乞奋被发缨冠之谊，
飞舸入郡，密察谁氏张罗，所坐何辜。倘神力可挽，
使覆盆回照，死灰更燃，从此再生之年，皆贤夫妇所
赐也。颙望旌愚，好音祈慰。外有出阁别言，久未请
政，并录呈览。

书罢，又录了留别诗，后书难妇女弟希光裣衽⑩拜寄。封缄固
密，差了仆人星夜前往古田。不道那仆人途中遇了个亲戚，问
起董家事体，说道："一个秀才，官府就用刑监禁，又要访拿党
羽，必然做下没天理的事情，你是他家人，恐怕也不能脱白。"
那仆人害怕，也不往古田，复身转来，一溜烟竟是逃了。申屠
娘子眼巴巴望着回音，那里见个踪影。正是：

> 时来风送滕王阁，运退雷轰荐福碑。

话分两头。却说彭教谕因有公事他出，归来闻得董昌被责
下狱，吃了一惊，却不知为甚事故。即来见县尹，询问详细，
力言董生少年新进，文弱书生，必无此事。这县尹那里肯听，
反将他奚落了几句，气得彭教谕拂衣而出，遂挂冠归去。同袍
中出来具公呈，与他辨白，县尹说："上司已知董生党众为逆，
尚要连治。诸兄若有此呈，倘究诘起来，恐也要涉在其中。"众
秀才被这话一吓，唯唯而退，谁个再敢出头。方六一见学官秀
才都出来分辨，怕有变故，又向当案处，用了钱钞，急急申解
本州，转送泉州。文中备言邻里先行举首，把造谋之事证实。
方六一布置停当，然后来通知申屠娘子，安慰道："董官人之
事，已探访的实，是被泉州一伙强盗招扳在案，行文在本县缉
获，即今解往彼处审问。闻得泉州太爷，极是廉明，定然审豁。

我亲自陪他同去，一应盘费使用，俱已准备，不必挂念。"申屠娘子一时被惑，也甚感其情意。

不想董昌命数合休，解到泉州时，府尹已丁母忧^①。署印判官看来文，与众盗所扳暗合，也信以为实，乃吊出扳倒天一干人犯，当堂面质。董昌极口称冤说："生平读书知礼，与众人从不曾识面，不知何人仇恨，指使劈空扳害。"再三苦苦折辨，怎当得众盗一口咬定，不肯放松。判官听了一面之词，喝教夹起来。这一个瘦怯怯书生，嫩森森皮肉，如何经得这般刑罚，只得屈招。又是一顿板子，送下死囚牢里。方六一随入看视，假意呼天叫屈。董昌奄奄一息，向六一呜呜的哭道："我家世代习儒，从不曾作一恶事。就是我少年落拓，也未尝交一匪人，不知得罪那个，下此毒手，陷我于死地。这是前生冤孽，自不消说起。但承吾兄患难相扶，始终周旋，此恩此德，何时能报。"方六一道："怎说这话，你我虽非同气，实则异姓骨肉，恨不能以身相代，区区微劳，何足言德。"董昌又哭道："我的性命，断然不保。但我死后，妻少子幼，家私贫薄，恐不能存活，望乞吾兄照拂一二。"六一道："吉人自有天相，谅不至于丧身。万一有甚不测，后事俱在我身上，决不有负所托。"董昌道："若得如此，来世定当作犬马相报。"道罢，又借过纸笔，挣起来写书，与申屠娘子诀别。怎奈头晕手颤，一笔也画不动，只得把笔撇下，叮嘱方六一寄语，说："今生夫妻，料不能聚首了，须是好好抚育儿子，倘得长大成立，也接绍了董氏宗祀。"一头说，一头哭，好生凄惨。方六一又假意宽慰一番，相别出狱，又回威武。临行又至当案孔目处，嘱咐早早申文定案。当案孔目，已受了六一大注钱财，一一如其所嘱，以董昌为首谋，众盗胁从，叠成文卷，申报上司，转详刑部。这判官道是谋逆大事，又教行文到侯官县，拘禁其妻孥亲属，候旨定夺。这件事，岂非乌天黑地的冤狱！正是：

> 鬼蜮弥天障网罗，书生薄命足风波；
>
> 可怜负屈无门控，千古令人恨不磨。

再说方六一归家后，即来回覆申屠娘子，单言被强盗咬实，已问成罪名的话，其余董昌叮咛之言，一字不题。申屠娘子初时还想有昭雪之日，闻知此信，已是绝望。思量也顾不得甚么体面，须亲自见丈夫一面，讨个真实缘由。但从未出门，不识道路，怎生是好。方在踌躇，那知泉州拘禁家属的文书已到，侯官县差人拘拿。方六一晓得风声，恐怕难为了申屠娘子，央人与知县相公说方便，免其到官，止责令地邻具结看守。那时前后门都有人守定，分明似软监一般，如何肯容申屠娘子出外。方六一叫姚二妈不时来走动，自不消说。六一一面向各上司衙门打点，勿行驳勘；一面又差人到京师重贿刑部司房，求速速转详，约于秋决期中结案。果然钱可通神，无不效验。刑部据了招文，遂上札子，奏闻朝廷，其略云：

> 董昌以少年文学，妄结匪人，潜有异图。虽反形未显，而盗证可征。况今海内多事，圣帝蒙尘，乱世法应从重，爰服上刑，用警反侧。妻孥族属，从坐为苛，相应矜宥。群盗劫杀拒捕，历有确据，岂得借口胁从，宽其文法，流配曷尽所辜，骈斩庶当其罪。未敢擅便，伏候圣裁。

奏上，奉圣旨，定董昌等秋后处决，族属免坐[12]。刑部详转，泉州府移文侯官县，释放董昌妻孥归家，地邻方才脱了干系。这一宗招详才下，恰已时迫冬至，决囚御史案临威武各郡县，应决罪犯，一齐解至。方六一又广用钱财，将董昌一案，也列在应决数内。申屠娘子知得这个消息，将衣饰变卖，要买归尸首埋葬。正无人可托，凑巧古田刘家姐姐，闻知董郎吃了屈官司，夫妇同来探问。申屠娘子就留住在家，央刘姐夫备办衣棺，预先买嘱刽子人等。徐氏听说儿子受刑，也不觉惨然。到冬至前二日，处决众囚，将一个无辜的董秀才，也断送于刀下，其时乃靖康二年十一月初三日也。正是：

> 可怜廊庙经纶手，化作飞磷草木冤。

董昌被刑之后，申屠娘子买得尸首，亲自设祭盛殓，却没有一滴眼泪。但祝道："董郎董郎，如此黑冤，不知何时何日，方能报雪！"正当祭殓之际，只见方六一使人赍纸钱来吊慰，刘成暗自惊讶道："方六一是此中神棍大盗，如何却与他交往？"欲待问其来历，又想或者也是亲戚，遂撇过不题。殓毕，将灵柩送到乌泽山祖茔坟堂中停置，择日筑圹埋葬，安厝之后，刘成夫妇辞归。申屠娘子留下姐姐，暂住为伴。

此时姚二妈往来愈勤。一日，姊妹正在房说起父兄远游僻处，音信不通的话，只见姚二妈走将入来。申屠娘子请他坐下，那婆子笑嘻嘻的道："老身有一句不知进退的话相劝，大娘子休要见怪。"申屠娘子道："妈妈有甚话，但说无妨，怎好怪你。"姚二妈道："董官人无端遭此横祸，撇下你孤儿寡妇，上边还有婆婆，家事又淡薄，如何过活？"申屠娘子道："多谢你老人家记念，只是教我也无可奈何。"姚二妈道："我到与大娘子踌躇个道理在此。"申屠娘子道："妈妈若有甚道理教我，可知好么。"那婆子道："目今有个财主，要娶继室，娘子若肯依着老身，趁此青春年少，不好转嫁此人，管教丰衣足食，受用一世。"申屠娘子闻言，心中大怒，暗道："这老乞婆，不知把我当做甚样人，敢来胡言乱语。"便要抢白几声，又想这婆子日常颇是小心，今忽发此议论，莫非婆婆有甚异念，故意教他奚落我么，且莫与他计较，看还有甚话。遂按住忿气，说道："妈妈所见甚好，但官人方才去世，即便嫁人，心里觉得不安，须过一二年才好。"那婆子道："阿呀，一年二年，日子好不长远哩。这冰清水冷的苦楚，如何捱得过？况且错过这好头脑，后日那能够如此凑巧。"申屠娘子道："你且说那个财主，要娶继室？"婆子笑道："不瞒娘子说，这财主不是别个，便我外甥方六一官。他的结发身故，要觅一个才貌兼全的娘子掌家，托老身寻觅，急切里没个象得他意的，因此蹉跎过两年了。我想娘子这个美貌，又值寡居，可不是天假良缘。今日是结姻上吉日，所以特来说合。"

申屠娘子听了，猛然打上心来道："原来就是方六一！他一向与我家殷勤效力，今官人死后，便来说亲，此事大有可疑。莫非倒是他设计谋害我官人么？且探他口气，便知端的。"乃道："方六一官，是大财主，怕没有名门闺女为配，却要娶我这二婚人。"也是天理合该发现，这婆子说出两句真话道："'热油苦菜，各随心爱'，我外甥想慕花容月貌多时了，若得娘子共枕同衾，心满意足，怎说二婚的话。"申屠娘子细味其言，多分是其奸谋。暗道："方六一，我一向只道你是好人，原来是兽心人面。我只叫你合门受戮，方伸得我官人这口怨气。"心中定了主意，笑道："我是穷秀才妻子，有甚好处，却劳他恁般错爱。虽然，我不好自家主张，须请问我婆婆才是。"婆子道："你婆婆已先说知了。"

言还未毕，布帘起处，徐氏早步入房，说道："娘子，二妈与我说过几遍了。一来不知你心里若何，二则我是个晚婆，怕得多嘴取厌，为此教二妈与你面讲。论起来，你年纪又小，又没甚大家事，其实难守。这方六一官，做人又好，一向在我家里上，大有恩惠。莫说别的，只当日差人要你我到官，若不是他将出银两，买求解脱，还不知怎地出乖露丑。这一件上，我至今时刻感念。你嫁了他，连我后日也有些靠傍。"姚二妈道："我外甥已曾说来，成了这亲，便有晚儿子之分，定来看顾。"徐氏又道："还有一件，我的孙儿，须要带去抚养的。"姚二妈道："这个何消说得。况他至亲止有一子，今方八岁，娘子过去，天大家资，都是他掌管。家中偏房婢仆，那个不听使唤。哥儿带去，怕没有人服事。"申屠娘子又道："果然我家道穷乏，难过日子，便重新嫁人，也说不得了，只是要依我三件事。"姚二妈道："莫说三件，就是三十件，也当得奉命。"申屠娘子道："第一件，要与我官人筑砌坟圹，待安葬后，方才过门；第二件，房户要铺设整齐洁净，止用使女二人，守管房门；三来，家人老小房户，各要远隔，不许逼近上房。依得这三件，也不消行财下聘，我便嫁他。"姚二妈笑道："这三件都是小事，待老身去说，定然遵依，不消虑得。"即便起身别去，徐氏随后相送出房。诗云：

狂且渔色谋何毒，孤孀怀仇志不移；

奋勇捐躯伸大义，刚肠端的胜男儿。

不题姚二妈去覆方六一。且说刘家姐姐，当下见妹子慨然愿嫁方六一，暗自惊讶道："妹子自来读书知礼，索负志节，不道一旦改变至此。"心下大是不乐。姚婆去后，即就作辞，要归古田。申屠娘子已解其意，笑道："为何这般忙迫，向日妹子出嫁董门，姐姐特来送我出阁，如今妹子再嫁方家，也该在此送我上轿。"刘氏姐听了，忍耐不住，说道："妹子，你说的是甚么话？常言'一夜夫妻百夜恩'，董郎与你相处二年，谅来恩情也不薄。今不幸受此惨祸，只宜苦守这点嫡血成人，与董郎争气，才是正理。今骨肉未寒，一旦为邪言所惑，顿欲改适^⑬，莫说被外人谈议，只自己内心上也过不去哩。"申屠娘子听了，也不答言，揭起房帘，向外一望，见徐氏不在，方低低说道："姐姐，你道妹子果然为此狗彘之行么？我为董郎受冤，日夜痛心，无处寻觅冤家债主。今日天教这老虔婆一口供出，为此将计就计，前去报仇雪怨，岂是真心改嫁耶？"刘氏姐姐骇异道："他讲的是甚么话，我却不省得。"申屠娘子道："姐姐你不听见说，慕娘子花容月貌，若得同衾共枕，便心满意足，这话便是供状。"刘氏姐道："不可造次，常言媒婆口，没量斗，他只要说合亲事，随口胡言，何足为据。"申屠娘子见此话说得有理，心中复又踌躇。

只听耳根边豁剌剌一声响，分明似裂帛之声，姐妹急回头观看，并无别物，其声却从床头所挂宝剑鞘中而出。刘氏姐大惊，连称奇怪。申屠娘子道："宝剑长啸，欲报不平耳，此事更无疑惑矣。"即向前将剑拔出，敲作两段，下半截连靶，恰好一尺五寸。刘氏姐道："可惜好宝剑，如何将来坏了。"申屠娘子道："姐姐有所不知，大凡刀长便于远砍，刀短便于近刺，且有力，又便于收藏。我今去杀方六一，只消此下半截足矣。"刘氏姐道："杀人非女子家事，贤妹还宜三思，勿可逞一时之忿。"

申屠娘子道："吾志已决，姐姐不须相劝。"随取水石，磨得这剑锋利如雪，光芒射人，紧藏在身畔。又写了一书，和这上半截断剑，交付姐姐说："待父亲归时，为我致与他。"又道："妹子已拚此躯，下报董郎。遗下孤儿，望乞姐夫姐姐替我抚育。倘得长大，可名嗣兴，以延董门一脉，我夫妇来世定当衔结相报。"正言之际，刘成自古田来到，妻子把这些缘故，说与他知。刘成道："方六一是当今大盗，奸诡百出，造恶万端，董姨丈被他谋害，确然无疑。但小姨要去报仇，恐力气怯弱，不能了事，反成话柄。"申屠娘子笑道："我视杀此贼子，有如几上肉耳，不消虑得。"

　　不题申屠姐妹筹画。且说姚二妈回覆了方六一，次日即来传话，说娘子所言之事，一一如命。明日就教工匠到坟上，开金井砌圹，听凭娘子选日安葬。葬后，即来迎娶。申屠娘子道："入土为安，但圹完即葬，不必选日。"方六一做亲性急，多唤匠人，并力趱工。那消数日，俱已完备。申屠娘子姑媳姊妹并刘成，俱到坟头，送董昌入土。方六一又备下祭筵，到坟前展拜。葬毕回家，申屠娘子把往还路径，一一牢记在心。又博访了方六一邻居前后巷陌街道之路，将所有衣饰，尽付刘成，抚养儿子。其余田产房业，都留与徐氏供膳。诸事料理停当，等候方六一来娶。方六一机谋成就，欢喜不胜，果然将家中收拾得内外各不相关，银屏锦帐，别成洞天。择定十二月二十四，灶神归天之日，娶个灶王娘子。免不得花花轿子，乐人鼓手，高灯火把，流星爆仗，到董家娶亲。姚二妈本是大媒，又做伴娘，一刻不离。当夜迎亲，乐人在门吹打几通，掌礼邀请三遍。申屠娘子抱着孩子，请刘家姐夫姐姐，及徐氏晚婆告别，对姐姐道:"我指望同你原归长乐,只是终身不了。今到方家,是重婚再嫁的人了,此后也无颜再与姐姐相见,只索从今相别。"随将孩子递与道:"可怜这无爹娘的孩子,烦姐姐好好看管,待三朝后,即便来取。"又对徐氏道:"不道婆婆命犯孤辰寡宿,一个晚儿子也招不起,媳妇总之外人,今又别嫁,一发没帐®了,你须索自家保重。"徐氏听了这话,想起后日无倚靠的苦楚,不觉放声大恸。刘氏姐已知此番是永别了,也不由不伤心痛哭。更兼这个孩子,要娘怀抱,死命的啼号,这凄惨光景,便是铁石心肠,也要下泪。惟有申屠娘子并无一点眼泪,毅然上轿,略不回顾。

一路笙箫鼓乐,迎到方家,依样拜堂行礼。方六一张眼再看,魂飞天外,只道是到口馒头,谁知是冲天霹雳。拜堂已毕,方六一唤过八岁的儿子,拜见晚娘。又唤家中上下,俱来磕头。申屠娘子说:"且待明日见罢。"方六一得了此话,分明是奉着圣旨,即便止住;鼓乐前导,引入洞房。花烛已毕,摆筵席款待新人。原来方六一生性贪淫,不论宗族亲眷妇女,略有几分颜色,便要图谋奸宿。因此人人切齿,俱不相往来,所以今日喜筵,并无一个女亲,单单只有姚二妈相陪。堂中自有一班狐朋狗党,叫喜称贺。方六一分付姚婆好生陪侍,自己向外边饮酒去了。申屠娘子且不入席,携着姚二妈,将房中前后左右,细细一看。笑道:"果然铺设得齐整,比读书人家,大是不同。"又叫丫环执烛,向房外四面观看。见旁边有一小房,开门入看,中间箱笼什物甚多,侧边一张床榻,帐帏被褥,色色完备。问说此是何人卧所,丫环答言是小官人睡处。姚二妈便道:"六一官教我今晚就相伴小官人,睡在这里。"申屠娘子道:

"这也甚好。"遂走出门，仍复闭上。

回至房中，与姚婆饮酒。三杯已过，申屠娘子道："多谢妈妈作成这头好亲事，后日定当厚报，如今先奉一杯，权表微意。"将过一只大茶瓯，斟得满满的，亲自送到面前。婆子道："承娘子美意，只是量窄，饮不得这一大瓯。"申屠娘子道："天气寒冷，吃一杯也无妨。"婆子不好推托，只得接来了。申屠娘子又斟过一瓯道："妈妈再请一杯。"婆子道："这却来不得。"申屠娘子笑道："妈妈你做媒的，岂不晓得喜筵是不饮单杯的，须要成双才好。"婆子又只得饮了。申屠娘子又笑道："妈妈，常言'三杯和万事'，再奉一瓯。"婆子道："奶奶饶了我罢。"申屠娘子道："你若不吃，我就恼杀你。"婆子没奈何，攒眉皱脸，一口气吃下。他的酒量原不济，三瓯落肚，渐觉头重脚轻，天旋地转，存坐不住。申屠娘子又道："妈妈还吃个四方平稳。"那婆子听说，起身要躲，两脚写字，只管望后要倒。申屠娘子笑道："不象做大媒的，三四杯酒，就是这个模样。"教丫环扶到小房睡卧。分付收过酒席，只留两个丫环伺候，其余女使都教出去，然后自己上床先睡。

时及三鼓，堂中客散，方六一打发了各色人等，诸事停当，将儿子送入小房中，同姚婆睡。一走进房来，先叫两个丫环先睡，须要小心火烛。口中便说，走至床前，揭开红绫帐子，低低调戏两声。将手一摸，见申屠娘子衣裳未脱，笑道："不是头缸汤，只要添把火，待我热烘烘的，打个斤斗儿。"申屠娘子道："便是二缸汤，难道你不赤膊，好打斤斗么？"方六一忙解衣裳，挺身扑上来。申屠娘子右手把紧剑靶，正对小腹上直搠，六一大痛难忍，只叫得一声不好了，身子一闪，向着外床跌翻。

申屠娘子，随势用力，向上一透，直至心窝，须臾五脏崩流，血污枕席。两个丫环初听见主人忽地大叫，不知何故，侧耳再听，分明气喘一般。心中疑惑，急忙近前看去。申屠娘子已抽身坐起，在帐中望见丫头走来，怕走漏了消息，便叫道："这样酒徒，呕得脏巴巴的，还不快来收拾。"丫头不知是计，一个趱上一步，方才揭开帐子，申屠娘子道："没用的东西，火也不将些来照看。"口内便说，探在手一把揪住，挺剑向咽喉就搠，即时了帐。那一个丫头只道真个要火，方转身去携灯，申屠娘子跳出帐来，从背后劈头揪翻，按倒在地。那丫头口中才叫阿呀，刃已到喉下，眼见也不能够活了。申屠娘子即点灯去杀姚婆，那房门紧紧拴住，急切推摇不动。方六一儿子，还未睡着，听见门上声响，问道："那个？"申屠娘子应道："你爹要一件东西，可起来开门。"这小厮那知就里，披衣而起。门开处，申屠娘子劈面便搠，这小厮应手而倒，再复一下，送归泉下。跨过尸首，挺身竟奔床前，那婆子烂醉如泥，打鼾如雷，一发不知甚么好歹，一连搠下数十个透明血孔，末后向咽下一勒，直挺挺的浸在血泊里了。申屠娘子本意欲屠戮他一门，一来连杀了五人，气力用尽，气喘吁吁；二来忽转一念，想此事大半肇由姚婆，毒谋出于方贼，今已父子并诛，斩草除根，大仇已报，余人无罪，不可妄及。遂复身回房，将门闭上，枭了方六一首级，盛在囊中。收了短剑，秉烛而坐，等候人静方行。这一场报仇，分明是：

> 狭巷短兵相接处，杀人如草不闻声。

看官，你想世上三绺梳头，两截穿衣，叫院君[15]称娘子的，也不计其数，谁似申屠娘，与夫报仇，立杀五命，如同摧枯拉朽，便是须眉男子，也没如此刚勇，真乃世间罕有。当下静听谯楼鼓打四更，料得合家奴婢皆睡熟，乘着天色未明，背了方六一的首级，点灯寻着后门出去。这路径久已访问在心，更兼杀神正旺，勇往直前，若有神助。挨出城门，径奔到乌泽山祖坟下，将方六一首级，摆在董昌墓前，叫声："董郎董郎，亏你阴灵扶助，报你深仇，保我节操。从来不曾下泪，今日万事俱完，正好为君一哭！"于是放声一号，泪如泉涌，万木铮铮，众山环响。哭罢，解下红罗，即悬挂于坟前大荣木之上，待得三魂既去，七魄无依，腰间短剑，一声吼响，如虎啸龙吟，飞入空中，不知其所向。

方家婢仆，次日起身，只见后门洞开，满地血污，都是女人脚迹，合家惊骇，声张起来。寻看血迹，直至上房，方知家主父子，并姚婆等俱被新人杀死，砍下首级，不知去向。唤起地方邻里，呈报到官。县尹亲自相验，差人捕申屠氏。其时刘成放心不下，清早便在方六一门首打听，得了这个消息，飞忙报知妻子。徐氏听见媳妇杀了许多人，只怕祸事连及，吓得一跤跌去，即便气绝。刘成夫妇正当忙乱，乌泽山坟下来报，申屠娘子缢死在荣木之上，墓前有人头一颗。刘成叫坟丁呈报县中，大尹以地方人命重情，一面申报上司，一面拘申屠氏家属，审问情由。那衙门人役，并方六一党羽，晓得从前谋害董昌这些缘由的，互相传说开去。郡中缙绅耆老、邻里公书公呈，一齐并进，公道大明。各上司以申屠氏杀仇报夫，文武全才，智勇盖世，命侯官县备衣棺葬于董昌墓下，具奏朝廷，封为侠烈夫人，立庙祭享。方六一姚婆等责令家属收殓。刘成夫妻殡葬了徐氏，将房产托付董氏族人，等待遗孤长大交还。料理停妥，引着此子，自回古田。

又过半年，申屠虔方从天台山采药归来，闻知女婿家遭许多变故，到古田来问侄女。申屠氏将董方两家生死，希光杀人报仇始末，朝廷封赠，从头至尾说了一遍。又将希光封固书笺及半截宝剑递与。申屠虔将剑在手，展书细看，其书云：

不孝女希光，裣衽百拜父亲大人尊前：儿嫁董郎，忽遭飞祸。夫禁囹圄，女锢私室。九阍谁控，五辟奚宽。冤哉董郎，奄逝刀锯。东海三年之旱，应当后威武矣。未亡人蜉蝣余息，去鬼无几，所以不即死者，仇人未获，大冤未白耳。何意图耦奸谋，一朝显露，始悟此日乞婚之方六一，即当时造计之凶贼。彼以委禽相诱，女以完璧自坚。再嫁之时，即是断头之夕。幸昆吾剑气有灵，谅么魔残魄，无能潜匿。于此下报董郎，庶亦无愧。董郎龟登龙扰，雅称鹊噪鸦鸣，兆见于前，事亦非偶。所余残剑半截，留报父恩。父守其头，儿守其尾。申屠家之古玩，头尾有光；延平津之卧龙，雌雄绝望。生平不解愁眉，今始为之泣血。

申屠虔看罢大笑道："非申屠虔不能生此女，非申屠虔不能生此女！"说犹未罢，只听豁刺一声，手中半截断剑，飞入云霄。那申屠娘子下半截剑，从南飞来，合而为一，蜿蜒成龙，渐渐而去，见者皆以为奇。刘成夫妇抚养董嗣兴到十八岁上，登了进士，官至侍郎，封赠父母，接了一脉书香。后人有诗云：

从来间气有奇人，洛浦珠还更陆沉。
片玉董昌埋碧草，合门方六断残魂。

选自《石点头》

【题解】

中国古代推崇烈女节妇，但其中不少实是为封建教条所茶毒者，一如申屠娘子侠义勇豪，却倒稀见。她的"烈"，较多积极、正面的因素，值得肯定和赞许。在浓重的封建黑暗的包围之中，在一群贪枉的官僚和歹毒的恶人构陷之中，唯有奋起抗争，才可能摆脱任人鱼肉的命运。申屠娘子就是这样做的，她杀死了一伙劣绅恶徒，惊心动魄。另外，篇中写方六一辈愈是装出伪善的面孔，却掩藏不住愈是凶恶的本质，其下场也愈是悲惨，也颇淋漓。读此篇，真为申屠娘子凭家传宝剑诛杀龟龙邪兆，而击节畅快不已。

【注释】

①服满：为父母守丧期满。　②入泮：明清时指生员即秀才入学。　③作伐：为人作媒。　④机儿：坐具。　⑤马泊六：指男女私情的牵线者。　⑥僭号：旧指与统治王朝对立而自己称王称帝。　⑦庠序：古代地方所设的学校。　⑧孔目：掌管文书档案的官。　⑨东：即东道，设宴请客。　⑩裣衽：旧时指妇女行礼。　⑪丁（母）忧：遭父母之丧。　⑫免坐：免受牵连。　⑬改适：改嫁。　⑭没帐：同"没仗"。　⑮院君：有封号的妇人。

周　楫 (生卒年不详)

字清源，别署济川子。武林（今浙江杭州）人。约生于明万历年间，清顺治年间犹在世。著有小说《西湖一集》和《西湖二集》，前者已佚。从《二集》序文，知他"胸怀慷慨"而怀才不遇。今人疑他是一个以说书或演剧为业的文人，尚无确据。

洒雪堂巧结良缘

倾国名姝，出尘才子，真个佳丽。鱼水因缘，鸾凤契合，事如人意。贝阙烟花，龙宫风月，谩诧传书柳毅。想传奇又添一段，勾栏里做《还魂记》。

稀稀罕罕，奇奇怪怪，凑得完完备备。梦叶神言，婚谐腹偶，两姓非容易。牙床儿上，绣衾儿里，浑似牡丹双蒂。问这番怎如前度，一般滋味。

这只词儿，调寄《永遇乐》。话说元朝延祐初年，有个魏巫臣，是襄阳人，官为江浙行省参政。夫人萧氏，封郢国夫人。共生三子：大者魏鸾，次者魏鸾，三名魏鹏。这魏鹏生于浙江公廨①之中。魏巫臣因与钱塘贾平章相好，平章之妻邢国莫夫人亦与萧夫人相好，同时两位夫人怀着身孕，彼此指腹为婚。分娩之时，魏家生下男儿，名为魏鹏；贾家生下女子，名为娉娉。不期魏巫臣患起一场病来，死于任所，萧夫人只得抱了魏鹏，并大子魏鸾，次子魏鸾，扶柩而归于襄阳，遂与莫夫人再三订了婚姻之约，两个相哭而别；贾平章同莫夫人，直送至水口，方才分别。萧夫人一路扶柩而回，渐渐到于家庭之间，发回了一应衙门人役，将丈夫棺木埋葬于祖坟之侧，三年守孝，自不必说。

不觉魏鹏渐渐长大，年登十八，取字寓言，聪明智慧，熟于经史，三场得手。不料有才无命，至正间不第，心中甚是郁闷，萧夫人恐其成疾，遂对他说道："钱塘乃父亲做官之处，此时名师夙儒，多是你父亲考取的门生，你可到彼访一明师相从，好友相处，庶几有成。况钱塘山水秀丽，妙不可言，可以开豁心胸，不必在此闷闷。"说罢，袖中取出一封书来道："你到钱塘，当先访故贾平章邢国莫夫人，把我这封书送与，我内中自有要紧说话，不可拆开。"分付已毕，遂取出送莫夫人的礼物交付。魏鹏领了母亲书仪，暗暗的道："母亲书中不知有何等要紧说话在内，叫我不要拆开，我且私自拆开来一看何如。"那书上道：

> 自别芳容，不觉又十五年矣，光阴迅速，有如此乎！忆昔日在钱塘之时，杯酒笑谈，何日不同。岂期好事多磨，先参政弃世，苦不可言。妾从别后，无日不忆念夫人，不知夫人亦念妾否乎？后知先平章亦复丧逝，彼此痛苦，想同之也。恨雁杳鱼沉，无从吊奠耳。别后定钟兰桂。鹏儿长大，颇事诗书，今秋下第，郁郁不乐，遂命游学贵乡，幸指点一明师相从，使彼学业有成，为幸为感。令爱想聪慧非常，深娴四德，谅不负指腹为婚之约。今两家儿女俱已长成，不知何日可谐婚期？敬此候问夫人起居，兼致菲仪数十种，聊表千里鹅毛之意，万勿鄙弃。邢国夫人妆次不宣。
> 妾魏门萧氏敛衽拜。

魏鹏看了书，大喜道："原来我与贾小姐有指腹为婚之约，但不知人才何如，聪明何如，可配得我否？"遂叫小仆青山，收拾了琴剑书箱，一路而来，到于杭州地面，就在北关门边老妪家，做了寓所。次日出游，遍访故人无在者，唯见湖山佳丽，清景满前，车马喧阗，笙歌盈耳。魏鹏看了，遂赋《满庭芳》一阕以纪胜，题于纸窗之上，其词曰：

> 天下雄藩，浙江名郡，自来唯说钱塘。水清山秀，人物异寻常。多少朱门甲第，闹丛里，争沸丝簧。少年客，谩携绿绮，到处鼓求凰。　徘徊应自笑，功名未就，红叶谁将？且不须惆怅，柳嫩花芳。闻道蓝桥路近，愿今生一饮琼浆。那时节，云英觑了，欢喜煞裴航。

话说魏鹏写完此词，边姬走来看了道："这是相公作耶？"魏鹏不应。边姬道："相公岂见老妇不是知音之人？大凡乐府酝藉为先，此词虽佳，还欠妩媚，周美成、秦少游、黄山谷诸人，当不如此。"魏鹏闻了大惊，细细询问边姬来历，方知他原是达睦丞相的宠姬，丞相薨后，出嫁民间，如今年已五十八岁，通晓诗书音律，善于谈笑刺绣，多往来于达官家，为女子之师，人都称他为边孺人。魏鹏问道："当日丞相与我先公参政并贾平章，都是同辈人矣。"边孺人方知他是魏巫臣之子，便道："大好！大好！"因出酒肴宴饮。酒席之间，魏鹏细细问参政旧日同僚各官。边孺人道："都无矣，只有贾氏一门在此。"魏鹏道："老母有书，要达贾府，敢求孺人先容。"边孺人许诺。魏鹏遂问："平章弃世之后，莫夫人健否？小姐何如？"边孺人道："夫人甚是康健。一子名麟，字灵昭。小姐名娉娉，字云华，母亲梦孔雀衔牡丹蕊于怀中而生；貌若天仙，填词度曲，精妙入神，李易安、朱淑真之等辈也。莫夫人自幼命老妇教读，老妇自以为不如也。夫人家中富贵气象，不减平章在日光景。"魏鹏见说小姐如此之妙，不觉神魂俱动，就要边孺人到贾府去。这

壁厢边孺人正要起身，莫夫人因见边孺人长久不来，恰好叫丫
环春鸿到边孺人家里来，边孺人就同春鸿到贾府去，见了夫人，
说及魏家郎君，道萧夫人致书之意。莫夫人吃惊道："正在此想
念，恰好到此，可速速为我召来。"就着春鸿来请，魏鹏随步而
往，到于贾府门首，春鸿先进通报，随后就着二个青衣②出来
引导，到于重堂。莫夫人服命服③而出，立于堂中。魏鹏再拜。
夫人道："魏郎几时到此？"魏鹏道："来此数日，未敢斗胆进
见。"夫人道："通家至契，一来便当相见。"坐罢，夫人道：
"记得别时尚在怀抱，今如此长成矣！"遂问萧夫人并鸷、鸾二
兄安否何如，魏鹏一一对答。夫人又说旧日之事，如在目前，
但不提起指腹为婚之事。魏鹏甚是疑心，遂叫小仆青山解开书
囊，取出母亲之书，并礼物数十种送上。夫人拆开书，从头看
了，纳入袖中，收了礼物，并不发一言。顷间，一童子出拜，
生得甚秀。夫人道："小儿子麟儿也，今十二岁矣，与太夫人别
后所生。"叫春鸿接小姐出来相见。须臾，边孺人领二丫环拥一
女子从绣帘中出。魏鹏见了欲避，夫人道："小女子也，通家相
见不妨。"小姐深深道了万福，魏鹏答礼。小姐就坐于夫人之
侧；边孺人也来坐了。魏鹏略略偷眼觑那小姐，果然貌若天仙，
有西子之容，昭君之色。魏鹏见了，就如失魂的一般，不敢多
看，即忙起身辞别。夫人留道："先平章与先参政情同骨肉，尊
堂与老身亦如姊妹，别后鱼沉雁杳，绝不闻信息，恐此生无相
见之期，今日得见郎君，老怀喜慰，怎便辞别？"魏鹏只得坐
下。夫人密密叫小姐进去整理酒筵。不一时间，酒筵齐备，水
陆④毕陈。夫人命儿子与小姐同坐，更迭劝酒。夫人对小姐道：
"魏郎长于你三月，自今以后，既是通家，当以兄妹称呼。"魏

鹏闻得兄妹二字，惊得面色如土，就象《西厢记》的光景，却又不敢作不悦之色，只得勉强假作欢笑。夫人又命小姐再三劝酒，魏鹏终以兄妹二字，饮酒不下。小姐见魏郎不饮，便对夫人道："魏家哥哥想是不饮小杯，当以大杯奉敬何如？"魏郎道："小杯尚且不能饮，何况大杯！"小姐道："如不饮小杯，便以大杯敬也。"魏郎见小姐奉劝，只得一饮而尽。夫人笑对边孺人道："郎君既在你家，怎生不早来说，该罚一杯。"边孺人笑而饮之。饮罢，魏郎告退。夫人道："魏郎不必到边孺人处去，只在寒舍安下便是。"魏郎假称"不敢"。夫人道："岂有通家骨肉之情，不在寒舍安下之理？"一壁厢叫家仆脱欢，小苍头宜童，引魏郎到于前堂外东厢房止宿，一壁厢叫人到边孺人家取行李。魏郎到于东厢房内，但见屏帏床褥，书几浴盆，笔砚琴棋，无一不备。魏郎虽以兄妹二字不乐，但遇此倾城之色，眉梢眼底，大有滋味，况且又住在此，尽可亲而近之，后来必有好处。因赋《风入松》一词，醉书于粉壁之上。

> 碧城十二瞰湖边，山水更清妍；此邦自古繁华地，风光好，终日歌弦。苏小宅边桃李，坡公堤上人烟。

> 绮窗罗幕锁蝉娟，咫尺远如天。红娘不寄张生信，西厢事，只恐虚传。怎及青铜明镜，铸来便得团圆。

不说魏郎思想贾云华。且说贾云华进到内室，好生牵挂魏郎，便叫丫环朱樱道："你去看魏家哥哥可曾睡否？"朱樱出来看了，回覆道："魏家哥哥题首诗在壁上，我隔窗看不出，明日起早，待他不曾出房，将诗抄来与小姐看看，是何等样诗句。"看官，你道朱樱怎生晓得？原来近朱者赤，近墨者黑，朱樱日日伏侍小姐，绣床之暇，读书识字，此窍颇通。次日果然起早，将此词抄与小姐看。小姐看了暗笑，便取了双鸾霞笺一幅，磨得墨浓，蘸得笔饱，也和一首付与朱樱。朱樱将来送与魏郎道："小姐致意哥哥，有书奉达。"魏郎拆开来一看，也是一首《风入松》词道：

> 玉人家在汉江边，才貌及春妍，天教分付风流态，好才调，会管能弦。文采胸中星斗，词华笔底云烟。
>
> 蓝田新锯璧娟娟，日暖绚晴天。广寒宫阙应须到，霓裳曲，一笑亲传。好向嫦娥借问，冰轮怎不教圆？

魏郎看了，笑得眼睛没缝，方知边孺人之称赞，一字非虚。见他赋情深厚，不忍释手，遂珍藏于书笈⑤之中，再三作谢。朱樱自去。朱樱方才转身，夫人着宜童来请到中堂道："郎君奉尊堂之命，远来游学，不可蹉跎时日，此处有个何先生，大有学问之人，门下学生相从者甚多，郎君如从他读书，大有进益。贽见之礼，吾已备办在此矣。"魏郎虽然口里应允，他心中全念着贾云华，将功名二字竟抛在东洋大海里去了，还有甚么诗云子曰、之乎者也，见夫人强逼他去从先生，这也是不凑趣之事，竟象小孩子上学堂的一般，心里有不欲之意，没奈何只得承命而去。然也不过应名故事而已，那真心倒全副都在贾云华身上。但念夫人意思虽甚殷勤，供给虽甚整齐，争奈再不提起姻事，妹妹哥哥，毕竟不妥，不知日后还可有婚姻之期否？遂走到吴山上伍相国祠中，虔诚祈一梦兆，得神报云：

> 洒雪堂中人再世，月中方得见嫦娥。

魏郎醒来，再三推详不得，只得将来放过一边。一日，偶与朋友出游西湖，贾云华因魏郎不在，同朱樱悄悄走到书房之内，细细看魏郎窗上所题之词，甚是啧啧称赞。一时高兴，也题绝句二首于卧屏之上。

> 净几明窗绝点尘，圣贤长日与相亲，
> 文房潇洒无余物，惟有牙签伴玉人。

又一绝句道：

> 花柳芳菲二月时，名园剩有牡丹枝，
> 风流杜牧还知否？莫恨寻春去较迟。

话说魏郎抵暮归来，见了此诗，深自懊悔，不得相见，随笔和二首，题于花笺之上道：

> 冰肌玉骨出风尘，隔水盈盈不可亲，
> 留下数联珠与玉，凭将分付有情人。

又一绝句道：

> 小桃才到试花时，不放深红便满枝，
> 只为易开还易谢，东君有意故教迟。

魏郎写完此诗，无便寄去。恰好春鸿携一壶茶来道："夫人闻西湖归来，恐为酒困，特烹新龙井茶在此解渴。"魏郎见春鸿甚是体态轻盈，乘着一时酒兴，便一把搂抱过来道："小姐既认我为哥哥，你认我为夫何如？"春鸿变色不肯道："夫人严肃，又恐小姐知道嗔怪。"魏郎道："小姐固无妨也。"春鸿再三挣扎不脱，也是及时之年，假意推辞，见魏郎上紧，也便逆来顺受了。正是：

> 偶然仓卒相亲，也当春风一度。

魏郎事完，再三抚慰道："吾有一诗奉小姐，可为我持去。"春鸿比前更觉亲热，连声应允，即时持去；付与小姐看了，纳入袖中，分付春鸿，切勿漏泄。方才说罢，夫人着朱樱来请道："莫家哥哥到。"贾云华走出相见，是外兄莫有壬来探望。夫人设宴相待，魏郎同宴，夫人因久别有壬，且悲且喜，姑侄劝酬，不觉至醉，筵毕各散。夫人早睡，独小姐率领丫环，收拾器皿，锁闭门户。朱樱持烛伴小姐出来照料，见魏郎独立，惊道："哥哥怎生还不去睡?"魏郎道："口渴求茶。"小姐命朱樱去取茶。魏郎见朱樱去了，便道："我有一言相告：母亲为我婚姻，艰难水陆，千里远来，今夫人并无一语，说及婚姻之事，但称为兄妹，怎生是好?"贾云华默然不言。适朱樱捧茶而至，贾云华亲递与魏郎。魏郎谢道："何烦亲递。"贾云华道："爱兄敬兄，礼宜如此。"魏郎渐渐捱身过来。贾云华退立数步道："今夕夜深，哥哥且返室，来宵有话再说。"遂道了万福而退。次日，夫人中酒不能起。晚间，小姐果然私走出来，到于东厢房，见魏郎道了万福，闲话片时。见壁上琴道："哥哥精于此耶?"魏郎道："十四五时，即究心于此。闻小姐此艺最精，小生先鼓一曲，抛砖引玉何如?"就除下壁上这张天风环珮琴来，鼓《关雎》一曲，以动其心。小姐道："吟猱绰注，一一皆精，但取声太巧，下指略轻耳!"魏郎甚服其言，便请小姐试鼓一曲。云华鼓《雉朝飞》一曲以答。魏郎道："指法极妙，但此曲未免有淫艳之声。"云华道："无妻之人，其词哀苦，何淫艳之有?"魏郎道："若非牧犊子⑥之妻，安能造此妙乎?"云华无言，但微笑而已。此夕言谈稍洽，甚有情趣。忽夫人睡醒，呼小姐要人参汤，小姐急去。魏郎茫然自失，枕上赋《如梦令》词一曲道：

　　明月好风良夜，梦到楚王台下。云薄雨难成，佳会又成虚话! 误也误也! 青着眼儿乾罢!

　　次日，魏郎起早，进问夫人安否。出来，走到清凝阁少坐。

内室无人。那时云华正坐阁前低头着绣鞋，其双弯甚是纤小。魏郎闪身户外窥视，却被小丫环福福看见，急急报与小姐。小姐大怒，要对夫人说知。魏郎惶恐道："适才到夫人处问安，迷路至此，兄妹之情，何忍便大怒耶？"小姐道："男子无故不入中堂，怎生好直造内室？倘被他人窥见，成何体面？自今以后，切勿如此。"魏郎连连谢过不已。小姐笑道："警戒哥哥下次耳，何劳深谢！"魏郎方知云华之狡猾也。

夫人一日遣春鸿捧茶与魏郎饮，魏郎又乘机得与春鸿再续前好，便求告春鸿道："你怎生做个方便则个。"春鸿道："你与小姐原有指腹为婚之约，况且郎才女貌，自然相得。我有白绫汗巾一条在此，哥哥你写一首情词在上，看小姐怎生发付，便见分晓。"魏郎道："言之有理。"即忙提起笔来，做首诗道：

鲛绡原自出龙宫，长在佳人玉手中，

留待洞房花烛夜，海棠枝上拭新红。

题诗毕，付与春鸿。春鸿前走，魏郎随后，走至柏泛堂，小姐正在那里倚槛玩庭前新柳，因诵辛稼轩词道："休去倚危栏，斜阳正在烟柳断肠处。"魏郎遽前，抚其背道："我更断肠也。"小姐道："狂生又来耶？"魏郎道："不得不如此耳。"小姐命春鸿去取茶，春鸿故意将汗巾坠于地下，小姐拾起看了，怒道："何无忌惮如此？"魏郎道："我与你原自不同，指腹为婚，神明共鉴，不期夫人以兄妹相称，竟有背盟之意，全赖你无弃我之心，方可谐百年之眷。今你又漠然如土木相似，绝无哀怜之意，我来此两月，终日相对，真眼饱肚中饥也。若再如此数月，我决然一命休矣，你何忍心如此！"小姐闻言，叹息道："哥哥之言差矣，我岂土木之人。指腹为婚，此是何等样盟誓，今母亲并不提起婚姻二字，反以兄妹相称，定因兄是异乡之人，不肯将奴家嫁与哥哥。奴家自见哥哥以来，忘食忘寝，好生牵肠割肚，比兄之情更倍。但以异日得谐秦晋⑦，终身为箕帚之妾，偕老百年，乃妾之愿，若草草苟合，妾心决不愿也。"魏郎道："说得好自在话儿，若必待六礼告成，则我将为冢中之人矣。"小姐闻之，心生狐疑之间，忽夫人见召，魏郎慌张而出。

次日，小姐着春鸿将一纸付与魏郎，魏郎拆开来看了，内一诗道：

> 春光九十恐无多，如此良宵莫浪过，
> 寄与风流攀桂客，直教今夕见姮娥。

魏郎见了，欢喜不胜，举手向天作谢，磨枪备剑，预作准备，巴不得登时日落西山，顷刻撞钟发擂。争奈何先生处一个不凑趣的朋友金在熔走来探望，强拖魏郎到湖上妓家秀梅处饮酒；魏郎假推有疾，那金在熔不顾死活，一把拖出，魏郎只得随了他去。到了秀梅之处，秀梅见魏郎风姿典雅，大杯奉着魏郎。魏郎一心牵挂着小姐，只是不饮，怎当得秀梅捉住乱灌，一连灌了数杯，魏郎大醉如泥，出得秀梅之门，一步一跌而回，走入东厢房门，便一交睡倒在石栏杆地上。那时月明，小姐乘夫人睡熟，悄悄走出闺门来赴约，不意魏郎酣寝，酒气逼人，呼之不醒，乃怅然入室，取笔，书绝句一首于几上道：

> 暮雨朝云少定踪，空劳神女下巫峰，
> 襄王自是无情者，醉卧月明花影中。

题毕而退。天明酒醒，魏郎见几上这首诗，懊恨无及，自恨为妓秀梅所误，赓韵和一首道：

飘飘浪迹与萍踪，误入蓬莱第几峰，

凡骨未仙尘俗在，罡风吹落醉乡中。

魏郎懊恨之极，再无便可乘。适值平章忌辰，夫人往西邻姚恭恕长者家，附荐佛事，以邀冥福，做三昼夜功德。夫人出门，分付小姐料理家事，锁闭门户。说罢出门而去。说话的，你道这夫人好生疏虞，怎生放着两个孤男寡女在家，可不是自开他一个婚媾的门户了？只因这小姐少年老成，一毫不苟言，不苟笑，闺门严肃，整整有条，中门之外，未尝移步，因此并不疑心到这件事上，然毕竟是疏虞之处。夫人方才出门，那魏郎就如热锅上的蚂蚁一般，一刻也蹲坐不牢，乘机闯入绣房，要做云雨之事。小姐恐为丫环等所知，不成体面，断然不肯道："百年之事，在此一旦，何得草草！妾晚间当明烛启门，焚香以俟。"魏郎应允。至暮，小姐分付众仆道："夫人不在，汝等各宜小心火烛，早睡，男人不许擅入中堂，女人不许出外。"众人莫不拱听。又调开朱樱、春鸿，另睡一处。朱樱、春鸿也知小姐之意，各人走开，让他方便。魏郎更余天气，蹑步而进，从柏泛堂后，转过横楼，有两条路，不知何路可达。正在迟疑之间，忽然异香一阵，扑鼻而来。魏郎寻香而往，但见绿窗半启，绛烛高烧，香气氤氲之中，立着那位仙子，上服紫罗衫，下着翠文裙，自拈沉香放于金雀尾炉中。闻得魏郎步履声，出户而迎，延入⑧室内。室内怎么光景？

室中安墨漆罗钿屏风床，红罗圈金杂彩绣帐，床左有一般红矮几，几上盛绣鞋二双，弯弯如莲瓣，仍以锦帕覆其上。右有铜丝梅花笼，悬收香鸟一只。东壁上挂二乔并肩图，西壁挂美人梳头歌，壁下二犀皮

桌相对，一放笔砚文房具，一放妆盒梳掠具，小花瓶
插海棠一枝，花笺数幅，玉镇纸一枚。对房则藕丝吊
窗，下作船轩，轩外缭以粉墙，墙内叠石为台，上种
牡丹数本，佳花异草，丛错相间，距台二尺许，砖甃
一方池，池中金鱼数十尾，护阶草笼罩其上。

说不尽那室中精致。魏郎那有闲心观玩，便推小姐入于彩
帐之内，笑解罗衣，态有余妍，半推半就，花心才折，桃浪已
翻，娇声宛转，甚觉不堪。事毕，以白绫帕拂拭道：“真可谓海
棠枝上拭新红也。”小姐道：“贱妾陋躯，今日为兄所破，甚觉
惭愧。因原有指腹为婚之约，愿以今日之事，始终如一，偕老
百年，毋使妾异日为章台之柳⑨，则万幸矣。倘不如愿，当坠
楼赴水以死，断不违背盟言也。”魏郎道：“今日之事，死生以
之，不必过虑。”逐于枕上口占《唐多令》一阕以赠道：

　　深院锁幽芳，三星照洞房，蓦然间得效鸾凤。烛
下诉情犹未了，开绣帐，解衣裳。　　新柳未舒黄，
枝柔那耐霜？耳畔低声频付嘱，偕老事，好商量。

小姐亦依韵酬一阕道：

　　少小惜红芳，文君在绣房，马相如赋就求凰。此
夕偶谐云雨事，桃浪起，湿衣裳。　　从此褪蜂黄，
芙蓉愁见霜！海誓山盟休忘却，两下里，细思量。

从此往来频数，无夕不欢，只有朱樱未曾到手，魏郎恐怕
他漏泄了这段春光，也把他摸上了。从此三人同心，只瞒得老
夫人。况且老夫人老眼昏花，十分照料不着，更兼日在佛阁之
内，诵经念佛，落得这一双两好，且自快心乐意。不期光阴易
过，夏暑将残，萧夫人及二兄书来，催回乡试。彼此好生伤叹。

魏郎道："我要这功名二字何用?"小姐道："功名二字，亦不可少，倘你去得了驷马高车而来，我母亲势利，或者将奴家嫁你，亦未可知。"次日，夫人备酒筵饯行，小姐亦在座上。晚间，待夫人睡熟，走出来与魏郎送别，好生凄楚，絮絮叨叨，泪珠满脸。魏郎再三安慰道："切勿悲啼，好自保重。"小姐道："兄途中谨慎，早早到家，有便再来，勿为长往。妾丑陋之身，乃兄之身也，幸念旧盟。"说罢而别。次日，遂叫春鸿送出青绉丝履一双，绫袜一缡为赠，并书一封道：

> 薄命妾娉再拜，寓言兄前：娉薄命，不得奉侍左
> 右，为久计。今马首欲东，无可相赠，手制粗鞋一双，
> 绫袜一缡，聊表微意，庶履步所至，犹妾之在足下也。
> 悠悠心事，书不尽言，伏楮缄词，涕泪交下! 不具。

魏郎览毕，堕泪而已，遂锁于书笈之中。一边收拾起身，把日前窗上所题诗句，尽数涂抹。一路回去，凡道中风晨月夕，水色山光，触目伤心。到家之日，已将入试之时，遂同二兄进场。他一心只思量着贾云华小姐，那里有心思去做甚么文字，随手写去，平平常常，绝无一毫意味，恨不得写一篇相思经在内，有甚么好文字做将出来。怎知自己极不得意文字，那试官偏生得意，昏了眼睛，歪了肚皮，横了笔管，只顾圈圈点点起来。二兄用心敲打之文，反落榜后。果是：

> 着意栽花花不活，无心插柳柳成阴。

魏鹏领了高荐，势利场中，贺客填门，没一个不称赞他文字之妙，说如此锦绣之文，自然高中。魏鹏自己心上明白，暗暗付之一笑而已。同年相约上京会试，魏郎托病不赴，只思到杭州以践宿约，怎当得母亲二兄不容，催逼起身。魏郎不得已，

恨恨而去。试场中也不过随手写去，做篇应名故事之文。偏生
应名故事之文，瞎眼试官得意，又圈圈点点起来，说他文字稳
稳当当，不犯忌讳，不伤筋动骨，是平正举业之文，竟中高第。
廷试又在甲榜，擢应举翰林文字。魏郎虽然得了清闲之官，争
奈一心想着云华，情愿补外官，遂改江浙儒学副提举，甚是得
意。归到襄阳，拜了母兄，径赴钱塘。需次待阙，首具袍笏，
拜夫人于堂。夫人叫儿子灵昭并小姐出来拜见。魏郎见了小姐，
两目相视，悲喜交集，却又不敢多看。夫人对小姐道："魏兄高
第显官，人间盛事！汝既是妹，当以一杯致贺。"小姐遂酌酒相
劝，极欢而罢。夫人道："幸未上官，仍旧寓此可也。"这一句
说话，单单搔着了魏郎胸中之念，好生畅快。才到得一二日，
又是朱樱、春鸿二人做线，引了魏郎直入洞房深处，再续前盟，
终日鸾颠凤倒，连朱樱、春鸿二人，一齐都弄得个畅哉。

　　一日，后园池中有并蒂荷花二朵，一红一白。夫人因有此
瑞，遂置酒池上，命魏郎、灵昭、小姐三人赏荷花，且对灵昭
道："并蒂荷花，是人世之大瑞，莫不是你今秋文战得捷之兆，
可赋一诗以见志。魏郎如不弃，亦请赋一首。"二人俱赋一首，
夫人称赞魏郎，要小姐也赋一首，小姐遂口占《声声慢》一
词。魏郎看了道："风流俊媚，真女相如也。"小姐连称"不
敢"而散。魏郎愈加珍重，遂为《夏景闺情》十首，以寄云华
道：

　　　　香闺晓起泪痕多，倦理青丝发一緺，
　　　　十八云环梳掠遍，更将鸾镜照秋波。
　　　　侍女新倾盥面汤，轻攘雪腕立牙床，
　　　　都将隔宿残脂粉，洗在金盆彻底香。

红绵拭镜照窗纱，画就双蛾八字斜，
莲步轻移何处去，阶前笑折石榴花。

深院无人刺绣慵，闲阶自理凤仙丛，
银盆细捣青青叶，染就春葱指甲红。

熏风无路入珠帘，三尺冰绡怕汗粘，
低唤小环扃绣户，双弯自濯玉纤纤。

爱唱红莲白藕词，玲珑七窍逗冰姿，
只缘味好令人羡，花未开时已有丝。

雪为容貌玉为神，不遣风尘浣此身，
顾影自怜还自叹，新妆好好为何人？

月满鸿沟信有期，暂抛残锦下鸣机，
后园红藕花深处，密地偷来自浣衣。

明月蝉娟照画堂，深深再拜诉衷肠，
怕人不敢高声语，尽在殷勤一炷香。

阔幅罗裙六叶裁，好怀知为阿谁开？

温生不带风流性，辜负当年玉镜台。

魏郎与小姐终日暗地取乐，争奈好事多磨，乐极悲生，忽萧夫人讣音到，魏郎痛哭，自不必说。一边要回家去丁忧。思量一去三年，就里变更不一，急急要说定了小姐亲事，遂挽边孺人转说道："昔日魏郎与小姐两家指腹为婚，一言已定，千古不易。前日萧夫人书来，专为两家儿女长大，特来求请婚期。从来圣人道：'自古皆有死，民无信不立。'天地鬼神，断不可欺。今魏郎既已登第，与小姐宜为配偶，一个相公，一个夫人，恰是天生地长的一般。如今萧夫人虽死，盟言终在，魏郎要回家守制⑩，一去三年，愿夫人不弃前盟，将小姐配与，回家守制。如其不然，一言约定，待彼三年服满而来成亲亦可。夫人以为何如？"夫人道："我非违弃前盟，奈山遥水远，异乡不便。我只此一女，时刻不见，尚且思念，若嫁他乡，终年不得一见，宁死不忍。前日萧夫人书来，我难以回答，在魏郎面前，亦绝口不谈及此事，只以兄妹之礼相见。今魏郎高科，宦途升转，必要携去，我老人家怎生割舍？况我年老，光阴有限，在我膝下，有得几时？不如嫁与本处之人，可以朝朝夕夕相见，不消费我老人家悬念。况且魏郎年少登科，自有佳人作配，魏郎不愁无妻，我却愁无女也。烦孺人为我委曲辞之可也。"边孺人对魏郎说了，惊得魏郎面色如土，只得跪告边孺人道："指腹为婚，更与冰人月老[11]议亲之事不同。夫人岂以母亲已死，便欲弃盟誓耶？望孺人为我再三一言，不忘结草衔环之报。"边孺人只得又对夫人再三劝解，夫人执意不回。魏郎大哭道："死生从此别矣！"只得收拾起身。一边小姐得知这个消息，哭得死而复生，几番要寻自尽，被春鸿二人苦劝，走出相别，哭得两目红肿，声音呜咽，一句也说不出，连春鸿二人都哽塞不住。小姐停了一会，方才出声道："平日与兄一日不见，尚且难堪，何况守制三年，远离千里，既不谐伉俪，从此便为路人。吾兄节哀顺变，保全金玉之躯，服阕[12]上官，别议佳偶，宗祧为重，勿久鳏居。妾自命薄，不能与兄长为夫妇，但既以身与兄，岂能异日复事他人？妾以死自誓而已，勿以妾为深念。"次日，乃破匣中鸾镜，断所弹琴上冰弦，并前时手帕付与魏郎。果是：

> 情到不堪回首处，一齐分付与东风。

魏郎接了，置于行李之中。夫人置酒饯别，命小姐出送；小姐哭得两目红肿，出来不得，托言有疾。魏郎亦不愿云华出来，愈增伤感，垂泪而去。

不说魏郎归到襄阳守制。且说灵昭是年果中浙江乡试，明年连捷春榜，授陕西咸宁知县，遂同母亲姐姐上任。那云华自别魏郎之后，终日饮恨，染成一病，柳憔花悴，玉减香消，好生凄惨。况且一路上道途辛苦，到县数十日，奄奄将死。夫人慌张，不知致病之由，将春鸿细细审问，方知是为着魏郎之故，懊恨无及。早知如此，何不配与魏郎，枉断送了这块心头之肉，只得好言劝解道："待你病好，断然嫁与魏郎罢了。"怎知病人膏肓，已无可救之法，果然是《牡丹亭记》道：

　　怕树头树尾，不到的五更风，和俺小坟边立断肠
碑一统，怎能勾月落重生灯再红！

不数日，竟一病而亡了。夫人痛哭，自不必说。灵昭把小姐棺木权厝于开元寺僧舍，期任满载归。适值县有大盗，逃到襄阳，官遣康铧到彼捕盗，春鸿遂出小姐所作之诗，遗命叫人寄去与魏郎，遂乘便付与康铧。灵昭得知，拆开来一看，乃集唐诗成七言绝句十首，与魏郎为永诀之词也。夫人看了道："人都为他死了，生前既违其志，死后岂可又背其言乎？"遂命寄去。魏郎接了康铧寄来之诗，拆开来一看，其诗道：

　　两行清泪语前流，千里佳期一夕休！
　　倚柱寻思倍惆怅，寂寥灯下不胜愁。
　　相见时难别亦难，寒潮惟带夕阳还，
　　钿蝉金雁皆零落，离别烟波伤玉颜。
　　倚阑无语倍伤情，乡思撩人拨不平，
　　寂寞闲庭春又晚，杏花零落过清明。
　　自从消瘦减容光，云雨巫山枉断肠！

独宿孤房泪如雨，秋宵只为一人长。

纱窗日落渐黄昏，春梦无心只似云，

万里关山音信断，将身何处更逢君？

一身憔悴对花眠，零落残魂倍黯然！

人面不知何处去，悠悠生死别经年。

真成薄命久寻思，宛转蛾眉能几时？

汉水楚云千万里，留君不住益凄其。

魂归冥漠魄归泉，却恨青娥误少年。

三尺孤坟何处是？每逢寒食一凄然。

物换星移几度秋，鸟啼花落水空流！

人间何事堪惆怅？贵贱同归土一丘。

一封书寄数行啼，莫动哀吟易惨凄，

古往今来只如此，几多红粉委黄泥。

魏郎看了，得知凶信，哭得死而复生。遂设位祭奠，仰天誓道："子既为我捐生，我又何忍相负？惟有终身不娶，以慰芳魂耳！"作祭文道：

呜呼！天地既判，即分阴阳。夫妇攸合，人道之常。从一而殒，是谓贞良，二三其德，是曰淫荒。昔我参政，暨先平章，僚友之好，金兰其芳。施及寿母，与余先堂，义若姊妹，闺门颉颃。适同有妊，天启厥祥，指腹为誓，好音琅琅。乃生君我，二父继亡，君留浙水，我返荆襄，彼此阔别，天各一方。日月流迈，逾十五霜，千里跋涉，访君钱塘。佩服慈训，初言是将，冀遂曩约，得谐姬姜。因缘浅薄，遂堕荒唐，一斤不复，竟成参商。呜呼！君为我死，我为君伤！天

高地厚，莫诉衷肠！玉容花貌，宛在目傍，断弦裂镜，
零落无光。人非物是，徒有涕滂！悄悄寒夜，隆隆朝
阳，佳人何在？令德难忘！曷以招子？谁为巫阳！曷
以慰子？鳏居空房。庶几斯语，闻于泉壤。岘山郁郁，
汉水汤汤，山倾水竭，此恨未央！呜呼小姐！来举予
觞。尚飨！

不觉光阴似箭，转眼间已经服满赴都，恰好升陕西儒学正
提举，阶奉议大夫。那时贾灵昭尚未满任，魏郎方得相见，升
堂拜母，而夫人益老矣。彼此相见，不胜悲感。春鸿、朱樱，
益增伤叹。魏郎问小姐殡宫所在，即往恸哭，以手拍棺叫道：
"云华，知魏寓言在此乎？想你精灵未散，何不再生，以副我之
望耶？"恸哭而回。是夕，宿于公署，似梦非梦，仿佛见云华走
来。魏郎忘记他已死，便一把搂住。云华道："郎君勿得如此。
妾死后，阴府以我无过，命入金华宫，掌笺奏之任。今又以郎
君不娶之义，以为有义，不可使先参政盛德无后，将命我还魂，
而屋舍已坏，今欲借尸还魂，尚未有便，数在冬末，方可遂怀，
那时才得团圆也。"说毕，忽然乘风飞去。魏郎惊觉，但见淡月
侵帘，冷风拂面，四顾凄然而已。遂成《疏帘淡月》词一阕
道：

溶溶皓月，从前岁别来，几回圆缺？何处凄然，
怕近暮秋时节！花颜一去成终古，洒西风，泪流如血！
美人何在？忍看残镜！忍看残玦！　忽今夕，分明梦
里，陡然相见，手携肩接。微启朱唇，耳畔低声儿说：
冥君许我返魂也，教同心罗带重结。醒来惊怪，还疑
又信，枕寒灯灭。

　　魏郎到任，不觉已到冬天。有长安丞宋子璧，一个女子，姿容绝世，忽然暴死；但心头甚暖，不忍殡殓。三日之后，忽然重活起来，不认父母，道："我乃贾平章之女，名娉娉，字云华，是咸宁县贾灵昭之姊。死已二年，阴司以我数当还魂。今借汝女之尸，其实非汝女也。"父母见他声音不类，言语不同，细细盘问，那女子定要到咸宁县见母亲弟弟。父母留他不住。那咸宁县与长安公廨，恰好相邻，只得把女子抬到县宇。女子径走进拜见夫人弟弟，备细说还魂之事。夫人与弟弟听他言语声音，举止态度，无一不像。呼叫春鸿、朱樱，并索前日所遗留之物，都一毫不差，方信果是还魂无疑。宋子璧与妻陈氏不肯舍这个女子，定要载他回去。女子大怒道："身虽是你女儿身体，魂是贾云华之魂，与你有何相干，妄认他人女为女耶？"宋夫妇无计，只得叹息而回。夫人道："此天意也。"即报与魏郎。魏郎即告诉夫人梦中之事。于是再缔前盟，重行吉礼，魏郎亲迎，夫人往送，春鸿、朱樱，都随小姐而来。

　　　　　　一女变为二女，旧人改作新人。

　　宋子璧夫妻一同往送，方知其女名为月娥。提举廨宇后堂，旧有扁额，名洒雪堂，盖取李太白诗"清风洒兰雪"之义，为前任提举取去，今无矣。方悟当日伍相祠中梦兆，上句指成婚之地，下句指其妻之名。魏郎遂遍告座上诸人，知神言之验。此事宣传关中，莫不叹异。魏郎与月娥产三子，都为显官。魏郎封为大禧宗禋院使、兵部尚书，年八十三卒。月娥封郡国夫人，寿七十九而殁。平昔吟咏赓和之诗，集成一编，题曰《唱随集》。有诗为证：

　　　《还魂记》载贾云华，尽拟《娇红》意未嘉，

　　删取烦言除剿袭，清歌一曲吐□□。

选自《西湖二集》

【题解】

　　郎才女貌，父母之命，二者常常是决定封建时代男女婚姻大事的至为重要的因素，但二者却又常常不一致，本篇所展示的正是在这一方面经历的曲折变故。魏鹏和云华，自幼指腹为婚，后来魏父不幸亡于任上，家道中落。云华之母渐起异心，先是对千里来求亲的魏鹏冷落，待魏鹏高中，又以路途遥远、一己需要而拒绝亲事。最后，酿成云华因情不得遂而死，尽管篇末赘以还魂复生、再缔前盟，亦不能掩全篇悲剧之实。从上述过程中，我们看到的是情随境迁且挟私心的父母之命对已经两情相悦的郎才女貌的扼杀，父母从自身的角度而不是儿女的幸福出发，决定着儿女的婚姻生活。这便是封建时代青年男女不能自主婚姻的悲哀。

【注释】

　　①公廨：官署。　②青衣：指婢仆。　③命服：古代帝王按等级赐给的官服。　④水陆：指水陆所产的食物。　⑤书笈（jí）：小书箱。　⑥牧犊子：战国时齐国人，能制曲。　⑦秦晋：指两姓联姻。　⑧延入：请入。　⑨章台之柳：唐代韩翃与柳氏分而复合，韩曾寄"章台柳"诗。　⑩守制：旧时封建礼制。父母死后，儿子须在家守孝二十七个月（不计闰月）。

　　⑪冰人月老：均指媒人。　⑫服阕（què）：指守孝期满。

陆人龙 (生卒年不详)

字君翼，钱塘（今浙江杭州）人。其兄陆云龙是杭州著名书肆峥霄馆的主人，字雨侯，号翠娱阁主人。陆人龙著有小说《型世言》和《辽海丹忠录》，后者署"平原孤愤生戏草"，"平原孤愤生"当是他的笔名。

击豪强徒报师恩　代成狱弟脱兄难

冷眼笑人世，戈矛起同气。

试问天合亲，伦中能有几？

泣树有田真，让肥有赵礼。

先哲典型存，历历可比数。

胡为急相煎？纷纷室中阋。

池草徒萦梦，杕杜实可倚。

愿坚不替心，莫冷傍人齿。

四海之内皆兄弟，实是宽解之词。若论孩稚相携，一堂色笑，依依栖栖，只得同胞这几个兄弟。但其中或有衅隙，多起于父母爱憎，只因父母妄有重轻，遂至兄弟渐生离异。又或是妯娌牴忤，枕边之言日逐谮毁，毕竟同气大相乖违。还又有友人之离间，婢仆之挑逗。尝见兄弟，起初嫌隙，继而争竞，渐成构讼，甚而仇害，反不如陌路之人，这也是奇怪事。本是父母一气生来，倒做了冰炭不相入。试问人，这弟兄难道不是同胞？难道不同是父母遗下的骨血？为何颠倒若此？故我尝道，弟兄处平时，当似司马温公兄弟，都到老年，问兄的饥，问兄的寒，煦煦似小儿相恤。处变当似赵礼兄弟，汉更始时，年饥盗起，拿住他哥子要杀，他知道赶去，道："哥子瘦，我肥，情愿我替兄。"贼也怜他义气，放了。至于感紫荆树枯，分而复合，这是田家三弟兄，我犹道他不是汉子，人怎不能自做主张？

直待草木来感动？即一时间性分或有知愚，做兄的当似牛弘，弟射杀驾了车的牛，竟置之不问；做弟的当似孙虫儿，任兄惑邪人，将他凌辱不怨。不然王祥、王览同父异母兄弟，王祥卧冰之孝，必能爱弟。那王览当母亲要药死王祥时，他夺酒自吃，母亲只得倾了。凡把疑难的事与他做，他都替做。不同母的也如此，况同父母的弟兄！我朝最重孝友，洪武初，旌表浦江郑义门，坐事解京，圣旨原宥，还擢他族长郑琏为福建参政。以后凡有数世同居的，都蒙优异。今摘所同一事，事虽未曾旌表，其友爱自是出奇。

话说浙江台州府太平县，宣德间有个姚氏弟兄，长名居仁，次名利仁，生得仪容丰丽，器度温雅，意气又激烈，见义敢为，不惟性格相同，抑且容貌如一。未冠时，从一个方方城先生。这先生无子，止得妻马氏生得一个女儿慧娘，家事贫寒。在门还有个胡行古，他资质明敏，勤于学问。一个富尔毂，年纪虽大，一来倚恃家事充足，无心读书，又新娶一妻，一发眷恋不肯到馆。一个夏学，学得一身奸狡，到书上甚是懵懂，与富尔毂极其相合。先生累次戒谕他，他两人略不在意。五人虽是同门，意气犹如水火。后来两姚连丧父母，家事萧条，把这书似读不读。止有胡行古进了学，夏学做了富尔毂帮闲。

一日方方城先生殁了，众门生约齐送殓，两姚与胡行古先到，富尔毂与夏学后来。那富尔毂原先看得先生女儿标致，如今知他年已长成，两眼只顾向孝堂里看。那女儿又因家下无人，不住在里边来往，或时一影，依稀见个头，或时见双脚。至哭时，嘤嘤似鹂声轻哢。弄得个富尔毂耳忙眼忙，心里火热，双只眼直射似螃蟹，一个身子酥软似蜒蚰。这三人原与他不合，不去采他。只有夏学，时与他挜家怀①说话，他也不大接谈。
事完散酒，只见夏学搭了富尔縠肩头走，道："老富，你今日为
甚么出神？"富尔縠道："我有一句心腹对你说。方先生女儿，
我见时尚未蓄发，那时我已看上他，只是小，今日我算他已年
十六了。我今日见他孝堂里一双脚，着着白鞋子，真是笋尖儿。
又亏得风吹开布帏，那一影真是个素娥仙子，把我神魂都摄去
了！老夏怎弄个计议，得我到手，你便是个活古押衙②。"夏学
道："这有何难？你只日日去帮丧，去嗅他便了。"富尔縠道：
"只今日已是几乎嗅杀，若再去，身子一定回来不成了。你只仔
么③为我设法弄来作妾。"夏学道："罢了，我还要在你家走动，
若做这样事，再来不成了，作成别个罢！"富尔縠道："房下极
贤。"夏学道："我日日在你家，说这话，你尊脸为甚么破的？
昨日这样热，怎不赤剥？"富尔縠把夏学一拳，道："狗呆！妇
人们性气，不占些强不歇。我们着了气，到外消遣便罢了。他
们不发泄得，毕竟在肚中，若还成病，又要赎药，你道该让不
该让？"夏学道："是，是！只是如今再添个如夫人，足下须搬
到北边去，终日好带眼罩儿，遮着这脸嘴！"两个笑了一回，夏
学道："这且待小弟缓图。"

次日夏学就借帮丧名色，来到方家。师母出来相谢，夏学
道："先生做了一生老学究，真是一穷彻骨，亏了师母这等断
送④，也是女中丈夫。"师母道："正是，目下虽然暂支，后边
还要出丧营葬，毫忽无抵。"夏学道："这何难？在门学生，除
学生贫寒，胡行古提不起个穷字；两姚虽是过得，啬吝异常；
只有富尔縠极甚挥洒。师母若说一声，必肯资助。"师母道：
"他师生素不相投，恐他不肯。"夏学道："只因先生酸腐，与

他豪爽的不同。不知他极肯周济，便借他十来两，只当牯牛身上拔根毛。他如今目下因他娘子弱症，不能起床，没人管家，肯出数百金寻填房的，岂是个不肯舍钱人？只是师母不肯开口，若师母肯下气，学生当得效劳。"师母道："若肯借三五两也勾了。"

夏学别了，来见富尔縠道："老富，我今把这啬鬼竟抬做了大豪侠了！我想他是孤儿寡妇，可以生做。不若择一个日，拿五十两银子、几个段子，只说借他。他若感恩，一说便成，这就罢了。若他不肯，生扭做财礼，只凭我这张口，何如？"富尔縠道："二十两罢！"夏学道："须说不做财礼，毕竟要依我，我这强媒也还该谢个五十两哩。"富尔縠只得依说，拿了五十两银子、两个段子、两个纱与他。他落了十两，叫小厮一拜匣捧定，来见师母，道："师母，我说他是大手段人，去时恰好有人还他本银四十两，把四个尺头作利钱，我一谈起，他便将此宗付我。我叫他留下四个尺头，他道：'一发将去，怕不够用。'学生特特送来。"师母道："我只要三五两，多余的劳大哥送还。"夏学道："先生腐了一生，又有师母，物自来而取之，落得用的。师母条直⑤收了。"这边马氏犹豫未决，夏学一边就作了个揖，辞了师母，一径出门去。只是慧娘道："母亲，富家在此读书，极其鄙吝，怎助这许多？宁可清贫，母亲只该还他的是。"马氏便央人去请夏学，夏学只是不来，马氏也只得因循着。

不一日，举殡日子到了，众人斗分祭奠，富尔縠不与分子，自做一通祭文来祭，道：

　　呜呼，先生！我之丈人。半生教书，极其苦辛。

早起晏眠，读书讲经。腐皮蓝衫，石衣头巾。芊头须
绦，俭朴是真。不能高中，金榜题名。一朝得病，呜
呼命倾。念我小子，日久在门。若论今日，女婿之称。
情关骨肉，汪汪泪零。谨具薄祭，表我微情。乌猪白
羊，代以白银。呜呼哀哉，尚飨！

夏学看了道："妙，妙！说得痛快！"富尔縠道："信笔扫
来，叶韵而已。"姚居仁道："只不知如何做了先生之婿？"姚
利仁道："富兄，你久已有妻，岂有把先生的女的作妾之理？"
夏学道："尧以二女与舜，一个做正妻，一个也是妾，这也何
妨？"姚居仁道："胡说！这事怎行得通！"只见里边马氏听得，
便出来道："富尔縠，先生才死得，你不要就轻薄我女儿！先生
临终时，已说定要招胡行古为婿，因在丧中，我不题起，你怎
么就这等轻薄？"姚居仁道："不惟辱先生之女，又占友人之
妻，一发不通。"富尔縠道："姚居仁！关你甚事？"姚利仁道：
"你作事无知，怎禁得人说？"富尔縠道："我也用财礼聘的，
仔么是占？"马氏道："这一发胡说了，谁见你聘礼？"夏学道：
"这是有因的。前日我拿来那四十两银子、四个尺头，师母说是
借他的，他道却是聘礼。"马氏道："你这两个畜生！这样设局
欺我孤寡。"便向里边取出银、段，撒个满地。富尔縠道："如
今悔迟了，迟了。"与夏学两个跳起身便走，被姚利仁一把扯
转。夏学瘦小些，被姚利仁一扯，扯得猛，扯个番斤斗，道：
"这那个家里，敢放刁？好好收去，让胡兄行礼。若不收去，有
我们在这里，学生的银子，师母落得用的。过几时，我们公众
偿还。"夏学见不是头，道："富兄原不是，怕那里没处娶妾？
做这样歪事！"拾起银、段来，细细合数，比原来时少了五两一

啶。夏学道："师母既是要干净与胡兄，这五两须胡兄召，他如今如何肯折这五两！"胡行古自揣身边没钞，不敢做声。又是姚居仁道："我代还！夏学这等，兄兑一兑出，省得挂欠。"姚居仁道："怎这样慌？五日内我还便罢了。"夏学道："求个约儿。"姚居仁道："说出就是了。"夏学道："寄服人心。"姚利仁道："便写一约与他何妨？"夏学就做个中人，写得完，也免不得着个花字，富尔毂收了。各人也随即分散回家。

夏学一路怨畅富尔毂："这事慢慢等我抟来，买甚才⑥？弄坏事！"富尔毂道："我说叫先生阿爱也晓得有才，二来敲一敲实。"夏学道："如今敲走了！这不关胡行古事，都是两姚作梗，定要出这口气。布得二姚倒，自然小胡拱手奉让了。"富尔毂道："何难？我明日就着小厮去讨银子，出些言语，他毕竟不忿赶来嚷骂，关了门，打上一顿，就出气了。"果然第二日就着小厮去讨银子，恰好撞着姚居仁，居仁道："原约五日，到五日你来。"小厮道："自古道：招钱不隔宿。谁叫你做这好汉？"居仁道："这奴才！这等无状！"那小厮道："谁是你奴才？没廉耻，欠人的银子，反骂人。"居仁听了，一时怒起，便劈脸一掌，道："奴才！这掌寄在富尔毂脸上，叫他五日内来领银子。"那小厮气喷喷自去了。此时居仁弟兄服已满，居仁已娶刘氏，在家月余。利仁也聘定了县中茹环女儿，尚未娶回。刘氏听得居仁与富尔毂小厮争嚷，道："官人，你既为好招银子，我这边将些首饰当与他罢。"居仁道："偏要到五日与他，我还要登门骂他哩。"晚间利仁回来，听得说，也劝："大嫂肯当了完事，哥哥可与他罢，不要与这蠢材一般见识。"第二日刘氏绝早将首饰把与利仁，叫他去当银子。那富家小厮又来骂了，激得居仁大怒，便赶去打。那小厮一头走一头骂，居仁住了脚，他也立了骂。居仁激得性起，一直赶去。这边利仁当银回来，听得哥哥赶到富家，他也赶来，不知那富尔毂已定下计了。

昨日小厮回时，学上许多嘴，道居仁仔么骂尔毂，又借他的脸打富尔毂。便与夏学商议，又去寻了一个久惯帮打官司的，叫做张罗，与他定计。富尔毂道："我在这里是村中皇帝，连被他两番凌辱，也做人不成，定要狠摆布他才好。"张罗道："事虽如此，苦没有一件摆布得他倒的计策。"正计议时，恰好一个黄小厮送茶进房——久病起来，极是伶仃，——放得茶下，那夏学提起戒尺，劈头两下，打个昏晕。富尔毂吃了一惊，道："他病得半死的，怎打他？"夏学道："这样小厮，死在眼下了，不若打死，明日去赖姚家。你的钱势大，他两个料走不开。"张罗连声道："有理，有理！"富尔毂听了，便又添上几拳几脚，登时断气。只是这小厮是家生子，他父亲富财知道，进来大哭。夏学道："你这儿子病到这个田地，也是死数了，适才拿茶，倾了大爷一身，大爷恼了，打了两下，不期死。家主打死义男，也没甚事。"富财道："就是倾了茶，却也不就该打杀。"张罗道："少不得寻个人偿命，事成时还你靠身文书罢。"富尔毂道："他吃我的饭养大的，我打死也不碍。你若胡说，连你也打死了。"富财不敢做声，只好同妻子暗地里哭。

三人计议已定，只要次日哄两姚来，落他圈套。不料居仁先到，嚷道："富尔毂，你怎叫人骂我？"富尔毂道："你怎打我小厮？"正争时，利仁赶到，道："不必争得，银子已在此了。"那富尔毂已做定局，一把将姚居仁扭住厮打，姚居仁也不相让。利仁连忙劝时，一时间那里拆得开？张罗也赶出来假劝，哄做一团。只见小厮扶着那死尸，往姚居仁身上一推，道："不好了，把我们官孙打死了。"大家吃了一惊，看时，一个死尸头破脑裂，挺在地下。富尔毂道："好，好！你两兄弟仔么打死我家人？"居仁道："我并不曾交手，怎图赖得我？"富尔毂道："终不然自死的？"姚利仁道："这要天理。"张罗道："天理，天理！到官再处。"两姚见势不像，便要往家中跑。富尔毂已赶来圈定，叫了邻里，一齐到县，正是：

坦途成坎坷，浅水灢洪波。

巧计深千丈，双龙入网罗。

县中是个岁贡知县，姓武，做人也有操守明白。正值晚堂，众人跪门道："地坊人命重情！"叫进问时，富尔毂道："小人是苦主，有姚居仁欠小的银子五两，怪小的小厮催讨，率弟与家人沿路赶打，直到小的家里，登时打死，里邻都是证见。"知县叫姚居仁："你仔么打死他小厮？"姚居仁道："小的与富尔毂俱从方方城，同窗读书。方方城死时，借他银五两，他去取讨，小的见他催迫，师母没得还，小的招承代还。岂期富尔毂日着小厮来家吵闹，小的拿银还他，虽与富尔毂相争，实不曾打他小厮。"富尔毂道："终不然我知道你来，打杀等的？"知县叫邻里，其时一个邻舍竹影，也是富尔毂行钱的，跪上去道："小的里邻叩头。"知县道："你仔么说？"这边就开口道："小的在富尔毂门前，只见这小厮哭了在前边跑，姚居仁弟兄后边赶，赶到里边，只听得争闹半饷，道打死了人。"知县道："赶的是这个小厮么？"道："是。"知县道："这等是姚居仁赶打身死的，情实了。"把居仁、利仁且监下，明日相验。那富尔毂好不快活，对张罗道："事做得成狠了些。"不知张罗的意思，虽陷了姚家弟兄，正要逐偿儿⑦做富尔榖。头一日已自暗地叫富财藏了打死官孙的戒尺，如今又要打合他买仵作，就回言道："狠是狠了，但做事留空隙把人，明日相验，仵作看见伤痕，不是新伤，是血污两三日，报将出来，如何是好？你反要认个无故打死家僮，图赖人命罪了，这要去揾撒⑧才好。"富尔榖道："这等我反要拿出钱来了。"夏学道："要赢官司，也顾不得银子。"吃他一打合，只胡卢提叫他要报伤含糊些，已诈去百余两。富财要出首，还了他买身文书，又与他十两银子。张罗又叫他封起留作后来诈他把柄。富尔榖好不懊恨。

只是居仁弟兄落了监，在里边商议。居仁道："看这光景，他硬证狠，恐遭诬陷。我想事从我起，若是定要逼招，我一力承当。你可推开，不要落他穿中。"利仁道："哥哥！你新娶嫂嫂，子嗣尚无，你一被禁，须丢得嫂嫂不上不落，这还是我认，你还可在外经营。"到了早饭后，知县取出相验，此时仵作已得了钱，报伤道："额是方木所伤，身上有拳踢诸伤。"知县也不到尸首边一看，竟填了尸单，带回县审。两个一般面貌，连知县也不知那一个是姚居仁，那一个是姚利仁，叫把他夹起来要招，利仁道："赶骂有的，实不曾打，就是赶的也不是这小厮。"知县又叫竹影道："这死的是富尔榖小厮么？"竹影道："是他家义男富财的儿子。"知县道："这等是了。"要他两兄弟招。居仁、利仁因富尔榖用了倒捧钱，当不得刑罚，居仁便认是打死。利仁便叫道："彼时哥哥与富尔榖结扭在一处，缘何能打人？是小的失手打死的。"居仁道："是小的怪他来帮打的。"利仁道："小人打死是实，原何害哥哥？只坐小的一人。"知县道："姚利仁讲得是，叫富尔榖，他两个是个同窗，这死也是失手误伤，坐不得死罪。"富尔縠道："老爷，打死是实，求爷正法。"知县不听。此时胡行古已与方方城女儿聘定了，他听得姚居仁一事，拉通学朋友为他公举冤诬。知县只做利仁因兄与富尔縠争斗，从傍救护，以致误伤。那张罗与夏学又道骑虎之势，撺哄富尔縠用钱，把招眼弄死了，做了文书解道，道中驳道："据招赶逐，是出有意，尸单多伤，岂属偶然？无令白锤有权，赤子抱怨也！"驳到刑厅，刑厅是个举人，没甚风力，见上司这等驳，他就一夹一打，把姚利仁做因官孙之殴兄，遂拳挺之交下，比①斗殴杀人，登时身死律绞，秋后处决。还要把姚居仁做喝令。姚利仁道："子弟赴父兄之斗，那里待呼唤？小的一死足抵，并不干他事。"每遇解审，审录时，上司见他义气，也只把一个抵命，并不深求。

姚居仁在外，竟费了书耕种，将来供养兄弟。只是刘氏在家，尝尝责备居仁道："父母遗下兄弟，不说你哥子照管他，为何你做出事叫他抵偿？"居仁道："我初时在监计议，他道因你新嫁，恐丢你，误你一生。说我还会经营、还可支撑持家事，故此他自认了，实是我心不安。如今招已定，改换也改不得了。"刘氏道："你道怕误我一生，如今叔叔累次分付，叫茹家另行嫁人，他并不肯，岂不误了婶婶一生？"倒是居仁在外奔忙，利仁在监有哥哥替他用钱，也倒自在。倒是富尔縠，却自打官司来，尝被张罗与富财串诈，家事倒萧条了。

日往月来，已是三年，适值朝廷差官恤刑。此时刘氏已生一子，周岁，因茹氏不肯改嫁，茹家又穷，不能养活，刘氏张主接到家中，分为两院，将家事中分，听他使用。闻得恤刑将到，刘氏道："这事虽云诬陷，不知恤刑处办得出办不出，不若你如今用钱邀解子到家，你弟兄面貌一般，你便调了，等他在家与婶婶成亲。我你有一子，不教绝后了。"居仁连声道"是"。果然邀到家中，买了解子，说要缓两日，等他夫妇成亲。解子得钱应了。利仁还不肯做亲，居仁道："兄弟，弟妇既不肯改嫁，你不与成亲，岂不辜负了他？若得一男半女，须不绝你后嗣。"利仁才方应承。到起解日，居仁自带了枷锁，嘱咐兄弟道："我先代你去，你慢慢来。"正是

> 相送柴门晓，松林落月华。
>
> 恩情深棣萼，血泪落荆花。

解人也不能辨别，去见恤刑，也不过凭这些书办，该辨驳的所在驳一驳，过堂时唱一唱名，他下边敲紧了，也只出两句审语了帐。此时利仁也赶到衙门前，恐怕哥受责。居仁出来，便分付利仁："先回，我与解人随后便到。"不期居仁与刘氏计议已定，竟不到家，与解人回话就监。解人稍信到家，利仁大哭，要行到官禀明调换。解子道："这等是害我们了，首官定把我们活活打死。你且担待一月，察院按临时，必然审录，那时你去便了。"利仁只得权且在外。他在家待嫂，与待监中哥子，真如父母一般，终是不能一时弄他出来。

但天理霎时虽昧，到底还明。也是他弟兄有这几时灾星。忽然一日，张罗要诈富尔榖，假名开口借银子，富尔榖道："这几年来，实是坎坷，不能应命。"张罗道："老兄强如姚利仁坐在监里，又不要钱用。"富尔榖见他言语不好，道："且吃酒再处。"因是荡酒的不小心，飞了点灰在里边，斟出来，觉有些黑星星在上，张罗用指甲撩去。富尔榖又见张罗来诈，心里不快，不吃酒，张罗便疑心。不期回家，为多吃了些食，泻个十生九

死，一发道是富尔縠下药。正要发他这事，还望他送钱，且自含忍不发。不期富尔縠实拿不出，担阁了两月。巧巧这年大比，胡行古中了。常对家里道："我夫妇完聚，姚氏二兄之力，岂期反害了他！"中时自去拜望，许周济他，不题。

一日，赴一亲眷的席，张罗恰好也在坐。语次，谈起姚利仁之冤，张罗拱阔⑩，道："这事原是冤枉，老先生若要救他，只问富财便了。"胡行古也无言。次日去拜张罗请教。张罗已知醉后失言，但是他亲来请教，又怪富尔縠药他，竟把前事说了。胡行古道："先生曾见么？"张罗道："是学生亲眼见的。"又问："有甚指证么？"道："有行凶的戒尺，与买嘱银子，现在富财处。"胡行古听了，便辞了，一竟与姚利仁计议。又值察院按临，他教姚利仁把这节事去告，告富尔縠杀人陷人。胡行古是门生，又去面讲。按院批："如果冤诬，不妨尽翻成案。"批台、宁二府理刑官会问。幸得宁波推官却又是胡行古座师，现在台州查盘。胡行古备将两姚仗义起衅，富尔縠结党害人，开一说帖去讲。那宁、台两四府⑪就将状内干连人犯，一齐拘提到官。那宁波四府叫富财道："你这奴才！怎么与富尔縠通同，把人命诬么？"富财道："小的并不曾告姚利仁。"四府道："果是姚利仁打死的么？"那富财正不好做声，四府道："夹起来！"富财只得道："不是，原是夏学先将戒尺打晕，后边富尔縠踢打身死，是张罗亲眼见的。"四府道："你怎么不告？"富财道："是小的家主，小的仔么敢告？"又叫张罗，张罗也只得直说。四府就着人追了戒尺、买求银两，尸不须再检，当日买件作以轻报重，只当自要自了。夏学与富尔縠还要争辩，富财与张罗已说了，便难转口。两个四府喝令各打四十，富尔縠拟无故杀死义男，诬告人死罪未决，反坐律，徒⑫；夏学加工杀人，与张罗前案硬证害人，亦徒；姚利仁无辜，释放宁家。解道院时，俱各重责。胡行古又备向各官说利仁弟兄友爱，按院又为他题本翻招。居仁回家，夫妇兄弟完聚，好不欢喜。外边又知利仁认罪保全居仁，居仁又代监禁，真是个难兄难弟。那夏学、富尔毂，设局害人，也终难逃天网。张罗反覆挟诈，也不得干净。虽是三年之间，利仁也受了些苦楚，却也成了他友爱的名。至于胡行古之图报，虽是天理必明，却也见他报复之义。这便是：

> 错节表奇行，日久见天理。
>
> 笑彼奸狯徒，终亦徒为尔。

选自《型世言》

【题解】

"师道尊严"，"天地君亲师"，中国古代社会历来把尊重教师放在十分重要的地位。但是，本篇所描写的富尔毂、夏学之流，趁老师新丧，图谋老师的女儿，就不仅毫无师生之谊可言，连起码的作人本分也丧失殆尽，老师若泉下有知，怎能瞑目。毕竟有主持公道者，出于同一师门的姚居仁、姚利仁兄弟，不畏强暴险恶，争相勇力与同门败类较量，值得称道。还有一位同门胡行古，是被老师生前选中的女婿，而且他还"进了学"，面对这场斗争，却无胆无力，十分懦弱。这也是这篇小说描写人物方面的一种佳处。至于姚氏兄弟在遭到冤狱时相互争"难"，或许在实际上已超出了"长幼有叙"、"友兄悌弟"的概念，把兄弟之情融入了一个更大的社会性范畴。

【注释】

①捱家怀：强与人闲聊以讨好。　②押衙：唐宋时官名，管领仪仗侍卫。　③仔么：怎么。　④断送：送葬。　⑤条直：悉数。　⑥买甚才：逞甚么能。　⑦逐儋儿：挨个儿。　⑧摁撒：打点。　⑨比：比照。　⑩拱阔：说大话。　⑪四府：地方长官。一说是府掾。　⑫徒：徒刑，拘禁强制劳动。

凶徒失妻失财　善士得妇得货

纷纷祸福浑难定，摇摇烛弄风前影。

桑田沧海只些时，人生且是安天命。

斥卤茫茫地最腴，熬沙出素众所趋。

渔盐共拟擅奇利，宁知一夕成沟渠。

狂风激水高万丈，百万生灵倏然丧。

庐舍飘飘鱼鳖浮，觅母呼爷那相傍。

逐浪随波大可怜，萍游梗泛洪涛间。

天赋强梁气如鳄，临危下石心何奸。

金珠已看归我橐，朱颜冉冉波中跃。

一旦贫儿作富翁，猗顿陶朱岂相若。

谁知飘泊波中女，却是强梁鸳凤侣。

姻缘复向他人结，讼狱空教成雀鼠。

嗟嗟人散财复空，赢得人称薄幸侬。

始信穷达自有数，莫使机锋恼化工。

　　天地间祸福甚是无常，只有一个存心听命，不可强求。利之所在，原是害之所伏。即如浙江一省，杭、嘉、宁、绍、台、温都边着海，这海里出的是珊瑚、玛瑙、夜明珠、砗磲、玳瑁、鲛鮹，这还是不容易得的物件。有两件极大利、人常得的，乃是渔盐。每日大小鱼船出海，管甚大鲸小鲵，一罟打来货卖。还又是石首、鲳鱼、鲥鱼、呼鱼、鳗鲡各样，可以做鲝；乌贼、海菜、海僧可以做干。其余虾子、虾干、紫菜、石花、燕窝、鱼翅、蛤蜊、龟甲、吐蚨、风馔、蟮涂、江蟯、鱼螵、那件不出海中，供人食用、货贩？至于沿海一带沙上，各定了场分，拨灶户刮沙沥卤、熬卤成盐，卖与商人。这两项，鱼有渔课，盐有盐课，不惟足国，还养活滨海人户与客商，岂不是个大利之薮？

不期崇祯元年七月廿三日，各处狂风猛雨，省城与各府县山林被风害，坍墙坏屋，拔木扬砂，木石牌坊俱是风摆这一两摆，便是山崩也跌倒，压死人畜数多。那近海更苦。申酉时分，近海的人望去，海面黑风白雨中间，一片红光闪烁，渐渐自远而近，也不知风声水声，但听得一派似雷轰虎吼般近来。只见：

> 急浪连天起，惊涛捲地来。白茫茫雪巘平移，乱滚滚银山下压。一泊两泊三四泊，那怕你铁壁铜垣；五尺六尺七八尺，早已是越墙过屋。叫的叫，嚷的嚷，无非觅子寻妻；氽的氽，流的流，辨甚富家贫户。纤枝蔽水，是千年老树带根流；片叶随波，是万丈横塘随水滚。满耳是哭声悲惨，满眼是水势汪洋。

正是陆地皆成海，荒村那得人。横尸迷远浦，新鬼泣青燐。莫说临着海，便是通海的江河浦港，也都平长丈余，竟自穿房入户，飘檐流箱，那里遮拦得住。走出去水淹死，在家中屋压杀，那个逃躲得过。还有遇着夜间时水来，睡梦之中，都随着水赤身露体氽去。凡是一个野港荒湾，少也有千百个尸首，弄得通海处水皆腥赤。受害的凡杭、嘉、严、宁、绍、温、台七府，飘流去房屋数百万间，人民数千万口，是一个东南大害。海又做了害数了。但是其间贫的富，富的贫，翻覆了多少人家；

争钱的，夺货的，也惹出多少事务。内中却有个主意谋财的，却至于失财失妻；主意救人的，却至于得人得财。这也是尽堪把人劝戒。

话说海宁县北乡个姓朱的，叫做朱安国，家事也有两分，年纪二十多岁，做人极是暴戾奸狡。两年前曾定一个本处袁花镇郑寡妇女儿，费这等两个尺头、十六两银子，择在本年十月做亲。他族分中却也有数十房分。有一个族叔，叫做朱玉，比他年纪小两岁，家事虽穷，喜做人忠厚。朱安国倚着他年小家贫，时时欺侮他。到了七月廿三日，海水先自上边一路滚将下来，东门海塘打坏，塔顶吹堕于地，四回聚涌灌流。北乡低的房屋、人民、牛羊、鸡犬、桑麻、田稻、什物，余个罄尽。高的水也到楼板上。朱安国乖猾得紧，忙寻了一只船，将家私尽搬在船中，傍着一株绝大树缆了，叫家中小厮阿狗稍了船，他自蓑衣箬帽，立在船上捞余来东西。此时天色已晚，只见水面上余过两个箱子，都用绳索联着，上面骑着一个十七八岁女子，一个老妇人也把身子扑在箱上余来。见了朱安国，远远叫道："救人！救人！救得情愿将东西谢你。"安国想道："这两个女人拼命顾这箱子，必定有物。"四顾无人，他便起个恶念，将船拨开去，迎着他手起一篙，将妇人一搠。妇人一滑，忙扯得一个索头。那女子早被箱子一荡，也滚落水，狠扯箱子，朱安国又是一篙，向妇人手上下老实一凿。妇人手疼一松，一连两个翻身，早已不知去向了。他忙把箱儿带住。只见这女子还半浮半沉，扑着箱子道："大哥，没奈何只留我性命，我将箱子都与你，便做你丫头，我情愿。"安国看看，果然好个女子，又想道："斩草不除根，萌芽依旧发。我若留了他，不惟问我讨箱子，还要问我讨人命。也须狠心这一次。"道："我已定亲，用你不着了。"一篙把箱子一搠，女人身子一浮，他篙子快复一推，这女子也汩汩渌渌去了。

　　　　泊天波浪势汤汤，母子萍飘实可伤。

　　　　惊是鱼龙满江水，谁知人类有豺狼。

他慢慢将箱子带住了，苦是箱子已装满了一箱水，只得用尽平生之力，扯到船上，沥去些水，叫阿狗相帮，扛入船。忙了半夜，极是快活。

　　只是那女子一连几滚，吃了五六口水，料是没命了。不期撞着一张梳桌，他命不该死，急扯住他一只脚，把身扑上。漾来漾去，漾到一家门首撞住。这家正是朱玉家里。朱玉先见水来，就赤了脚。赤得脚时，水已到腿边了，急跳上桌，水随到桌边。要走走不出门，只得往楼上躲。听得这壁泥坍，那厢瓦落，房子也阗阗响，朱玉好不心焦。又听得甚么撞屋子响，道："悔气。现今屋子也难支撑，在这里还禁得甚木植磕哩。"黑影子内开窗看，是一张桌子，扑着个人在上面。那人见开窗，也嘤嘤的叫"救人"。朱玉道："我这屋子也像在水里一般了，再摆两摆，少不得也似你要落水，怎救得你？罢，且看你我时运挨得过，大家也都逃了性命出，逃不出再处。"便两只手狠命在窗子里扯了这女子起来，沥了一楼子水。那张桌子撞住不走，也捞了起来。这夜是性命不知如何的时节，一个浸得不要[1]，蹲在壁边吐水，一个靠着窗口，看水心焦。只见挨到天明，雨也渐止，水也渐退，朱玉就在楼上煨了些粥请他吃。问他住居，他道："姓郑，在袁花镇住。爷早殁，止得一个娘。昨日水来，我娘儿两个收拾得几匹织下的布、银子、铜钱、丝绵、二十来件绸绢衣服、首饰、又一家定我的十六两财礼、两匹花绸，装了两个小黑箱，缚做一块，我母子扶着随水氽来。到前边那大树下，船里一个强盗把我母亲推下水去，又把我推落水中，箱子都抢去。是这样一个麻脸，有廿多岁后生。如今我还要认着他，问他要。只是我亏你救了性命，我家里房屋已氽光，母亲已死，我没人倚靠，没甚报你，好歹做丫头伏侍你罢。"朱玉道："那人抢你箱子，须无证见。你既已定人，我怎好要你？再捱两日，等你娘家、夫家来寻去罢。"朱玉在家中做饭与他吃，帮他晒晾衣服。因他有夫的，绝没一毫苟且之心。

水退，街上人簇簇的道："某人得采，捞得两个箱子，某人收得多少家伙，某人氽去了多少什物，某人几乎压死，某人幸不淹杀……"朱玉的紧邻张千头道："我们隔壁朱小官也造化，收得个开口货。"众道："这合不来，倒要养他。"一个李都管道："不妨。有人来寻，毕竟也还些饭钱，出些谢礼。没人来，卖他娘，料不折本。"张千头道："生得好个儿，朱小官正好应急。"适值朱玉出来，众人道："朱小官，你鼻头塌了，这是天付来姻缘。"朱玉道："甚么话！这女人并不曾脱衣裳困，我也并不敢惹他。"只见李都管道："呆小官，这又不是你去拐带，又不是他逃来，这是天灾偶凑。待我们寻他爷和娘来说一说明，表一表正。"朱玉道："他袁花郑家只得娘儿两个，前日扶着两个箱子氽来，人要抢他箱子，把娘推落水淹死，只剩得他了。他又道先前已曾许把一个朱家，如何行得这等事？"李都管道："甚么朱家？这潮水不知氽到那里去了。我看后日是个好日，接些房族亲眷拢来，做了亲罢。不要狗咬骨头干咽唾。"正说，只见朱玉娘舅陈小桥在城里出来望他，听得说起，道："外甥，你一向不曾寻得亲事，这便是天赐姻缘，送来佳配。我做主，我做主。"前日朱玉捞得张抽斗桌，到也有五七两银子，陈小桥便相帮下帖，买了个猪，一个羊，弄了许多酒，打点做亲。

只是那日朱安国夺了两个箱子，打开来见了许多丝布、铜钱、银子、衣服，好不快活。又懊悔道："当时一发收了这女子，也还值几个银子。"又见了两匹水浸的花绸，一封银子却有些认得，也不想道，且将来晾上一楼，估计什么用。只听得外面叫声，却是朱玉来请他吃亲事酒。他就封了一封人情，到那日去赴筵。但见里面有几个内眷，把这女子打扮的花花朵朵，簇拥出来，全不是当日在水里光景了：

> 涂脂抹粉一时新，袅袅腰肢煞可人。
>
> 缭绕炉烟相映处，君山薄雾拥湘君。

两个拜了堂，谒见了亲邻，放铳吹打，甚是兴头。只是这女子还有乐中之苦：

> 独影煌煌照艳妆，满堂欢会反悲伤。
>
> 鸾和幸得联佳配，题起慈乌欲断肠。

这些亲邻坐上一屋，猜拳行令，吃个爽快。只朱安国见这女人有些认得，去问人时，道水氽来的。又问着张千头，张千头道："这原是袁花郑家女儿，因海啸，娘儿两个坐着两个箱子氽来，撞了个强盗，抢了箱子，推他落水。娘便淹死了，女儿令叔收得。他情愿嫁他，故此我们撺掇，叫他成亲。"朱安国道："袁花那个郑家？"张千头道："不知。"朱安国道："我也曾定一头亲在袁花，也是郑家，连日不曾去看得，不知怎么？"心里想道："莫不是他？"也不终席赶回去。这边朱玉夫妇自待亲戚酒散，两个行事。恰也是相与两日的，不须做势得。真白白拾了个老婆!

只是朱安国回去，看箱里那几锭银子与花绸，正是聘物，不快活得紧。一夜不困，赶到袁花郑家地上，片瓦一椽没了。复身到城里，寻了原媒张篦娘，是会篦头绞脸、卖簪髻花粉的一个老娘婆。说起袁花郑家被水汆去，张篦娘道："这也是天命，怨不得我。"朱安国道："只是如今被我阿叔占在那边，要你去一认。"张篦娘道："这我自小见的，怕不认得？"便两个同走。先是张婆进去，适值朱玉不在，竟见了郑道："大姑娘，你几时来的？"那郑氏道："我是水发那日汆来的。"张篦娘道："老娘在那里？"郑氏哭道："同在水里汆来，被个强人推在水里淹死了。"张篦娘道："可怜，可怜。如今这是那家，姑娘在这里？"郑氏道："这家姓朱，他救我，众人撺掇叫我嫁他。"张篦娘道："那个大胆主的婚？现今你有原聘丈夫在那边，是这家侄儿。他要费嘴。"郑氏惊的不敢做声。张篦娘吃了一杯茶，去了。朱玉回来，郑氏对他一说，朱玉也便慌张，来埋怨李都管。李都管倒也没法。只见朱安国得了实信，一径走到朱玉家来，怒吼吼的道："小叔，你收留迷失子女不报官，也有罪了。却又是侄妇，这关了伦理，你怎么处？"朱玉正是无言，恰好郑氏在里面张见他模样，急走出来道："强贼，原来是你么？你杀死我的母亲，抢了我箱子，还来争甚亲？"朱安国抬头一看，吃了一惊，道："鬼出了！"还一路嚷出去道："有这等事。明日就县里告你，你阿叔该占侄儿媳妇的么？"回去想了一夜，道："我告他占我老婆，须有媒人作证；他告我谋财杀命，须无指实。况且我告在先，他若来告时，只是拦水缺②。自古道："先下手为强。"

这边亲邻倒还劝朱玉处些财礼还他，他先是一张状子，告在县里。道：

> 灭伦奸占事切。某于天启六年二月凭媒张氏礼聘郑敬川女为妻。兽叔朱玉贪女姿色，乘某未娶，带棍劈抢，据家淫占。理说不悛，反行狂殴。泣思亲属相奸，伦彝灭绝；恃强奸占，法纪难容。叩天剪除断给，实为恩德。上告。

县尊准了，便出了牌，差了两个人，先到朱安国家吃了东道③，送了个堂众包儿，又了后手④说自己明媒久聘，朱玉强占。差人听了这些口词，径到朱玉家来。见朱玉是小官儿，好生拿捏道："阿叔奸占侄儿媳妇，这是有关名分的。据你说，收留迷失子女也是有罪，这也是桩大事。"朱玉忙整一个大东道，央李都管陪他。这讲公事是有头除⑤的，李都管为自己，倒为差人充拓，拿出一个九钱当两半的包儿，差人递与李都管，道："你在行朋友，拿得出？譬如水不余来，讨这妇人，也得觞把银子，也该厚待我们些。"只得又添到一两二钱。一个正差董酒鬼后手三钱，贴差蒋独桌到后手五钱。约他诉状，朱玉央人作一纸诉状，也诉在县里，道：

> 劫贼反诬事。切某贫民守分，本月因有水灾，妇女郑氏，众怜无归，议某收娶。岂恶朱安国先乘氏避患，劫伊箱二只，并杀伊母胡氏。惧氏告理，驾词反诬。叩拘亲族朱凤、陈爱、李华等电鞫，珍贼超诬，顶恩上诉。

谢县尊也准了，出了牌，叫齐犯人，一齐落地。

差人销了牌，承行吏唱了名，先叫原告朱安国上去。道：

"小的原于天启六年用段四匹、财礼十六两聘郑氏为妻，是这张氏作媒，约在目今十月做亲。不料今遇水灾，恶叔乘机奸占。"谢县尊听了，便问道："莫不是水氽到他家，他收得么？这也不是奸占了。"便叫张氏问道："朱安国聘郑氏事有的么？"张氏道："是，妇人亲送去的。"县尊道："这妇人可是郑氏么？"张氏道："正是。"又叫朱玉："你什么收留侄妇，竟行奸占？"朱玉道："小人七月廿三日在家避水，有这妇人氽来，说是袁花人，母子带有两个黑箱，被人谋财害了母亲，剩得他，要小人救。小人救在家里，等他家里来寻。过了五六日，并无人来。他说家里没人，感小的恩，情愿与小的做使女。有亲族邻人朱凤等，说小的尚未有妻，叫小的娶了。小的也不认得他是侄妇。后来吃酒时，郑氏认得朱安国是推他母子下水、抢他箱子的人。妇人要行告理，他便来反诬。"县尊道："你虽不知是侄妇，但也不该收迷失子女。"朱玉道："小的也不肯收，妇人自没处去。"县尊叫郑氏，问道："你母亲在日曾许朱安国来么？"郑氏道："许一个朱家，不知是朱安国不是朱安国。"张篦娘道："这是我送来的礼，怎说得不是？"郑氏道："礼是有，两匹花绸、十六两银子，现在箱内，被这强贼抢去，还推我落水。"县尊道："你既受朱家聘，也不该又从人了。"郑氏道："老爷，妇人那时被这强贼劫财谋命，若不是朱玉捞救，妇人还有甚身子嫁与朱家？"县尊道："论理他是礼聘，你这边私情，还该断与朱安国才是。"郑氏道："老爷，他劫妇人财，杀妇人母，又待杀妇人。这是仇家，妇人宁死不从。"县尊道："果有这样奇事？"叫朱安国："你怎谋财谋命？"朱安国叩头道："并没这事。"郑氏道："你歇船在大树下，先推我母亲，后推我，我认得你。还有一腊梨小厮稍船，你还要赖。只怕劫却箱子与赃物在你家里，搜得出哩。"朱安国道："阿弥陀佛！我若有这事，害黄病死。你只要嫁朱玉，造这样是非。"县尊道："也罢。"叫郑氏："你道是仔么两个箱，我就押你两人去取来。"郑氏道："是黑漆板箱二个，一个白铜锁，后边脱一块合扇；一个是黄铜锁，没一边铜馆。"县尊又问道："箱内是甚么物件？"就叫郑氏报，一个书手写：

丝一百二十两计七车　绵布六匹　苧布二匹半

绵兜斤半　铜钱三千二百文　锭银五两　碎银三两

银髻一项　银圈一个　抹头一圈　俏花八枝　银果子

簪二枝　玉花簪四枝　银古折簪二枝　银戒指八个

银它一枝　银环二双　木红绵绸一匹　红丝绸袄一件

官绿丝绸袄一件　月白绵绸袄一件　青绢衫一件

红绸裙一条　蓝绸裙一条　大小青布衫三件　蓝布衫

二件　白布裙二条　红布袄一件　沙绿布裙一条　聘

礼红花绸一匹　沙绿花绸一匹　聘银四锭十六两　田

契二张桑地契一张　还有一时失记的

县尊就着两个差人同朱安国、郑氏去认取："这两箱如有，我把朱安国定罪；如无，将郑氏坐诬。"

差人押了到朱安国家，果见两只黑箱。郑氏道："正是我的。"朱安国说："不是。"差人道："是不是，老爷面前争。"便叫人扛了，飞跑到官。朱安国还是强争，郑氏执定道："是我的。"谢县尊道："朱安国，我也着吏与你写一单，你报来我查对。"朱安国道："小的因水来，并做一处乱了，记不清。"县尊道："这等竟是他的了。"朱安国无奈，胡乱报了几件。只见

一打开，谢县尊道："不必看了，这是郑氏的。"朱安国叩头
道："实是小的财物，那一件不是小的苦闻的！"谢县尊道：
"且拿起来，你这奴才！你箱笼俱未失水，他是失水的。你看他
那布匹衣服，那件没有水渍痕？你还要强争。"捡出银子、铜
钱，数都不差。谢县尊叫夹起来，倒是朱玉跪上去道："小的族
兄止得这子，他又未曾娶妻，若老爷正法，是哥子绝了嗣了。
况且劫去财物已经在官，小的妻子未死，只求老爷天恩。"谢县
尊道："他谋财劫命俱已有行，怎生饶得？"众人又跪上去道：
"老爷，日前水变，人家都有打捞的，若把作劫财，怕失物的纷
纷告扰，有费天心。据郑氏说，杀他母亲也无见证。"朱安国又
叩头道："实是他箱子撞了小人的船，这女子振下水去，并不曾
推他，并不曾见老妇人。小的妻子情愿让与叔子，只求老爷饶
命。"县尊道："看你这人强梁[⑥]，毕竟日后还思谋害朱玉，这
决饶不得。"朱安国又叩头道："若朱玉后日有些长短，都是小
人偿命。"亲族邻里又为叩头求饶，县尊也就将就。出审单道：

> 朱安国乘危射利，知图财而不知救人。而已聘之
> 妻遂落朱玉手矣，是天祸凶人夺其配也。人失而宁知
> 已得之财复不可据乎？朱玉拯溺得妇，郑氏感恩委身，
> 亦情之顺。第郑氏之财归之郑氏，则安国之聘亦宜还
> 之安国耳。事出异常，法难深绳，姑从宽宥。仍立案
> 以杜讼端。

县尊道："这事谋财谋命，本宜重处。正是灾荒之时，郑氏尚
存，那箱子还只作捞取的，我饶你罪，姑不重究。朱安国还着
他出一结状，并不许阴害朱玉。我这里还为他立案，通申三
院。"众人都叩谢了出来。那边朱玉与郑氏欢欢喜喜，领了这些

物事家去。到家，请邻舍，请宗族，也来请朱安国。朱安国自羞得没脸嘴，不去。他自得了个花枝样老婆，又得了一主钱，好不快活。

> 一念慈心天鉴之，故教织女出瑶池。
>
> 金缯又复盈筥筐，羞杀欺心轻薄儿。

只有朱安国叹气如雷，道当初只顾要财，不顾要人。谁知道把一个老婆送与了叔子，还又把到手的东西一毫不得，反吃一场官司，又去了几两银子，把追来的财礼也用去一半。整日懊恨不快，害成一个黄病，几乎死了。乡里间都传他一个黑心不长进的名。朱玉人道他忠厚慈心，都肯扶持他。这不可见狠心贪财的，失人还失财；用心救人的，得人又得财。祸福无门，唯人自召。故当时曾说江西杨溥内阁，其祖遇江西洪水发时，人取箱笼，他只救人。后来生了杨阁老，也赠阁老。这是朱玉对证。又有福建张文启与一姓周的，避寇入山见一美女。中夜周要奸他，张力止，护送此女至一村老家，叫他访他家送还。女子出钗钏相谢，他不受。后有大姓黄氏招文启为婿，成亲之夕，细看妻子，正山中女子。是护他正护其妻，可为朱安国反证。谁谓一念之善恶，天不报之哉！

选自《型世言》

【题解】

　　一次特殊事件的发生，在某种意义上也为检验与识别一个人提供了一次机会。本篇写明崇祯初年浙江一次大水灾，有的人置个人生命财产于不顾，凭良知和善意救助他人，有的人则趁人之危，害命劫物，大发横财。朱玉是前一种人，朱安国是后一种人。朱安国躲在船上避灾，见到水中的灾民，扶箱而浮，他拿篙的手竟然打将过去，先是打沉了一老妇，又打沉了一年轻女子，从而捞到了箱子、钱物。未曾想老妇却是他的岳母，年轻女子是他的未婚妻。岳母被他致死，未婚妻郑氏幸而未死，被他的小叔朱玉搭救。在封建社会，已经明媒聘订了的，按理婚事几近成功，但媒妁礼聘也不能愈合郑氏心头的创伤，她在沉重的打击面前重新考虑自己的婚姻，随了朱玉。郑氏的这一选择，是基于感情和理性的爱情对媒妁之言婚姻的胜利，可喜的是，官府也对郑氏的选择给予了支持。

【注释】

　　①浸得不要：可能是被水泡得不行的意思。　②拦水缺：比喻事情无可挽回。　③东道：这里指朱安国设宴请客。　④后手：后面，接着。　⑤头除：花销，破费。　⑥强梁：强横。

李　渔（1611——约1679）

原名仙侣，字谪凡，后改名渔，字笠鸿，号笠翁。亦署湖上笠公和觉世稗官等。原籍兰豀（今属浙江），生于雉皋（今江苏如皋）。出身富有之家。长成后随家迁回原籍，时为崇祯初。李渔在明代考取过秀才，入清未曾应试做官。清兵入浙后，先迁杭州，以卖文刻书为业。后迁南京，营造住宅名芥子园，并以此为书铺名。又组织家庭戏班，浪游四方。晚年迁回杭州。

著作有《笠翁十种曲》（含《奈何天》、《比目鱼》、《蜃中楼》和《风筝误》等10种），小说《无声戏》（又名《连城壁》）、《十二楼》、《肉蒲团》、《合锦回文传》等，后一种虽署"笠翁先生原本"，但是否确属李作，尚有疑点。杂著《闲情偶寄》和《笠翁一家言》等。《闲情偶寄》之《词曲部》、《演习部》分论戏曲创作、戏曲表演，实为戏曲理论专著，卓有贡献。

合影楼

第一回　　防奸盗刻意藏形
　　　　起情氛无心露影

词云：

> 世间欲断钟情路，男女分开住；掘条深堑在中间，使他终身不度是非关。　　堑深又怕能生事，水满情偏炽；绿波惯会做红娘，不见御沟流出墨痕香！（右调《虞美人》）

这首词是说天地间越礼犯分之事件件可以消除，独有男女相慕之情，枕席交欢之谊，只除非禁于未发之先。若到那男子妇人动了念头之后，莫道家法无所施，官威不能慑，就使玉皇大帝下了诛夷之诏，阎罗天子出了缉获的牌，山川草木尽作刀兵，日月星辰皆为矢石，他总是拚了一死，定要去遂心了愿，觉得此愿不了，就活上几千岁然后飞升，究竟是个鳏寡神仙。此心一遂，就死上一万年不得转世，也还是个风流鬼魅。到了这怨生慕死的地步，你说还有甚么法则可以防御得他！所以惩奸遏欲之事定要行在未发之先。未发之先又没有别样禁法，只是严分内外，重别嫌疑，使男女不相亲近而已。

儒书云："男女授受不亲。"道书云："不见可欲，使心不乱。"这两句话极讲得周密。男子与妇人亲手递一件东西，或是相见一面，他自他，我自我，有何关碍，这等防得森严？要晓得古圣先贤也是有情有欲的人，都曾经历过来，知道一见了面，一沾了手，就要把无意之事认作有心，不容你自家做主，要颠倒错乱起来。譬如妇人取一件东西递与男子，过手的时节，或高或下，或重或轻，总是出于无意。当不得那接手的人常要画蛇添足：轻的说他故示温柔。重的说他有心戏谑。高的说他提心在手，何异举案齐眉。下的说他借物丢情，不啻抛球掷果。想到此处，就不好辜其来意，也要弄些手势答他。焉知那位妇人不肯将错就错，这本风流戏文就从这件东西上做起了。

至男女相见，那种眉眼招灾、声音起祸的利害也是如此，所以只是不见不亲的妙。不信，但引两对古人做个证验：李药师所得的红拂妓，当初关在杨越公府中，何曾知道男子面黄面白！崔千牛所盗的红绡女，立在郭令公身畔，何曾对着男子说短说长！只为家主公要卖弄豪华，把两个得意侍儿与男子见得一面，不想他五个指头、一双眼孔就会说起话来。及至机心一动，任你铜墙铁壁也禁他不住，私奔的私奔出去，窃负的窃负将来。若还守了这两句格言，使他"授受不亲"，"不见可欲"，那有这般不幸之事！

我今日这回小说总是要使齐家之人知道防微杜渐，非但不可露形，亦且不可露影；不是单阐风情，又替才子佳人辟出一条相思路也。

元朝至正年间，广东韶州府曲江县有两个闲住的缙绅：一姓屠，一姓管。姓屠的由黄甲①起家，官至观察之职；姓管的由乡贡起家，官至提举之职。他两个是一门之婿，只因内族无子，先后赘在家中，才情学术都是一般，只有心性各别。管提举古板执拗，是个道学先生。屠观察跌荡豪华，是个风流才子。两位夫人的性格起先原是一般，只因各适所天，受了型于之化②，也渐渐的相背起来。听过道学的就怕讲风情，说惯风情的又厌闻道学。这一对连襟，两个姊妹，虽是嫡亲瓜葛，只因好尚不同，互相贬驳，日复一日，就弄做仇家敌国一般。起先还是同居，到了岳丈岳母死后，就把一宅分为两院，凡是界限之处都筑了高墙，使彼此不能相见。独是后园之中有两座水阁，一座面西的是屠观察所得，一座面东的是管提举所得，中间隔着池水，正合着唐诗二句：

> 遥知杨柳是门处，似隔芙蓉无路通。

陆地上的界限都好设立墙垣，独有这深水之中，下不得石脚，还是上连下隔的。论起理来，盈盈一水也当得过黄河天堑。当不得管提举多心，还怕这位姨夫要在隔水间花之处窥视他的姬妾，就不惜工费，在水底下立了石柱，水面上架了石板，也砌起一带墙垣，分了彼此，使他眼光不能相射。从此以后，这两分人家，莫说男子与妇人终年不得谋面，就是男子与男子一年之内也会不上一两遭。

却说屠观察生有一子，名曰珍生；管提举生有一女，名曰玉娟。玉娟长珍生半岁。两个的面貌竟像一副印板印下来的，只因两位母亲原是同胞姊妹，面容骨格相去不远；又且娇媚异常。这两个孩子又能各肖其母，在襁褓的时节还是同居，辨不出谁珍谁玉。有时屠夫人把玉娟认做儿子，抱在怀中饲奶；有时管夫人把珍生认做女儿，搂在身边睡觉。后来竟习以为常，两母两儿互相乳育。有《诗经》二句道得好：

娱蛉有子，式榖似之③。

从来孩子的面貌多肖乳娘，总是血脉相荫的缘故。同居之际，两个都是孩子，没有知识，面貌像与不像，他也不得而知；直到分居析产之后，垂髫总角④之时，听见人说，才有些疑心，要把两副面容合来印证一印证，以验人言之确否。却又咫尺之间分了天南地北，这两副面貌印证不成了。

再过几年，他两人的心事就不谋而合，时常对着镜子赏鉴自家的面容，只管啧啧赞羡道："我这样人物，只说是天下无双，人间少二的了；难道还有第二个人赶得我上不成？"他们这番念头还是一片相忌之心，并不曾有相怜之意；只说九分相合，毕竟有一分相歧，好不到这般地步，要让他独擅其美。那里知道相忌之中就埋伏了相怜之隙，想到后面做出一本风流戏来。

玉娟是个女儿，虽有其心，不好过门求见。珍生是个男子，心上思量道："大人不相合，与我们孩子无干，便时常过去走走，也不失亲亲之义。姨娘可见，表妹独不可见乎！"就忽然破起格来，竟走过去拜谒。那里知道那位姨翁预先立了禁约，却像知道的一般，竟写几行大字贴在厅后，道：

"凡系内亲勿进内室。本衙止别男妇，不问亲疏。

各宜体谅。"

珍生见了，就立住脚跟，不敢进去，只好对了管公请姨娘、表妹出来拜见。管公单请夫人见了一面，连小姐二字绝不提起。及至珍生再请，他又假示龙钟，茫然不答。珍生默喻其意，就不敢固请，坐了一会，即便告辞。

既去之后，管夫人问道："两姨姊妹，分属表亲，原有可见之理；为甚么该拒绝他？"管公道："夫人有所不知；'男女授受不亲’，这句话头单为至亲而设。若还是陌路之人，他何由进我的门，何由入我的室。既不进门入室，又何须分别嫌疑。单为碍了亲情不便拒绝，所以有穿房入户之事。这分别嫌疑的礼数就由此而起。别样的瓜葛，亲者自亲，疏者自疏，皆有一定之理；独是两姨之子，姑舅之儿，这种亲情，最难分别：说他不是兄妹，又系一人所出，似有共体之情；说他竟是兄妹，又属两姓之人，并无同胞之义。因在似亲似疏之间，古人委决不下，不曾注有定仪，所以泾渭难分，彼此互见，以至有不清不白之事做将出来。历观野史传奇，儿女私情，大半出于中表，皆因做父母的没有真知灼见，竟把他当了兄妹，穿房入户，难以提防，所以混乱至此。我乃主持风教的人，岂可不加辨别，仍蹈世俗之陋夫规乎！”夫人听了，点头不已，说他讲得极是。

从此以后，珍生断了痴想，玉娟绝了妄念，知道家人的言语印证不来，随他像也得，不像也得，丑似我也得，好似我也得，一总不去计论他。

偶然有一日，也是机缘凑巧，该当遇合，岸上不能相会，竟把两个影子放在碧波里面印证起来。有一首现成绝句，就是当年的情景。其诗云：

> 绿树阴浓夏日长，楼台倒影入池塘。
>
> 水晶帘动微风起，并作南来一味凉。

时当中夏，暑气困人，这一男一女，不谋而合，都到水阁上纳凉。只见清风徐来，水波不兴，把两座楼台的影子明明白白倒竖在水中。玉娟小姐定睛一看，忽然惊讶起来，道：“为甚么我的影子倒去在他家？形影相离，大是不祥之兆。”疑惑一会，方才转了念头，知道这个影子就是平时想念的人：“只因科头⑤而坐，头上没有方巾，与我辈妇人一样，又且面貌相同，故此疑他作我。"想到此处，方才要印证起来，果然一线不差，竟是自己的模样。既不能够独擅其美，就未免要同病相怜，渐渐有个怨恨爷娘不该拒绝亲人之意。

却说珍生倚栏而坐，忽然看见对岸的影子，不觉惊喜跳跃，凝眸细认一番，才知道人言不谬。风流才子的公郎比不得道学先生的令爱，意气多而涵养少，那些童而习之的学问等不到第二次就要试验出来，对着影子轻轻的唤道："你就是玉娟姐姐么？好一副面容！果然与我一样。为甚么不合在一处做了夫妻？"说话的时节又把一双玉臂对着水中却像要捞起影子拿来受用的一般。玉娟听了此言，看了此状，那点亲爱之心就愈加歆动起来，也想要答他一句，回他一手。当不得家法森严，逾规越检的话从来不曾讲过，背礼犯分之事从来不曾做过。未免有些碍手碍口，只好把满腹衷情付之一笑而已。屠珍生的风流诀窍原是有传授的：但凡调戏妇人，不问他肯不肯，但看他笑不笑；只消朱唇一裂，就是好音；这副同心带儿已结在影子里面了。

从此以后，这一男一女，日日思想纳凉，时时要来避暑，又不许丫环伏侍，伴当追随，总是孤恁画阁，独倚雕栏，好对着影子说话。大约珍生的话多，玉娟的话少，只把手语传情，使他不言而喻。恐怕说出口来被爷娘听见，不但受鞭箠之苦，亦且有性命之忧。

这是第一回。单说他两个影子相会之初虚空慕拟的情节。但不知见形之后，实事何如，且看下回分解。

第二回　受骂翁代图好事
　　　　　被弃女错害相思

　　却说珍生与玉娟自从相遇之后，终日在影里盘桓，只可恨隔了危墙，不能够见面。偶然有一日，玉娟因睡魔缠扰，起得稍迟，盥栉起来，已是巳牌时候，走到水阁上面，不见珍生的影子，只说他等我不来，又到别处去了；谁想回头一看，那个影子忽然变了真形，立在他玉体之后，张开两手，竟要来搂抱他。这是甚么缘故？只为珍生蓄了偷香之念，乘他未至，预先赴水过来，藏在隐僻之处，等他一到就钻出来下手。玉娟是个胆小的人，要说句私情话儿尚且怕人听见，岂有青天白日对了男子做那不尴不尬的事没有人捉奸之理？就大叫一声"阿呀"，如飞避了进去，一连三五日不敢到水阁上来。看官，要晓得这番举动还是提举公家法森严，闺门谨饬的效验，不然，就有真赃实犯的事做将出来，这段奸情不但在影似之间而已了。珍生见他喊避，也吃了一大惊，翻身跳入水中，踉跄而去。

　　玉娟那番光景，一来出于仓皇，二来迫于畏惧，原不是有心拒绝他；过了几时，未免有些懊悔，就草下一幅诗笺藏在花瓣之内，又取一张荷叶做了邮筒，使他入水不濡；张见珍生的影子就丢下水去，道："那边的人儿好生接了花瓣。"珍生听见，惊喜欲狂，连忙走下楼去，拾起来一看，却是一首七言绝句。其诗云：

　　　"绿波摇漾最关情，何事虚无变有形？
　　　　非是避花偏就影，只愁花动动金铃。"

珍生见了，喜出望外，也和他一首，放在碧筒之上寄过去，道：

> "惜春虽爱影横斜，到底如看梦里花。
>
> 但得冰肌亲玉骨，莫将修短问韶华。"

玉娟看了此诗，知道他色胆如天，不顾生死，少不得还要过来，
终有一场奇祸；又取一幅花笺，写了几行小字去禁止他，道：

> "初到止于惊避，再来未卜存亡。吾翁不类若翁，
>
> 吾死同于汝死。戒之！慎之！"

珍生见他回得决裂，不敢再为佻达之词，但写几句恳切话儿以
订婚姻之约。其字云：

> "家范固严，杞忧亦甚。既杜桑间之约，当从冰上
>
> 之言。所虑吴越相衔，朱陈难合，尚俟徐觇动静，巧
>
> 觅机缘。但求一字之贞，便矢终身之义。"

玉娟得此，不但放了愁肠，又且合他本念，就把婚姻之事一口
应承，复他几句道：

> "既删《郑卫》，当续《周南》。愿深窈窕之求，
>
> 勿惜参差之采。此身有属，之死靡他。倘背厥天，有
>
> 如皎日！"

珍生览毕，欣慰异常。

从此以后，终日在影中问答，形外追随，没有一日不做几
首情诗；做诗的题目总不离一个影字；未及半年，珍生竟把唱
和的诗稿汇成一帙，题曰"合影编"，放在案头。被父母看见，
知道这位公郎是个肖子，不惟善读父书，亦且能成母志，倒欢
喜不过，要替他成就姻缘，只是逆料那个迂儒断不肯成人之美。

管提举有个乡贡同年，姓路，字子由，做了几任有司，此
时亦在林下。他的心体绝无一毫沾滞，既不喜风流，又不讲道
学。听了迂腐的话也不见攒眉，闻了鄙亵之言也未尝洗耳。正

合着古语一句："在不夷不惠之间⑥"；故此与屠管二人都相契厚。屠观察与夫人商议，只有此老可以做得冰人，就亲自上门求他作伐，说："敝连襟与小弟素不相能，望仁兄以和羹妙手调剂其间，使冰炭化为水乳，方能有济。"路公道："既属至亲，原该缔好，当效犬马之力。"

一日，会了提举，问他令爱芳年，曾否许配，等他回了几句，就把观察所托的话婉婉转转说去说他，管提举笑而不答，因有笔在手头，就写几行大字在几案之上，道：

"素性不谐，矛盾已久。方着绝交之论，难遵缔好

之言。欲求亲上加亲，何啻梦中说梦！"

路公见了，知道也不可再强，从此以后，就绝口不提，走去回复观察，只说他坚执不允，把书衔回复的狠话隐而不传。观察夫妻就断了念头，要替儿子别娶。

又闻得人说路公有个螟蛉之女，小字锦云，才貌不在玉娟之下，另央一位冰人走去说合。路公道："婚姻大事，不好单凭己意，也要把两个八字合一合婚，没有刑伤损克，方才好许。"观察就把儿子的年庚封与媒人送去。路公拆开一看，惊诧不已；原来珍生的年庚就是锦云的八字。这一男一女竟是同年同月同日同时的。路公道："这等看来，分明是天作之合，不由人不许了，还有甚么狐疑。"媒人照他的话过来回复。观察夫妇欢喜不了，就瞒了儿子定下这头亲事。

珍生是个伶俐之人，岂有父母定下婚姻全不知道的理？要晓得这位郎君自从遇了玉娟，把三魂七魄倒附在影子上去，影子便活泼不过，那副形骸肢体竟像个死人一般；有时叫他也不应，问他也不答；除了水阁不坐，除了画栏不倚；只在那几尺

地方走来走去，又不许一人近身。所以家务事情无由入耳，连自己的婚姻定了多时还不知道。倒是玉娟听得人说，只道他背却前盟，切齿不已，写字过来怨恨他，他才有些知觉，走去盘问爷娘。知道委曲，就号啕痛哭起来，竟像小孩子撒赖一般，倒在爷娘怀里要死要活，硬逼他去退亲；又且痛恨路公，呼其名而辱骂，说："姨丈不肯许亲，都是他的鬼话！明明要我做女婿，不肯让与别人，所以借端推托。若央别个做媒，此时成了好事也未见得！"千乌龟，万老贼，骂个不了。观察要把大义责他，只因骄纵在前，整顿不起；又知道儿子的风流原是看我的样子："我不能自断情欲，如何禁止得他！"所以一味优容，只劝他："暂缓愁肠，待我替你画策。"珍生限了时日，要他一面退亲，一面图谋好事；不然，就要自寻短计，关系他的宗祧⑦。

观察无可奈何，只得负荆上门，预先请过了罪，然后把儿子不愿的话直告路公。路公变起色来，道："我与你是何等人家，岂有结定婚姻又行反复之理！亲友闻之，岂不唾骂！令郎的意思既不肯与舍下联姻，毕竟心有所属。请问要聘那一家？"观察道："他的意思注定在管门；知其必不可得，决要希图万一，以俟将来。"路公听了，不觉掩口而笑，方才把那日说亲书帖回复的狠话直念出来。观察听了，不觉泪如雨下，叹口气，道："这等说来，豚儿的性命决不能留，小弟他日必为若敖之鬼⑧矣！"路公道："为何至此？莫非令公郎与管小姐有了甚么勾当，故此分拆不开么？"观察道："虽无实事，颇有虚情；两副形骸虽不曾会合，那一对影子已做了半载夫妻。如今情真意切，实是分拆不开。老亲翁何以救我？"说过之后，又把《合影编》的诗稿递送与他，说是一本风流孽账。路公看过之后，怒了一回，又笑起来，道："这椿事情虽然可恼，却是一种佳话。对影钟情，从来未有其事。将来必传。只是为父母的不该使他至此；既已至此，那得不成就他！——也罢，在我身上替他生出法来成就这椿好事。宁可做小女不着，冒了被弃之名，替他别寻配偶罢。"观察道："若得如此，感恩不尽。"

观察别了路公，把这番说话报与儿子知道。珍生转忧作喜，不但不骂，又且歌功颂德起来。终日催促爷娘去求他早筹良计，又亲自上门哀告不已。路公道："这椿好事不是一年半载做得来的。且去准备寒窗再守几年孤寡。"

路公从此以后一面替女儿别寻佳婿，一面替珍生巧觅机缘。把悔亲的来历在家人面前绝不提起：一来虑人笑耻；二来恐怕女儿知道，学了人家的样子，也要不尴不尬起来。倒说女婿不中意，恐怕误了终身，自家要悔亲别许。那里知道儿女心多，倒从假话里面弄出真事故来。

却说锦云小姐未经悔议之先，知道才郎的八字与自己相同，又闻得那副面容俊俏不过，方且自庆得人，巴不得早完亲事，忽然听见悔亲，不觉手忙脚乱。那些丫鬟侍妾又替他埋怨主人，说："好好一头亲事，已结成了，又替他拆开！使女婿上门哀告，只是不许。既然不许，就该断绝了他，为甚么又应承作伐，把个如花似玉的女婿送与别人！"锦云听见，痛恨不已，说："我是他螟蛉之女，自然痛痒不关；若还是亲生自养，岂有这等不情之事！"恨了几日，不觉生起病来。俗语讲得好：

> 说不出的，才是真苦；
>
> 挠不着的，才是真痛。

他这番心事，说又说不出，只好郁在胸中，所以结成大块，攻治不好。

男子要离绝妇人，妇人反思念男子：这种相思，自开辟以来⑨不曾有人害过。看官们看到此处，也要略停慧眼，稍捌愁眉，替他存想存想。且看这番孽障，后来如何结果。

第三回　堕巧计爱女嫁媒人
　　　　凑奇缘媒人赔爱女

却说管提举的家范原自严谨，又因路公来说亲，增了许多疑虑，就把墙垣之下，池水之中，填以瓦砾，复以泥土，筑起一带长堤；又时常着人伴守，不容女儿独坐。从此以后，不但形骸隔绝，连一对虚空影子也分为两处，不得相亲。珍生与玉娟又不约而同做了几首别影诗附在原稿之后。

玉娟只晓得珍生别娶，却不知道他悔亲。深恨男儿薄幸，背了盟言，误得自己不上不下。又恨路公怀了私念，把别人的女婿攘为己有，媒人不做，倒反做起岳丈来。可见说亲的话并非忠言，不过是勉强塞责，所以父亲不许。一连恨了几日，也渐渐的不茶不饭，生起病来。路小姐的相思叫做"错害"，管小姐的相思叫做"错怪"。害与怪虽然不同，其错一也。更有一种奇怪的相思害在屠珍生身上，一半像路，一半像管，恰好在"错害""错怪"之间。这是甚么缘故？他见水中墙下筑了长堤，心上思量道："他父亲若要如此，何不行在砌墙立柱之先？还省许多工料。为甚么到了此际忽然多起事来？毕竟是他自己的意思，知道我聘了别家，竟要断恩绝义，倒在爷娘面前讨好，假装个贞节妇人，故此教他筑堤，以示决绝之意，也未见得。我为他做了义夫，把说成的亲事都回绝了，依旧要想娶他，万一此念果真，我这段痴情向何处着落？闻得路小姐娇艳异常，他的年庚又与我相合，也不叫做无缘。如今年庚相合的既回了去，貌面相似的又娶不来，竟做了一事无成，两相耽误，好没来由！"只因这两条错念横在胸中，所以他的相思更比二位佳人害得诧异。想到玉娟身上，就把锦云当了仇人，说他是起祸的根由，时常在梦中咒骂。想到锦云身上，又把玉娟当了仇人，说他是误人的种子，不住在暗里唠叨。弄得父母说张不是，说李不是，只好听其自然。

却说锦云小姐的病体越重，路公择婿之念愈坚；路公择婿之念愈坚，锦云小姐的病体越重。路公不解其意，只说他年大当婚，恐有失时之叹，故此忧郁成病，只要选中才郎，成了亲事，他自然勿药有喜；所以分付媒婆引了男子上门，终朝选择。谁想引来的男子都是些魑魅魍魉^⑩，丫环见了一个，走进去形容体态，定要惊个半死；惊上几十次，那里还有魂灵，止剩得几茎残骨，一副枯骸，倒在床褥之间，恹恹待毙。

路公见了，方才有些着忙；细问丫环，知道他得病的来历，就翻然自悔，道："妇人从一而终，原不该悔亲别议；他这场大病倒害得不差，都是我做爷的不是。当初屠家来退亲，原不该就许；如今既许出口，又不好再去强他。况且那桩好事，我已任在身上。大丈夫千金一诺，岂可自食其言？只除非把两头亲事合做一头，三个病人串通一路，只瞒着老管一个，等他自做恶人；直等好事做成，方才使他知道。到那时节，生米煮成熟饭，要强也强不去了。只是大小之间有些难处。"仔细想了一回，又悟转来，道："当初娥皇、女英同是帝尧之女，难道配了

大舜也分个妻妾不成？不过是姊妹相称而已。"主意定了，一面
叫丫环安慰女儿，一面请屠观察过来商议，说："有个两便之
方，既不令小女二天，又不使管门失节；只是令郎有福，忒煞
讨了便宜，也是他命该如此。"观察喜之不胜，问他计将安出。
路公道："贵连襟心性执拗，不便强之以情，只好欺之以理。小
弟中年无子，他时常劝我立嗣，我如今只说立了一人，要聘他
女儿为媳。他念相与之情，自然应许。等他许定之后，我又说
小女尚未定人，要招令郎为婿，屈他做个四门亲家，以终夙昔
之好。他就要断绝你，也却不得我的情面。许出了口，料想不
好再许别人。待我选了吉日，只说一面娶亲，一面赘婿，把二
女一男并在一处，使他各畅怀抱，岂不是椿美事！"屠观察听
了，笑得一声，不觉拜倒在地，说他不但有回天之力，亦且有
再造之恩①，感颂不了，就把异常的喜信报与儿子知道。

　　珍生正在两忧之际，得了"双喜"之音，如何跳跃得住。
他那种诧异相思，不是这种诧异的方术也医他不好。锦云听了
丫环的话，知道改邪归正，不消医治，早已拔去病根，只等那
一男一女过来就他，好做女英之姊，大舜之妻。此时三个病人
好了两位，只苦得玉娟一个，有了喜信，究竟不得而知。

　　路公会着提举，就把做成的圈套去笼络他。管提举见女儿
病危，原有早定婚姻之意，又因他是契厚同年，巴不得联姻缔
好，就满口应承，不作一毫难色。路公怕他食言，隔不上一二
日，就送聘礼过门。纳聘之后，又把招赘珍生的话吐露出来。
管提举口虽不言，心上未免不快，笑他明于求婚，暗于择婿，
前门进人，后门入鬼，所得不偿所失。只因成事不说，也不去
规谏他。

　　玉娟小姐见说自己的情郎赘了路公之女，自己又要嫁入路门，与他同在一处，真是羞上加羞，辱中添辱，如何气愤得了。要写一封密札寄与珍生，说明自家的心事，然后去赴水悬梁，寻个自尽。当不得丫环厮守，父母提防，不但没有寄书之人，亦且没有写书之地。

　　一日，丫环进来传话，说路家小姐闻得嫂嫂有病，要亲自过来问安。玉娟闻了此言，一发焦躁不已，只说："他占了我的情人，夺了我的好事，一味心高气傲，故意把喜事骄人，等不得我到他家，预先上门来羞辱，这番歹意如何依允得他！"就催逼母亲叫人过去回复。那里知道这位姑娘并无歹意，要做个瞒人的喜鹊，飞入耳朵来报信的。只因路公要完好事，知道这位小姐是道学先生的女儿，决不肯做失节之妇，听见许了别人，不知就里，一定要寻短计；若央别个寄信，当不得他门禁森严，三姑六婆无由而入，只得把女儿权做红娘，过去传消递息。玉娟见说回复不住，只得随他上门。未到之先，打点一付吃亏的面孔，光⑫忍一顿羞惭，等他得志过了，然后把报仇雪耻的话去回复他。不想走到面前，见过了礼，就伸出一双嫩手在他玉臂之上捏了一把，却像别有衷情，不好对人说得，两下心照的一般。玉娟惊诧不已，一茶之后，就引入房中问他捏臂之故。锦云道："小妹今日之来，不是问安，实来报喜。《合影编》的诗稿已做了一部传奇，目下就要团圆快了。只是正旦之外又添了一脚小旦，你却不要多心。"玉娟惊问其故。锦云把父亲作合的始末细述一番。玉娟喜个不了。只消一剂妙药，医好了三个病人。大家设定机关，单骗着提举一个。

　　路公选了好日，一面抬珍生进门，一面娶玉娟入室，再把女儿请出洞房，凑成三美，一齐拜起堂来。真个好看！只见：

> 男同叔宝，女类夷光。评品姿容，却似两朵琼花，
> 倚着一根玉树；形容态度，又像一轮皎日，分开两片
> 轻云。那一边年庚相合，牵来比并，辨不清孰妹孰兄；
> 这一对面貌相同，卸去冠裳，认不出谁男谁女。把男
> 子推班出色，遇红遇绿，到处成牌；用妇人接羽移宫，
> 鼓瑟鼓琴，皆能合调。允矣无双乐事！诚哉对半神仙！

成亲过了三日，路公就准备筵席请屠、管二人会亲；又怕管提举不来，另写一幅单笺夹在请帖之内，道：

> "亲上加亲，昔闻戒矣；梦中说梦，姑妄听之。今
> 为说梦主人，屈作加亲创举。勿以小嫌介意，致令大
> 礼不成。再订。"

管提举看了前面几句还不介怀，直到末后一联，有"大礼"二字，就未免为礼法所拘，不好借端推托。到了那一日，只得过去会亲。走到的时节，屠观察早已在座。路公铺下毡单，把二位亲翁请在上首，自己立在下首，一同拜了四拜；又把屠观察请过一边，自家对了提举深深叩过四首，道："起先四拜是会亲，如今四拜是请罪。从前以后，凡有不是之处，俱望老亲翁海涵。"管提举道："老亲翁是个简略的人，为何到了今日忽然多起礼数来？莫非因人而施，因小弟是个拘儒，故此也作拘儒之套么？"路公道："怎敢如此。小弟自议亲以来，负罪多端，擢发莫数⑬。只求念至亲二字，多方原宥。俗语道得好：儿子得罪父亲，也不过是负荆而已，何况儿女亲家。小弟拜过之后，大事已完，老亲翁要施责备也责备不成了。"管提举不解其意，还只说是谦逊之词；只见说过之后，阶下两班鼓乐一齐吹打起

来，竟像轰雷震耳，莫说两人对语绝不闻声，就是自己说话也听不出一字。

正在喧闹之际，又有许多侍妾，拥了对半新人，早已步出画堂，立在毡单之上，俯首躬身，只等下拜。管提举定睛细看，只见女儿一个立在左手，其余都是外人，并不见自家的女婿；就对着女儿，高声大喊道："你是何人，竟立在姑夫左手！不惟礼数欠周，亦且浑乱不雅。还不快走开去！"他便叫喊得慌，并没有一人听见。这一男二女低头竟拜。管提举掉转身来正要回避，不想二位亲翁走到，每人拉住一边，不但不放他走，亦且不容回拜，竟像两块夹板夹住身子的一般，端端正正，受了一十二拜。直到拜完之后，三位新人一齐走了进去，方才分付乐工住了吹打。听管提举变色而道，说："小女拜堂，令郎为何不见？令婿与令爱与小弟并非至亲，岂有受拜之礼？这番仪节，小弟不解，老亲翁请道其故。"路公道："不瞒老亲翁说：这位令姨侄就是小弟的螟蛉；小弟的螟蛉就是亲翁的令婿；亲翁的令婿又是小弟的东床⑭：他一身充了三役，所以方才行礼拜了三四一十二拜。老亲翁是个至明至聪的人，难道还懂不着？"管提举想了一会，正辨不清，又对路公道："这些说话，小弟一字不解；缠来缠去，不得明白。难道今日之来，不是会亲，竟在这边做梦不成？"路公道："小柬上面已曾讲过'今为说梦主人'，就是为此。要晓得'说梦'二字原不是小弟创起；当初替他说亲，蒙老亲翁书台回复，那个时节早已种下梦根了。人生一梦耳，何必十分认真？劝你将错就错，完了这场春梦罢。"

提举听了这些话，方才醒悟，就问他道："老亲翁是个正人，为何行此暧昧之事？就要做媒，也只该明讲；怎么设定圈套，弄起我来?"路公道："何尝不来明讲? 老亲翁并不回言，只把两句话儿示之以意，却像要我说梦的一般；所以不复明言，只得便宜行事。若还自家弄巧，单骗令爱一位，使亲翁做了愚人，这重罪案就逃不去了；如今舍得自己，赢得他人。方才拜堂的时节，还把令爱立在左首，小女甘就下风。这样公道拐子，折本媒人，世间没有第二个! 求你把责人之念稍宽一分，全了忠恕之道罢。"提举听到此处，颜色稍和；想了一会，又问他道："敝连襟舍了小女怕没有别处求亲? 老亲翁除了此子也另有高门纳采。为甚么把二女配了一夫，定要陷人以不义?"路公道："其中就里只好付之不言；若还根究起来，只怕方才那四拜，老亲翁该赔还小弟，倒要认起不是来。"提举听到此处，又从新变起色来，道："小弟有何不是? 快请说来!"路公道："只因府上的家范过于严谨，使男子妇人不得见面，所以郁出病来。别样的病只害得自己一个，不想令爱的尊恙与时灾疫症一般，一家过到一家，蔓延不已：起先过与他，后来又过与小女，几乎把三条性命断送在一时! 小弟要救小女，只得预先救他；既要救他，又只得先救令爱。所以把三个病人合来住在一处，才好用药调理。这就是联姻缔好的缘故。老亲翁不问也不好直说出来。"提举听了，一发惊诧不已，就把自家坐的交椅一步一步挪近前来，就着路公，好等他说明就里。路公怕他不服，索性说个尽情，就把对影钟情不肯别就的始末，一缘二故，诉说出来。气得他面如土色，不住的咒骂女儿。路公道："姻缘所在，非人力之所能为。究竟令爱守贞不肯失节，也还是家教使然。如今业已成亲，也算做既往不咎了，还要怪他做甚么?"提举道："这等看来，都是小弟治家不严，以致如此! 空讲一生道学，不曾做得个完人！快取酒来，先罚我三杯，然后上席。"路公道："这也怪不得亲翁。从来的家法，只能锢形，不能锢影。这是两个影子做出事来，与身体无涉，那里防得许多？从今以后，也使治家的人知道这番公案，连影子也要提防，决没有露形之事了。"又对观察道："你两个的是非曲直毕竟要归重一边；若还府上的家教也与贵连襟一般，使令公郎有所畏惮，不敢胡行，这椿诧事就断然没有了。究竟是你害他，非是他累你；不可因令郎得了便宜，倒说风流的是，道学的不是，把是非曲直颠倒过来，使人喜风流而恶道学，坏先辈之典型。取酒过来，罚你三巨觥，以服贵连襟之心，然后坐席。"观察道："讲得有理，受罚无辞。"一连饮了三杯，就作揖赔个不是，方才就席饮酒，尽欢而散。

从此以后，两家释了芥蒂，相好如初。过到后来，依旧把两院并为一宅，就将两座水阁做了金屋，以贮两位阿娇，题曰"合影楼"，以成其志。不但拆去墙垣，掘开泥土，等两位佳人互相盼望；又架起一座飞桥，以便珍生之来往，使牛郎织女无天河银汉之隔。后来珍生联登二榜，入了词林，位到侍讲之职。

这段逸事出在《胡氏笔谈》[15]，但系抄本，不曾刊板行世，所以见者甚少；如今编做小说，还不能取信于人，只说这一十二座亭台[16]都是空中楼阁也。

选自《十二楼》

【题解】

屠、管两家宅第相连，池沼相通。但管公迂腐，偏要在池上铺石板、砌墙头，以防内亲嫌疑。屠公的儿子珍生和管公的女儿玉娟却在水面上认识了彼此的影子。屠公为子求婚，管公严词拒绝。通过路公的周旋，终于把珍生和玉娟请进家门，与自己的女儿锦云会齐一处，形成了一夫二妻所谓拥双艳的结局。这时管公也后悔莫及。这样的故事在明清的一段时间里，曾经风行一时，在封建时代特定的婚姻制度下，圆了士大夫文人的风流美梦。本篇产生于中国古代白话小说较晚的时期，属于文人创作，难免兼具时代和文人的双重特色，在情节布局方面，这些特色表现得尤为明显。合影楼是"机关"所在，里面贮着两位阿娇，也是一个故事从无到有架构、充填的标志物。小说文笔亦佳，不妨说是一篇精心的娱人之作。

【注释】

①黄甲：科甲出身。　②型于之化：型同"刑"。这里是比喻妻子受了丈夫的影响。　③螟蛉有子，式穀似之：传说土蜂取螟蛉的幼虫，放置于木孔中养育，并祷祝说："似我，似我。"七天后幼虫果然变成土蜂的样子。　④垂髫总角：本指发式，借指未成年时。　⑤科头：结发不戴冠。　⑥在不夷不惠之间：为人处世不太过分。　⑦宗祧：宗庙。这里"关系他的宗祧"犹言断了香火。　⑧若敖之鬼：意为没有后嗣。　⑨自开辟以来：自从开天辟地以来，从古以来。　⑩魑魅魍魉：这里比喻丑陋的人。　⑪再造之恩：救命的恩惠。　⑫光：疑是"先"字。　⑬擢发莫数：多得都不能用头发来计算。　⑭东床：指女婿。　⑮《胡氏笔谈》：这里大约不是确指某种书籍，而是说"无中生有，胡乱谈谈罢了"。　⑯这十二座亭台：指《十二楼》里所有的作品。书中的十二篇小说，都各用一座楼做主要关目。

酌元亭主人（生卒年不详）

姓名、生平不可考。著有小说《照世杯》。此书前有吴山谐道人序，序中提到作者与"紫阳道人"和"睡乡祭酒"相识，还说到作者在杭州西湖"与紫阳道人借三寸管"，云云。按紫阳道人即丁耀亢（1599——1669），睡乡祭酒即杜濬（1611——1687）。故可知他们三人大致同时，即明末清初人。《照世杯》约成书于清顺治末年或康熙初年。

走安南玉马换猩绒

百年古墓已为田，人世悲欢只眼前；

日暮子规啼更切，闲修野史续残编。

话说广西地方，与安南①交界。中国客商，要收买丹砂、苏合香、沈香，却不到安南去，都在广西收集。不知道这些东西，尽是安南的土产，广西不过是一个聚处。安南一般也有客人到广西来货卖。那广西牙行②经纪，皆有论万家私，堆积货物。但逢着三七，才是交易的日子。这一日，叫做开市。开市的时候，两头齐列着官兵，放炮呐喊，直到天明，才许买卖。这也是近着海滨，恐怕有奸细生事的意思。市上又有个评价官，这评价官，是安抚衙门里差出来的，若市上有私买私卖，缉访出来，货物入官，连经纪客商，都要问罪。自从做下这个官例，那个还敢胡行？所以评价官，是极有权要的。名色虽是评价，实在却是抽税。这一主无碍的钱粮，都归在安抚。

曾有个安抚姓胡，他生性贪酷，自到广西做官，不指望为百姓兴一毫利，除一毫害，每日只想剥尽地皮自肥。总为天高听远③，分明是半壁天子一般。这胡安抚没有儿子，就将妻侄承继在身边做公子。这公子有二十余岁，生平毛病，是见不得女色的：不论精粗美恶，但是落在眼里就不肯放过。只为安抚把他关禁在书房里，又请一位先生陪他读书，你想旷野里的猢狲，可是一条索子锁得住的？况且要他读书，真如生生的逼那猵狿妆扮李三娘挑水、鲍老送婴孩的戏文了。眼见读书不成，反要生起病来。安抚的夫人，又爱惜如宝，这公子倚娇倚痴，要出衙门去顽耍，夫人道："只怕你父亲不许，待我替你讲。"

早晨，安抚退堂，走进内衙来。夫人指着公子道："你看他面黄肌瘦，茶饭也不多吃，皆因在书房内用功过度。若再关禁几时，连性命都有些难保了。"安抚道："他既然有病，待我传官医进来吃一两剂药，自然就好的，你着急则甚？"公子怕露出马脚来，忙答应道："那样苦水，我吃他做甚么！"安抚道："既不吃药，怎得病好哩？"夫人道："孩子家心性原坐不定的，除非是放他出衙门外，任他在有山水的所在，或者好寺院里，闲散一番，自然病就好了。"安抚道："你讲的好没道理。我在这地方上，现在做官，怎好纵放儿子出去顽耍？"夫人道："你也忒糊涂，难道儿子面孔上贴着安抚公子的几个字么？便出去顽耍，有那个认得，有那个议论？况他又不是生事的，你不要弄得他病久了，当真三长两短，我是养不出儿子的哩。"安抚也是溺爱，一边况且夫人发怒，只得改口道："你不要着急，我自有个道理。明朝是开市的日期，分付评价官，领他到市上顽一会就回。除非是打扮着，要改换了服式，才好掩人耳目。"夫人道："这个容易。"公子在傍边，听得眉花眼笑，摸手跌脚的外边欢喜去了。正是：

> 意马心猿拴不住，郎君年少总情迷；
> 世间溺爱皆如此，不独偏心是老妻。

话说次日五更，评价官奉了安抚之命，领着公子出辕门来。每人都骑着高头大马。到得市上，那市上原来评价官也有个衙门，公子下了马，评价官就领他到后衙里坐着，说道："小衙内，你且宽坐片时，待小官出去点过了兵，放炮之后，再来领衔内出外观看。"只见评价官出去坐堂。

公子那里耐烦死等，也便随后走了出来。此时天尚未亮，满堂灯炬，照得如同白日。看那四围都是带大帽持枪棍的，委实好看。公子打人丛里挤出来，直到市上。早见人烟凑集，家家都挂着灯笼。公子信步走去，猛抬头看见楼上一个标致妇人，凭着楼窗往下面看。他便立住脚，目不转睛的瞧个饱满。你想：看人家妇女，那有看得饱的时节？总因美人立在眼前，心头千思万想，要他笑一笑，留些情意，好从中下手。却不知枉用心肠，象饿鬼一般，腹中越发空虚了。这叫做眼饱肚中饥。公子也是这样呆想。那知楼上的妇人，他却贪看市上来来往往的，可有半些眼角梢儿留在公子身上么？又见楼下一个后生，对着那楼上妇人说道："东方发白了，可将那几盏灯挑下来吹息了。"妇人道："烛也剩不多，等他点完了罢。"

公子乘他们说话，就在袖里取出汗巾来。那汗巾头上系着一个玉马。他便将汗巾裹一裹，掷向楼上去，偏偏打着妇人的面孔。妇人一片声喊起来。那楼下后生，也看见一件东西在眼中幌一幌，又听得楼上喊声，只道那个拾砖头打他。忙四下一看，只见那公子嘻着一张嘴，拍着手大笑道："你不要错看了，那汗巾里面裹着有玉马哩！"这后生怒从心上起，恶向胆边生，忙去揪着公子头发，要打一顿。不提防用得力猛，却揪着个帽子，被公子在人丛里一溜烟跑开了。后生道："便宜这个小畜生！不然，打他一个半死，才显我的手段。"拿帽在手，一径跑到楼上去。

妇人接着笑道："方才不知那个涎脸，将汗巾裹着玉马掷上

来。你看，这玉马倒还有趣哩。"后生拿过来看一看道："这是
一个旧物件。"那妇人也向后生手里取过帽子来看道："你是那
里得来的？上面好一颗明珠！"后生看了，惊讶道："果然好一
颗明珠！是了，是了，方才那小畜生，不知是那个官长家的
哩。"妇人道："你说甚么？"后生道："我在楼下，见一个人瞧
你，又听得你喊起来，我便赶上去打那一个人，不期揪着帽子，
被他脱身走去。"妇人道："你也不问个皂白，轻易便打人，不
要打出祸根来。他便白瞧得奴家一眼，可有本事吃下肚去么？"
后生道："他现在将物件掷上来，分明是调戏你。"妇人道：
"尔好呆，这也是他落便宜，白送一个玉马。奴家还不认得他是
长是短，你不要多心。"正说话间，听得市上放炮响。后生道：
"我去做生意了。"正是：

玉马无端送，明珠暗里投。

你道这后生姓甚么？原来叫做杜景山。他父亲是杜望山，出名
的至诚经纪。四方客商，都肯来投依。自去世之后，便遗下这
挣钱的行户④与儿子。杜景山也做人乖巧，倒百能百干，会招
揽四方客商，算得一个克家的肖子。我说那楼上的妇人，就
是他结发妻子。这妻子娘家姓白，乳名叫做凤姑，人材又生得
柔媚，支持家务，件件妥贴。两口儿极是恩爱不过的。他临街
是客楼，一向堆着货物，这日出空了，凤姑偶然上楼去观望街
上，不期撞着胡衙内这个祸根。你说惹了别个还可，胡衙内是
个活太岁，在他头上动了土，重则断根绝命，轻则也要荡产倾
家。若是当下评价官晓得了，将杜景山责罚几板，也就消了忿
恨。偏那衙内怀揣着鬼胎，却不敢打市上走，没命的往僻巷里
躲了去。走得气喘，只得立在房檐下歇一歇。万不晓得对门一

个妇人，蓬着头，敞着胸，手内提了马桶，将水荡一荡，朝着侧边泼下。那知道黑影内有一个人立着。刚刚泼在衙内衣服上。衙内叫了一声："哎哟！"妇人丢下马桶，就往家里飞跑。我道妇人家荡马桶，也有个时节，为何侵晨扒起来就荡？只因小户人家，又住在窄巷里，恐怕黄昏时候，街上有人走动，故此趁那五更天，巷内都关门闭户，他便冠冠冕冕，好出来洗荡。也是衙内晦气，蒙了一身的粪渣香，自家闻不得，也要掩着鼻子。心下又气又恼，只得脱下那件外套来，露出里面是金黄短夹袄。

　　衙内恐怕有人看见，观瞻不雅，就走出巷门，看那巷外是一带空地，但闻马嘶的声气。走得几步，果见一匹马拴在大树底下，鞍辔都是备端正的。衙内便去解下缰绳，才跨上去，脚蹬还不曾踏稳，那马飞跑去了。又见草窝里跳出一个汉子，喊道："拿这偷马贼！拿这偷马贼！"随后如飞的赶将来。衙内又不知这马的缰口，要带又带不住，那马又不打空地上走，竟转一个大弯，冲到市上来。防守市上的官兵，见这骑马汉子，在人丛里放辔，又见后面汉子追他，喊是"偷马贼"，一齐喊起来道："拿奸细！"吓得那些做生意买卖的，也有挤落了鞋子，也有失落了银包，也有不见了货物，也有踏在泥沟里，也有跌在店门前，纷纷沓沓，象有千军万马的光景。评价官听得有了奸细，忙披上马，当头迎着，却认得是衙内。只见衙内头发也披散了，满面流的是汗，那脸色就如黄蜡一般。喜的这时马也跑不动了。早有一个胡髭碧眼的汉子，喝道："快下马来！俺安南国的马，可是尔蛮子偷来骑得的么？"那评价官止住道："这是我们衙内，不要啰唣！"连忙叫人抱下马来。那安南国的汉子把马也牵去了。那官兵见是衙内，各各害怕道："好是不曾伤着那里哩。"

评价官见市上无数人拥挤在一团来看衙内，只得差官兵赶散了，从容问道："衙内出去，说也不说一声，吓得小官魂都没了。分头寻找，却不知衙内在何处游戏，为何衣帽都不见了，是甚么缘故？"衙内隔了半晌，才说话道："你莫管我闲事，快备马送我回去。"评价官只得自家衙里，取了巾服，替衙内穿戴起来，还捏了两把汗，恐怕安抚难为他，再三哀告衙内，要他包涵。衙内道："不干你事，你莫要害怕。"众人遂扶衙内上马，进了辕门，后堂传梆道是衙内回来了。

夫人看见，便问道："我儿，外面光景好看么？"衙内全不答应，红了眼眶，扑籁籁吊下泪来。夫人道："儿为着何事？"忙把衣袖替他揩泪。衙内越发哭得高兴。夫人仔细将衙内看一看道："你的衣服那里去了？怎样换这个巾服？"衙内哭着说道："儿往市上观看，被一个店口的强汉，见儿帽上的明珠，起了不良之念，便来抢去，又剥下儿的外套衣服。"夫人掩住他的口道："不要提起罢，你爹原不肯放你出去，是我变嘴脸的说了，他才依我。如今若晓得这事，可不连我也埋怨起来？"正是：

　　　　不到江心，不肯收舵；若无绝路，那肯回兵。

话说安抚见公子回来，忙送他到馆内读书。不期次日众官员都来候问衙内的安。安抚想道："我的儿子又没有大病，又不曾叫官医进来用药，他们怎么问安？"忙传进中军⑤来，叫他致意众官员，回说衙内没有大病，不消问候得。中军传着安抚之命。不一时，又进来禀道："众官员说晓得衙内原没有病，因是衙内昨日跑马着惊，特来致问候的意思。"安抚气恼道："我的

儿子才出衙门游得一次，众官就晓得，想是他必定生事了。"遂
叫中军谢声众官员，他便走到夫人房里来，发作道："我原说在
此现任，儿子外面去不得的。夫人偏是护短，却任他生出事来，
弄得众官员都到衙门里问安，成甚么体统？"夫人道："他顽不
上半日，那里生出甚么事来？"安抚焦躁道："你还要为他遮
瞒？"夫人道："可怜他小小年纪，又没有气力，从那里生事
起？是有个缘故，我恐怕相公着恼，不曾说得。"安抚道："你
便遮瞒不说，怎遮瞒得外边耳目？"夫人道："前日相公分付
说，要儿子改换妆饰。我便取了相公烟燉帽上面钉的一颗明珠，
把他带上。不意撞着不良的人，欺心想着这明珠，连帽子都抢
了去。就是这个缘故了。"安抚道："岂有此理！难道没人跟随
着他，任凭别人抢去？这里面还有个隐情，连你也被儿子瞒
过。"夫人道："我又不曾到外面去，那里晓得这些事情。相公
叫他当面来一问就知道详细了，何苦埋怨老身？"说罢便走开
了。

安抚便差丫鬟，向书馆里请出衙内来。衙内心中着惊，走
到安抚面前，深深作一个揖。安抚问道："尔怎么昨日去跑马闯
事？"衙内道："是爹爹许我出去，又不是儿子自家私出去顽耍
的。"安抚道："你反说得干净！我许你出去散闷，那个许你出
去招惹是非？"衙内道："那个自家去招惹是非？别人抢我的帽
子、衣服，孩儿倒不曾同他争斗，反回避了他，难道还是孩儿
的不是？"安抚道："你好端端市上观看，又有人跟随着，那个
大胆敢来抢你的？"衙内回答不出。早听得房后夫人大骂起来
道："胡家后代止得这一点骨血，便将就些也罢！别人家儿女还
要大赌大嫖，败坏家私。他又不是那种不学好的，就是出去顽

耍，又不曾为非做歹，玷辱你做官的名声！好休便休，只管唠
唠叨叨，你要逼死人才住么？"安抚听得这一席话，连身子也麻
木了半边，不住打寒噤，忙去赔小心道："夫人，你不要气坏
了。尔疼孩儿，难道我不疼孩儿么？我恐孩儿在外面吃了亏，
问一个来历，好处治那抢帽子的人。"夫人道："这才是。"叫
着衙内道："我儿，你若记得那抢帽子的人，就说出来，做爹的
好替你出气。"衙内道："我还记得那个人家，灯笼上明明写着
'杜景山行'四个字。"夫人欢喜，忙走出来，抚着衙内的背
道："好乖儿子，这样聪明，字都认识得深了，此后再没人敢来
欺负你。"又指着安抚道："你胡家门里，我也不曾看见一个走
得出会识字象他的哩。"

　　安抚口中只管把"杜景山"三个字一路念着，踱了出来，
又想道："我如今遽怒将杜景山拿来痛打一阵，百姓便叫我报复
私仇。这名色也不好听。我有个道理了，平昔闻得行家尽是财
主富户，自到这里做官，除了常例之外，再不曾取扰分文。不
若借这个事端，难为他一难为。我又得了实惠，他又不致受苦，
我儿子的私愤又偿了。极妙，极妙！"即刻遂传书吏，写一张取
大红猩猩小姑绒的票子，拿朱笔写道："仰杜景山速办三十丈交
纳，着领官价，如违拿究！即日缴。"

　　那差官接了这个票子，何敢怠慢，急急到杜家行里来。杜
景山定道是来取平常供应的东西，只等差官拿出票子来看了，
才吓得面如土色，舌头伸了出来，半日还缩不进去。差官道：
"你火速交纳，不要迟误。票上原说即日缴的，你可曾看见
么？"杜景山道："爷们且进里面坐了。"忙叫妻子治酒肴款待。
差官道："你有得交纳没得交纳？也该作速计较。"杜景山道：

"爷请吃酒，待在下说出道理来。"差官道："尔怎么讲?"

杜景山道："爷晓得这猩猩绒是禁物，安南客人不敢私自拿来贩卖? 要一两丈或者还有人家藏着的，只怕人家也不肯拿出来。如今要三十丈，分明是个难题目了。莫讲猩猩绒不容易有，就是急切要三十丈小姑绒，也没处去寻。平时安抚老爷，取长取短，还分派众行家身上，谓之众轻易举; 况且还是眼面前的物件，就着一家支办，力量上也担承得来。如今这个难题目，单看上了区区一个，将我遍身上下的血割了，也染不得这许多。在下通常计较，有些微薄礼取来孝顺，烦在安抚老爷面前，回这样一声。若回得脱，便是我行家的造化，情愿将百金奉酬。就回不脱，也要宽了限期，慢慢商量，少不得奉酬就是这百金。若爷不放心在下，便先取出来，等爷袖了去何如?"差官想道："回得脱回不脱，只要我口内禀一声，就有百金上腰。拼着去禀一禀，决不致生出事来。"便应承道："这个使得。银子也不消取出来，我一向晓得你做人是极忠厚老成的，你也要写一张呈子，同着我去。济与不济，看你的造化了。"

杜景山立刻写了呈子，一齐到安抚衙门前来。此时安抚还不曾退堂。差官跪上去禀道："行家杜景山带在老爷台下。"安抚道："票子上的物件交纳完么?"差官道："杜景山也有个下情。"便将呈子递上去。安抚看也不看，喝道："差你去取猩猩绒，谁教你带了行家来? 你替他递呈子，敢是得了他钱财?"忙丢下签去，要捆打四十。杜景山着了急，顾不得性命，跪上去禀道："行家磕老爷头。老爷要责差官，不如责了小人，这与差官没相干。况且老爷取猩猩绒，又给官价，难道小人藏在家里不肯承应? 有这样大胆的子民么? 只是这猩猩绒久系禁物，老爷现大张着告示在外面，行家奉老爷法度，那个敢私买这禁物?"

安抚见他说得在理，反讨个没趣，只得免了差官的打；倒心平气和对杜景山道："这不是我老爷自取，因朝廷不日差中贵来取上京去，只得要预先备下。我老爷这边宽你的限期，毋得别项推托。"忙叫库吏先取三十两银子给与他。杜景山道："这银子小人决不敢领。"安抚怒道："你不要银子，明明说老爷白取你的了！可恶，可恶！"差官倒上去替他领了下来。杜景山见势头不好，晓得这件事万难推诿，只得上去哀告道："老爷宽小人三个月限，往安南国收买了回来交纳。"安抚便叫差官拿上票子去，换朱笔批道："限三个月交纳，如过限拿家属比较。"杜景山只得磕了头，同差官出来。正是：

> 不怕官来只怕管，上天入地随他遣；
>
> 官若说差许重说，尔若说差就打板。

话说杜景山回到家中，闷闷不乐。凤姑捧饭与他吃，他也只做不看见。凤姑问道："你为着甚么这样愁眉不开?"杜景山道："说来也好笑，我不知那些儿得罪了胡安抚，要在我身上交纳三十丈猩猩小姑绒，限我三个月到安南去收买回来。你想众行家安安稳稳在家里趁银子，偏我这等晦气！天若保佑我到安南去，容容易易就能买了来，还扯一个直；取买不来时，还要带累你哩。"说罢，不觉泪如雨下。凤姑听得，也惨然哭起来。杜景山道："撞着这个恶官，分明是我前世的冤家了。只是我去之后，你在家小心谨慎，切不可立在店门前，惹人轻薄。你平昔原有志气，不消我分付得。"凤姑道："但愿得你早去早回，免我在家盼望。至若家中的事体，只管放心。但不知你几时动身，好收拾下行李。"杜景山道："他的限期急迫，只明日便要起身，须收拾得千金去才好。还有那玉马，你也替我放在拜匣里，好凑礼物送安南客人的。"凤姑道："我替你将这玉马系在衣带傍边，时常看看，只当是奴家同行一般。"两个这一夜，凄凄切切，讲说不了。少不得要被窝里送行，加意亲热。总是杜景山自做亲之后，一刻不离，这一次出门，就象千山万水，要去一年两载的光景。正是：

> 阳台今夜鸾胶梦，边草明朝雁迹愁。

话说杜景山别过凤姑，取路到安南去。饥餐渴饮，晓行暮宿，不几时望见安南国城池。心中欢喜不尽。进得城门，又验了路引，披一披行囊，晓得是广西客人，指点他道："你往朵落馆安歇，那里尽是你们广西客人。"

杜景山遂一路问那馆地，果然有一个大馆，门前三个番字，却一个字也不认得。进了馆门，听见里面客人皆广西声气，走出一两个来，通了名姓，真是同乡遇同乡，说在一堆，笑在一处。安下行李，就有个值馆的通事官，引他在一门客房里安歇。杜景山便与一个老成同乡客商议买猩猩绒。那老成客叫做朱春辉，听说要买猩猩绒，不觉骇然道："杜客人你怎么做这犯禁的生意？"杜景山道："这不是在下要买，因为赍了安抚之命，不得不来。"随即往行李内取出官票与朱春辉看。朱春辉看了道："尔这个差不是好差，当时为何不辞脱？"杜景山道："在下当时也再三推辞，怎当安抚就是蛮牛，一毫不通人性的，索性倒不求他了。"朱春辉道："我的熟经纪姓黎，他是黎季犁丞相之后，是个大姓，做老了经纪的。我和你到他家去商量。"杜景山道："怎又费老客这一片盛心？"朱春辉道："尽在异乡，就是至亲骨肉，说那里话！"

两个出了朵落馆，到得黎家店口，只见店内走出一个连腮卷毛白胡子老者，见了朱客人，手也不拱，笑嘻嘻的说得不明不白，扯着朱客人往内里便走。杜景山随后跟进来，要和他施礼。老儿居然立着不动。朱春辉道："他们这国里是不拘礼数的，你坐着罢。这就是黎师长了。"黎老儿又指着杜景山问道："这是那个？"朱春辉道："这是敝乡的杜客人。"黎老者道："原来是远客，待俺取出茶来。"只见那老者进去，一会手中捧着矮漆螺顶盘子，盘内盛着些果品。杜景山不敢吃。朱春辉道："这叫做香盖⑥，吃了满口冰凉，几日口中还是香的哩。"黎老者道："俺们国中叫做庵罗果，因尊客身边都带着槟榔，不敢取奉，特将这果子当茶。"杜景山吃了几个，果然香味不凡。

朱春辉道："敝乡杜景山到贵国来取猩猩绒，因初次到这边，找不着地头，烦师长指引一指引。"黎老者笑道："怎么这位客官做这件稀罕生意？你们中国道是猩猩出在俺安南地方，不知俺安南要诱到一个猩猩好烦难哩。"杜景山听得竟是吓呆了，问道："店官怎么烦难？"只见黎老者作色道："这位客长好不中相与⑦，口角这样轻薄！"杜景山不解其意。朱春辉赔不是道："老师长不须见怪，敝同乡极长厚的，他不是轻薄，因不知贵国的称呼。"黎老者道："不知者不罪。罢了，罢了。"杜景山才晓得自家失口，叫了他"店官"。

黎老者道："你们不晓得那猩猩的形状，他的面是人面，身子却象猪，又有些象猿。出来必同三四个做伴。敝国这边张那猩猩的叫做捕催。这捕催大有手段，他晓得猩猩的来路，就在黑蛮峪口，一路设着浓酒，傍边又张了高木屐。猩猩初见那酒，也不肯就饮，骂道：'奴辈设计张我，要害我性命，我辈偏不吃这酒，看他甚法儿奈何我！'遂相引而去。迟了一会，又来骂一阵，骂上几遍，当不得在那酒边，走来走去，香味直钻进鼻头里，口内唾吐直流出来。对着同伴道：'我们略尝一尝酒的滋味，不要吃醉了。'大家齐来尝酒。那知酒落了肚，喉咙越发痒起来，任你有主意，也拿花不定，顺着口儿只管吃下去，吃得酩酊大醉；见了高木屐，各各欢喜，着在脚下，还一面骂道：'奴辈要害我，将酒灌醉我们，我们却思量不肯吃醉了，看他甚法儿奈何我！'众捕傩见他醉醺醺东倒西歪的，大笑道：'着手了！着手了！'猛力上前一赶，那猩猩是醉后，又且着了木屐，走不上几步，尽皆跌倒。众捕傩上前擒住。却不敢私自取血，报过国王，道是张着几个猩猩了。众捕傩才敢取血。那取血也不容易，跪在猩猩面前，哀求道："捕奴怎敢相犯，因奉国王之命，不得已要借重玉体上猩红，求分付见惠多少，倘若不肯，你又枉送性命，捕奴又白折辛苦，不如分付多惠数瓢，后来染成货物，为尔表扬名声，我们还感激你大德，这便死得有名了。'那晓得猩猩也是极喜花盆®，极好名的，遂开口许捕傩们几瓢。取血之时，真一点不多，一点不少。倘遇着一个悭鬼猩猩，他便一点也舍不得许人，后来果然一点也取不出。这猩猩倒是言语相符，最有信用的。只是献些与国王，献些与丞相，以下便不能勾得着。捕傩落下的，或染西毡，或染大绒，客人买下，往中国去换货。近来因你广西禁过，便没有客人去卖。捕傩取了，也只是送与本国的官长人家。杜客长，你若要收买，除非预先到捕傩人家去定了，这也要等得轮年经载才取得来。若性子急的便不能勾如命。"

杜景山听到此处，浑身流出无数冷汗，叹口气道："穷性命要葬送在这安南国了！"黎老者道："杜客长差了，你做这件生意不着，换做别的有利息生意，也没人拦阻，你因何便要葬送性命？"朱春辉道："老师长，你不晓得我这敝同乡的苦恼哩！"黎老者道：俺又不是他肚肠里蛔虫，那个晓得他苦恼？"

杜景山还要央求他，只听得外面一派的哨声，金鼓旗号，动天震地。黎老者立起身道："俺要迎活佛去哩！"便走进里面，双手执着一枝烧热了四五尺长的沉香，恭恭敬敬一直跑到街上。杜景山道："他们迎甚么活佛？"朱春辉道："我昨日听得三佛齐国⑨来了一个圣僧，国王要拜他做国师，今日想是迎他到宫里去。"两个便离了店口，劈面正撞着迎圣僧的銮驾。只见前有四面金刚旗，中间几个黑脸蓬头赤足的，抬着十数颗枯树，树梢上烧得半天通红。杜景山问道："这是甚么故事？"朱春辉道："是他们国里的乡风。你看那黑脸模样的都是僚民，抬着的大树或是沉香，或是檀香，他都将猪油和松香熬起来浇在树上，点着了便叫敬佛。"杜景山道："可知鼻头边又香又臭哩！我却从不曾看见檀香沉香有这般大树！"朱春辉道："你看这起椎髻妇女手内捧珊瑚的，都是国内官家大族的夫人小姐。"杜景山道："好大珊瑚，真宝贝了！"看到后边，只见一乘龙辇上是檀香雕成，四面嵌着珍珠宝石的玲珑龛子，龛子内坐着一个圣僧。那圣僧怎生打扮？只见：

> 身披着七宝袈裟，手执着九环锡杖。袈裟耀日，
> 金光吸尽海门霞；锡杖腾云，法力卷开尘世雾。六根
> 俱净，露出心田；五蕴皆空，展施杯渡。佛国已曾通
> 佛性，安南今又振南宗。

话说杜景山看罢了圣僧，同着朱春辉回到朵落馆来，就垂头要睡。朱春辉道："事到这个地位，你不必着恼。急出些病痛来，在异乡有那个照管你？快起来锁上房门，在我那边去吃酒。"杜景山想一想，见说得有理，便支持爬起来，走过朱春辉那边去。朱春辉便在坛子里取出一壶酒，斟了一杯，奉与杜景山。杜景山道："我从来怕吃冷酒，还去热一热。"朱春辉道："这酒原不消热，你吃了看。比不得我们广西酒。他这酒是波罗蜜的汁酿成的。"杜景山道："甚么叫做波罗蜜？"朱春辉道："尔初到安南国，不曾吃过这一种美味。波罗蜜大如西瓜，有软刺，五六月里才结熟。取他的汁来酿酒，其味香甜，可止渴病。若荡热了，反不见他的好处。"杜景山吃下十数盅，觉得可口。朱春辉又取一坛来吃完了，大家才别过了睡觉。

杜景山却不晓得这酒的身分，贪饮了几盅，睡到半夜，酒性发作，不觉头晕恶心起来，吐了许多香水，才觉得平复。掀开帐子，拥着被窝，坐一会，那桌上的灯还半明不灭。只见地下横着雪白如链的一条物件。杜景山打了一个寒噤，自言道："莫非白蛇么？"揉一揉双眼，探头出去仔细一望，认得是自家盛银的搭包，惊起来道："不好了，被贼偷去了！"忙披衣下床，拾起搭包来，只落得个空空如也。四下望一望，房门又是关的，周围尽是高墙，想那贼从何处来的？抬头一看上面，又是仰尘板，跌脚道："这贼想是会飞的么？怎么门不开，户不动，将我的银子盗了去？我便收买不出猩猩绒，留得银子在，还好设法，如今空着两个拳头，叫我那里去运动？这番性命，合葬送了。只是我拚着一死也罢，那安抚决不肯干休，少不得累及我那年幼的妻子出乖露丑了。"想到伤心处，呜呜咽咽，哭个不住。原来朱春辉就在间壁，睡过一觉，忽听得杜景山的哭声。他恐怕杜景山寻死，急忙穿了衣服走过来敲门道："杜兄，为何事这般痛哭？"景山开出门来道："小弟被盗，千金都失去，只是门户依然闭着，不知贼从何来？"春辉道："原来如此，不必心焦。包你明日贼来送还你的原物是了。"杜景山道："老客说的话太悬虚了些，贼若明日送还我，今夜又何苦来偷去？"朱春辉道："这有个缘故。你不晓得安南国的人，从来没有贼盗。总为地方富庶，他不屑做这件勾当。"杜景山道："既如此说，难道我的银子不是本地人盗去的么？"朱春辉道："其实是本地人盗去的。"杜景山道："我这又有不解了！"朱春辉道："你听我讲来。小弟当初第一次在这里做客，载了三千金的绸缎货物来，也是夜静更深，门不开，户不动，绸缎货物尽数失去。后来情急了，要禀知国王。反是值馆的通事官来向我说道，他们这边有一座泥驼山，山上有个神通师长，许多弟子学他的法术，他要试验于众弟子看，又要令中国人替他传名，凡遇着初到的客人，他就弄这一个搬运的神通恐吓人一场。人若晓得了，去持香求告他，他便依求将原物搬运还人。我第二日果然去求他。他道：'尔回去时绸缎货物已到家矣！'我那时还半信半疑，那晓得回来一开进房门，当真原物一件不少。尔道好不作怪么？"杜景山道："作怪便作怪，那里有这等强盗法师？"朱春辉道："他的耳目长，你切莫讥笑他。"杜景山点一点头道："我晓得。"巴不得一时就天亮了，好到那泥驼山去。正是：

> 玉漏声残夜，鸡人报晓筹；
> 披衣名利客，都奔大刀头。

　　话说杜景山等不得洗面漱口，问了地名，便走出馆去。此时星残月昏，路径还不甚黑。迤逦行了一程，早望见了一座山。不知打那里上去，团团在山脚下找得不耐烦，又没个人问路。看那山嘴上有一块油光水滑的石头。杜景山道："我且在这里睡一睡，待到天亮时好去问路。"正曲臂作枕，伸了一个懒腰，恐怕露水落下来，忙把衣袖盖了头。忽闻得一阵腥气，刮得渐渐逼近，又听得象有人立在眼前大笑。那一笑，连山都振得响动。杜景山道："这也作怪，待我且看一看。"只见星月之下，立着一个披发的怪物，长臂黑身，开着血盆大的口，把面孔都遮住了，离着杜景山只好七八尺远。杜景山吓得魂落胆寒，肢轻体颤，两三滚滚下山去，又觉得那怪物象要赶来，他便不顾山下高低，在那沙石荆棘之中，没命的乱跑，早被一条溪河隔断。杜景山道："我的性命则索休了！"又想道："宁可死在水里留得全尸，不要被这怪物吃了去。"扑通的跳在溪河里，喜得水还浅，又有些温暖气，想要渡过对岸，恐怕那岸上又撞着别的怪物，只得沿着岸，轻轻的在水里走去。

　　不上半里，听得笑语喧哗。杜景山道："造化，造化！有人烟的所在了，且走上前要紧！"又走几步，定睛一看，见成群的妇女在溪河里洗浴，还有岸上脱得赤条条才下水的。杜景山道："这五更天，怎么有妇女在溪河里洗浴？分明是些花月的女妖，我杜景山怎么这等命苦，才脱了阎王，又撞着小鬼，叫我也没奈何了。"又想道："撞着这些女妖，被他迷死了，也落得受用些。若是送与那怪物嘴里，真无名无实，白白龌龊了身体。"倒放泼了胆子，着实用工窥望一番。正是：

　　　　洛女波中现，湘娥水上行；

　　　　杨妃初浴罢，不敌此轻盈。

尔道这洗浴的还是妖女不是妖女？原来安南国中，不论男女，从七八岁上，就去弄水。这个溪河叫做浴兰溪，四时水都是温和的。不择寒暑昼夜，只是好浴。他们性情再忍耐不住，比不得我们中国妇人，洗一个浴，将房门关得密不通风，还要差丫头，立在窗子外，惟恐有人窥看。我道妇人这些假惺惺的规模，只叫做装幌子。就如我们吴越的妇女，终日游山玩水，入寺拜僧，倚门立户，看戏赴社，把一个花容粉面，任你千人看，万人瞧。他还要批评男人的长短，谈笑过路的美丑，再不晓得爱惜自家头脸。若是被风刮起裙子，现出小腿来；抱娃娃喂奶，露出胸脯来；上马桶小解，掀出那话儿来；便百般遮遮掩掩，做尽丑态。不晓得头脸与身体，总是一般，既要爱惜身体，便该爱惜头脸，既要遮藏身体，便该遮藏头脸。古人说得好："篱牢犬不入。"若外人不曾看见尔的头脸，怎就想着亲切你的身体？便是杜景山受这些苦恼，担这些惊险，也只是种祸在妻子，凭着楼窗，被胡衙内看见，才生出这许多风波来。我劝大众要清净闺阃，须严禁妻女姊妹，不要出门是第一着。

我且说那杜景山，立在水中，恣意饱看。见那些妇女，浮着水面上，映得那水光都象桃花颜色。一时在水里，也有厮打的，也有调笑的，也有互相擦背的，也有搂做一团花的，也有唱歌儿的。洗完了，个个都精赤在岸上洒水，不用巾布揩拭的。杜景山那晓得看出了神，脚下踏的个块石头踏滑了，翻身跌在水里，把水面打一个大窟洞。

众妇人此时齐着完了衣服，听得水声，大家都跑到岸边道："想是大鱼跳的响，待我们脱衣服重下水去捉起来！"杜景山着了急，忙回道："不是鱼，是人！"众妇人看一看道："果然是一个人，听他言语又是外路声口。"一个老妇道："是那里来这怪声的蛮子窥着俺们？可叫他起来。"杜景山想道："我若是不上岸去，就要下水来捉我。"只得走上岸，跪着通诚道："在下是广西客人，要到泥驼山访神通师长，不期遇着怪物，张大口要吃我，只得跑在这溪里躲避，实在非有心窥看。"那些妇女笑道："你这呆蛮子，往泥驼山去，想是走错路，在杭石山遇着狒狒了。可怜你受了惊，随着俺们来，与你些酒吃压惊。"杜景山立起了身，自家看看，上半截好象雨淋鸡，看看下半截，为方才跪在地上沾了许多沙土，象个灰里猢狲。

走到一个大宅门，只见众妇人都进去，叫杜景山也进来。杜景山看见大厅上排列着金瓜钺斧，晓得不是平等人家，就在阶下立着。只见那些妇女，依旧走到厅上。一个婆子捧了衣服，要他脱下湿的来。杜景山为那玉马在衣带上浸湿了线结，再解不开来，只得用力去扯断，提在手中。厅上一个带耳环的孩子，慌忙跑下来劈手夺将去，就如拾着宝贝的一样欢喜。杜景山看见他夺去，脸都哭肿了，连湿衣服也不肯换，要讨这玉马。厅上的老妇人见他来讨，对着垂环孩子说明："你戏一戏，把与这客长罢。"那孩子道："这个马儿同俺家的马一样，俺要他成双做对哩。"竟笑嘻嘻跑到厅后去了。杜景山喉急道："这是我的浑家，这是我的活宝，怎不还我？"老妇人道："你不消发急，且把干袍子换了，待俺讨来还你。"老妇人便进去。杜景山又见斟上一大瓢橘酒在里前。老妇人出来道："你这客长，为何酒也不吃，干衣服也不换么？"杜景山骨都着一张嘴道："我的活宝也去了，我的浑家也不见面了，还有甚心肠吃酒换衣服？"老妇人从从容容在左手袖里提出一个玉马来道："这可是你的么？"

杜景山认一认道："是我的!"老妇人又在右手衣袖里提出一个玉马来道："这可是你的么?"杜景山又认一认道："是我的!"老妇人提着两个玉马在手里道："这两个都是尔的么?"杜景山再仔细认一认，急忙里辨不出那一个是自家的。又见那垂环的孩子哭出来道："怎么把两个都拿出来，若不一齐与俺，俺就去对国王说!"老妇人见他眼也哭肿了，忙把两个玉马递在他手里道："你不要哭坏了!"那孩子依旧笑嘻嘻进厅后去。杜景山哭道："没有玉马，我回家去怎么见浑家的面?"老妇人道："一个玉马，打甚要紧，就哭下来?"杜景山又哭道："看见了玉马，就如见我的浑家；拆散了玉马，就如散我的浑家，怎叫人不伤心?"老妇人那里解会他心中的事，只管强逼道："你卖与俺家罢了。"杜景山道："我不卖，我不卖! 要卖除非与我三十丈猩猩绒。"老妇人听他说得糊涂，又问道："你明讲上来!"杜景山道："要卖除非与我三十丈猩猩绒。"老妇人道："俺只道尔要甚么世间难得的宝贝，要三十丈猩猩绒，也很容易，何不早说?"杜景山听得许他三十丈猩猩绒，便眉花眼笑，就象死囚遇着恩赦的诏，彩楼底下绣球打着光景，扛他做女婿的也没有这样快活。正是：

> 有心求不至，无意反能来；
>
> 造物自前定，何用苦安排。

话说老妇人叫侍婢取出猩猩绒来，对杜景山道："客长，你且收下，这绒有四十多丈，一并送了你。只是我有句话动问你，这玉马是那里得来的?"杜景山胡乱应道："这是在下传家之宝。"老妇人道："客人，你也不晓得来历，待俺说与你听：俺家是术术丞相，为权臣黎季犛所害，遗下这一个小孩儿。新国

主登极，追念故旧老臣，就将小孩儿荫袭。小孩儿进朝谢恩，
国主见了，异常珍爱，就赐这玉马与他，叫他仔细珍藏，说是
库中活宝，由初曾有一对，将一个答了广西安抚的回礼，单剩
下这一个。客长，你还不晓得玉马的奇怪哩！每到清晨，他身
上就是透湿的，象是一条龙驹，夜间有神人骑他。你原没福分
承受，还归到俺家来做一对，俺们明日就要修表称贺国主了。
尔若常到俺国里来做生意，务必到俺家来探望一探望。你去
罢。"

　　杜景山作谢了，就走出来，他只是有了这猩猩绒，管怎么
活宝死宝，就是一千个去了，也不放在心上。一步一步的问了
路到朵落馆来。朱春辉接着问道："你手里拿的是猩猩绒，怎么
一时就收买这许多，敢是神通师长还你银子了？"杜景山道：
"我并不曾见甚么神通师长，遇着术术丞相家要买我的宝贝玉
马，将猩猩绒交换了去，还是他多占些便宜。"朱春辉惊讶道：
"可是尔常系在身边的玉马么？那不过是玉器镇纸⑧，怎算得宝
贝？"杜景山道："若不是宝贝，他那肯出猩猩绒与我交易？"
朱春辉道："恭喜，恭喜！也是你造化好。"杜景山一面去开房
门道："造化便好，只是回家盘缠一毫没有怎么处？"猛抬头往
房里一看，只见搭包饱饱满满的挂在床棱上。忙解开来，见银
子原封不动。谢了天地一番，又把猩猩绒将单被裹好。朱春辉
听得他在房里诧异，赶来问道："银子来家了么？"杜景山笑
道："我倒不知银子是有脚的，果然回来了。"朱春辉道："银
子若没有脚，为何人若身边没将他，一步也行不动么！"杜景山
不觉大笑起来。

　　朱春辉道："吾兄既到安南来一遭，何不顺便置买货物回

去，也好起些利息。"杜景山道："我归家心切，那里耐烦坐在这边收货物。况在下原不是为生意而来。"朱春辉道："吾兄既不耐烦坐等，小弟倒收过千金的香料，你先交易了去，何如？"杜景山道："既承盛意肯与在下交易，是极好的了。只是吾见任劳，小弟任逸，心上过不去。"朱春辉道："小弟原是来做生意，便多住几月也不妨。吾兄官事在身，怎么并论得？"两个当下便估了物价，兑足银两，杜景山只拿出够用的盘费来，别过朱春辉，又谢了值馆通事，装载货物。

不消几日，已到家下，还不满两个月。凤姑见丈夫回家，喜动颜色，如十余载不曾相见忽然跑家来的模样。只是杜景山不及同凤姑叙衷肠话离别，先立在门前，看那些脚夫挑进香料来，逐担查过数目，打发脚钱了毕，才进房门。只见凤姑预备下酒饭，同丈夫对面儿坐地。杜景山吃完了道："娘子，你将那猩猩绒留下十丈，待我且拿去交纳了，也好放下这片心肠，回来和尔一堆儿说话。"凤姑便量了尺寸剪下十丈来，藏在皮箱里。杜景山取那三十丈，一直到安抚衙门前寻着那原旧差官。差官道："恭喜回来得早，连日本官为衙内病重，不曾坐堂。你在这衙门前略候一候，我传进猩猩绒去，缴了票子出来。"

杜景山候到将夜，见差官出来道："你真是天大福分。不知老爷为何切骨恨你，见了猩猩绒，冷笑一笑道：'是便宜那个狗头！'"就拿出一封银子来说："是给与你的官价。"杜景山道："我安南回来没有土仪①相送，这权当土仪罢。"差官道："我晓得你这件官差，赔过千金，不带累我吃苦就是万幸，怎敢当这盛意？"假推了一会，也就收下。杜景山扯着差官到酒店里去。差官道："借花献佛，少不得是我做东。"坐下，杜景山问道：

"你方才消票子，安抚怎说便宜了我？难道还有甚事放我不过？"差官道："本官因家务事心上不快活，想是随口的话，未必有成见。"杜景山道："家务事断不得，还在此做官？"差官道："你听我说出来，不要笑倒人哩。"杜景山道："内衙的事体，外人那得知道？"差官道："可知好事不出门，恶事传千里。我们本官的衙内，看上夫人房中两个丫鬟，要去偷香窃玉。尔想偷情的事，要两下讲得明白，约定日期，才好下手。衙内却不探个营寨虚实，也不问里面可有内应。单枪独马，悄悄躲在夫人床下安营。到夜静更深，竟摸到丫鬟被窝里去。被丫鬟喊起有贼。衙内怕夫人晓得，忙收兵转来，要开房门出去，那知才开得门，外面婆娘丫头齐来捉贼，执着门闩棍棒，照衙内身上乱打。衙内忍着疼痛，不敢声唤。及至取灯来看，才晓得是衙内，已是打得皮破血流，浑身青肿。这一阵比割须弃袍还算得诙事哩。夫人后来知道打的不是贼是衙内，心中懊恨不过，就拿那两个丫鬟出气，活活将他每皆吊起来打死了。衙内如今闭上眼去，便见那丫鬟来索命，服药祷神，病再不脱。想是这一员小将，不久要阵亡。"

　　杜景山听说衙内这个行径，想起那楼下抛玉马的必定是他了，况安南国术术丞相的夫人，曾说他国王将一个玉马送与广西安抚，想那安抚逼取猩猩绒，分明是为儿子报仇，却不知不曾破我一毫家产，不过拿他玉马换一换物，倒作成我做一场生意，还落一颗明珠到手哩。回家把这些话都对凤姑说明。凤姑才晓得是这个缘故，后来也再不上那楼去。杜景山因买着香料得了时价，倒成就了个富家。

　　可见妇女再不可出闺门招是惹非，俱由于被外人窥见姿色，致启邪心，容是海淫之端，此语真可以为鉴。

选自《照世杯》

【题解】

　　这是一篇颇有趣味的故事。首先，我们看到了异域的生活场景，那里的人们如何制造一种叫猩猩绒的布，如何饮酒、洗浴、迎佛，甚至盗贼也坚守着不同的规矩，从王亲到庶民，一幅风俗画徐徐地展开，弥漫着生动的气息，隔了久远的时间和地域，扑面而来。其次，我们还看到由于祸福相生的机理作用而成的官民周旋图，且结果竟然是民得意大胜，官委屈失利，这不能不大快人心。尽管祸福相生是一种少见的特例，但其中所蕴含和支持的趋避于民心向背却是普遍的。

【注释】

　　①安南：即今越南。　②牙行：旧时为买卖双方议价说合抽取佣金的商行。　③天高听远：即一般所谓天高皇帝远的意思。　④行户：商行。　⑤中军：指主将。　⑥香盖：芒果。　⑦不中相与：不通情理。　⑧极喜花盆：好名。　⑨三佛齐国：古国名，现属印度尼西亚。　⑩镇纸：文具名，压纸或压书用。　⑪土仪：作为馈赠礼物的土产品。

中国古典文学绝妙书系

绝妙小说

副主编 苟人民
主 编 邓绍基
时代文艺出版社

第三册

中国古典文学绝妙书系

绝妙小说

主　　编:邓绍基

副 主 编:苟人民

责任编辑:邓淑杰

责任校对:邓淑杰

装帧设计:龙震海

出　　版:时代文艺出版社

　　　　（长春市泰来街 1825 号　邮编:130062　电话:86012927）

发　　行:时代文艺出版社

印　　刷:三河市灵山装订厂

开　　本:850×1168 毫米　32 开

字　　数:400 千字

印　　张:20

版　　次:2011 年 5 月第 2 版

印　　次:2011 年 5 月第 3 次印刷

书　　号:ISBN 978 - 7 - 5387 - 0977 - 3

定　　价:119.20 元(全 4 册)

一文钱小隙造奇冤

世上何人会此言，休将名利挂心田。

等闲倒尽十分酒，遇兴高歌一百篇。

物外烟霞为伴侣，壶中日月任婵娟。

他时功满归何处？直驾云车入洞天。

这八句诗，乃回道人所作。那道人是谁？姓吕，名岩，号洞宾，岳州河东人氏。大唐咸通中应进士举，游长安酒肆，遇正阳子钟离先生，点破了黄粱梦，知宦途不足恋，遂求度世之术。钟离先生恐他立志未坚，十遍试过，知其可度。欲授以黄白秘方，使之点石成金，济世利物，然后三千功满，八百行圆。洞宾问道："所点之金，后来还有变异否？"钟离先生答道："直待三千年后，还归本质。"洞宾愀然不乐道："虽然遂我一时之愿，可惜误了三千年后遇金之人。弟子不愿受此方也。"钟离先生呵呵大笑道："汝有此好心，三千八百尽在于此。吾向蒙苦竹真君分付道：'汝游人间，若遇两口的，便是你的弟子。'遍游天下，从没见有两口之人，今汝姓吕，即其人也。"遂传以分合阴阳之妙。洞宾修炼丹成，发誓必须度尽天下众生，方可上升。从此混迹尘途，自称为回道人。回字也是二口，暗藏著吕字。尝游长沙，手持小小瓷罐乞钱，向市上大言："我有长生不死之方，有人肯施钱满罐，便以方授之。"市人不信，争以钱投罐，罐终不满。众皆骇然。忽有一僧人推一车子钱从市东来，戏对道人说："人说我这车子钱共有千贯，你罐里能容之否？"道人答道："连车子也推得进，何况钱乎？"那僧不以为然，想着："这罐子有多少大嘴，能容得车儿？明明是说谎。"道人见其沉吟，便道："只怕你不肯布施，若道个肯字，不愁这车子不进我罐儿里去。"此时众人聚观者极多，一个个肉眼凡夫，谁人肯信，都去撺掇那僧人。那僧人也道必无此事，便道："看你本事，我有何不肯？"道人便将罐子侧着，将罐口向着车儿，尚离三步之远，对僧人道："你敢道三声'肯'么？"僧人连叫三声："肯，肯，肯。"每叫一声"肯"，那车儿便近一步。到第三个"肯"字，那车儿却像罐内有人扯拽一般，一溜子滚入罐内去了。众人一个眼花，不见了车儿，发声齐喊道："奇怪！奇怪！"都来张那罐口，只见里面黑洞洞地。那僧人就有不悦之意，问道："你那道人是神仙，还是幻术？"道人口占八句道：

> 非神亦非仙，非术亦非幻。
>
> 天地有终穷，桑田经几变。
>
> 此身非吾有，财又何足恋。
>
> 苟不从吾游，骑鲸腾汗漫。

那僧人疑心是个妖术，欲同众人执之送官。道人道："你莫非懊悔，不舍得这车子钱财么？我今还你就是。"遂索纸笔，写一道符，投入罐内。喝声："出，出！"众人千百只眼睛，看着罐口，并无动静。道人说道："这罐子贪财，不肯送将出来，待贫道自去讨来还你。"说声未了，耸身望罐口一跳，如落在万丈深潭，影儿也不见了。那僧人连呼："道人出来！道人快出来！"罐里并不则声。僧人大怒，提起罐儿，向地下一掷，其罐打得粉碎，也不见道人，也不见车儿，连先前众人布施的散钱并无一个，正不知那里去了？只见有字纸一幅，取来看时，题得有诗四句道：

> 寻真要识真，见真浑未悟。
> 一笑再相逢，驱车东平路。

众人正在传观，只见字迹渐灭，须臾之间，连这幅白纸也不见了。众人才信是神仙，一哄而散。只有那僧人失脱了一车子钱财，意气沮丧，忽想着诗中"一笑再相逢，驱车东平路"之语，急急忙忙行到东平路上，认得自家的钱车，那钱物依然，分毫不动。那道人立于车傍，举手笑道："相待久矣！钱车可自收去。"又叹道："出家之人，尚且惜钱如此，更有何人不爱钱者？普天下无一人可度，可怜哉！可痛哉！"言讫腾云而去。那僧人惊呆了半晌，去看那车轮上，每边各有一口字，二口成吕，乃知吕洞宾也。懊悔无及。正是：

> 天上神仙容易遇，世间难得舍财人。

方才说吕洞宾的故事，因为那僧人舍不得这一车子钱，把个活神仙，当面错过。有人论：这一车子钱，岂是小事，也怪那僧人不得。世上还有一文钱也舍不得的。依在下看来，舍得一车子钱，就从那舍得一文钱这一念推广上去。舍不得一文钱，就从那舍不得一车子钱这一念算计入来。不要把钱多钱少，看做两样。如今听在下说这一文钱小小的故事。列位看官们，各宜警醒，惩忿窒欲①，且休望超凡入道，也是保身保家的正理。诗云：

> 不争闲气不贪钱，舍得钱时结得缘。
> 除却钱财烦恼少，无烦无恼即神仙。

话说江西饶州府浮梁县，有景德镇，是个马头去处。镇上百姓，都以烧造瓷器为业，四方商贾，都来载往苏杭各处贩卖，尽有利息。就中单表一人，叫做邱乙大，是窑户一个做手。浑家杨氏，善能描画。乙大做就瓷胚，就是浑家描画花草人物，两口俱不吃空。住在一个冷巷里，尽可度日有余。那杨氏年三十六岁，貌颇不丑，也肯与人活动②。只为老公利害，只好背地里偶一为之，却不敢明当做事。所生一子，名唤邱长儿，年十四岁，资性愚鲁，尚未会做活，只在家中走跳。忽一日杨氏患肚疼，思想椒汤吃，把一文钱教长儿到市上买椒。长儿拿了一文钱，才走出门，刚刚遇着东间壁一般做瓷胚刘三旺的儿子，叫做再旺，也走出门来。那再旺年十三岁，比长儿到乖巧，平日喜的是撴钱耍子。——怎的样撴钱？也有八个六个，撴出或字或背，一色的谓之浑成。也有七个五个，撴去一背一字间花儿去的，谓之背间。——再旺和长儿，闲常有钱时，多曾在巷口一个空阶头上耍过来。这一日巷中相遇，同走到当初耍钱去处，再旺又要和长儿耍子，长儿道："我今日没有钱在身边。"再旺道："你往那里去？"长儿道："娘肚疼，叫我买椒泡汤吃。"再旺道："你买椒，一定有钱。"长儿道："只有得一文钱。"再旺道："一文钱也好耍，我也把一文与你赌个背字，两背的便都赢去，两字便输，一字一背不算。"长儿道："这文钱是要买椒的，倘或输与你了，把甚么去买？"再旺道："不妨事，你若赢了是造化，若输了时，我借与你，下次还我就是。"长儿一时不老成，就把这文钱撴在地上。再旺在兜里也摸出一个钱丢下地来。长儿的钱是个背，再旺的是个字。这撴钱也有先后常规，该是背的先撴。长儿捡起两文钱，摊在第二手指上，把大拇指掐住，曲一曲腰，叫声："背。"撴将下去，果然两背。长儿赢了。收起一文，留一文在地。再旺又在兜肚里摸出一文钱来，连地下这文钱拣起，一般样，摊在第二手指上，把大拇指掐住，曲一曲腰，叫声："背。"撴将下去，却是两个字，又是再旺输了。长儿把两个钱都收起，和自己这一文钱，共是三个。长儿赢得顺流，动了赌兴，问再旺道："还有钱么？"再旺道："钱尽有，只怕你没造化赢得。"当下伸手在兜肚里摸出十来个净钱，捻在手里，喷喷夸道："好钱！好钱！"问长儿："还敢撺么？"又丢下一文来。长儿又撺了两背，第四次再旺撺，又是两字。一连撺了十来次，都是长儿赢了，共得了十二文。分明是掘藏一般。喜得长儿笑容满面，拿了钱便走。再旺那肯放他，上前拦住，道："你赢了我许多钱，走那里去？"长儿道："娘肚疼，等椒汤吃，我去去，闲时再来。"再旺道："我还有钱在腰里，你赢得时，我送你。"长儿只是要去，再旺发起喉急来，便道："你若不肯撺时，还了我的钱便罢。你把一文钱来骗了我许多钱，如何就去？"长儿道："我是撺得有采，须不是白夺你的。"再旺索性把兜肚里钱，尽数取出，约莫有二三十文，做一堆儿堆在地下道："待我输尽了这些钱，便放你走。"长儿是个小厮家，眼孔浅，见了这钱，不觉贪心又起；况且再旺抵死缠住，只得又撺。谁知风无常顺，兵无常胜。这番采头又轮到再旺了。照前撺了一二十次，虽则中间互有胜负，却是再旺赢得多。到结末来，这十二文钱，依旧被他复去。长儿刚刚原剩得一文钱。自古道："得以气胜。初番长儿撺赢了一两文，胆就壮了，偶然有些采头，就连赢数次。到第二番又撺时，不是他心中所愿，况且着了个贪心，手下就觉有些矜持。到一连撺输了几文，去了个舍不得一个，又添了个吝字，气便索然。怎当再旺一股愤气，又且稍长胆壮，自然赢了。大凡人富的好过，贫的好过，只有先贫后富的，最是难过。据长儿一文钱起手时，赢得一二文也是够了。一连得了十二文钱，一拳头捻不住，就该住手回家。可笑长儿把这钱不看做倘来之物③，反认作自己东西，重复输去，好不气闷，痴心还想再像初次赢将转来。"就是输了，他原许下借我的，有何不可？"这一交，合该长儿撅了，忍不住按定心坎，再复一撅，又是二字，心里着忙，就去抢那钱，手去迟些，先被再旺抢到手中，都装入兜肚里去了。长儿道："我只有一文钱，要买椒的，你原说过赢时借我，怎的都收去了？"再旺怪长儿先前赢了他十二文钱就要走，今番正好出气。君子报仇，直待三年，小人报仇，只在眼前。怎么还肯把这文钱借他？把长儿双手挡开，故意的一跳一舞，跑入巷去了。急得长儿且哭且叫，也回身进巷扯住再旺要钱，两个扭做一堆厮打。

孙庞斗智谁为胜，楚汉争锋那个强？

却说杨氏，专等椒来泡汤吃，望了多时，不见长儿回来，觉得肚疼定了，走出门来张看，只见长儿和再旺扭住厮打，骂道："小杀才！教你买椒不买，到在此寻闹，还不撒开。"两个小厮听得骂，都放了手。再旺就闪在一边。杨氏问长儿："买的椒在那里？"长儿含着眼泪回道："那买椒的一文钱，被再旺夺去了。"再旺道："他与我撅钱，输与我的。"杨氏只该骂自己儿子，不该撅钱，不该怪别人。况且一文钱，所值几何，既输了去，只索罢休。单因杨氏一时不明，惹出一场大祸，展转的害了多少人的性命。正是：

事不三思终有悔，人能百忍自无忧。

杨氏因等候长儿不来，一肚子恶气，正没出豁，听说赢了他儿子的一文钱，便骂道："天杀的野贼种！要钱时，何不教你娘趁汉去？来骗我家小厮撅钱！"口里一头骂，一头便扯再旺来打。恰正抓住了兜肚，凿下两个栗暴。那小厮打急了，把身子来一挣，却挣断了兜肚带子，落下地来。索郎一声响，兜肚子里面的钱，撒了一地。杨氏道："只还我那一文便了。"长儿得了娘的口气，就势抢了一把钱，奔进自屋里去。再旺就叫起屈来。杨氏赶进屋里，喝教长儿还了他钱。长儿被娘逼不过，把钱望着街上一撒。再旺一头哭，一头骂，一头捡钱。捡起时，少了六七文钱，情知是长儿藏下，拦着门只顾骂。杨氏道："也不见这天杀的野贼种，怎地撒泼！"把大门关上，走进去了。再旺敲了一回门，又骂了一回，哭到自屋里去。母亲孙大娘正在灶下烧火，问其缘故。再旺哭诉道："长儿抢了我的钱，他的娘不说他不是，他骂娘养汉，野杂的种，要钱时何不教你娘趁汉。"孙大娘不听时，万事全休，一听了这句不入耳的言语，不觉：

> 怒从心上起，恶向胆边生。

原来孙大娘最痛儿子，极是护短，又兼性暴，能言快语，是个揽事的女都头。若相骂起来，一连骂十来日，也不口干，有名叫做绰板婆。他与邱家只隔得三四个间壁居住，也晓得杨氏平日有些不三不四的毛病，只为从无口面④，不好发挥出来。一闻再旺之语，太阳里爆出火来，立在街头，骂道："狗泼妇，狗淫妇！自己瞒着老公趁汉子，我不管你罢了，到来谤别人。老娘人便看不像，却替老公争气。前门不进师姑，后门不进和尚，拳头上立得人起，臂膊上走得马过。不像你那狗淫妇，人硬货不硬，表壮里不壮，作成老公带了绿帽儿，羞也不羞！还亏你老着脸在街坊上骂人。便臊贱时，也不恁般般做作！我家小厮年幼，连头带脑，也还不勾与你补空，你休得缠他！臊发时还去寻那旧汉子，是多寻几遭，多养了几个野贼种，大起来好做贼。"一声泼妇，一声淫妇，骂一个路绝人稀。杨氏怕老公，不敢揽事，又没处出气，只得骂长儿道："都是你那小天杀的，不学好，引这长舌妇开口。"提起木柴，把长儿劈头就打，打得长儿头破血淋，豪淘大哭。邱乙大正从窑上回来，听得孙大娘叫骂，侧耳多时，一句句都听在肚里，想道："是那家婆娘不秀气？替老公妆幌子，惹得绰板婆叫骂。"及至回家，见长儿啼哭，问起缘由，到是自家家里招揽的是非。邱乙大是个硬汉，怕人耻笑，声也不喷，气岔岔地坐下。远远的听得骂声不绝，直到黄昏后，方才住口。邱乙大吃了几碗酒，等到夜深人静，叫老婆来盘问道："你这贱人瞒着我做的好事！趁的许多汉子，姓甚名谁？好好招将出来，我自去寻他说话。"那婆娘原是怕老公的，听得这句话，分明似半空中响一个霹雳，战兢兢还敢开口？邱乙大道："泼贱妇，你有本事偷汉子，如何没本事说出来？若要不知，除非莫为。瞒得老公，瞒不得邻里，今日教我如何做人？你快快说来，也得我心下明白。"杨氏道："没有这事，教我说谁来？"邱乙大道："真个没有？"杨氏道："没有。"邱乙大道："既是没有时，他们如何说你，你如何凭他说，不则一声？显是心虚口软，应他不得。若是真个没有，是他们诈说你时，你今夜吊死在他门上，方表你清白，也出脱了我的丑名。明日我好与他讲话。"那婆娘怎肯走动，流下泪来，被邱乙大三两个巴掌，拟出大门。把一条麻索丢与他，叫道："快死快死！不死便是恋汉子了。"说罢，关上门儿进来。长儿要来开门，被乙大一顿栗暴，打得哭了一场睡去了。乙大有了几分酒意，也自睡去。单剩杨氏在门外好苦，上天无路，入地无门。千不是，万不是，只是自家不是，除却死，别无良策。自悲自怨了多时，恐怕天明，慌慌张张的取了麻索，去认那刘三旺的门首。也是将死的人，失魂颠智，刘家本在东间壁第三家，却错走到西边去，走过了五六家，到第七家。见门面与刘家相像，忙忙的把几块乱砖衬脚，搭上麻索于檐下，系颈自尽。可怜伶俐妇人，只为一文钱斗气，丧了性命。正是：

> 地下新添恶死鬼，人间不见画花人。

却说西邻第七家，是个打铁的匠人门首。这匠人浑名叫做白铁，每夜四更，便起来打铁。偶然开了大门撒溺，忽然一阵冷风。吹得毛骨竦然，定睛看时，吃了一惊。

> 不是傀儡场中鲍老，竟像秋千架上佳人。

檐下挂着一件物事，不知是那里来的？好不怕人！犹恐是眼花，转身进屋，点个火来一照，原来是新缢的妇人，咽喉气断，眼见得救不活了。欲待不去照管他，到天明被做公的看见，却不是一场飞来横祸，辩不清的官司。思量一计："将他移在别处，与我便无干了。"耽着惊恐，上前去解这麻索。那白铁本来有些蛮力，轻轻的便取下挂来，背出正街，心慌意急，不暇致详，向一家门里撒下。头也不回，竟自归家，兀自连打几个寒噤，铁也不敢打了，复上床去睡卧，不在话下。

且说邱乙大，黑蚤起来开门，打听老婆消息，走到刘三旺门前，并无动静，直走到巷口，也没些踪影，又回来坐地寻思："莫不是这贱妇逃走他方去了？"又想："他出门稀少，又是黑暗里，如何行动？"又想道："他若不死时，麻索必然还在。"再到门前看时，地下不见了麻绳，"定是死了刘家门首，被他知觉，藏过了尸首，与我白赖。"又想："刘三旺昨晚不回，只有那绰板婆和那小厮在家，那有力量搬运？"又想道："虫蚁也有几只脚儿，岂有人无帮助？且等他开门出来，看他甚么光景，见貌辨色，可知就里。"等到刘家开门，再旺出来，把钱去市心里买馍馍点心，并不见有一些惊慌之意。邱乙大心中委决不下，又到街前街后闲荡，打探一回，并无影响。回来看见长儿还睡在床上打鼾，不觉怒起，掀开被，向腿上四五下，打得这小厮睡梦里直跳起来。邱乙大道："娘也被刘家逼死了，你不去讨命，还只管睡！"这句话，分明邱乙大教长儿去惹事，看风色。长儿听说娘死了，便哭起来，忙忙的穿了衣服，带着哭，一径直赶到刘三旺门首去，骂道："狗娼根狗淫妇！还我娘来？"那绰板婆孙大娘，见长儿骂上门，如何耐得，急赶出来，骂道："千人射的野贼种，敢上门欺负老娘么？"便揪着长儿头发，却待要打，见邱乙大过来，就放了手。这小厮满街乱跳乱舞，带哭带骂讨娘。邱乙大已耐不住，也骂起来。绰板婆怎肯相让，傍边钻出个再旺来相帮，两下干骂一场，都⑤里劝开。邱乙大教长儿看守家里，自去街上央人写了状词，赶到浮梁县告刘三旺和妻孙氏人命事情。大尹准了状词，差了拘拿原被告，和邻里干证，到官审问。原来绰板婆孙氏平昔口嘴不好，极是要冲撞人，邻里都不欢喜；因此说话中间，未免偏向邱乙大几分，把相骂的事，增添得重大了，隐隐的将这人命，射实在绰板婆身上。这大尹见众人说话相同，信以为实。错认刘三旺将尸藏匿在家，希图脱罪。差人搜检，连地也翻了转来，只是搜寻不出，故此难以定罪。且不用刑，将绰板婆拘禁，差人押刘三旺寻访杨氏下落，邱乙大讨保在外。这场官司好难结哩！有分教：

绰板婆消停口舌，瓷器匠担误生涯。

这事且阁过不题。再说白铁将那尸首，却撇在一个开酒店的人家门首。那店主人王公，年纪六十余岁，有个妈妈，靠着卖酒过日。是夜睡至五更，只听得叩门之声，醒时又不听得。刚刚合眼，却又闻得阂阂声叩响。心中惊异，披衣而起，即唤小二起来，开门观看。只见街头上，不横不直，挡着这件物事。王公还道是个醉汉，对小二道："你仔细看一看，还是远方人，是近处人？若是左近邻里，可叩他家起来，扶了去。"小二依言，俯身下去认看，因背了星光，看不仔细。见颈边拖着麻绳，却认做是条马鞭，便道："不是近边人，想是个马夫。"王公道："你怎么晓得他是个马夫？"小二道："见他身边有根马鞭，故此知得。"王公道："既不是近处人，由他罢！"小二欺心，要拿他的鞭子，伸手去拾时，却拿不起，只道压了身底下，尽力一扯，那尸首直竖起来，把小二吓了一跳，叫道："阿呀！"连忙放手。那尸扑的倒下去了。连王公也吃一惊，问道："这怎么说？"小二道："只道是根鞭儿，要拿他的，不想却是缢死的人，颈下扣的绳子。"王公听说，惊得魂飞天外，魄散九霄，叫道："这没头官司，叫我如何吃得起？若到了官，如何洗得清？"便与小二商议，小二道："不打紧，只教他离了我这里，就没事了。"王公道："说得有理，还是拿到那里去好？"小二道："撇他在河里罢。"当下二人动手，直抬到河下。远远望见岸上有人，打着灯笼走来，恐怕被他撞见，不管三七二十一，撇在河边，奔回家去了，不在话下。

且说岸上打灯笼来的是谁？那人乃是本镇一个大户叫做朱常，为人奸诡百出，变诈多端，是个好打官司的主儿。因与一个隔县姓赵的人家争田。这一番要到田头去割稻，同着十来个家人，拿了许多扁挑索子镰刀，正来下玎。那提灯的在前，走下岸来，只见一人横倒在河边，也认做是个醉汉，便道："这该死的贪这样脓血！若再一个翻身，却不滚在河里，送了性命？"内中一个家人，叫做卜才，是朱常手下第一出尖的帮手，他只道醉汉身边有些钱钞，就蹲倒身，伸手去摸他腰下，却冰一般冷，缩手不迭，便道："元来死的了！"朱常听说是死人，心下顿生不良之念。忙叫："不要慌。把灯来照看，是老的？是少的?"众人在灯下仔细打灯认,却是个缢死的妇人。朱常道:"你们把他颈里绳解去拿掉了,扛下艄里去藏好。"众人道:"老爹,这妇人正不知是甚人谋死的?我们如何到去招揽是非?"朱常道:"你莫管他,我自有用处。"众人只得依他,解去麻绳,叫起看船的,扛上船,藏在艄里,将平基盖好。朱常道:"卜才,你回去,媳妇子叫五六个来。"卜才道:"这二三十亩稻,勾甚么砍,要这许多人去做甚?"朱常道:"你只管叫来,我自有用处。"卜才不知是意见,即便提了灯回去。不一时叫到,坐了一舡,解缆开船。两人荡浆,离了镇上。众人问道:"老爹载这东西去有甚用处?"朱常道:"如今去割稻,赵家定来拦阻,少不得有一场相打,到告状结杀。如今天赐这东西与我,岂不省了打官司。还有许多妙处。"众人道:"老爹怎见省了打官司?又有何妙处?"朱常道:"有了这尸首时,只消如此如此,这般这般,却不省了打官司。你们也有些财采。他若不见机,弄到当官,定然我们占个上风。可不好么!"众人都喜道:"果然妙计!小人们怎省得?"正是:

算定机谋夸自己,排成巧计害他人。

这些人都是愚野村夫,晓得甚么利害?听见家主说得都有财采,竟像瓮中取鳖,手到拿来的事,乐极了,巴不得赵家的人,这时便到船边来厮闹便好;银子既有得到手,官司又可以赢得。竟像生了翼翅的一般,顷刻就飞到了。此时天色渐明,朱常教把船歇在空阔无人居住之处,离田头尚有一箭之路。众人都上了岸,寻出一条一股好一股断的烂草绳,将船缆在一颗草根上,只留一个人在船上看守,众男女都下田砟稻。朱常远远的立在岸上打探消耗。原来这地方叫做鲤鱼桥,离景德镇只有十里多远,再过去里许,又唤做太白村,乃是江南徽州府婺源县所管。因是两省交界之处，人人错壤而居。与朱常争田这人名唤赵完，也是个大富之家，原是浮梁县人户，却住在婺源县地方。两县俱置得有田产。那争的田，只得三十余亩，乃赵完族兄赵宁的。先把来抵借了朱常银子，却又卖与赵完，恐怕出丑，就拦在佃种，两边影射了三四年。不想近日身死，故此两家相争。这稻子还是赵宁所种。

　　说话的，这田在赵完屋脚跟头，如何不先砟了，却留与朱常来割？看官有所不知，那赵完也是个强横之徒，看得自己大了，道这田是明中正契买族兄的，又在他的左近；朱常又是隔省人户，料必不敢来割稻，所以放心托胆。那知朱常又是个专在虎头上做窠，要吃不怕死的魍魉，竟来放对，正在田中砍稻，蚤有人报知赵完。赵完道："这厮真是吃了大虫的心，豹子的胆，敢来我这里撩拨！想是来送死么！"儿子赵寿道："爹，自古道：来者不惧，惧者不来。也莫轻觑了他！"赵完问报人道："他们共有多少人在此？"答道："十来个男子，六七个妇人。"赵完道："既如此，也教妇人去。男的对男，女对女，都拿的来，敲断他的孤拐子，连船都拔他上岸，那时方见我的手段。"即便唤起二十多人，十来个妇人，一个个粗脚大手，裸臂揎拳，如疾风骤雨而来。赵完父子随后来看。且说众人远远的望着田中，便喊道："偷稻的贼不要走！"朱常家人媳妇，看见赵家有人来了，连忙住手，望河边便跑。到得岸傍，朱常连叫快脱衣服。众人一齐卸下，堆做一处，叫一个妇人看守，复身转来，叫道："你来你来，若打输与你，不为好汉。"赵完家有个雇工人，叫做田牛儿，自恃有些气力，抢先飞奔向前。朱家人见他势头来得勇猛，两边一闪，让他冲将过来，才让他冲进时，男子妇人，一裹转来围住。田牛儿叫声："来得好！"提起升箩般拳头，拣着个精壮村夫，赶上一拳打去，只望先打倒了一个硬的，其余便如摧枯拉朽了。谁知那人却也来得，拳到面上时，将身子打一偏，那拳便打个空，反被众人围将拢来，将田牛儿围住，险些儿动不得。急起左拳来打，手尚未起，又被一人接住，两边扯开。田牛儿便施展不得。朱家人也不打他，推的推，扯的扯，到像八抬八绰一般，脚不点地竟拿上船。那烂草绳系在草根上，有甚筋骨，初踏上船就断了。艄上人已预先将篙拦住，众人将田牛儿纳在舱中乱打。赵家后边的人，见田牛儿捉上船去，蜂拥赶上船抢人。朱家妇女，都四散走开，放他上去。说时迟，那时快，拦篙的人一等赵家男子妇人上齐船时，急掉转篙，望岸上用力一点，那船如箭一般，向河心中直荡开去。人众船轻，三四幌便翻将转来。两家男女四十多人，尽都落水。这些妇人各自挣扎上岸，男子就在水中相打，纵横搅乱，激得水溅起来，恰如骤雨相似。把岸上看的人眼都耀花了，只叫莫打，有话上岸来说。正打之间，卜才就人乱中，把那缢死妇人尸首，直掇过去，便喊起来道："地方救护，赵家打死我家人了！"朱常同那六七个妇人，在岸边接应。一齐喊叫，其声震天动地。赵家的妇人，正绞挤湿衣，听得打死了人，带水而逃。水里的人，一个个吓得胆战心惊，正不知是那个打死的，巴不能搠脱逃走，被朱家人乘势追打，吃了老大的亏，挣上了岸，落荒逃奔。此时只恨父母少生了两只脚儿。朱家人欲要追赶，朱常止住道："如今不是相打的事了，且把尸首收拾起来，抬放他家屋里了，再处。"众人把尸首拖到岸上，卜才认做妻子，假意啼啼哭哭。朱常又教捞起船上篙浆之类，寄顿佃户人家；又对看的人道："列位地方邻里，都是亲眼看见，活打死的，须不是诬陷赵完，倘到官司时，少不得要相烦做个证见，但求实说罢了。"这几句朱常引人来兜揽处和的话。此时内中若有个有力量的，出来担当，不教朱常把尸首抬去赵家说和，这事也不见得后来害许多人的性命。只因赵完父子，平日是个难说话的，恐怕说而不听，反是一场没趣。况又不晓得朱常心中是甚样个意儿？故此并无一人招揽。朱常见无人招架，教众人穿起衣服，把尸首用芦席卷了，将绳索络好，四人扛着，望赵完家来。看的人随后跟来，观看两家怎地结局？

    铜盆撞了铁扫帚，恶人自有恶人磨。

  且说赵完父子随后赶来，远望着自家人追赶朱家的人，心中欢喜。渐渐至近，只见妇女家人，浑身似水，都像落汤鸡一般，四散奔走。赵完惊讶道："我家人多，如何反被他们打下水去？"正说着，只见众人赶到，乱嚷道："阿爹不好了！快回去罢。"赵完道："你们怎地恁般没用？都被打得这模样！"众人道："打是小事，只是他家死了人却怎处？"赵完听见死了个人，吓得就酥了半边，两只脚就像钉了，半步也行不动。赵寿与田牛儿，两边挟着胳膊而行，扶至家中坐下，半晌方才开言："如何就打死了人？"众人把相打翻船的事，细说一遍。又道："我们也没有打妇人，不知怎地死了？想是淹死的。"赵完心中没了主意，只叫："这事怎好？"那时合家老幼，都丛在一堆，人人心中惊慌。正说之间，人进来报："朱家把尸首抬来了。"赵完又吃这一吓，恰像打坐的禅和子⑥，急得身色一毫不动。

自古道：物极则反，人急计生。赵寿忽地转起一念，便道："爹莫慌，我自有对付他的计较在此。"便对众人道："你们多向外边闪过，让他们进来之后，听我鸣锣为号，留几个紧守门口，其余都赶进来拿人，莫教走了一个。解到官司，见许多人白日抢劫，这人命自然从轻。"众人得了言语，一齐转身。赵完恐又打坏了人，分付："只要拿人，不许打人。"众人应允，一阵风出去。赵寿只留了一个心腹义孙赵一郎道："你且在此。"又把妇女妻小打发进去，分付："不要出来。"赵完对儿子道："虽然告他白日打抢，总是人命为重，只怕抵当不过。"赵寿走到耳根前，低低道："如今只消如此这般。"赵完听了大喜，不觉身子就健旺起来，乃道："事不宜迟，快些停当！"赵寿先把各处门户闭好，然后寻了一把斧头，一个棒槌，两扇板门，都已完备，方教赵一郎到厨下叫出一个老儿来。那老儿名唤丁文，约有六十多岁，原是赵完的表兄，因有了个懒黄病，吃得做不得，却又无男无女，捱在赵完家烧火，博口饭吃。当下那老儿不知头脑，走近前问道："兄弟有甚话？"赵完还未答应，赵寿闪过来，提起棒槌，看正太阳，便是一下。那老儿只叫得声阿呀，翻身跌倒。赵寿赶上，又复一下，登时了帐。当下赵寿动手时，以为无人看见，不想田牛儿的娘田婆，就住在赵完宅后，听见打死了人，恐是儿子打的，心中着急，要寻来问个仔细，从后边走出，正撞着赵寿行凶，吓得蹲倒在地，便立不起身，口中念声："阿弥陀佛！青天白日，怎做这事！"赵完听得，回头看了一看，把眼向儿子一颠，赵寿会意，急赶近前，照顶门一棒槌打倒，脑浆鲜血一齐喷出。还怕不死，又向肋上三四脚，眼见得不能勾活了。只因这一文钱上起，又送了两条性命。正是：

含容终有益，任意定生灾。

且说赵一郎起初唤丁老儿时，不道赵寿怀此恶念，蓦见他行凶，惊得只缩到一壁角边去。丁老儿刚刚完事，接脚又撞个田婆来凑成一对，他恐怕这第三棒槌轮到头上，心下着忙，欲待要走，这脚上却像被千百斤石头压住，那里移得动分毫。正在慌张，只见赵完叫道："一郎快来帮一帮。"赵一郎听见叫他相帮，方才放下肚肠，挣扎得动，向前帮赵寿拖这两个尸首，放在遮堂背后，寻两扇板门压好，将遮堂都起浮了窠臼。又分付赵一郎道："你切不可泄漏，待事平了，把家私分一股与你受用。"赵一郎道："小人靠阿爹洪福过日的，怎敢泄漏？"刚刚停当，外面人声鼎沸，朱家人已到了。赵完三人退入侧边一间屋里，掩上门儿张看。且说朱常引家人媳妇，扛着尸首赶到赵家，一路打将进去。直到堂中，见四面门户紧闭，并无一个人影。朱常教"把尸首居中停下，打到里边去拿赵完这老亡八出来，锁在死尸脚上。"众人一齐动手，乒乒乓乓将遮堂乱打，那遮堂已是离了窠臼的，不消几下，一扇扇都倒下去，尸首上又压上一层。众人只顶向前，那知下面有物。赵寿见打下遮堂，把锣筛起。外边人听见，发起喊，抢将入来。朱常听得筛锣，只道有人来抢尸首，急掣身出来，众人已至堂中，两下你揪我扯，搅做一团，滚做一块。里边赵完三人大喊："田牛儿！你母亲都被打死了，不要放走了人。"田牛儿听见，急奔来问："我母亲如何却在这里？"赵完道："他刚同丁老官走来问我，遮堂打下，压死在内。我急走得快，方逃得性命。若迟一步儿，这时也不知怎地了！"田牛儿与赵一郎将遮堂搬开，露出两个尸首。田牛儿看娘头时，已打开脑浆，鲜血满地，放声大哭。朱常听见，只道还是假的，急抽身一望，果然有两个尸首，着了忙，往外就跑。这些家人媳妇，见家主走了，各要捱脱逃走，一路揪扭打将出来。那知门口有人把住，一个也走不脱，都被拿住。赵完只叫："莫打坏了人。"故此朱常等不十分吃亏。赵寿取出链子绳索，男子妇女锁做一堂。田牛儿痛哭了一回，心中忿怒，跳起身来。"我把朱常这老王八，照依母亲打死罢了。"赵完拦住："不可不可！如今自有官法究治，打死他做甚?"教众人扯过一边。此时已哄动远近村坊,地方邻里,无有不到赵家观看。赵完留到后边,备起酒饭款待,要众人具个"白昼劫杀"公呈。那众人都是赵完的亲戚佃户,俱应承了。赵完即央人写了状词,邻里写了公呈,同往婺源县击鼓喊冤。正是:

> 强中更遇强中手,恶人须服恶人磨。

却说那婺源县大尹,姓李名正,字国材,山东历城县人。乃进士出身,为官直正廉明,雪冤辨奸。又且一清如水,分文不取。当下闻得击鼓喊冤,即便升堂,传集衙役皂快,喝教带进赵完一干人跪在丹墀下。大尹问道:"你们有甚冤枉?从实说来。"赵完手持状词,口中只说:"老爷救命。"大尹叫手下人拿上状词看了,见是人命重事。大尹又问邻佑道:"你们是什么人?"邻里道:"小人俱是赵完左右邻居。目击朱常在赵完家行凶,不得不来报明。"将呈子递上。大尹看了,就叫打轿,带领忤作一应衙役,往赵家检验。赵家已自摆设公案,迎接大尹。到了,坐定,叫忤作将三个死尸致命伤处,从实检验报来。忤作先将丁老儿、田氏看过,禀道:"这两个俱是打伤脑壳。"又将朱常的死妇遍身看过,禀道:"此妇遍身并无伤处,惟有颈下一条血痕,看来不是打死,竟是勒死的。"大尹道:"可俱是实?"忤作禀道:"小人怎敢混报?"大尹心下疑惑:"既是两下相殴,为何此妇身上毫无伤处?"遂唤朱常问道:"此妇是你什么人?"朱常禀道:"是小人家卜才的妻子。"大尹便唤卜才问道:"你的妻子可是昨日登时打死了?"卜才道:"是。"大尹问了详细,自走下来把三个尸首逐一亲验,忤作人所报不差,暗称奇怪。分付把棺木盖上封好,带到县里来审。大尹在轿上,一路思想,心下明白。回县坐下,发众犯都跪在仪门外。单唤朱常上去，道："朱常，你不但打死赵家二命，连这妇人，也是你谋死的！须从实招来。"朱常道："这是家人卜才的妻子余氏，实被赵完打下水死的，地方上人，都是见的，如何反是小人谋死？爷爷若不信，只问卜才便见明白。"大尹喝道："胡说！这卜才乃你一路之人，我岂不晓得！敢在我面前支吾！夹起来。"众皂隶一齐答应上前，把朱常鞋袜去了，套上夹棍，便喊起来。那朱常本是富足之人，虽然好打官司，从不曾受此痛苦，只得一一吐实："这尸首是浮梁江口不知何人撇下的。"大尹录了口词，叫跪在丹墀下。又唤卜才进来，问道："死的妇人果是你妻子么？"卜才道："正是小人妻子。"大尹道："既是你妻子，如何把他谋死了，诈害赵完？"卜才道："爷爷，昨日赵完打下水身死，地方上人，都看见的。"大尹把惊堂在桌上一连七八拍，大喝道："你这该死的奴才！这是谁家的妇人，你冒认做妻子，诈害别人！你家主已招称，是你把他弄死。你若巧辩，快夹起来。"卜才见大尹像道士打灵牌一般，把气拍一片声乱拍乱喊，将魂魄都惊落了。又听见家主已招，只得禀道："这都是家主教小人认作妻子，并不干小人之事。"大尹道："你一一从实细说。"卜才将下船遇见尸首，定计诈赵完前后事细说一遍，与朱常无二。大尹已知是实，又问道："这妇人虽不是你打死，也不该冒认为妻，诈害平人。那丁文田婆却是你与家主打死的，这须没得说。"卜才道："爷爷，其实不曾打死，就夹死小人，也不招的。"大尹也教跪在丹墀。又唤赵完并地方来问，都执朱常扛尸到家，乘势打死。大尹因朱常造谋诈害赵完事实，连这人命也疑心是真，又把朱常夹起来。朱常熬刑不起，只得屈招。大尹将朱常、卜才各打四十，拟成斩罪，下在死囚牢里。其余十人，各打二十板，三个充军，七个徒罪，亦各下监。六个妇人，都是杖罪，发回原籍。其田断归赵完，代赵宁还原借朱常银两。又行文关会浮梁县查究妇人尸首来历。那朱常初念，只要把那尸首做个媒儿，赵完怕打人命官司，必定央人兜收私处，这三十多亩田，不消说起归他，还要扎诈⑦一注大钱，故此用这一片心机。谁知激变赵寿做出没天理事来对付他，反中了他计。当下来到牢里，不胜懊悔，想道："这蚤若不遇这尸首，也不见得到这地位！"正是：

> 蚤知更有强中手，却悔当初枉用心。

朱常料道："此处定难翻案。"叫儿子分付道："我想三个尸棺，必是钉稀板薄，交了春气，自然腐烂。你今先去会了该房，捺住关会文书。回去教妇女们，莫要泄漏这缢死尸首消息。一面向本省上司去告准，捱至来年四五月间，然后催关去审，那时烂没了缢死绳痕，好与他白赖。一事虚了，事事皆虚，不愁这死罪不脱。"朱太依了父亲，前去行事，不在话下。

却说景德镇卖酒王公家小二因相帮撇了尸首，指望王公些东西，过了两三日，却不见说起。小二在口内野唱，王公也不在其意。又过了几日，小二不见动静，心中焦躁，忍耐不住，当面明明说道："阿公，前夜那话儿，亏我把去出脱了还好；若没我时，到天明地方报知官司，差人出来相验，饶你硬挣，不使酒钱，也使茶钱。就拚上十来担涎吐⑧，只怕还不得了结哩！如今省了你许多钱钞，怎么竟不说起谢我？"大凡小人度量极窄，眼孔最浅：偶然替人做件事儿，侥幸得效，便道泼天大功劳，亏我挟持成就，竟想厚报，稍不如意，便要就翻转脸来了。所以人家用错了人，反受其荼毒。如小二不过一时用得些气力，便想要王公的银子，那王公若是个知事的，不拘多寡与他些也就罢了，谁知王公又是个舍不得一文钱的悭吝老儿，说着要他的钱，恰像割他身上的肉，就面红颈赤起来了。当下王公见小二要他银子，便发怒道："你这人忒没理！吃黑饭，护漆柱。吃了我家的饭，得了我的工钱，便是这些小事，略走得几步，如何就要我钱？"小二见他发怒，也就嚷道："嗏呀！就不把我，也是小事，何消得喉急？用得我着，方吃得你的饭，赚得你的钱，须不是白把我用的。还有一句话，得了你工钱，只做得生活，原不曾说替你拽死尸的。"王婆便走过来道："你这蛮子，真个惫懒！自古道：茄子也让三分老。怎么一个老人家，全没些尊卑，一般样与他争嚷。"小二道："阿婆，我出了力，不把银子与我，反发喉急，怎不要嚷？"王公道："甚么！是我谋死的？要诈我钱！"小二道："虽不是你谋死，便是擅自移尸，也须有个罪名。"王公道："你到去首了我来。"小二道："要我首也不难，只怕你当不起这大门户。"王公赶上前道："你去首，我不怕。"望外劈颈就扠。那小二不曾提防，捉脚不定，翻筋斗直跌出门外，磕碎了脑后，鲜血直淌。小二跌毒了，骂道："这老忘八！亏了我，反打么！"就地下拾起一块砖来，望王公掷去，谁知数合当然，这砖不歪不斜，正中王公太阳，一交跌倒，再不则声。王婆急上前扶时，只见口开眼定，气绝身亡。跌脚叫苦，便哭起天来。只因这一文钱上，又断送了一条性命。

总为惜财丧命，方知财命相连。

小二见王公死了，爬起来就跑。王婆喊叫邻里，赶上拿转，锁在王公脚上。问王婆："因甚事起？"王婆一头哭，一头将前情说出，又道："烦列位与老身作主则个。"众人道："这厮元来恁地可恶！先教他吃些痛苦，然后解官。"三四个邻佑上前来，一顿拳头脚尖，打得半死，方才住手。教王婆关闭门户，同到县中告状。此时纷纷传说，远近人都来观看。且说邱乙大正访问妻子尸首不着，官司难结，心思气闷。这一日闻得小二打王公的根由，"怎道这妇女尸首，莫不就是我的妻子么?"急走来问，见王婆锁门要去告状。邱乙大上前问了个详细，计算日子，正是他妻子出门这夜，便道："怪道我家妻子尸首，当朝就不见踪影，原来是他们丢掉了。到如今有了实据，绰板婆却自赖不得的了。"即忙赶到县前看来，只见王婆叫喊到县堂上。县主知是杀人大案，立刻出签拿了小二。不问众人，先教王婆问了备细。小二料道罪真难脱了，不待用夹，一一招承。打了三十，问成死罪，下在狱中。邱乙大算计妻子被刘三旺谋死，正是此日，这尸首一定是他撇下的。证见已确，要求审结。此时婺源县知会文书未到，大尹因没有尸首，终无实据。原发落出去寻觅。再说小二，初时已被邻里打伤，那顿板子，又十分厉害。到了狱中，没有使用，又且一顿拳头，三日之间，血崩身死。为这一文钱起，又送一条性命。

> 只因贪白镪⑨，番自丧黄泉。

且说邱乙大从县中回家，正打白铁门首经过，只听得里边叫天叫地的啼哭。原来白铁自那夜担着惊恐，出脱这尸首，冒了风寒，回家上得床，就发起寒热，病了十来日，方才断命。所以老婆啼哭。眼见为这一文钱，又送一条性命。

> 化为阴府惊心鬼，失却阳间打铁人。

邱乙大闻知白铁已死，叹口气道："恁般一个好汉! 有得几日，却又了账。可见世人真是没根的!"走到家中看时，止有这个小厮，鬼一般缩在半边，要口热水，也不能勾。看了那样光景，方懊悔前日逼勒老婆，做了这件拙事。如今又弄得不尴不尬，心下烦恼，连生意也不去做。终日东寻西觅，并无尸首下落。看看捱过残年，又蚤五月中旬。那时朱常儿子朱太已在按院告准状词，批在浮梁县审问，行文到婺源县关提人犯尸棺。起初朱太还不上紧，到了五月间，料得尸首已是腐烂，大大送个东道与婺源县该房，起文关解。那赵完父子因婺源县已经问结，自道没事，毫无畏惧，抱卷赴理。两县解子领了一干人犯，三具尸棺，道至浮梁县当堂投递。大尹将人犯羁禁，尸棺发置官坛候检，打发婺源回文，自不必说。不则一日，大尹吊出众犯，前出相验。那朱太合衙门通买嘱了，要胜赵完。大尹到尸场上坐下，赵完将浮梁县案卷呈上。大尹看了，对朱常道："你借尸索诈，打死二命，事已问结，如何又告？"朱常禀道："爷爷，赵完打余氏落水身死，众目共见；却买嘱了地邻忤作，妄报是缢死的。那丁文、田婆，自己情谎，谋害抵饰，硬诬小人打死。且不要论别件，但据小人主仆力量有限，赵完是何等势力，却容小人打死二命？况死的俱是七十多岁，难道恁地利害，只拣垂死之人来打？爷爷推详这上，就见明白。"大尹道："既如此，你当时就不该招承了？"朱常道："他那衙门情絮用极刑拷逼，若不屈招，性命已不到今日了。"赵完也禀道："朱常当日倚仗假尸，逢着便打，合家躲避；那丁文、田婆年老奔走不及，故此遭他毒手。假尸缢死绳痕，是婺源县太爷亲验过的，岂是忤作妄报。如今日久腐烂，巧言诓骗爷爷，希图漏网反陷。但求细看招卷，曲直立见。"大尹道："这也难凭你说。"即教开棺检验。天下有这等作怪的事，只道尸首经了许久，料已腐烂尽了，谁知都一毫不变，宛然如生。那杨氏颈下这条绳痕，转觉显明，倒教忤作人没理会。你道为何？他已得了朱常的钱财，若尸道烂坏了，好从中作弊，要出脱朱常，反坐赵完。如今伤痕见在，若虚报了，恐大尹还要亲验。实报了，如何得朱常银子。正在踌躇，大尹蚤已瞧破，就走下来亲验。那忤作人被大尹监定，不敢隐匿，一一实报。朱常在傍暗暗叫苦。大尹将所报伤处，将卷对看，分毫不差，对朱常道："你所犯已实，怎么又往上司诳告？"朱常又苦苦分诉。大尹怒道："还要强辩！夹起来！快说这缢死妇人是那里来的？"朱常受刑不过，只得招出："本日蚤起，在某处河沿边遇见，不知是何人撒下？"那大尹极有记性，忽趁想起："去年邱乙大告称，不见了妻子尸首；后来卖酒王婆告小二打死王公，也称是日抬尸首，撒在河沿上去了。至今尸首没有下落，莫不就是这个么？"暗记在心。当下将朱常、卜才都责三十，照旧死罪下狱，其余家人问徒招保。赵完等发落宁家，不题。

且说大尹回到县中，吊出邱乙大状词，并王小二那宗案卷查对，果然日子相同，撒尸地处一般，更无疑惑。即着原差，唤到邱乙大、刘三旺干证人等，监中吊出绰板婆孙氏，齐到尸场认看。此时正是五月天道，监中瘟疫大作，那孙氏刚刚病好，还行走不动，刘三旺与再旺扶挟而行。到了尸场上，忤作揭开棺盖，那邱乙大认得老婆尸首，放声号恸，连连叫道："正是小人妻子。"干证邻里也道："正是杨氏。"大尹细细鞫问致死情由，邱乙大咬定："刘三旺夫妻登门打骂，受辱不过，以致缢死。"刘三旺、孙氏，又苦苦折辩。地邻俱称是孙氏起衅，与刘三旺无干。大尹喝教将孙氏拶起。那孙氏是新病好的人，身子虚弱，又走行这番，劳碌过度，又费唇费舌折辩，渐渐神色改变。经着拶子，疼痛难忍，一口气收不来，翻身跌倒，呜呼哀哉！只因这一文钱上起，又送一条性命。正是：

> 地狱又添长舌鬼，阳间少了绰板声。

大尹看见，即令放拶。刘三旺向前叫唤，喊破喉咙，也唤不转。再旺在傍哀哀啼哭，十分凄惨。大尹心中不忍，向邱乙大道："你妻子与孙氏角口而死，原非刘三旺拳手相打。今孙氏亦亡，足以抵偿。今后两家和好，尸首各自领归埋葬，不许再告；违者，定行重治。"众人叩首依命，各领尸首埋葬，不在话下。

且说朱常、卜才下到狱中，想起枉费许多银两，反受一场刑杖，心中气恼，染起病来，却又沾着瘟气，二病夹攻，不勾数日，双双而死。只因这一文钱上起，又送两条性命。

　　　　未诈他人，先损自己。

说话的，我且问你：朱常生心害人，尚然得个丧身亡家之报；那赵完父子活活打死无辜二人，又诬陷了两条性命，他却漏网安享，可见天理原有报不到之处。看官，你可晓得，古老有几句言语么？是那几句？古语道：

　　　　善有善报，恶有恶报。不是不报，时辰未到。

那天公算善报，个个记得明白。古往今来，曾放过那个？这赵完父子漏网受用，一来他的顽福未尽；二来时候不到；三来小子只有一张口，没有两副舌，说了那边，便难顾这边，少不得逐节还你一个报应。闲话休题。且说赵完父子，又胜了朱常，回到家中，亲戚邻里，齐来作贺。吃了好几日酒。又过数日，闻得朱常、卜才，俱已死了，一发喜之不胜。田牛儿念着母亲暴露，领归埋葬不题。时光迅速，不觉又过年余。原来赵完年纪虽老，还爱风月，身边有个偏房，名唤爱大儿。那爱大儿生得四五分颜色，乔乔画画，正在得趣之时。那老儿虽然风骚，到底老人家，只好虚应故事，怎能勾满其所欲？看见义孙赵一郎，身材雄壮，人物乖巧，尚无妻室，到有心看上了。常常走到厨房下，捱肩擦背，调嘴弄舌。你想世上能有几个坐怀不乱的鲁男子，妇人家反去勾搭，他可有不肯之理。两下眉来眼去，不一日，成就了那事。彼此俱在少年，犹如一对饿虎，那有个饱期，捉空就闪到赵一郎房中，偷一手儿。那赵一郎又有些本领，弄得这婆娘体酥骨软，魄散魂销，恨不时刻并做一块。约莫串了半年有余，一日，爱大儿对赵一郎说道："我与你虽然快活了这几多时，终是碍人耳目，心忙意急，不能勾十分尽兴。不如悄地逃往远处，也做个长久夫妻。"赵一郎道："小娘子若真肯向我，就在这里，也可做得长久夫妻。"爱大儿道："你便是心上人了，有甚假意？只是怎地在此就做的夫妻！"赵一郎道："昔年丁老官与田婆，都是老爹与大官人自己打死诈赖朱家的，当时教我相帮他扛抬，曾许事完之日，分一分家私与我。那个棒棍，还是我藏好。一向多承小娘相爱，故不说起。你今既有此心，我与老爹说，不要了那一分家，寻个所在住下，然后再央人说，要你为配，不怕他不肯。他若舍不得，那时你悄地竟自走了出来，他可敢道个不字么？设或不达时务，便报与田牛儿，同去告官，教他性命也自难保。"爱大儿闻言，不胜欢喜，道："事不宜迟，作速理会。"说罢，闪出房去。次日，赵一郎探赵完独自个在堂中闲坐，上前说道："向日老爹许过事平之后，分一分家私与我。如今朱家了账已久，要求老爹分一股儿，自去营运，与我度日。"赵完答道："我晓得了。"再过一日，赵一郎转入后边，遇着爱大儿，递个信儿道："方才与老爹说了，娘子留心察听看，可像肯的。"爱大儿点头会意，各自开去不题。

且说赵完叫赵寿到一个厢房中去，将门掩上，低低把赵一郎说话，学与儿子，又道："我一时含糊应了他，如今还是怎地计较？"赵寿道："我原是哄他的甜话，怎么真个就做这指望？"老赵道："当初不合许出了，今若不与他些，这点念头，如何肯息?"赵寿沉吟了一回，又生起歹念，乃道："若引惯了他，做了个月月红，倒是无了无休的诈端⑩。想起这事，止有他一个晓得，不如一发除了根，永无挂虑。"那老儿若是个有仁心的，劝儿子休了这念，胡乱与他些小东西，或者免得后来之祸，也未可知。千不合，万不合，却说道："我也有这念头，但没有个计策。"赵寿道："有甚难处，明日去买些砒霜，下在酒中，到晚灌他一醉，怕道不就完事。外边人都晓得平日将他厚待的，决不疑惑。"赵完欢喜，以为得计。他父子商议，只道神鬼不知；那晓得却被爱大儿瞧见，料然必说此事，悄悄走来覆在壁上窥听。虽则听着几句，不当明白，恐怕出来撞着，急闪入去。欲要报与赵一郎，因听得不甚真切，不好轻事重报。心生一计，到晚间，把那老儿多劝上几杯酒，吃得醉熏熏，到了床上，爱大儿反抱定了那老儿撒娇撒痴，淫声浪语。这老儿迷魂了，乘着酒兴，未免做些没正经事体。方在酣美之时，爱大儿道："有句话儿要说，恐气坏了你，不好开口。若不说，又气不过。"这老儿正顽得气喘吁吁，借那句话头，就停住了，说道："是那个冲撞了你? 如此着恼!"爱大儿道："叵耐一郎这厮，今早把风话撩拨我，我要扯他来见你，倒说：'老爹和大官人，性命都还在我手里，料道也不敢难为我。'不知有甚缘故，说这般满话。倘在外人面前，也如此说，必疑我家做甚不公不法勾当，可不坏了名声? 那样没上下的人，怎生设个计策摆布死了，也省了后患。"那老儿道："元来这厮恁般无礼! 不打紧，明晚就见功效了。"爱大儿道："明晚怎地就见功效?"那老儿也是合当命尽，将要药死的话，一五一十说出。那婆娘得了实信，次早闪来报知赵一郎。赵一郎闻言，吃那惊不小，想道："这样反面无情的狠人! 倒要害我性命，如何饶得他过?"摸了棒槌，锁上房门,急来寻着田牛儿,把前事说与。田牛儿怒气冲天,便要赶去厮闹。赵一郎止住道:"若先嚷破了,反被他做了准备。不如竟到官司,与他理论。"田牛儿道:"也说得是。还到那一县去?"赵一郎道:"当初先在婺源县告起,这大尹还在,原到他县里去。"那太白村离县止有四十余里,二人拽开脚步,直跑至县中。恰好大尹早堂未退,二人一齐喊叫。大尹唤入,当厅跪下,却没有状词,只是口诉。先是田牛儿哭禀一番,次后赵一郎将赵寿打死丁文、田婆,诬陷朱常、卜才情由细诉,将行凶棒槌呈上。大尹看时,血痕虽干,鲜明如昨。乃道:"既有此情,当时为何不首?"赵一郎道:"是时因念主仆情分,不忍出首。如今恐小人泄漏,昨日父子计议,要在今晚将毒药鸩害小人,故不得不来投生。"大尹道:"他父子私议,怎地你就晓得?"赵一郎急遽间,不觉吐出实话,说道:"亏主人偏房爱大儿报知,方才晓得。"大尹道:"你主人偏房,如何肯来报信?想必与你有奸么?"赵一郎被问破心事,脸色俱变,强词抵赖。大尹道:"事已显然,不必强辩。"即差人押二人去拿赵完父子并爱大儿前来赴审。到得太白村,天已昏黑,田牛儿留回家歇宿,不题。

且说赵寿早起就去买下砒霜,却不见了赵一郎,问家中上下,都不知道。父子虽然有些疑惑,那个虑到爱大儿泄漏。次日清晨,差人已至,一索捆翻,拿到县中。赵完见爱大儿也拿了,还错认做赵一郎调戏他不从,因此牵连在内。直至赵一郎说出,报他谋害情由,方知向来有奸,懊悔失言。两下辩论一番,不肯招承。怎当严刑煅炼,疼痛难熬,只得一一实招。只因他害了四命,情理可恨,赵完父子,各打六十,依律问斩。赵一郎奸骗主妾,背恩反噬;爱大儿通同奸骗:男女二人,各责四十，杂犯死罪，齐下狱中。田牛儿释放回家。一面备文，申报上司，提解见证。不一日，申奏刑部，详勘号札，四人俱依拟秋后处决。只因这一文钱，又送断了四条性命。虽然是冤各有头，债各有主，若不为这一文钱争闹，杨氏如何得死？没有杨氏的尸首，连朱常这诈害一事，也就做不成了。总为这一文钱，却断送了十三条性命。这段话叫做《一文钱小隙造奇冤》。奉劝世人，舍财忍气为上。有诗为证：

　　相争只为一文钱，小隙谁知奇祸连！
　　劝汝舍财兼忍气，一生无祸得安然。

选自《醒世恒言》

【题解】

　　一文钱起衅，前后夺去十三条性命，真是千古奇冤。为甚么会如此呢？我们不妨顺着案情的进展摸索一番，不难发现这是一条奇异的链，而驱动链条运作的是个人私怨。当发现无名死尸的时候，书中几个人采取的策略或是避而远之，或是借机栽赃于人，更有甚者，为了报复仇敌和摆脱栽赃，居然又伤人命，使案情的发展不可思议地环环相生，使死去的生命有增无减。鲜有人从公理大义的角度把握整个事态，各色人等共装共扮了一幅灰暗的市井恶俗图。那些居心不良之人欲解旧恨反结新仇，避让之人实际上也犯下了助纣为虐的错误，人丛之中谁得好处？如果仅从社会学的角度来研究这篇小说，也会大有收获。而如果从小说手法着眼，篇中比比皆是的精彩的细节描写，又着实会使人眼花缭乱。

【注释】

①惩忿窒欲：警惕生气、杜绝欲望的意思。　②与人活动：指有不正当的男女关系。　③倘来之物：倘，应作傥。无意中得来的东西。　④口面：口角。　⑤都：疑为"邻"之误。⑥禅和子：和尚。　⑦扎诈：讹诈。　⑧涎吐：指酒。　⑨锊：疑作"镪"。白镪，指银钱。　⑩诈端：由头，藉口。

凌濛初 (1580——1644)

字玄房，号初成，又名凌波，一字波斥，别号即空观主人，乌程（今浙江湖州）人。出身官宦家庭，十二岁即入学为秀才，十八岁补廪膳生，数次应试，都中副榜举人，后入都就选，以优贡授上海县丞，时已五十五岁。六十三岁任徐州通判，并分署房村。两年后，在抗拒农民军的战争中呕血身亡。

编著有小说集《拍案惊奇》和《二刻拍案惊奇》（合称"二拍"），戏曲论著《谭曲杂劄》、《曲律》和《南音三籁》，并著杂剧九种，今存《识英雄红拂莽择配》、《虬髯翁正本扶余国》和《宋公明闹元宵》三种，改编传奇《乔合衫襟记》。此外还编著、辑行有《国门集》、《鸿讲斋诗文》、《燕筑讴》、《圣门传诗嫡冢》、《言诗翼》（一作《古诗翼》)）、《诗逆》、《诗经人物考》、《左传合鲭》、《史汉异同补评》、《赢滕三札》、《荡栉后录》、《东坡禅喜集》、《合评选诗》、《陶韦合集》和《国策概》等。

在他的所有著作中，以"二拍"影响最大。"初刻"、"二刻"各40卷，其中"二刻"第23卷与"初刻"重复，"二刻"第40卷则是杂剧，因此"二拍"实有小说78篇。凌濛初是中国古代创作短篇白话小说最多的一位作家。

转运汉遇巧洞庭红
波斯胡指破鼍龙壳

词云：

> 日日深杯酒满，朝朝小圃花开。自歌自舞自开怀，
> 且喜无拘无碍。青史几番春梦，红尘多少奇材？不须
> 计较与安排，领取而今见在。

这首词乃宋朱希真所作，词寄《西江月》，单道着人生功
名富贵，总有天数，不如图一个见前快活。试看往古来今，一
部十七史中，多少英雄豪杰，该富的不得富，该贵的不得贵！
能文的倚马千言，用不着时，几张纸盖不完酱瓿；能武的穿杨
百步，用不着时，几簳箭煮不熟饭锅。极至那痴呆懵董，生来
有福分的，随他文学低浅，也会发科发甲，随他武艺庸常，也
会大请大受①。真所谓时也，运也，命也。俗语有两句道得好：
"命若穷，掘着黄金化作铜；命若富，拾着白纸变成布。"总来
只听掌命司颠之倒之。所以吴彦高又有词云："造化小儿无定
据。翻来覆去，倒横直竖，眼见都如许。"僧晦庵亦有词云：
"谁不愿黄金屋？谁不愿千钟粟？算五行不是这般题目。枉使心
机闲计较，儿孙自有儿孙福。"苏东坡亦有词云："蜗角虚名，
蝇头微利，算来着甚干忙！事皆前定，谁弱又谁强？"这几位名
人说来说去，都是一个意思，总不如古语云："万事分已定，浮

生空自忙。"

说话的②，依你说来，不须能文善武，懒惰的也只消天掉下前程；不须经商立业，败坏的也只消天挣与家缘。却不把人间向上的心都冷了？看官③有所不知，假如人家出了懒惰的人，也就是命中该贱；出了败坏的人，也就是命中该穷。此是常理。却又自有转眼贫富，出人意外，把眼前事分毫算不得准的哩。

且听说一人，乃是宋朝汴京人氏，姓金，双名维厚。乃是经纪行中人。少不得朝晨起早，晚夕眠迟，睡醒来千思想、万算计，拣有便宜的才做。后来家事挣得从容④了，他便思想一个久远方法：手头用来用去的，只是那散碎银子，若是上两块头好银，便存着不动，约得百两，便熔成一大锭，把一综红线，结成一绦，系在锭腰，放在枕边，夜来摩弄一番方才睡下。积了一生，整整熔成八锭，以后也就随来随去，再积不成百两，他也罢了。

金老生有四子。一日，是他七十寿旦，四子置酒上寿。金老见了四子跻跻跄跄⑤，心中喜欢。便对四子说道："我靠皇天覆庇，虽则劳碌一生，家事尽可度日。况我平日留心，有熔成八大锭银子，永不动用的，在我枕边，见⑥将绒线做对儿结着。今将拣个好日子，分与尔等，每人一对，做个镇家之宝。"四子喜谢，尽欢而散。

是夜金老带些酒意，点灯上床。醉眼模糊，望去八个大锭，白晃晃排在枕边。摸了几摸，哈哈地笑了一声，睡下去了。睡未安稳，只听得床前有人行走脚步响，心疑有贼。又细听看，恰像欲前不前相让一般。床前灯火微明，揭帐一看，只见八个大汉，身穿白衣，腰系红带，曲躬而前，曰："某等兄弟，天数派定，宜在君家听令。今蒙我翁过爱，抬举成人，不烦役使，珍重多年，冥数将满。待翁归天后，再觅去向。今闻我翁目下将以我等分役诸郎君。我等与郎君辈原无前缘，故此先来告别，往某县某村王姓某者投托。后缘未尽，还可一面。"语毕，回身便走。金老不知何事，吃了一惊。翻身下床，不及穿鞋，赤脚赶去。远远见八人出了房门，金老赶得性急，绊了房槛，扑的跌倒。飒然惊醒，乃是南柯一梦。

急起挑灯明亮，点照枕边，已不见了八个大锭。细思梦中所言，句句是实。叹了一口气，哽咽了一会，道："不信我苦积一世，却没分与儿子每⑦受用，倒是别人家的！明明说有地方姓名，且慢慢跟寻下落则个⑧。"一夜不睡。

次早起来，与儿子每说知。儿子中也有惊骇的，也有疑惑的。惊骇的道："不该是我们手里东西，眼见得作怪。"疑惑的道："老人家欢喜中说话，失许了我们。回想转来，一时间就不割舍得分散了，造此鬼话，也不见得。"

金老看见儿子们疑信不等，急急要验个实话。遂访至某县某村，果有王姓某者。叩门进去，只见堂前灯烛荧煌，三牲福物⑨，正在那里献神。金老便开口问道："宅上有何事如此?"家人报知，请主人出来。

主人王老，见金老揖坐了，问其来因。金老道："老汉有一疑事，特造⑩上宅来问消息。今见上宅正在此献神，必有所谓，敢乞明示。"王老道："老拙偶因寒荆小恙买卜，先生道移床即好。昨寒荆病中，恍惚见八个白衣大汉，腰系红束，对寒荆道：'我等本在金家，今在彼缘尽，来投身宅上。'言毕，俱钻入床下。寒荆惊出了一身冷汗，身体爽快了。及至移床，灰尘中得银八大锭，多用红绒系腰，不知是那里来的。此皆神天福祐，故此买福物酬谢。今我丈来问，莫非晓得些来历么?"金老跌跌脚道："此老汉一生所积。因前日也做了一梦，就不见了。梦中也道出老丈姓名居址的确，故得访寻到此。可见天数已定，老汉也无怨处。但只求取出一看，也完了老汉心事。"王老道："容易。"笑嘻嘻地走进去，叫安童四人托出四个盘来。每盘两锭，多是红绒系束，正是金家之物。金老看了，眼睁睁无计所奈，不觉扑簌簌吊下泪来。抚摩一番道："老汉直如此命薄，消受不得。"

王老虽然叫安童仍旧拿了进去，心里见金老如此，老大不忍。另取三两零银封了，送与金老作别。金老道："自家的东西尚无福，何须尊惠？"再三谦让，必不肯受。王老强纳在金老袖中。金老欲待摸出还了，一时摸个不着，面儿通红。又被王老央不过，只得作揖别了。直至家中，对儿子们一一把前事说了，大家叹息了一回。因言王老好处，临行送银三两。满袖摸遍，并不见有；只说路中掉了。却原来金老推逊时，王老往袖里乱塞，落在着外面一层袖中。袖有断线处，在王老家摸时，已在脱线处落出在门槛边了。客去扫门，仍旧是王老拾得。可见一饮一啄，莫非前定。不该是他的东西。不要说八百两，就是三两也得不去。该是他的东西，不要说八百两，就是三两也推不出。原有的倒无了，原无的倒有了，并不由人计较。

而今说一个人，在实地上行，步步不着，极贫极苦的，却在渺渺茫茫、做梦不到的去处，得了一主没头没脑钱财，变成巨富。从来希有，亘古新闻。有诗为证。

诗曰：

> 分内功名匣里财，不关聪惠不关呆。
>
> 果然命是财官格，海外犹能送宝来。

话说国朝成化年间，苏州府长洲县阊门外有一人，姓文，名实，字若虚。生来心思慧巧，做着便能，学着便会。琴棋书画，吹弹歌舞，件件粗通。幼年间曾有人相他有巨万之富。他亦自恃才能，不十分去营求生产，坐吃山空，将祖上遗下千金家事，看看消下来。以后晓得家业有限，看见别人经商图利的，时常获利几倍，便也思量做些生意，却又百做百不着。

　　一日，见人说北京扇子好卖，他便合了一个伙计，置办扇子起来。上等金面精巧的，先将礼物求了名人诗画，免不得是沈石田、文衡山、祝枝山，揭了几笔，便直上两数银子。中等的，自有一样乔人⑪，一只手学写了这几家字画，也就哄得人过，将假当真的买了；他自家也兀自做得来。下等的，无金无字画，将就卖几十钱，也有对合利钱⑫，是看得见的。拣个日子，装了箱儿，到了北京。岂知北京那年，自交夏来，日日淋雨不晴，并无一毫暑气，发市甚迟。交秋早凉，虽不见及时，幸喜天色却晴，有妆晃⑬子弟，要买把苏做的扇子，袖中笼着摇摆。来买时，开箱一看，只叫得苦。原来北京历涔⑭，却在七八月，更加目前雨湿之气，斗着扇上胶墨之性，弄做了个"合而言之⑮"，揭不开了。用力揭开，东粘一层，西缺一片，但是有字有画值价钱者，一毫无用。止剩下等没字白扇，是不坏的，能值几何？将就卖了做盘费回家。本钱一空。

　　频年做事，大概如此。不但自己折本，但是搭他做伴，连伙计也弄坏了。故此人起他一个混名，叫做倒运汉。不数年，把个家事干圆洁净了，连妻子也不曾娶得。终日间靠着些东涂西抹，东挨西撞，也济不得甚事。但只是嘴头子诌得来，会说会笑，朋友家喜欢他有趣，游耍去处少他不得，也只好趁口，不是做家的。况且他是大模大样过来的，帮闲行里又不十分入得队。有怜他的，要荐他坐馆教学，又有诚实人家嫌他是个杂板令。高不凑，低不就，打从帮闲的、处馆的两项人见了他，也就做鬼脸，把"倒运"两字笑他，不在话下。

一日，有几个走海泛货的邻近，做头的无非是张大、李二、赵甲、钱乙一班人，共四十余人，合了伙将行。他晓得了，自家思忖道："一身落魄，生计皆无，便附了他们航海，看看海外风光，也不枉人生一世。况且他们定是不却我的，省得在家忧柴忧米，也是快活。"

正计较间，恰好张大踱将来。原来这个张大，名唤张乘运，专一做海外生意，眼里认得奇珍异宝，又且秉性爽慨，肯扶持好人，所以乡里起他一个混名，叫张识货。文若虚见了，便把此意一一与他说了。张大道："好，好。我们在海船里头不耐烦寂寞，若得兄去，在船中说说笑笑，有甚难过的日子？我们众兄弟料想多是喜欢的。只是一件：我们多有货物将去，兄并无所有，觉得空了一番往返，也可惜了。待我们大家计较，多少凑些出来助你，将就置些东西去也好。"文若虚便道："多谢厚情。只怕没人如兄肯周全小弟。"张大道："且说说看。"一竟自去了。

恰遇一个瞽目先生，敲着报君知走将来。文若虚伸手顺袋里摸了一个钱，扯他一卦，问问财气看。先生道："此卦非凡，有百十分财气，不是小可。"文若虚自想道："我只要搭去海外耍耍，混过日子罢了，那里是我做得着的生意？要甚么赍助？就赍助得来，能有多少？便直恁地财爻动！这先生也是混帐。"

只见张大气忿忿走来，说道："说着钱，便无缘。这些人好笑！说道你去，无不喜欢；说到助银，没一个则声。今我同两个好的弟兄，拼凑得一两银子在此，也办不成甚货，凭你买些果子，船里吃罢。口食之类，是在我们身上。"若虚称谢不尽，接了银子。张大先行，道："快些收拾，就要开船了。"若虚道："我没甚收拾，随后就来。"

手中拿了银子，看了又笑，笑了又看，道："置得甚货么？"信步走去，只见满街上篓篮内盛着卖的：

> 红如喷火，巨若悬星。皮未皲，尚有余酸；霜未降，不可多得。元殊苏井诸家树，亦非李氏千头奴。
>
> 较广似曰难兄，比福亦云具体。

乃是太湖中有一洞庭山，地暖土肥，与闽广无异；所以广橘、福橘播名天下，洞庭有一样橘树，绝与他相似，颜色正同，香气亦同，止是初出时味略少酸，后来熟了，却也甜美，比福橘之价，十分之一，名曰洞庭红。若虚看见了，便思想道："我一两银子，买得百斤有余，在船可以解渴，又可分送一二，答众人助我之意。"买成，装上竹篓，雇一闲的⑯，并行李挑了下船。众人都拍手笑道："文先生宝货来也。"文若虚羞惭无地，只得吞声上船，再也不敢提起买橘的事。

开得船来，渐渐出了海口，只见：

> 银涛卷雪，雪浪翻银。湍转则日月似惊，浪动则星河如覆。

三五日间，随风漂去，也不觉过了多少路程。忽至一个地方，舟中望去，人烟凑聚，城郭巍峨，晓得是到了甚么国都了。舟人把船撑入藏风避浪的小港内，钉了桩橛，下了铁锚，缆好了。船中人多上岸，打一看，原来是来过的所在，名曰吉零国。原来这边中国货物，拿到那边，一倍就有三倍价。换了那边货物，带到中国，也是如此。一往一回，却不便有八九倍利息？所以人都拼死走这条路。众人多是做过交易的，各有熟识经纪、歇家、通事人等，各自上岸找寻，发货去了，只留文若虚在船中看船。——路径不熟，也无走处。

正闷坐间，猛可想起道："我那一篓红橘，自从到船中不曾开看，莫不人气蒸烂了？趁着众人不在，看看则个。"叫那水手在舱板底下翻将起来，打开了篓看时，面上多是好好的。放心不下，索性搬将出来，都摆在艎板上面。也是合该发迹，时来福凑，摆得满船红焰焰的，远远望来，就是万点火光，一天星斗。岸上走的人都拢将来，问道："是甚么好东西呀？"文若虚只不答应。看见中间有个把一点头的⑰，拣了出来，掐破就吃。岸上看的一发多了，惊笑道："原来是吃得的！"就中有个好事的，便来问价："多少一个？"文若虚不省得他们说话，船上人却晓得，就扯个谎哄他，竖起一个指头，说："要一钱一颗。"那问的人揭开长衣，露出那兜罗锦红裹肚来，一手摸出银钱一个来道："买一个尝尝。"文若虚接了银钱，手中等等看⑱，约有两把重。心下想道："不知这些银子要买多少，也不见秤秤，且先把一个与他看样。"拣个大些的，红得可爱的，递一个上去。只见那个人接上手，撅了一撅道："好东西呀！"扑地就劈开来，香气扑鼻。连傍边闻着的许多人，大家喝一声采。那买的不知好歹，看见船上吃法，也学他去了皮，却不分囊，一块塞在口里，甘水满咽喉，连核都不吐，吞下去了。哈哈大笑道："妙哉！妙哉！"又伸手到裹肚里，摸出十个银钱来，说："我要买十个进奉去。"文若虚喜出望外，拣十个与他去了。

那看的人见那人如此买去了，也有买一个的，也有买两个三个的，都是一般银钱。买了的都千欢万喜去了。

原来彼国以银为钱，上有文采，有等龙凤文的最贵重，其次人物，又次禽兽，又次树木，最下通用的是水草。却都是银铸的，分两不异。适才买橘的都一样水草纹的，他道是把下等钱买了好东西去了，所以欢喜，也只是要小便宜肚肠，与中国人一样。须臾之间，三停⑲里卖了二停。有的不带钱在身边的，老大懊悔，急忙取了钱转来，文若虚已此剩不多了，拿一个班⑳道："而今要留着自家用，不卖了。"其人情愿再增一个钱，四个钱买了二颗。口中哓哓说："晦气！来得迟了。"傍边人见他增了价，就埋怨道："我每还要买个，如何把价钱增长了他的？"买的人道："你不听得他方才说兀自不卖了？"

正在议论间，只见首先买十颗的那一个人，骑了一匹青骢马，飞也似奔到船边，下了马，分开人丛，对船上大喝道："不要零卖！不要零卖！是有的俺多要买。俺家头目要买去进克汗㉑哩！"看的人听见这话，便远远走开，站住了看。文若虚是个伶俐的人，看见来势，已此瞧科在眼里，晓得是个好主顾了，连忙把篓里尽数倾出来，止剩五十余颗，数了一数，又拿起班来，说道："适间讲过，要留着自用，不得卖了。今肯加些价钱，再让几颗去罢。适间已卖出两个钱一颗了。"其人在马背上拖下一大囊，摸出钱来，另是一样树木纹的，说道："如此钱一个罢了。"文若虚道："不情愿，只照前样罢了。"那人笑了一笑，又把手去摸出一个龙凤纹的来道："这样的一个如何？"文若虚又道："不情愿，只要前样的。"那人又笑道："此钱一个抵百个，料也没得与你，只是与你耍。你不要俺这一个，却要那等的，是个傻子。你那东西肯都与俺了，俺再加你一个那等的也不打紧。"文若虚数了一数，有五十二颗，准准的要了他一百五十六个水草银钱。那人连竹篓都要了，又丢了一个钱，把篓拴在马上，笑吟吟地一鞭去了。看的人见没得买了，一哄而散。

文若虚见人散了，到舱里把一个钱秤一秤，有八钱七分多重。秤过数个，都是一般。总数一数，共有一千个差不多。把两个赏了船家，其余收拾在包里了。笑一声道："那盲子好灵卦也。"欢喜不尽，只等同船人来对他说笑则个。

说话的，你说错了！那国里银子这样不值钱，如此做买卖，那久惯漂洋的带去多是绫罗段匹，何不多卖了些银钱回来？一发百倍了！看官有所不知，那国里见了绫罗等物，都是以货交兑，我这里人也只是要他货物，才有利钱，若是卖他银钱时，他都把龙凤，人物的来交易，作了好价钱，分两也只得如此，反不便宜。如今是买吃口东西，他只认做把低钱交易，我却只管分两，所以得利了。说话的，你又说错了。依你说来，那航海的何不只买吃口东西，只换他低钱，岂不有利？用着重本钱置他货物怎地？看官，又不是这话。也是此人偶然有此横财，带去着了手②，若是有心第二遭再带去，三五日不遇巧，等得稀烂。那文若虚运未通时卖扇子就是榜样。扇子还是放得起的，尚且如此，何况果品？是这样执一论不得的。

闲话休题。且说众人领了经纪主人到船发货，文若虚把上头事说了一遍，众人都惊喜道："造化！造化！我们同来，倒是你没本钱的先得了手也。"张大便拍手道："人都道他倒运，而今想是运转了。"便对文若虚道："你这些银钱，此间置货，作价不多。除是转发在伙伴中，回③他几百两中国货物，上去打换些土产珍奇，带转去有大利钱，也强如虚藏此银钱在身边，无个用处。"文若虚道："我是倒运的，将本求财，从无一遭不连本送的。今承诸公挈带，做此无本钱生意，偶然侥幸一番，真是天大造化了，如何还要生利钱，妄想甚么？万一如前再做折了，难道再有洞庭红这样好卖不成？"众人多道："我们用得着的是银子，有的是货物，彼此通融，大家有利，有何不可？"

文若虚道:"一年吃蛇咬,三年怕草索。说着货物,我就没胆气了。只是守了这些银钱回去罢!"众人齐拍手道:"放着几倍利钱不取,可惜可惜。"

随同众人一齐上去,到了店家,交货明白,彼此兑换。约有半月光景,文若虚眼中看过了若干好东好西,他已自志得意满,不放在心上。众人事体完了,一齐上船。烧了神福,吃了酒,开洋。

行了数日,忽然间天变起来,但见:

乌云蔽日,黑浪掀天。蛇龙戏舞起长空,鱼鳖惊惶潜水底。艨艟泛泛,只如栖不定的数点寒鸦;岛屿浮浮,便似没不煞的几双水鹈。舟中是方扬的米簸,舷外是正熟的饭锅。总因风伯太无情,以致篙师多失色。

那船上人见风起了,扯起半帆,不问东西南北,随风势漂去。隐隐望见一岛,便带住篷脚,只看着岛边使来。看看渐近,恰是一个无人的空岛。但见:

树木参天,草莱遍地。荒凉径界,无非些兔迹狐踪;坦迤土壤,料不是龙潭虎窟。混茫内未识应归何国辖,开辟来不知曾否有人登。

船上人把船后抛了铁锚,将桩橛泥犁上岸去钉停当了,对舱里道:"且安心坐一坐,候风势则个。"

那文若虚身边有了银子,恨不得插翅飞到家里,巴不得行路,却如此守风呆坐,心里焦燥。对众人道:"我且上岸去岛上望望则个。"众人道:"一个荒岛,有何好看?"文若虚道:"总是闲着,何碍?"众人都被风颠得头晕,个个是呵欠连天的,不肯同去。文若虚便自一个抖擞精神,跳上岸来。只因此一去,有分交：十年败壳精灵显，一介穷神富贵来。若是说话的同年生，并时长，有个未卜先知的法儿，便双脚走不动，也挂个拐儿随他同去一番，也不枉的。

却说文若虚见众人不去，偏要发个狠㉔，扳藤附葛，直走到岛上绝顶。那岛也苦不甚高，不费甚大力，只是荒草蔓延，无好路径。到得上边打一看时，四望漫漫，身如一叶，不觉凄然吊下泪来。心里道："想我如此聪明，一生命蹇，家业消亡，剩得只身，直到海外。虽然侥幸，有得千来个银钱在囊中，知他命里是我的不是我的？——今在绝岛中间，未到实地，性命也还是与海龙王合着的哩。"

正在感怆，只见望去远远草丛中一物突高。移步往前一看，却是床大一个败龟壳。大惊道："不信天下有如此大龟！世上人那里曾看见？说也不信的。我自到海外一番，不曾置得一件海外物事，今我带了此物去，也是一件希罕的东西，与人看看，省得空口说着，道是苏州人会调谎。又且一件：锯将开来，一盖一板，各置四足，便是两张床，却不奇怪？"遂脱下两只裹脚，接了，穿在龟壳中间，打个扣儿，拖了便走。

走至船边，船里人见他这等模样，都笑道："文先生那里又趿了纤来？"文若虚道："好教列位得知，这就是我海外的货了。"众人头抬一看，却便似一张无柱有底的硬脚床，吃惊道："好大龟壳！你拖来何干？"文若虚道："也是罕见的，带了他去。"众人笑道："好货不置一件，要此何用？"有的道："也有用处，有甚么天大的疑心事，灼他一卦；只没有这样大龟药。"又有的道是："医家要煎龟膏，拿去打碎了煎起来，也当得几百个小龟壳。"文若虚道："不要管有用没用，只是希罕，又不费本钱，便带了回去。"当时叫个船上水手，一抬抬下舱来。初时山下空阔，还只如此，舱中看来，一发大了，若不是海船，也着不得这样狼犺⑤东西。众人大家笑了一回，说道："到家时有人问，只说文先生做了偌大的乌龟买卖来了。"文若虚道："不要笑，我好歹有一个用处，决不是弃物。"随他众人取笑，文若虚只是得意。取些水来，内外洗一洗净，抹干了，却把自己钱包行李都塞在龟壳里面，两头把绳一绊，却当了一个大皮箱子。自笑道："兀的不眼前就有用起了？"众人都笑将起来，道："好算计，好算计！文先生到底是个聪明人。"

当夜无词。次日风息了，开船一走。不数日又到了一个去处，却是福建地方了。才住定了船，就有一伙惯伺候接海客的小经纪牙人㉖攒将拢来，你说张家好，我说李家好，拉的拉，扯的扯，嚷个不住。海船上众人拣一个一向熟识的跟了去，其余的也就住了。

众人到了一个波斯胡㉗大店中坐定。里面主人见说海客到了，连忙先发银子，唤厨户包办酒席几十桌。分付停当，然后踱将出来。这主人是个波斯国里人，姓个古怪姓，是玛瑙的玛字，叫名玛宝哈，专一与海客兑换珍宝货物，不知有多少万数本钱。众人走海过的，都是熟主熟客，只有文若虚不曾认得。抬眼看时，原来波斯胡住得在中华久了，衣帽言动都与中华不大分别，只是剃眉剪须，深目高鼻，有些古怪。出来见了众人，行宾主礼，坐定了。两杯茶罢，站起身来，请到一个大厅上，只见酒筵多完备了，且是摆得济楚。原来旧规：海船一到，主人家先折过这一番款待，然后发货讲价的。

主人家手执着一付法浪菊花盘盏，拱一拱手道："请列位货单一看，好定坐席。"看官，你道这是何意？原来波斯胡以利为重，只看货单上有奇珍异宝值得上万者，就送在先席，余者看货轻重，挨次坐去，不论年纪，不论尊卑，一向做下的规矩。船上众人，货物贵的贱的，多的少的，你知我知，各自心照，差不多领了酒杯，各自坐了。单单剩得文若虚一个，呆呆站在那里。主人道："这位老客长不曾会面，想是新出海外的，置货不多了。"众人大家说道："这是我们好朋友，到海外耍去的，身边有银子，却不曾肯置货。今日没奈何，只得屈他在末席坐了。"文若虚满面羞惭，坐了末位。主人坐在横头。

饮酒中间，这一个说有猫儿眼㉘多少，那一个说道我有祖母绿多少，你夸我逞。文若虚一发嘿嘿无言，自心里也微微有些懊悔道："我前日该听他们劝，置些货物来的是，今枉有几百银子在囊中，说不得一句说话。"又自叹了口气道："我原是一些本钱没有的，今已大幸，不可不知足。"自思自忖，无心发兴吃酒。众人却猜拳行令，吃得狼藉。主人是个积年，看出文若虚不快活的意思来，不好说破，虚劝了他几杯酒。众人都起身道："酒勾了，天晚了，趁早上船去，明日发货罢。"别了主人去了。

主人撤了酒席，收拾睡了。明日起个清早，先走到海岸船边，来拜这伙客人。主人登舟，一眼瞅去，那舱里狼狼犹犹这件东西早先看见了，吃了一惊道："这是那一位客人的宝货？昨日席上并不曾见说起。莫不是不要卖的？"众人都笑指道："此敝友文兄的宝货。"中有一人衬道："又是滞货。"主人看了文若虚一看，满面挣得通红，带了怒色，埋怨众人道："我与诸公相处多年，如何恁地作弄我？教我得罪于新客，把一个末座屈了他，是何道理？"一把扯住文若虚，对众客道："且慢发货，容我上岸谢过罪着。"众人不知其故，有几个与文若虚相知些的，又有几个喜事的，觉得有些古怪，共十余人赶了上来，重到店中，看是如何。

只见主人拉了文若虚，把交椅整一整，不管众人好歹，纳他头一位坐下了道："适间得罪得罪，且请坐一坐。"文若虚心中镀铎㉙，忖道："不信此物是宝贝，这等造化不成？"主人走了进去，须臾出来，又拱众人到先前吃酒去处，又早摆下几桌酒，为首一桌比先更齐整。把盏向文若虚一揖，就对众人道："此公正该坐头一席。你每枉自一船的货，也还赶他不来。先前失敬失敬。"众人看见，又好笑，又好怪，半信不信的，一带儿坐了。

酒过三杯，主人就开口道："敢问客长，适间此宝可肯卖否？"文若虚是个乖人，趁口答应道："只要有好价钱，为甚不卖？"那主人听得肯卖，不觉喜从天降，笑逐颜开。起身道："果然肯卖，但凭分付价钱，不敢吝惜。"文若虚其实不知值多少，讨少了怕不在行，讨多了怕吃笑。忖了一忖，面红耳热，颠倒讨不出价钱来。

张大便与文若虚丢个眼色，将手放在椅子背后，竖着三个指头，再把第二个指空中一撒，道："索性讨他这些。"文若虚摇头，竖一指道："这些我还讨不出口在这里。"却被主人看见道："果是多少价钱？"张大捣一个鬼道："依文先生手势，敢像要一万哩。"主人呵呵大笑道："这是不要卖，哄我而已。此等宝物岂止此价钱？"众人见说，大家目睁口呆，都立起了身来，扯文若虚去商议道："造化，造化。想是值得多哩！我们实实不知如何定价，文先生不如开个大口，凭他还罢。"文若虚终是碍口识羞，待说又止。众人道："不要不老气㉚。"主人又催道："实说说何妨？"文若虚只得讨了五万两。主人还摇头道："罪过罪过。没有此话。"

　　扯着张大，私问他道："老客长们海外往来，不是一番了，人都叫你是张识货，岂有不知此物就里的？必是无心卖他，奚落小肆罢了。"张大道："实不瞒你说，这个是我的好朋友，同了海外玩耍的，故此不曾置货。适间此物，乃是避风海岛，偶然得来，不是出价置办的，故此不识得价钱。若果有这五万与他，勾他富贵一生，他也心满意足了。"主人道："如此说，要你做个大大保人，当有重谢，万万不可翻悔。"遂叫店小二拿出文房四宝来，主人家将一张供单绵料纸折了一折，拿笔递与张大道："有烦老客长做主，写个合同文书，好成交易。"张大指着同来一人道："此位客人褚中颖写得好。"把纸笔让与他。

　　褚客磨得墨浓，展好纸，提起笔来写道：

> 立合同议单张乘运等。今有苏州客人文实，海外带来大龟壳一个，投至波斯玛宝哈店；愿出银五万两买成。议定立契之后，一家交货，一家交银，各无翻悔。有翻悔者罚契上加一，合同为照。

一样两纸，后边写了年月日，下写张乘运为头，一连把在坐客人十来个写去。褚中颖因自己执笔，写了落末。年月前边空行中间，将两纸凑着，写了骑缝一行，两边各半，乃是"合同议约"四字，下写"客人文实，主人玛宝哈"，各押了花押。单上有名，从后头写起，写到张乘运，道："我们押字钱重些，这买卖才弄得成。"主人笑道："不敢轻，不敢轻。"

　　写毕，主人进内，先将银一箱抬出来道："我先交明白了用钱，还有说话。"众人攒将拢来。主人开箱，却是五十两一包，共总二十包，整整一千两，双手交与张乘运道："凭老客长收明，分与众位罢。"众人初然吃酒、写合同，大家撺哄鸟乱，心下还有些不信的意思，如今见他拿出精晃晃白银来做用钱，方知是实。文若虚恰象梦里醉里，话都说不出来，呆呆地看。张大扯他一把道："这用钱如何分散，也要文兄主张。"文若虚方说一句道："且完了正事慢处。"

只见主人笑嘻嘻的，对文若虚道："有一事要与客长商议。价银现在里面阁儿上，都是向来兑过的，一毫不少，只消请客长一两位进去，将一包过一过目，兑一兑为准，其余多不消兑得。却又一说：此银数不少，搬动也不是一时功夫，况且文客官是个单身，如何好将下船去？又要泛海回还，有许多不便处。"文若虚想了一想道："见教得极是，而今却待怎么？"主人道："依着愚见，文客官目下回去未得。小弟此间有一个段匹铺，有本三千两在内，其前后大小厅屋楼房共百余间，也是个大所在，价值二千两，离此半里之地。愚见就把本店货物及房屋文契作了五千两，尽行交与文客官，就留文客官在此住下了，做此生意。其银也做几遭搬了过去，不知不觉。日后文客官要回去，这里可以托心腹伙计看守，便可轻身往来。不然，小店交出不难，文客官收贮却难也。愚意如此。"说了一遍，说得文若虚与张大跌足道："果然是客纲客纪^①，句句有理。"文若虚道："我家里原无家小，况且家业已尽了，就带了许多银子回去，没处安顿。依了此说，我就在这里立起个家缘来，有何不可？此番造化，一缘一会，都是上天作成的，只索随缘做去。便是货物房产价钱未必有五千，总是落得的。"便对主人说："适间所言，诚是万全之算，小弟无不从命。"

主人便领文若虚进去阁上看，又叫张、褚二人："一同来看看。其余列位不必了，请略坐一坐。"他四人去了。众人不进去的，个个伸头缩颈，你三我四说道："有此异事！有此造化！早知这样，懊悔岛边泊船时节也不去走走，或者还有宝贝也不见得。"有的道："这是天大的福气，撞将来的，如何强得？"正欣羡间，文若虚已同张、褚二客出来了。众人都问："进去如何了？"张大道："里边高阁是个土库，放银两的所在，都是桶子盛着。适间进去看了十个大桶，每桶四千，又五个小匣，每个一千，共是四万五千。已将文兄的封皮记号封好了，只等交了货，就是文兄的了。"主人出来道："房屋文书、缎匹帐目俱已在此，凑足五万之数了。且到船上取货去。"一拥都到海船来。

文若虚于路对众人说："船上人多，切勿明言，小弟自有厚报。"众人也只怕船上人知道，要分了用钱去，各各心照。文若虚到了船上，先向龟壳中把自己包裹被囊取出了。手摸一摸壳，口里暗道："侥幸！侥幸！"主人便叫店内后生二人来抬此壳，分付道："好生抬进去，不要放在外边。"船上人见抬了此壳去，便道："这个滞货也脱手了，不知卖了多少？"文若虚只不做声，一手提了包裹，往岸上就走。这起初同上来的几个，又赶到岸上，将龟壳从头至尾细细看了一遍，又向壳内张了一张，捽了一捽，面面相觑道："好处在那里？"

主人仍拉了这十来个一同上去。到店里，说道："而今且同文客官看了房屋铺面来。"众人与主人一同走到一处，正是闹市中间，一所好大房子。门前正中是个铺子。傍有一弄，走进转个弯，是两扇大石板门，门内大天井，上面一所大厅，厅上有一匾，题曰："来琛堂"。堂傍有两楹侧屋，屋内三面有橱，橱内都是绫罗各色段匹。以后内房楼房甚多。文若虚暗道："得此为住居，王侯之家不过如此矣。况又有段铺营生，利息无尽，便做了这里客人罢了，还思想家里做甚？"就对主人道："好却好，只是小弟是个孤身，毕竟还要寻几房使唤的人才住得。"主人道："这个不难，都在小店身上。"

　　文若虚满心欢喜，同众人走归本店来。主人讨茶来吃了，说道："文客官今晚不消船里去，就在铺中下了。使唤的人，铺中现有，逐渐再讨便是。"众客人多道："交易事已成，不必说了。只是我们毕竟有些疑心：此壳有何好处，价值如此？还要主人见教一个明白。"文若虚道："正是，正是。"主人笑道："诸公枉了海上走了多遭，这些也不识得！列位岂不闻说龙有九子乎？内有一种是鼍龙，其皮可以幔鼓，声闻百里，所以谓之鼍鼓。鼍龙万岁，到底蜕下此壳成龙。此壳有二十四肋，按天上二十四气，每肋中间节内有大珠一颗。若有肋未完全时节，成不得龙，蜕不得壳。也有生捉得他来，只好将皮幔鼓。其肋中也未有东西。直待二十四肋肋肋完全，节节珠满，然后蜕了此壳变龙而去。故此是天然蜕下，气候俱到，肋节俱完的，与生擒活捉、寿数未到的不同，所以有如此之大。这个东西，我们肚中虽晓得，知他几时蜕下，又在何处地方守得他着？壳不值钱，其珠皆有夜光，乃无价宝也。今天幸遇巧，得之无心耳。"

　　众人听罢，似信不信。只见主人走将进去了一会，笑嘻嘻的走出来，袖中取出一西洋布的包来，说道："请诸公看看。"解开来，只见一团绵裹着寸许大一颗夜明珠，光彩夺目，讨个黑漆的盘，放在暗处，其珠滚一个不定，闪闪烁烁，约有尺余亮处。众人看了，惊得目睁口呆，伸了舌头收不进来。主人回身转来，对众逐个致谢道："多蒙列位作成了。只这一颗，拿到咱国中，就值方才的价钱了；其余多是尊惠。"众人个个心惊，却是说过的话又不好翻悔得。

　　主人见众人有些变色，收了珠子，急急走到里边，又叫抬出一个段箱来。除了文若虚，每人送与段子二端，说道："烦劳了列位，做两件道袍穿穿，也见小肆中薄意。"袖中又摸出细珠十数串，每送一串，道："轻鲜，轻鲜，备归途一茶罢了。"文若虚处另是粗些的珠子四串，段子八匹，道："权且做几件衣服。"文若虚同众人欢喜作谢了。

主人就同众人送了文若虚到段铺中，叫铺里伙计后生们都来相见，说道："今番是此位主人了。"主人自别了去，道："再到小店中去去来。"只见须臾间数十个脚夫扛了好些扛来，把先前文若虚封记的十桶五匦都发来了，文若虚搬在一个深密谨慎的卧房里头去处。出来对众人道："多承列位挈带，有此一套意外富贵，感谢不尽。"走进去把自家包裹内所卖洞庭红的银钱倒将出来，每人送他十个，止有张大与先前出银助他的两三个分外又是十个，道："聊表谢意。"此时文若虚把这些银钱看得不在眼里了，众人却是快活，称谢不尽。文若虚又拿出几十个来，对张大说道："有烦老兄将此分与船上同行的人，每位一个，聊当一茶。小弟住在此间，有了头绪，慢慢倒本乡来。此时不得同行，就此为别了。"张大道："还有一千两用钱，未曾分得，却是如何？须得文兄分开，方没得说。"文若虚道："这到忘了。"就与众人商议，将一百两散与船上众人，余九百两照现在人数，另外添出两股，派了股数，各得一股，张大为头的，褚中颖执笔的，多分一股。众人千欢万喜，没有说话。

内中一人道："只是便宜了这回回，文先生还该起个风，要他些不敷才是。"文若虚道："不要不知足。看我一个倒运汉，做着便折本的，造化到来，平空地有此一主财爻，可见人生分定，不必强求。我们若非这主人识货，也只当得废物罢了，还亏他指点晓得，如何还好昧心争论？"众人都道："文先生说得是。存心忠厚，所以该有此富贵。"大家千恩万谢，各各赍了所得东西，自到船上发货。

从此，文若虚做了闽中一个富商，就在那边取了妻小，立起家业。数年之间，才到苏州走一遭，会会旧相识，依旧去了。至今子孙繁衍，家道殷富不绝。正是：

> 运退黄金失色，时来顽铁生辉。
>
> 莫与痴人说梦，思量海外寻龟。

选自《拍案惊奇》

【题解】

小说描写的文若虚象是弃儒经商的人，但经商很不得意，向北京长途贩运扇子是其失败的一例。后来出海经商方始转运，成了富商大贾。按照史学家的一般说法，本篇所写的那个时代在江浙沿海一带有了资本主义的萌芽，利润以至资本的概念（实际所体现出来的）大约渐入人心。这篇小说中就有生意做得大的人物如张乘运，他已经纠合一伙人搞起了海外贸易，相比之下，文若虚是干小买卖的，而且他只是偶然出海，但他却发得比谁都大，关键在于运，由倒运向大运的转变。如果说这个作品透露了由传统儒家的重义轻利向新兴市民的言商逐利观念的转变，那么，其中对运的高估又不免观念生成早期的幼稚。不过，就总体上说，这个作品十足表现了从事海外经商的商人们心态。这样的一篇小说，被编著者有意无意地置于"拍案惊奇"的卷首，是不是要向读者表明该书不同于既往"经典"的风貌呢？

【注释】

①大请大受：指领取高额俸禄。　②说话的：这是作者模拟"说话人"即说书艺人的自称。　③看官：书场里的听众，这里指读者。　④从容：宽裕。　⑤跻跻跄跄：奔走忙碌的样子。　⑥见：即"现"。　⑦每：即"们"。　⑧则个：语气助词，与"吧"、"呀"等相似。　⑨三牲福物："三牲"原指牛、羊、豕，俗指鸡、鱼、肉，这里指用来祭神的物品。　⑩造：拜访。　⑪乔人：和"乔才"同义，指狡狯的人。这里似专指作假字画的人。⑫对合利钱：即对本对利。　⑬妆晃：一作"装幌"，指装门面，爱时髦。　⑭历沴：因天气潮湿而引起霉变。　⑮合而言之：这里指粘在一起。　⑯闲的：闲汉。　⑰有人把一点头的：指一些出现白点的略坏的橘子。　⑱等等看：掂份量。　⑲三停：即"三份"意。　⑳拿一个班：拿架子。

㉑克汗：同"可汗"，古代北方少数民族君主的称谓。　㉒着了手：得手。　㉓回：匀给。　㉔发个狠：横下心。　㉕狼犺：笨重。㉖牙人：代销货物的人。　㉗波斯胡：波斯人，旧时泛称西北异域的人为胡人。　㉘猫儿眼：和下文的"祖母绿"，都为宝石的一种。　㉙镬铎：指心里不明白。　㉚不老气：面皮薄，不好意思。　㉛客纲客纪：意即出门人在外行事的经验之谈。

刘东山夸技顺城门
十八兄奇踪村酒肆

诗云：

> 弱为强所制，不在形巨细。
>
> 蝍蛆带是甘，何曾有长喙？

话说天地间，有一物必有一制，夸不得高，恃不得强。这首诗所言"蝍蛆"是甚么？就是那赤足蜈蚣，俗名百脚，又名百足之虫。这"带"又是甚么？是那大蛇。其形似带一般，故得此名。岭南多大蛇，长数十丈，专要害人。那边地方里居民，家家蓄养蜈蚣，有长尺余者，多放在枕畔或枕中。若有蛇至，蜈蚣便喷喷作声。放他出来，他鞠起腰来，首尾着力，一跳有一丈来高，便搭住在大蛇七寸内，用那铁钩也似一对钳来钳住了，吸他精血，至死方休。这数十丈长、斗来大的东西，反缠死在尺把长、指头大的东西手里，所以古语道："蝍蛆甘带"，盖谓此也。

汉武帝延和三年，西胡月支国献猛兽一头，形如五六十日新生的小狗，不过比狸猫般大，拖一个黄尾儿。那国使抱在手里，进门来献。武帝见他生得猥琐，笑道："此小物，何谓猛兽？"使者对曰："夫威加于百禽者，不必计其大小，是以神麟为巨象之王，凤凰为大鹏之宗，亦不在巨细也。"武帝不信，乃对使者说："试叫他发声来朕听。"使者乃将手一指，此兽舐唇摇首一会，猛发一声，便如平地上起一个霹雳，两目闪烁，放出两道电光来。武帝登时颠出亢金椅子，急掩两耳，颤一个不住。侍立左右及羽林摆立仗下军士，手中所拿的东西悉皆震落。武帝不悦，即传旨意，教把此兽付上林苑①中，待群虎食之。上林苑令遵旨。只见拿到虎圈边放下，群虎一见，皆缩做一堆，双膝跪倒。上林苑令奏闻，武帝愈怒，要杀此兽。明日，连使者与猛兽皆不见了。猛悍到了虎豹，却乃怕此小物。所以人之膂力强弱，智术长短，没个限数。正是：

> 强中更有强中手，莫向人前夸大口。

唐时有一个举子，不记姓名地方。他生得膂力过人，武艺出众。一生豪侠好义，真正路见不平，拔刀相助。他进京会试，不带仆从。恃着一身本事，鞴②着一匹好马，腰束弓箭短剑，一鞭独行。一路收拾些雉兔野味，到店肆中宿歇，便安排下酒。

一日，在山东路上，马跑得快了，赶过了宿头。至一村庄，天已昏黑，自度不可前进。只见一家人家，开门在那里，灯光射将出来。举子下了马，一手牵着，挨进看时，只见进了门，便是一大空地，空地上有三四块太湖石叠着，正中有三间正房，有两间厢房，一老婆子坐在中间绩麻。听见庭中马足之声，起身来问。举子高声道："妈妈，小生是失路借宿的。"那老婆子道："官人，不方便，老身做不得主。"听他言词中间，带些凄惨。举子有些疑心，便问道："妈妈，你家男人多在那里去了？如何独自一个在这里？"老婆子道："老身是个老寡妇，夫亡多年，只有一子，在外做商人去了。"举子道："可有媳妇？"老婆子蹙着眉头道："是有一个媳妇，赛得过男子，尽挣得家住。只是一身大气力，雄悍异常。且是气性粗急，一句差池，经不得一指头，擦着便倒。老身虚心冷气，看他眉头眼后，常是不中意，受他凌辱的。所以官人借宿，老身不敢做主。"说罢，泪如雨下。

举子听得，不觉双眉倒竖，两眼圆睁道："天下有如此不平之事！恶妇何在？我为尔除之。"遂把马拴在庭中太湖石上了，拔出剑来。老婆子道："官人不要太岁头上动土。我媳妇不是好惹的。他不习女工针指，每日午饭已毕，便空身走去山里，寻几个獐鹿兽兔还家，腌腊起来，卖与客人，得几贯钱。常是一二更天气才得回来。日逐用度，只靠着他这些，所以老身不敢逆他。"举子按下剑，入了鞘，道："我生平专一欺硬怕软，替人出力。谅一个妇女，到得那里？既是妈妈靠他度日，我饶他性命，不杀他，只痛打他一顿，教训他一番，使他改过性子便了。"老婆子道："他将次回来了，只劝官人莫惹事的好。"举子气忿忿地等着。

只见门外一大黑影，一个人走将进来，将肩上叉口也似一件东西往庭中一摔，叫道："老嬷，快拿火来，收拾行货。"老婆子战兢兢地道："是甚好物事呀？"把灯一照，吃了一惊，乃是一只死了的斑斓猛虎。说时迟，那时快，那举子的马在火光里看见了死虎，惊跳不住起来。那人看见，便道："此马何来？"举子暗里看时，却是一个黑长妇人。见他模样，又背了个死虎来，忖道："也是个有本事的。"心里就有几分惧他。忙走去带开了马，缚住了，走向前道："小生是失路的举子，赶过宿头，幸到宝庄，见门尚未阖，斗胆求借一宿。"那妇人笑道："老嬷好不晓事！既是个贵人，如何更深时候，叫他在露天立着？"指着死虎道："贱婢今日山中遇此泼花团③，争持多时，才得了当。归得迟些个，有失主人之礼，贵人勿罪。"举子见他语言爽恺，礼度周全，暗想道："也不是不可化诲的。"连声道："不敢，不敢。"

妇人走进堂，提一把椅来，对举子道："该请进堂里坐，只是妇姑两人都是女流，男女不可相混，屈在廊下一坐罢。"又掇④张桌来，放在面前，点个灯来安下。然后下庭中来，双手提了死虎，到厨下去了。须臾之间，烫了一壶热酒，托出一个大盘来，内有热腾腾的一盘虎肉，一盘鹿脯，又有些腌腊雉兔之类五六碟，道："贵人休嫌轻亵则个。"举子见他殷勤，接了自斟自饮。须臾间酒尽肴完，举子拱手道："多谢厚款。"那妇人道："惶愧，惶愧。"便将了盘来，收拾桌上碗盏。

举子乘间便说道："看娘子如此英雄，举止恁地贤明，怎么尊卑分上觉得欠些个？"那妇人将盘一搁，且不收拾，怒目道："适间老死魅曾对贵人说些甚谎么？"举子忙道："这是不曾。只是看见娘子称呼词色之间，甚觉轻倨，不像个婆媳妇道理。及见娘子待客周全，才能出众，又不像个不近道理的，故此好言相问一声。"那妇人见说，一把扯了举子的衣袂，一只手移着灯，走到太湖石边来，道："正好告诉一番。"举子一时间挣扎不脱，暗道："等他说得没理时，算计打他一顿。"只见那妇人倚着太湖石，就在石上拍拍手道："前日有一事，如此如此，这般这般，是我不是？是他不是？"道罢，便把一个食指向石上一划道："这是一件了。"划了一划，只见那石皮乱爆起来，已自抠去了一寸有余深。连连数了三件，划了三划，那太湖石上便似锥子凿成一个"川"字，斜看来又是"三"字，足足皆有寸余，就像镌刻的一般。那举子惊得浑身汗出，满面通红，连声道："都是娘子的是。"把一片要与他分个皂白的雄心，好像一桶雪水，当头一淋，气也不敢透了。妇人说罢，擎出一张匿床⑤来，与举子自睡。又替他喂好了马。却走进去与老婆子关了门，息了火睡了。举子一夜无眠，叹道："天下有这等大力的人！早是不曾与他交手，不然，性命休矣。"巴到天明，备了马，作谢了，再不说一句别的话，悄然去了。自后收拾了好些威风，再也不去惹闲事管，也只是怕逢着咋嗬似他的吃了亏。

今日说一个恃本事说大话的，吃了好些惊恐，惹出一场话柄来。正是：

> 虎为百兽尊，百兽伏不动。
>
> 若逢狮子吼，虎又全没用。

话说国朝嘉靖年间，北直隶河间府交河县一人姓刘名钦，叫做刘东山，在北京巡捕衙门里当一个缉捕军校的头。此人有一身好本事，弓马熟闲，发矢再无空落，人号他连珠箭。随你异常狠盗，逢着他便如瓮中捉鳖，手到拿来。因此也积攒得有些家事。年三十余，觉得心里不耐烦做此道路，告脱了，在本县去别寻生理。

一日，冬底残年，赶着驴马十余头，到京师转卖。约卖得一百多两银子。交易完了，至顺城门（即宣武门）雇骡归家。在骡马主人店中，遇见一个邻舍张二郎入京来，同在店买饭吃。二郎问道："东山何往？"东山把前事说了一遍，道："而今在此雇骡。今日宿了，明日走路。"二郎道："近日路上好生难行，良乡、郑州一带盗贼出没，白日劫人。老兄带了偌多银子，没个做伴，独来独往，只怕着了道儿，放仔细些。"东山听罢，不觉须眉开动，唇齿奋扬，把两只手捏了拳头，做一个开弓的手势，哈哈大笑道："二十年间张弓追讨，矢无虚发，不曾撞个对手。今番收场买卖，定不到得折本。"店中满座听见他高声大喊，尽回头来看。也有问他姓名的，道："久仰，久仰。"二郎自觉有些失言，作别出店去了。

东山睡到五更头，爬起来，梳洗结束。将银子紧缚裹肚内，扎在腰间。肩上挂一张弓，衣外挎一把刀，两膝下藏矢二十簇。拣一高大的健骡，腾地骑上，一鞭前走。走了三四十里，来到良乡。只见后头有一人奔马赶来。遇着东山的骡，便按辔少驻。东山举目觑他，却是一个二十岁左右的美少年，且是打扮得好，但见：

> 黄衫毡笠，短剑长弓。箭房中新矢二十余枝，马额上红缨一大簇。裹腹闹装灿烂，是个白面郎君；恨人紧辔喷嘶，好匹高头骏骑。

东山正在顾盼之际，那少年遥叫道："我们一起走路则个。"就向东山拱手道："造次行途，愿问高姓大名。"东山答道："小可姓刘名钦，别号东山，人只叫我是刘东山。"少年道："久仰先辈大名，如雷贯耳，小人有幸相遇。今先辈欲何往？"东山道："小可要回本籍交河县去。"少年道："恰好，恰好。小人家住临淄，也是旧族子弟。幼年颇曾读书，只因性好弓马，把书本丢了。三年前带了些资本往京贸易，颇得些利息。今欲归家婚娶，正好与先辈作伴，同路行去，放胆壮些。直到河间府城，然后分路。有幸，有幸。"东山一路看他腰间沉重，语言温谨，相貌俊逸，身材小巧，谅道不是歹人。且路上有伴，不至寂寞，心上也欢喜，道："当得相陪。"是夜一同下了旅店，同一处饮食歇宿，如兄若弟，甚是相得。

明日，并辔出涿州。少年在马上问道："久闻先辈最善捕贼，一生捕得多少？也曾撞着好汉否？"东山正要夸逞自家手段，这一问揉着痒处，且量他年小可欺，便侈口道："小可生平，两只手，一张弓，拿尽绿林中人，也不记其数，并无一个对手。这些鼠辈何足道哉？而今中年心懒，故弃此道路。倘若前途撞着，便中拿个把儿，你看手段。"少年但微微冷笑道："原来如此！"就马上伸手过来，说道："借肩上宝弓一看。"东山在骡上递将过来，少年左手把住，右手轻轻一拽就满，连放连拽，就如一条软绢带。东山大惊失色，也借少年的弓过来看。看那少年的弓，约有二十斤重，东山用尽平生之力，面红耳赤，不要说扯满，只求如初八夜头的月⑥，再不能勾。东山惶恐无地，吐舌道："使得好硬弓也！"便向少年道："老弟神力，何至于此！非某所敢望也。"少年道："小人之力何足称神？先辈弓自太软耳。"东山赞叹再三，少年极意谦谨。晚上又同宿了。

至明日又同行，日西时过雄县，少年拍一拍马，那马腾云也似前面去了。东山望去，不见了少年。他是贼窠中弄老了的，见此行止，如何不慌？私自道："天教我这番倒了架也。倘是个不良人，这样神力，如何敌得？势无生理。"心上正如十五个吊桶打水，七上八落的。没奈何，迤迤行去。行得一二铺⑦，遥望见少年在百步外，正弓挟矢，扯个满月，向东山道："久闻足下手中无敌，今日请先听箭风。"言未罢，飕的一声，东山左右耳根但闻肃肃如小鸟前后飞过，只不伤着东山。又将一箭引满，正对东山之面，大笑道："东山晓事人，腰间骡马钱快送我罢，休得动手。"东山料是敌他不过，先自慌了手脚，只得跳下鞍来，解了腰间所系银袋，双手捧着，膝行至少年马前，叩头道："银钱谨奉好汉将去，只求饶命。"少年马上伸手，提了银包，大喝道："要你性命做甚？快走，快走。你老子有事在此，不得同儿子前行了。"掇转马头，向北一道烟跑。但见一路黄尘滚滚，霎时不见踪影。

东山呆了半晌，捶胸跌足起来道："银钱失去也罢，叫我如何做人？一生好汉名头，到今日弄坏，真是张天师吃鬼迷⑧了。可恨，可恨。"垂头丧气，有一步没一步的，空手归交河。到了家里，与妻子说知其事，大家懊恼一番。夫妻两个商量，收拾些本钱，在村郊开个酒铺，卖酒营生，再不去张弓挟矢了。又怕有人知道，坏了名头，也不敢向人说着这事，只索罢了。

过了三年，一日，正值寒冬天道，有词为证：

霜瓦鸳鸯，风帘翡翠，今年早是寒少。矮钉明窗，侧开朱户，断莫乱教人到。重阴未解，云共雪商量不了。青帐垂毡要密，红幕放围宜小。

（词寄《天香前》。）

却说冬日间，东山夫妻正在店中卖酒。只见门前来了一伙骑马的客人，共是十一个。个个骑的是自鞴的高头骏马，鞍辔鲜明。身上俱紧束短衣，腰带弓矢、刀剑。次第下了马，走入肆中来，解了鞍鞯。刘东山接着，替他赶马归槽，后生自去锉草煮豆，不在话下。内中只有一个未冠⑨的人，年纪可有十五六岁，身长八尺，独不下马，对众道："弟十八自向对门住休。"众人都答应一声道："咱们在此少住，便来伏侍。"只见其人自走出门去了。

十人自来吃酒，主人安排些鸡、豚、牛、羊肉来做下酒。须臾之间，狼飧虎咽，算来吃勾有六七十斤的肉，倾尽了六七坛的酒，又教主人将酒肴送过对门楼上，与那未冠的人吃。众人吃完了店中东西，还叫未畅，遂开皮囊，取出鹿蹄、野雉、烧兔等物，笑道："这是我们的东道⑩，可叫主人来同酌。"东山推逊一回，才来坐下。把眼去逐个瞧了一瞧，瞧到北面左手那一人，毡笠儿垂下，遮着脸，不甚分明。猛见他抬起头来，东山仔细一看，吓得魂不附体，只叫得苦。你道那人是谁？正是在雄县劫了骡马钱去的那一个同行少年。东山暗想道:"这番却是死也!我些些生计,怎禁得他要起?况且前日一人尚敢不敌,今人多如此,想必个个是一般英雄,如何是了?"心中忒忒的跳,真如小鹿儿撞,面向酒杯,不敢则一声。众人多起身与主人劝酒。

坐定一回,只见北面左手坐的那一个少年把头上毡笠一掀,呼主人道:"东山别来无恙么?往昔承挈同行周旋,至今想念。"东山面如土色,不觉双膝跪下道:"望好汉恕罪。"少年跳离席间,也跪下去扶起来,挽了他手道:"快莫要作此状!快莫要作此状!羞死人。昔年俺们众兄弟在顺城门店中,闻卿自夸手段天下无敌。众人不平,却教小弟在途间作此一番轻薄事,与卿作耍,取笑一回。然负卿之约,不到得河间。魂梦之间,还记得与卿并辔任丘道上。感卿好情,今当还卿十倍。"言毕,即向囊中取出千金,放在案上,向东山道:"聊当别来一敬,快请收进。"东山如醉如梦,呆了一晌,怕又是取笑,一时不敢应承。那少年见他迟疑,拍手道:"大丈夫岂有欺人的事?东山也是个好汉,直如此胆气虚怯!难道我们弟兄直到得真个取你的银子不成?快收了去。"刘东山见他说话说得慷慨,料不是假,方才如醉初醒,如梦方觉,不敢推辞,走进去与妻子说了,就叫他出来同收拾了进去。

安顿已了,两人商议道:"如此豪杰,如此恩德,不可轻慢。我们再须杀牲开酒,索性留他们过宿,顽耍几日则个。"东山出来称谢,就把此意与少年说了。少年又与众人说了。大家道:"既是这位弟兄故人,有何不可?只是还要去请问十八兄一声。"便一齐走过对门,与未冠的那一个说话。东山随了去看。这些人见了那个未冠的,甚是恭谨。那未冠的待他众人甚是庄重。众人把主人要留他们过宿顽耍的说话说了，那未冠的说道："好，好，不妨。只是酒醉饭饱，不要贪睡，负了主人殷勤之心。少有动静，俺腰间两刀有血吃了。"众人齐声道："弟兄们理会得。"东山一发莫测其意。

众人重到肆中，开怀再饮。又携酒到对门楼上。众人不敢陪，只是十八兄自饮。算来他一个吃的酒肉，比得店中五个人。十八兄吃阑，自探囊中，取出一个纯银笊篱来，煽起炭火，做煎饼自啖。连啖了百余个。收拾了，大踏步出门去，不知所向。直到天色将晚，方才回来，重到对门住下，竟不到刘东山家来。众人自在东山家吃耍。走去对门相见，十八兄也不甚与他们言笑，大是倨傲。

东山疑心不已，背地扯了那同行少年，问他道："你们这个十八兄是何等人？"少年不答应，反去与众人说了，各各大笑起来。不说来历，但高声吟诗曰："杨柳桃花相间出，不知若个是春风？"吟毕，又大笑。住了三日，俱各作别了，结束上马，未冠的在前，其余众人在后，一拥而去；东山到底不明白。却是骤得了千来两银子，手头从容，又怕生出别事来，搬在城内另做营运去了。后来见人说起此事，有识得的道："详他两句语意，是个'李'字；况且又称十八兄，想必未冠的那人姓李，是个为头的了。看他对众的说话，他恐防有人暗算，故在对门，两处住了，好相照察；亦且不与十人作伴同食，有个尊卑的意思。夜间独出，想又去做甚么勾当来。却也没处查他的确。"

那刘东山一生英雄，遇此一番，过后再不敢说一句武艺上头的话，弃弓折箭，只是守着本分营生度日，后来善终。可见人生一世，再不可自恃高强。那自恃的，只是不曾逢着狠主子哩。有诗单说这刘东山道：

生平得尽弓矢力，直到下场逢大敌。

人世休夸手段高，霸王也有悲歌日。

又有诗说这少年道：

英雄从古轻一掷，盗亦有道真堪述。

笑取千金偿百金，途中竟是好相识。

选自《拍案惊奇》

【题解】

一个浅显的道理，常常要经历一番曲折才能得到深刻或比较深刻的体会。本篇通过形象描绘要说明的道理，无非是一句话："可见人生一世，再不可自恃高强。那自恃的，只是不曾逢着狠主子哩"，其实这也就是俗语所谓的"山外有山，天外有天"，在我国古代，类似这样的古训和俗诫还有很多。假如世间万事都似这篇小说中刘东山所遇到的以武艺相较，依据输赢判明高下，也就不免过于简单了，世间万事总是要复杂得多，有时连高下也难以分清，有时"狠主子"可能正是自己。这样说来，上述的道理又变得稍许复杂起来，那么，不妨从另一个角度来概括：谦虚有益无害。

【注释】

①上林苑：汉代宫中花园。　②鞴：马上备有鞍辔之意。
③泼花团：斥骂禽兽之语。　④掇：搬取。　⑤匡床：同"筐床"，方正安适的卧床。　⑥初八夜头的月：这里用上弦月的形状来譬喻少年的弓极重极硬，刘东山使尽平生的力气，也扯不到半圆。　⑦鋪：同"铺"，即邮亭。一二铺，指一二十

里。　⑧张天师吃鬼迷：张天师善治鬼却被鬼迷，这里暗讽刘东山原是捕盗中人却被盗劫。　⑨未冠：古代男子二十岁行成人礼，结发戴冠。未冠，指未成年。　⑩我们的东道：即我们用自己带来的食物请客。

满少卿饥附饱飏　焦文姬生仇死报

诗云：

> 十年磨一剑，霜刃未曾试。
>
> 今日把赠君，谁有不平事？

话说天下最不平的，是那负心的事。所以冥中独重其罚，剑侠专诛其人。那负心中最不堪的，尤在那夫妻之间。盖朋友内忘恩负义，拼得绝交了他，便无别话；惟有夫妻是终身相倚的，一有负心，一生怨恨，不是当耍可以了帐的事。古来生死冤家一还一报的，独有此项极多。

宋时衢州有一人，姓郑，是个读书人。娶着会稽陆氏女，姿容娇媚。两个伉俪绸缪，如胶似漆。一日正在枕席情浓之际，郑生忽然对陆氏道："我与你二人相爱，已到极处了。万一他日不能到底，我今日先与你说过：我若死，你不可再嫁；你若死，我也不再娶了。"陆氏道："正要与你百年偕老，怎生说这样不祥的话？"不觉的光阴荏苒，过了十年，已生有二子。郑生一时间得了不起的症候。临危时，对父母道："儿死无所虑，只有陆氏妻子恩深难舍，况且年纪少艾①。日前已与他说过："我死之后，不可再嫁。"今若肯依所言，儿死亦瞑目矣。"陆氏听说到此际，也不回言，只是低头悲哭，十分哀切，连父母也道他没有二心的了。

死后数月，自有那些走千家、管闲事的牙婆每②打听脚踪，探问消息，晓得陆氏青年美貌，未必是守得牢的人。挨身入来，与他来往。那陆氏并不推拒那一伙人。见了面就千欢万喜，烧茶办果，且是相待得好。公婆看见这些光景，心里嫌他。说道："居孀行径，最宜稳重。此辈之人，没事不可引他进门。况且丈夫临终，怎么样分付的！没有别的心肠，也用这些人不着。"陆氏由公婆自说，只当不闻。后来惯熟，连公婆也不说了。果然与一个做媒的说得入港③，受了苏州曾工曹④之聘。公婆虽然恼怒，心里道是他立性既自如此，留着也落得做冤家，不是好住手的。不如顺水推船，等他去了罢。只是想着自己儿子临终之言，对着两个孙儿，未免感伤痛哭。陆氏多不放在心上。才等服满，就收拾箱匣停当，也不顾公婆，也不顾儿子，依了好日，喜喜欢欢嫁过去了。

　　成婚七日，正在亲热头上，曾工曹受了漕帅檄文，命他考试外郡。只得收拾起身，作别而去。

　　去了两日，陆氏自觉凄凉。傍晚之时，走到厅前闲步。忽见一个后生⑤，像个远方来的，走到面前，对着陆氏叩了一头，口称道："郑官人有书拜上娘子。"递过一封柬帖来。陆氏接着，看那外面封筒上，题着三个大字，乃是"示陆氏"三字。认认笔踪，宛然是前夫手迹。正要盘问，那后生忽然不见。陆氏惧怕起来。拿了书急急走进房里来。剔明灯火，仔细看时，那书上写道：

　　　　十年结发之夫，一生祭祀之主。朝连暮以同欢，资有馀而共聚。忽大幻以长往，慕他人而轻许。遗弃我之田畴，移蓄积于别户。不念我之双亲，不恤我之二子。义不足以为人妇，慈不足以为人母。吾已诉诸上苍，行理对于冥府。

陆氏看罢，吓得冷汗直流，魂不附体。心中懊悔无及。怀着鬼胎，十分惧怕，说不出来。茶饭不吃，嘿嘿不快，三日而亡。眼见得是负了前夫，得此果报了。

却又一件：天下事有好些不平的所在。假如男人死了，女人再嫁，便道是失了节，玷了名，污了身子，是个行不得的事，万口訾议。及至男人家丧了妻子，却又凭他续弦再娶，置妾买婢，做出若干的勾当，把死的丢在脑后，不提起了，并没人道他薄幸负心，做一场说话。就是生前房室之中，女人少有外情，便是老大的丑事，人世羞言；及至男人家撇了妻子，贪淫好色，宿娼养妓，无所不为，总有议论不是的，不为十分大害。所以女子愈加可怜，男人愈加放肆。这些也是伏不得女娘们心里的所在。

不知冥冥之中，原有分晓。若是男子风月场中略行着脚，此是寻常勾当，难道就比了女人失节一般？但是果然负心之极，忘了旧时恩义，失了初时信行，以至误人终身，害人性命的，也没一个不到底报应的事。从来说王魁负桂英，毕竟桂英索了王魁命去。此便是一个男负女的榜样，不止女负男——如所说的陆氏——方有报应也。今日待小子说一个赛王魁的故事，与看官们一听，方晓得男子也是负不得女人的。有诗为证：

> 由来女子号痴心，痴得真时恨亦深。
> 莫道此痴容易负，冤冤隔世会相寻。

话说宋时有个鸿胪少卿⑥，姓满。因他做事没下梢⑦，讳了名字不传，只叫他满少卿。未遇时节，只叫他满生。那满生是个淮南大族，世有显宦。叔父满贵，现为枢密副院。族中子弟，遍满京师，尽皆富厚本分。惟有满生心性不羁，狂放自负。生得一表人材，风流可喜。怀揣着满腹文章，道早晚必登高第。

抑且幼无父母，无些拘束，终日吟风弄月，放浪江湖，把些家事多弄掉了，连妻子多不曾娶得。族中人渐渐不理他，满生也不在心上。有个父亲旧识，出镇长安。满生便收拾行装，离了家门，指望投托于他，寻些润济。到得长安，这个官人已坏了官，离了地方去了。只得转来。

满生是个少年孟浪⑥、不肯仔细的人。只道寻着熟人，财物广有，不想托了个空，身边盘缠早已罄尽。行至汴梁中牟地方，有个族人在那里做主簿，打点去与他寻些盘费还家。那主簿是个小官，地方没大生意，连自家也只好支持过日，送得他一贯多钱。还了房钱、饭钱，馀下不多，不能勾回来。此时已是十二月天气。满生自思：囊无半文，空身家去，难以度岁。不若只在外厢行动，寻些生意，且过了年又处。关中还有一两个相识在那里做官，仍旧掇转路头，往西而来。

到了凤翔地方，遇着一场大雪，三日不休。正所谓：

云横秦岭家何在？雪拥蓝关马不前！

满生阻住在饭店里，一连几日。店小二来讨饭钱，还他不勾，连饭也不来了。想着："自己是好人家子弟，胸藏学问，视功名如拾芥耳。一时未际，浪迹江湖，今受此穷途之苦，谁人晓得我是不遇时的公卿？此时若肯雪中送炭，真乃胜似锦上添花。怎奈世情看冷暖，望着那一个救我来？"不觉放声大哭。早惊动了隔壁一个人，走将过来道："谁人如此啼哭？"

那个人怎生打扮？

头戴玄狐帽套，身穿羔羊皮裘。紫膛颜色带着几
分酒，脸映红桃；苍白须鬓沾着几点雪，身如玉树。
疑在浩然驴背下，想从安道宅中来。

那个人走进店中，问店小二道："谁人啼哭？"店小二答道：

"复大郎,是一个秀才官人。在此三五日了,不见饭钱拿出来;天上雪下不止,又不好走路。我们不与他饭吃了。想是肚中饥饿,故此啼哭。"那个人道:"那里不是积福处?既是个秀才官人,你把他饭吃了,算在我的帐上,我还你罢。"店小二道:"小人晓得。"便去拿了一分饭,摆在满生面前,道:"客官,是这大郎叫拿来请你的。"满生道:"那个大郎?"只见那个人已走到面前,道:"就是老汉。"满生忙施了礼,道:"与老丈素昧平生,何故如此?"那个人道:"老汉姓焦,就在此酒店间壁居住。因雪下得大了,同小女烫几杯热酒暖寒。闻得这壁厢悲怨之声,不像是个以下之人,故步至此间寻问。店小二说是个秀才,雪阻了的。老汉念斯文一脉,怎教秀才忍饥?故此教他送饭。荒店之中,无物可吃。况如此天气,也须得杯酒儿敌寒。秀才宽坐,老汉家中叫小厮送来。"满生喜出望外,道:"小生失路之人,与老丈不曾识面。承老丈如此周全,何以克当?"焦大郎道:"秀才一表非俗。目下偶困,决不是落后之人。老汉是此间地主,应得来管顾的。秀才放心。但住此一日,老汉支持一日。直等天色晴霁,好走路了,再商量不迟。"满生道:"多感,多感。"焦大郎又问了满生姓名乡贯明白,慢慢的自去了。满生心里喜欢道:"谁想绝处逢生,遇着这等好人!"

正在徯幸之际,只见一个笼头的小厮,拿了四碗嗄饭^①,四碟小菜,一壶热酒,送将来道:"大郎送来与满官人的。"满生谢之不尽,收了,摆在桌上食用。小厮出门去了。满生一头吃酒,一头就问店小二道:"这位焦大郎,是此间甚么样人?怎生有此好情?"小二道:"这个大郎,是此间大户,极是好义,平日扶穷济困。至于见了读书的,尤肯结交,再不怠慢的。自家好吃几杯酒,若是陪得他过的,一发有缘了。"满生道:"想是家道富厚？"小二道："有便有些产业，也不为十分富厚。只是心性如此。官人造化，遇着了他。便多住几日，不打紧的了。"满生道："雪晴了，你引我去拜他一拜。"小二道："当得，当得。"

过了一会，焦家小厮来收家伙，传大郎之命，分付店小二道："满大官人供给，只管照常支应。用酒时，到家里来取。"店小二领命，果然支持无缺。满生感激不尽。

过了一日，天色晴明。满生思量走路，身边并无盘费。亦且受了焦大郎之恩，要去拜谢。真叫做："人心不足，得陇望蜀。"见他好情，也就有个希冀借些盘缠之意。叫店小二在前引路，竟到焦大郎家里来。

焦大郎接着，满面春风。满生见了大郎，倒地便拜。谢他："穷途周济，殊出望外。倘有用着之处，情愿效力。"焦大郎道："老汉家里也非有馀，只因看见秀才如此困厄，量济一二，以尽地主之意。原无他事，如何说个效力起来？"满生道："小生是个应举秀才。异时倘有寸进，不敢忘报。"大郎道："好说，好说。目今年已傍晚，秀才还要到那里去？"满生道："小生投人不着，囊匣如洗，无面目还乡。意思要往关中一路，寻访几个相知。不期逗留于此，得遇老丈，实出万幸。而今除夕在近，前路已去不迭。真是'前不巴村，后不巴店。'没奈何了，只得在此饭店中且过了岁，再作道理。"大郎道："店中冷落，怎好度岁？秀才不嫌家间澹薄，搬到家下，与老汉同住几日，随常茶饭，等老汉也不寂寞。过了岁朝再处。秀才意下何如？"满生道："小生在饭店中，总是叨忝老丈的；就来潭府，也是一般。只是萍踪相遇，受此深恩，无地可报，实切惶愧耳。"大郎道："四海一家。况且秀才是个读书之人，前程万里。他日不忘村落之中有此老朽，便是愿足。何必如此相拘哉？"

原来焦大郎固然本性好客，却又看得满生仪容俊雅，丰度超群，语言倜傥，料不是落后的，所以一意周全他。也是满生有缘，得遇此人。果然叫店小二店中发了行李，到焦家来。是日焦大郎安排晚饭与满生同吃。满生一席之间，谈吐如流。更加酒兴豪迈，痛饮不醉。大郎一发投机，以为相见之晚。直吃到兴尽方休。安置他书房中歇宿了，不提。

大郎有一室女，名唤文姬，年方一十八岁。美丽不凡，聪慧无比。焦大郎不肯轻许人家，要在本处寻个衣冠子弟，读书君子，赘在家里，照管暮年。因他是个市户出身，一时没有高门大族来求他的；以下富室痴儿，他又不肯。高不凑，低不就，所以蹉跎过了。那文姬年已长大，风情之事，尽知相慕。只为家里来往的人，庸流凡辈颇多，没有看得上眼的。听得说父亲在酒店中引得外方一个读书秀才来到，他便在里头东张西张，要看他怎生样的人物。那满生仪容举止，尽看得过。便也有一二分动心了。——这也是焦大郎的不是。便做道疏财仗义，要做好人，只该赏发满生些少，打发他走路才是。况且室无老妻，家有闺女，那满生非亲非戚，为何留在家里宿歇？只为好着几杯酒，贪个人作伴，又见满生可爱，倾心待他。谁想满生是个轻薄后生。一来看见大郎殷勤，道是敬他人才，安然托大⑩，忘其所以。二来晓得内有亲女，美貌及时，未曾许人，也就怀着希冀之意，指望图他为妻。又不好自开得口，待看机会。日捱一日，径把关中的念头丢过一边，再不提起了。

焦大郎终日懵懵醉乡，没些搭煞⑪，不加提防。怎当得他每两下烈火干柴，你贪我爱，各自有心，竟自勾搭上了。情到浓时，未免不避形迹。焦大郎也见了些光景，有些疑心起来。——大凡天下的事，再经有心人冷眼看不起的。起初满生在家，大郎无日不与他同饮同坐，毫无说话。比及大郎疑心了，便觉满生饮酒之间没心没想⑫，言语参差，好些破绽出来。

大郎一日推个事故，走出门去了。半日转来，只见满生醉卧书房，风飘衣起，露出里面一件衣服来。看去有些红色，像是女人袄子模样。走到身边仔细看时，正是女儿文姬身上的；又吊着一个交颈鸳鸯的香囊，也是文姬手绣的。大惊咤道："奇怪！奇怪！有这等事！"

满生睡梦之中，听得喊叫，突然惊起，急敛衣襟不迭。已知为大郎看见，面如土色。大郎道："秀才身上衣服，从何而来？"满生晓得瞒不过，只得诌个谎道："小生身上单寒，忍不过了。向令爱姐姐处，看老丈有旧衣借一件。不想令爱竟将一件女袄拿出来。小生怕冷，不敢推辞，权穿在此衣内。"大郎道："秀才要衣服，只消替老夫讲，岂有与闺中女子自相往来的事？是我养得女儿不成器了！"抽身望里边就走。

恰撞着女儿身边一个丫头，叫名青箱，一把抓过来道："你好好实说姐姐与那满秀才的事情，饶你的打。"青箱慌了，只得抵赖道："没曾见甚么事情。"大郎焦躁道："还要胡说！眼见得身上袄子多脱与他穿着了。"青箱没奈何，遮饰道："姐姐见爹爹十分敬重满官人，平日两下撞见时，也与他见个礼。他今日告诉身上寒冷，故此把衣服与他，别无甚说话。"大郎道："女人家衣服，岂肯轻与人着？况今日我又不在家，满秀才酒气喷人，是那里吃的？"青箱推道："不知。"大郎道："一发胡说了！他难道再有别处嗑酒？他方才已对我说了。你若不实招，我活活打死你。"青箱晓得没推处，只得把从前勾搭的事情，一一说了。

大郎听罢，气得抓耳挠腮，没个是处。喊道："不成才的歪货！他是别路来的，与他做下了事，打点怎的？"青箱道："姐姐今日见爹爹不在，私下摆个酒盒，要满官人对天罚誓，你娶我嫁，终身不负。故此与他酒吃了，又脱一件衣服，一个香囊与他，做纪念的。"大郎道："怎了？怎了？"叹口气道："多是我自家热心肠的不是，不消说了。"反背了双手，踱出外边来。

文姬见父亲抓了青箱去，晓得有些不尴尬⑱。仔细听时，一句一句说到真处来。在里面正急得要上吊，忽见青箱走到面前，已知父亲出去了，才定了性。对青箱道："事已败露至此，却怎么了？我不如死休。"青箱道："姐姐不要性急。我看爹爹叹口气，自怨不是，走了出去，倒有几分成事的意思在那里。"文姬道："怎见得？"青箱道："爹爹极敬重满官人。已知有了此事，若是而今赶逐了他去，不但恶识了，把从前好情多丢去，却怎生了结姐姐？他今出去，若问得满官人不曾娶妻的，毕竟还配合了，才好住手。"文姬道："但愿得如此便好。"

果然大郎走出去，思量了一回，竟到书房中，带着怒容问满生道："秀才，你家中可曾有妻未？"满生踟蹰⑲无地，战战兢兢回言道："小生湖海飘流，实未曾有妻。"大郎道："秀才家既读诗书，也该有些行止。吾与你本是一面不曾相识，怜你客途，过为拯救，岂知你所为不义若此！玷污了人家儿女，岂是君子之行？"满生惭愧难容，下地叩头道："小生罪该万死。小生受老丈深恩，已为难报；今为儿女之情，一时不能自禁，猖狂至此。若蒙海涵，小生此生以死相报，誓不忘高天厚地之恩。"大郎又叹口气道："事已至此，虽悔何及！总是我生女不肖，致受此辱。今既为汝污，岂可别嫁？汝若不嫌地远，索性赘入我家，做了女婿，养我终身，我也叹了这口气罢。"满生听得此言，就是九重天上飞下一纸赦书来，怎不满心欢喜？又叩着头道："若得如此玉成，满某即粉身碎骨，难报深恩。满某父母双亡，家无妻子，便当奉侍终身，岂再他往？"大郎道："只怕后生家看得容易了，他日负起心来。"满生道："小生与令爱，恩深义重，已设誓过了。若有负心之事，教满某不得好死。"

大郎见他言语真切，抑且没奈何了，只得胡乱拣个日子，摆些酒席，配合了二人。正是：

> 绮罗丛里唤新人，锦绣窝中看旧物。

> 虽然后娶属先奸，此夜恩情翻较密。

满生与文姬，两个私情，得成正果，天从人愿，喜出望外。文姬对满生道："妾见父亲敬重君子，一时仰慕，不以自献为羞，致于失身。原料一朝事露，不能到底，惟有一死而已。今幸得父亲配合，终身之事已完，此是死中得生，万千侥幸。他日切不可忘。"满生道："小生飘蓬浪迹，幸蒙令尊一见如故，解衣推食，恩已过厚。又得遇卿不弃，今日成此良缘，真恩上加恩。他日有负，诚非人类。"两人愈加如胶似漆，自不必说。满生在家无事，日夜读书，思量应举。焦大郎见他如此，道是许嫁得人，暗里心欢。自此内外无间。

过了两年，时值东京春榜招贤。满生即对丈人说，要去应举。焦大郎收拾了盘费，赍发他去。满生别了丈人妻子，竟到东京，一举登第。才得唱名，满生心里放文姬不下，晓得选除未及，思量道："汴梁去凤翔不远，今幸已脱白挂绿⑮，何不且到丈人家里，与他们欢庆一番，再来未迟。"此时满生已有仆人使唤，不比前日。便叫收拾行李，即时起身。不多几日，已到了焦大郎门首。

大郎先已有人报知。是日整备迎接，鼓乐喧天，闹动了一个村坊。满生绿袍槐简，摇摆进来。见了丈人，便是纳头四拜。拜罢，长跪不起，口里称谢道："小婿得有今日，皆赖丈人提携。若使当日困穷旅店，没人救济，早已填了丘壑，怎能勾此身荣贵？"叩头不止。大郎扶起道："此皆贤婿高才，致身青云之上，老夫何功之有？当日困穷失意，乃贤士之常。今日衣锦归来，有光老夫多矣。"满生又请文姬出来，交拜行礼，各各相谢。

其日邻里看的，挨挤不开。个个说道："焦大郎能识好人，又且平日好施恩德，今日受此荣华之报，那女儿也落了好处了。"有一等轻薄的道："那女儿闻得先与他有些说话了，后来配他的。"有的道："也是大郎有心把女儿许他，故留他在家里，住这几时。便做道先有些甚么，左右是他夫妻。而今一床锦被遮盖了，正好做院君夫人去，还有何妨？"议论之间，只见许多人牵羊担酒，持花捧币，尽是些地方邻里亲戚，来与大郎作贺称庆。

大郎此时，把个身子抬在半天里了，好不风骚！一面置酒款待女婿，就先留几个相知亲戚相陪。次日又置酒请这一干作贺的。先是亲眷，再是邻里，一连吃了十来日酒，焦大郎费掉了好些钱钞。正是"欢喜破财，不在心上。"满生与文姬夫妻二人，愈加斯敬斯爱，欢畅非常。连青箱也算做日前有功之人，另眼看觑，别是一分颜色。有一首词，单道着得第归来，世情不同光景：

世事从来无定，天公任意安排。寒酸忽地上金阶，立看许多渗濑。　　　熟识还须再认，至亲也要疑猜。

夫妻行事别开怀，另似一张卵袋。

话说满生夫荣妻贵，暮乐朝欢。焦大郎本是个慷慨心性，愈加扯大⑩，道是靠着女儿女婿不忧下半世不富贵了。尽心竭力，供养着他两个，惟其所用。满生总是慷他人之慨，落得快活过了几时，选期将及，要往京师。大郎道是选官须得使用才有好地方，只得把膏腴之产尽数卖掉了，凑着偌多银两，与满生带去。焦大郎家事原只如常，经这一番大弄。已此十去八九。只靠着女婿选官之后再图兴旺，所以毫不吝惜。

满生将行之夕，文姬对他道："我与你恩情非浅。前日应举之时，已曾经过一番离别，恰是心里指望好日，虽然牵系，不甚伤情。今番得第已过，只要去选地方，眼见得只有好处来了，不知为甚么，心中只觉凄惨，不舍得你别去。莫非有甚不祥？"满生道："我到京即选。甲榜科名，必为美官。一有地方，便着人从来迎你与丈人同到任所，安享荣华。此是算得定的日子，别不多时的，有甚么不祥之处？切勿挂虑。"文姬道："我也晓得是这般的。只不知为何有些异样，不由人眼泪要落下来，更不知为甚缘故。"满生道："这番热闹了多时，今我去了，顿觉冷静，所以如此。"文姬道："这个也是。"两人絮聒了一夜，无非是些恩情浓厚，到底不忘的话。

次日天明，整顿衣装，别了大郎父子，带了仆人，径往东京选官去了。这里大郎与文姬父子两个，互相安慰。把家中事件收拾并叠，只等京中差人来接，同去赴任，悬悬指望。不题。

且说满生到京，得授临海县尉。正要收拾起身，转到凤翔，接了丈人妻子一同到任。拣了日子，将次起行。只见门外一个人，大踏步走将进来，口里叫道："兄弟，我那里不寻得你到？你原来在此？"满生抬头看时，却是淮南族中一个哥哥。满生连忙接待。那哥哥道:"兄弟,几年远游,家中绝无消耗⑰,举族疑猜。不知兄弟却在那里到京?一举成名,实为莫大之喜。家中叔叔枢密相公,见了金榜,即便打发差人,到京来相接。四处寻访不着,不知兄弟又到那里去了?而今选有地方,少不得出京家去。恁哥哥在此做些小前程,干办已满,收拾回去,已顾⑱下船在汴河,行李多下船了。各处挨问,得见兄弟。你打迭已完,只须同你哥哥回去,见见亲族,然后到任便了。"满生心中,一肚皮要到凤翔,那里曾有归家去的念头?见哥哥说来,意思不对,却又不好直对他说,只含糊回道:"小弟还有些别件事干,且未要到家里。"那哥哥道:"却又作怪!看你的装裹多停当了,只要走路的。不到家里,却又到那里?"满生道:"小弟流落时节,曾受了一个人的大恩,而今还要向西路去谢他。"那哥哥道:"你虽然得第,还是空囊。谢人先要礼物为先,这些事自然是到了任再处。况且此去到任所,一路过东,少不得到家边过。是顺路却不走,反走过西去怎的?"

满生此时,只该把实话对他讲,说个不得已的缘故,他也不好阻当得。怎奈满生有些不老气,恰像还要把这件事瞒人的一般,并不明说,但只东支西吾。凭那哥哥说得天花乱坠,只是不肯回去。那哥哥大怒起来,骂道:"这样轻薄无知的人!书生得了科名,难道不该归来会一会宗族邻里?这也罢了,父亲坟墓边也不该去拜见一拜见的?我和你各处去问一问,世间有此事否?"满生见他发出话来,又说得正气了,一时也没得回他,通红了脸,不敢开口。那哥哥见他不说了,叫些随来的家人,把他的要紧箱笼,不由他分说,只一搬竟自搬到船上去了。满生没奈何,心里想道:"我久不归家了。况我落魄出来,今衣锦还乡,也是好事。便到了家里,再去凤翔,不过迟得些日子,

也不为碍。"对那哥哥道:"既恁地，便和哥哥同到家去走走来。"只因这一去，有分交:

> 绿袍年少，别牵系足之绳；
>
> 青鬟佳人，立化望夫之石。

满生同那哥哥回到家里，果然这番宗族邻里比前不同，尽多是呵腴捧屁的。满生心里也觉快活。随去见那亲叔叔满贵。那叔叔是枢密副院，致仕⑩家居，既是显官，又是一族之长。见了侄儿，晓得是新第回来，十分欢喜。道:"你一向出外不归，只道是流落他乡，岂知却能挣扎得第，做官回来? 诚然是与宗族争气的。"满生满口逊谢。满枢密又道:"却还有一件事，要与你说。你父母早亡，壮年未娶；今已成名，嗣续之事，最为紧要。前日我见你登科录上有名，便已为你留心此事。宋都朱从简大夫有一次女，我打听得才貌双全。你未来时，我已着人去相求，他已许下了。此极是好姻缘。我知那临海前官尚未离任，你到彼之期，还可从容。且完此亲事，夫妻一同赴任，岂不为妙?"

满生见说，心下吃惊，半晌作声不得。满生若是个有主意的，此时便该把凤翔流落、得遇焦氏之事，是长是短，备细对叔父说一遍，道:"成亲已久，负他不得。须辞了朱家之婚，一刀两断。"说得决绝，叔父未必不依允。争奈满生讳言的是前日孟浪出游光景，恰象凤翔的事是私下做的，不肯当场明说，但只口里唧哝。枢密道:"你心下不快，敢虑着事体不周备么? 一应聘定礼物，前日是我多已出过。目下成亲所费，总在我家支持，你只打点做新郎便了。"满生道:"多谢叔叔盛情，容侄儿心下再计较一计较。"枢密正色道:"事已定矣，有何计较?"满生见他词色严毅，不敢回言，只得唯唯而出。

　　到了家里，闷闷了一回，想道："若是应承了叔父所言，怎生撇得文姬父子恩情？欲待辞绝了他的，不但叔父这一段好情不好辜负，只那尊严性子，也不好冲撞他。况且姻缘又好，又不要我费一些财物周折，也不该挫过。做官的人，娶了两房，原不为多。欲待两头绊着，文姬是先娶的，须让他做大，这边朱家又是官家小姐，料不肯做小，却又两难。"心里真似十五个吊桶打水，七上八落的，反添了许多不快活。踌躇了几日，委决不下。

　　到底满生是轻薄性子，见说朱家是宦室之女，好个模样，又不费己财，先自动了十二分火。只有文姬父女这一点念头，还有些良心，不能尽绝。肚里展转了几番，却就变起卦来，大凡人只有初起这一念是有天理的，依着行去，好事尽多。若是多转了两个念头，便有许多奸贪诈伪没天理的心来了。满生只为亲事摆脱不开，过了两日，便把一条肚肠换了转来。自想道："文姬与我，起初只是两下偷情，算得个外遇罢了。后来虽然做了亲，原不是明婚正配。况且我既为官，做我配的，须是名门大族。焦家不过市井之人，门户低微，岂堪受朝廷封诰，作终身伉俪哉？我且成了这边朱家的亲，日后他来通消息时，好言回他，等他另嫁了便是。倘若必不肯去，事到其间，要我收留，不怕他不低头做小了。"算计已定，就去回覆枢密。

　　枢密拣个黄道吉日，行礼到朱大夫家，娶了过来。那朱家既是宦家，又且嫁的女婿是个新科，愈加要齐整，妆奁丰厚，百物具备。那朱氏女生长宦门，模样又是著名出色的，真是德、容、言、功㉑无不具足。满生快活非常，把那凤翔的事丢在东洋大海去了。正是：

花神脉脉殿春残，争赏慈恩紫牡丹。

别有玉盘承露冷，无人起就月中看。

满生与朱氏，门当户对，年貌相当，你敬我爱，如胶似漆。满生心里，反悔着凤翔多了焦家这件事。却也有时念及，心上有些遣不开。因在朱氏面前，索性把前日焦氏所赠衣服、香囊拿出来，忍着性子，一把火烧了，意思要自此绝了念头。朱氏问其缘故，满生把文姬的事，略略说些始末，道："这是我未遇时节的事，而今既然与你成亲，总不必提起了。"朱氏是个贤慧女子，倒说道："既然未遇时节相处一番，而今富贵了，也不该便绝了他。我不比那世间妒忌妇人，倘或有便，接他来同住过日，未为不可。"怎当得满生负了盟誓，难见他面，生怕他寻将来，不好收场，那里还敢想接他到家里？亦且怕在朱氏面上不好看，一意只是断绝了。回言道："多谢夫人好意。他是小人家儿女，我这里没消息到他，他自然嫁人去了。不必多事。"自此再不提起。

初时满生心中怀着鬼胎，还虑他有时到来，喜得那边也绝无音耗。俗语云："孝重千斤，日减一斤。"满生日远一日，竟自忘怀了。

自当日与朱氏同赴临海任所，后来作尉任满，一连做了四五任美官，连朱氏封赠过了两番。不觉过了十来年，累官至鸿胪少卿，出知㉑齐州。那齐州厅舍甚宽，合家人口住得象意。到任三日，里头收拾已完，内眷人等要出私衙之外，到后堂来看一看。少卿分付衙门人役，尽皆出去，屏除了闲人。同了朱氏，带领着几个小厮、丫鬟、家人、媳妇，共十来个人，一起到后堂散步，各自东西闲走看耍。少卿偶然走到后堂右边天井中，见有一小门，少卿推开来看，里头一个穿青的丫鬟，见了少卿，飞也似跑了去。少卿急赶上去看时，那丫鬟早已走入一个破帘内去了。少卿走到帘边，只见帘内走出一个女人来。少卿仔细一看，正是凤翔焦文姬。

少卿虚心病，原有些怕见他的。亦且出于不意，不觉惊惶失措。文姬一把扯住少卿，哽哽咽咽哭将起来道："冤家，你一别十年，向来许多恩情一些也不念及，顿然忘了。真是忍人！"少卿一时心慌，不及问他从何而来，且自辩说道："我非忘卿。只因归到家中，叔父先已别聘，强我成婚。我力辞不得，所以蹉跎至今，不得来你那里。"文姬道："你家中之事，我已尽知，不必提起。吾今父亲已死，田产俱无，刚剩得我与青箱两人，别无倚靠。没奈何了，所以千里相投。前日方得到此，门上人又不肯放我进来。求恳再三，今日才许我略在别院空房之内驻足一驻足，幸而相见。今一身孤单，茫无栖泊。你既有佳偶，我情愿做你侧室，奉事你与夫人，完我馀生。前日之事，我也不计较短长，付之一叹罢了。"说一句，哭一句。说罢，又倒在少卿怀里，发声大恸。连青箱也走出来见了，哭做一堆。少卿见他哭得哀切，不由得眼泪也落下来。又恐怕外边有人知觉，连忙止他道："多是我的不是。你而今不必啼哭，管还你好处。且喜夫人贤慧，你既肯认做一分小，就不难处了。你且消停在此，等我与夫人说去。"

少卿此时也是身不由己的，走来对朱氏道："昔年所言凤翔焦氏之女，间隔了多年，只道他嫁人去了。不想他父亲死了，带了个丫鬟，直寻到这里。今若不收留他，没个着落，叫他没处去了。却怎么好？"朱氏道："我当初原说接了他来家，你自不肯，直误他到此地位。还好不留得他？快请来与我相见。"少卿道："我说道夫人贤慧！"就走到西边去，把朱氏的说话说与文姬。文姬回头对青箱道："若得如此，我每且喜有安身之处了。"两人随了少卿。步至后堂，见了朱氏，相叙礼毕。文姬道："多蒙夫人不弃，情愿与夫人铺床叠被。"朱氏道："那有此理？只是姐妹相处便了。"就相邀了，一同进入衙中。

朱氏着人替他收拾起一间好卧房，就着青箱与他同住，随房伏侍。文姬低头伏气，且是小心。朱氏见他如此，甚加怜爱，且是过得和睦。住在衙中几日了，少卿终是有些羞惭不过意，缩缩朒朒，未敢到他房中歇宿去。

一日，外厢去吃了酒，归来有些微醺了。望去文姬房中，灯火微明，不觉心中念旧起来。醉后却胆壮了，踉踉跄跄，竟来到文姬面前。文姬与青箱慌忙接着，喜喜欢欢，簇拥他去睡了。这边朱氏闻知，笑道："来这几时，也该到他房里去了。"当夜朱氏收拾了自睡。

到第二日，日色高了，合家多起了身，只有少卿未起。合家人指指点点，笑的话的，道是："十年不相见了，不知怎地舞弄，这时节还自睡哩！青箱丫头在傍边听得不耐烦，想也倦了，连他也不起来。"有老成的道："十年的说话，讲也讲他大半夜，怪道天明多睡了去。"众人议论了一回，只不见动静。

朱氏梳洗已过，也有些不惬意道："这时节也该起身了，难道忘了外边坐堂^㉒？"同了一个丫鬟，走到文姬房前听一听，不听得里面一些声响。推推门看，又是里面关着的。家人每道："日日此时，出外理事去久了，今日迟得不像样。我不妨催一催。"一个就去敲那房门。初时低声，逐渐声高，直到得乱敲乱叫，莫想里头答应一声。尽来对朱氏道："有些奇怪了。等他开出来不得。夫人做主，我们掘开一壁进去看看。停会相公嗔怪，全要夫人担待。"朱氏道："这个在我，不妨。"

众人尽皆动手，须臾之间，已掇开了一垛壁。众人走进里面一看，开了口合不拢来。正是：

　　　　宣子漫传无鬼论，良宵自昔有冤偿。

　　　　若还死者全无觉，落得生人不善良。

众人走进去看时，只见满少卿直挺挺僵⑧在地下，口鼻皆流鲜血。近前用手一摸，四肢冰冷，已气绝多时了。房内并无一人，那里有甚么焦氏，连青箱也不见了，刚留得些被卧在那里。

众人忙请夫人进来。朱氏一见，惊得目睁口呆，大哭起来。哭罢，道："不信有这样的异事！难道他两个人摆布死了相公，连夜走了？"众人道："衙门封锁，插翅也飞不出去。况且房里兀自关门闭户的，打从那里走得出来？"朱氏道："这等，难道青天白日相处这几时，这两个却是鬼不成？"似信不信。一面传出去，说少卿夜来暴死，着地方停当后事。

朱氏悲悲切切，到晚来步进卧房，正要上床睡去，只见文姬打从床背后走将出来，对朱氏道："夫人休要烦恼。满生当时，受我家厚恩。后来负心，一去不来。吾举家悬望，受尽苦楚，抱恨而死。我父见我死无聊，老人家悲哀过甚，与青箱丫头，相继沦亡。今在冥府诉准，许自来索命。十年之怨，方得伸报。我而今与他冥府对证去。蒙夫人相待好意，不敢相侵，特来告别。"朱氏正要问个备细，一阵冷风遍体，飒然惊觉，乃是南柯一梦。才晓得文姬、青箱两个真是鬼，少卿之死，被他活捉了去，阴府对理。

朱氏前日原知文姬这事，也道少卿没理的。今日死了，无可怨怅，只得护丧南还。单苦了朱氏下半世，亦是满生之遗孽也。世人看了如此榜样，难道男子又该负得女子的？

痴心女子负心汉，谁道阴中有判断！
虽然自古皆有死，这回死得不好看！

选自《二刻拍案惊奇》

【题解】

男女两性的不平等由来已久，在封建社会也很严重，妇女完全处于屈从的地位。男人可以三妻六妾，女人则被套上"从一而终"、"饿死事小，失节事大"的枷锁，根本没有平等的权利和义务可言。与此相关，男子出于门第，财产等原因，可以随心所欲地"始乱终弃"，抛妻再娶，直至置她们于死地。对此现象自古以来不乏訾议者。他们集中表达出这样的疑问：男子就可以负心吗？负心汉难道可以不受任何惩罚吗？似乎是为了解答上述疑问，从中国戏曲较早的剧目"王魁负桂英"开始，负心汉受到报应的故事演为系列，在这种文学系列中，"说话"便是其中之一。满少卿受到了应有的惩罚，他的负心固然有性格怯懦的原因，但终究不能改变负心的事实。当然，惩罚的实现是借助于焦文姬的冤魂，这又更接近"王魁负桂英"这种类型故事了。

【注释】

①少艾：年轻美貌。 ②牙婆每："牙婆"一作"牙嫂"，指媒婆。"每"与"们"意同。 ③入港：谈得投机。 ④工曹：宋时州县所置六曹之一，掌管营造工程事项。 ⑤后生：年轻人。 ⑥鸿胪少卿：宋时官名，掌管仪礼之事。 ⑦没下稍：没收场。 ⑧孟浪：放浪。 ⑨嘎饭：下饭的菜肴。 ⑩

托大：大意。 ⑪没些搭煞：没有头脑。 ⑫没心没想：定不下心来。 ⑬不尴尬：用法同"尴尬"。这里指麻烦事。 ⑭蹋踏（jú jí）：形容行动小心怯惧的样子。 ⑮脱白挂绿："白"，白衣，借指百姓。"绿"，绿袍，借指官员。这里指满生科举入仕，开始为官。 ⑯扯大：同"托大"。 ⑰消耗：消息。 ⑱顾：同"雇"。 ⑲致仕：辞官归居。 ⑳德、容、言、功：封建道德针对妇女的所谓"四德"或"四行"。 ㉑出知：出任知州。 ㉒坐堂：一名"坐衙"，官吏在公堂上断事。 ㉓倘：同"躺"。

同窗友认假作真　女秀才移花接木

诗曰：

> 万里桥边薛校书，枇杷窗下闭门居。
>
> 扫眉才子知多少，管领春风总不如。

这四句诗，乃唐人赠蜀中妓女薛涛之作。这个薛涛，乃是女中才子。南康王韦皋做西川节度使时，曾表奏他做军中校书，故人多称为薛校书。所往来的，是高千里、元微之、杜牧之一班儿名流。又将浣花溪水造成小笺，名曰"薛涛笺"。词人墨客，得了此笺，犹如拱璧①。真正名重一时，芳流百世。

国朝洪武年间，有广东广州府人田洙，字孟沂，随父田百禄到成都赴教官之任。那孟沂生得风流标致，又兼才学过人，书画琴棋之类无不通晓。学中诸生日与嬉游，爱同骨肉。过了一年，百禄要遣他回家。孟沂的母亲心里舍不得他去，又且寒官冷署②，盘费难处。百禄与学中几个秀才商量，要在地方上寻一个馆与儿子坐坐。一来可以早晚读书，二来得些馆资，可为归计。这些秀才巴不得留住他，访得附郭一个大姓张氏要请一馆宾，众人遂将孟沂力荐于张氏。张氏送了馆约，约定明年正月元宵后到馆。至期，学中许多有名的少年朋友一同送孟沂到张家来，连百禄也自送去。张家主人曾为运使③，家道饶裕。见是老广文④带了许多时髦⑤到家，甚为喜欢。开筵相待。酒罢各散。孟沂就在馆中宿歇。

到了二月花朝日⑥，孟沂要归省⑦父母。主人送他节仪二两，孟沂袋在袖子里了，步行回去。偶然一个去处，望见桃花盛开，一路走去看。境甚幽僻，孟沂心里喜欢，伫立少顷，观玩景致。忽见桃林中一个美人，掩映花下。孟沂晓得是良人家，不敢顾盼，径自走过。未免带些卖俏身子，拖下袖来。袖中之银，不觉落地。美人看见，便叫随侍的丫鬟拾将起来，送还孟沂。孟沂笑受，致谢而别。

明日，孟沂有意打那边经过。只见美人与丫鬟仍立在门首。孟沂望着门前走去，丫鬟指道："昨日遗金的郎君来了。"美人略略敛身，避入门内。孟沂见了丫鬟，叙述道："昨日多蒙娘子美情，拾还遗金。今日特来造谢。"美人听得，叫丫鬟请入内厅相见。孟沂喜出望外，急整衣冠，望门内而进。美人早已迎着，至厅上相见。礼毕，美人先开口道："郎君莫非是张运使宅上西宾么？"孟沂道："然也。昨日因馆中回家，道经于此。偶遗少物，得遇夫人盛情，命尊姬拾还，实为感激。"美人道："张氏一家亲戚，彼西宾即我西宾。还金小事，何足为谢？"孟沂道："欲问夫人高门姓氏，与敝东何亲？"美人道："寒家姓平，成都旧族也。妾乃文孝坊薛氏女，嫁与平氏子康，不幸早卒，妾独孀居于此。与郎君贤东，乃乡邻姻娅，郎君即是通家了。"孟沂见说是孀居，不敢久留。两杯茶罢，起身告退。美人道："郎君便在寒舍过了晚去。若贤东晓得郎君到此，妾不能久留款待，觉得没趣了。"即分付快办酒馔。

不多时，设着两席，与孟沂相对而坐。坐中殷勤劝酬。笑语之间，美人多带些谑浪话头。孟沂认道是张氏至戚，虽然心里技痒难熬，还拘拘束束，不敢十分放肆。美人道："闻得郎君倜傥俊才，何乃作儒生酸态？妾虽不敏，颇解吟咏。今遇知音，不敢爱丑，当与郎君赏鉴文墨，唱和词章。郎君不以为鄙，妾至此之幸也。"遂教丫鬟取出唐贤遗墨，与孟沂看。孟沂从头细阅，多是唐人真迹手翰诗词，惟元稹、杜牧、高骈的最多，墨迹如新。孟沂爱玩不忍释手，道："此稀世之宝也。夫人情钟此类，真是千古韵人了。"美人谦谢。两个谈话有味，不觉夜已二鼓，孟沂辞酒不饮。

美人延入寝室，自荐枕席道："妾独处已久。今见郎君高雅，不能无情，愿得奉陪。"孟沂道："不敢请耳，固所愿也。"两个解衣就枕。鱼水欢情，极其缱绻。枕边切切叮咛道："慎勿轻言。若贤东知道，彼此名节丧尽了。"次日，将一个卧狮玉镇纸赠与孟沂，送至门外道："无事就来走走，勿学薄幸人。"孟沂道："这个何劳分付？"

孟沂到馆，哄主人道："老母想念，必要小生归家宿歇。小生不敢违命留此。从今早来馆中，晚归家里便了。"主人信了说话道："任从尊便。"自此孟沂在张家，只推家里去宿，家里又说在馆中宿，竟夜夜到美人处宿了。整有半年，并没一个人知道。孟沂与美人赏花玩月，酌酒吟诗，曲尽人间之乐。

两人每每你唱我和，做成联句，如《落花二十四韵》、《月夜五十韵》，斗巧争妍，真成敌手。诗句太多，恐看官每厌听，不能尽述。只将他两人《四时回文诗》表白一遍。美人诗道：

> 花朵几枝柔傍砌，柳丝千缕细摇风。
>
> 霞明半岭西斜日，月上孤村一树松。　　　（《春》）
>
> 凉回翠簟冰人冷，齿沁清泉夏月寒。
>
> 香篆袅风清缕缕，纸窗明月白团团。　　　（《夏》）
>
> 芦雪覆汀秋水白，柳风凋树晚山苍。
>
> 孤帷客梦惊空馆，独雁征书寄远乡。　　　（《秋》）

　　　天冻雨寒朝闭户，雪飞风冷夜关城。

　　　鲜红炭火围炉暖，浅碧茶瓯注茗清。　　（《冬》）

这个诗，怎么叫得"回文"？因是顺读完了，倒读转去，皆可
通得。最难得这样浑成，非是高手不能；美人一挥而就。孟沂
也和他四首道：

　　　芳树吐花红过雨，入帘飞絮白惊风。

　　　黄添晓色青舒柳，粉落晴香雪覆松。　　（《春》）

　　　瓜浮瓮水凉消暑，藕叠盘冰翡嚼寒。

　　　斜石近阶穿笋密，小池舒叶出荷团。　　（《夏》）

　　　残石绚红霜叶出，薄烟寒树晚林苍。

　　　鸾书寄恨羞封泪，蝶梦惊愁怕念乡。　　（《秋》）

　　　风卷雪篷寒罢钓，月辉霜柝冷敲城。

　　　浓香酒泛霞杯满，淡影梅横纸帐清。　　（《冬》）

孟沂和罢，美人甚喜。真是才子佳人，情味相投，乐不可言。
却是"好物不坚牢"，自有散场时节。

　　一日，张运使偶过学中，对老广文田百禄说道："令郎每夜
归家，不胜奔走之劳。何不仍留寒舍住宿，岂不为便？"百禄
道："自开馆后，一向只在公家。止因老妻前日有疾，曾留得数
日，这几时并不曾来家宿歇。怎么如此说？"张运使晓得内中必
有蹊跷，恐碍着孟沂，不敢尽言而别。

　　是晚孟沂告归，张运使不说破他，只叫馆仆尾着他去。到
得半路，忽然不见。馆仆赶去追寻，竟无下落。回来对家主说
了。运使道："他少年放逸，必然花柳人家去了。"馆仆道：
"这条路上，何曾有甚么伎馆？"运使道："你还到他衙中问问
看。"馆仆道："天色晚了，怕关了城门，出来不得。"运使道：
"就在田家宿了，明日早晨来回我不妨。"

　　到了天明，馆仆回话，说是不曾回衙。运使道："这等，那里去了？"正疑怪间，孟沂恰到。运使问道："先生昨宵宿于何处？"孟沂道："家间。"运使道："岂有此理？学生昨日叫人跟随先生回去，因半路上不见了先生，小仆直到学中去问，先生不曾到宅。怎如此说？"孟沂道："半路上偶到一个朋友处讲话，直到天黑回家。故此盛仆来时问不着。"馆仆道："小人昨夜宿在相公家了，方才回来的。田老爹见说了，甚是惊慌，要自来寻问。相公如何还说着在家的话？"孟沂支吾不来，颜色尽变。运使道："先生若有别故，当以实说。"孟沂晓得遮掩不过，只得把遇着平家薛氏的话说了一遍，道："此乃令亲相留，非小生敢作此无行之事。"运使道："我家何尝有亲戚在此地方？况亲中也无平姓者。必是鬼祟。今后先生自爱，不可去了。"孟沂口里应承，心里那里信他？

　　傍晚又到美人家里，备对美人说形迹已露之意。美人道："我已先知道了。郎君不必怨悔，亦是冥数尽了。"遂与孟沂痛饮，极尽欢情。到了天明，哭对孟沂道："从此永别矣。"将出洒墨玉笔管一枝，送与孟沂道："此唐物也。郎君慎藏在身，以为记念。"挥泪而别。

　　那边张运使料先生晚间必去，叫人看着，果不在馆。运使道："先生这事必要做出来。这是我们做主人的干系，不可不对他父亲说知。"遂步至学中，把孟沂之事备细说与百禄知道。百禄大怒，遂叫了学中一个门子，同着张家馆仆，到馆中唤孟沂回来。

　　孟沂方别了美人，回到张家。想念道："他说永别之言，只是怕风声败露。我便耐守几时，再去走动，或者还可相会。"正踌躇间，父命已至，只得跟着回去。百禄一见，喝道："你书倒不读，夜夜在那里游荡？"孟沂看见张运使一同在家了，便无言可对。百禄见他不说，就拿起一条柱杖，劈头打去，道："还不实告？"孟沂无奈，只得把相遇之事，及录成联句一本，与所送镇纸、笔管两物多将出来道："如此佳人，不容不动心，不必罪儿了。"百禄取来逐件一看。看那玉色，是几百年出土之物，管上有篆刻"渤海高氏清玩"六个字。又揭开诗来，从头细阅，不觉心服。对张运使道："物既稀奇，诗又俊逸，岂寻常之怪？我每可同了不肖子，亲到那地方去查一查踪迹看。"遂三人同出城来。

将近桃林，孟沂道："此间是了。"进前一看，孟沂惊道："怎生屋宇俱无了？"百禄与运使齐抬头一看，只见水碧山青，桃株茂盛。荆棘之中，有冢累然。张运使点头道："是了，是了。此地相传是唐妓薛涛之墓。后人因郑谷诗有'小桃花绕薛涛坟，之句'所以种桃百株，为春时游赏之所。贤郎所遇，必是薛涛也。"百禄道："怎见得？"张运使道；"他说所嫁是平氏子康，分明是平康巷了。又说文孝坊，城中并无此坊，'文孝'乃是教字，分明是教坊了。平康巷教坊，乃是唐时妓女所居。今云薛氏，不是薛涛是谁？且笔上有高氏字，乃是西川节度使高骈。骈在蜀时，涛最蒙宠待。二物是其所赐无疑。涛死已久，其精灵犹如此。此事不必穷究了。"

百禄晓得运使之言甚确，恐怕儿子还要着迷，打发他回归广东。后来孟沂中了进士，常对人说，便将二玉物为证。虽然想念，再不相遇了，至今传有《田洙遇薛涛》故事。

小子为何说这一段鬼话？只因蜀中女子，从来号称多才。如文君、昭君，多是蜀中所生，皆有文才。所以薛涛一个妓女，生前诗名不减当时词客，死后犹且诗兴勃然。这也是山川的秀气。唐人诗有云：

> 锦江腻滑蛾眉秀，幻出文君与薛涛。

诚为千古佳话。至于黄崇嘏女扮为男，做了相府掾属⑧，今世传有《女状元》本，也是蜀中故事。可见蜀女多才，自古为然。至今两川风俗，女人自小从师上学，与男人一般读书，还有考试进庠，做青衿弟子。若在别处，岂非大段奇事？而今说着一家子的事，委曲奇诧，最是好听。

> 从来女子守闺房，几见裙钗入学堂？
>
> 文武习成男子业，婚姻也只自商量。

话说四川成都府绵竹县，有一个武官，姓闻，名确。乃是卫⑨中世袭指挥。因中过武举两榜，累官至参将，就镇守彼处地方。家中富厚，赋性豪奢。夫人已故，房中有一班姬妾，多会吹弹歌舞。有一子，也是妾生，未满三周。有一个女儿，年十七岁，名曰蜚蛾，丰姿绝世。却是将门将种，自小习得一身武艺，最善骑射，直能百步穿杨。模样虽是娉婷，志气赛过男子。他起初因见父亲是个武出身，受那外人指目，只说是个武弁人家，必须得个子弟在黉门⑩中出入，方能结交斯文士夫，不受人的欺侮。争奈兄弟尚小，等他长大不得，所以一向妆做男子，到学堂读书。外边走动，只是个少年学生；到了家中内房，方还女扮。如此数年，果然学得满腹文章，博通经史。这也是蜀中做惯的事。遇着提学到来，他就报了名，改为胜杰说是胜过豪杰男人之意，表字俊卿，一般的入了队，去考童生。一考就进了学，做了秀才。他男扮久了，人多认他做闻参将的小舍人⑪，一进了学，多来贺喜，府县迎送到家。参将也只是将错就错，一面欢喜开宴。盖是武官人家，秀才乃极难得的。从此参将与官府往来，添了个帮手，有好些气色。为此，内外大小却像忘记他是女儿一般的，凡事尽是他支持过去。

他同学朋友，一个叫做魏造，字撰之。一个叫做杜亿，字子中。两人多是出群才学，英锐少年，与闻俊卿意气相投，学业相长。况且年纪差不多：魏撰之年十九岁，长闻俊卿两岁；杜子中与闻俊卿同年，又是闻俊卿月生⑫大些。三人就像一家弟兄一般，极是过得好。相约了同在学中一个斋舍里读书。两个无心，只认做一伴的好朋友；闻俊卿却有意，要在两个里头拣一个嫁他。两个人并起来，又觉得杜子中同年所生，凡事仿佛些，模样也是他标致些，更为中意。比魏撰之分外说得投机。

杜子中见闻俊卿意思又好，丰姿又妙，常对他道："我与兄两人，可惜多做了男子。我若为女，必当嫁兄；兄若为女，我必当娶兄。"魏撰之听得，便取笑道："而今世界盛行男色，久已颠倒阴阳，那见得两男便嫁娶不得？"闻俊卿正色道："我辈俱是孔门弟子，以文艺相知，彼此爱重，岂不有趣？若想着淫昵，便把面目放在何处？我辈堂堂男子，谁肯把身子做顽童乎？魏兄该罚东道便好。"魏撰之道："适才听得杜子中爱慕俊卿，恨不得身为女子，故尔取笑。若俊卿不爱此道，子中也就变不及身子了。"杜子中道："我原是两下的说话，今只说得一半，把我说得失便宜了。"魏撰之道："三人之中，谁叫你独小些？自然该吃亏些。"大家笑了一回。

俊卿归家来，脱了男服，还是个女人。自家想道："我久与男人做伴，已是不宜。岂可他日舍此同学之人，另寻配偶不成？毕竟止在二人之内了。虽然杜生更觉可喜，魏兄也自不凡。不知后来还是那个结果好？姻缘还在那个身上？"心中委决不下。

他家中一个小楼，可以四望。一个高兴，趁步登楼。见一只乌鸦在楼窗前飞过，却去住在百来步外一株高树上，对着楼窗呀呀的叫。俊卿认得这株树，乃是学中斋前之树，心里道："叵耐⑬这业畜叫得不好听，我结果他去。"跑下来自己卧房中，取了弓箭。跑上楼来，那乌鸦还在那里狠叫。俊卿道："我借这业畜，卜我一件心事则个。"扯开弓，搭上箭，口里轻轻道："不要误我！"飕的一响，箭到处，那边乌鸦坠地；这边望去看见，情知中箭了。急急下楼来，仍旧改了男妆，要到学中看那枝箭的下落。

且说杜子中在斋前闲步，听得鸦鸣正急，忽然扑的一响，掉下地来。走去看时，鸦头上中了一箭，贯睛而死。子中拔了箭出来道："谁有此神手？恰恰贯着他头脑！"仔细看那箭干上，有两行细字道："矢不虚发，发必应弦。"子中念罢笑道："那人好夸口！"

魏撰之听得，跳出来急叫道："拿与我看！"在杜子中手里接了过去。正同看时，忽然子中家里有人来寻，子中掉着箭自去了。魏撰之细看之时，八个字下边还有"蜚蛾记"三小字。想道："蜚蛾乃女人之号。难道女人中有此妙手？这也诧异！适才子中不看见这三个字，若见时，必然还要称奇了。"

沉吟间，早有闻俊卿走将来。看见魏撰之捻了这枝箭，立在那里，忙问道："这枝箭是兄拾了么？"撰之道："箭自何来的？兄却如此盘问！"俊卿道："箭上有字的么？"撰之道："因为有字，在此念想。"俊卿道："念想些甚么？"撰之道："有'蜚蛾记'三字。蜚蛾必是女人。故此想着，难道有这般善射的女子不成?"俊卿捣个鬼道:"不敢欺兄,蜚蛾即是家姊。"撰之道:"令姊有如此巧艺!曾许聘那家了?"俊卿道:"未曾许人家。"撰之道:"模样如何?"俊卿道:"与小弟有些厮象。"撰之道:"这等,必是极美的了。俗语道:未看老婆,先看阿舅。小弟尚未有室,吾兄与小弟做个撮合山⑭何如?"俊卿道:"家下事多是小弟作主。老父面前,只消小弟一说,无有不依。只未知家姐心下如何?"撰之道:"令姊面前,也在吾兄帮衬。通家之雅,料无推拒。"俊卿道:"小弟谨记在心。"撰之喜道:"得兄应承,便十有八九了。谁想姻缘却在此枝箭上?小弟谨当宝此,以为后验。"便把箭来收拾在拜匣⑮内了。取出羊脂玉闹妆⑯一个,递与俊卿道:"以此奉令姊,权答此箭,作个信物。"俊卿收来束在腰间。撰之道:"小弟作诗一首,道意于令姊,何如?"俊卿道:"愿闻。"撰之吟道:

> 闻得罗敷未有夫,支机肯许问津无?
>
> 他年得射如皋雉,珍重今朝金仆姑。

俊卿笑道:"诗意最妙。只是兄貌不陋,似太谦了些。"撰之笑道:"小弟虽不便似贾大夫之丑,却与令姊相并,必是不及。"俊卿含笑自去了。

从此撰之胸中,痴痴里想着闻俊卿有个姊姊,美貌巧艺,要得为妻。有个这个念头,并不与杜子中知道。因为箭是他拾着的,今自己把做宝贝藏着,恐怕他知因,来要了去。谁想这个箭原有来历。俊卿学射时节,便怀有择配之心。竹干上刻那二句,固是夸着发矢必中,也暗藏个应弦的哑谜。他射那乌鸦之时,明知在书斋树上。射去这枝箭,心里暗卜一卦:看他两人那个先拾得者,即为夫妻。为此急急来寻下落。

不知是杜子中先拾着，后来掉在魏撰之手里。俊卿只见在魏撰之处，以为姻缘有定。故假意说是姐姐，其实多暗隐着自己的意思。魏撰之不知其故，凭他捣鬼，只道真有个姐姐罢了。

俊卿固然认了魏撰之是天缘，心里却为杜子中十分相爱，好些撇打不下。叹口气道："一马跨不得双鞍，我又违不得天意。他日别寻件事端，补还他美情罢"明日来对魏撰之道："老父与家姊面前，小弟十分撺掇，已有允意。玉闹妆也留在家姊处了。老父的意思，要等秋试过，待兄高捷了，方议此事。"魏撰之道："这个也好。只是一言既定，再无翻变才妙。"俊卿道："有小弟在，谁翻变得？"魏撰之不胜之喜。

时值秋闱，魏撰之与杜子中、闻俊卿多考在优等，起送乡试。两人来拉了俊卿同去。俊卿与父参将计较道："女孩儿家只好瞒着人暂时做秀才耍子。若当真去乡试，一下子中了举人，后边露出真情来，就要关着奏请干系，事体弄大了，不好收场，决使不得。"推了有病不行。魏、杜两生只得撇了，自去赴试。揭晓之日，两生多得中了。

闻俊卿见两家报了，也自欢喜。打点等魏撰之迎到家时，方把求亲之话与父亲说知，图成此亲事。不想安绵兵备道与闻参将不合。时值军政考察，在按院处开了款数，递了一个揭帖，诬他冒用国课、妄报功绩、侵克军粮、累赃巨万。按院参上一本。奉圣旨：着本处抚院提问。此报一至，闻家合门慌做了一团。也就有许多衙门人寻出事端来缠扰。还亏得闻俊卿是个出名的秀才，众人不敢十分罗唣。过不多时，兵道行个牌到府来，说是奉旨犯人，把闻参将收拾在府狱中去了。闻俊卿自把生员出名，去递投诉，就求保候父亲。府间准了诉词，不肯召保。俊卿就央了同窗新中的两个举人去见府尊。府尊说："碍上司分付，做不得情。"三人袖手无计。此时魏撰之自揣道："他家患难之际，料说不得求亲的闲话。"只好不提起，且一面去会试再处。

两人临行之时，又与俊卿作别。撰之道："我们三人，同心之友。我两人喜得侥幸，方恨俊卿因病蹉跎，不得同登，不想又遭此家难。而今我们匆匆进京去了，心下如割，却是事出无奈。多致意尊翁，且自安心听问。我们若少得进步，必当出力相助，来白此冤。"子中道："此间官官相护，做定了圈套陷人。闻兄只在家营救，未必有益。我两人进去，倘得好处，闻兄不若径到京来商量，与尊翁寻个出场。还是那边上流头，好辩白冤枉，我辈也好相机助力。切记，切记。"撰之又私自叮嘱道："令姊之事，万万留心。不论得意不得意，此番回来，必求事谐了。"俊卿道："闹妆现在，料不使兄失望便了。"三人洒泪而别。

闻俊卿自两人去后，一发没有商量可救父亲。亏得官无三日急，倒有七日宽，无非凑些银子，上下分派一分派，使用得停当，狱中的也不受苦，官府也不来急急要问，丢在半边，做一件未结公案了。参将与女儿计较道："这边的官司既未问理，我们正好做手脚。我意要修上一个辩本，做成一个备细揭帖，到京中诉冤。只没个能干的人去得，心下踌躇未定。"闻俊卿道："这件事须得孩儿自去。前日魏、杜两兄临别时，也教孩儿进京去，可以相机行事。但得两兄有一人得第，也就好做靠傍了。"参将道："虽然你是个女中丈夫，是你去毕竟停当。只是万里程途，路上恐怕不便。"俊卿道："自古多称缇萦救父，以为美谈。他也是个女子。况且孩儿男

妆已久，游庠已过，一向算在丈夫之列，有甚去不得？虽是
路途遥远，孩儿弓矢可以防身。倘有甚么人盘问，凭着胸中
见识，也支持得他过，不足为虑。只是须得个男人随去，这
却不便。孩儿想得有个道理：家丁闻龙夫妻，多是苗种，多
善弓马。孩儿把他妻子也扮做男人，带着他两个，连孩儿共
是三人一起走。既有妇女伏侍，又有男仆跟随，可以放心一
直到京了。"参将道："既然算计得停当，事不宜迟，快打点
动身便是。"

俊卿依命，一面去收拾，听得街上报进士，说魏、杜两
人多中了。俊卿不胜之喜，来对父亲说道："有他两人在京做
主，此去一发不难做事。"就拣定一日，作急起身。在学中动
了一个游学呈子，批个文书执照，带在身边了。路经省下来，
再察听一察听上司的声口消息。

你道闻小姐怎生打扮？

> 飘飘巾帻，覆着两鬓青丝；窄窄靴鞋，套着一双
> 玉笋。上马衣裁成短后，蛮狮带妆就偏垂。囊一张
> 玉靶弓，想开时舒臂扭腰多体态；插几枝雁翎箭，
> 看放处猿啼雕落逞高强。争羡道能文善武的小郎君，
> 怎知是女扮男妆的乔秀士。

一路来到了成都府中。闻龙先去寻下了一所幽静饭店。
闻俊卿后到，歇下了行李，叫闻龙妻子取出带来的山菜几件，
放在碟内，向店中取了一壶酒，斟着慢吃。

又道是无巧不成话，那坐的所在与隔壁人家窗口相对，
只隔得一个小天井。正吃之间，只见那边窗里一个女子，掩
着半窗，对着闻俊卿不转眼的看。及至闻俊卿抬起眼来，那
边又闪了进去。遮遮掩掩，只不走开。忽地打个照面，乃是

个绝色佳人。闻俊卿想道:"原来世间有这样标致的!"看官,你道此时若是个男人,必然动了心,就想妆出些风流家数,两下做起光景来⑰。怎当得闻俊卿自己也是个女身,那里放在心上?一面取饭来吃了,且自衙门前干事去。

到得出去了半日,傍晚转来,俊卿刚得坐下,隔壁听见这里有人声,那个女子又在窗边来看了。俊卿私下自笑道:"看我做甚?岂知我与你是一般样的!"正嗟叹间,只见门外一个老姥走将进来,手中拿着一个小榼儿。见了俊卿,放下榼子,道了万福,对俊卿道:"间壁景家小娘子,见舍人独酌,送两件果子与舍人当茶。"俊卿开看,乃是南充黄柑,顺庆紫梨各十来枚。俊卿道:"小生在此经过的,与娘子非亲非戚,如何承此美意?"老姥道:"小娘子说来:此间来万去千的人,不曾见有似舍人这等丰标的,必定是富贵家的出身。及至问人来,说是参府中小舍人。小娘子说,这俗店无物可口,叫老媳妇送此二物来解渴。"俊卿道:"小娘子何等人家,却居此间壁?"老姥道:"这小娘子是井研景少卿的小姐。只因父母双亡,他依着外婆家住。他家里自有万金家事,只为寻不出中意的丈夫,所以还未嫁人。外公是此间富员外。这诚中极兴的客店,多是他家的房子,何止有十来处,进益甚广。只有这里幽静些,却同家小每住在间壁。他也不敢主张把外甥许人,恐怕错了对头,后来怨怅。常对景小娘子道:'凭你自家看得中意的,实对我说,我就主婚。'这个小娘子也古怪,自来会拣相人物,再不曾说那一个好。方才见了舍人,便十分称赞,敢是舍人有些姻缘动了。"俊卿不好答应,微微笑道:"小生那有此福?"老姥道:"好说,好说。老媳妇且去着。"俊卿道:"致意小娘子:多承佳惠,客中无可奉答,但有心感盛情。"老姥去了。俊卿自想一想，不觉失笑道：
"这小娘子看上了我，却不枉费春心！"吟诗一首，聊寄其意，
诗云：

> 为念相如渴不禁，交梨邛橘出芳林。
> 却惭未是求凰客，寂寞囊中绿绮琴。

次日早起，老姥又来。手中将着四枚剥净的熟鸡子，做
一碗盛着，同了一小壶好茶，送到俊卿面前道："舍人吃点
心。"俊卿道："多谢妈妈盛情。"老姥道："这是景小娘子昨
夜分付了，老身支持来的。"俊卿道："又是小娘子美情。小
生如何消受？有一诗奉谢，烦妈妈与我带去。"俊卿就把昨夜
之诗写在笺纸上，封好了付妈妈，诗中分明是推却之意。

妈妈将去与景小姐看了。景小姐一心喜着俊卿，见他以
相如自比，反认做有意于文君，后边二句不过是谦让些说话。
遂也回他一首，和其末韵，诗云：

> 宋玉墙东思不禁，愿为比翼止同林。
> 知音已有新裁句，何用重挑焦尾琴？

吟罢，也写在乌丝茧纸上，教老姥送将来。

俊卿看罢，笑道："原来小姐如此高才，难得！难得！"
俊卿见他来缠得紧，生一个计较，对老姥道："多谢小姐美
意。小生不是无情，争奈小生已聘有妻室，不敢欺心妄想。
上覆小姐，这段姻缘种在来世罢！"老姥道；"既然舍人已有
了亲事，老身去回覆了小娘子，省得他牵肠挂肚空想坏了。"

老姥去得，俊卿自出门去，打点衙门事体，央求宽缓日
期。诸色停当，到了天晚才回得下处。是夜无词。

来日天早，这老姥又走将来，笑道："舍人小小年纪，倒
会掉谎！老婆滚到身边，推着不要。昨日回了小娘子，小娘

子教我问一问两位管家，多说道舍人并不曾聘娘子过。小娘
子喜欢不胜，已对员外说过。少刻员外自来奉拜说亲，好歹
要成事了。"俊卿听罢，呆了半晌道："这冤家帐那里说起？
只索收拾行李起来，趁早去了罢。"分付闻龙与店家会了钞，
急待起身。

只见店家走进来报道："主人富员外相拜闻相公。"说罢，
一个七十多岁的老人家笑嘻嘻进来。堂中望见了闻俊卿，先
自欢喜，问道："这位小相公想就是闻舍人了么？"老姥还在
店内，也跟将来说道："正是这位。"富员外把手一拱道："请
过来相见。"闻俊卿见过了礼，整了客座，坐了。富员外道：
"老汉无事不敢冒叩新客。老汉有一外甥，乃是景少卿之女，
未曾许着人家。舍甥立愿不肯轻配凡流，老汉不敢擅做主张，
凭他意中自择。昨日对老汉说：'有个闻舍人下在本店，丰标
不凡，愿执箕帚。'所以要老汉自来奉拜，说此亲事。老汉今
见足下，果然俊雅非常。舍甥也有几分姿容，况且粗通文墨，
实是一对佳偶，足下不可错过。"闻俊卿道："不敢欺老丈：
小生过蒙令甥谬爱，岂敢自外？一来令甥是公卿阀阅，小生
是武弁门风，恐怕攀高不着。二来老父在难中，小生正要入
京辨冤。此事既不曾告过，又不好为此耽阁，所以应承不
得。"员外道："舍人是簪缨世胄，况又是黉宫名士，指日飞
腾，岂分甚么文武门楣？若为令尊之事，慌速入京，何不把
亲事议定了？待归时禀知令尊，方才完娶。既安了舍甥之心，
又不误了足下之事，有何不可？"

闻俊卿无计推托，心下想道："他家不晓得我的心病，如
此相逼。却又不好十分过却，打破机关。我想魏撰之有竹箭
之缘，不必说了。还有杜子中更加相厚，倒不得不闪下了他。

一向有个主意，要在骨肉女伴里边别寻一段姻缘，发付他去。而今既有此事，我不若权且应承，定下在这里。他日作成了杜子中，岂不为妙？那时晓得我是女身，须怪不得我说谎。万一杜子中也不成，那时也好开交了，不象而今碍手。"算计已定，就对员外说："既承老丈与令甥如此高情，小生岂敢不受人提挈？只得留下一件信物在此为定。待小生京中回来，上门求娶就是了。"说罢，就在身上解下那个羊脂玉闹妆，双手递与员外道："奉此与令甥表信。"

富员外千欢万喜，接受在手。一同老姥去回覆景小姐道："一言已定了。"员外就叫店中办起酒来，与闻舍人饯行。俊卿推却不得，吃得尽欢而罢。相别了，起身上路。少不得风餐水宿，夜住晓行。

不一日，到了京城。叫闻龙先去打听魏、杜两家新进士的下处，问着了杜子中一家。原来那魏撰之已在部给假回去了。杜子中见说闻俊卿来到，不胜之喜，忙差长班⑱来接到下处。

两人相见，寒温已毕。俊卿道："小弟专为老父之事。前日别时，承兄每分付入京图便，切切在心。后闻两兄高发，为此不辞跋涉，特来相托。不想魏撰之已归。今幸吾兄尚在京师，小弟不致失望了。"杜子中道："仁兄先将老伯被诬事款，做一个揭帖逐一辨明，刊刻起来，在朝门外逢人就送。等公论明白了，然后小弟央个相好的同年在兵部的，条陈别事，带上一段，就好到本籍去生发出脱了。"俊卿道："老父有个本稿，可以上得否？"子中道："而今重文轻武。老伯是按院题⑲的，若武职官出名自辩，他们不容起来，反致激怒，弄坏了事。不如小弟方才说的为妙。仁兄不要轻率。"俊卿道:"感谢指教。小弟是书生之见,还求仁兄做主行事。"子中道:"异姓兄弟,原是自家身上的事,何劳叮咛!"俊卿道:"撰之为何回去了?"子中道:"撰之原与小弟同寓了多时,他说有件心事,要归来与仁兄商量。问其何事,又不肯说。小弟说,仁兄见吾二人中了,未必不进京来。他说这是不可期的,况且事体要来家里做的,必要先去。所以告假去了。正不知仁兄却又到此,可不两相左了?敢问仁兄:他果然要商量何等事?"俊卿明知是为婚姻之事,却只做不知,推说道:"连小弟也不晓得他为甚么?想来无非为家里的事。"子中道:"小弟也想他没甚么,为何恁地等不得?"

两个说了一回,子中分付治酒接风。就叫闻家家人安顿好了行李,不必另寻寓所,只在此间同寓。盖是子中先前与魏家同寓,今魏家去了,房舍尽有,可以下得闻家主仆三人。子中又分付打扫闻舍人的卧房,就移出自己的榻来,相对铺着,说晚间可以联床清话。俊卿看见,心里有些突兀起来。想道"平日与他们同学,不过是日间相与,会文会酒,并不看见我的卧起,所以不得看破。而今弄在一间房内了,须闪避不得。露出马脚来怎么处?却又没个说话可以推掉得两处宿。只是自己放着精细,遮掩过去便了。"

虽是如此说,却是天下的事是真难假,是假难真。亦且终日相处,这些细微举动,水火不便的所在,那里妆饰得许多来?闻俊卿日间虽是长安街上去送揭帖,做着男人的勾当;晚间宿歇之处,有好些破绽现出在杜子中的眼里了。杜子中是聪明的人,有甚省不得的事?晓得有些诧异,越加留心闲觑,越看越是了。

这日俊卿出去忘锁了拜匣,子中偷揭开来一看,多是些文翰束帖。内有一幅草稿，写着道：

> 成都绵竹县信女闻氏，焚香拜告关真君神前：愿
> 保父闻确冤情早白，自身安稳还乡，竹箭之期、闹
> 妆之约各得如意。谨疏。

子中见了，拍手道："眼见得公案在此了！我枉为男子，被他瞒过了许多时。今不怕他飞上天去。只是后边两句，解他不出，莫不许过了人家？怎么处？"心里狂荡不禁。

忽见俊卿回来，子中接在房里坐了。看着俊卿，只是笑。俊卿疑怪，将自己身子上下前后看了又看，问道："小弟今日有何举动差错了？仁兄见哂之甚。"子中道："笑你瞒得我好。"俊卿道："小弟到此来做的事，不曾瞒仁兄一些。"子中道："瞒得多哩，俊卿自想么！"俊卿道："委实没有。"子中道："俊卿记得当初同斋时言语么？原说弟若为女，必当嫁兄，兄若为女，必当娶兄。可惜弟不能为女，谁知兄果然是女，却瞒了小弟。不然，娶兄多时了。怎么还说不瞒？"俊卿见说着心中病，脸上通红起来道："谁是这般说？"子中袖中摸出这纸疏头来道："这须是俊卿的亲笔！"俊卿一时低头无语。

子中就挨过来，坐在一处了，笑道："一向只恨两雄不能相配，今却遂了人愿也。"俊卿站了起来道："行踪为兄识破，抵赖不得了。只有一件：一向承兄过爱，慕兄之心，非不有之。争奈有件缘事，已属了撰之，不能再以身事兄，望兄见谅。"子中愕然道："小弟与撰之同为俊卿窗友，论起相与意气，还觉小弟胜他一分。俊卿何得厚于撰之薄于小弟？况且撰之又不在此间，现钟不打，反去炼铜，这是何说？"俊卿道："仁兄有所不知，仁兄可看疏上竹箭之期的说话么？"子

中道;"正是不解。"俊卿道:"小弟因为与两兄同学,心中愿卜所从。那日向天暗祷,箭到处先拾得者即为夫妇。后来这箭却在撰之处。小弟诡说是家姐所射,撰之遂一心想慕,把一个玉闹妆为定。此时小弟虽不明言,心已许下了。此天意有属,非小弟有厚薄也。"子中大笑道:"若如此说,俊卿宜为我有无疑了。"俊卿道:"怎么说?"子中道:"前日斋中之箭,原是小弟拾得。看见干上有两行细字,以为奇异。正在念诵,撰之听得走出来,在小弟手里接去看。此时偶然家中接小弟,就把竹箭掉在撰之处,不曾取得。何曾是撰之拾取的?若论俊卿所卜天意,一发正是小弟应占了。撰之他日可问,须混赖不得。"俊卿道:"既是曾见箭上字来,可记得否?"子中道:"虽然看时节仓卒无心,也还记是'矢不虚发,发必应弦'八个字。小弟须是造不出。"

俊卿见说得是真,心里已自软了,说道:"果是如此,乃天意了。只是枉了魏撰之望空想了许多时,而今又赶将回去,日后知道,甚么意思?"子中道:"这个说不得。从来说'先下手为强'。况且原该是我的。"就拥了俊卿求欢道:"相好弟兄,而今得同衾枕,天上人间,无此乐矣。"俊卿推拒不得,只得含羞走入帏帐之内,一任子中所为。有一首奋调[②]《山坡羊》单道其事:

> 这小秀才有些儿怪样,走到罗帏,忽现了本相。本是个黉宫里折桂的郎君,改换了章台内司花的主将。金兰契,只觉得肉味馨香;笔砚交,果然是有笔如枪。皱眉头,忍着疼,受的是良朋针砭;趁胸怀,揉着窍,显出那知心酣畅。用一番切切偲偲,来也,哎呀,分明是远方来,乐意洋洋。思量,一

棹一桨，是联句的篇章；慌忙，为云为雨，还错认
了龙阳。

事毕，闻小姐整容而起。叹道："妾一生之事，付之郎
君，妾愿遂矣。只是哄了魏撰之，如何回他？"忽然转了一
想，将手床上一拍道："有处法了。"杜子中倒吃了一惊道：
"这事有甚处法？"小姐道："好教郎君得知：妾身前日行至成
都，在店内安歇。主人有个甥女，窥见了妾身，对他外公说
了，逼要相许。是妾身想个计较，将信物权定，推说归时完
娶。当时妾身意思，道魏撰之有了竹箭之约，恐怕冷淡了郎
君。又见那个女子才貌双全，可为君配，故此留下这头姻缘。
今妾既归君，他日回去魏撰之问起所许之言，就把这家的说
合与他成了，岂不为妙？况且当时只说是姊姊，他心里并不
曾晓得是妾身自己，也不是哄他了。"子中道："这个最妙。
足见小姐为朋友的美情。有了这个出场，就与小姐配合，与
撰之也无嫌了。谁晓得途中又有这件奇事！还有一件要问：
途中认不出是女客，不必说了。但小姐虽然男扮，同两个男
仆行走，好些不便。"小姐笑道："谁说同来的多是男人？他
两个原是一对夫妇。一男一女，打扮做一样的。所以途中好
伏侍走动，不必避嫌也。"子中也笑道："有其主必有其仆。
有才思的人，做来多是奇怪的事。"小姐就把景家女子所和之
诗拿出来与子中看。子中道："世间也还有这般的女人！魏撰
之得此，也好意足了。"

小姐再与子中商量着父亲之事。子中道："而今说是我丈
人，一发好措词出力。我吏部有个相知，先央他把做对头的
兵道调了地方，就好营为了。"小姐道："这个最是要着，郎
君在心则个。"

　　子中果然去央求吏部。数日之间，推升本上，已把兵道改升了广西地方。子中来回覆小姐道："对头改去，我今作速讨个差，与你回去，救取岳丈了事。此间辨白已透，抚按轻拟上来，无不停当了。"小姐愈加感激，转增恩爱。

　　子中讨下差来，解饷到山东地方，就便回籍。小姐仍旧扮做男人，一同闻龙夫妻，擎弓带箭，照前妆束。骑了马，傍着子中的官轿。家人原以舍人相呼。行了几日，将过郑州。旷野之中，一枝响箭擦着官轿射来。小姐晓得有歹人来了，分付轿上："你们只管前走，我在此对付他。"真是忙家不会，会家不忙，扯出囊弓，扣上弦，搭上箭。只见百步之外，一骑马飞也似的跑来。小姐擎开弓，喝声道："着！"那边人不防备的，早中了一箭，倒撞下马，在地下挣扎。小姐疾鞭着坐马，赶上前轿，高声道："贼人已了当了，放心前去。"一路的人多赞称小舍人好箭，个个忌惮。子中轿里得意，自不必说。

　　自此完了公事，平平稳稳到了家中。父亲闻参将，已因兵道升去，保候在外了。小姐进见，备说了京中事体，及杜子中营为，调去了兵道之事。参将感激不胜，说道："如此大恩，何以为报？"小姐又把被他识破，已将身子嫁他，共他同归的事也说了。参将也自喜欢道："这也是郎才女貌，配得不枉了。你快改了妆，趁他今日荣归吉日，我送你过门去罢。"小姐道："妆还不好改得，且等会过了魏撰之着。"参将道："正要对你说，魏撰之自京中回来，不知为何只管叫人来打听，说我有个女儿，他要求聘。我只说他晓得些风声，是来说你了，及至问时，又说是同窗舍人许他的，仍不知你的事。我不好回得，只是含糊说等你回家。你而今要会他怎的？"小姐道："其中有许多委曲，一时说不及，父亲日后自明。"

正说话间，魏撰之来相拜。原来魏撰之正为前日婚姻事，在心中放不下，故此就回。不想问着闻舍人又已往京，叫人探听舍人有个姐姐的说话，一发言三语四，不得明白。有的说参将只有两个舍人，一大一小，并无女儿；又有的说，参将有个女儿，就是那个舍人。弄得魏撰之满肚疑心，胡猜乱想。见说闻舍人回来了，所以亟亟来拜，要问明白。闻小姐照旧时家数，接了进来。寒温已毕，撰之急问道："仁兄，令姊之说如何？小弟特为此赶回来的。"小姐说："包管兄有一位好夫人便了。"撰之道："小弟叫人宅上打听，其言不一，何也？"小姐道："兄不必疑。玉闹妆已在一个人处，待小弟再略调停，准备迎娶便了。"撰之道："依兄这等说，不像是令姊了。"小姐道："杜子中尽知端的，兄去问他就明白。"撰之道："兄何不就明说了？又要小弟去问。"小姐道："中多委曲，小弟不好说得，非子中不能详言。"说得魏撰之愈加疑心。

他正要去拜杜子中，就急忙起身，来到杜子中家里。不及说别样说话，忙问闻俊卿所言之事。杜子中把京中同寓，识破了他是女身，已成夫妇的始末根由说了一遍。魏撰之惊得木呆道："前日也有人如此说，我却不信，谁晓得闻俊卿果是女身！这分明是我的姻缘，平白错过了。"子中道："怎见得是兄的？"撰之述当初拾箭时节就把玉闹妆为定的说话。子中道："箭本小弟所拾，原系他向天暗卜的。只是小弟当时不知其故，不曾与兄取得此箭在手，今仍归小弟，原是天意。兄前日只认是他令姐，原未尝属意他自身，这个不必追悔。兄只管闹妆之约不脱空罢了。"撰之道："符已去矣，怎么还说不脱空？难道当真还有个令姐？"子中又把闻小姐途中所遇景家之事说了一遍，道："其女才貌非常。那日一时难推，就把兄的闹妆权定在彼。而今想起来，这就有个定数在里边了。岂不是兄的姻缘么？"撰之道："怪不得闻俊卿道自己不好说，原来有许多委曲！只是一件：虽是闻俊卿已定下在彼，他家又不曾晓得明白，小弟难以自媒，何由得成？"子中道："小弟与闻氏虽已成夫妇，还未曾见过岳翁。打点就是今日迎娶。少不得还借重一个媒妁，而今就烦兄与小弟做一做。小弟成礼之后，代相恭敬，也只在小弟身上撮合就是了。"撰之大笑道："当得，当得。只可笑小弟一向在睡梦中，又被兄占了头筹。而今不使小弟脱空，也还算是好了。既是这等，小弟先到闻宅去道意，兄可随后就来。"

魏撰之讨大衣服来换了，竟抬到闻家。此时闻小姐已改了女妆，不出来了。闻参将自己出来接着。魏撰之述了杜子中之言，闻参将道："小女娇痴慕学，得承高贤不弃。今幸结此良缘，蒹葭倚玉，惶恐惶恐。"闻参将已见女儿说过，是件整备。门上报说："杜爷来迎亲了。"鼓乐喧天，杜子中穿了大红衣服抬将进门。真是少年郎君，人人称羡。走到堂中，站了位次，拜见了闻参将。请出小姐来，又一同行礼。谢了魏撰之，启轿而行。迎至家里，拜告天地，见了祠堂。杜子中与闻小姐正是新亲旧朋友，喜喜欢欢，一桩事完了。

只有魏撰之有些眼热，心里道："一样的同窗朋友，偏是他两个成双。平时杜子中分外相爱，常恨不将男作女，好做夫妇，谁知今日竟遂其志！也是一段奇话。只所许我的事，未知果是如何。"次日就到子中家里贺喜，随问其事。子中道："昨晚弟妇就和小弟计较，今日专为此要同到成都去。弟妇誓欲以此报兄，全其口信，必得佳音方回来。"撰之道：
"多感，多感。一样的同窗，也该记念着我的冷静。但未知其
人果是如何？"子中走进去，取出景小姐前日和韵之诗，与撰
之看了。撰之道："果得此女，小弟便可以不妒兄矣。"子中
道："弟妇赞之不容口，大略不负所举。"撰之道："这件事做
成，真愈出愈奇了。小弟在家颙望。"俱大笑而别。

杜子中把这些说话与闻小姐说了。闻小姐道："他盼望久
了的，也怪他不得。只索作急成都去，周全了这事。"小姐仍
旧带了闻龙夫妻跟随，同杜子中到成都来。认着前日饭店，
歇在里头了。

杜子中叫闻龙拿了帖，径去拜富员外。员外见说是新进
士来拜，不知是甚么缘故，吃了一惊。慌忙迎接进去，坐下
了，道："不知为何大人贵足赐蹁贱地？"子中道："学生在此
经过，闻知有位景小姐，是老丈令甥，才貌出众。有一敝友，
也叨过甲第了，欲求为夫人，故此特来奉访。"员外道："老
汉是有个甥女，他自要择配。前日看上了一个进京去的闻舍
人，已纳下聘物。大人见教迟了。"子中道："那闻舍人也是
敝友，学生已知他另有所就，不来娶令甥了。所以敢来作
伐。"员外道："闻舍人也是读书君子，既已留下信物，两心
相许，怎误得人家儿女？舍甥女也毕竟要等他的回信。"子中
将出前日景小姐的诗笺来道："老丈试看此纸，不是令甥写与
闻舍人的么？因为闻舍人无意来娶了，故把与学生做执照，
来为敝友求令甥。即此是闻舍人的回信了。"

员外接过来看，认得是甥女之笔，沉吟道："前日闻舍人
也曾说道聘过了。不信其言，逼他应承的。原来当真有这话！
老汉且与甥女商量一商量，来回复大人。"员外别了，进去了

一会，出来道："适间甥女见说，甚是不快。他也说得是：就是闻舍人负了心，是必等他亲身见一面，还了他玉闹妆，以为诀别，方可别议姻亲。"子中笑道："不敢欺老丈说，那玉闹妆也即是敝友魏撰之的聘物，非是闻舍人的。闻舍人因为自己已有姻亲，不好回得，乃为敝友转定下了。是当日埋伏机关，非今日无因至前也。"员外道："大人虽如此说，甥女岂肯心伏？必得闻舍人自来说明，方好处分。"子中道："闻舍人不能复来，有拙荆在此，可以进去一会令甥。等他与令甥说这些备细，令甥必当见信。"员外道："有尊夫人在此，正好与舍甥面会一会。有言可以尽吐，省得传消递息。最妙，最妙。"就叫前日老姥来接取杜夫人。

老姥一见闻小姐举止形容，有些面善，只是改妆过了，一时想不出。一路相看，只管迟疑。接到间壁，里边景小姐出来相接，各叫了万福。闻小姐对景小姐笑道："认得闻舍人否？"景小姐见模样厮象，还只道或是舍人的姊妹，答道："夫人与闻舍人何亲？"闻小姐道："小姐怎等识人，难道这样眼钝？前日到此过蒙见爱的舍人，即妾身是也。"景小姐吃了一惊。仔细一认，果然一毫不差。连老姥也在傍拍手道："是呀！是呀！我方才道面庞熟得紧，那知就是前日的舍人？"景小姐道："请问夫人，前日为何这般打扮？"闻小姐道："老父有难，进京辨冤，故乔妆作男以便行路。所以前日过蒙见爱，再三不肯应承者，正为此也。后来见难推却，又不敢实说真情，所以代友人纳了聘，以待后来说明。今纳聘之人，已登黄甲，年纪也与小姐相当。故此愚夫妇特来奉求，与小姐了此一段姻亲，报答前日厚情耳。"

景小姐见说，半晌做声不得。老姥在傍道："多谢夫人美意，只是那位老爷姓甚名谁？夫人如何也叫他是友人？"闻小姐道："幼年时节，曾共学堂，后来同在庠中。与我家相公三人，年貌多相似，是异姓骨肉。知他未有亲事，所以前日就有心替他结下了。这人姓魏，好一表人物，就是我相公同年。也不辱没了小姐。小姐一去也就做夫人了。"

景小姐听了这一篇说话，晓得是少年进士，有甚么不喜欢？叫老姥陪住了闻小姐，背地去把这些说话备细告诉员外。员外见说是许个进士，岂有不撺掇之理？真个是一让一个肯。回复了闻小姐，转说与杜子中。一言已定，富员外设起酒来谢媒。外边款待杜子中，内里景小姐作主，款待杜夫人。两个小姐，说得甚是投机，尽欢而散。

约定了回来，先教魏撰之纳币。拣个吉日，迎娶回家。花烛之夕，见了模样，如获天人。因说起闻小姐闹妆纳聘之事，撰之道："那聘物原是我的。"景小姐问："如何却在他手里？"魏撰之又把先时竹箭题字，杜子中拾得，掉在他手里，认做另有个姐姐，故把玉闹妆为聘的根由，说了一遍。一齐笑道："彼此夙缘，颠颠倒倒，皆非偶然也。"

明日，魏撰之取出竹箭来，与景小姐看。小姐道："如今只该还他了。"撰之就提笔写一柬与子中夫妻道：

> 既归玉环，返卿竹箭。两段姻缘，各从其便。一
笑，一笑。

写罢，将竹箭封了，一同送去。

杜子中收了，与闻小姐拆开来看。方见八字之下，又有"蜚蛾记"三字。问道："'蜚蛾'怎么解？"闻小姐道："此妾闺中之名也。"子中道："魏撰之错认了令姊，就是此二字了。若小生当时曾见此二字，这箭如何肯便与他？"闻小姐

道："他若没有这箭起这些因头，那里又绊得景家这头亲事来？"两人又笑了一回，也题了一束戏他道：

> 环为旧物，箭亦归宗。两俱错认，各不落空。一笑，一笑。

从此两家往来，如同亲兄弟姊妹一般。两个甲科合力与闻参将辨白前事，世间情面那有不让缙绅的？逐件赃罪，得以开释，只处得他革任回卫。闻参将也不以为意了。后边魏、杜两人，俱为显官。闻、景二小姐各生子女，又结了婚姻，世交不绝。

这是蜀多才女，有如此奇奇怪怪的妙话。卓文君成都当垆，黄崇嘏相府掌记，又平平了。诗曰：

> 世上夸称女丈夫，不闻巾帼竟为儒。
> 朝廷若也开科取，未必无人待价沽。

选自《二刻拍案惊奇》

【题解】

谁说女子不如儿男？不甘示弱的女子以不同方式和男儿展开较量，甚至女扮男装，混于男儿场中，花木兰替父从军就是显著的例子。本篇中的闻小姐没有那么深致的用意，但在读书习武方面，也表现出不低于男性同伴的气魄和能力，正如她用"胜杰"为自己命名。也因为女扮男装，闹出了本篇所有的错连环故事。闻小姐属意杜公子；魏公子等着闻小姐谎称的姊姊；闻小姐自己又被景小姐看中，幸好结局皆大欢喜，四人两对各遂其愿，成就了美好姻缘。如果不是女扮男装，结局可能顺当些，闻小姐也可以免除为装扮男性所牺牺的女儿生涯，但是在壁垒森严的封建社会，恐怕也只有女扮男装，才是女子显示超过男子才智的捷径。这条委曲的捷径，真是令人深思。

【注释】

①拱璧：大璧，平圆有孔的玉。　②寒官冷署：这里指教官。　③运使：转运使，官名。　④广文：明清时对教官也即儒官的称呼。　⑤时髦：原意指杰出的人士。　⑥二月花朝日：二月十二日，相传为百花生日。　⑦归省：回家省亲。　⑧掾属：佐治的官吏。　⑨卫：明代军队编制之一。⑩黉门："黉"指学校。出入黉门的人即进学的秀才。　⑪小舍人：明代武职应袭子弟，亦称"舍人"。　⑫月生：出生的月份、日子。　⑬叵耐：可恶，骂人语。　⑭撮合山：媒人。　⑮拜匣：放束帖或送礼用的小长方木匣。　⑯羊脂玉闹妆："羊脂玉"即白玉。"闹妆"，指金银珠宝制成的腰带或马的鞍辔装饰。　⑰做起光景来：意即调情。　⑱长班：即长随，旧时官僚的仆役。　⑲题：指上过题本，题本即后来的奏摺。　⑳盼（pàn）调：民间小曲调名。

叠居奇程客得助　三救厄海神显灵

诗曰：

> 窈渺神奇事，文人多寓言。
>
> 其间应有实，岂必尽虚玄？

话说世间稗官野史中，多有纪载那遇神、遇仙、遇鬼、遇怪，情欲相感之事。其间多有偶因所感，撰造出来的。如牛僧孺《周秦行纪》，道是僧孺落第时，遇着薄太后，见了许多异代、本朝妃嫔、美人，如戚夫人、齐潘妃、杨贵妃、昭君、绿珠，诗词唱和，又得昭君伴寝，许多怪诞的话。却乃是李德裕与牛僧孺有不解之仇，教门客韦瓘作此记诬着他。只说是他自己做的，中怀不臣之心，妄言污蔑妃后，要坐他族灭之罪。这个记中事体，可不是一些影也没有的了？又有那《后土夫人传》，说是韦安道遇着后土之神，到家做了新妇。被父母疑心是妖魅，请明崇俨行五雷天心正法，遣他不去。后来父母教安道自央他去，只得去了，却要安道随行。安道到他去处，看见五岳四渎之神，多来朝他。又召天后之灵，嘱他予安道官职钱钞。安道归家，果见天后传令洛阳城中访韦安道，与他做魏王府长史，赐钱五百万。说得有枝有叶，原来也是借此讥着天后的。后来宋太宗好文，太平兴国年间，使史官编集从来小说，以类分载，名为《太平广记》。不论真的假的，一总收拾在内。议论的道："上自神祇仙子，下及昆虫草木，无不受了淫亵污点。"道是其中之事，大略是不可信的。

不知天下的事，才有假，便有真。那神仙鬼怪固然有假托的，也原自有真实的。未可执了一个见识，道总是虚妄的事。只看《太平广记》以后许多记载之书，中间尽多遇神遇鬼的，说得的的确确，难道尽是假托出来不成？只是我朝嘉靖年间，蔡林屋所记辽阳海神一节，乃是千真万真的。盖是林屋先在京师，京师与辽阳相近，就闻得人说有个商人遇着海神的说话，半疑半信。后见辽东一个金宪、一个总兵到京师来，两人一样说话，说得详细，方信其实。也还只晓得在辽的事，以后的事不明白。直到林屋做了南京翰林苑孔目，撞着这人来游雨花台。林屋知道了，着人邀请他来相会，特问这话。方说得始末根由备备细细。林屋叙述他觌面①自己说的话，作成此传，无一句不真的。方知从古来有这样事的，不尽是虚诞了。

说话的，毕竟那个人是甚么人？那个事怎么样起？看官，听小子据着传文敷演出来。正是：

怪事难拘理，明神亦赋情。

不知精爽质，何以恋凡生？

话说徽州商人姓程，名宰，表字士贤，是彼处渔村大姓。世代儒门，少时多曾习读诗书。却是徽州风俗，以商贾为第一等生业，科第反在次着。正德初年，与兄程宷将了数千金，到辽阳地方为商，贩卖人参、松子、貂皮、东珠之类。往来数年，但到处必定失了便宜，耗折了资本，再没一番做得着。徽人因是专重那做商的，所以凡是商人归家，外而宗族朋友，内而妻妾家属，只看你所得归来的利息多少为重轻。得利多的，尽皆爱敬趋奉；得利少的，尽皆轻薄鄙笑。犹如读书求名的中与不中归来的光景一般。程宰弟兄两人因是做折了本钱，怕归来受人笑话，羞惭惨沮，无面目见江东父老②，不思量还乡去了。

那徽州有一般做大商贾的，在辽阳开着大铺子。程宰兄弟因是平日是惯做商的，熟于帐目出入，盘算本利。这些本事，是商贾家最用得着的。他兄弟自无本钱，就有人出些束脩③，请下了他，专掌帐目，徽州人称为二朝奉。兄弟两人，日里只在铺内掌帐，晚间却在自赁的下处歇宿。那下处一带两间，兄弟各住一间，只隔得中间一垛板壁。住在里头，就象客店一般湫隘④，有甚快活？也是没奈何，勉强度日。

如此过了数年，那年是戊寅年秋间了。边方地土，天气早寒。一日晚间，风雨暴作。程宰与兄各自在一间房中，拥被在床，想要就枕。因是寒气逼人，程宰不能成寐。翻来覆去，不觉思念家乡起来。只得重复穿了衣服，坐在床里，浩叹数声。自想如此凄凉情状，不如早死了倒干净。此时灯烛已灭，又无月光，正在黑暗中苦挨着寒冷。忽地一室之中，豁然明朗，照耀如同白日。室中器物之类，纤毫皆见。程宰心里疑惑。又觉异香扑鼻，氤氲满室，毫无风雨之声，顿然和暖，如江南二三月的气候起来。程宰越加惊愕，自想道："莫非在梦境中了？"不免走出外边，看是如何。他原披衣服在身上的，亟跳下床来，走到门边，开出去看。只见外边阴黑风雨，寒冷得不可当，慌忙奔了进来。才把门关上，又是先前光景，满室明朗，别是一般境界。程宰道："此必是怪异。"心里慌怕，不敢移动脚步，只在床上高声大叫。其兄程寀止隔得一层壁，随你喊破了喉咙，莫想答应一声。

程宰着了急，没奈何了，只得钻在被里，把被连头盖了，撒得紧紧，向里壁睡着。图得个眼睛不看见，凭他怎么样了。

却是心里明白，耳朵里听得出的。远远的似有车马喧闐之声，空中管弦金石音乐迭奏，自东南方而来。看看相近。须臾之间，已进房中。程宰轻轻放开被角，露出眼睛偷看。只见三个美妇人，朱颜绿鬓，明眸皓齿，冠帔盛饰，有像世间图画上后妃的打扮。浑身上下，金翠珠玉，光采夺目。容色风度，一个个如天上仙人，绝不似凡间模样。年纪多只可二十余岁光景。前后侍女无数，尽皆韶丽非常。各有执事，自分行列。但见：

> 或提缾，或挥扇；或张盖，或带剑；或持节，或捧琴；或秉烛花，或挟图书；或列宝玩，或荷旌幢；或拥衾裯，或执巾帨；或奉盘匜，或擎如意；或举肴核，或陈屏障；或布几筵，或陈音乐。

虽然纷纭杂沓，仍自严肃整齐。只此一室之中，随从何止数百。

说话的，你错了，这一间空房，能有多大，容得这几百人？若一个个在这扇房门里走将进来，走也走他一两个更次，挤也要挤坍了。看官，不是这话。列位曾见《维摩经》上的说话么？那维摩居士，止方丈之室，乃有诸天⑤，皆在室内，又容得十万八千狮子坐⑥。难道是地方着得去？无非是法相神通。今程宰一室有限，那光明镜界无尽。譬如一面镜子，能有多大？内中也着了无尽物像。这只是个现相。所以容得数百个人，一时齐在面前，原不是从门里一个两个进来的。

闲话休絮，且表正事。那三个美人，内中一个更觉齐整些的，走到床边，将程宰身上抚摩一过。随即开莺声，吐燕语，微微笑道：“果然睡熟了么？吾非是有害于人的。与郎君有夙缘，特来相就，不必见疑。且吾已到此，万无去理。郎君便高呼大叫，必无人听见，枉自苦耳。不如作速起来，与吾相见。”程宰听罢，心里想道：“这等灵变光景，非是神仙，即是鬼怪。

他若要摆布着我，我便不起来，这被头里岂是躲得过的？他既说是有凤缘，或者无害也不见得。我且起来见他，看是怎地？"遂一縠辘⑦跳将起来，走下卧床。整一整衣襟，跪在地下道："程宰下界愚夫，不知真仙降临，有失迎迓。罪合万死，伏乞哀怜。"美人急将纤纤玉手，一把拽将起来道："你休惧怕，且与我同坐着。"挽着程宰之手，双双南面坐下。那两个美人，一个向西，一个向东，相对侍坐。

坐定，东西两美人道："今夕之会，数非偶然，不要自生疑虑。"即命侍女设酒进馔，品物珍美，生平目中所未曾睹。才一举箸，心胸顿爽。美人又命取红玉莲花卮进酒。卮形绝大，可容酒一升。程宰素不善酌，竭力推辞不饮。美人笑道："郎怕醉么？此非人间曲蘖所酝，不是吃了迷性的。多饮不妨。"手举一卮，亲奉程宰。程宰不过意，只得接了到口。那酒味甘芳，却又爽滑清冽，毫不粘滞，虽醴泉甘露的滋味，有所不及。程宰觉得好吃，不觉一卮俱尽。美人又笑道："郎信吾否？"一连又进数卮，三美人皆陪饮。程宰越吃越清爽，精神顿开，略无醉意。每进一卮，侍女们八音齐奏，音调清和，令人有超凡遗世之想。

酒阑，东西二美人起身道："夜已向深，郎与夫人可以就寝矣。"随起身褰帷拂枕，叠被铺床，向南面坐的美人告去。其余侍女，一同随散。眼前几百器具，霎时不见。门户皆闭，又不知打从那里去了。

当下止剩得同坐的美人一个，挽着程宰道："众人已散，我与郎解衣睡罢。"程宰私自想道："我这床上布衾草褥，怎么好与这样美人同睡的？"举眼一看，只见枕衾帐褥，尽皆换过，锦绣珍奇，一些也不是旧时的了。程宰虽是有些惊惶，却已神魂飞越，心里不知如何才好。只得一同解衣登床。美人卸了簪珥，徐徐解开髻发绺辫，总绾起一窝丝来。那发又长又黑，光明可鉴。脱下里衣，肌肤莹洁，滑若凝脂，侧身相就。程宰汤着，遍体酥麻了。真个是：

> 丰若有余，柔若无骨。云雨初交，流丹浃藉。若
> 远若近，宛转娇怯。俨如处子，含苞初坼。

程宰客中荒凉，不意得了此味，真个魂飞天外，魄散九霄。实出望外，喜之如狂。美人也自爱着程宰，枕上对他道："世间花月之妖，飞走之怪，往往害人。所以世上说着便怕，惹人憎恶。我非此类，郎慎勿疑。我得与郎相遇，虽不能大有益于郎，亦可使郎身体康健，资用丰足。倘有患难之处，亦可出小力周全。但不可漏泄风声。就是至亲如兄，亦慎勿使知道。能守吾戒，自今以后便当恒奉枕席，不敢有废。若一有漏言，不要说我不能来；就有大祸临身，吾也救不得你了。慎之，慎之。"程宰闻言甚喜，合掌罚誓道："某本凡贱，误蒙真仙厚德。虽粉骨碎身，不能为报。既承法旨，敢不铭心？倘违所言，九死无悔。"誓毕，美人大喜，将手来勾着程宰之颈，说道："我不是仙人，实海神也。与郎有夙缘甚久，故来相就耳。"语话缠绵，恩爱万状，不觉邻鸡已报晓二次。美人揽衣起道："吾今去了，夜当复来。郎君自爱。"说罢，又见昨夜东西坐的两个美人，与众侍女齐到床前，口里多称："贺喜夫人、郎君！"美人走下床来，就有捧家伙的侍女，各将梳洗应用的物件，伏侍梳洗罢，仍带簪珥冠帔，一如昨夜光景。美人执着程宰之手，叮咛再四："不可泄漏。"徘徊眷恋，不忍舍去。众女簇拥而行，尚回顾不止。人间夫妇，无此爱厚。程宰也下了床，穿了衣服，伫立细看，如痴似呆，欢喜依恋之态不能自禁。转眼间室中寂然，一

无所见。看那门窗，还是昨日关得好好的。回头再看房内，但见：

> 土坑上铺一带荆筐，芦席中拖一条布被。歌颓墙
> 角，堆零星几块煤烟；坍塌地罏，摆缺绽一行瓶罐。
> 浑如古庙无香火，一似牢房不洁清。

程宰恍然自失道："莫非是做梦么？"定睛一想，想那饮食笑语，以及交合之状，盟誓之言，历历有据，绝非是梦寐之境。肚里又喜又疑。

顷刻间，天已大明。程宰思量道："吾且到哥哥房中去看一看。莫非夜来事体，他有些听得么？"走到间壁，叫声："阿哥！"程窠正在床上起来，看见了程宰，大惊道："你今日面上神彩异常，不似平日光景，甚么缘故？"程宰心里踌躇道："莫非果有些甚么怪样，惹他们疑心？"只得假意说道："我与你时乖运蹇，失张失志，落魄在此，归家无期。昨夜暴冷，愁苦的当不得，展转悲叹，一夜不曾合眼，阿哥必然听见的。有甚么好处？却说我神彩异常起来！"程窠道："我也苦冷，又想着家乡，通夕不寐。听你房中，静悄悄地不闻一些声响，我怪道你这样睡得熟，何曾有愁叹之声？却说这个话！"程宰见哥哥说了，晓得哥哥不曾听见夜来的事了，心中放下了疙瘩。等程窠梳洗了，一同到铺里来。

那铺里的人见了程宰，没一个不吃惊道："怎地今日程宰哥面上这等光彩？"程窠对兄弟笑道："我说么！"程宰只做不晓得，不来接口。却心里也自觉神思清爽，肌肉润泽，比平日不同，暗暗快活，惟恐他不再来了。

是日频视晷影，恨不速移。刚才傍晚，就回到下处。托言腹痛，把门扃闭，静坐虔想，等待消息。到得街鼓初动，房内

忽然明亮起来，一如昨夜的光景。程宰顾盼间，但见一对香炉前导，美人已到面前。侍女止是数人，仪从之类稀少，连那傍坐的两个美人也不来了。美人见程宰嘿坐相等，笑道："郎果有心如此，但须始终如一方好。"即命侍女设馔进酒，欢谑笑谈，更比昨日熟分亲热了许多。须臾彻席就寝，侍女俱散。顾看床褥，并不曾见有人去铺设，又复锦绣重叠。程宰心忖道："床上虽然如此，地下尘埃秽污，且看是怎么样的。"才一起念，只见满地多是锦裀铺衬，毫无寸隙了。是夜两人绸缪好合，愈加亲狎。依旧鸡鸣两度，起来梳妆而去。

此后人定即来，鸡鸣即去，率以为常，竟无虚夕。每来必言语喧闹，音乐铿锵。兄房只隔层壁，到底影响不闻，也不知是何法术如此。

自此情爱愈笃。程宰心里想要甚么物件，即刻就有，极其神速。一日偶思闽中鲜荔枝，即有带叶百余颗，香味珍美，颜色新鲜，恰象树上才摘下来的。又说："此味只有江南杨梅可以相匹。"便有杨梅一枝，坠于面前。枝上有二万余颗，甘美异常。此时已是深冬，况此二物皆不是北地所产，不知何自得来？又一夕谈及鹦鹉，程宰道："闻得说有白的，惜不曾见。"才说罢，便有几只鹦鹉飞舞将来，白的、五色的多有。或诵佛经，或歌诗赋，多是中土官话。一日，程宰在市上看见大商将宝石二颗来卖，名为硬红。色若桃花，大似拇指，索价百金。程宰夜间与美人说起，口中啧啧，称为罕见。美人抚掌大笑道："郎如此眼光浅，真是夏虫不可语冰，我教你看着！"说罢，异宝满室。珊瑚有高丈余的，明珠有如鸡卵的，五色宝石有大如栲栳的，光艳夺目，不可正视。程宰左顾右盼，应接不暇。须臾之间，尽皆不见。

程宰自思:"我夜间无欲不遂,如此受用,日里仍是人家佣工,美人那知我心事来?"遂把往年贸易耗折了数千金,以致流落于此,告诉一遍,不胜嗟叹。美人又抚掌大笑道:"正在欢会时,忽然想着这样俗事来,何乃不脱洒如此!虽然,这是郎的本业,也不要怪你。我再教你看一个光景。"说罢,金银满前,从地上直堆至屋梁边,不计其数。美人指着问程宰道:"你可要么?"程宰是个做商人的,见了偌多金银,怎不动火?心热口馋,支手舞脚,却待要取。美人将箸去馔碗内夹肉一块,掷程宰面上道:"此肉粘得在你面上么?"程宰道:"此是他肉,怎粘得在吾面上?"美人指金银道:"此亦是他物,岂可取为己有?若目前取了些,也无不可。只是非分之物,得了反要生祸。世人为取了不该得的东西,后来加倍丧去的,或连身子不保的,何止一人一事?我岂忍以此误你?你若要金银,你可自去经营,吾当指点路径,暗暗助你,这便使得。"程宰道:"只这样也好了。"

其时是己卯初夏,有贩药材到辽东的,诸药多卖尽,独有黄柏、大黄两味卖不去,各剩下千来斤。此是贱物,所值不多。那卖药的见无人买,只思量丢下去了。美人对程宰道:"你可去买了他的,有大利钱在里头。"程宰去问一问价钱,那卖的巴不得脱手,略得些就罢了。程宰深信美人之言,料必不差。身边积有佣工银十来两,尽数买了他的归来,搬到下处。哥子程寀看见累累堆堆,偌多东西,却是两味草药。问知是十多两银子买的,大骂道:"你敢失心疯了?将了有用的银子,置这样无用的东西!虽然买得贱,这偌多几时脱得手去,讨得本利到手?有这样失算的事!"谁知隔不多日,辽东疫疠盛作,二药各铺多卖缺了,一时价钱腾贵起来。程宰所有,多得了好价,卖得罄尽，共卖了五百余两。程宰不知就里，只说是兄弟偶然造化到了，做着了这一桩生意，大加欣羡。道："幸不可屡侥。今既有了本钱，该图些傍实的利息，不可造次了。"程宰自有主意，只不说破。

过了几日，有个荆州商人贩彩缎到辽东的，途中遭雨湿塺黯，多发了斑点，一匹也没有颜色完好的。荆商日夜啼哭，惟恐卖不去。只要有捉手，便可成交，价钱甚是将就。美人又对程宰道："这个又该做了。"程宰罄将前日所得五百两银子，买了他五百匹，荆商大喜而去。程宰见了道："我说你福薄。前日不意中得了些非分之财，今日就倒灶⑧了。这些彩缎，全靠颜色。颜色好时，头二两⑨一匹，还有便宜。而今斑斑点点，那个要他？这五百两不撩在水里了？似此做生意，几能够挣得好日回家？"说罢大恸。众商伙中知得这事，也有惜他的，也有笑他的。谁知时运到了，自然生出巧来。程宰顿放彩缎，不上一月，江西宁王宸濠造反，杀了巡抚孙公、副使许公，谋要顺流而下，破安庆，取南京，僭宝位。东南一时震动。朝廷急调辽兵南讨。飞檄到来，急如星火。军中戎装旗帜之类，多要整齐。限在顷刻。这个边地上，那里立地有这许多缎匹？一时间价钱腾贵起来。只买得有就是，好歹不论。程宰所买这些斑斑点点的，尽多得了三倍的好价钱。这一番除了本钱五百两，分外足足撰⑩了千金。

庚辰秋间，又有苏州商人贩布三万匹到辽阳。陆续卖去，已有二万三四千匹了；剩下粗些的，还有六千多匹。忽然家信到来，母亲死了，急要奔丧回去。美人又对程宰道："这件事又该做了。"程宰两番得利，心知灵验，急急去寻他讲价。那苏商先卖去的，得利已多了。今止是余剩，况归心已急，只要一伙卖，便照原来价钱也罢。程宰遂把千金，尽数买了他这六千多匹回来。明年辛巳三月，武宗皇帝驾崩，天下人多要戴着国丧。辽东远在塞外，地不产布，人人要件白衣，一时那讨得许多布来？一匹粗布，就卖得七八钱银子。程宰这六千匹，又卖了三四千两。

如此事体，逢着便做。做来便稀奇古怪，得利非常。记不得许多。四五年间，展转弄了五七万两。比昔年所折的，倒多了几十倍了。正是：

> 人弃我堪取，奇赢自可居。
>
> 虽然神暗助，不得浪贪图。

且说辽东起初闻得江西宁王反时，人心危骇，流传讹言，纷纷不一。有的说在南京登基了，有的说兵过两淮了，有的说过了临清，到德州了。一日几番说话，他不知那句是真，那句是假。程宰心念家乡切近，颇不自安，私下问美人道："那反叛的到底如何？"美人微笑道："真天子自在湖湘之间，与他甚么相干？他自要讨死吃，故如此猖狂，不日就擒了。不足为虑。"此是七月下旬说的，再过月余，报到，果然被南赣巡抚王阳明擒了解京。程宰见美人说天子在湖湘，恐怕江南又有战争之事，心中仍旧惧怕。再问美人。美人道："不妨，不妨。国家庆祚灵长，天下方享太平之福，只在一二年了。"后来嘉靖自湖广兴藩，入继大统，海内安宁，悉如美人之言。

到嘉靖甲申年间，美人与程宰往来已是七载。两情缱绻，犹如一日。程宰囊中幸已丰富，未免思念故乡起来。一夕，对美人道："某离家已二十年了。一向因本钱耗折，回去不得。今蒙大造，囊资丰饶，已过所望。意欲暂与家兄归到乡里，一见妻子，便当即来。多不过一年之期，就好到此，永奉欢笑。不知可否？"美人听罢，不觉惊叹道："数年之好，止于此乎！郎宜自爱，勉图后福，我不得伏侍左右了。"欷歔泣下，悲不自胜。程宰大骇道："某暂时归省，必当速来，以图后会。岂敢有负恩私？夫人乃说此断头话！"美人哭道："大数当然，彼此做不得主。郎适发此言，便是数当永诀了。"

言犹未已，前日初次来的东、西二美人及诸侍女仪从之类，一时皆集。音乐竞奏，盛设酒筵。美人自起酌酒相劝，追叙往时初会，与数年情爱，每说一句，哽咽难胜。程宰大声号恸，自悔失言。恨不得将身投地，将头撞壁。两情依依，不能相舍。诸女前来禀白道："大数已终，法驾齐备。速请夫人登途，不必过伤了。"美人执着程宰之手，一头垂泪，一头分付道："你有三大难，今将近了。时时宜自警省，至期吾自来相救。过了此后，终身吉利，寿至九九，吾当在蓬莱三岛，等你来续前缘。你自宜居心清净，力行善事，以副吾望。吾与你身虽隔远，你一举一动，吾必晓得。万一做了歹事，以致堕落，犯了天条，吾也无可周全了。后会迢遥，勉之，勉之。"叮咛了又叮咛，何止十来番。程宰此时神志俱丧，说不出一句话，只好唯唯应承，苏苏落泪而已。正是：

> 世上万般哀苦事，无非死别与生离。
>
> 天长地久有时尽，此恨绵绵无限期。

须臾，邻鸡群唱，侍女催促，诀别启行。美人还回头顾盼了三四番，方才寂然一无所见。但有：

> 蟋蟀悲鸣，孤灯半灭。凄风萧飒，铁马玎珰。曙星东升，银河西转。顷刻之间，已如隔世。

程宰不胜哀痛。望着空中，禁不住的号哭起来。才发得声，哥子程寀隔房早已听见。不象前番，随你间壁翻天覆地，总不知道的。哥子闻得兄弟哭声，慌忙起来，问其缘故。程宰支吾道："无过是思想家乡。"口里强说，声音还是凄咽的。程案道："一向流落，归去不得。今这几年来，生意做得着，手头饶裕，要归不难。为何反哭得这等悲切起来？从来不曾见你如此，想必有甚伤心之事，休得瞒我。"程宰被哥子说破，晓得瞒不住，只得把昔年遇合美人，夜夜的受用，及生意所以做得着，以致丰富，皆出美人之助，从头至尾述了一遍。程案惊异不已，望空礼拜。明日与客商伴里说了。辽阳城内外，没一个不传说程士贤遇海神的奇话。程宰自此终日郁郁不乐，犹如丧偶一般。与哥子商量，收拾南归。

　　其时有个叔父在大同做卫经历，程宰有好几时不相见了。想道："今番归家，不知几时又到得北边。须趁此便，打那边走一遭，看叔叔一看去。"先打发行李资囊，付托哥子程案监押，从潞河下在船内，沿途等候着他。他自己却雇了一个牲口，由京师出居庸关，到大同地方。见了叔父，一家骨肉久别相聚，未免留连几日，不得动身。晚上睡去，梦见美人走来催促道："祸事到了，还不快走？"程宰记得临别之言，慌忙向叔父告行。叔父又留他饯别。直到将晚，方出得大同城门。时已天黑，程宰道："总是前途赶不上多少路罢了，不如就在城外且安宿了一晚，明日早行。"睡到三鼓，梦中美人又来催道："快走，快走。大难就到，略迟脱不去了。"程宰当时惊醒，不管天早天晚，骑了牲口，忙赶了四五里路。只听得炮声连响，回头看那城外时，火光烛天，照耀如同白日。原来是大同军变。

　　且道如何是大同军变？大同参将贾鉴，不给军士行粮。军士鼓噪，杀了贾鉴。巡抚都御史张文锦出榜招安，方得平静。张文锦密访了几个为头的，要行正法，正差人出来擒拿，军士重番鼓噪起来，索性把张巡抚也杀了，据了大同，谋反朝廷。要搜寻内外壮丁，一同叛逆，故此点了火把出城。凡是饭店经商，尽被拘刷了转去。收在伙内，无一得脱。若是程宰迟了些个，一定也拿将去了。此是海神来救了第一遭大难了。

程宰得脱，兼程到了居庸。夜宿关外，又梦见美人来催道："趁早过关。略迟一步，就有牢狱之灾了。"程宰又惊将起来。店内同宿的，多不曾起身，他独自一个，急到关前挨门而进。行得数里，忽然宣府军门行将文书来：因为大同反乱，恐有奸细混入京师，凡是在大同来进关者，不是公差吏人有官文照验在身者，尽收入监内，盘诘明白，方准释放。是夜与程宰同宿的人，多被留住，下在狱中。后来有到半年方得放出的，也有染了病竟死在狱中的。程宰若非文书未到之前，先走脱了，便干净无事，也得耐烦坐他五七月的监。此是海神来救他第二遭的大难了。

程宰赶上了潞河船只，见了哥子，备述一路遇难，因梦中报信得脱之故，两人感念不已。一路无话，已到了淮安府高邮湖中，忽然：

黑云密布，狂风怒号。水底老龙惊，半空猛虎啸。左掀右荡，浑如落在簸箕中；前跻后擷，宛似滚起饭锅内。双桅折断，一舵飘零。等闲要见阎王，立地须游水府。

正在危急之中，程宰忽闻异香满船，风势顿息。须臾黑雾四散，中有彩云一片，正当船上。云中现出美人模样来，上半身毫发分明，下半身霞光拥蔽，不可细辨。程宰明知是海神又来救他，况且别过多时，不能厮见，悲感之极，涕泗交下，对着云中，只是磕头礼拜。美人也在云端举手答礼，容色恋恋，良久方隐。

船上人多不见些甚么，但见程宰与空中施礼之状，惊疑来问。程宰备说缘故如此，尽皆瞻仰。此是海神来救他第三遭的大难。此后再不见影响了。

后来程宰年过六十，在南京遇着蔡林屋时，容颜只像四十来岁的，可见是遇着异人无疑。若依着美人蓬莱三岛之约，他日必登仙路也。但不知程宰无过是个经商俗人，有何缘分，得有此一段奇遇。说来也不信，却这事是实实有的。可见神仙鬼怪之事，未必尽无。有诗为证：

> 流落边关一俗商，却逢神眷不寻常。
> 宁知钟爱缘何许，谈罢令人欲断肠。

选自《二刻拍案惊奇》

【题解】

"世代儒门，少时多曾习读诗书"的程宰，不务举业，反择末技，离开家乡徽州，远到辽阳地方经商，这不是偶然的。徽商曾经在历史上十分盛大，程宰置身其间，"以商贾为第一等生业，科举反在次着"的观念也支配着他，不仅如此，本篇中出现的尘嚣之上的海神也沾染着商人气，她爱上了程宰，从两情欢洽出发，为程宰出谋划策、指点迷津，做成了若干大生意。海神是虚构的，其实反映着世情，反映着比徽州更大范围的社会真实，反映着商业经济繁荣的真实。我们试着分析一下海神点拨的内容，不难发现主要是一些信息，及时掌握信息可以说是程宰发财的关键。不过，那么多重要信息究竟从何而来，本篇说是由与程宰有情的海神提供的，这当然是"假"的，是一种幻想，但这种幻想却表明了真情，对于商人来说，商业信息是何等地重要。

【注释】

①觌（dí）面：见面、当面。　②江东父老：这里借指家乡父老。　③束脩：也作"束修"，指酬金。　④湫（jiǎo）隘：低下狭小。　⑤诸天：指众天神。　⑥狮子坐：一作"狮子座"，佛所坐之处。　⑦一毂辘：毂辘，车轮。形容翻身一滚。　⑧倒灶：俗谓时运多乖之意。　⑨头二两：一二两。⑩撰：同"赚"。

神偷寄兴一枝梅　侠盗惯行三昧戏

诗曰：

> 剧贼从来有贼智，其间妙巧亦无穷。
>
> 若能收作公家用，何必疆场不立功？

自古说孟尝君养食客三千，鸡鸣狗盗的多收拾在门下。后来被秦王拘留，无计得脱。秦王有个爱姬传语道："闻得孟尝君有领狐白裘，价值千金。若将来送了我，我替他讨个人情，放他归去。"孟尝君当时只有一领狐白裘，已送上秦王，收藏内库，那得再有？其时狗盗的便献计道："臣善狗偷，往内库去偷将出来便是。"你道何为狗偷？乃是此人善做狗嗥。就假做了狗，爬墙越壁，快捷如飞，果然把狐白裘偷了出来。送与秦宫爱姬，才得善言放脱，连夜行到函谷关。孟尝君恐怕秦王有悔，后面追来，急要出关。当得关上直等鸡鸣才开。孟尝君着了急，那时食客道："臣善鸡鸣，此时正用得着。"就曳起声音，学作鸡啼起来，果然与真无二。啼得两三声，四下群鸡皆啼。关吏听得，把关开了，孟尝君才得脱去。

孟尝君平时养了许多客，今脱秦难，却得此两小人之力。可见天下寸长尺技俱有用处。而今世上只重着科目，非此出身，纵有奢遮的一概不用。所以有奇巧智谋之人，没处设施，多赶去做了为非作歹的勾当。若是善用人材的收拾将来，随宜酌用，未必不得他气力，且省得他流在盗贼里头去了。

且如宋朝临安有个剧盗，叫做"我来也"。——不知他姓甚名谁，但是他到人家偷盗了物事，一些踪影不露出来，只是临行时，壁上写着"我来也"三个大字。第二日人家看见了字，方才简点家中，晓得失了贼。若无此字，竟是神不知鬼不觉的，煞好手段。临安中受他蒿恼①不过，纷纷告状。府尹责着缉捕使臣，严行挨查，要获着真正写"我来也"三字的贼人。却是没个姓名，知是张三、李四？拿着那个才肯认帐？使臣人等受那比较②不过，只得用心体访。原来随你巧贼，须瞒不过公人。占风望气，定然知道的。只因拿得甚紧，毕竟不知怎的缉着了他的真身，解到临安府里来。

府尹升堂。使臣禀说："缉着了真正'我来也'，虽不晓得姓名，却正是写这三字的。"府尹道："何以见得？"使臣道："小人们体访甚真，一些不差。"那个人道："小人是良民，并不是甚么'我来也'，公人们比较不过，拿小人来冒充的。"使臣道："的是真正的，贼口听他不得。"府尹只是疑心。使臣们禀道："小人们费了多少心机，才访得着。若被他花言巧语脱了出去，后来小人们再没处拿了。"府尹欲待要放，见使臣们如此说，又怕是真的，万一放去了，难以寻他，再不好比较缉捕的了。只得权发下监中收监。

那人一到监中，便好言对狱卒道："进监的旧例，该有使费。我身边之物，尽被做公的搜去。我有一主银两，在岳庙里神座破砖之下，送与哥哥做拜见钱。哥哥只做去烧香，取了来。"狱卒似信不信，免不得跑去一看。果然得了一包东西，约有二十余两。狱卒大喜，遂把那人好好看待，渐加亲密。

一日，那人又对狱卒道："小人承蒙哥哥盛情，十分看待得好。小人无可报效。还有一主东西，在某处桥垛之下，哥哥去取了，也见小人一点敬意。"狱卒道："这个所在是往来之所，人眼极多，如何取得？"那人道："哥哥将个筐篮盛着衣服，到那河里去洗。摸来放在篮中，就把衣服盖好，却不拿将来了？"狱卒依言，如法取了来，没人知觉。简简物事，约有百金之外。狱卒一发喜谢不尽，爱厚那人，如同骨肉。晚间买酒请他。酒中那人对狱卒道："今夜三更，我要到家里去看一看，五更即来。哥哥可放我出去一遭。"狱卒思量道："我受了他许多东西，他要出去，做难不得。万一不来了怎么处？"那人见狱卒迟疑，便道："哥哥不必疑心。小人被做公的冒认做'我来也'，送在此间。既无真名，又无实迹，须问不得小人的罪，小人少不得辨出去。一世也不私逃的。但请哥哥放心，只消两个更次，小人仍旧在此了。"狱卒见他说得有理，想道："一个不曾问罪的犯人，就是失了，没甚大事。他现与了我许多银两，拼得与他使用些，好歹糊涂得过。况他未必不来的。"就依允放了他。那人不由狱门，竟在屋檐上跳了去。屋瓦无声，早已不见。

到得天未大明，狱卒宿酒未醒，尚在朦胧，那人已从屋檐跳下。摇起狱卒道："来了，来了。"狱卒惊醒，看了一看道："有这等信人！"那人道："小人怎敢不来，有累哥哥？多谢哥哥放了我去，已有小小谢意留在哥哥家里，哥哥快去收拾了来。小人就要别了哥哥，当官出监去了。"狱卒不解其意，急回到家中。家中妻子说："有件事正要你回来得知。昨夜更鼓尽时，不知梁上甚么响，忽地掉下一个包来。解开看时，尽是金银器物。敢是天赐我们的？"狱卒情知是那人的缘故，急摇手道："不要露声。快收拾好了，慢慢受用。"狱卒急转到监中，又谢了那人。

须臾，府尹升堂，放告牌出。只见纷纷来告盗情事，共有六七纸。多是昨夜失了盗，墙壁上俱写得有"我来也"三字，恳求着落缉捕。府尹道："我原疑心前日监的未必是真'我来也'，果然另有这个人在那里。那监的岂不冤枉？"即叫狱卒来分付，快把前日监的那人放了。另行责着缉捕使臣，定要访个真正"我来也"解官，立限比较。岂知真的却在眼前放去了？只有狱卒心里明白，伏他神机妙用。受过重贿，再也不敢说破。

看官，你道如此贼人智巧，可不是有用得着他的去处么？这是旧话，不必说，只是我朝嘉靖年间，苏州有个神偷懒龙，事迹颇多。虽是个贼，煞是有义气，兼带着戏耍，说来有许多好笑好听处。有诗为证：

> 谁道偷无道，神偷事每奇。
> 更看多慷慨，不是俗偷儿！

话说苏州亚字城东，玄妙观前第一巷，有一个人，不晓得他的姓名，后来他自号懒龙，人只称呼他是懒龙。其母村居，偶然走路遇着天雨，走到一所枯庙中避着，却是草鞋三郎庙。其母坐久，雨尚不住。昏昏睡去，梦见神道与他交感。归来有妊。满了十月，生下这个懒龙来。懒龙生得身材小巧，胆气壮猛，心机灵变，度量慷慨。且说他的身体行径：

> 柔若无骨，轻若御风。大则登屋跳梁，小则扪墙摸壁。随机应变，看景生情。撮口则为鸡犬狸鼠之声，拍手则作箫鼓弦索之弄。饮啄有方，律吕相应。无弗酷肖，可使乱真。出没如鬼神，去来如风雨。果然天下无双手，真是人间第一偷。

懒龙不但伎俩巧妙，又有几件稀奇本事，诧异性格：自小就会着了靴在壁上走，又会说十三省[③]乡谈。夜间可以连宵不睡，日间可以连睡几日，不茶不饭，像陈抟一般。有时放量一吃，酒数斗，饭数升，不够一饱；有时不吃起来，便动几日不饿。鞋底中用稻草灰做衬，走步绝无声响。与人相扑，掉臂往来，倏忽如风。想来《剑侠传》中白猿公，《水浒传》中鼓上蚤，其矫捷不过如此。

自古道："性之所近。"懒龙既有这一番哼嚒④，便自藏埋不住，好与少年无赖的人往来，习成偷儿行径。一时偷儿中高手，有：

芦茄茄（骨瘦如青芦枝，探丸白打最胜）；

刺毛鹰（见人辄隐伏，形如蚤蝱，能宿梁壁上）；

白搭膊（以素练为腰缠，角上挂大铁钩。以钩向上抛掷，遇罥挂，便攀缘腰缠上升，欲下亦借钩力，梯其腰缠，翩然而落）。

这数个多是吴中高手，见了懒龙手段，尽皆心伏，自以为不及。懒龙原没甚家缘家计，今一发弃了，到处为家，人都不晓得他歇在那一个所在。白日行都市中，或闪入人家，但见其影，不见其形。暗夜便窃入大户、朱门寻宿处：玳瑁梁间，鸳鸯楼下，绣屏之内，画阁之中，缩做刺猬一团，没一处不是他睡场。得便就做他一手。因是终日会睡，变幻不测如龙，所以人叫他懒龙。所到之处，但得了手，就画一枝梅花在壁上，在黑处将粉写白字，在粉墙将煤写黑字，再不空过。所以人又叫他做一枝梅。

嘉靖初年，洞庭两山出蛟，太湖边山崖崩塌，露出一古冢朱漆棺。宝物无数，尽被人盗去无遗。有人传说到城，懒龙偶同亲友泛湖，因到其处。看见藤蔓缠棺，已被斩断。开发棺中，惟枯骸一具，冢傍有断碑模糊。懒龙道是古来王公之墓，不觉侧然，就与他掩蔽了。即时出些银两，雇本处土人聚土埋藏好了，把酒浇奠。奠毕将行，懒龙见草中一物碍脚。俯首取起，乃是古铜镜一面。急藏袜中，不与人见。及到城中，将往僻处，刷净泥滓细看。那镜小小，只有四五寸。面上精光闪烁，背上鼻钮四旁，隐起穷奇⑤饕餮、鱼龙波浪之形。满身青绿，尽蚀朱砂、水银之色。试敲一下，其声泠然。晓得是件宝贝，将来佩带身边。到得晚间，将来一照，暗处皆明，雪白如昼。懒龙得了此镜，出入不离，夜行更不用火，一发添了一助。别人怕黑时节，他竟同日里行走，偷法愈便。

却是懒龙虽是偷儿行径，却有几件好处：不肯淫人家妇女；不入良善与患难之家；许了人说话，再不失信。亦且仗义疏财，偷来东西随手散与贫穷负极之人；最要薅恼那悭吝财主、无义富人，逢场作戏，做出笑话。因此到所在，人多倚草附木，成行逐队来皈依他，义声赫然。懒龙笑道："吾无父母妻子可养。借这些世间余财，聊救贫人，正所谓损有余，补不足，天道当然。非关吾的好义也。"

一日有人传说：一个大商下千金在织人周甲家。懒龙要去取他的。酒后错认了所在，误入了一个人家。其家乃是个贫人，房内止有一张大几。四下一看，别无长物。既已进了房中，一时不好出去，只得伏在几下。看见贫家夫妻对食，盘餐萧瑟。夫满面愁容，对妻道："欠了客债要紧，别无头脑⑥可还，我不如死了罢。"妻子道："怎便寻死？不如把我卖了，还好将钱营生。"说罢，夫妻泪如雨下。懒龙忽然跳将出来，夫妻慌怕。懒龙道："你两个不必怕我，我乃懒龙也。偶听人言，来寻一个商客，错走至此。今见你每生计可怜，我当送二百金与你，助你经营。快不可别寻道路，如此苦楚。"夫妻素闻其名，拜道：

"若得义士如此厚恩，吾夫妻死里得生了。"懒龙出了门去，一个更次，门内铿然一响。夫妻走起看时，果然一个布囊，有银二百两在内，——乃是懒龙是夜取得商人之物。夫妻喜跃非常，写个懒龙牌位，奉事终身。

有一贫儿，少时与懒龙游狎，后来消乏。与懒龙途中相遇，身上蓝缕，自觉羞惭，引扇掩面而过。懒龙揢住其衣，问道："你不某舍⑦么？"贫儿踧踖道："惶恐，惶恐。"懒龙道："你一贫至此，明日当同你入一大家，取些来付你。勿得妄言。"贫儿晓得懒龙手段，又是不哄人的。明日傍晚，来寻懒龙。懒龙与他共至一所，乃是士夫家池馆。但见：

> 暮鸦撩乱，碧树蒙笼。
>
> 万籁凄清，四隅寂静。

懒龙分付贫儿止住在外，自己竦身攀树，逾垣而入。许久不出。贫儿屏气吞声，蹲踞墙外。又被群犬嗥吠，赶来咋啮，贫儿绕墙走避。微听得墙内水响，倏有一物，如没水鸬鹚，从林影中坠地。仔细看看，却是懒龙，浑身沾湿，状甚狼狈。对贫儿道："吾为你几乎送了性命。里面黄金无数，可以斗量，我已取到了手。因为外边犬吠得紧，惊醒里面的人，追将出来。只得丢弃道傍，轻身走脱。此乃子之命也。"贫儿道："老龙平日手到拿来，今日如此，是我命薄。"叹息不胜。懒龙道："不必烦恼，改日别作道理。"贫儿怏怏而去。

过了一个多月，懒龙路上又遇着他，哀告道："我穷得不耐烦了。今日去卜问一卦，遇着上上大吉，财爻发动。先生说：'当有一场飞来富贵，是别人作成的。'我想，不是老龙，还那里指望？"懒龙笑道："吾几乎忘了。前日那家金银一箱，已到手了。若竟把来与你，恐那家发觉，你藏不过，做出事来。所以权放在那家水池内，再看动静。今已个月期程，不见声息，想那家不思量追访了。可以取之无碍。晚间当再去走遭。"贫儿等到薄暮，来约懒龙同往。懒龙一到彼处，但见：

度柳穿花，捷若飞鸟。

驰波溅沫，矫似游龙。

须臾之间，背负一箱而出。急到僻处开看，将着身带宝镜一照，里头尽是金银。懒龙分文不取，也不问多少，尽数与了贫儿。分付道："这些财物，可够你一世了。好好将去用度，不要学我懒龙混帐，半生不做人家⑧。"贫儿感激谢教，将着做本钱。后来竟成富家。懒龙所行之事，每多如此。

　　说话的，懒龙固然手段高强，难道只这等游行无碍，再没有失手时节？看官听说：他也有遇着不巧，受了窘迫，却会得逢急智生，脱身溜撒。

　　曾有一日走到人家，见衣橱开着，急向里头藏身，要取橱中衣服。不匡这家子临上床时，将衣橱关好，上了大锁，竟把懒龙锁在橱内了。懒龙出来不得，心生一计，把橱内衣饰紧缠在身，又另包下一大包，俱挨着橱门，口里就做鼠咬衣裳之声。主人听得，叫起老妪来道："为何把老鼠关在橱内了，可不咬坏了衣服？快开了橱，赶了出来。"老妪取火开橱。才开得门，那挨着门口包儿先滚了下地。说时迟，那时快，懒龙就这包滚下来头里，一同滚将出来，就势扑灭了老妪手中之火。老妪吃惊，大叫一声。懒龙恐怕人起难脱，急取了那个包，随将老妪要处一拨，扑的跌倒在地，望外便走。房中有人走起，地上踏着老妪，只说是贼，拳脚乱下。老妪喊叫连天。房外人听得房里嚷乱，尽奔将来。点起火一照，见是自家人厮打。方喊得住，懒龙不知已去过几时了。

有一织纺人家，客人将银子定下绸罗若干。其家夫妻收银子箱内，放在床里边。夫妻同寝在床，夜夜小心谨守。懒龙知道，要取他的。闪进房去，一脚踏了床沿，挽手进床内掇那箱子。妇人惊醒，觉得床沿上有物。暗中一摸，晓得是只人脚。急用手抱住不放，忙叫丈夫道："快起来，吾捉住贼脚在这里了。"懒龙即将其夫之脚，用手抱住一掐。其夫负痛，忙喊道："是我的脚，是我的脚。"妇人认是错拿了夫脚，即时把手放开。懒龙便掇了箱子，如飞出房。夫妻两人还争个不清，妻道："分明拿的是贼脚，你却教放了。"夫道："现今我脚掐得生疼，那里是贼脚？"妻道："你脚在里床，我拿的在外床，况且吾不曾掐着。"夫道："这等，是贼掐我的脚，你只不要放那只脚便是。"妻道："我听你喊将起来，慌忙之中，认是错了，不觉把手放松，他便抽得去了。着了他贼见识，定是不好了。"摸摸里床箱子，果是不见。夫妻两个，我道你错，你道我差，互相埋怨不了。

懒龙又走在一个买衣服的铺里，寻着他衣库，正要拣好的卷他。黑暗难认，却把身边宝镜来照。又道是：

> 隔墙须有耳，门外岂无人？

谁想隔邻人家，有人在楼上做房，楼窗看见间壁衣库亮光一闪，如闪电一般，情知有些尴尬。忙敲楼窗，向铺里叫道："隔壁仔细，家中敢有小人了。"铺中人惊起，口喊："捉贼"。懒龙听得在先，看见庭中有一只大酱缸，上盖蓬罩。懒龙慌忙揭起，蹲在缸中，仍复反手盖好。那家人提着灯各处一照，不见影响，寻到后边去了。懒龙在缸里想道："方才只有缸内不曾开看，今后头寻不见，此番必来。我不如往看过的所在躲去。"又思身上衣已染酱，淋漓开来，掩不得踪迹，便把衣服卸在缸内，赤身脱出来。把脚踪印些酱迹在地下，一路到门，把门开了。自己翻身进来，仍入衣库中藏着。

那家人后头寻了一转，又将火到前边来。果然把酱缸盖揭开，看时，却有一套衣服在内，认得不是家里的。多道："这分明是贼的衣裳了。"又见地下脚迹，自缸边直到门边，门已洞开，尽皆道："贼见我们寻，慌躲在酱缸里面，我们后边去寻时，他却脱下衣服逃走了。可惜看得迟了些个，不然，此时已被我们拿住。"店主人家道："赶得他去也罢了。关好了门，歇息罢。"一家尽道贼去无事，又历碌⑨了一会，放倒了头，大家酣睡。讵知贼还在家里。懒龙安然住在锦绣丛中，把上好衣服绕身系束得紧峭，把一领青旧衣外面盖着。又把细软好物装在一条布被里面，打做个包儿。弄了大半夜，寂寂负了，从屋檐上跳出。这家子没一人知觉。

跳到街上，正走时，天尚黎明，有三四一起早行的人，前来撞着。见懒龙独自一个，负着重囊，侵早行走。疑他来路不正气，遮住道："你是甚么人？在那里来？说个明白，方放你走。"懒龙口不答应，伸手在肘后摸出一包，团圞如球，抛在地下就走。那几个人多来抢看。看上面牢卷密扎，道他必是好物，争先来解。解了一层，又有一层，就像剥笋壳一般。且是层层捆得紧，剥了一尺多，里头还不尽，剩有拳头大一块。疑道："不知裹着甚么？"众人不肯住手，还要夺来解看。那先前解下的，多是敝衣破絮，零零落落，堆得满地。

正在闹嚷之际，只见一伙人赶来道："你们偷了我家铺里衣服，在此分赃么！"不由分说，拿起器械，蛮打将来。众人呼喝不住，见不是头，各跑散了。中间拿住一个老头儿，天色黯黑之中，也不来认面庞，一步一棍，直打到铺里。老头儿口里乱叫乱喊道："不要打，不要打，你们错了。"众人多是兴头上，人住马不住，那里听他？看看天色大明，店主人仔细一看，乃是自家亲家翁，在乡里住的。连忙喝住众人，已此打得头虚面肿。店主人忙陪不是，置酒请罪。因说失贼之事。老头儿方诉出来道："适才同两三个乡里人作伴到此，天未明亮。因见一人背驮一大囊行走，正拦住盘问，不匡他丢下一件包裹，多来夺看。他乘闹走了。谁想一层一层，多是破衣败絮，我们被他哄了，不拿得他，却被这里人不分皂白，混打这番，把同伴人惊散。便宜那贼骨头，又不知走了多少路了。"众人听见这话，大家惊悔。邻里闻知某家捉贼，错打了亲家公，传为笑话。——原来那个球，就是懒龙在衣橱里把闲工结成，带在身边，防人尾追，把此抛下做缓兵之计的。这多是他临危急智，脱身巧妙之处。有诗为证：

> 巧技承蜩与弄丸，当前卖弄许多般。
> 虽然贼态何堪述，也要临时猝智难。

懒龙神偷之名，四处布闻。卫中巡捕张指挥访知，叫巡军拿去。指挥见了问道："你是个贼的头儿么？"懒龙道："小人不曾做贼，怎说是贼的头儿？小人不曾有一毫赃私犯在公庭，亦不曾见有窃盗贼伙扳及小人。小人只为有些小智巧，与亲戚朋友作耍之事间或有之。爷爷不要见罪小人，或者有时用得小人着，水里火里，小人不辞。"指挥见他身材小巧，语言爽快，想道："无赃无证，难以罪他。"又见说肯出力，思量这样人有用处，便没有难为的意思。

正说话间，有个阊门陆小闲将一只红嘴绿鹦哥来献与指挥。指挥教把锁镜挂在檐下，笑对懒龙道："闻你手段通神，你虽说戏耍无赃，偷人的必也不少。今且权恕你罪，我只要看你手段。

你今晚若能偷得我这鹦哥去，明日送来还我，凡事不计较你了。"懒龙道："这个不难。容小人出去，明早送来。"懒龙叩头而出。

指挥当下分付两个守夜军人："小心看守架上鹦哥。倘有疏失，重加责治。"两个军人听命，守宿在檐下，一步不敢走离。虽是眼皮压将下来，只得勉强支持。一阵盹睡，闻声惊醒，甚是苦楚。夜已五鼓，懒龙走在指挥书房屋脊上，挖开椽子，溜将下来。只见衣架上有一件沉香色潞绸披风，几上有一顶华阳巾，壁上挂一盏小行灯，上写着："苏州卫堂"四字。懒龙心思有计，登时把衣巾来穿戴了，袖中拿出火种，吹起烛煤，点了行灯，提在手里，装着老张指挥声音步履，仪容气度，无一不象。走到中堂壁门边，把门割然开了。远远放住行灯，踱出廊檐下来。此时月色朦胧，天光昏惨，两个军人大盹小盹，方在困倦之际。懒龙轻轻剔他一下道："天色渐明，不必守了，出去罢。"一头说，一头伸手去提了鹦哥锁镫，望中门里面摇摆了进去。两个军人闭眉刷眼，正不耐烦，听得发放，犹如九重天上的赦书来了，那里还管甚么好歹，一道烟去了。

须臾天明。张指挥走将出来，鹦哥不见在檐下。急唤军人问他，两个多不在了。忙教拿来，军人还是残梦未醒。指挥喝道："叫你们看守鹦哥，鹦哥在那里？你们倒在外边来！"军人道："五更时恩主亲自出来，取了鹦哥进去，发放小人们归去的，怎么反问小人要鹦哥？"指挥道："胡说，我何曾出来？你们见鬼了！"军人道："分明是恩主亲自出来，我们两个人同在那里，难道一齐眼花了不成？"指挥情知尴尬。走到书房，仰见屋椽有孔道，想必在这里着手去了。

正持疑间，外报懒龙将鹦哥送到。指挥含笑出来，问他何由偷得出去。懒龙把昨夜着衣戴巾假装主人，取进鹦哥之事，说了一遍。指挥惊喜，大加亲幸。懒龙也时常有些小孝顺，指挥一发心腹相托，懒龙一发安然无事了。普天下巡捕官偏会养贼，从来如此。有诗为证：

> 猫鼠何当一处眠？总因有味要垂涎。
>
> 由来捕盗皆为盗，贼党安能不炽然？

虽如此说，懒龙果然与人作戏的事体多。曾有一个博徒，在赌场得了采，背负千钱回家。路上撞见懒龙，博徒指着钱戏懒龙道："我今夜把此钱放在枕头底下。你若取得去，明日我输东道；若取不去，你请我吃东道。"懒龙笑道："使得，使得。"博徒归到家中，对妻子说："今日得了采。把钱藏在枕下了。"妻子心里欢喜，杀一只鸡，烫酒共吃。鸡吃不完，还剩下一半，收拾在厨中，上床同睡。又说了与懒龙打赌赛之事，夫妻相戒，大家醒觉些个。

岂知懒龙此时已在窗下，一一听得。见他夫妇惺憁，难以下手，心生一计。便走去灶下，拾根麻骨放在口中，嚼得腷膊有声，竟似猫儿吃鸡之状。妇人惊起道："还有老大半只鸡，明日好吃一餐，不要被这亡人拖了去。"连忙走下床来，去开厨来看。懒龙闪入天井中，将一块石头抛下井里，洞的一声响。博徒听得，惊道："不要为这点小小口腹，失脚落在井中了，不是耍处。"急出门来看时，懒龙已隐身入房，在枕下挖钱去了。夫妇两人黑暗里叫唤相应，方知无事，挽手归房。到得床里，只见枕头移开，摸那钱时，早已不见。夫妻互相怨怅道："清清白白两个人，又不曾睡着，却被他当面作弄了去，也倒好笑。"到得天明，懒龙将钱来还了，来索东道。博徒大笑，就勒下几百，放在袖里，与懒龙前到酒店中买酒请他。

　　两个饮酒中间，细说昨日光景，拍掌大笑。酒家翁听见，来问其故。与他说了。酒家翁道："一向闻知手段高强，果然如此。"指着桌上锡酒壶道："今夜若能取得此壶去，我明日也输一个东道。"懒龙笑道："这也不难。"酒家翁道："我不许你毁门坏户，只在此桌上，凭你如何取走。"懒龙道："使得，使得。"起身相别而去。

　　酒家翁到晚，分付牢关门户，自家把灯四处照了，料道进来不得。想道："我停灯在桌上了，拼得坐着，守定这壶，看他那里下手？"酒家翁果然坐至夜分，绝无影响。意思有些不耐烦了，倦怠起来，瞌睡到了。起初还着实勉强，支撑不过，就斜靠在桌上睡去，不觉大鼾。懒龙早已在门外听得，就悄悄的爬上屋脊，揭开屋瓦，将一猪脬紧扎在细竹管上。竹管是打通中节的，徐徐放下，插入酒壶口中。酒店里的壶，多是肚宽颈窄的。懒龙在上边把一口气从竹管里吹出去，那猪脬在壶内涨将开来，已满壶中。懒龙就掐住竹管上眼，便把酒壶提将起来。仍旧盖好屋瓦，不动分毫。酒家翁一觉醒来，桌上灯还未灭，酒壶已失。急起四下看时，窗户安然，毫无漏处，竟不知甚么神通摄得去了。

　　又一日，与二三少年同立在北潼子门酒家。河下船中有个福建公子，令从人将衣被在船头上晒曝，锦绣璀璨，观者无不喷喷。内中有一条被，乃是西洋异锦，更为奇特。众人见他如此炫耀，戏道："我们用甚法取了他的，以博一笑才好？"尽推懒龙道："此时懒龙不逞技俩，更待何时？"懒龙笑道："今夜让我弄了他来，明日大家送还他。要他赏钱，同诸公取醉。"懒龙说罢，先到混堂①，把身子洗得洁净，再来到船边，看相②动静。

守到更点二声，公子与众客尽带酣意，潦倒模糊。打一个混同铺⑬，吹灭了灯，一齐藉地而寝。懒龙倏忽闪烁，已杂入众客铺内，挨入被中。说着闽中乡谈，故意在被中挨来挤去。众客睡不象意，口里和罗埋怨。懒龙也作闽音，说睡话。趁着挨挤杂闹中，扯了那条异锦被，卷作一束。就作睡起要泻溺的声音，公然拽开舱门，走出泻溺，径跳上岸去了。船中诸人一些不觉。

及到天明，船中不见锦被，满舱闹嚷。公子甚是叹惜，与众客商量。要告官又不直得，要住了又不舍得，只得许下赏钱一千，招人追寻踪迹。懒龙同了昨日一干人下船中对公子道："船上所失锦被，我们已见在一个所在。公子发出赏钱与我们弟兄买酒吃，包管寻来奉还。"公子立教取出千钱来放着，待被到手即发。懒龙道："可叫管家随我们去取。"公子分付亲随家人，同了一伙人走。到徽州当内，认着锦被，正是原物。亲随便问道："这是我船上东西，为何在此？"当内道："早间一人拿此被来当。我们看见此锦不是这里出的，有些疑心，不肯当钱与他。那个人道：'你每若放不下时，我去寻个熟人，来保着秤银子去就是。'我们说：'这个使得。'那人一去，竟不来了。我原道必是来历不明的，既是尊舟之物，拿去便了。等那个来取时，小当还要提住了他，送到船上来。"

众人将了锦被，去还了公子，就说当中说话。公子道："我们客边的人，但得原物不失罢了，还要寻那贼人怎的？"就将出千钱，送与懒龙等一伙报事的人。众人收受，俱到酒店里破除了。原来当里去的人，也是懒龙央出来，把锦被卸脱在那里，好来请赏的。如此作戏之事，不一而足。正是：

> 胪传能发冢，穿窬何足薄？
>
> 若托大儒言，是名善戏谑。

懒龙固然好戏，若是他心中不快意的，就连真带耍，必要戏他。

有一伙小偷，置酒邀懒龙游虎丘。船经山塘，暂停米店门口河下。穿出店中，买柴沽酒。米店中人嫌他停泊在此，出入搅扰，厉声推逐，不许系缆。众偷不平争嚷。懒龙丢个眼色道："此间不容借走，我们移船下去些，别寻好上岸处罢了。何必动气？"遂教把船放开，众人还忿忿。懒龙道："不须角口，今夜我自有处置他所在。"众人请问。懒龙道："你们去寻一只站船来。今夜留一樽酒、一个檑及暖酒家伙、薪炭之类，多安放船中。我要归途一路赏月色到天明。你们明日便知，眼下不要说破。"

是夜虎丘席罢，众人散去。懒龙约他明日早会。止留得一个善饮的为伴，一个会行船的持篙，下在站船中回来。经过米店河头，店中已扃闭得严密。其时河中赏月，归舟吹唱过往的甚多。米店里头人，安心熟睡。懒龙把船贴米店板门住下。日间看在眼里，有米一囤在店角落中，正临水次近板之处。懒龙袖出小刀，看板上有节处一挖，那块木节团团的落了出来，板上老大一孔。懒龙腰间摸出竹管一个，两头削如藕披⑭，将一头在板孔中，插入米囤。略摆一摆，只见囤内米簌簌的从管里泻将下来，就如注水一般。懒龙一边对月举杯，酣呼跳笑，与泻米之声相杂，来往船上多不知觉。那家子在里面睡的，一发梦想不到了。看看斗转参横，管中没得泻下，想来囤中已空，看那船舱也满了。便叫解开船缆，慢慢的放了船去。

到一僻处，众偷皆来。懒龙说与缘故，尽皆抚掌大笑。懒龙拱手道:"聊奉列位众分,以答昨夜盛情。"竟自一无所取。那米店直到开囤,才知其中已空,再不晓得是几时失去,怎么样失了的。

苏州新兴百柱帽。少年浮浪的,无不戴着装幌。南园侧东道堂白云房一起道士,多私下置一顶,以备出去游耍,好装俗家。一日夏月天气,商量游虎丘,已叫下酒船。有个纱王三,乃是王织纱第三个儿子,平日与众道士相好,常合伴打平火⑮。众道士嫌他惯讨便宜,且又使酒难堪,这番务要瞒着了他。不想纱王三已知道此事,恨那道士不来约他,却寻懒龙商量,要怎生败他游兴。懒龙应允。即闪到白云房,将众道常戴板巾尽取了来,纱王三道:"何不取了他新帽,要他板巾何用?"懒龙道:"若他失去了新帽,明日不来游山了,有何趣味?你不要管,看我明日消遣他。"纱王三终是不解其意,只得由他。

明日,一伙道士轻衫短帽,装束做少年子弟,登舟放浪。懒龙青衣相随下船,蹲坐舵楼。众道只道是船上人,船家又道是跟的侍者,各不相疑。开得船时,众道解衣脱帽,纵酒欢呼。懒龙看个空处,将几顶新帽卷在袖里。腰头摸出昨日所取几顶板巾,放在其处。行到斟酌桥边,拢船近岸,懒龙已望岸上跳将去了。

一伙道士正要着衣帽,登岸潇洒,寻帽不见,但有常戴的纱罗板巾压摺整齐,安放做一堆在那里。众道大嚷道:"怪哉,怪哉。我们的帽子多在那里去了?"船家道:"你们自收拾,怎么问我?船不漏针,料没失处。"众道又各处寻了一遍,不见踪影。问船家道:"方才你船上有个穿青的瘦小汉子,走上岸去。叫来问他一声,敢是他见在那里?"船家道:"我船上那有这人?是跟随你们下来的。"众道嚷道:"我们几曾有人跟来?这是你串同了白日撞⑯偷了我帽子去了。我们帽子，几两一顶结的，决不与你干休！"扭住船家不放。船家不伏，大声嚷乱。岸上聚起无数人来，蜂拥争看。

人丛中走出一个少年子弟，扑的跳下船来道："为甚么喧闹？"众道与船家各各告诉一番。众道认得那人，道是决帮他的。不匡那人正色起来，反责众道道："列位多是羽流，自然只戴板巾上船。今板巾多在那里，再有甚么百柱帽？分明是诬诈船家了。"看的人听见，才晓得是一伙道士，板巾见在，反要诈船上赔帽子，发起喊来。就有那地方游手好闲几个揽事的光棍来出尖⑰，伸拳捋手道："果是贼道无理。我们打他一顿，拿来送官。"那人在船里摇手止住道："不要动手，不要动手。等他们去了罢。"那人忙跳上岸。众道怕惹出是非来，叫快开了船。一来没了帽子，二来被人看破，装幌不得了，不好登山，快快而回。枉费了一番东道，落得扫兴。

你道跳下船来这人是谁？正是纱王三。懒龙把板巾换了帽子，知会了他，趁扰攘之际，特来证实道士本相，扫他这一场。道士回去，还缠住船家不歇。纱王三叫人将几顶帽子送将来还他；上复道："以后做东道，要洒浪⑱那帽子时，千万通知一声。"众道才晓得是纱王三要他。又曾闻懒龙之名，晓得纱王三平日与他来往，多是懒龙的做作了。

其时邻境无锡有个知县，贪婪异常，秽声狼藉。有人来对懒龙道："无锡县官衙中金宝山积，无非是不义之财。何不去取他些来？分惠贫人也好。"懒龙听在肚里，即往无锡地方，晚间潜入官舍中，观看动静。那衙里果然富贵，但见：

连箱锦绮，累架珍奇。元宝不用纸包，叠成行列；

器皿半非陶就，摆满金银。大象口中牙，蠢婢将来揭

火；犀牛头上角，小儿拿去盛汤。不知夏楚追呼，拆
了人家几多骨肉；更兼苞苴混滥，卷了地方到处皮毛。

费尽心，要传家里子孙；腆着面，且认民之父母。

懒龙看不尽许多奢华，想道："重门深锁，边外梆铃之声不绝，
难以多取。"看见一个小匣，十分沉重，料必是精金白银，溜在
身边。心里想道："官府衙中之物，省得明日胡猜乱猜，屈了无
干的人。"摸出笔来，在他箱架边墙上，画着一枝梅花，然后轻
轻的从屋檐下望衙后出去了。

过了两三日，知县简点宦囊，不见一个专放金子的小匣儿。
约有二百余两金子在内，价值一千多两银子。各处寻看，只见
傍边画着一枝梅，墨迹尚新。知县吃惊道："这分明不是我衙里
人了。卧房中谁人来得？却又从容画梅为记！此不是个寻常之
盗，必要查他出来。"遂唤取一班眼明手快的应捕，进衙来看贼
迹。众应捕见了壁上之画，吃惊道："复官人，这贼小的们晓得
了，却是拿不得的。此乃苏州城中神偷，名曰懒龙。身到之处，
必写一枝梅在失主家为认号。其人非比等闲手段，出有人无，
更兼义气过人，死党极多。寻他要紧，怕生出别事来。失去金
银还是小事，不如放舍罢了。不可轻易惹他。"知县大怒道：
"你看这班奴才！既晓得了这人名字，岂有拿不得的？你们专惯
与贼通同，故意把这等话党庇他。多打一顿大板才好！今要你
们拿贼，且寄下在那里。十日之内不拿来见我，多是一个死！"
应捕不敢回答。知县即唤书房写下捕盗批文，差下捕头两人，
又写下关子，关会长、吴二县，必要拿那懒龙到官。应捕无奈，
只得到苏州来走一遭。

正进阊门，看见懒龙立在门口，应捕把他肩胛拍一拍道：
"老龙，你取了我家官人东西罢了，卖弄甚么手段，画着梅花？

今立限与我们，必要拿你到官，却是如何？"懒龙不慌不忙道："不劳二位费心，且到店中坐坐细讲。"

懒龙拉了两个应捕，一同到店里来，占副座头吃酒。懒龙道："我与两位商量：你家县主果然要得我紧，怎么好累得两位？只要从容一日，待我送个信与他，等他自然收了牌票，不敢问两位要我，如何？"应捕道："这个虽好，只是你取得他的忒多了，他说多是金子，怎么肯住手？我们不同得你去，必要为你受亏了。"懒龙道："就是要我去，我的金子也没有了。"应捕道："在那里了？"懒龙道："当下就与两位分了。"应捕道："老龙不要取笑。这样话，当官不是耍处。"懒龙道："我平时不曾说诳语，原不取笑。两位到宅上去，一看便见。"扯着两个人耳朵说道："只在家里瓦沟中去寻就有。"应捕晓得他手段，忖道："万一当官这样说起来，真个有赃在我家里，岂不反受他累？"遂商量道："我们不敢要老龙去了，而今老龙待怎么分付？"懒龙道："两位请先到家，我当随至。包管知县官人不敢提起，决不相累就罢了。"腰间摸出一包金子，约有二两重，送与两人道："权当盘费。"从来说："公人见钱，如苍蝇见血。"两个应捕看见赤艳艳的黄金，怎不动火？笑欣欣接受了。就想："此金子未必不就是本县之物？"一发不敢要他同去了。两下别过。

懒龙连夜起身，早到无锡，晚来已闪入县令衙中。县官有大小孺人，这晚在大孺人房中宿歇，小孺人独自在帐中。懒龙揭起帐来，伸手进去一摸。摸着顶上青丝髻，真如盘龙一般。懒龙将剪子轻轻剪下。再去寻着印箱，将来撬开，把一盘发髻塞在箱内，仍与他关好。又在壁上画下一枝梅，别样不动分毫，轻身脱走。

次日小孺人起来，忽然头发纷披，觉得异样。将手一摸，顶髻俱无，大叫起来。合衙惊怪，多跑将来同缘故。小孺人哭道："谁人使促掐⑲，把我的头发剪去了！"忙报知县来看。知县见帐里坐着一个头陀，不知那里作怪起。想着平日绿云委地，好不可爱，今却如此模样，心里又痛又惊道："前番金子失去，尚在严捉未到；今番又有歹人进衙了！别件犹可，县印要紧。"亟取印箱来看。看见封皮完好，锁钥俱在。随即开来看时，印章在上格不动，心里略放宽些。又见有头发缠绕，掇起上格，底下一堆髻发，散在箱里。再简点别件，不动分毫。又见壁上画着一枝梅，连前凑做一对了。知县吓得目睁口呆道："原来又是前番这人！见我追得急了，他弄这神通出来，报信与我。剪去头发，分明说可以割得头去；放在印箱里，分明说可以盗得印去。这贼直如此厉害！前日应捕们劝我不要惹他，原来果是这等。若不住手，必遭大害。金子是小事，拼得再做几个富户不着，便好补填了。不要追究的是。"连忙掣签，去唤前日差往苏州下关文的应捕来销牌。

两个应捕自那日与懒龙别后，来到家中。依他说话，各自家里屋瓦中寻。果然各有一包金子，上写着日月封记，正是前日县间失贼的日子。不知懒龙几时送来藏下的。应捕老大心惊，噙着指头道："早是不拿他来见官。他一口招出，搜了赃去，浑身口洗不清。只是而今每生回得官人的话？"叫了伙计，正自商量踌躇，忽见县里差签来到。只道是拿违限的，心里慌张；谁知却是来叫销牌的。应捕问其缘故，来差把衙中之事一一说了，道："官人此时好不惊怕，还敢拿人？"应捕方知懒龙果不失信，已到这里弄了神通去了，委实好手段。

嘉靖末年，吴江一个知县，治行贪秽，心术狡狠。忽差心腹公人，赍了聘礼，到苏城求访懒龙，要他到县相见。懒龙应聘而来。见了知县，禀道："不知相公呼唤小人，那厢使用？"知县道："一向闻得你名，有一机密事，要你做去。"懒龙道："小人是市井无赖，既蒙相公青目，要干何事，小人水火不避。"知县屏退左右，密与懒龙商量道："叵耐巡按御史到我县中，只管来寻我的不是。我要你去察院衙里，偷了他印信出来，处置他不得做官了，方快我心。你成了事，我与你百金之赏。"懒龙道："管取手到拿来，不负台旨。"

果然去了半夜，把一颗察院印信弄将出来，双手递与知县。知县大喜道："果然妙手！虽红线盗金盒，不过如此神通罢了。"急取百金赏了懒龙，分付他快些出境，不要留在地方。懒龙道："多谢相公厚赐，只是相公要此印怎么？"知县笑道："此印已在我手，料他奈何我不得了。"懒龙道："小人蒙相公厚德，有句忠言要说。"知县道："怎么？"懒龙道："小人躲在察院梁上半夜，偷看巡按爷烛下批详文书，运笔如飞，处置极当。这人敏捷聪察，瞒他不过的。相公明日，不如竟将印信送还，只说是夜巡所获，贼已逃去。御史爷纵然不能无疑，却是又感又怕，自然不敢与相公异同了。"县令道："还了他的，却不依旧让他行事去？岂有此理！你自走你的路，不要管我！"懒龙不敢再言，潜踪去了。

却说明日察院在私衙中开印来用，只剩得空匣。叫内班人等遍处寻觅，不见踪迹。察院心里道："再没处去。那个知县晓得我有些不象意他，此间是他地方，奸细必多，叫人来设法过了。我自有处。"分付众人，不得把这事漏泄出去。仍把印匣封锁如常。推说有病，不开门坐堂，一应文移，权发巡捕官收贮。一连几日。知县晓得这是他心病发了，暗暗笑着，却不得不去问安。

察院见传报知县来到，即开小门请进。直请到内衙床前，欢然谈笑。说着民风土俗，钱粮政务，无一不剖胆倾心，津津不已。一茶未了，又是一茶。知县见察院如此肝膈相待，反觉局蹐，不晓是甚么缘故。正絮话间，忽报厨房发火，内班门皂、厨役纷纷赶进，只叫："烧将来了！爷爷快走。"察院变色，急走起来，手取封好的印匣，亲付与知县道："烦贤令与我护持了出去，收在县库。就拨人夫快来救火。"知县慌忙失措，又不好推得，只得抱了空匣出来。此时地方水夫俱集，把火救灭，只烧得厨房两间，公廨无事。察院分付把门关了。——这个计较，乃是失印之后，察院预先分付下的。

知县回去思量道："他把这空匣交在我手，若仍旧如此送还，他开来不见印信，我这干系须推不去。"展转无计，只得润开封皮，把前日所偷之印仍放匣中，封锁如旧。明日升堂，抱匣送还。察院就留住知县，当堂开验印信，印了许多前日未发放的公文。就于是日发牌起马，离却吴江。却把此话告诉了巡抚都堂。两个会同，把这知县不法之事参奏一本，论了他去㉟。知县临去时，对衙门人道："懒龙这人是有见识的。我悔不用其言，以至于此。"正是：

> 枉使心机，自作之孽。
>
> 无梁不成，反输一帖。

懒龙名既流传太广，未免别处贼情也有疑猜着他的，时时有些株连着身上。适遇苏州府库失去元宝十来锭，做公的私自议论道："这失去得没影响，莫非是懒龙？"懒龙却其实不曾偷。见人错疑了他，反要打听明白此事。他心疑是库吏知情。夜藏府中公廨黑处，走到库吏房中静听。忽听库吏对其妻道：

"吾取了库银，外人多疑心懒龙，我落得造化了。却是懒龙怎肯应承？我明日把他一生做贼的事迹，纂成一本，送与府主。不怕不拿他来做顶缸㉑！"懒龙听见，心里思量道："不好，不好。本是与我无干，今库吏自盗，他要卸罪，官面前暗栽着我。官吏一心，我又不是没一点黑迹的，怎辨得明白？不如逃去了为上着，免受无端的拷打。"连夜起身，竟走南京。诈妆了双盲的，在街上卖卦。

苏州府太仓夷亭有个张小舍，是个有名极会识贼的魁首。偶到南京街上，撞见了道："这盲子来得蹊跷！"仔细一相，认得是懒龙诈妆的。一把扯住，引他到僻静处，道："你偷了库中元宝，官府正在追捕你，你却遁来这里，妆此模样躲闪么？你怎生瞒得我这双眼过？"懒龙挽了小舍的手道："你是晓得我的，该替我分剖这件事，怎么也如此说？那库里银子，是库吏自盗了。我曾听得他夫妻二人床中私语，甚是的确。他商量要推在我身上，暗在官府处下手。我恐怕官府信他说话，故逃亡至此。你若到官府处，把此事首明，不但得了府中赏钱，亦且辩明了我事，我自当有薄意孝敬你。今不要在此处破我的道路。"小舍原受府委，要访这事的。今得此的信，遂放了懒龙，走回苏州出首。果然在库吏处，一追便见，与懒龙并无干涉。

张小舍首盗得实，受了官赏。过了几时，又到南京。撞见懒龙，仍妆着盲子在街上行走。小舍故意撞他一肩道："你苏州事已明，前日说话的怎么忘了？"懒龙道："我不曾忘。你到家里灰堆中去看，便晓得我的薄意了。"小舍欣然道："老龙自来不掉谎的。"别了回去。到得家里，便到灰中一寻。果然一包金银，同着白晃晃一把快刀埋在灰里。小舍伸舌道："这个狠贼！他怕我只管缠他，故虽把东西谢我，却又把刀来吓我。不知几时放下的,真是神手段。我而今也不敢再惹他了。"

懒龙自小舍第二番遇见,回他苏州事明,晓得无碍了。恐怕终久有人算他,此后收拾起手段,再不试用,实实卖卜度日。栖迟长干寺中,数年竟得善终。虽然做了一世剧贼,并不曾犯官刑,刺臂字。至今苏州人还说他狡狯耍笑事体不尽。似这等人,也算做穿窬②小人中大侠了。反比那面是背非、临财苟得、见利忘义一班峨冠博带的不同。况兼这番神技,若用去偷营劫寨,为间作谍,那里不干些事业?可惜太平之世,守文之时,只好小用伎俩,供人话柄而已。正是:

> 世上于今半是君,犹然说得未均匀。
>
> 懒龙事迹从头看,岂必穿窬是小人!

选自《二刻拍案惊奇》

【题解】

"不择手段",通常是一个贬词,但旧时世俗所称赞的"侠盗",就是"不择手段"的人。从更高的意义上说,同一手段服务于不同的目的,便会产生不同的结果。同样是偷,见钱眼开、中饱私囊,就为人唾弃;如果劫富济贫、惩强扶弱,就为人称道,民间的侠义之士盖多出于此。另一方面,即使手段不同,实质一样,亦可见出高低贵贱的不同。封建官场中衣冠君子,暗行偷盗之实,甚至无所不用其极,其实又比偷盗不如。所以,懒龙尽管是穿窬中人,确实非小人乃大侠也。而且偷盗至于技也、戏也,也是一种境界。当然,更加妥当的选择,还应该是手段与目的的一致。但在封建社会,人们始终歌颂侠盗,为甚么?或许还可深入探讨。

【注释】

①篱恼：麻烦、打扰。　②比较：责令限期办事，到期不成，加以重责，再限若不成再责，至做成为止。　③十三省：明代置十三布政使司，分领天下府、州、县等诸司。这里所谓"十三省乡谈"，即指全国各地方言。　④咋嗻：同上文"奢遮"。　⑤穷奇：古猛兽名。　⑥头脑：头绪。"别无头脑"，意为毫无办法。　⑦某舍："舍"即舍人的省略，用以尊称显贵殷实人家的子弟。　⑧做人家：省俭持家。　⑨历碌：忙乱。　⑩惺惚：当作"惺惚"。意为机警。　⑪混堂：公共浴池。　⑫看相：这里指等待时机。⑬混同铺：或名通铺，即没有分隔，同在一个铺上睡。　⑭藕披：将藕一头斜切所成形状。　⑮打平火：众人均出资以宴乐。　⑯白日撞：白天入人家中行窃的人。　⑰出尖：带头或首先发难。⑱洒浪：在人前显示。　⑲促使掐：捉弄人。　⑳论了他去：定罪叫做"论"。这里意为确定了他犯罪的事实，将他免职。　㉑顶缸：代人受过。　㉒穿窬（yú）：一作"穿逾"，穿壁翻墙，指偷窃行为。

中国古典文学绝妙书系

绝 妙 小 说

副主编 苟人民

主编 邓绍基

时代文艺出版社

第二册

中国古典文学绝妙书系

绝妙小说

主　　编:邓绍基

副 主 编:苟人民

责任编辑:邓淑杰

责任校对:邓淑杰

装帧设计:龙震海

出　　版:时代文艺出版社

　　　　　(长春市泰来街 1825 号　邮编:130062　电话:86012927)

发　　行:时代文艺出版社

印　　刷:三河市灵山装订厂

开　　本:850×1168 毫米　32 开

字　　数:400 千字

印　　张:20

版　　次:2011 年 5 月第 2 版

印　　次:2011 年 5 月第 3 次印刷

书　　号:ISBN 978 - 7 - 5387 - 0977 - 3

定　　价:119.20 元(全 4 册)

唐解元一笑姻缘

> 三通鼓角四更鸡，日色高升月色低；
> 时序秋冬又春夏，舟车南北复东西。
> 镜中次第人颜老，世上参差事不齐；
> 若向其间寻稳便，一壶浊酒一餐斋。

这八句诗乃吴中一个才子所作，那才子姓唐名寅，字伯虎。聪明盖地，学问包天，书画音乐，无有不通；词赋诗文，一挥便就。为人放浪不羁，有轻世傲物之志。生于苏郡，家住吴趋。做秀才时，曾效连珠体，做《花月吟》十余首，句句中有花有月。如："长空影动花迎月，深院人归月伴花"；"云破月窥花好处，夜深花睡月明中"等句，为人称颂。本府太守曹凤见之，深爱其才。值宗师科考，曹公以才名特荐。那宗师姓方名志，鄞县人，最不喜古文辞。闻唐寅恃才豪放，不修小节，正要坐名黜治。却得曹公一力保救，虽然免祸，却不放他科举。直至临场，曹公再三苦求，附一名于遗才①之末。是科遂中了解元。伯虎会试至京，文名益著，公卿皆折节下交，以识面为荣。有程詹事典试，颇开私径卖题，恐人议论，欲访一才名素著者为榜首，压服众心，得唐寅甚喜，许以会元。伯虎性素坦率，酒中便向人夸说："今年我定做会元了。"众人已闻程詹事有私，又忌伯虎之才，哄传主司不公，言官风闻动本。圣旨不许程詹事阅卷，与唐寅俱下招狱，问革。伯虎还乡，绝意功名，益放浪诗酒，人都称为唐解元。得晤解元诗文字画，片纸尺幅，如获重宝。其中惟画，尤其得意。平日心中喜怒哀乐，都寓之于丹青。每一画出，争以重价购之。有《言志》诗一绝为证：

> 不炼金丹不坐禅，不为商贾不耕田；
>
> 闲来写幅丹青卖，不使人间作业钱。

却说苏州六门：葑、盘、胥、阊、娄、齐。那六门中只有阊门最盛，乃舟车辐辏之所。真个是：

> 翠袖三千楼上下，黄金百万水东西，
>
> 五更市贩何曾绝，四远方言总不齐。

唐解元一日坐在阊门游船之上，就有许多斯文中人，慕名来拜，出扇求其字画。解元画了几笔水墨，写了几首绝句。那闻风而至者，其来愈多。解元不耐烦，命童子且把大杯斟酒来，解元倚窗独酌，忽见有画舫从傍摇过，舫中珠翠夺目，内有一青衣小鬟，眉目秀艳，体态绰约，舒头船外，注视解元，掩口而笑。须臾船过，解元神荡魂摇，问舟子："可认得去的那只船么？"舟人答言："此船乃无锡华学士府眷也。"解元欲尾其后，急呼小艇不至，心中如有所失。正要教童子去觅船，只见城中一只船儿，摇将出来。他也不管那船有载没载，把手相招，乱呼乱喊。那船渐渐至近，舱中一人，走出船头，叫声："伯虎，你要到何处去？这般要紧！"解元打一看时，不是别人，却是好友王雅宜。便道："急要答拜一个远来朋友，故此要紧，兄的船往那里去？"雅宜道："弟同两个舍亲到茅山去进香，数日方回。"解元道："我也要到茅山进香，正没有人同去。如今只得要趁便了。"雅宜道："兄若要去，快些回家收拾。弟泊船在此相候。"解元道："就去罢了，又回家做甚么！"雅宜道："香烛之类，也要备的。"解元道："到那里去买罢！"遂打发童子回去。也不别这些求诗画的朋友，径跳过船来，与舱中朋友叙了礼，连呼："快些开船。"舟子知是唐解元，不敢怠慢，即忙撑篙摇橹。行不多时，望见这只画舫就在前面。解元分付船上，随着大船而行。众人不知其故，只得依他。次日到了无锡，见画舫摇进城里。解元道："到了这里，若不取惠山泉也就俗了。"叫船家移舟去惠山取了水，原到此处停泊，明日早行。"我们到城里略走一走，就来下船。"舟子答应自去。解元同雅宜三四人登岸，进了城，到那热闹的所在，撇了众人，独自一个去寻那画舫。却又不认得路径，东行西走，并不见些踪影。走了一回，穿出一条大街上来，忽听得呼喝之声。解元立住脚看时，只见十来个仆人前引一乘暖轿[2]，自东而来，女从如云。自古道："有缘千里能相会。"那女从之中，阊门所见青衣小鬟，正在其内。解元心中欢喜，远远相随，直到一座大门楼下，女使出迎，一拥而入。询之傍人，说是华学士府，适才轿中乃夫人也。解元得了实信，问路出城。恰好船上取了水才到。少顷，王雅宜等也来了。问："解元那里去了？教我们寻得不耐烦！"解元道："不知怎的，一挤就挤散了，又不认得路径，问了半日，方能到此。"并不题起此事。至夜半，忽于梦中狂呼，如魇魅之状。众人皆惊，唤醒问之。解元道："适梦中见一金甲神人，持金杵击我，责我进香不虔。我叩头哀乞，愿斋戒一月，只身至山谢罪。天明，汝等开船自去，吾且暂回，不得相陪矣。"雅宜等信以为真。至天明，恰好有一只小船来到，说是苏州去的。解元别了众人，跳上小船。行不多时，推说遗忘了东西，还要转去。袖中摸几文钱，赏了舟子，奋然登岸。到一饭店，办下旧衣破帽，将衣巾换讫，如穷汉之状。走至华府典铺内，以典钱为由，与主管相见。卑词下气，问主管道："小子姓康，名宣，吴县人氏，颇善书，处一个小馆③为生。近因拙妻亡故，又失了馆，孤身无活，欲投一大家充书办之役，未知府上用得否？倘收用时，不敢忘恩！"因于袖中取出细楷数行，与主管观看。主管看那字，写得甚是端楷可爱，答道："待我晚间进府禀过老爷，明日你来讨回话。"是晚，主管果然将字样禀知学士。学士看了，夸道："写得好，不似俗人之笔。明日可唤来见我。"次早，解元便到典中，主管引进解元拜见了学士。学士见其仪表不俗，问过了姓名住居，又问："曾读书么？"解元道："曾考过几遍童生，不得进学，经书还都记得。"学士问是何经？解元虽习《尚书》，其实五经俱通的，晓得学士习《周易》，就答应道："《易经》。"学士大喜道："我书房中写帖的不缺，可送公子处作伴读。"问他要多少身价？解元道："身价不敢领，只要求些衣服穿。待后老爷中意时，赏一房好媳妇足矣。学士更喜。就叫主管于典中寻几件随身衣服与他换了，改名华安。送至书馆，见了公子。公子教华安抄写文字。文字中有字句不妥的，华安私加改窜。公子见他改得好，大惊道："你原来通文理，几时放下书本的？"华安道："从来不曾旷学，但为贫所迫耳。"公子大喜。将自己日课教他改削。华安笔不停挥，真有点铁成金手段。有时题义疑难，华安就与公子讲解。若公子做不出时，华安就通篇代笔。先生见公子学问骤进，向主人夸奖。学士讨近作看了，摇头道："此非孺子所及，若非抄写，必是倩人。"呼公子诘问其由。公子不敢隐瞒，说道："曾经华安改窜。"学士大惊。唤华安到来出题面试。华安不假思索，援笔立就，手捧所作呈上。学士见其手腕如玉，但左手有枝指。阅其文，词意兼美，字复精工，愈加欢喜。道："你时艺如此，想古作亦可观也！"乃留内书房掌书记。一应往来书札，授之以意，辄令代笔，烦简曲当，学士从未曾增减一字。宠信日深，赏赐比众人加厚。华安时买酒食与书房诸童子共享，无不欢喜。因而潜访前所见青衣小鬟，其名秋香，乃夫人贴身伏侍，顷刻不离者。计无所出。乃因春暮，赋《黄莺调》以自叹：

"风雨送春归，杜鹃愁，花乱飞，青苔满院朱门闭。孤灯半垂，孤衾半敧，萧萧孤影汪汪泪。忆归期，相思未了，春梦绕天涯。"

学士一日偶到华安房中，见壁间之词，知安所题，甚加称奖。但以为壮年鳏处，不无感伤，初不意其有所属意也。适典中主管病故，学士令华安暂摄其事。月余，出纳谨慎，毫忽无私。学士欲遂用为主管，嫌其孤身无室，难以重托。乃与夫人商议，呼媒婆欲为娶妇。华安将银三两，送与媒婆，央他禀知夫人说："华安蒙老爷夫人提拔，复为置室，恩同天地。但恐外面小家之女，不习里面规矩。倘得于侍儿中择一人见配，此华安之愿也！"媒婆依言禀知夫人。夫人对学士说了。学士道："如此诚为两便。但华安初来时，不领身价，原指望一房好媳妇。今日又做了府中得力之人，倘然所配未中其意，难保其无他志也。不若唤他到中堂，将许多丫鬟听其自择。"夫人点头道是。当晚夫人坐于中堂，灯烛辉煌，将丫鬟二十余人各盛饰装扮，排列两边，恰似一班仙女，簇拥着王母娘娘在瑶池之上。夫人传命唤华安。华安进了中堂，拜见了夫人。夫人道："老爷说你小心得用，欲赏你一房妻小。这几个粗婢中，任你自择。"叫老姆姆携烛下去照他一照。华安就烛光之下，看了一回，虽然尽有标致的，那青衣小鬟不在其内。华安立于傍边，嘿然无语。夫人叫："老姆姆，你去问华安：'那一个中你的意？就配与你。'"华安只不开言。夫人心中不乐，叫："华安，你好大眼孔，难道我这些丫头就没个中你意的？"华安道："复夫人，华安蒙夫人赐配，又许华安自择，这是旷古隆恩，粉身难报。只是夫人随身侍婢还来不齐，既蒙恩典，愿得尽观。"夫人笑道："你敢是疑我有吝啬之意。也罢！房中那四个一发唤出来与他看看，满他的心愿。"原来那四个是有执事的，叫做：

春媚，夏清，秋香，冬瑞。

春媚，掌首饰脂粉。夏清，掌香炉茶灶。秋香，掌四时衣服。冬瑞，掌酒果食品。管家老姆姆传夫人之命，将四个唤出来。那四个不及更衣，随身妆束——秋香依旧青衣。老姆姆引出中堂，站立夫人背后。室中蜡炬，光明如昼。华安早已看见了。昔日丰姿，宛然在目。还不曾开口，那老姆姆知趣，先来问道："可看中了谁？"华安心中明晓得是秋香，不敢说破，只将手指道："若得穿青这一位小娘子，足遂生平。"夫人回顾秋香，微微而笑。叫华安且出去。华安回典铺中，一喜一惧，喜者机会甚好，惧者未曾上手，惟恐不成。偶见月明如昼，独步徘徊，吟诗一首：

"徙倚无聊夜卧迟，绿杨风静鸟栖枝；
难将心事和人说，说与青天明月知。"

次日，夫人向学士说了。另收拾一所洁净房室，其床帐家伙，无物不备。又合家童仆奉承他是新主管，担东送西，摆得一室之中，锦片相似。择了吉日，学士和夫人主婚。华安与秋香中堂双拜，鼓乐引至新房，合卺成婚，男欢女悦，自不必说。夜半，秋香向华安道："与君颇面善，何处曾相会来？"华安道："小娘子自去思想。"又过了几日，秋香忽问华安道："向日阊门游船中看见的可就是你？"华安笑道："是也。"秋香道："若然，君非下贱之辈，何故屈身于此？"华安道："吾为小娘

子傍舟一笑，不能忘情，所以从权相就。"秋香道："妾昔见诸
少年拥君，出素扇纷求书画，君一概不理，倚窗酌酒，傍若无
人。妾知君非凡品，故一笑耳。"华安道："女子家能于流俗中
识名士，诚红拂绿绮之流也！"秋香道："此后于南门街上，似
又会一次。"华安笑道："好利害眼睛！果然果然。"秋香道：
"你既非下流，实是甚么样人？可将真姓名告我。"华安道：
"我乃苏州唐解元也。与你三生有缘，得谐所愿。今夜既然说
破，不可久留，欲与你图谐老之策，你肯随我去否？"秋香道：
"解元为贱妾之故，不惜辱千金之躯，妾岂敢不惟命是从。"华
安次日将典中帐目细细开了一本簿子，又将房中衣服首饰及床
帐器皿另开一帐，又将各人所赠之物亦开一帐，纤毫不取。共
是三宗帐目，锁在一个护书箧内。其钥匙即挂在锁上。又于壁
间题诗一首：

> 拟向华阳洞里游，行踪端为可人留；
>
> 愿随红拂同高蹈，敢向朱家惜下流。
>
> 好事已成谁索笑？屈身今去尚含羞；
>
> 主人若问真名姓，只在"康宣"两字头。

是夜雇了一只小船，泊于河下。黄昏人静，将房门封锁，同秋
香下船，连夜望苏州去了。天晓，家人见华安房门封锁，奔告
学士。学士教打开看时，床帐什物一毫不动，护书内帐目开载
明白。学士沉思，莫测其故。抬头一看，忽见壁上有诗八句，
读了一遍。想："此人原名不是康宣。"又不知甚么意故，来府
中住许多时；若是不良之人，财上又分毫不苟。又不知那秋香
如何就肯随他逃走，如今两口儿又不知逃在那里？"我弃此一
婢，亦有何难。只要明白了这桩事迹。"便叫家童唤捕人来，出
信赏钱，各处缉获康宣秋香，杳无影响。过了年余，学士也放

过一边了。

忽一日学士到苏州拜客。从阊门经过，家童看见书坊中有一秀才坐而观书，其貌酷似华安，左手亦有枝指。报与学士知道。学士不信，分付此童再去看个详细，并访其人名姓。家童覆身到书坊中，那秀才又和着一个同辈说话，刚下阶头。家童乖巧，悄悄随之，那两个转湾向潼子门下船去了，仆从相随共有四五人。背后察其形相，分明与华安无二，只是不敢唐突。家童回转书坊，问店主适来在此看书的是甚么人？店主道："是唐伯虎解元相公。今日是文衡山相公舟中请酒去了。"家童道："方才同去的那一位可就是文相公么？"店主道："那是祝枝山，也都是一般名士。"家童一一记了，回复了华学士。学士大惊，想道："久闻唐伯虎放达不羁，难道华安就是他。明日专往拜谒，便知是否。"次日写了名帖，特到吴趋坊拜唐解元。解元慌忙出迎，分宾而坐。学士再三审视，果肖华安。及捧茶，又见手白如玉，左有枝指。意欲问之，难于开口。茶罢，解元请学士书房中小坐。学士有疑未决，亦不肯轻别，遂同至书房。见其摆设齐整，啧啧叹羡。少停酒至，宾主对酌多时。学士开言道："贵县有个康宣，其人读书不遇，甚通文理。先生识其人否？"解元唯唯。学士又道："此人去岁曾佣书于舍下，改名华安。先在小儿馆中伴读，后在学生④书房管书束。后又在小典中为主管。因他无室，教他于贱婢中自择。他择得秋香成亲。数日后夫妇俱逃，房中日用之物一无所取，竟不知其何故？学生曾差人到贵处察访，并无其人。先生可略知风声么？"解元又唯唯。学士见他不明不白，只是胡答应，忍耐不住，只得又说道："此人形容颇肖先生模样，左手亦有枝指，不知何故？"解元又唯唯。少顷，解元暂起身入内。学士翻看桌上书籍，见书内有纸一幅，题诗八句，读之，即壁上之诗也。解元出来。学士执诗问道："这八句诗乃华安所作，此字亦华安之笔，如何有在尊处？必有缘故，愿先生一言，以决学生之疑。"解元道："容少停奉告。"学士心中愈闷道："先生见教过了，学生还坐，不然即告辞矣。"解元道："禀复不难，求老先生再用几杯薄酒。"学士又吃了数怀。解元巨觥奉劝。学士已半酣，道："酒已过分，不能领矣。学生惓惓请教，止欲剖胸中之疑，并无他念。"解元道："请用一箸粗饭。"饭后献茶，看看天晚，童子点烛到来。学士愈疑，只得起身告辞。解元道："请老先生暂挪贵步，当决所疑。"命童子秉烛前引，解元陪学士随后共入后堂。堂中灯烛辉煌。里面传呼："新娘来。"只见两个丫鬟，伏侍一位小娘子，轻移莲步而出，珠珞重遮，不露娇面。学士惶悚退避。解元一把扯住衣袖道："此小妾也，通家长者，合当拜见，不必避嫌。"丫鬟铺毡。小娘子向上便拜。学士还礼不迭。解元将学士抱住，不要他还礼。拜了四拜，学士只还得两个揖，甚不过意。拜罢，解元携小娘子近学士之傍，带笑问道："老先生请认一认，方才说学生颇似华安，不识此女亦似秋香否？"学士熟视大笑，慌忙作揖，连称得罪。解元道："还该是学生告罪。"二人再至书房。解元命重整杯盘，洗盏更酌。酒中学士复叩其详。解元将阊门舟中相遇始末细说一遍。各各抚掌大笑。学士道："今日即不敢以记室相待，少不得行子婿之礼。"解元道："若要甥舅相行，恐又费丈人妆奁耳。"二人复大笑。是夜，尽欢而别。

学士回到舟中，将袖中诗句置于桌上，反覆玩味。"首联道：'拟向华阳洞里游'，是说有茅山进香之行了。'行踪端为可人留'，分明为中途遇了秋香，耽阁住了。第二联：'愿随红

拂同高蹈，敢向朱家惜下流，'他屈身投靠，便有相挈而逃之
意。第三联：'好事已成谁索笑？屈身今去尚含羞。'这两句，
明白。末联：'主人若问真名姓，只在"康宣"两字头。'康字
与唐字头一般，宣字与寅字头无二，是影着唐寅二字。我自不
能推详耳。他此举虽似情痴，然封还衣饰，一无所取，乃礼义
之人，不枉名士风流也。"学士回家，将这段新闻向夫人说了。
夫人亦骇然。于是厚具妆奁，约值千金，差当家老姆姆押送唐
解元家。从此两家遂为亲戚，往来不绝。至今吴中把此事传作
风流话柄。有唐解元《焚香默坐歌》，自述一生心事，最做得
好！歌曰：

> 焚香默坐自省已，口里喃喃想心里。
> 心中有甚害人谋？口中有甚欺心语？
> 为人能把口应心，孝弟忠信从此始。
> 其余小德或出入，焉能磨涅吾行止。
> 头插花枝手把杯，听罢歌童看舞女。
> 食色性也古人言，今人乃以为之耻。
> 及至心中与口中，多少欺人没天理。
> 阴为不善阳掩之，则何益矣徒劳耳。
> 请坐且听吾语汝：凡人有生必有死，
> 死见阎君面不惭，才是堂堂好男子。

选自《警世通言》

【题解】

　　唐伯虎点秋香，是传统所谓的一段风流佳话，靠着多种艺
术形式的传播，至今仍盛传不衰。自古吴中多才俊，唐伯虎是

其中妙之妙者，成为他们的代表和典型。为了一笑之缘，可以做小伏低，到华府为仆，施展手段，先俘其主，再取其婢，所以得手，全在才艺。何况心诚情切，岂有不得之理？唐伯虎这段姻缘，始于笑，终于笑，留给世人的还是笑，即此一端，或也足称圆满矣。如果正言厉色地来批评唐伯虎的"不正经"，或者批评作品描写"胡闹"，那就过呆了。不妨有此一格。

【注释】

①遗才：秀才去应乡试，须先经过学道的科考录送，如属临时添补核准则称为录遗，也就是所谓遗才。　②暖轿：四面有帷帘遮掩的轿子。　③处一个小馆：馆，即塾，设塾教授学生。　④学生：科第中人自称谦词。

白娘子永镇雷峰塔

山外青山楼外楼，西湖歌舞几时休？

暖风薰得游人醉，直把杭州作汴州。

话说西湖景致，山水鲜明。晋朝咸和年间，山水大发，汹涌流入西门。忽然水内有牛一头见，浑身金色。后水退，其牛随行至北山，不知去向。哄动杭州市上之人，皆以为显化。所以建立一寺，名曰金牛寺。西门，即今之涌金门，立一座庙，号金华将军。当时有一番僧，法名浑寿罗，到此武林郡云游，玩其山景，道："灵鹫山前小峰一座，忽然不见，原来飞到此处。"当时人皆不信。僧言："我记得灵鹫山前峰岭，唤做灵鹫岭，这山洞里有个白猿，看我呼出为验。"果然呼出白猿来。山前有一亭，今唤做冷泉亭。又有一座孤山，生在西湖中。先曾有林和靖先生在此山隐居。使人搬挑泥石，砌成一条走路，东接断桥，西接栖霞岭，因此唤作孤山路。又唐时有刺史白乐天，筑一条路，南至翠屏山，北至栖霞岭，唤做白公堤，不时被山水冲倒，不只一番，用官钱修理。后宋时，苏东坡来做太守，因见有这两条路，被水冲坏，就买木石，起人夫，筑得坚固。六轿上朱红栏杆，堤上栽种桃柳，到春景融和，端的十分好景，堪描入画。后人因此只唤做苏公堤。又孤山路畔，起造两条石桥，分开水势，东边唤做断桥，西边唤做西宁桥。真乃：

隐隐山藏三百寺，依稀云锁二高峰。

　　说话的，只说西湖美景，仙人古迹。俺今日且说一个俊俏后生，只因游玩西湖，遇着两个妇人，直惹得几处州城，闹动了花街柳巷。有分教：才人把笔，编成一本风流话本。单说那子弟，姓甚名谁？遇着甚般样的妇人？惹出甚般样事？有诗为证：

>　　清明时节雨纷纷，路上行人欲断魂；
>
>　　借问酒家何处有，牧童遥指杏花村。

　　话说宋高宗南渡，绍兴年间，杭州临安府过军桥黑珠巷内有一个宦家，姓李名仁。见做南廊阁子库①募事官，又与邵太尉管钱粮。家中妻子，有一个兄弟许宣，排行小乙。他爹曾开生药店。自幼父母双亡，却在表叔李将仕家生药铺做主管，年方二十二岁。那生药店开在官巷口。忽一日，许宣在铺内做买卖，只见一个和尚来到门首，打个问讯道："贫僧是保叔塔寺内僧，前日已送馒头并卷子在宅上。今清明节近，追修祖宗，望小乙官到寺烧香，勿误。"许宣道："小子准来。"和尚相别去了。许宣至晚归姐夫家去。原来许宣无有老小②，只在姐姐家住。当晚与姐姐说："今日保叔塔和尚来请烧箓子③，明日要荐祖宗，走一遭了来。"次日早起买了纸马、蜡烛、经幡、钱垛④一应等项，吃了饭，换了新鞋袜衣服，把箓子钱马使条袱子包了，径到官巷口李将仕家来。李将仕见了，问许宣何处去？许宣道："我今日要去保叔塔烧箓子，追荐祖宗，乞叔叔容暇一日。"李将仕道："你去便回。"许宣离了铺中，入寿安坊，花市街，过井亭桥，往清河街后钱塘门，行石函桥过放生碑，径到保叔塔寺。寻见送馒头的和尚，忏悔过疏头，烧了箓子，到佛殿上看众僧念经。吃斋罢，别了和尚，离寺迤逦闲走，过西宁桥、孤山路、四圣观，来看林和靖坟，到六一泉闲走。不期云生西北，雾锁东南，落下微微细雨，渐大起来。正是清明时节，少不得天公应时，催花雨下，那阵雨下得绵绵不绝。许宣见脚下湿，脱下了新鞋袜，走出四圣观来寻船，不见一只。正没摆布处，只见一个老儿，摇着一只船过来。许宣暗喜，认时正是张阿公。叫道："张阿公，搭我则个。"老儿听得叫，认时，原来是许小乙。将船摇近岸来，道："小乙官，着了雨，不知要何处上岸？"许宣道："涌金门上岸。"这老儿扶许宣下船，离了岸，摇近丰乐楼来。摇不上十数丈水面，只见岸上有人叫道："公公，搭船则个。"许宣看时，是一个妇人，头戴孝头髻，乌云畔插着些素钗梳，穿一领白绢衫儿，下穿一条细麻布裙。这妇人肩下一个丫鬟，身上穿着青衣服，头上一双角髻，戴两条大红头须，插着两件首饰，手中捧着一个包儿要搭船。那老张对小乙官道："'因风吹火，用力不多'，一发搭了他去。"许宣道："你便叫他下来。"老儿见说，将船傍了岸边，那妇人同丫鬟下船，见了许宣，起一点朱唇，露两行碎玉，向前道一个万福。许宣慌忙起身答礼。那娘子和丫鬟舱中坐定了。娘子把秋波频转，瞧着许宣。许宣平生是个老实之人，见了此等如花似玉的美妇人，傍边又是个俊俏美女样的丫鬟，也不免动念。那妇人道："不敢动问官人，高姓尊讳？"许宣答道："在下姓许名宣，排行第一。"妇人道："宅上何处？"许宣道："寒舍住在过军桥黑珠儿巷，生药铺内做买卖。"那娘子问了一回，许宣寻思道："我也问他一问。"起身道："不敢拜问娘子高姓？潭府何处？"那妇人答道："奴家是白三班白殿直之妹，嫁了张官人，不幸亡过了，见葬在这雷岭。为因清明节近，今日带了丫鬟，往坟上祭扫了方回。不想值雨，若不是搭得官人便船，实是狼狈。"又闲讲了一回，迤逦船摇近岸。只见那妇人道："奴家一时心忙，不曾带得盘缠在身边，万望官人处借些船钱还了，并不有负。"许宣道："娘子自便，不妨，些须船钱不必计较。"还罢船钱。那雨越不住。许宣挽了上岸。那妇人道："奴家只在箭桥双茶坊巷口。若不弃时，可到寒舍拜茶，纳还船钱。"许宣道："小事何消挂怀。天色晚了，改日拜望。"说罢，妇人共丫鬟自去。许宣入涌金门，从人家屋檐下到三桥街，见一个生药铺，正是李将仕兄弟的店。许宣走到铺前，正见小将仕在门前。小将仕道："小乙哥晚了，那里去？"许宣道："便是去保叔塔烧篾子，着了雨，望借一把伞则个。"将仕见说叫道："老陈把伞来，与小乙官去。"不多时，老陈将一把雨伞撑开道："小乙官，这伞是清湖八字桥老实舒家做的。八十四骨，紫竹柄的好伞，不曾有一些儿破，将去休坏了！仔细，仔细！"许宣道："不必分付。"接了伞，谢了将仕，出羊坝头来。到后市街巷口。只听得有人叫道："小乙官人。"许宣回头看时，只见沈公井巷口小茶坊屋檐下，立着一个妇人，认得正是搭船的白娘子。许宣道："娘子如何在此？"白娘子道："便是雨不得住，鞋儿都踏湿了，教青青回家，取伞和脚下。又见晚下来。望官人搭几步则个。"许宣和白娘子合伞到坝头道："娘子到那里去？"白娘子道："过桥投箭桥去。"许宣道："小娘子，小人自往过军桥去，路又近了，不若娘子把伞将去，明日小人自来取。"白娘子道："却是不当，感谢官人厚意！"许宣沿人家屋檐下冒雨回来。只见姐夫家当直王安，拿着钉靴雨伞来接不着，却好归来。到家内吃了饭。当夜思量那妇人，翻来覆去睡不着。梦中共日间见的一般，情意相浓，不想金鸡叫一声，却是南柯一梦。正是：

> 心猿意马驰千里，浪蝶狂蜂闹五更。

到得天明，起来梳洗罢，吃了饭，到铺中心忙意乱，做些买卖也没心思。到午时后，思量道："不说一谎，如何得这伞来还人？"当时许宣见老将仕坐在柜上，向将仕说道："姐夫叫许宣归早些，要送人情，请暇半日。"将仕道："去了，明日早些来！"许宣唱个喏，径来箭桥双茶坊巷口，寻问白娘子家里。问了半日，没一个认得。正踌蹰间，只见白娘子家丫鬟青青，从东边走来。许宣道："姐姐，你家何处住？讨伞则个。"青青道："官人随我来。"许宣跟定青青，走不多路，道："只这里便是。"许宣看时，见一所楼房，门前两扇大门，中间四扇看街槅子眼，当中挂顶细密朱红帘子，四下排着十二把黑漆交椅，挂四幅名人山水古画。对门乃是秀王府墙。那丫头转入帘子内道："官人请入里面坐。"许宣随步入到里面，那青青低低悄悄叫道："娘子，许小乙官人在此。"白娘子里面应道："请官人进里面拜茶。"许宣心下迟疑。青青三回五次，催许宣进去。许宣转到里面，只见：四扇暗槅子窗，揭起青布幕，一个坐起⑤，桌上放一盆虎须菖蒲，两边也挂四幅美人，中间挂一幅神像，桌上放一个古铜香炉花瓶。那小娘子向前深深的道一个万福，道："夜来多蒙小乙官人应付周全，识荆之初，甚是感激不浅！"许宣道："些微何足挂齿。"白娘子道："少坐拜茶。"茶罢，又道："片时薄酒三杯，表意而已。"许宣方欲推辞，青青已自把菜蔬果品流水排将出来。许宣道："感谢娘子置酒，不当厚扰。"饮至数杯，许宣起身道："今日天色将晚，路远，小子告回。"娘子道："官人的伞，舍亲昨夜转借去了，再饮几杯，着人取来。"许宣道："日晚，小子要回。"娘子道："再饮一杯。"许宣道："饮馔好了，多感，多感！"白娘子道："既是官人要回，这伞相烦明日来取则个。"许宣只得相辞了回家。至次日，又来店中做些买卖。又推个事故，却来白娘子家取伞。娘子见来，又备三杯相款。许宣道："娘子还了小子的伞罢，不必多扰。"那娘子道："既安排了，略饮一杯。"许宣只得坐下。那白娘子筛一杯酒，递与许宣，启樱桃口，露榴子牙，娇滴滴声音，带着满面春风，告道："小官人在上，真人面前说不得假话。奴家亡了丈夫，想必和官人有宿世姻缘，一见便蒙错爱。正是你有心，我有意。烦小乙官人寻一个媒证，与你共成百年姻眷，不枉天生一对，却不是好。"许宣听那妇人说罢，自己寻思："真个好一段姻缘。若取得这个浑家，也不枉了。我自十分肯了，只是一件不谐：思量我日间在李将仕家做主管，夜间在姐夫家安歇，虽有些少东西，只好办身上衣服，如何得钱来娶老小？"自沉吟不答。只见白娘子道："官人何故不回言语？"许宣道："多感过爱，实不相瞒，只为身边窘迫，不敢从命。"娘子道："这个容易。我囊中自有余财，不必挂念。"便叫青青道："你去取一锭白银下来。"只见青青手扶栏杆，脚踏胡梯⑥，取下一个包儿来，递与白娘子。娘子道："小乙官人，这东西将去使用，少欠时再来取。"亲手递与许宣。许宣接得包儿，打开看时，却是五十两雪花银子。藏于袖中，起身告回。青青把伞来还了许宣。许宣接得相别，一径回家，把银子藏了。当夜无话。明日起来，离家到官巷口，把伞还了李将仕。许宣将些碎银子买了一只肥好烧鹅，鲜鱼精肉，嫩鸡果品之类提回家来。又买了一樽酒，分付养娘丫鬟安排整下。那日却好姐夫李募事在家。饮馔俱已完备，来请姐夫和姐姐吃酒。李募事却见许宣请他，到吃了一惊，道："今日做甚么子坏钞？日常不曾见酒盏儿面，今朝作怪！"三人依次坐定饮酒，酒至数杯，李募事道："尊舅，没事教你坏钞做甚？"许宣道："多谢姐夫，切莫笑话，轻微何足挂齿。感谢姐夫姐姐管雇多时。一客不烦二主人，许宣如今年纪长成，恐虑后无人养育，不是了处。今有一头亲事在此说起，望姐夫姐姐与许宣主张，结果了一生终身，也好。"姐夫姐姐听得说罢，肚内暗自寻思道："许宣日常一毛不拔，今日坏得些钱钞，便要我替他讨老小？"夫妻二人，你我相看，只不回话。吃酒了，许宣自做买卖。过了三两日，许宣寻思道："姐姐如何不说起？"忽一日，见姐姐问道："曾向姐夫商量也不曾？"姐姐道："不曾。"许宣道："如何不曾商量？"姐姐道："这个事不比别样的事，仓卒不得，又见姐夫这几日面色心焦，我怕他烦恼，不敢问他。"许宣道："姐姐你如何不上紧？这个有甚难处，你只怕我教姐夫出钱，故此不理。"许宣便起身到卧房中开箱，取出白娘子的银来，把与姐姐道："不必推故，只要姐夫做主。"姐姐道："吾弟多时在叔叔家中做主管，积趱得这些私房。可知道要娶老婆！你且去，我安在此。"却说李募事归来，姐姐道："丈夫，可知小舅要娶老婆，原来自趱得些私房，如今教我倒换些零碎使用，我们只得与他完就这亲事则个。"李募事听得说道："原来如此，得他积得些私房也好。拿来我看！"做妻的连忙将出银子递与丈夫。李募事接在手中，番来覆去，看了上面凿的字号，大叫一声："苦！不好了，全家是死！"那妻吃了一惊，问道："丈夫有甚么利害之事？"李募事道："数日前邵太尉库内封记锁押俱不动，又无地穴得入，平空不见了五十锭大银。见今着落临安府提捉贼人，十分紧急，没有头路得获，累害了多少人。出榜缉捕，写着字号锭数，'有人捉获贼人银子者，赏银五十两；知而不首，及窝藏贼人者，除正犯外，全家发边远充军。'这银子与榜上字号不差，正是邵太尉库内银子。即今捉捕十分紧急。正是'火到身边，顾不得亲眷，自可去拨。'明日事露，实难分说。不管他偷的借的，宁可苦他，不要累我。只得将银子出首，免了一家之害。"老婆见说了，合口不得，目睁口呆。当时拿了这锭银子，径到临安府出首。那大尹闻知这话，一夜不睡。次日，火速差缉捕使臣何立。何立带了伙伴，并一班眼明手快的公人，径到官巷口，李家生药店，提捉正贼许宣。到得柜边，发声喊，把许宣一条绳子绑缚了，一声锣，一声鼓，解上临安府来。正值韩大尹升厅，押过许宣当厅跪下，喝声打！许宣道："告相公不必用刑，不知许宣有何罪？"大尹焦躁道："真赃正贼，有何理说，还说无罪？邵太尉府中不动封锁，不见了一号大银五十锭，见有李募事出首，一定这四十九锭也在你处。想不动封皮，不见了银子，你也是个妖人！不要打，……"喝教："拿些砂血来！"许宣方知是这事，大叫道："不是妖人，待我分说！"大尹道："且住，你且说这银子从何而来？"许宣将借伞讨伞的上项事，一一细说一遍。大尹道："白娘子是甚么样人？见住何处？"许宣道："凭他说是白三班白殿直的亲妹子，如今见住箭桥边，双茶坊巷口，秀王墙对黑楼子高坡儿内住。"那大尹随即便叫缉捕使臣何立，押领许宣，去双茶坊巷口捉拿本妇前来。何立等领了钧旨，一阵做公的径到双茶坊巷口秀王府墙对黑楼子前看时：门前四扇看阶，中间两扇大门，门外避藉陛⑦，坡前却是垃圾，一条竹子横夹着。何立等见了这个模样，到都呆了！当时就叫捉了邻人，上首是做花的丘大，下首是做皮匠的孙公。那孙公摆忙⑧的吃他一惊，小肠气发，跌倒在地。众邻舍都走来道："这里不曾有甚么白娘子。这屋不五六年前有一个毛巡检，合家时病死了。青天白日，常有鬼出来买东西，无人敢在里头住。几日前，有个疯子立在门前唱喏。"何立教众人解下横门竹竿，里面冷清清地，起一阵风，卷出一道腥气来。众人都吃了一惊，倒退几步。许宣看了，则声不得，一似呆的。做公的数中，有一个能胆大，排行第二，姓王，专好酒吃，都叫他做好酒王二。王二道："都跟我来。"发声喊一齐哄将入去，看时板壁、坐起、桌凳都有。来到胡梯边，教王二前行，众人跟着，一齐上楼。楼上灰尘三寸厚。众人到房门前，推开房门一望，床上挂着一张帐子，箱笼都有，只见一个如花似玉穿着白的美貌娘子，坐在床上。众人看了，不敢向前。众人道："不知娘子是神是鬼？我等奉临安大尹钧旨，唤你去与许宣执证⑨公事。"那娘子端然不动。好酒王二道："众人都不敢向前，怎的是了？你可将一坛酒来，与我吃了，做我不着，捉他去见大尹。"众人连忙叫两三个下去提一坛酒来与王二吃。王二开了坛口，将一坛酒吃尽了，道："做我不着！"将那空坛望着帐子内打将去。不打万事皆休，才然打去，只听得一声响，却是青天里打一个霹雳，众人都惊倒了！起来看时，床上不见了那娘子，只见明晃晃一堆银子。众人向前看了道："好了。"计数四十九锭。众人道："我们将银子去见大尹也罢。"扛了银子，都到临安府。何立将前事禀覆了大尹。大尹道："定是妖怪了。也罢，邻人无罪宁家。"差人送五十锭银子与邵太尉处，开个缘由，一一禀覆过了。许宣照"不应得为而为之事⑩"，理重者决杖免刺，配牢城营做工，满日疏放。牢城营乃苏州府管下。李募事因出首许宣，心上不安，将邵太尉给赏的五十两银子尽数付与小舅作为盘费。李将仕与书二封，一封与押司范院长，一封与吉利桥下开客店的王主人。许宣痛哭一场，拜别姐夫姐姐，带上行枷，两个防送人押着，离了杭州到东新桥，下了航船。不一日，来到苏州。先把书去见了范院长，并王主人。王主人与他官府上下使了钱，打发两个公人去苏州府，下了公文，交割了犯人，讨了回文，防送人自回。范院长王主人保领许宣不入牢中，就在王主人门前楼上歇了。许宣心中愁闷，壁上题诗一首：

> 独上高楼望故乡，愁看斜日照纱窗；
> 平生自是真诚士，谁料相逢妖媚娘！
> '白白'不知归甚处？青青那识在何方？
> 抛离骨肉来苏地，思想家中寸断肠！

有话即长，无话即短。不觉光阴似箭，日月如梭，又在王主人家住了半年之上。忽遇九月下旬，那王主人正在门首闲立，看街上人来人往。只见远远一乘轿子，傍边一个丫鬟跟着，道："借问一声：此间不是王主人家么？"王主人连忙起身道："此间便是。你寻谁人？"丫鬟道："我寻临安府来的许小乙官人。"主人道："你等一等，我便叫他出来。"这乘轿子便歇在门前。王主人便入去，叫道："小乙哥！有人寻你。"许宣听得，急走出来，同主人到门前看时，正是青青跟着，轿子里坐着白娘子。许宣见了，连声叫道："死冤家！自被你盗了官库银子，带累我吃了多少苦，有屈无伸，如今到此地位，又赶来做甚么？可羞死人！"那白娘子道："小乙官人不要怪我，今番特来与你分辩这件事。我且到主人家里面与你说。"白娘子叫青青取了包裹下轿。许宣道："你是鬼怪，不许入来。"挡住了门不放他。那白娘子与主人深深道了个万福，道："奴家不相瞒，主人在上，我怎的是鬼怪？衣裳有缝，对日有影。不幸先夫去世，教我如此被人欺负！做下的事，是先夫日前所为，非干我事。如今怕你怨畅^⑪我，特地来分说明白了，我去也甘心。"主人道："且教娘子入来坐了说。"那娘子道："我和你到里面对主人家的妈妈·说。"门前看的人，自都散了。许宣入到里面对主人家并妈妈道："我为他偷了官银子事，如此如此，因此教我吃场官司。如今又赶到此，有何理说？"白娘子道："先夫留下银子，我好意把你，我也不知怎的来的？"许宣道："如何做公的捉你之时，门前都是垃圾，就帐子里一响不见了你？"白娘子道："我听得人说你为这银子捉了去，我怕你说出我来，捉我到官，妆幌子羞人不好看。我无奈何只得走去华藏寺前姨娘家躲了。使人担垃圾堆在门前，把银子安在床上，央邻舍与我说谎。"许宣道："你却走了去，教我吃官事！"白娘子道："我将银子安在床上，只指望要好，那里晓得有许多事情？我见你配在这里，我便带了些盘缠，搭船到这里寻你，如今分说都明白了，我去也。敢是我和你前生没有夫妻之分！"那王主人道："娘子许多路来到这里，难道就去？且在此间住几日，却理会。"青青道："既是主人家再三劝解，娘子且住两日，当初也曾许嫁小乙官人。"白娘子随口便道："羞杀人，终不成奴家没人要？只为分别是非而来。"王主人道："既然当初许嫁小乙哥，却又回去；且留娘子在此。"打发了轿子，不在话下。

过了数日，白娘子先自奉承好了主人的妈妈，那妈妈劝主人与许宣说合，选定十一月十一日成亲，共百年谐老。光阴一瞬，早到吉日良时。白娘子取出银两，央王主人办备喜筵，二人拜堂结亲。酒席散后，共入纱厨。白娘子放出迷人声态，颠鸾倒凤，百媚千娇，喜得许宣如遇神仙，只恨相见之晚。正好欢娱，不觉金鸡三唱，东方渐白。正是：

> 欢娱嫌夜短，寂寞恨更长。

自此日为始，夫妻二人如鱼似水，终日在王主人家快乐昏迷缠定。日往月来，又早半年光景。时临春气融和，花开如锦，车马往来，街坊热闹。许宣问主人家道："今日如何人人出去闲游，如此喧嚷？"主人道："今日是二月半，男子妇人，都去看卧佛。你也好去承天寺里闲走一遭。"许宣见说，道："我和妻子说一声，也去看一看。"许宣上楼来，和白娘子说："今日二月半，男子妇人都去看卧佛，我也看一看就来。有人寻说话，回说不在家，不可出来见人。"白娘子道："有甚好看，只在家中却不好？看他做甚么？"许宣道："我去闲耍一遭就回，不妨。"许宣离了店内，有几个相识，同走到寺里看卧佛。绕廊下各处殿上观看了一遭，方出寺来，见一个先生，穿着道袍，头戴逍遥巾，腰系黄丝绦，脚着熟麻鞋，坐在寺前卖药，散施符水。许宣立定了看。那先生道："贫道是终南山道士，到处云游，散施符水，救人病患灾厄，有事的向前来。"那先生在人丛中看见许宣头上一道黑气，必有妖怪缠他，叫道："你近来有一妖怪缠你，其害非轻！我与你二道灵符，救你性命。一道符，三更烧，一道符放在自头发内。"许宣接了符，纳头便拜，肚内道："我也八九分疑惑那妇人是妖怪，真个是实。"谢了先生，径回店中。至晚，白娘子与青青睡着了，许宣起来道："料有三更了！"将一道符放在自头发内，正欲将一道符烧化，只见白娘子叹一口气道："小乙哥和我许多时夫妻，尚兀自不把我亲热，却信别人言语，半夜三更，烧符来压镇我！你且把符来烧看！"就夺过符来，一时烧化，全无动静。白娘子道："却如何？说我是妖怪！"许宣道："不干我事。卧佛寺前一云游先生，知你是妖怪。"白娘子道："明日同你去看他一看，如何模样的先生。"次日，白娘子清早起来，梳妆罢，戴了钗环，穿上素净衣服，分付青青看管楼上。夫妻二人，来到卧佛寺前。只见一簇人，团团围着那先生，在那里散符水。只见白娘子睁一双妖眼，到先生面前，喝一声："你好无礼！出家人枉在我丈夫面前说我是一个妖怪，书符来捉我！"那先生回言："我行的是五雷天心正法，凡有妖怪，吃了我的符，他即变出真形来。"那白娘子道："众人在此，你且书符来我吃看！"那先生书一道符，递与白娘子。白娘子接过符来，使吞下去。众人都看，没些动静。众人道："这等一个妇人，如何说是妖怪？"众人把那先生齐骂，那先生骂得口睁眼呆，半晌无言，惶恐满面。白娘子道："众位官人在此，他捉我不得。我自小学得个戏术，且把先生试来与众人看。"只见白娘子口内喃喃的，不知念些甚么。把那先生却似有人擒的一般，缩做一堆，悬空而起。众人看了齐吃一惊。许宣呆了。娘子道："若不是众位面上，把这先生吊他一年。"白娘子喷口气，只见那先生依然放下，只恨爹娘少生两翼，飞也似走了。众人都散了。夫妻依旧回来。不在话下。日逐盘缠，都是白娘子将出来用度。正是：夫唱妇随，朝欢暮乐。

不觉光阴似箭，又是四月初八日，释迦佛生辰。只见街市上人抬着柏亭浴佛，家家布施。许宣对王主人道："此间与杭州一般。"只见邻舍边一个小的，叫做铁头，道："小乙官人，今日承天寺里做佛会，你去看一看。"许宣转身到里面，对白娘子说了。白娘子道："甚么好看，休去！"许宣道："去走一遭，散闷则个。"娘子道："你要去，身上衣服旧了不好看，我打扮你去。"叫青青取新鲜时样衣服来。许宣着得不长不短，一似象体裁的：戴一顶黑漆头巾，脑后一双白玉环；穿一领青罗道袍，脚着一双皂靴，手中拿一把细巧百摺描金美人珊瑚坠上样春罗扇。打扮得上下齐整。那娘子分付一声，如莺声巧啭道："丈夫早早回来，切勿教奴记挂！"许宣叫了铁头相伴，径到承天寺来看佛会。人人喝采，好个官人。只听得有人说道："昨夜周将仕典当库内，不见了四五千贯金珠细软物件。见今开单告官，挨查没捉人处。"许宣听得，不解其意，自同铁头在寺。其日烧香官人子弟男女人等往往来来，十分热闹。许宣道："娘子教我早回，去罢。"转身人丛中，不见了铁头，独自个走出寺门来。只见五六个人似公人打扮，腰里挂着牌儿⑫。数中一个看了许宣，对众人道："此人身上穿的，手中拿的，好似那话儿?"数中一个认得许宣的道："小乙官，扇子借我一看。"许宣不知是计，将扇递与公人。那公人道："你们看这扇子扇坠，与单上开的一般!"众人喝声："拿了!"就把许宣一索子绑了，好似:

数只皂雕追紫燕，一群饿虎啖羊羔。

许宣道："众人休要错了，我是无罪之人。"众公人道："是不是，且去府前周将仕家分解!他店中失去五千贯金珠细软，白玉绦环，细巧百摺扇，珊瑚坠子，你还说无罪?真赃正贼，有何分说!实是大胆汉子，把我们公人作等闲看成。见今头上、身上、脚上，都是他家物件，公然出外，全无忌惮!"许宣方才呆了，半晌不则声。许宣道："原来如此，不妨，不妨，自有人偷得。"众人道："你自去苏州府厅上分说。"次日大尹升厅，押过许宣见了。大尹审问："盗了周将仕库内金珠宝物在于何处?从实供来，免受刑法拷打。"许宣道："禀上相公做主，小人穿的衣服物件皆是妻子白娘子的，不知从何而来。望相公明镜详辨则个!"大尹喝道："你妻子今在何处?"许宣道："见在吉利桥下王主人楼上。"大尹即差缉捕使臣袁子明押了许宣火速捉来。差人袁子明来到王主人店中，主人吃了一惊，连忙问道："做甚么?"许宣道："白娘子在楼上么?"主人道："你同铁头早去承天寺里，去不多时，白娘子对我说道:'丈夫去寺中闲耍，教我同青青照管楼上。此时不见回来，我与青青去寺前寻他去也，望乞主人替我照管。'出门去了，到晚不见回来。我只道与你去望亲戚,到今日不见回来。"众公人要王主人寻白娘子,前前后后,遍寻不见。袁子明将王主人捉了,见大尹回话。大尹道:"白娘子在何处?"王主人细细禀覆了,道:"白娘子是妖怪。"大尹一一问了,道:"且把许宣监了。"王主人使用了些钱,保出在外,伺候归结。且说周将仕正在对门茶坊内闲坐,只见家人报道:"金珠等物都有了,在库阁头空箱子内。"周将仕听了,慌忙回家看时,果然有了。只不见了头巾绦环扇子并扇坠。周将仕道:"明是屈了许宣,平白地害了一个人,不好。"暗地里到与该房说了,把许宣只问了小罪名。却说邵太尉使李募事到苏州干事,来王主人家歇。主人家把许宣来到这里,又吃官事,一一从头说了一遍。李募事寻思道:"看自家面上亲眷,如何看做落⑬?"只得与他央人情,上下使钱。一日,大尹把许宣一一供招明白,都做在白娘子身上,只做"不合不出首妖怪等事",杖一百,配三百六十里,押发镇江府牢城营做工。李募事道:"镇江去便不妨。我有一个结拜的叔叔,姓李名克用,在针子桥下开生药店。我写一封书,你可去投托他。"许宣只得问姐夫借了些盘缠,拜谢了王主人并姐夫,就买酒饭与两个公人吃,收拾行李起程。王主人并姐夫送了一程,各自回去了。

且说许宣在路,饥餐渴饮,夜住晓行,不则一日,来到镇江。先寻李克用家,来到针子桥生药铺内,只见主管正在门前卖生药。老将仕从里面走出来。两个公人同许宣慌忙唱个喏道:"小人是杭州李募事家中人,有书在此。"主管接了,递与老将仕。老将仕拆开看了道:"你便是许宣?"许宣道:"小人便是。"李克用教三人吃了饭。分付当直的,同到府中,下了公文,使用了钱,保领回家。防送人讨了回文,自归苏州去了。

许宣与当直一同到家中，拜谢了克用，参见了老安人。克用见李募事书，说道："许宣原是生药店中主管。"因此留在他店中做买卖，夜间教他去五条巷卖豆腐的王公楼上歇。克用见许宣药店中十分精细，心中欢喜。原来药铺中有两个主管，一个张主管，一个赵主管。赵主管一生老实本分，张主管一生克剥奸诈。倚着自老了，欺侮后辈。见又添了许宣，心中不悦，恐怕退了他；反生奸计，要嫉妒他。忽一日，李克用来店中闲看，问："新来的做买卖如何？"张主管听了心中道："中我机谋了！"应道："好便好了，只有一件，……"克用道："有甚么一件？"老张道："他大主买卖肯做，小主儿就打发去了，因此人说他不好。我几次劝他，不肯依我。"老员外说："这个容易，我自分付他便了，不怕他不依。"赵主管在傍听得此言，私对张主管说道："我们都要和气。许宣新来，我和你照管他才是。有不是宁可当面讲，如何背后去说他？他得知了，只道我们嫉妒。"老张道："你们后生家，晓得甚么！"天已晚了，各回下处。赵主管来许宣下处道："张主管在员外面前嫉妒你，你如今要愈加用心，大主小主儿买卖，一般样做。"许宣道："多承指教！我和你去闲酌一杯。"二人同到店中，左右坐下。酒保将要饭果碟摆下，二人吃了几杯。赵主管说："老员外最性直，受不得触。你便依随他生性，耐心做买卖。"许宣道："多谢老兄厚爱，谢之不尽！"又饮了两杯，天色晚了。赵主管道："晚了路黑难行，改日再会。"许宣还了酒钱，各自散了。许宣觉道有杯酒醉了，恐怕冲撞了人，从屋檐下回去。正走之间，只见一家楼上推开窗，将熨斗播灰下来，都倾在许宣头上。立住脚，便骂道："谁家泼男女，不生眼睛，好没道理！"只见一个妇人，慌忙走下来道："官人休要骂，是奴家不是，一时失误了，

休怪！"许宣半醉，抬头一看，两眼相观，正是白娘子。许宣怒
从心上起，恶向胆边生，无明火焰腾腾高起三千丈，掩纳不住，
便骂道："你这贼贱妖精，连累得我好苦！吃了两场官事！"恨
小非君子，无毒不丈夫。正是：

踏破铁鞋无觅处，得来全不费工夫。

许宣道："你如今又到这里，却不是妖怪？"赶将入去，把白娘
子一把拿住道："你要官休私休！"白娘子陪着笑面道："丈夫，
'一夜夫妻百夜恩'，和你说来事长。你听我说：当初这衣服，
都是我先夫留下的。我与你恩爱深重，教你穿在身上，恩将仇
报，反成吴越⑭？"许宣道："那日我回来寻你，如何不见了！
主人都说你同青青来寺前看我，因何又在此间？"白娘子道：
"我到寺前，听得说你被捉了去，教青青打听不着，只道你脱身
走了。怕来捉我，教青青连忙讨了一只船，到建康府娘舅家去。
昨日才到这里。我也道连累你两场官事，也有何面目见你！你
怪我也无用了。情意相投，做了夫妻，如今好端端难道走开了？
我与你情似泰山，恩同东海，誓同生死，可看日常夫妻之面，
取我到下处，和你百年偕老，却不是好！"许宣被白娘子一骗，
回嗔作喜，沉吟了半晌，被色迷了心胆，留连之意，不回下处，
就在白娘子楼上歇了。次日，来上河五条巷王公楼家，对王公
说："我的妻子同丫鬟从苏州来到这里。"一一说了，道："我
如今搬回来一处过活。"王公道："此乃好事，如何用说。"当
日把白娘子同青青搬来王公楼上。次日，点茶请邻舍。第三日，
邻舍又与许宣接风。酒筵散了，邻舍各自回去，不在话下。第
四日，许宣早起梳洗已罢，对白娘子说："我去拜谢东西邻舍，
去做买卖去也。你同青青只在楼上照管，切勿出门！"分付已
了，自到店中做买卖，早去晚回。不觉光阴迅速，日月如梭，

又过一月。忽一日，许宣与白娘子商量，去见主人李员外妈妈家眷。白娘子道："你在他家做主管，去参见了他，也好日常走动。"到次日，雇了轿子，径进里面请白娘子上了轿。叫王公挑了盒儿，丫鬟青青跟随，一齐来到李员外家。下了轿子，进到里面，请员外出来。李克用连忙来见，白娘子深深道个万福，拜了两拜，妈妈也拜了两拜，内眷都参见了。原来李克用年纪虽然高大，却专一好色。见了白娘子有倾国之姿，正是：

三魂不附体，七魄在他身。

那员外目不转睛，看白娘子。当时安排酒饭管待。妈妈对员外道："好个伶俐的娘子！十分容貌，温柔和气，本分老成。"员外道："便是杭州娘子生得俊俏。"饮酒罢了，白娘子相谢自回。李克用心中思想："如何得这妇人共宿一宵？"眉头一簇，计上心来，道："六月十三是我寿诞之日，不要慌，教这妇人着我一个道儿。"不觉乌飞兔走，才过端午，又是六月初间。那员外道："妈妈，十三日是我寿诞，可做一个筵席，请亲眷朋友闲耍一日，也是一生的快乐。"当日亲眷邻友主管人等，都下了请帖。次日，家家户户都送烛面手帕物件来。十三日都来赴筵，吃了一日。次日是女眷们来贺寿，也有廿来个。且说白娘子也来，十分打扮，上着青织金衫儿，下穿大红纱裙，戴一头百巧珠翠金银首饰。带了青青，都到里面拜了生日，参见了老安人。东阁下排着筵席。原来李克用吃虱子留后腿⑥的人。因见白娘子容貌，设此一计，大排筵席。各个传杯弄盏，酒至半酣，却起身脱衣净手。李员外原来预先分付腹心养娘道："若是白娘子登东，他要进去，你可另引他到后面僻净房内去。"李员外设计已定，先自躲在后面。正是：

不劳钻穴逾墙事，稳做偷香窃玉人。

只见白娘子真个要去净手，养娘便引他到后面一间僻净房内去。养娘自回。那员外心中淫乱，捉身不住，不敢便走进去，却在门缝里张。不张万事皆休，则一张那员外大吃一惊，回身便走，来到后边，望后倒了。

不知一命如何，先觉四肢不举！

那员外眼中不见如花似玉体态，只见房中蟠着一条吊桶来粗大白蛇，两眼一似灯盏，放出金光来。惊得半死，回身便走，一绊一跌。众养娘扶起看时，面青口白。主管慌忙用安魂定魄丹服了，方才醒来。老安人与众人都来看了道："你为何大惊小怪做甚么？"李员外不说其事，说道："我今日起得早了，连日又辛苦了些，头风病发晕倒了。"扶去房里睡了。众亲眷再入席饮了几杯，酒筵罢散，众人作谢回家。白娘子回到家中思想，恐怕明日李员外在铺中对许宣说出本相来。便生一条计，一头脱衣服，一头叹气。许宣道："今日出去吃酒，因何回来叹气？"白娘子道："丈夫，说不得！李员外原来假做生日，其心不善。因见我起身登东，他躲在里面，欲要奸骗我，扯裙扯裤，来调戏我。欲待叫起来，众人都在那里，怕妆幌子。被我一推倒地，他怕羞没意思，假说晕倒了。这惶恐那里出气！"许宣道："既不曾奸骗你，他是我主人家，出于无奈，只得忍了。这遭休去便了。"白娘子道："你不与我做主，还要做人？"许宣道："先前多承姐夫写书，教我投奔他家。亏他不阻，收留在家做主管。如今教我怎的好？"白娘子道："男子汉！我被他这般欺负，你还去他家做主管？"许宣道："你教我何处去安身？做何生理？"白娘子道："做人家主管，也是下贱之事。不如自开一个生药铺。"许宣道："亏你说，只是那讨本钱？"白娘子道："你放心，这个容易。我明日把些银子，你先去赁了间房子却又说话。"且说"今是古，古是今"，各处有这等出热⑯的。间壁有一个人，姓蒋名和，一生出热好事。次日，许宣问女娘子讨了些银子，教蒋和去镇江渡口马头上，赁了一间房子，买下一付生药厨柜，陆续收买生药。十月前后，俱已完备，选日开张药店，不去做主管。那李员外也自知惶恐，不去叫他。

许宣自开店来，不匡买卖一日兴一日，普得厚利。正在门前卖生药，只见一个和尚将着一个募缘簿子道："小僧是金山寺和尚，如今七月初七日是英烈龙王生日，伏望官人到寺烧香，布施些香钱！"许宣道："不必写名，我有一块好降香，舍与你拿去烧罢。"即便开柜取出递与和尚。和尚接了道："是日望官人来烧香！"打一个问讯去了。白娘子看见道："你这杀才，把这一块好香与那贼秃去换酒肉吃！"许宣道："我一片诚心舍与他，花费了也是他的罪过。"不觉又是七月初七日，许宣正开得店，只见街上闹热，人来人往。帮闲的蒋和道："小乙官前日布施了香，今日何不去寺内闲走一遭？"许宣道："我收拾了，略待略待，和你同去。"蒋和道："小人当得相伴。"许宣连忙收拾了，进去对白娘子道："我去金山寺烧香，你可照管家里则个。"白娘子道："'无事不登三宝殿'，去做甚么？"许宣道："一者不曾认得金山寺，要去看一看；二者前日布施了，要去烧香。"白娘子道："你既要去，我也挡你不得，只要依我三件事。"许宣道："那三件？"白娘子道："一件，不要去方丈内去；二件，不要与和尚说话；三件，去了就回。来得迟，我便来寻你也。"许宣道："这个何妨，都依得。"当时换了新鲜衣服鞋袜，袖了香盒，同蒋和径到江边，搭了船，投金山寺来。先到龙王堂烧了香，绕寺闲走了一遍，同众人信步来到方丈门前。许宣猛省道："妻子分付我休要进方丈内去。"立住了脚，不进去。蒋和道："不妨事，他自在家中，回去只说不曾去便了。"说罢，走入去，看了一回，便出来。且说方丈当中座上，坐着一个有德行的和尚，眉清目秀，圆顶方袍，看了模样，的是真僧。一见许宣走过，便叫侍者："快叫那后生进来。"侍者看了一回，人千人万，乱滚滚的，又不记得他，回说："不知他走那边去了？"和尚见说，持了禅杖，自出方丈来，前后寻不见。复身出寺来看，只见众人都在那里等风浪静了落船。那风浪越大了，道："去不得。"正看之间，只见江心里一只船飞也似来得快。许宣对蒋和道："这般大风浪过不得渡，那只船如何到来得快？"正说之间，船已将近。看时，一个穿白的妇人，一个穿青的女子来到岸边，仔细一认，正是白娘子和青青两个。许宣这一惊非小。白娘子来到岸边，叫道："你如何不归？快来上船！"许宣却欲上船，只听得有人在背后喝道："业畜在此做甚么？"许宣回头看时，人说道："法海禅师来了！"禅师道："业畜，敢再来无礼，残害生灵！老僧为你特来。"白娘子见了和尚，摇开船，和青青把船一翻，两个都翻下水底去了。许宣回身看着和尚便拜："告尊师，救弟子一条草命！"禅师道："你如何遇着这妇人？"许宣把前项事情从头说了一遍。禅师听罢，道："这妇人正是妖怪，汝可速回杭州去。如再来缠汝，可到湖南净慈寺里寻我。有诗四句：

> 本是妖精变妇人，西湖岸上卖娇声；
>
> 　汝因不识遭他计，有难湖南见老僧。

许宣拜谢了法海禅师，同蒋和下了渡船，过了江，上岸归家。白娘子同青青都不见了。方才信是妖精。到晚来，教蒋和相伴过夜，心中昏闷，一夜不睡。次日早起，叫蒋和看着家里，却来到针子桥李克用家，把前项事情告诉了一遍。李克用道："我生日之时，他登东，我撞将去，不期见了这妖怪，惊得我死去。我又不敢与你说这话。既然如此，你且搬来我这里住着，别作道理。"许宣作谢了李员外，依旧搬到他家。不觉住过两月有余。

忽一日立在门前，只见地方总甲分付排门人等[17]，俱要香花灯烛，迎接朝廷恩赦。原来是宋高宗策立孝宗，降赦通行天下，只除人命大事，其余小事，尽行赦放回家。许宣遇赦，欢喜不胜，吟诗一首，诗云：

> 感谢吾皇降赦文，网开三面许更新；
> 死时不作他邦鬼，生日还为旧土人。
> 不幸逢妖愁更甚，何期遇宥罪除根？
> 归家满把香焚起，拜谢乾坤再造恩。

许宣吟诗已毕，央李员外衙门上下打点使用了钱，见了大尹，给引[18]还乡。拜谢东邻西舍，李员外妈妈合家大小，二位主管，俱拜别了。央帮闲的蒋和买了些土物带回杭州。来到家中，见了姐夫姐姐，拜了四拜。李募事见了许宣焦躁道："你好生欺负人，我两遭写书教你投托人，你在李员外家娶了老小，不直得寄封书来教我知道，直恁的无仁无义！"许宣说："我不曾娶妻小。"姐夫道："见今两日前，有一个妇人带着一个丫鬟，道是你的妻子。说你七月初七日去金山寺烧香，不见回来。那里不寻到。直到如今，打听得你回杭州，同丫鬟先到这里等你两月了。"教人叫出那妇人和丫鬟见了许宣。许宣看见，果是白娘子青青。许宣见了，目睁口呆，吃了一惊。不在姐夫姐姐面前说这话本[19]，只得任他埋怨了一场。李募事教许宣共白娘子去一间房内去安身。许宣见晚了，怕这白娘子，心中慌了。不敢向前，朝着白娘子跪在地下道："不知你是何神何鬼？可饶我的性命!"白娘子道:"小乙哥是何道理?我和你许多时夫妻,又不曾亏负你,如何说这等没力气的话。"许宣道:"自从和你相识之后,带累我吃了两场官司。我到镇江府,你又来寻我。前日金山寺烧香,归得迟了,你和青青又直赶来。见了禅师,便跳下江里去了。我只道你死了,不想你又先到此,望乞可怜见饶我则个!"白娘子圆睁怪眼道:"小乙官我也只是为好,谁想到成怨本!我与你平生夫妇,共枕同衾,许多恩爱,如今却信别人闲言语,教我夫妻不睦。我如今实对你说,若听我言语喜喜欢欢,万事皆休;若生外心,教你满城皆为血水,人人手攀洪浪,脚踏浑波,皆死于非命。"惊得许宣战战兢兢,半晌无言可答,不敢走近前去。青青劝道:"官人,娘子爱你杭州人生得好,又喜你恩情深重。听我说,与娘子和睦了,休要疑虑。"许宣吃两个缠不过,叫道:"却是苦耶!"只见姐姐在天井里乘凉,听得叫苦,连忙来到房前,只道他两个儿厮闹,拖了许宣出来。白娘子关上房门自睡。许宣把前因后事,一一对姐姐告诉了一遍。却好姐夫乘凉归房。姐姐道:"他两口儿厮闹了,如今不知睡了也未,你且去张一张了来。"李募事走到房前看时,里头黑了,半亮不亮。将舌头唴破纸窗,不张万事皆休,一张时,见一条吊桶来大的蟒蛇,睡在床上,伸头在天窗内乘凉,鳞甲内放出白光来,照得房内如同白日。吃了一惊,回身便走。来到房中,不说其事。道:"睡了,不见则声。"许宣躲在姐姐房中,不敢出头。姐夫也不问他。过了一夜,次日,李募事叫许宣出去,到僻静处问道:"你妻子从何娶来?实实的对我说,不要瞒我!自昨夜亲眼看见他是一条大白蛇,我怕你姐姐害怕,不说出来。"许宣把从头事,一一对姐夫说了一遍。李募事道:"既是这等,白马庙前,一个呼蛇戴先生,如法捉得蛇。我同你去接他。"二人取路来到白马庙前,只见戴先生正立在门口。二人道:"先生拜揖。"先生道:"有何见谕?"许宣道:"家中有一条大蟒蛇,相烦一捉则个!"先生道:"宅上何处?"许宣道:"过将军桥黑珠儿巷内李募事家便是。"取出一两银子道:"先生收了银子,待捉得蛇另又相谢。"先生收了道:"二位先回,小子便来。"李募事与许宣自回。那先生装了一瓶雄黄药水,一直来到黑珠儿巷内,问李募事家。人指道:"前面那楼子内便是。"先生来到门前,揭起帘子,咳嗽一声,并无一个人出来。敲了半晌门,只见一个小娘子出来问道:"寻谁家?"先生道:"此是李募事家么?"小娘子道:"便是。"先生道:"说宅上有一条大蛇,却才二位官人来请小子捉蛇。"小娘子道:"我家那有大蛇?你差了。"先生道:"官人先与我一两银子,说提了蛇后,有重谢。"白娘子道:"没有,休信他们哄你。"先生道:"如何作耍?"白娘子三回五次发落不去,焦躁起来,道:"你真个会捉蛇?只怕你捉他不得!"戴先生道:"我祖宗七八代呼蛇捉蛇,量道一条蛇有何难捉!"娘子道:"你说捉得,只怕你见了要走!"先生道:"不走,不走!如走,罚一锭白银。"娘子道:"随我来。"到天井内,那娘子转个弯,走进去了。那先生手中提着瓶儿,立在空地上。不多时,只见刮起一阵冷风,风过处,只见一条吊桶来大的蟒蛇,速射将来,正是:

　　　　　人无害虎心,虎有伤人意。

且说那戴先生吃了一惊,望后便倒,雄黄罐儿也打破了。那条大蛇张开血红大口,露出雪白齿,来咬先生。先生慌忙爬起来,只恨爹娘少生两脚,一口气跑过桥来,正撞着李募事与许宣。许宣道:"如何?"那先生道:"好教二位得知,……"把前项事,从头说了一遍。取出那一两银子付还李募事道:"若不生这双脚，连性命都没了。二位自去照顾别人。"急急的去了。许宣道："姐夫，如今怎么处？"李募事道："眼见实是妖怪了，如今赤山埠前张成家欠我一千贯钱。你去那里静处，讨一间房儿住下。那怪物不见了你，自然去了。"许宣无计可奈，只得应承。同姐夫到家时，静悄悄的没些动静。李募事写了书帖，和票子做一封，教许宣往赤山埠去。只见白娘子叫许宣到房中道："你好大胆，又叫甚么捉蛇的来！你若和我好意，佛眼相看，若不好时，带累一城百姓受苦，都死于非命！"许宣听得，心寒胆战，不敢则声。将了票子，闷闷不已。来到赤山埠前，寻着了张成。随即袖中取票时，不见了。只叫得苦，慌忙转步，一路寻回来时，那里见。正闷之间，来到净慈寺前，忽地里想起那金山寺长老法海禅师曾分付来："倘若那妖怪再来杭州缠你，可来净慈寺内来寻我。如今不寻，更待何时。"急入寺中，问监寺道："动问和尚，法海禅师曾来上刹也未？"那和尚道："不曾到来。"许宣听得说不在，越闷。折身便回来长桥堍下，自言自语道："'时衰鬼弄人'，我要性命何用？"看着一湖清水，却待要跳！正是：

> 阎王判你三更到，定不容人到四更。

许宣正欲跳水，只听得背后有人叫道："男子汉何故轻生？死了一万口，只当五千双，有事何不问我！"许宣回头看时，正是法海禅师。背驮衣钵，手提禅杖，原来真个才到。也是不该命尽，再迟一碗饭时，性命也休了。许宣见了禅师，纳头便拜，道："救弟子一命则个！"禅师道："这业畜在何处？"许宣把上项事一一诉了。道："如今又直到这里，求尊师救度一命。"禅师于袖中取出一个钵盂，递与许宣道："你若到家，不可教妇人得知，悄悄的将此物劈头一罩，切勿手轻，紧紧的按住，不可心慌，你便回去。"且说许宣拜谢了禅师，回家。只见白娘子正坐在那里，口内喃喃的骂道："不知甚人挑拨我丈夫和我做冤家，打听出来，和他理会！"正是有心等了没心的，许宣张得他眼慢，背后悄悄的，望白娘子头上一罩，用尽平生气力纳住。不见了女子之形，随着钵盂慢慢的按下，不敢手松，紧紧的按住。只听得钵盂内道："和你数载夫妻，好没一些儿人情！略放一放！"许宣正没了结处，报道："有一个和尚，说道：'要收妖怪。'"许宣听得，连忙教李募事请禅师进来。来到里面，许宣道："救弟子则个！"不知禅师口里念的甚么，念毕，轻轻的揭起钵盂，只见白娘子缩做七八寸长，如傀儡人像，双眸紧闭，做一堆儿，伏在地下。禅师喝道："是何业畜妖怪，怎敢缠人？可说备细！"白娘子答道："禅师，我是一条大蟒蛇。因为风雨大作，来到西湖上安身，同青青一处。不想遇着许宣，春心荡漾，按纳不住，一时冒犯天条，却不曾杀生害命。望禅师慈悲则个！"禅师又问："青青是何怪？"白娘子道："青青是西湖内第三桥下潭内千年成气的青鱼。一时遇着，拖他为伴，他不曾得一日欢娱，并望禅师怜悯！"禅师道："念你千年修炼，免你一死，可现本相！"白娘子不肯。禅师勃然大怒，口中念念有词，大喝道："揭谛⑳何在？快与我擒青鱼怪来，和白蛇现形，听吾发落！"须臾庭前起一阵狂风。风过处，只闻得豁剌一声响，半空中坠下一个青鱼，有一丈多长，向地拨剌的连跳几跳，缩做尺余长一个小青鱼。看那白娘子时，也复了原形，变了三尺长一条白蛇，兀自昂头看着许宣。禅师将二物置于钵盂之内，扯下褊衫㉑一幅，封了钵盂口，拿到雷峰寺前，将钵盂放在地下，令人搬砖运石，砌成一塔。后来许宣化缘，砌成了七层宝塔。千年万载，白蛇和青鱼不能出世。且说禅师押镇了，留偈

四句:

> 西湖水干,江湖不起,雷峰塔倒,白蛇出世。

法海禅师言偈毕。又题诗八句以劝后人:

> 奉劝世人休爱色!爱色之人被色迷。
>
> 心正自然邪不扰,身端怎有恶来欺?
>
> 但看许宣因爱色,带累官司惹是非。
>
> 不是老僧来救护,白蛇吞了不留些。

法海禅师吟罢,各人自散。惟有许宣情愿出家,礼拜禅师为师,就雷峰塔披剃为僧。修行数年,一夕坐化去了。众僧买龛烧化,造一座骨塔,千年不朽。临去世时,亦有诗四句,留以警世,诗曰:

> 祖师度我出红尘,铁树开花始见春;
>
> 化化轮回重化化,生生转变再生生。
>
> 欲知有色还无色,须识无形却有形;
>
> 色即是空空即色,空空色色要分明。

选自《警世通言》

【题解】

白娘子、许宣、法海还有雷峰塔,留给人们无尽的话题。本篇写人妖之爱,爱得离奇,爱得真切。从一开始,白娘子就置许宣于窘境,然后追至苏州,和许宣完婚,婚后生活却又麻烦不断。逃到镇江,再回杭州,许宣渐有退避之心,白娘子依然穷追不舍,一面是人妖势不两立,一面是爱情不辨人妖,次次避让,步步紧逼,就是这种矛盾斗争的外在表现。最后,不得不请出法海,了结了这场姻缘。悲乎?喜乎?有人责备许宣立场不坚，有人怪罪法海多事，而白娘子妖性难改，注定了这场姻缘风波不断。至于后来出现的不少"白蛇传"故事中，白娘子的妖气越来越少，那就又当别论了。

【注释】

①南廊阁子库：南宋时专门支应军需的库房。　②老小：家人，即一家老小的意思。这里专指妻子。　③笸子：盛放箔锭一类迷信品的草篮。　④钱垛：成串的纸钱。　⑤坐起：起坐间，一说指房屋内部的隔间。　⑥胡梯：即扶梯。　⑦避藉陛：高台阶。　⑧摆忙：突然。　⑨执证：对证。　⑩不应得为而为之事：这一句是引用当时的法律条文。　⑪怨畅：怨恨。

⑫牌儿：腰牌，相当于现在的符号徽章或出入证之类。　⑬看做落：袖手旁观的意思。⑭吴越：形容积怨不和的人。　⑮吃虱子留后腿：形容悭吝。　⑯出热：热心肠。　⑰排门人等：每户人家。　⑱引：文凭，护照。　⑲话本：这里指曲折的经历。　⑳揭谛：神将名。㉑褊衫：袈裟。

杜十娘怒沉百宝箱

扫荡残胡立帝畿，龙翔凤舞势崔嵬；

左环沧海天一带，右拥太行山万围。

戈戟九边雄绝塞，衣冠万国仰垂衣；

太平人乐华胥世，永永金瓯共日辉。

这首诗，单夸我朝燕京建都之盛。说起燕都的形势，北倚雄关，南压区夏，真乃金城天府，万年不拔之基。当先洪武爷扫荡胡尘，定鼎金陵，是为南京。到永乐爷从北平起兵靖难，迁于燕都，是为北京。只因这一迁，把个苦寒地面，变作花锦世界。自永乐爷九传至于万历爷，此乃我朝第十一代的天子。这位天子，聪明神武，德福兼全，十岁登基，在位四十八年，削平了三处寇乱。那三处？

日本关白①平秀吉，西夏哱承恩，播州杨应龙。

平秀吉侵犯朝鲜，哱承恩、杨应龙是土官谋叛，先后削平。远夷莫不畏服，争来朝贡。真个是：

一人有庆民安乐，四海无虞国太平。

话中单表万历二十年间，日本国关白作乱，侵犯朝鲜。朝鲜国王上表告急，天朝发兵泛海往救。有户部官奏准：目今兵兴之际，粮饷未充，暂开纳粟入监之例。原来纳粟入监的，有几般便宜：好读书，好科举，好中，结末来又有个小小前程结果。以此宦家公子，富室子弟，到不愿做秀才，都去援例做太学生。自开了这例，两京太学生，各添至千人之外。内中有一人，姓李名甲，字干先。浙江绍兴府人氏。父亲李布政所生三儿，惟甲居长。自幼读书在庠，未得登科，援例入于北雍。因在京坐监，与同乡柳遇春监生同游教坊司院内，与一个名姬相遇。那名姬姓杜名媺，排行第十，院中都称为杜十娘，生得：

> 浑身雅艳，遍体娇香，两弯眉画远山青，一对眼
>
> 明秋水润。脸如莲萼，分明卓氏文君；唇似樱桃，何
>
> 减白家樊素。可怜一片无瑕玉，误落风尘花柳中。

那杜十娘自十三岁破瓜，今一十九岁，七年之内，不知历过了多少公子王孙，一个个情迷意荡，破家荡产而不惜。院中传出四句口号来，道是：

> 坐中若有杜十娘，斗筲之量饮千觞；
>
> 院中若识杜老媺，千家粉面都如鬼。

却说李公子，风流年少，未逢美色，自遇了杜十娘，喜出望外，把花柳情怀，一担儿挑在他身上。那公子俊俏庞儿，温存性儿，又是撒漫的手儿，帮衬的勤儿，与十娘一双两好，情投意合。十娘因见鸨儿贪财无义，久有从良之志；又见李公子忠厚志诚，甚有心向他。奈李公子惧怕老爷，不敢应承。虽则如此，两下情好愈密，朝欢暮乐，终日相守，如夫妇一般，海誓山盟，各无他志。真个：

> 恩深似海恩无底，义重如山义更高。

再说杜妈妈女儿，被李公子占住，别的富家巨室，闻名上门，求一见而不可得。初时李公子撒漫用钱，大差大使，妈妈胁肩谄笑，奉承不暇。日往月来，不觉一年有余，李公子囊箧渐渐空虚，手不应心，妈妈也就怠慢了。老布政在家闻知儿子嫖院，几遍写字来唤他回去。他迷恋十娘颜色，终日延挨。后

来闻知老爷在家发怒，越不敢回。古人云："以利相交者，利尽而疏。"那杜十娘与李公子真情相好，见他手头愈短，心头愈热。妈妈也几遍教女儿打发李甲出院，见女儿不绽口②，又几遍将言语触突李公子，要激怒他起身。公子性本温克，词气愈和。妈妈没奈何，日逐只将十娘叱骂道："我们行户人家，吃客穿客，前门送旧，后门迎新，门庭闹如火，钱帛堆成垛。自从那李甲在此，混帐一年有余，莫说新客，连旧主顾都断了。分明接了个钟馗老，连小鬼也没得上门。弄得老娘一家人家，有气无烟，成甚么模样！"杜十娘被骂，耐性不住，便回答道："那李公子不是空手上门的，也曾费过大钱来。"妈妈道："彼一时，此一时，你只教他今日费些小钱儿，把与老娘办些柴米，养你两口也好。别人家养的女儿便是摇钱树，千生万活。偏我家晦气，养了个退财白虎，开了大门，七件事般般都在老身心上。到替你这小贱人白白养着穷汉，教我衣食从何处来？你对那穷汉说，有本事出几两银子与我，到得你跟了他去，我别讨个丫头过活却不好？"十娘道："妈妈，这话是真是假？"妈妈晓得李甲囊无一钱，衣衫都典尽了，料他没处设法。便应道："老娘从不说谎，当真哩。"十娘道："娘，你要他许多银子？"妈妈道："若是别人，千把银子也讨了，可怜那穷汉出不起，只要他三百两，我自去讨一个粉头代替。只一件，须是三日内交付与我。左手交银，右手交人。若三日没有银时，老身也不管三七二十一，公子不公子，一顿孤拐，打那光棍出去。那时莫怪老身！"十娘道："公子虽在客边乏钞，谅三百金还措办得来。只是三日忒近，限他十日便好。"妈妈想道："这穷汉一双赤手，便限他一百日，他那里来银子。没有银子，便铁皮包脸，料也无颜上门。那时重整家风，嬷儿也没得话讲。"答应道：

"看你面，便宽到十日。第十日没有银子，不干老娘之事。"十娘道："若十日内无银，料他也无颜再见了。只怕有了三百两银子，妈妈又翻悔起来。"妈妈道："老身年五十一岁了，又奉十斋③，怎敢说谎？不信时与你拍掌为定。若翻悔时，做猪做狗。"

> 从来海水斗难量，可笑虔婆意不良；
> 料定穷儒囊底竭，故将财礼难娇娘。

是夜，十娘与公子在枕边，议及终身之事。公子道："我非无此心。但教坊落籍，其费甚多，非千金不可。我囊空如洗，如之奈何！"十娘道："妾已与妈妈议定只要三百金，但须十日内措办。郎君游资虽罄，然都中岂无亲友，可以借贷。倘得如数，妾身遂为君之所有，省受虔婆之气。"公子道："亲友中为我留恋行院，都不相顾。明日只做束装起身，各家告辞，就开口假贷路费，凑聚将来，或可满得此数。"起身梳洗，别了十娘出门。十娘道："用心作速，专听佳音。"公子道："不须分付。"公子出了院门，来到三亲四友处，假说起身告别，众人到也欢喜。后来叙到路费欠缺，意欲借贷。常言道："说着钱，便无缘。"亲友们就不招架。他们也见得是，道李公子是风流浪子，迷恋烟花，年许不归，父亲都为他气坏在家。他今日抖然要回，未知真假。倘或说骗盘缠到手，又去还脂粉钱，父亲知道，将好意翻成恶意，始终只是一怪，不如辞了干净。便回道："目今正值空乏，不能相济，惭愧！惭愧！"人人如此，个个皆然，并没有个慷慨丈夫，肯统口许他一十二十一两。李公子一连奔走了三日，分毫无获，又不敢回决十娘，权且含糊答应。到第四日又没想头，就羞回院中。平日间有了杜家，连下处也没有了，今日就无处投宿。只得往同乡柳监生寓所借歇。柳遇春见公子愁容可掬，问其来历。公子将杜十娘愿嫁之情，备细说了。遇春摇首道："未必，未必。那杜嫩曲中第一名姬，要从良时，怕没有十斛明珠，千金聘礼。那鸨儿如何只要三百两？想鸨儿怪你无钱使用，白白占住他的女儿，设计打发你出门。那妇人与你相处已久，又碍却面皮，不好明言。明知你手内空虚，故意将三百两卖个人情，限你十日。若十日没有，你也不好上门。便上门时，他会说你笑你，落得一场褒渎，自然安身不牢，此乃烟花逐客之计。足下三思，休被其惑。据弟愚意，不如早早开交为上。"公子听说，半晌无言，心中疑惑不定。遇春又道："足下莫要错了主意。你若真个还乡，不多几两盘费，还有人搭救。若是要三百两时，莫说十日，就是十个月也难。如今的世情，那肯顾缓急二字的。那烟花也算定你没处告债，故意设法难你。"公子道："仁兄所见良是。"口里虽如此说，心中割舍不下。依旧又往外边东央西告，只是夜里不进院门了。公子在柳监生寓中，一连住了三日，共是六日了。杜十娘连日不见公子进院，十分着紧，就教小厮四儿街上去寻。四儿寻到大街，恰好遇见公子。四儿叫道："李姐夫，娘在家里望你。"公子自觉无颜，回复道："今日不得功夫，明日来罢。"四儿奉了十娘之命，一把扯住，死也不放。道："娘叫咱寻你。是必同去走一遭。"李公子心上也牵挂着婊子，没奈何，只得随四儿进院。见了十娘，嘿嘿无言。十娘问道："所谋之事如何？"公子眼中流下泪来。十娘道："莫非人情淡薄，不能足三百之数么？"公子含泪而言，道出二句：

> 不信上山擒虎易，果然开口告人难。

一连奔走六日，并无铢两，一双空手，羞见芳卿，故此这几日不敢进院。今日承命呼唤，忍耻而来，非某不用心，实是世情如此。"十娘道:"此言休使虔婆知道。郎君今夜且住,妾别有商议。"十娘自备酒肴,与公子欢饮。睡至半夜,十娘对公子道:"郎君果不能办一钱耶? 妾终身之事,当如何也?"公子只是流涕,不能答一语。渐渐五更天晓,十娘道:"妾所卧絮褥内藏有碎银一百五十两,此妾私蓄,郎君可持去。三百金,妾任其半,郎君亦谋其半,庶易为力。限只四日,万勿迟误。"十娘起身将褥付公子,公子惊喜过望。唤童儿持褥而去,径到柳遇春寓中,又把夜来之情与遇春说了。将褥拆开看时,絮中都裹着零碎银子,取出兑时果是一百五十两。遇春大惊道:"此妇真有心人也。既系真情,不可相负。吾当代为足下谋之。"公子道:"倘得玉成,决不有负。"当下柳遇春留李公子在寓,自出头各处去借贷。两日之内,凑足一百五十两交付公子道:"吾代为足下告债,非为足下,实怜杜十娘之情也。"李甲拿了三百两银子,喜从天降,笑逐颜开,欣欣然来见十娘,刚是第九日,还不足十日。十娘问道:"前日分毫难借,今日如何就有一百五十两?"公子将柳监生事情,又述了一遍。十娘以手加额道:"使吾二人得遂其愿者,柳君之力也。"两个欢天喜地,又在院中过了一晚。次日十娘早起,对李甲道:"此银一交,便当随郎君去矣。舟车之类,合当预备。妾昨日于姊妹中借得白银二十两,郎君可收下为行资也。"公子正愁路费无出,但不敢开口,得银甚喜。说犹未了,鸨儿恰来敲门叫道:"媺儿,今日是第十日了。"公子闻叫,启户相延道:"承妈妈厚意,正欲相请。"便将银三百两放在桌上。鸨儿不料公子有银,嘿然变色,似有悔意。十娘道:"儿在妈妈家中八年,所致金帛,不下数千金矣。今日从良美事,又妈妈亲口所订,三百金不欠分毫,又不曾过期。倘若妈妈失信不许,郎君持银去,儿即刻自尽。恐那时人财两失，悔之无及也。"鸨儿无词以对。腹内筹画了半晌，只得取天平兑准了银子，说道："事已如此，料留你不住了。只是你要去时，即今就去。平时穿戴衣饰之类，毫厘休想。"说罢，将公子和十娘推出房门，讨锁来就落了锁。此时九月天气。十娘才下床，尚未梳洗，随身旧衣，就拜了妈妈两拜。李公子也作了一揖。一夫一妇，离了虔婆大门。

鲤鱼脱却金钩去，摆尾摇头再不来。

公子教十娘且住片时："我去唤个小轿抬你，权往柳荣卿寓所去，再作道理。"十娘道："院中诸姊妹平昔相厚，理宜话别。况前日又承他借贷路费，不可不一谢也。"乃同公子到各姊妹处谢别。姊妹中惟谢月朗徐素素与杜家相近，尤与十娘亲厚。十娘先到谢月朗家。月朗见十娘秃髻旧衫，惊问其故。十娘备述来因，又引李甲相见。十娘指月朗道："前日路资，是此位姐姐所贷，郎君可致谢。"李甲连连作揖。月朗便教十娘梳洗，一面去请徐素素来家相会。十娘梳洗已毕，谢徐二美人各出所有，翠钿金钏，瑶簪宝珥，锦袖花裙，鸾带绣履，把杜十娘装扮得焕然一新，备酒作庆贺筵席。月朗让卧房与李甲杜媺二人过宿。次日，又大排筵席，遍请院中姊妹。凡十娘相厚者，无不毕集。都与他夫妇把盏称喜。吹弹歌舞，各逞其长，务要尽欢，直饮至夜分。十娘向众姊妹，一一称谢。众姊妹道："十姊为风流领袖，今从郎君去，我等相见无日。何日长行，姊妹们尚当奉送。"月朗道："候有定期，小妹当来相报。但阿姊千里间关，同郎君远去，囊箧萧条，曾无约束，此乃吾等之事。当相与共谋之，勿令姊有穷途之虑也。"众姊妹各唯唯而散。是晚，公子和十娘仍宿谢家。至五鼓，十娘对公子道："吾等此去，何处安身？郎君曾计议有定着否？"公子道："老父盛怒之下，若知娶妓而归，必然加以不堪，反致相累。展转寻思，尚未有万全之策。"十娘道："父子天性，岂能终绝。既然仓卒难犯，不若与郎君于苏杭胜地，权作浮居。郎君先回，求亲友于尊大人面前劝解和顺，然后携妾于归，彼此安妥。"公子道："此言甚当。"次日，二人起身辞了谢月朗，暂往柳监生寓中，整顿行装。杜十娘见了柳遇春，倒身下拜，谢其周全之德："异日我夫妇必当重报。"遇春慌忙答礼道："十娘钟情所欢，不以贫窭易心，此乃女中豪杰。仆因风吹火，谅区区何足挂齿！"三人又饮了一日酒。次早，择了出行吉日，雇倩轿马停当。十娘又遣童儿寄信，别谢月朗。临行之际，只见肩舆纷纷而至，乃谢月朗与徐素素拉众姊妹来送行。月朗道："十姊从郎君千里间关，囊中消索，吾等甚不能忘情。今合具薄赆，十姊可检收，或长途空乏，亦可少助。"说罢，命从人挈一描金文具至前，封锁甚固，正不知甚么东西在里面。十娘也不开看，也不推辞，但殷勤作谢而已。须臾，舆马齐集，仆夫催促起身。柳监生三杯别酒，和众美人送出崇文门外，各各垂泪而别。正是：

他日重逢难预必，此时分手最堪怜。

再说李公子同杜十娘行至潞河，舍陆从舟，却好有瓜洲差使船转回之便，讲定船钱，包了舱口。比及下船时，李公子囊中并无分文余剩。你道杜十娘把二十两银子与公子，如何就没了？公子在院中嫖得衣衫褴褛，银子到手，未免在解库中取赎几件穿着，又制办了铺盖，剩来只够轿马之费。公子正当愁闷，十娘道："郎君勿忧，众姊妹合赠，必有所济。"乃取钥开箱。公子在傍，自觉惭愧，也不敢窥觑箱中虚实。只见十娘在箱里取出一个红绡袋来，掷于桌上道："郎君可开看之。"公子提在手中，觉得沉重。启而观之，皆是白银，计数整五十两。十娘仍将箱子下锁，亦不言箱中更有何物。但对公子道："承众姊妹高情，不惟途路不乏，即他日浮寓吴越间，亦可稍佐吾夫妻山水之费矣。"公子且惊且喜道："若不遇恩卿，我李甲流落他乡，死无葬身之地矣。此情此德，白头不敢忘也。"自此每谈及往事，公子必感激流涕。十娘亦曲意抚慰，一路无话。不一日，行至瓜洲，大船停泊岸口，公子别雇了民船，安放行李。约明日清晨，剪江而渡。其时仲冬中旬，月明如水，公子和十娘坐于舟首。公子道："自出都门，困守一舱之中，四顾有人，未得畅语。今日独据一舟，更无避忌。且已离塞北，初近江南，宜开怀畅饮，以舒向来抑郁之气，恩卿以为何如？"十娘道："妾久疏谈笑，亦有此心，郎君言及，足见同志耳。"公子乃携酒具于船首，与十娘铺毡并坐，传杯交盏。饮至半酣，公子执卮对十娘道："恩卿妙音，六院④推首。某相遇之初，每闻绝调，辄不禁神魂之飞动。心事多违，彼此郁郁，鸾鸣凤奏，久矣不闻。今清江明月，深夜无人，肯为我一歌否？"十娘兴亦勃发，遂开喉顿嗓，取扇按拍，呜呜咽咽，歌出元人施君美《拜月亭》杂剧上"状元执盏与婵娟"一曲，名《小桃红》。真个：

　　　　声飞霄汉云皆驻，响入深泉鱼出游。

　　却说他舟有一少年，姓孙名富字善赉，徽州新安人氏。家资巨万，积祖扬州种盐⑤。年方二十，也是南雍中朋友。生性风流，惯向青楼买笑，红粉追欢，若嘲风弄月，到是个轻薄的头儿。事有偶然，其夜亦泊舟瓜洲渡口，独酌无聊。忽听得歌声嘹亮，凤吟鸾吹，不足喻其美。起立船头，伫听半响。方知声出邻舟。正欲相访，音响倏已寂然。乃遣仆者潜窥踪迹，访于舟人。但晓得是李相公雇的船，并不知歌者来历。孙富想道："此歌者必非良家，怎生得他一见？"展转寻思，通宵不寐。挨至五更，忽闻江风大作。及晓，彤云密布，狂雪飞舞。怎见得，有诗为证：

> 千山云树灭，万径人踪绝；
>
> 扁舟蓑笠翁，独钓寒江雪。

因这风雪阻渡，舟不得开。孙富命艄公移船，泊于李家舟之傍，孙富貂帽狐裘，推窗假作看雪。值十娘梳洗方毕，纤纤玉手，揭起舟傍短帘，自泼盂中残水，粉容微露，却被孙富窥见了，果是国色天香。魂摇心荡，迎眸注目，等候再见一面，杳不可得。沉思久之，乃倚窗高吟高学士《梅花诗》二句，道：

> 雪满山中高士卧，月明林下美人来。

李甲听得邻舟吟诗，舒头出舱，看是何人。只因这一看，正中了孙富之计。孙富吟诗，正要引李公子出头，他好乘机攀话。当下慌忙举手，就问："老兄尊姓何讳？"李公子叙了姓名乡贯，少不得也问那孙富。孙富也叙过了。又叙了些太学中的闲话，渐渐亲热。孙富便道："风雪阻舟，乃天遣与尊兄相会，实小弟之幸也。舟次无聊，欲同尊兄上岸，就酒肆中一酌，少领清诲，万望不拒。"公子道："萍水相逢，何当厚扰？"孙富道："说那里话！'四海之内，皆兄弟也'。"喝教艄公打跳⑥，童儿张伞，迎接公子过船，就于船头作揖。然后让公子先行，自己随后，各各登跳上涯。行不数步，就有个酒楼，二人上楼，拣一副洁净座头，靠窗而坐。酒保列上酒肴。孙富举杯相劝，二人赏雪饮酒。先说些斯文中套话。渐渐引入花柳之事。二人都是过来之人，志同道合，说得入港，一发成相知了。孙富屏去左右，低低问道："昨夜尊舟清歌者，何人也？"李甲正要卖弄在行，遂实说道："此乃北京名姬杜十娘也。"孙富道："既系曲中姊妹，何以归兄？"公子遂将初遇杜十娘，如何相好，后来如何要嫁，如何借银讨他，始末根由，备细述了一遍。孙富道：
"兄携丽人而归，固是快事，但不知尊府中能相容否？"公子
道："贱室不足虑。所虑者，老父性严，尚费踌躇耳。"孙富将
机就机，便问道："既是尊大人未必相容，兄所携丽人，何处安
顿？亦曾通知丽人，共作计较否？"公子攒眉而答道："此事曾
与小妾议之。"孙富欣然问道："尊宠必有妙策。"公子道："他
意欲侨居苏杭，流连山水。使小弟先回，求亲友宛转于家君之
前。俟家君回嗔作喜，然后图归。高明以为何如？"孙富沉吟半
晌，故作愀然之色，道："小弟乍会之间，交浅言深，诚恐见
怪。"公子道："正赖高明指教，何以谦逊？"孙富道："尊大人
位居方面⑦，必严帷薄⑧之嫌，平时既怪兄游非礼之地，今日岂
容兄娶不节之人。况且贤亲贵友，谁不迎合尊大人之意者？兄
枉去求他，必然相拒。就有个不识时务的进言于尊大人之前，
见尊大人意思不允，他就转口了。兄进不能和睦家庭，退无词
以回复尊宠。即使留连山水，亦非长久之计。万一资斧困竭，
岂不进退两难！"公子自知手中只有五十金，此时费去大半，说
到资斧困竭，进退两难，不觉点头道是。孙富又道："小弟还有
句心腹之谈，兄肯俯听否？"公子道："承兄过爱，更求尽言。"
孙富道："疏不间亲，还是莫说罢。"公子道："但说何妨。"孙
富道："自古道：'妇人水性无常。'况烟花之辈，少真多假。
他既系六院名姝，相识定满天下。或者南边原有旧约，借兄之
力，挈带而来，以为他适之地。"公子道："这个恐未必然。"
孙富道："即不然，江南子弟，最工轻薄，兄留丽人独居，难保
无逾墙钻穴之事。若挈之同归，愈增尊大人之怒。为兄之计，
未有善策。况父子天伦，必不可绝。若为妾而触父，因妓而弃
家，海内必以兄为浮浪不经之人。异日妻不以为夫，弟不以为

兄，同袍不以为友，兄何以立于天地之间？兄今日不可不熟思也！"公子闻言，茫然自失，移席问计："据高明之见，何以教我？"孙富道："仆有一计，于兄甚便。只恐兄溺枕席之爱，未必能行，使仆空费词说耳！"公子道："兄诚有良策，使弟再睹家园之乐，乃弟之恩人也。又何惮而不言耶？"孙富道："兄飘零岁余，严亲怀怒，闺阁离心，设身以处兄之地，诚寝食不安之时也。然尊大人所以怒兄者，不过为迷花恋柳，挥金如土，异日必为弃家荡产之人，不堪承继家业耳！兄今日空手而归，正触其怒。兄倘能割衽席之爱，见机而作，仆愿以千金相赠。兄得千金，以报尊大人，只说在京授馆，并不曾浪费分毫，尊大人必然相信。从此家庭和睦，当无间言。须臾之间，转祸为福。兄请三思，仆非贪丽人之色，实为兄效忠于万一也！"李甲原是没主意的人，本心惧怕老子，被孙富一席话，说透胸中之疑，起身作揖道："闻兄大教，顿开茅塞。但小妾千里相从，义难顿绝，容归与商之。得其心肯，当奉复耳。"孙富道："说话之间，宜放婉曲。彼既忠心为兄，必不忍使兄父子分离，定然玉成兄还乡之事矣。"二人饮了一回酒，风停雪止，天色已晚。孙富教家童算还了酒钱，与公子携手下船。正是：

逢人且说三分话，未可全抛一片心。

却说杜十娘在舟中，摆设酒果，欲与公子小酌，竟日未回，挑灯以待。公子下船，十娘起迎。见公予颜色匆匆，似有不乐之意，乃满斟热酒劝之。公子摇首不饮。一言不发，竟自床上睡了。十娘心中不悦，乃收拾杯盘，为公子解衣就枕，问道："今日有何见闻，而怀抱郁郁如此？"公子叹息而已，终不启口。问了三四次，公子已睡去了。十娘委决不下，坐于床头而不能寐。到夜半，公子醒来，又叹一口气。十娘道："郎君有何难言之事，频频叹息？"公子拥被而起，欲言不语者几次，扑簌簌掉下泪来。十娘抱持公子于怀间，软言抚慰道："妾与郎君情好，已及二载，千辛万苦，历尽艰难，得有今日。然相从数千里，未曾哀戚。今将渡江，方图百年欢笑，如何反起悲伤，必有其故。夫妇之间，死生相共，有事尽可商量，万勿讳也。"公子再四被逼不过，只得含泪而言道："仆天涯穷困，蒙恩卿不弃，委曲相从，诚乃莫大之德也。但反覆思之，老父位居方面，拘于礼法，况素性方严，恐添嗔怒，必加黜逐。你我流荡，将何底止？夫妇之欢难保，父子之伦又绝。日间蒙新安孙友邀饮，为我筹及此事，寸心如割。"十娘大惊道："郎君意将如何？"公子道："仆事内之人，当局而迷。孙友为我画一计颇善，但恐恩卿不从耳！"十娘道："孙友者何人？计如果善，何不可从？"公子道："孙友名富，新安盐商，少年风流之士也。夜间闻子清歌，因而问及。仆告以来历，并谈及难归之故，渠意欲以千金聘汝。我得千金，可藉口以见吾父母；而恩卿亦得所天。但情不能舍，是以悲泣。"说罢，泪如雨下。十娘放开两手，冷笑一声道："为郎君画此计者，此人乃大英雄也。郎君千金之资，既得恢复，而妾归他姓，又不致为行李之累，发乎情，止乎礼，诚两便之策也。那千金在那里？"公子收泪道："未得恩卿之诺，金尚留彼处，未曾过手。"十娘道："明早快快应承了他，不可挫过机会。但千金重事，须得兑足交付郎君之手，妾始过舟，勿为贾竖子所欺。"时已四鼓，十娘即起身挑灯梳洗道："今日之妆，乃迎新送旧，非比寻常。"于是脂粉香泽，用意修饰，花钿绣袄，极其华艳，香风拂拂，光采照人。装束方完，天色已晓。孙富差家童到船头候信。十娘微窥公子，欣欣似有喜色，乃催公子快去回话，及早兑足银子。公子亲到孙富船中，回复依允。孙富道："兑银易事，须得丽人妆台为信。"公子又回复了十娘，十娘即指描金文具道："可便抬去。"孙富喜甚。即将白银一千两，送到公子船中。十娘亲自检看，足色足数，分毫无爽。乃手把船舷，以手招孙富。孙富一见，魂不附体。十娘启朱唇，开皓齿道："方才箱子可暂发来，内有李郎路引⑨一纸，可检还之也。"孙富视十娘已为瓮中之鳖，即命家童送那描金文具，安放船头之上。十娘取钥开锁，内皆抽替⑩小箱。十娘叫公子抽第一层来看，只见翠羽明珰，瑶簪宝珥，充牣于中，约值数百金。十娘遽投之江中。李甲与孙富及两船之人，无不惊诧。又命公子再抽一箱，乃玉箫金管。又抽一箱，尽古玉紫金玩器，约值数千金。十娘尽投之于大江中。岸上之人，观者如堵。齐声道："可惜可惜！"正不知甚么缘故。最后又抽一箱，箱中复有一匣。开匣视之，夜明之珠，约有盈把。其他祖母绿，猫儿眼，诸般异宝，目所未睹，莫能定其价之多少。众人齐声喝采，喧声如雷。十娘又欲投之于江。李甲不觉大悔，抱持十娘恸哭，那孙富也来劝解。十娘推开公子在一边，向孙富骂道："我与李郎备尝艰苦，不是容易到此。汝以奸淫之意，巧为谗说，一旦破人姻缘，断人恩爱，乃我之仇人。我死而有知，必当诉之神明，尚妄想枕席之欢乎！"又对李甲道："妾风尘数年，私有所积，本为终身之计。自遇郎君，山盟海誓，白首不渝。前出都之际，假托众姊妹相赠，箱中韫藏百宝，不下万金。将润色郎君之装，归见父母，或怜妾有心，收佐中馈，得终委托，生死无憾。谁知郎君相信不深，惑于浮议，中道见弃，负妾一片真心。今日当众目之前，开箱出视，使郎君知区区千金，未为难事。妾椟中有玉，恨郎眼内无珠。命之不辰，风尘困瘁。甫得脱离，又遭弃捐。今众人各有耳目，共作证明，妾不负郎君，郎君自负妾耳！"于是众人聚观者，无不流涕，都唾骂李公子负心薄幸。公子又羞又苦，且悔且泣，方欲向十娘谢罪。十娘抱持宝匣，向江心一跳。众人急呼捞救。但见云暗江心，波涛滚滚，杳无踪影。可惜一个如花似玉的名姬，一旦葬于江鱼之腹。

三魂渺渺归水府，七魄悠悠入冥途。

当时傍观之人，皆咬牙切齿，争欲拳殴李甲和那孙富。慌得李孙二人，手足无措，急叫开船，分途遁去。李甲在舟中，看了千金，转忆十娘，终日愧悔，郁成狂疾，终身不瘳。孙富自那日受惊，得病卧床月余，终日见杜十娘在傍诟骂，奄奄而逝。人以为江中之报也。

却说柳遇春在京坐监完满，束装回乡，停舟瓜步。偶临江净脸，失坠铜盆子水，觅渔人打捞。及至捞起，乃是个小匣儿。遇春启匣观看，内皆明珠异宝，无价之珍。遇春厚赏渔人，留于床头把玩。是夜梦见江中一女子，凌波而来，视之，乃杜十娘也。近前万福，诉以李郎薄幸之事。又道："向承君家慷慨，以一百五十金相助，本意息肩之后，徐图报答，不意事无终始。然每怀盛情，悒悒未忘。早间曾以小匣托渔人奉致，聊表寸心，从此不复相见矣。"言讫，猛然惊醒，方知十娘已死，叹息累日。后人评论此事，以为孙富谋夺美色，轻掷千金，固非良士；李甲不识杜十娘一片苦心，碌碌蠢才，无足道者。独谓十娘千古女侠，岂不能觅一佳侣，共跨秦楼之凤，乃错认李公子，明珠美玉，投于盲人，以致恩变为仇，万种恩情，化为流水，深可惜也！有诗叹云：

不会风流莫妄谈，单单情字费人参；
若将情字能参透，唤作风流也不惭。

选自《警世通言》

【题解】

本篇是"三言"所收一百二十篇小说中的佳篇之一，如果从文学的悲剧性上衡量，本篇也是古代文学史上并不多见的真正的悲剧作品之一。杜十娘怒沉百宝箱和怒沉自身的一瞬，尽显血性刚烈，完成了对自我人格的塑造，表现了不为强侮、不为钱污的正气豪情。她沉没的不仅是生命财宝，更是久已铸就的美好理想和一旦荼毒的破碎心灵。至今犹令人叹惋不止。而李甲、孙富之徒，实是碌碌蠢才，谄佞小人，在杜十娘的正气面前，更显人格低下。如果把本篇中杜十娘误择李甲和《卖油郎独占花魁》中莘瑶琴选对秦重相互观照，或许更可使人回味，也更多一点深沉的思考。

【注释】

①关白：日本掌握军政大权的最高级大臣，地位相当于宰相。　②不统口：不把话说出来。　③奉十斋：信佛的意思。④六院：妓院的代称。　⑤种盐：盐商，一谓盐田地主。⑥打跳：搭上跳板。　⑦方面：即方面官，一省的最高级官吏。这里是奉承之词。　⑧帷薄：家庭内室之事。　⑨路引：这里指国子监准许回籍的证件。　⑩抽替：即抽屉。

卖油郎独占花魁

　　年少争夸风月，场中波浪偏多。有钱无貌意难和，有貌无钱不可。　　就是有钱有貌，还须着意揣摩。知情识趣俏哥哥，此道谁人赛我。

　　这首词名为《西江月》，是风月机关中最要之论。常言道："妓爱俏，妈爱钞。"所以子弟行中，有了潘安般貌，邓通般钱，自然上和下睦，做得烟花寨内的大王，鸳鸯会上的主盟。然虽如此，还有个两字经儿，叫做帮衬。帮者，如鞋之有帮；衬者，如衣之有衬。但凡做小娘的，有一分所长，得人衬贴，就当十分。若有短处，曲意替他遮护，更兼低声下气，送暖偷寒，逢其所喜，避其所讳，以情度情，岂有不爱之理。这叫做帮衬。风月场中，只有会帮衬的最讨便宜，无貌而有貌，无钱而有钱。假如郑元和在卑田院①做了乞儿，此时囊箧俱空，容颜非旧，李亚仙于雪天遇之，便动了一个恻隐之心，将绣襦包裹，美食供养，与他做了夫妻。这岂是爱他之钱，恋他之貌？只为郑元和识趣知情，善于帮衬，所以亚仙心中舍他不得。你只看亚仙病中，想马板肠汤吃，郑元和就把个五花马杀了，取肠煮汤奉之。只这一节上，亚仙如何不念其情。后来郑元和中了状元，李亚仙封做汴国夫人。《莲花落》打出万年策，卑田院便做了白玉堂。一床锦被遮盖，风月场中反为美谈。这是：

　　　　运退黄金失色，时来铁也生光。

话说大宋自太祖开基，太宗嗣位，历传真、仁、英、神、哲，共是七代帝王，都则偃武修文，民安国泰。到了徽宗道君皇帝，信任蔡京、高俅、杨戬、朱勔之徒，大兴苑囿，专务游乐，不以朝政为事。以致万民嗟怨，金虏乘之而起，把花锦般一个世界，弄得七零八落。直至二帝蒙尘，高宗泥马渡江，偏安一隅，天下分为南北，方得休息。其中数十年，百姓受了多少苦楚。正是：

> 甲马丛中立命，刀枪队里为家。
>
> 杀戮如同戏耍，抢夺便是生涯。

内中单表一人，乃汴梁城外安乐村居住，姓莘，名善，浑家阮氏。夫妻两口，开个六陈铺儿[2]。虽则粜米为生，一应麦豆茶酒油盐杂货，无所不备，家道颇颇得过。年过四旬，止生一女，小名叫做瑶琴。自小生得清秀，更且资性聪明。七岁上，送在村学中读书，日诵千言。十岁时，便能吟诗作赋。曾有《闺情》一绝，为人传诵。诗云：

> 朱帘寂寂下金钩，香鸭沉沉冷画楼。
>
> 移枕怕惊鸳并宿，挑灯偏恨蕊双头。

到十二岁，琴棋书画，无所不通。若题起女工一事，飞针走线，出人意表。此乃天生伶俐，非教习之所能也。莘善因为自家无子，要寻个养女婿，来家靠老。只因女儿灵巧多能，难乎其配，所以求亲者颇多，都不曾许。不幸遇了金虏猖獗，把汴梁城围困。四方勤王之师虽多，宰相主了和议，不许厮杀。以致虏势愈甚，打破了京城，劫迁了二帝。那时城外百姓，一个个亡魂丧胆，携老扶幼，弃家逃命。

却说莘善领着浑家阮氏，和十二岁的女儿，同一般逃难的，背着包裹，结队而走。

忙忙如丧家之犬，急急如漏网之鱼。担渴担饥担劳苦，此行谁是家乡；叫天叫地叫祖宗，惟愿不逢鞑虏③。正是：宁为太平犬，莫作乱离人！

正行之间，谁想鞑子到不曾遇见，却逢着一阵败残的官兵。他看见许多逃难的百姓，多背得有包裹，假意呐喊道："鞑子来了！"沿路放起一把火来。此时天色将晚，吓得众百姓落荒乱窜，你我不相顾。他就乘机抢掠，若不肯与他，就杀害了。这是乱中生乱，苦上加苦。却说莘氏瑶琴，被乱军冲突，跌了一跤，爬起来，不见了爹娘。不敢叫唤，躲在道傍古墓之中，过了一夜。到天明，出外看时，但见满目风沙，死尸横路。昨日同时避难之人，都不知所往。瑶琴思念父母，痛哭不已。欲待寻访，又不认得路径。只得望南而行，哭一步，捱一步。约莫走了二里之程，心上又苦，腹中又饥。望见土房一所，想必其中有人，欲待求乞些汤饮。及至向前，却是破败的空屋，人口俱逃难去了。瑶琴坐于土墙之下，哀哀而哭。自古道：无巧不成话。恰好有一人从墙下而过。那人姓卜，名乔，正是莘善的近邻，平昔是个游手游食，不守本分，惯吃白食，用白钱的主儿。人都称他是卜大郎。也是被官军冲散了同伙，今日独自而行。听得啼哭之声，慌忙来看。瑶琴自小相认，今日患难之际，举目无亲，见了近邻，分明见了亲人一般，即忙收泪，起身相见。问道："卜大叔，可曾见我爹妈么？"卜乔心中暗想："昨日被官军抢去包裹，正没盘缠。天生这碗衣饭，送来与我，正是奇货可居。"便扯个谎道："你爹和妈，寻你不见，好生痛苦。如今前面去了。分付我道：'倘或见我女儿，千万带了他来，送还了我。'许我厚谢。"瑶琴虽是聪明，正当无可奈何之际，君子可欺以其方④，遂全然不疑，随着卜乔便走。正是：

情知不是伴，事急且相随。

卜乔将随身带的干粮，把些与他吃了。分付道："你爹妈连夜走的。若路上不能相遇，直要过江到建康府，方可相会。一路上同行，我权把你当女儿，你权叫我做爹。不然，只道我收留迷失子女，不当稳便。"瑶琴依允。从此陆路同步，水路同舟，爹女相称。到了建康府，路上又闻得金兀术四太子，引兵渡江，眼见得建康不得宁息。又闻得康王即位，已在杭州驻跸，改名临安。遂乘船到润州，过了苏常嘉湖，直到临安地面，暂且饭店中居住。也亏卜乔，自汴京至临安，三千余里，带那莘瑶琴下来。身边藏下些散碎银两，都用尽了，连身上外盖衣服，脱下准⑤了店钱，止剩得莘瑶琴一件活货，欲行出脱。访得西湖上烟花王九妈家要讨养女，遂引九妈到店中，看货还钱。九妈见瑶琴生得标致，讲了财礼五十两。卜乔兑足了银子，将瑶琴送到王家。原来卜乔有智，在王九妈前，只说："瑶琴是我亲生之女，不幸到你门户人家⑥，须是软款的教训，他自然从愿，不要性急。"在瑶琴面前，又说："九妈是我至亲，权时把你寄顿他家。待我从容访知你爹妈下落，再来领你。"以此，瑶琴欣然而去。

可怜绝世聪明女，堕落烟花罗网中。

王九妈新讨了瑶琴，将她浑身衣服换个新鲜，藏于曲楼深处。终日好茶好饭，去将息他，好言好语，去温暖他。瑶琴既来之，则安之。住了几日，不见卜乔回信。思量爹妈，噙着两行珠泪，问九妈道："卜大叔怎不来看我？"九妈道："那个卜大叔？"瑶琴道："便是引我到你家的那个卜大郎。"九妈道："他说是你的亲爹。"瑶琴道："他姓卜，我姓莘。"遂把汴梁逃难，失散了爹妈，中途遇见了卜乔，引到临安，并卜乔哄他的说话，细述一遍。九妈道："原来恁地，你是个孤身女儿，无脚蟹⑦。我索性与你说明罢：那姓卜的把你卖在我家，得银五十两去了。我们是门户人家，靠着粉头过活。家中虽有三四个养女，并没个出色的。爱你生得齐整，把做个亲女儿相待。待你长成之时，包你穿好吃好，一生受用。"瑶琴听说，方知被卜乔所骗，放声大哭。九妈劝解，良久方止。自此九妈将瑶琴改做王美，一家都称为美娘，教他吹弹歌舞，无不尽善。长成一十四岁，娇艳非常。临安城中，这些富豪公子，慕其容貌，都备着厚礼求见。也有爱清标的，闻得他写作俱高，求诗求字的，日不离门。弄出天大的名声出来，不叫他美娘，叫他做花魁娘子。西湖上子弟编出一只《挂枝儿》，单道那花魁娘子的好处：

　　　　小娘中，谁似得王美儿的标致，又会写，又会画，又会做诗，吹弹歌舞都余事。　　常把西湖比西子，就是西子比他也还不如！那个有福的汤着⑧他身儿，也情愿一个死。

王九妈听得这些风声，怕坏了门面，来劝女儿接客。王美执意不肯，说道："要我会客时，除非见了亲生爹妈。他肯做主时，方才使得。"王九妈心里又恼他，又不舍得难为他。捱了好些时，偶然有个金二员外，大富之家，情愿出三百两银子，梳弄美娘。九妈得了这主大财，心生一计，与金二员外商议，若要他成就，除非如此如此。金二员外意会了。其日八月十五日，只说请王美湖上看潮。请至舟中，三四个帮闲，俱是会中之人，猜拳行令，做好做歉，将美娘灌得烂醉如泥。扶到王九妈家楼中，卧于床上，不省人事。此时天气和暖，又没几层衣服。妈儿亲手抱住，欲待挣扎，争奈手足俱软，由他轻薄了一回。

五鼓时，美娘酒醒，已知鸨儿用计，破了身子。自怜红颜命薄，遭此强横，起来解手，穿了衣服，自在床边一个斑竹榻上，朝着里壁睡了，暗暗垂泪。金二员外来亲近他时，被他劈头劈脸，抓有几个血痕。金二员外好生没趣，捱得天明，对妈儿说声："我去也。"妈儿要留他时，已自出门去了。从来梳弄的子弟，早起时，妈儿进房贺喜，行户中都来称贺，还要吃几日喜酒。那子弟多则住一二月，最少也住半月二十日。只有金二员外侵早出门，是从来未有之事。王九妈连叫诧异，披衣起身上楼，只见美娘卧于榻上，满眼流泪。九妈要哄他上行，连声招许多不是。美娘只不开口，九妈只得下楼去了。美娘哭了一日，茶饭不沾。从此托病，不肯下楼，连客也不肯会面了。

　　九妈心下焦躁。欲待把他凌虐，又恐他烈性不从，反冷了他的心肠。欲待由他，本是要他赚钱。若不接客时，就养到一百岁也没用。踌蹰数日，无计可施。忽然想起，有个结义妹子，叫做刘四妈，时常往来。他能言快语，与美娘甚说得着。何不接取他来，下个说词。若得他回心转意，大大的烧个利市⑨。当下叫保儿去请刘四妈到前楼坐下，诉以衷情。刘四妈道："老身是个女随何，雌陆贾，说得罗汉思情，嫦娥想嫁。这件事都在老身身上。"九妈道："若是如此，做姐的情愿与你磕头。你多吃杯茶去，省得说话时口干。"刘四妈道："老身天生这副海口，便说到明日，还不干哩。"刘四妈吃了几杯茶，转到后楼，只见楼门紧闭。刘四妈轻轻的叩了一下，叫声："侄女！"美娘听得是四妈声音，便来开门。两下相见了，四妈靠桌朝下而坐，美娘傍坐相陪。四妈看他桌上铺着一幅细绢，才画得个美人的脸儿，还未曾着色。四妈称赞道："画得好！真是巧手！九阿姐不知怎生样造化，偏生遇着你这一个伶俐女儿。又好人物，又好技艺，就是堆上几千两黄金，满临安走遍，可寻出个对儿么?"美娘道:"休得见笑!今日甚风吹得姨娘到来?"刘四妈道:"老身时常要来看你,只为家务在身,不得空闲。闻得你恭喜梳弄了。今日偷空而来,特特与九阿姐叫喜。"美儿听得提起"梳弄"二字,满脸通红,低着头不来答应。刘四妈知他害羞,便把椅儿掇上一步,将美娘的手儿牵着,叫声:"我儿!做小娘的,不是个软壳鸡蛋,怎的这般嫩得紧?似你恁地怕羞,如何赚得大主银子?"美娘道:"我要银子做甚?"四妈道:"我儿,你便不要银子,做娘的,看得你长大成人,难道不要出本?自古道:靠山吃山,靠水吃水。九阿姐家有几个粉头,那一个赶得上你的脚跟来?一园瓜,只看得你是个瓜种。九阿姐待你也不比其他。你是聪明伶俐的人,也须识些轻重。闻得你自梳弄之后,一个客也不肯相接。是甚么意儿?都像你的意时,一家人口,似蚕一般,那个把桑叶喂他?做娘的抬举你一分,你也要与他争口气儿,莫要反讨众丫头们批点。"美娘道:"由他批点,怕怎的!"刘四妈道:"阿呀!批点是个小事,你可晓得门户中的行径么?"美娘道:"行径便怎的?"刘四妈道:"我们门户人家,吃着女儿,穿着女儿,用着女儿,侥幸讨得一个像样的,分明是大户人家置了一所良田美产。年纪幼小时,巴不得风吹得大。到得梳弄过后,便是田产成熟,日日指望花利到手受用。前门迎新,后门送旧,张郎送米,李郎送柴,往来热闹,才是个出名的姊妹行家。"美娘道:"羞答答,我不做这样事!"刘四妈掩着口,格的笑了一声,道:"不做这样事,可是由得你的?一家之中,有妈妈做主。做小娘的若小依他教训,动不动一顿皮鞭,打得你不生不死。那时不怕你不走他的路儿。九阿姐一向不难为你,只可惜你聪明标致,从小娇养的,要惜你的廉耻,存你的体面。方才告诉我许多话,说你不识好歹,放着鹅毛不知轻，顶着磨子不知重，心下好生不悦。教老身来劝你。你若执意不从，惹他性起，一时翻过脸来，骂一顿，打一顿，你待走上天去！凡事只怕个起头。若打破了头时，朝一顿，暮一顿，那时熬这些痛苦不过，只得接客，却不把千金声价弄得低微了。还要被姊妹中笑话。依我说，吊桶已自落在他井里，挣不起了。不如千欢万喜，倒在娘的怀里，落得自己快活。"美娘道："奴是好人家儿女，误落风尘。倘得姨娘主张从良，胜造九级浮图。若要我倚门献笑，送旧迎新，宁甘一死，决不情愿。"刘四妈道："我儿，从良是个有志气的事，怎么说道不该！只是从良也有几等不同。"美娘道："从良有甚不同之处？"刘四妈道："有个真从良，有个假从良。有个苦从良，有个乐从良。有个趁好的从良，有个没奈何的从良。有个了从良，有个不了的从良。我儿耐心听我分说。如何叫做真从良？大凡才子必须佳人，佳人必须才子，方成佳配。然而好事多磨，往往求之不得。幸然两下相逢，你贪我爱，割舍不下。一个愿讨，一个愿嫁。好像捉对的蚕蛾，死也不放。这个谓之真从良。怎么叫做假从良？有等子弟爱着小娘，小娘却不爱那子弟。本心不愿嫁他，只把个嫁字儿哄他心热，撒漫银钱⑩。比及成交，却又推故不就。又有一等痴心子弟，晓得小娘心肠不对他，偏要娶他回去。拼着一主大钱，动了妈儿的火，不怕小娘不肯。勉强进门，心中不顺，故意不守家规。小则撒泼放肆，大则公然偷汉。人家容留不得，多则一年，少则半载，依旧放他出来，为娼接客。把'从良'二字，只当个撰⑪钱的题目。这个谓之假从良。如何叫做苦从良？一般样子弟爱小娘，小娘不爱那子弟，却被他以势凌之。妈儿惧祸，已自许了。做小娘的，身不由主，含泪而行。一入侯门，如海之深，家法又严，抬头不得。

半妾半婢，忍死度日。这个谓之苦从良。如何叫做乐从良？做小娘的，正当择人之际，偶然相交个子弟。见他情性温和，家道富足，又且大娘子乐善，无男无女，指望他日过门，与他生育，就有主母之分。以此嫁他，图个日前安逸，日后出身。这个谓之乐从良。如何叫做趁好的从良？做小娘的，风花雪月，受用已勾，趁这盛名之下，求之者众，任我拣择个十分满意的嫁他，急流勇退，及早回头，不致受人怠慢。这个谓之趁好的从良。如何叫做没奈何的从良？做小娘的，原无从良之意，或因官司逼迫，或因强横欺瞒，又或因债负太多，将来赔偿不起，憋口气，不论好歹，得嫁便嫁，买静求安，藏身之法，这谓之没奈何的从良。如何叫做了从良？小娘半老之际，风波历尽，刚好遇个老成的孤老⑫，两下志同道合，收绳卷索，白头到老，这个谓之了从良。如何叫做不了的从良？一般你贪我爱，火热的跟他，却是一时之兴，没有个长算。或者尊长不容，或者大娘妒忌，闹了几场，发回妈家，追取原价。又有个家道凋零，养他不活，苦守不过，依旧出来赶趁⑬，这谓之不了的从良。”

美娘道：“如今奴家要从良，还是怎地好？”刘四妈道：“我儿，老身教你个万全之策。”美娘道：“若蒙教导，死不忘恩。”刘四妈道：“从良一事，入门为净。况且你身子已被人捉弄过了，就是今夜嫁人，叫不得个黄花女儿。千错万错，不该落于此地。这就是你命中所招了。做娘的费了一片心机，若不帮他几年，趁过千把银子，怎肯放你出门？还有一件，你便要从良，也须拣个好主儿。这些臭嘴臭脸的，难道就跟他不成？你如今一个客也不接，晓得那个该从，那个不该从？假如你执意不肯接客，做娘的没奈何，寻个肯出钱的主儿，卖你去做妾，这也叫做从良。那主儿或是年老的，或是貌丑的，或是一字不识的村牛，你却不肮脏了一世！比着把你料在水里，还有扑通的一声响，讨得傍人叫一声可惜。依着老身愚见，还是俯从人愿，凭着做娘的接客。似你恁般才貌，等闲的料也不敢相扳。无非是王孙公子，贵客豪门，也不辱莫了你。一来风花雪月，趁着年少受用，二来作成妈儿起个家事，三来使自己也积攒些私房，免得日后求人。过了十年五载，遇个知心着意的，说得来，话得着，那时老身与你做媒，好模好样的嫁去，做娘的也放得你下了。可不两得其便？"美娘听说，微笑而不言。刘四妈已知美娘心中活动了，便道："老身句句是好话。你依着老身的话时，后来还当感激我哩。"说罢，起身。王九妈立在楼门之外，一句句都听得的。美娘送刘四妈出房，劈面撞着了九妈，满面羞惭，缩身进去。王九妈随着刘四妈，再到前楼坐下。刘四妈道："侄女十分执意，被老身右说左说，一块硬铁看看熔做热汁。你如今快快寻个覆帐^⑭的主儿，他必然肯就。那时做妹子的再来贺喜。"王九妈连连称谢。是日备饭相待，尽醉而别。后来西湖上子弟们又有只《挂枝儿》，单说那刘四妈说词一节：

> 刘四妈，你的嘴舌儿好不利害！便是女随何，雌
> 陆贾，不信有这大才！说着长，道着短，全没些破败。
> 　　就是醉梦中，被你说得醒；就是聪明的，被你说
> 得呆。好个烈性的姑姑，也被你说得他心地改。

再说王美娘才听了刘四妈一席话儿，思之有理。以后有客求见，欣然相接。覆帐之后，宾客如市。捱三顶五，不得空闲，声价愈重。每一晚白银十两，兀自你争我夺。王九妈赚了若干钱钞，欢喜无限。美娘也留心，要拣个知心着意的，急切难得。正是：

> 易求无价宝，难得有情郎。

话分两头。却说临安城清波门里，有个开油店的朱十老，三年前过继一个小厮，也是汴京逃难来的，姓秦名重。母亲早丧，父亲秦良，十三岁上将他卖了，自己在上天竺去做香火⑮。朱十老因年老无嗣，又新死了妈妈，把秦重做亲子看成，改名朱重，在店中学做卖油生意。初时父子坐店甚好。后因十老得了腰痛的病，十眠九坐，劳碌不得。另招个伙计，叫做邢权，在店相帮。光阴似箭，不觉四年有余。朱重长成一十七岁，生得一表人才，虽然已冠，尚未娶妻。那朱十老家有个侍女，叫做兰花，年已二十之外，存心看上了朱小官人，几遍的倒下钩子去勾搭他。谁知朱重是个老实人，又且兰花龌龊丑陋，朱重也看不上眼。以此落花有意，流水无情。那兰花见勾搭朱小官人不上，别寻主顾，就去勾搭那伙计邢权。邢权是望四之人，没有老婆，一拍就上。两个暗地偷情，不止一次。反怪朱小官人碍眼，思量寻事赶他出门。邢权与兰花两个，里应外合，使心设计。兰花便在朱十老面前，假意撇清⑯说："小官人几番调戏，好不老实！"朱十老平时与兰花也有一手，未免有拈酸之意。邢权又将店中卖下的银子藏过，在朱十老面前说道："朱小官在外赌博，不长进，柜里银子，几次短少，都是他偷去了。"初次朱十老还不信，接连几次，朱十老年老糊涂，没有主意，就唤朱重过来，责骂了一场。朱重是个聪明的孩子，已知邢权与兰花的计较，欲待分辩，惹起是非不小。万一老者不听，枉做恶人。心生一计，对朱十老说道："店中生意淡薄，不消得二人。如今让邢主管坐店，孩儿情愿挑担子出去卖油。卖得多少，每日纳还，可不是两重生意？"朱十老心下也有许可之意。又被邢权说道："他不是要挑担出去，几年上偷银子做私房，身边积攒有余了，又怪你不与他定亲，心中怨怅，不愿在此相帮，要

讨个出场，自去娶老婆，做人家去。"朱十老叹口气道："我把
他做亲儿看成，他却如此歹意！皇天不祐！罢，罢，不是自身
骨血，到底粘连不上，由他去罢！"遂将三两银子，把与朱重，
打发出门。寒夏衣服和被窝都教他拿去。这也是朱十老好处。
朱重料他不肯收留，拜了四拜，大哭而别。正是：

> 孝己杀身因谤语，申生丧命为谗言。
>
> 亲生儿子犹如此，何怪螟蛉受枉冤。

原来秦良上天竺做香火，不曾对儿子说知。朱重出了朱十
老之门，在众安桥下赁了一间小小房儿，放下被窝等件，买巨
锁儿锁了门，便往长街短巷，访求父亲。连走几日，全没消息。
没奈何，只得放下。在朱十老家四年，赤心忠良，并无一毫私
蓄。只有临行时打发这三两银子，不勾本钱，做甚么生意好？
左思右量，只有油行买卖是熟间⑰。这些油坊多曾与他识熟，
还去挑个卖油担子，是个稳足的道路。当下置办了油担家伙，
剩下的银两，都交付与油坊取油。那油坊里认得朱小官是个老
实好人，况且小小年纪，当初坐店，今朝挑担上街，都因邢伙
计挑拨他出来，心中甚是不平。有心扶持他，只拣窨清的上好
净油与他，签子上又明让他些。朱重得了这些便宜，自己转卖
与人，也放些宽，所以他的油比别人分外容易出脱。每日所赚
的利息，又且俭吃俭用，积下东西来，置办些日用家业，及身
上衣服之类，并无妄废。心中只有一件事未了，牵挂着父亲，
思想："向来叫做朱重，谁知我是姓秦？倘或父亲来寻访之时，
也没有个因由。"遂复姓为秦。说话的，假如上一等人，有前程
的，要复本姓，或具札子奏过朝廷，或关白礼部、太学、国学
等衙门。将册籍改正，众所共知。一个卖油的，复姓之时，谁
人晓得？他有个道理，把盛油的桶儿，一面大大写个"秦"

字，一面写"汴梁"二字，将油桶做个标识，使人一览而知。以此临安市上，晓得他本姓，都呼他为"秦卖油"。时值二月天气，不暖不寒，秦重闻知昭庆寺僧人，要起个九昼夜功德，用油必多，遂挑了油担来寺中卖油。那些和尚们也闻知秦卖油之名，他的油比别人又好又贱，单单作成他。所以一连这九日，秦重只在昭庆寺走动。正是：

> 刻薄不赚钱，忠厚不折本。

这一日是第九日了。秦重在寺出脱了油，挑了空担出寺。其日天气晴朗，游人如蚁。秦重绕河而行。遥望十景塘桃红柳绿，湖内画船箫鼓，往来游玩，观之不足，玩之有余。走了一回，身子困倦，转到昭庆寺右边，望个宽处，将担儿放下，坐在一块石上歇脚。近侧有个人家，面湖而住，金漆篱门，里面朱栏内，一丛细竹。未知堂室何如，先见门庭清整。只见里面三四个戴巾的从内而出，一个女娘后面相送。到了门首，两下把手一拱，说声"请了"，那女娘竟进去了。秦重定睛观之，此女容颜娇丽，体态轻盈，目所未睹，准准的呆了半晌，身子都酥麻了。他原是个老实小官，不知有烟花行径，心中疑惑，正不知是甚么人家。方在凝思之际，只见门内又走出个中年的妈妈，同着一个垂发的丫鬟，倚门闲看。那妈妈一眼瞧着油担，便道："阿呀！方才我家无油，正好有油担子在这里，何不与他买些？"那丫鬟同那妈妈出来，走到油担子边，叫声："卖油的！"秦重方才知觉，回言道："没有油了！妈妈要用油时，明日送来。"那丫鬟也识得几个字，看见油桶上写个"秦"字，就对妈妈道："那卖油的姓秦。"妈妈也听得人闲讲，有个秦卖油，做生意甚是忠厚。遂分付秦重道："我家每日要油用，你肯挑来时，与你做个主顾。"秦重道："承妈妈做成，不敢有误。"

那妈妈与丫鬟进去了。秦重心中想道："这妈妈不知是那女娘的甚么人？我每日到他家卖油，莫说赚他利息，图个饱看那女娘一回，也是前生福分。"正欲挑担起身，只见两个轿夫，抬着一顶青绢幔的轿子，后边跟着两个小厮，飞也似跑来。到了其家门首，歇下轿子。那小厮走进里面去了。秦重道："却又作怪！着他接甚么人？"少顷之间，只见两个丫鬟，一个捧着猩红的毡包，一个拿着湘妃竹攒花的拜匣，都交付与轿夫，放在轿座之下。那两个小厮手中，一个抱着琴囊，一个捧着几个手卷，腕上挂碧玉箫一枝，跟着起初的女娘出来。女娘上了轿，轿夫抬起望旧路而去。丫鬟小厮，俱随轿步行。秦重又得亲炙一番，心中愈加疑惑。挑了油担子，洋洋的去。

不过几步，只见临河有一个酒馆。秦重每常不吃酒，今日见了这女娘，心下又欢喜，又气闷。将担子放下，走进酒馆，拣个小座头坐下。酒保问道："客人还是请客，还是独酌？"秦重道："有上好的酒，拿来独饮三杯。时新果子一两碟，不用荤菜。"酒保斟酒时，秦重问道："那边金漆篱门内是甚么人家？"酒保道："这是齐衙内⑱的花园。如今王九妈住下。"秦重道："方才看见有个小娘子上轿，是甚么人？"酒保道："这是有名的粉头，叫做王美娘，人都称为花魁娘子。他原是汴京人，流落在此。吹弹歌舞，琴棋书画，件件皆精。来往的都是大头儿，要十两放光，才宿一夜哩。可知小可的也近他不得。当初住在涌金门外，因楼房狭窄，齐舍人与他相厚。半载之前，把这花园借与他住。"秦重听得说是汴京人，触了个乡里之念，心中更有一倍光景。吃了数杯，还了酒钱，挑了担子，一路走，一路的肚中打稿道："世间有这样美貌的女子，落于娼家，岂不可惜！"又自家暗笑道："若不落于娼家，我卖油的怎生得见！"

又想一回，越发痴起来了，道："人生一世，草生一秋。若得这等美人搂抱了睡一夜，死也甘心。"又想一回道："呸！我终日挑这油担子，不过日进分文，怎么想这等非分之事！正是癞虾蟆在阴沟里想着天鹅肉吃，如何到口！"又想一回道："他相交的，都是公子王孙，我卖油的，纵有了银子，料他也不肯接我。"又想一回道："我闻得做老鸨的，专要钱钞。就是个乞儿，有了银子，他也就肯接了，何况我做生意的，青青白白之人。若有了银子，怕他不接！只是那里来这几两银子？"一路上胡思乱想，自言自语。你道天地间有这等痴人，一个做小经纪的，本钱只有三两，却要把十两银子去嫖那名妓，可不是个春梦！自古道：有志者事竟成。被他千思万想，想出一个计策来。他道："从明日为始，逐日将本钱扣出，余下的积攒上去。一日积得一分，一年也有三两六钱之数。只消三年，这事便成了。若一日积得二分，只消得年半。若再多得些，一年也差不多了。"想来想去，不觉走到家里，开锁进门。只因一路上想着许多闲事，回来看了自家的睡铺，惨然无欢，连夜饭也不要吃，便上了床。这一夜翻来覆去，牵挂着美人，那里睡得着。

> 只因月貌花容，引起心猿意马。

捱到天明，爬起来，就装了油担，煮早饭吃了，匆匆挑着担子，一径走到王妈妈家去。进了门，却不敢直入，舒着头，往里面张望。王妈妈恰才起床，还蓬着头，正分付保儿买饭菜。秦重识得声音，叫声："王妈妈"。九妈往外一张，见是秦卖油，笑道："好忠厚人！果然不失信。"便叫他挑担进来，称了一瓶，约有五斤多重，公道还钱，秦重并不争论。王九妈甚是欢喜，道："这瓶油，只勾我家两日用。但隔一日，你便送来，我不往别处去买油。"秦重应诺，挑担而去，只恨不曾遇见花魁娘子。"且喜扳下主顾，少不得一次不见，二次见，二次不见，三次见。只是一件，特为王九妈一家挑这许多路来，不是做生意的勾当。这昭庆寺是顺路。今日寺中虽然不做功德，难道寻常不用油的？我且挑担去问他。若扳得各房头做个主顾，只消走钱塘门这一路，那一担油尽勾出脱了。"秦重挑担到寺内问时，原来各房和尚也正想着秦卖油。来得正好，多少不等，各各买他的油。秦重与各房约定，也是间一日便送油来用。这一日是个双日。自此日为始，但是单日，秦重别街道上做买卖；但是双日，就走钱塘门这一路。一出钱塘门，先到王九妈家里，以卖油为名，去看花魁娘子。有一日会见，也有一日不会见。不见时费了一场思想，便见时也只添了一层思想。正是：

> 天长地久有时尽，此恨此情无尽期。

再说秦重到了王九妈家多次，家中大大小小，没一个不认得是秦卖油。时光迅速，不觉一年有余。日大日小，只拣足色细丝，或积三分，或积二分，再少也积下一分。凑得几钱，又打做大块包。日积月累，有了一大包银子，零星凑集，连自己也不识多少。其日是单日，又值大雨，秦重不出去做买卖。积了这一大包银子，心中也自喜欢。"趁今日空闲，我把他上一上天平，见个数目。"打个油伞，走到对门倾银铺^⑩里，借天平兑银。那银匠好不轻薄，想着："卖油的多少银子，要架天平？只把个五两头等子与他，还怕用不着头纽哩！"秦重把银包解开，都是散碎银两。大凡成锭的见少，散碎的就见多。银匠是小辈，眼孔极浅，见了许多银子，别是一番面目，想道："人不可貌相，海水不可斗量。"慌忙架起天平，搬出若大若小许多法码。秦重尽包而兑，一厘不多，一厘不少，刚刚一十六两之数，上秤便是一斤。秦重心下想道："除去了三两本钱，余下的做一夜花柳之费,还是有余。"又想道:"这样散碎银子,怎好出手!拿出来也被人看低了。见成倾银店中方便,何不倾成锭儿,还觉冠冕。"当下兑足十两,倾成一个足色大锭,再把一两八钱,倾成水丝一小锭。剩下四两二钱之数,拈一小块,还了火钱。又将几钱银子,置下镶鞋净袜,新褶了一顶万字头巾。回到家中,把衣服浆洗得干干净净,买几根安息香,薰了又薰。拣个晴明好日,侵早打扮起来。

虽非富贵豪华客,也是风流好后生。

秦重打扮得齐齐整整,取银两藏于袖中,把房门锁了,一径望王九妈家而来。那一时好不高兴。及至到了门首,愧心复萌,想道:"时常挑了担子在他家卖油,今日忽地去做嫖客,如何开口?"正在踌躇之际,只听得呀的一声门响,王九妈走将出来。见了秦重,便道:"秦小官今日怎的不做生意,打扮得恁般齐楚,往那里去贵干?"事到其间,秦重只得老着脸,上前作揖。妈妈也不免还礼。秦重道:"小可并无别事,专来拜望妈妈。"那鸨儿是老积年[20],见貌辨色,见秦重恁般装束,又说拜望,"一定是看上了我家那个丫头,要嫖一夜,或是会一个房。虽然不是个大势主菩萨,搭在篮里便是菜,捉在篮里便是蟹,赚他钱把银子买葱菜,也是好的。"便满脸堆下笑来,道:"秦小官拜望老身,必有好处。"秦重道:"小可有句不识进退的言语,只是不好启齿。"王九妈道:"但说何妨。且请到里面客坐里细讲。"秦重为卖油虽曾到王家准百次,这客坐里交椅,还不曾与他屁股做个相识。今日是个会面之始。王九妈到了客坐,不免分宾而坐,向着内里唤茶。少顷,丫鬟托出茶来,看时却是秦卖油,正不知甚么缘故,妈妈恁般相待,格格低了头只管笑。王九妈看见,喝道:"有甚好笑!对客全没些规矩!"丫鬟止住笑，收了茶杯自去。王九妈方才开言问道："秦小官有甚话，要对老身说？"秦重道："没有别话，要在妈妈宅上请一位姐姐吃一杯酒儿。"九妈道："难道吃寡酒，一定要嫖了。你是个老实人，几时动这风流之兴？"秦重道："小可的积诚，也非止一日。"九妈道："我家这几个姐姐，都是你认得的。不知你中意那一位？"秦重道："别个都不要，单单要与花魁娘子相处一宵。"九妈只道取笑他，就变了脸道："你出言无度！莫非奚落老娘么？"秦重道："小可是个老实人，岂有虚情。"九妈道："粪桶也有两个耳朵，你岂不晓得我家美儿的身价！倒了你卖油的灶，还不勾半夜歇钱哩。不如将就拣一个适兴罢。"秦重把颈一缩，舌头一伸，道："怎的好卖弄！不敢动问，你家花魁娘子一夜歇钱要几千两？"九妈见他说耍话，却又回嗔作喜，带笑而言道："那要许多！只要得十两敲丝。其他东道杂费，不在其内。"秦重道："原来如此，不为大事。"袖中摸出这秃秃里一大锭放光细丝银子，递与鸨儿道："这一锭十两重，足色足数，请妈妈收着。"又摸出一小锭来，也递与鸨儿，又道："这一小锭，重有二两，相烦备个小东。望妈妈成就小可这件好事，生死不忘，日后再有孝顺。"九妈见了这锭大银，已自不忍释手，又恐怕他一时高兴，日后没了本钱，心中懊悔，也要尽他一句才好。便道："这十两银子，你做经纪的人，积攒不易，还要三思而行。"秦重道："小可主意已定，不要你老人家费心。"

九妈把这两锭银子收于袖中，道："是便是了。还有许多烦难哩。"秦重道："妈妈是一家之主，有甚烦难？"九妈道："我家美儿，往来的都是王孙公子，富室豪家，真个是'谈笑有鸿儒，往来无白丁'。他岂不认得你是做经纪的秦小官，如何肯接你？"秦重道："但凭妈妈怎的委曲宛转，成全其事，大恩不敢有忘!"九妈见他十分坚心,眉头一皱,计上心来,扯开笑口道:"老身已替你排下计策,只看你缘法如何。做得成,不要喜,做不成,不要怪。美儿昨日在李学士家陪酒,还未曾回。今日是黄衙内约下游湖。明日是张山人一班清客,邀他做诗社。后日是韩尚书的公子,数日前送下东道在这里。你且到大后日来看。还有句话,这几日你且不要来我家卖油,预先留下个体面。又有句话,你穿着一身的布衣布裳,不像个上等嫖客。再来时,换件绸缎衣服,教这些丫头们认不出你是秦小官。老娘也好与你装谎。"秦重道:"小可一一理会得。"说罢,作别出门,且歇这三日生理,不去卖油,到典铺里买了一件见成半新不旧的绸衣,穿在身上,到街坊闲走,演习斯文模样。正是:

> 未识花院行藏,先习孔门规矩。

丢过那三日不题。到第四日,起个清早,便到王九妈家去。去得太早,门还未开,意欲转一转再来。这番装扮希奇,不敢到昭庆寺去,恐怕和尚们批点。且到十景塘散步。良久又踅转来。王九妈家门已开了。那门前却安顿得有轿马,门内有许多仆从,在那里闲坐。秦重虽然老实,心下到也乖巧,且不进门,悄悄的招那马夫问道:"这轿马是谁家的?"马夫道:"韩府里来接公子的。"秦重已知韩公子夜来留宿,此时还未曾别。重复转身,到一个饭店之中,吃了些见成茶饭,又坐了一回,方才到王家探信,只见门前轿马已自去了。进得门时,王九妈迎着,便道:"老身得罪,今日又不得工夫了。恰才韩公子拉去东庄赏早梅。他是个长嫖,老身不好违拗。闻得说,来日还要到灵隐寺,访个棋师赌棋哩。齐衙内又来约过两三次了。这是我家房主,又是辞不得的。他来时,或三日五日的住了去,连老身也定不得个日子。秦小官,你真个要嫖,只索耐心再等几时。不然，前日的尊赐，分毫不动，要便奉还。"秦重道："只怕妈妈不作成。若还迟，终无失，就是一万年，小可也情愿等着。"九妈道："恁地时，老身便好张主！"秦重作别，方欲起身，九妈又道："秦小官人，老身还有句话。你下次若来讨信，不要早了。约莫申牌时分，有客没客，老身把个实信与你。倒是越晏些越好，这是老身的妙用，你休错怪。"秦重连声道："不敢，不敢！"这一日秦重不曾做买卖。次日，整理油担，挑往别处去生理，不走钱塘门一路。每日生意做完，傍晚时分就打扮齐整，到王九妈家探信，只是不得工夫。又空走了一月有余。

那一日是十二月十五，大雪方霁，西风过后，积雪成冰，好不寒冷。却喜地下干燥。秦重做了大半日买卖，如前妆扮，又去探信。王九妈笑容可掬，迎着道："今日你造化，已是九分九厘了。"秦重道："这一厘是欠着甚么？"九妈道："这一厘么？正主儿还不在家。"秦重道："可回来么？"九妈道："今日是俞太尉家赏雪，筵席就备在湖船之内。俞太尉是七十岁的老人家，风月之事，已是没分。原说到黄昏送来。你且到新人房里，吃杯烫风酒，慢慢的等他。"秦重道："烦妈妈引路。"王九妈引着秦重，弯弯曲曲，走过许多房头，到一个所在，不是楼房，却是个平屋三间，甚是高爽。左一间是丫鬟的空房，一般有床榻桌椅之类，却是备官铺的；右一间是花魁娘子卧室，锁着在那里。两傍又有耳房。中间客坐上面，挂一幅名人山水，香几上博山古铜炉，烧着龙涎香饼，两傍书桌，摆设些古玩，壁上贴许多诗稿。秦重愧非文人，不敢细看。心下想道："外房如此整齐，内室铺陈，必然华丽。今夜尽我受用。十两一夜，也不为多。"九妈让秦小官坐于客位，自己主位相陪。少顷之间，丫鬟掌灯过来，抬下一张八仙桌儿，六碗时新果子，一架攒盒，佳肴美酝，未曾到口，香气扑人。九妈执盏相劝道："今日众小女都有客，老身只得自陪，请开怀畅饮几杯。"秦重酒量本不高，况兼正事在心，只吃半杯。吃了一会，便推不饮。九妈道："秦小官想饿了，且用些饭再吃酒。"丫鬟捧着雪花白米饭，一吃一添，放于秦重面前，就是一盏杂和汤。鸨儿量高，不用饭，以酒相陪。秦重吃了一碗，就放着。九妈道："夜长哩，再请些。"秦重又添了半碗。丫鬟提个行灯来，说："浴汤热了，请客官洗浴。"秦重原是洗过澡来的，不敢推托，只得又到浴堂，肥皂香汤，洗了一遍，重复穿衣入坐。九妈命撤去肴盒，用暖锅下酒。此时黄昏已绝，昭庆寺里的钟都撞过了，美娘尚未回来。

> 玉人何处贪欢耍？等得情郎望眼穿！

常言道：等人心急。秦重不见婊子回家，好生气闷。却被鸨儿夹七夹八，说些风话劝酒。不觉又过了一更天气。只听外面热闹闹的，却是花魁娘子回家。丫鬟先来报了。九妈连忙起身出迎。秦重也离坐而立。只见美娘吃得大醉，侍女扶将进来。到于门首，醉眼朦胧，看见房中灯烛辉煌，杯盘狼藉，立住脚问道："谁在这里吃酒？"九妈道："我儿，便是我向日与你说的那秦小官人。他心中慕你，多时的送过礼来。因你不得工夫，担搁他一月有余了。你今日幸而得空，做娘的留他在此伴你。"美娘道："临安郡中，并不闻说起有甚么秦小官人！我不去接他。"转身便走。九妈双手托开，即忙拦住道："他是个至诚好人，娘不误你。"美娘只得转身，才跨进房门，抬头一看那人，有些面善。一时醉了，急切叫不出来，便道："娘，这个人我认得他的，不是有名称的子弟。接了他，被人笑话。"九妈道："我儿，这是涌金门内开段铺的秦小官人。当初我们住在涌金门时，想你也曾会过，故此面善。你莫识认错了。做娘的见他来意志诚，一时许了他，不好失信。你看做娘的面上，胡乱留他一晚。做娘的晓得不是了，明日却与你陪礼。"一头说，一头推着美娘的肩头向前。美娘拗妈妈不过，只得进房相见。正是：

> 千般难出虔婆口，万般难脱虔婆手。
>
> 饶君纵有万千般，不如跟着虔婆走。

这些言语，秦重一句句都听得，佯为不闻。美娘万福过了，坐于侧首。仔细看着秦重，好生疑惑，心里甚是不悦，嘿嘿无言。唤丫鬟将热酒来，斟着大钟。鸨儿只道他敬客，却自家一饮而尽。九妈道："我儿醉了，少吃些么。"美儿那里依他，答应道："我不醉！"一连吃上十来杯。这是酒后之酒，醉中之醉，自觉立脚不住。唤丫鬟开了卧房，点上银钉，也不卸头，也不解带，踢脱了绣鞋，和衣上床，倒身而卧。鸨儿见女儿如此做作，甚不过意。对秦重道："小女平日惯了，他专会使性。今日他心中不知为甚么有些不自在，却不干你事。休得见怪！"秦重道："小可岂敢！"鸨儿又劝了秦重几杯酒。秦重再三告止。鸨儿送入卧房，向耳傍分付道："那人醉了，放温存些。"又叫道："我儿起来，脱了衣服，好好的睡。"美娘已在梦中，全不答应。鸨儿只得去了。丫鬟收拾了杯盘之类，抹了桌子，叫声："秦小官人，安置罢。"秦重道："有热茶要一壶。"丫鬟泡了一壶浓茶，送进房里。带转房门，自去耳房中安歇。秦重看美娘时，面对里床，睡得正熟，把锦被压于身下。秦重想酒醉之人，必然怕冷，又不敢惊醒他。忽见阑干上又放着一床大红纻丝的锦被。轻轻的取下，盖在美儿身上。把银灯挑得亮亮的，取了这壶热茶，脱鞋上床，捱在美娘身边，左手抱着茶壶在怀，右手搭在美娘身上，眼也不敢闭一闭。正是：

未曾握雨携云，也算偎香倚玉。

却说美娘睡到半夜，醒将转来，自觉酒力不胜，胸中似有满溢之状。爬起来，坐在被窝中，垂着头，只管打干哕。秦重慌忙也坐起来。知他要吐，放下茶壶，用手抚摩其背。良久，美娘喉间忍不住了，说时迟，那时快，美娘放开喉咙便吐。秦重怕污了被窝，把自己的道袍袖子张开，罩在他嘴上。美娘不知所以，尽情一呕，呕毕，还闭着眼，讨茶漱口。秦重下床，将道袍轻轻脱下，放在地平之上。摸茶壶还是暖的，斟上一瓯香喷喷的浓茶，递与美娘。美娘连吃了二碗，胸中虽然略觉豪燥，身子兀自倦怠。仍旧倒下，向里睡去了。秦重脱下道袍，将吐下一袖的腌臜，重重裹着，放于床侧，依然上床，拥抱似初。美娘那一觉直睡到天明方醒。覆身转来，见傍边睡着一人，问道："你是那个!"秦重答道："小可姓秦。"美娘想起夜来之事，恍恍惚惚，不甚记得真了，便道："我夜来好醉!"秦重道："也不甚醉。"又问："可曾吐么?"秦重道："不曾。"美娘道："这样还好。"又想一想道："我记得曾吐过的，又记得曾吃过茶来，难道做梦不成?"秦重方才说道："是曾吐来。小可见小娘子多了杯酒，也防着要吐，把茶壶暖在怀里。小娘子果然吐后讨茶，小可斟上，蒙小娘子不弃，饮了两瓯。"美娘大惊道："脏巴巴的，吐在那里?"秦重道："恐怕小娘子污了被褥，是小可把袖子盛了。"美娘道："如今在那里?"秦重道："连衣服裹着，藏过在那里。"美娘道："可惜坏了你一件衣服。"秦重道："这是小可的衣服，有幸得沾小娘子的余沥。"美娘听说，心下想道："有这般识趣的人!"心里已有四五分欢喜了。

此时天色大明，美娘起身，下床小解。看着秦重，猛然想起是秦卖油，遂问道："你实对我说，是甚么样人? 为何昨夜在此?"秦重道:"承花魁娘子下问,小子怎敢妄言。小可实是常来宅上卖油的秦重。"遂将初次看见送客,又看见上轿,心下想慕之极,及积攒嫖钱之事,备细述了一遍。"夜来得亲近小娘子一夜,三生有幸,心满意足。"美娘听说,愈加可怜,道:"我昨夜酒醉,不曾招接得你。你干折了许多银子,莫不懊悔?"秦重道:"小娘子天上神仙,小可惟恐服侍不周,但不见责,已为万幸。况敢有非意之望!"美娘道:"你做经纪的人,积下些银两,何不留下养家?此地不是你来往的。"秦重道:"小可单只一身,并无妻小。"美娘顿了一顿,便道:"你今日去了,他日还来么?"秦重道:"只这昨宵相亲一夜,已慰生平,岂敢又作痴想!"美娘想道:"难得这好人,又忠厚,又老实,又且知情识趣,隐恶扬善,千百中难遇此一人。可惜是市井之辈。若是衣冠子弟,情愿委身事之。"正在沉吟之际,丫鬟捧洗脸水进来,又是两碗姜汤。秦重洗了脸,因夜来未曾脱帻,不用梳头,呷了几口姜汤,便要告别。美娘道:"少住不妨,还有话说。"秦重道:"小可仰慕花魁娘子,在傍多站一刻,也是好的。但为人岂不自揣!夜来在此,实是大胆。惟恐他人知道,有玷芳名。还是早些去了安稳。"美娘点了一点头,打发丫鬟出房,忙忙的开了减妆⑳,取出二十两银子,送与秦重道:"昨夜难为了你,这银两权奉为资本,莫对人说。"秦重那里肯受。美娘道:"我的银子,来路容易。这些须酬你一宵之情,休得固逊。若本钱缺少,异日还有助你之处。那件污秽的衣服,我叫丫鬟涮洗干净了还你罢。"秦重道:"粗衣不烦小娘子费心,小可自会涮洗。只是领赐不当。"美娘道:"说那里话!"将银子捱在秦重袖内,推他转身。秦重料难推却,只得受了,深深作揖,卷了脱下的这件龌龊道袍,走出房门。打从鸨儿房前经过,保儿看见，叫声："妈妈，秦小官去了。"王九妈正在净桶上解手，口中叫道："秦小官，如何去得恁早?"秦重道："有些贱事，改日特来称谢。"不说秦重去了，且说美娘与秦重虽然没点相干，见他一片诚心，去后好不过意。这一日因害酒，辞了客在家将息。千个万个孤老都不想，倒把秦重整整的想了一日。有《挂枝儿》为证：

> 俏冤家，须不是串花家的子弟，你是个做经纪本分人儿，那匡你会温存，能软款，知心知意。料你不是个使性的，料你不是个薄情的。几番待放下思量也，又不觉思量起。

话分两头。再说邢权在朱十老家，与兰花情热，见朱十老病废在床，全无顾忌。十老发作了几场。两个商量出一条计策来，俟夜静更深，将店中资本席卷，双双的逃之夭夭。不知去向。次日大明，十老方知。央及邻里，出了个失单，寻访数日，并无动静。深悔当日不合为邢权所惑，逐了朱重。如今日久见人心，闻说朱重，赁居众安桥下，挑担卖油，不如仍旧收拾他回来，老死有靠。只怕他记恨在心。教邻舍好生劝他回家，但记好，莫记恶。秦重一闻此言，即日收拾了家伙，搬回十老家里。相见之间，痛哭了一场。十老将所存囊橐，尽数交付秦重。秦重自家又有二十余两本钱，重整店面，坐柜卖油。因在朱家，仍称朱重，不用秦字。不上一月，十老病重，医治不痊，呜呼哀哉。朱重捶胸大恸，如亲父一般，殡殓成服，七七做了些好事。朱家祖坟在清坡门外，朱重举丧安葬，事事成礼。邻里皆称其厚德。事定之后，仍先开店。原来这油铺是个老店，从来生意原好，却被邢权刻剥存私，将主顾弄断了多少。今见朱小官在店，谁家不来作成，所以生理比前越盛。朱重单身独自，

急切要寻个老成帮手。有个惯做中人的，叫做金中，忽一日引
着一个五十余岁的人来。原来那人正是莘善，在汴梁城外安乐
村居住。因那年避乱南奔，被官兵冲散了女儿瑶琴，夫妻两口，
凄凄惶惶，东逃西窜，胡乱的过了几年。今日闻临安兴旺，南
渡人民，大半安插在彼。诚恐女儿流落此地，特来寻访，又没
消息。身边盘缠用尽，欠了饭钱，被饭店中终日赶逐，无可奈
何。偶然听见金中说起朱家油铺，要寻个卖油帮手。自己曾开
过六陈铺子，卖油之事，都则在行。况朱小官原是汴京人，又
是乡里，故此央金中引荐到来。朱重问了备细，乡人见乡人，
不觉感伤。"既然没处投奔，你老夫妻两口，只住在我身边，只
当个乡亲相处，慢慢的访着令爱消息，再作区处。"当下取两贯
钱把与莘善，去还了饭钱。连浑家阮氏也领将来，与朱重相见
了，收拾一间空房，安顿他老夫妇在内。两口儿也尽心竭力，
内外相帮。朱重甚是欢喜。光阴似箭，不觉一年有余。多有人
见朱小官年长未娶，家道又好，做人又志诚，情愿白白把女儿
送他为妻。朱重因见了花魁娘子，十分容貌，等闲的不看在眼，
立心要访求个出色的女子，方才肯成亲。以此日复一日，耽搁
下去。正是：

> 曾观沧海难为水，除却巫山不是云。

再说王美娘在九妈家，盛名之下，朝欢暮乐，真个口厌肥
甘，身嫌锦绣。然虽如此，每遇不如意之处，或是子弟们任情
使性，吃醋挑槽㉒，或自己病中醉后，半夜三更没人疼热，就
想起秦小官人的好处来。只恨无缘再会。也是他桃花运尽，合
当变更。一年之后，生出一段事端来。

却说临安城中，有个吴八公子，父亲吴岳，见为福州太守。
这吴八公子，打从父亲任上回来，广有金银。平昔间也喜赌钱

吃酒，三瓦两舍^②走动。闻得花魁娘子之名，未曾识面，屡屡
遣人来约，欲要嫖他。王美娘闻他气质不好，不愿相接，托故
推辞，非止一次。那吴八公子也曾和着闲汉们亲到王九妈家几
番，都不曾会。其时清明节届，家家扫墓，处处踏青。美娘因
连日游春困倦，且是积下许多诗画之债，未曾完得，分付家中：
"一应客来，都与我辞去。"闭了房门，焚起一炉好香，摆设文
房四宝，方欲举笔，只听得外面沸腾。却是吴八公子领着十余
个狠仆，来接美娘游湖。因见鸨儿每次回他，在中堂行凶，打
家打伙，直闹到美娘房前，只见房门锁闭。原来妓家有个回客
法儿，小娘躲在房内，却把房门反锁，支吾客人，只推不在。
那老实的就被他哄过了。吴公子是惯家，这些套子，怎地瞒得。
分付家人扭断了锁，把房门一脚踢开。美娘躲身不迭，被公子
看见，不由分说，教两个家人，左右牵手，从房内直拖出房外
来，口中兀自乱嚷乱骂。王九妈欲待上前陪礼解劝，看见势头
不好，只得闪过。家中大小，躲得没半个影儿。吴家狠仆牵着
美娘，出了王家大门，不管他弓鞋窄小，望街上飞跑。八公子
在后，扬扬得意。直到西湖口，将美娘扶下了湖船，方才放手。
美娘十二岁到王家，锦绣中养成，珍宝般供养，何曾受恁般凌
贱。下了船，对着船头，掩面大哭。吴八公子见了，放下面皮，
气忿忿的象关云长单刀赴会，一把交椅，朝外而坐，狠仆侍立
于傍。一面分付开船，一面数一数二的发作一个不住："小贱
人，小娼根，不受人抬举！再哭时，就讨打了！"美娘那里怕
他，哭之不已。船至湖心亭，吴八公子分付摆盒在亭子内，自
己先上去了，却分付家人："叫那小贱人来陪酒。"美娘抱住了
栏杆，那里肯去，只是嚎哭。吴八公子也觉没兴，自己吃了几
杯淡酒，收拾下船，自来扯美娘。美娘双脚乱跳，哭声愈高。

八公子大怒，教狠仆拔去簪珥。美娘蓬着头，跑到船头上，就要投水，被家僮们扶住。公子道："你撒赖便怕你不成！就是死了，也只费得我几两银子，不为大事。只是送你一条性命，也是罪过。你住了啼哭时，我就放你回去，不难为你。"美娘听说放他回去，真个住了哭。八公子分付移船到清波门外僻静之处，将美娘绣鞋脱下，去其裹脚，露出一对金莲，如两条玉笋相似。教狠仆扶他上岸，骂道："小贱人！你有本事，自走回家，我却没人相送。"说罢，一篙子撑开，再向湖中而去。正是：

　　　　焚琴煮鹤从来有，惜玉怜香几个知！

　　美娘赤了脚，寸步难行。思想："自己才貌两全，只为落于风尘，受此轻贱。平昔枉自结识许多王孙贵客，急切用他不着，受了这般凌辱。就是回去，如何做人？到不如一死为高。只是死得没些名目，枉自享个盛名，到此地位，看着村庄妇人，也胜我十二分。这都是刘四妈这个花嘴，哄我落坑堕堑，致有今日！自古红颜薄命，亦未必如我之甚！"越思越苦，放声大哭。事有偶然，却好朱重那日在清波门外朱十老的坟上，祭扫过了，打发祭物下船，自己步回，从此经过。闻得哭声，上前看时，虽然蓬头垢面，那玉貌花容，从来无两，如何不认得！吃了一惊，道："花魁娘子，如何这般模样？"美娘哀哭之际，听得声音厮熟，止啼而看，原来正是知情识趣的秦小官。美娘当此之际，如见亲人，不觉倾心吐胆，告诉他一番。朱重心中十分疼痛，亦为之流泪。袖中带得有白绫汗巾一条，约有五尺多长，取出劈半扯开，奉与美娘裹脚，亲手与他拭泪。又与他挽起青丝，再三把好言宽解。等待美娘哭定，忙去唤个暖轿，请美娘坐了，自己步送，直到王九妈家。九妈不得女儿消息，在四处打探。慌迫之际，见秦小官送女儿回来，分明送一颗夜明珠还他，如何不喜！况且鸨儿一向不见秦重挑油上门，多曾听得人说，他承受了朱家的店业，手头活动，体面又比前不同，自然括^㉘目相待。又见女儿这等模样，问其缘故，已知女儿吃了大苦，全亏了秦小官。深深拜谢，设酒相待。日已向晚，秦重略饮数杯，起身作别。美娘如何肯放，道："我一向有心于你，恨不得与你见面。今日定然不放你空去。"鸨儿也来扳留。秦重喜出望外。是夜，美娘吹弹歌舞，曲尽生平之技，奉承秦重。秦重如做了一个游仙好梦，喜得魄荡魂消，手舞足蹈。夜深酒阑，二人相挽就寝。

美娘道："我有句心腹之言与你说，你休得推托。"秦重道："小娘子若用得着小可时，就赴汤蹈火，亦所不辞，岂有推托之理。"美娘道："我要嫁你。"秦重笑道："小娘子就嫁一万个，也还数不到小可头上，休得取笑，枉自折了小可的食料。"美娘道："这话实是真心，怎说'取笑'二字！我自十四岁被妈妈灌醉，梳弄过了。此时便要从良。只为未曾相处得人，不辨好歹，恐误了终身大事。以后相处的虽多，都是豪华之辈，酒色之徒，但知买笑追欢的乐意，那有怜香惜玉的真心。看来看去，只有你是个志诚君子，况闻你尚未娶亲。若不嫌我烟花贱质，情愿举案齐眉，白头奉侍。你若不允之时，我就将三尺白罗，死于君前，表白我这片诚心，也强如昨日死于村郎之手，没名没目，惹人笑话。"说罢，呜呜地哭将起来。秦重道："小娘子休得悲伤。小可承小娘子错爱，将天就地，求之不得，岂敢推托。只是小娘子千金声价，小可家贫力薄，如何摆布，也是力不从心了。"美娘道："这却不妨。不瞒你说，我只为从良一事，预先积攒些东西，寄顿在外。赎身之费，一毫不费你心力。"秦重道："就是小娘子自己赎身，平昔住惯了高堂大厦，享用了锦衣玉食，在小可家，如何过活？"美娘道："布衣蔬食，死而无怨。"秦重道："小娘子虽然——只怕妈妈不从。"美娘道："我自有道理。如此如此，这般这般。"两个直说到天明。

原来黄翰林的衙内，韩尚书的公子，齐太尉的舍人，这几个相知的人家，美娘都寄顿得有箱笼。美娘只推要用，陆续取到密地，约下秦重，教他收置在家。然后一乘轿子，抬到刘四妈家，诉以从良之事。刘四妈道："此事老身前日原说过的。只是年纪还早，又不知你要从那一个？"美娘道："姨娘，你莫管是甚人，少不得依着姨娘的言语，是个真从良，乐从良，了从良；不是那不真，不假，不了，不绝的勾当。只要姨娘肯开口时，不愁妈妈不允。做侄女的没别孝顺，只有十两金子，奉与姨娘，胡乱打些钗子。是必在妈妈前做个方便。事成之时，媒礼在外。"刘四妈看见这金子，笑得眼儿没缝，便道："自家儿女，又是美事，如何要你的东西！这金子权时领下，只当与你收藏。此事都在老身身上。只是你的娘，把你当个摇钱之树，等闲也不轻放你出去。怕不要千把银子。那主儿可是肯出手的么？也得老身见他一见，与他讲通方好。"美娘道："姨娘莫管闲事，只当你侄女自家赎身便了。"刘四妈道："妈妈可晓得你到我家来？"美娘道："不晓得。"四妈道："你且在我家便饭。待老身先到你家，与妈妈讲。讲得通时，然后来报你。"

刘四妈顾乘轿子，抬到王九妈家。九妈相迎入内。刘四妈问起吴八公子之事，九妈告诉了一遍。四妈道："我们行户人家，到是养成个半低不高的丫头，尽可赚钱，又且安稳。不论什么客就接了，倒是日日不空的。侄女只为声名大了，好似一块鳌鱼落地，蚂蚁儿都要钻他。虽然热闹，却也不得自在。说便许多一夜，也只是个虚名。那些王孙公子来一遍，动不动有几个帮闲，连宵达日，好不费事。跟随的人又不少，个个要奉承得他好。有些不到之处，口里就出粗，哩啴罗嗹的骂人，还要弄损你家伙。又不好告诉他家主，受了若干闷气。况且山人墨客，诗社棋社，少不得一月之内，又有几时官身⑧。这些富贵子弟，你争我夺，依了张家，违了李家，一边喜，少不得一边怪了。就是吴八公子这一个风波，吓杀人的，万一失差，却不连本送了。官宦人家，与他打官司不成！只索忍气吞声。今日还亏着你家时运高，太平没事，一个霹雳空中过去了。倘然山高水低，悔之无及。妹子闻得吴八公子不怀好意，还要与你家索闹。侄女的性气又不好，不肯奉承人。第一是这件，乃是个惹祸之本。"九妈道："便是这件，老身常是担忧。就是这八公子，也是有名有称的人，又不是微贱之人。这丫头抵死不肯接他，惹出这场寡气。当初他年纪小时，还听人教训。如今有了个虚名，被这些富贵子弟夸他奖他，惯了他性情，骄了他气质，动不动自作自主。逢着客来，他要接便接。他若不情愿时，便是九牛也休想牵得他转。"刘四妈道："做小娘的略有些身份，都则如此。"王九妈道："我如今与你商议。倘若有个肯出钱的，不如卖了他去，到得干净，省得终身担着鬼胎过日。"刘四妈道："此言甚妙。卖了他一个，就讨得五六个。若凑巧撞得着相应的，十来个也讨得的。这等便宜事，如何不做！"王九妈道："老身也曾算计过来。那些有势有力的不肯出钱，专要讨人便宜。及至肯出几两银子的，女儿又嫌好道歉，做张做智的⑨不肯。若有好主儿，妹子做媒，作成则个。倘若这丫头不肯时节，还求你撺掇。这丫头做娘的话也不听，只你说得他信，话得他转。"刘四妈呵呵大笑道："做妹子的此来，正为与侄女做媒。你要许多银子便肯放他出门？"九妈道："妹子，你是明理的人。我们这行户例，只有贱买，那有贱卖？况且美儿数年盛名满临安，谁不知他是花魁娘子。难道三百四百，就容他走动？少不得要他千金。"刘四妈道："待妹子去讲。若肯出这个数目，做妹子的便来多口。若合不着时，就不来了。"临行时，又故意问道："侄女今日在那里？"王九妈道："不要说起，自从那日吃了吴八公子的亏，怕他还来淘气，终日里抬个轿子，各宅去分诉。前日在齐太尉家，昨日在黄翰林家，今日又不知在那家去了。"刘四妈道："有了你老人家做主，按定了坐盘星，也不容侄女不肯。万一不肯时，做妹子自会劝他。只是寻得主顾来，你却莫要捉班做势。"九妈道："一言既出，并无他说。"九妈送至门首。刘四妈叫声咍噪，上轿去了。这才是：

> 数黑论黄雌陆贾，说长话短女随何。
> 若还都像虔婆口，尺水能兴万丈波。

刘四妈回到家中，与美娘说道："我对你妈妈如此说，这般讲，你妈妈已自肯了。只要银子见面，这事立地便成。"美娘道："银子已曾办下，明日姨娘千万到我家来，玉成其事。不要冷了场，改日又费讲。"四妈道："既然约定，老身自然到宅。"美娘别了刘四妈，回家一字不题。次日，午牌时分，刘四妈果然来了。王九妈问道："所事如何？"四妈道："十有八九，只不曾与侄女说过。"四妈来到美娘房中，两下相叫了，讲了一回说话。四妈道："你的主儿到了不曾？那话儿在那里？"美娘指着床头道："在这几只皮箱里。"美娘把五六只皮箱一时都开了，五十两一封，搬出十三四封来，又把些金珠宝玉算价，足勾千金之数。把个刘四妈惊得眼中出火，口内流涎，想道："小小年纪，这等有肚肠！不知如何设法，积下许多东西？我家这几个粉头，一般接客，赶得着他那里！不要说不会生发，就是有几文钱在荷包里，闲时买瓜子磕，买糖儿吃，两条脚布破了，还要做妈的与他买布哩。偏生九阿姐造化，讨得着，年时赚了若干钱钞，临出门还有这一主大财，又是取诸宫中⑳，不劳余力。"这是心中暗想之语，却不曾说出来。美娘见刘四妈沉吟，只道他作难索谢，慌忙又取出四匹潞绸，两股宝钗，一对凤头玉簪，放在桌上，道："这几件东西，奉与姨娘为伐柯之敬。"刘四妈欢天喜地对王九妈说道："侄女情愿自家赎身，一般身价，并不短少分毫。比着孤老卖身更好。省得闲汉们从中说合，费酒费浆，还要加一加二的谢他。"王九妈听得说女儿皮箱内有许多东西，到有个咈然之色。你道却是为何？世间只有鸨儿最狠，做小娘的设法些东西，都送到他手里，才是快活。也有做些私房在箱笼内，鸨儿晓得些风声，专等女儿出门，捌开锁钥，翻箱倒笼取个罄空。只为美娘盛名之下，相交都是大头儿，替做娘的挣得钱钞，又且性格有些古怪，等闲不敢触他。故此卧房里面，鸨儿的脚也不搠进去。谁知他如此有钱。刘四妈见九妈颜色不善，便猜着了，连忙道："九阿姐，你休得三心两意。这些东西，就是侄女自家积下的，也不是你本分之钱。他若肯花费时，也花费了。或是他不长进，把来津贴了得意的孤老，你也那里知道。这还是他做家的好处。况且小娘自己手中没有钱钞，临到从良之际，难道赤身赶他出门？少不得头上脚下都要收拾得光鲜，等他好去别人家做人。如今他自家拿得出这些东西，料然一丝一线不费你的心。这一主银子，是你完完全全鳖在腰胯里的。他就赎身出去，怕不是你女儿。倘然他挣得好时，时朝月节，怕他不来孝顺你！就是嫁了人时，他又没有亲爹亲娘，你也还去做得着他的外婆，受用处正有哩。"只这一套话，说得王九妈心中爽然，当下应允。刘四妈就去搬出银子，一封封兑过，交付与九妈。又把这些金珠宝玉，逐件指物作价。对九妈说道："这都是做妹子的故意估下他些价钱。若换与人，还便宜得几十两银子。"王九妈虽同是个鸨儿，到是个老实头儿，但凭刘四妈说话，无有不纳。

　　刘四妈见王九妈收了这主东西，便叫亡八写了婚书，交付与美儿。美儿道："趁姨娘在此，奴家就拜别了爹妈出门，借姨娘家住一两日，择吉从良，未知姨娘允否？"刘四妈得了美娘许多谢礼，生怕九妈翻悔，巴不得美娘出了他门，完成一事，说道："正该如此。"当下美娘收拾了房中自己的梳台拜匣，皮箱铺盖之类。但是鸨儿家中之物，一毫不动。收拾已完，随着四妈出房，拜别了假爹假妈，和那姨娘行中，都相叫了。王九妈一般哭了几声。美娘唤人挑了行李，欣然上轿，同刘四妈到刘家去。四妈出一间幽静的好房，顿下美娘行李。众小娘都来与美娘叫喜。是晚，朱重差莘善到刘四妈家讨信，已知美娘赎身出来。择了吉日，笙箫鼓乐娶亲。刘四妈就做大媒送亲，朱重与花魁娘子花烛洞房，欢喜无限。

　　　　　　虽然旧事风流，不减新婚佳趣。

　　次日，莘善老夫妇请新人相见，各各相认，吃了一惊。问起根由，至亲三口，抱头而哭。朱重方才认得是丈人丈母。请他上坐，夫妻二人，重新拜见。亲邻闻知，无不骇然。是日，整备筵席，庆贺两重之喜，饮酒尽欢而散。三朝之后，美娘教丈夫备下几副厚礼，分送旧相知各宅，以酬其寄顿箱笼之恩，并报他从良信息。此是美娘有始有终处。王九妈、刘四妈家，各有礼物相送，无不感激。满月之后，美娘将箱笼打开，内中都是黄白之资，吴绫蜀锦，何止百计，共有三千余金。都将匙钥交付丈夫，慢慢地买房置产，整顿家当。油铺生理，都是丈人莘善管理。不上一年，把家业挣得花锦般相似，驱奴使婢，甚有气象。

朱重感谢天地神明保佑之德，发心于各寺庙喜舍合殿油烛一套，供琉璃灯油三个月。斋戒沐浴，亲往拈香礼拜。先从昭庆寺起，其他灵隐、法相、净慈、天竺等寺，以次而行。就中单说天竺寺，是观音大士的香火，有上天竺、中天竺、下天竺，三处香火俱盛，却是山路，不通舟楫。朱重叫从人挑了一担香烛，三担清油，自己乘轿而往。先到上天竺来，寺僧迎接上殿，老香火秦公点烛添香。此时朱重居移气，养移体㉘，仪容魁岸，非复幼时面目，秦公那里认得他是儿子。只因油桶上有个大大的"秦"字，又有"汴梁"二字，心中甚以为奇。也是天然凑巧，刚刚到上天竺，偏用着这两只油桶。朱重拈香已毕，秦公托出茶盘，主僧奉茶。秦公问道："不敢动问施主，这油桶上为何有此三字？"朱重听得问声，带着汴梁人的土音，忙问道："老香火，你问他怎么？莫非也是汴梁人么？"秦公道："正是。"朱重道："你甚姓名谁？为何在此出家？共有几年了？"秦公把自己姓名乡里，细细告诉："某年上避兵来此，因无活计，将十三岁的儿子秦重，过继与朱家。如今有八年之远。一向为年老多病，不曾下山问得信息。"朱重一把抱住，放声大哭道："孩儿便是秦重。向在朱家挑油买卖。正为要访求父亲下落，故此于油桶上，写"汴梁秦"三字，做个标识。谁知此地相逢！真乃天与其便！"众僧见他父子别了八年，今朝重会，各各称奇。朱重这一日，就歇在上天竺，与父亲同宿，各叙情节。次日，取出中天竺、下天竺两个疏头㉘换过，内中朱重，仍改做秦重，复了本姓，两处烧香礼拜已毕，转到上天竺，要请父亲回家，安乐供养。秦公出家已久，吃素持斋，不愿随儿子回家。秦重道："父亲别了八年，孩儿有缺侍奉。况孩儿新娶媳妇，也得他拜见公公方是。"秦公只得依允。秦重将轿子让与父亲乘坐，自己步行，直到家中。秦重取出一套新衣，与父亲换了，中堂设坐，同妻莘氏双双参拜。亲家莘公、亲母阮氏，齐来见礼。此日大排筵席。秦公不肯开荤，素酒素食。次日，邻里敛财称贺。一则新婚，二则新娘子家眷团圆，三则父子重逢，四则秦小官归宗复姓：共是四重大喜。一连又吃了几日喜酒。秦公不愿家居，思想上天竺故处清净出家。秦重不敢违亲之志，将银二百两，于上天竺另造净室一所，送父亲到彼居住。其日用供给，按月送去。每十日亲往候问一次，每一季同莘氏往候一次。那秦公活到八十余，端坐而化，遗命葬于本山。此是后话。

却说秦重和莘氏，夫妻偕老，生下两个孩儿，俱读书成名。至今风月中市语，凡夸人善于帮衬，都叫做"秦小官"，又叫"卖油郎"。有诗为证：

> 春来处处百花新，蜂蝶纷纷竞采春。
> 堪爱豪家多子弟，风流不及卖油人。

选自《醒世恒言》

【题解】

一个卖油郎居然在风月场中占先，得到了一个花魁娘子为妻，正如他们的名字秦重、莘瑶琴所谐音——情，缘于双方的感情。这是本篇能够成为描写妓家恋爱别开生面之作的关键。在他们的婚姻结合过程中，一切陈腐的东西几乎被扫荡干净，不见了打点使费，不见了金钱交易，不见了门第高贵，也不见科举为官，人们看到的是志诚真心、知情识趣和互相体谅。初次相逢，秦重对醉后的娘子真心关照；娘子受辱被弃，秦重劝慰护送，这些举动使娘子感到了作人的尊严，得到了亟需的爱护，促使她下决心以身相许，结为夫妻。双方良好的交融互动状态，真有些现代恋爱的色彩呢。"三言""二拍"为甚么被看作"市民文学"，于这样的佳篇中尽可得见端倪。

【注释】

①卑田院：乞丐收容所。　②六陈铺儿：粮食铺。　③鞑房：和下文"鞑子"，都是指金人。　④君子可欺以其方：方，正直。这句是说：坏人利用君子的正直去欺骗他。　⑤准：抵偿。　⑥门户人家：妓院。　⑦无脚蟹：比喻无依靠的女人。　⑧汤着：挨着。　⑨烧个利市：商店开张，烧纸敬神以求护佑。　⑩撒漫银钱：随意花钱。　⑪撰：同赚。　⑫孤老：非正式夫妻关系中的男方，或嫖客。　⑬赶趁：妓女到酒楼筵前卖唱。　⑭覆帐：妓女第二次接客。　⑮香火：寺庙中打杂的人。　⑯假意撇清：本来不干净，却故意表示清白、清高。　⑰熟间：熟悉的行业。⑱衙内：宋元时对贵家子弟的称呼。　⑲倾银铺：银匠铺。　⑳老积年：阅

历深，懂得人情世故的人。 ㉑减妆：旧时妇女置放装饰用品的匣子。 ㉒挑槽：嫖客不再喜爱原来相好的妓女，另结新欢。 ㉓三瓦两舍：宋代游戏娱乐场所的总称。 ㉔括：应为"刮"。 ㉕官身：承应官府。 ㉖做张做智：或作张致，装模作样的意思。 ㉗取诸宫中：从自己家里取出来的意思。 ㉘居移气，养移体：形容一个人因生活环境和条件变好了，身体、气质也随着改变。 ㉙疏头：向神前焚化的祷词。

灌园叟晚逢仙女

连宵风雨闭柴门，落尽深红只柳存。

欲扫苍苔且停帚，阶前点点是花痕。

这首诗为惜花而作。昔唐时有一处士姓崔，名玄微，平昔好道，不娶妻室，隐于洛东。所居庭院宽敞，遍植花卉竹木。构一室在万花之中，独处于内。僮仆都居苑外，无故不得辄入。如此三十余年，足迹不出园门。时值春日，院中花木盛开，玄微日夕徜徉其间。一夜，风清月朗，不忍舍花而睡。乘着月色，独步花丛中。忽见月影下，一青衣冉冉而来。玄微惊讶道："这时节，那得有女子到此行动？"心下虽然怪异，又说道："且看他到何处去？"那青衣不往东，不往西，径至玄微面前，深深道个万福。玄微还了礼，问道："女郎是谁家宅眷？因何深夜至此？"那青衣启一点朱唇，露两行碎玉道："儿家与处士相近。今与女伴过上东门，访表姨，欲借处士院中暂憩，不知可否？"玄微见来得奇异，欣然许之。青衣称谢，原从旧路转去。不一时，引一队女子，分花约柳而来，与玄微一一相见。玄微就月下仔细看时，一个个姿容媚丽，体态轻盈，或浓或淡，妆束不一。随从女郎，尽皆妖艳，正不知从那里来的。相见毕，玄微邀进室中，分宾主坐下。开言道："请问诸位女娘姓氏。今访何姻戚，乃得光降敝园？"一衣绿裳者答道："妾乃杨氏。"指一穿白的道："此位李氏。"又指一衣绛服的道："此位陶氏。"遂逐一指示。最后到一绯衣小女，乃道："此位姓石，名阿措。我等虽则异姓，俱是同行姊妹。因封家十八姨，数日云欲来相看，不见其至。今夕月色甚佳，故与姊妹们同往候之。二来素蒙处士爱重，妾等顺便相谢。"玄微方待酬答，青衣报道："封家姨至。"众皆惊喜出迎。玄微闪过半边观看。众女子相见毕，说道："正要来看十八姨，为主人留坐，不意姨至；足见同心。"各向前致礼。十八姨道："屡欲来看卿等，俱为使命所阻。今乘间至此。"众女道："如此良夜，请姨宽坐，当以一尊为寿。"遂授旨青衣去取。十八姨问道："此地可坐否？"杨氏道："主人甚贤，地极清雅。"十八姨道："主人安在？"玄微趋出相见。举目看十八姨，体态飘逸，言词泠泠有林下风气①。近其傍，不觉寒气侵肌，毛骨悚然。逊入堂中，侍女将桌椅已是安排停当。请十八姨居于上席。众女挨次而坐，玄微末位相陪。不一时，众青衣取到酒肴，摆设上来。佳肴异果，罗列满案。酒味醇美，其甘如饴，俱非人世所有。此时月色倍明，室中照耀，如同白日。满坐芳香，馥馥袭人。宾主酬酢，杯觥交杂。酒至半酣，一红裳女子满斟大觥，送与十八姨道："儿有一歌，请为歌之。"歌云：

> 绛衣披拂露盈盈，淡染胭脂一朵轻。
> 自恨红颜留不住，莫怨春风道薄情。

歌声清婉，闻者皆凄然。又一白衣女子送酒道："儿亦有一歌。"歌云：

> 皎洁玉颜胜白雪，况乃当年对芳月。
> 沉吟不敢怨春风，自叹容华暗消歇。

其音更觉惨切。那十八姨性颇轻佻，却又好酒。多了几杯，渐渐狂放。听了二歌，乃道："值此芳辰美景，宾主正欢，何遽作伤心语！歌旨又深刺干②，殊为慢客。须各罚以大觥，当另歌之。"遂手斟一杯递来。酒醉手软，持不甚牢，杯才举起，不想袖在箸上一兜，扑碌的连杯打翻。这酒若翻在别个身上，却也罢了，恰恰里尽泼在阿措身上。阿措年娇貌美，性爱整齐，穿的却是一件大红簇花绯衣。那红衣最忌的是酒，才沾滴点，其色便改，怎经得这一大杯酒！况且阿措也有七八分酒意，见污了衣服，作色道："诸姊妹有所求，吾不畏尔！"即起身往外就走。十八姨也怒道："小女弄酒，敢与吾为抗耶？"亦拂衣而起。众女子留之不住，齐劝道："阿措年幼，醉后无状，望勿记怀。明日当率来请罪！"相送下阶。十八姨忿忿向东而去。众女子与玄微作别，向花丛中四散而走。玄微欲观其踪迹，随后送之。步急苔滑，一交跌倒。挣起身来看时，众女子俱不见了。心中想道："是梦却又未曾睡卧。若是鬼，又衣裳楚楚，言语历历。是人，如何又倏然无影？"胡猜乱想，惊疑不定。回入堂中，桌椅依然，摆设杯盘，一毫已无，惟觉余馨满室。虽异其事，料非祸祟，却也无惧。

到次晚，又往花中步玩。见诸女子已在，正劝阿措往十八姨处请罪。阿措怒道："何必更恳此老妪？有事只求处士足矣。"众皆喜道："妹言甚善。"齐向玄微道："吾姊妹皆住处士苑中，每岁多被恶风所挠，居止不安，常求十八姨相庇。昨阿措误触之，此后应难取力。处士倘肯庇护，当有微报耳。"玄微道："某有何力，得庇诸女？"阿措道："只求处士每岁元旦，作一朱幡，上图日月五星之文，立于苑东，吾辈则安然无恙矣。今岁已过，请于此月二十一日平旦，微有东风，即立之，可免本日之难。"玄微道："此乃易事，敢不如命。"齐声谢道："得蒙处士慨允，必不忘德。"言讫而别，其行甚疾。玄微随之不及。忽一阵香风过处，各失所在。玄微欲验其事，次日即制办朱幡。候至廿一日，清早起来，果然东风微拂，急将幡竖立苑东。少顷，狂风振地，飞沙走石，自洛南一路，摧林折树，苑中繁花不动。玄微方晓诸女者，众花之精也。绯衣名阿措，即安石榴也。封十八姨，乃风神也。到次晚，众女各裹桃李花数斗来谢道："承处士脱某等大难，无以为报。饵此花英，可延年却老。愿长如此卫护，某等亦可致长生。"玄微依其言服之，果然容颜较少，如三十许人。后得道仙去。有诗为证：

> 洛中处士爱栽花，岁岁朱幡绘采茶。
>
> 学得餐英堪不老，何须更觅枣如瓜。

列位莫道小子说风神与花精往来，乃是荒唐之语。那九州四海之中，目所未见，耳所未闻，不载史册，不见经传，奇奇怪怪，跷跷蹊蹊的事，不知有多多少少。就是张华的《博物志》，也不过志其一二；虞世南的行书厨③，也包藏不得许多。此等事甚是平常，不足为异。然虽如此，又道是子不语怪④，且阁过一边。只那惜花致福，损花折寿，乃见在功德，须不是乱道。列位若不信时，还有一段《灌园叟晚逢仙女》的故事，待小子说与列位看官们听。若平日爱花的，听了自然将花分外珍重。内中或有不惜花的，小子就将这话劝他，惜花起来。虽不能得道成仙，亦可以消闲遣闷。

你道这段话文出在那个朝代？何处地方？就在大宋仁宗年间，江南平江府东门外长乐村中。这村离城只去三里之远。村上有个老者，姓秋名先，原是庄家出身，有数亩田地，一所草房。妈妈水氏已故，别无儿女。那秋先从幼酷好栽花种果，把田业都撇弃了，专于其事。若偶觅得种异花，就是拾着珍宝，也没有这般欢喜。随你极紧要的事出外，路上逢着人家有树花儿，不管他家容不容，便陪着笑脸，捱进去求玩。若平常花木，或家里也在正开，还转身得快。倘然是一种名花，家中没有的，虽或有，已开过了，便将正事撇在半边，依依不舍，永日忘归。人都叫他是"花痴"。或遇见卖花的有株好花，不论身边有钱无钱，一定要买。无钱时便脱身上衣服去解当。也有卖花的知他僻性，故高其价，也只得忍贵买回。又有那破落户晓得他是爱花的，各处寻觅好花折来，把泥假捏个根儿哄他，少不得也买。有恁般奇事！将来种下，依然肯活。日积月累，遂成了一个大园。那园周围编竹为篱，篱上交缠蔷薇、荼蘼、木香、刺梅、木槿、棣棠、金雀，篱边撒下蜀葵、凤仙、鸡冠、秋葵、莺粟等种。更有那金萱、百合、剪春罗、剪秋罗、满地娇、十样锦、美人蕉、山踯躅、高良姜、白蛱蝶、夜落金钱、缠枝牡丹等类，不可枚举。遇开放之时，烂如锦屏。远离数步，尽植名花异卉。一花未谢，一花又开。向阳设两扇柴门，门内一条竹径，两边都结柏屏遮护。转国柏屏，便是三间草堂。房虽草覆，却高爽宽敞，窗榻明亮。堂中挂一幅无名小画，设一张白木卧榻。桌凳之类，色色洁净。打扫得地下无纤毫尘垢。堂后精舍数间，卧室在内。那花卉无所不有，十分繁茂。真个四时不谢，八节长春。但见：

> 梅标清骨，兰挺幽芳。茶呈雅韵，李谢浓妆。杏娇疏雨，菊傲严霜。水仙冰肌玉骨，牡丹国色天香。玉树亭亭阶砌，金莲冉冉池塘。芍药芳姿少比，石榴丽质无双。丹桂飘香月窟，芙蓉冷艳寒江。梨花溶溶夜月，桃花灼灼朝阳。山茶花宝珠称贵，蜡梅花磬口方香。海棠花西府为上，瑞香花金边最良。玫瑰杜鹃，烂如云锦，绣球郁李，点缀风光。说不尽千般花卉，

数不了万种芬芳。

篱门外，正对着一个大湖，名为朝天湖，俗名荷花荡。这湖东连吴淞江，西通震泽，南接庞山湖。湖中景致，四时晴雨皆宜。秋先于岸傍堆土作提，广植桃柳。每至春时，红绿间发，宛似西湖胜景。沿湖遍插芙蓉，湖中种五色莲花。盛开之日，满湖锦云烂漫，香气袭人，小舟荡桨采菱，歌声泠泠。遇斜风微起，偎船竞渡，纵横如飞。柳下渔人，舣船晒网。也有戏鱼的，结网的，醉卧船头的，没水赌胜的，欢笑之音不绝。那赏莲游人，画船箫管鳞集，至黄昏回棹，灯火万点，间以星影萤光，错落难辨。深秋时，霜风初起，枫林渐染黄碧，野岸衰柳芙蓉，杂间白蘋红蓼，掩映水际；芦苇中鸿雁群集，嘹呖干云⑤，哀声动人。隆冬天气，彤云密布，六花飞舞，上下一色。那四时景致，言之不尽。有诗为证：

> 朝天湖畔水连天，不唱渔歌即采莲。
>
> 小小茅堂花万种，主人日日对花眠。

按下散言，且说秋先每日清晨起来，扫净花底落叶，汲水逐一灌溉。到晚上又浇一番。若有一花将开，不胜欢跃。或暖壶酒儿，或烹瓯茶儿，向花深深作揖，先行浇奠，口称"花万岁"三声，然后坐于其下，浅斟细嚼。酒酣兴到，随意歌啸。身子倦时，就以石为枕，卧在根傍。自半含至盛开，未尝暂离。如见日色烘烈，乃把棕拂蘸水沃之。遇着月夜，便连宵不寐。倘值了狂风暴雨，即披蓑顶笠，周行花间检视。遇有欹枝，以竹扶之。虽夜间，还起来巡看几次。若花到谢时，则累日叹息，常至堕泪。又不舍得那些落花，以棕拂轻轻拂来，置于盘中，时尝观玩。直至干枯，装入净瓮。满瓮之日，再用茶酒浇奠，惨然若不忍释。然后亲捧其瓮，深埋长堤之下，谓之"葬花"。

倘有花片，被雨打泥污的，必以清水再四涤净，然后送下湖中，谓之"浴花"。

平昔最恨的是攀枝折朵。他也有一段议论，道："凡花一年只开得一度，四时中只占得一时，一时中又只占得数日。他熬过了三时的冷淡，才讨得这数日的风光。看他随风而舞，迎人而笑，如人正当得意之境，忽被摧残，巴此数日甚难，一朝折损甚易。花若能言，岂不嗟叹。况就此数日间，先犹含蕊，后复零残。盛开之时，更无多了。又有蜂采鸟啄虫钻，日炙风吹，雾迷雨打，全仗人去护惜他，却反恣意拗折，于心何忍！且说此花自芽生根，自根生本，强者为干，弱者为枝。一干一枝，不知养成了多少年月。及候至花开，供人清玩，有何不美，定要折他！花一离枝，再不能上枝，枝一去干，再不能附干，如人死不可复生，刑不可复赎，花若能言，岂不悲泣！又想他折花的，不过择其巧干，爱其繁枝，插之瓶中，置之席上，或供宾客片时侑酒之欢，或助婢妾一日梳妆之饰，不思客筵可饱玩于花下，闺妆可借巧于人工。手中折了一枝，鲜花就少了一枝。今年伐了此干，明年便少了此干。何如延其性命，年年岁岁，玩之无穷乎？还有未开之蕊，随花而去，此蕊竟槁灭枝头，与人之童夭何异。又有原非爱玩，趁兴攀折。既折之后，拣择好歹，逢人取讨，即便与之。或随路弃掷，略不顾惜。如人横祸枉死，无处申冤。花若能言，岂不痛恨！"他有了这段议论，所以生平不折一枝，不伤一蕊。就是别人家园上，他心爱着那一种花儿，宁可终日看玩。假饶那花主人要取一枝一朵来赠他，他连称罪过，决然不要。若有傍人要来折花者，只除他不看见罢了，他若见时，就把言语再三劝止。人若不从其言，他情愿低头下拜，代花乞命。人虽叫他是花痴，多有可怜他一片诚心，因而住手者，他又深深作揖称谢。又有小厮们要折花卖钱的，他便将钱与之，不教折损。或他不在时，被人折损，他来见有损处，必凄然伤感，取泥封之，谓之"医花"。为这件上，所以自己园中不轻易放人游玩。偶有亲戚邻友要看，难好回时，先将此话讲过，才放进去。又恐秽气触花，只许远观，不容亲近。倘有不达时务的，捉空摘了一花一蕊，那老儿便要面红颈赤，大发喉急。下次就打骂他，也不容进去看了。后来人都晓得了他的性了，就一叶儿也不敢摘动。

大凡茂林深树，便是禽鸟的巢穴。有花果处，越发千百为群。如单食果实，到还是小事。偏偏只拣花蕊啄伤。惟有秋先，却将米谷置于空处饲之，又向禽鸟祈祝。那禽鸟却也有知觉，每日食饱，在花间低飞轻舞，宛啭娇啼，并不损一朵花蕊，也不食一个果实。故以产的果品最多，却又大而甘美。每熟时就先望空祭了花神，然后敢尝。又遍送左近邻家试新，余下的方鬻。一年倒有若干利息。那老者因得了花中之趣，自少至老，五十余年，略无倦意。筋骨愈觉强健。粗衣淡饭，悠悠自得。有得赢余，就把来周济村中贫乏。自此合村无不敬仰，又呼为秋公。他自称为灌园叟。有诗为证：

朝灌园兮暮灌园，灌成园上百花鲜。
花开每恨看不足，为爱看园不肯眠。

话分两头。却说城中有一人姓张，名委，原是个宦家子弟；为人奸狡诡谲，残忍刻薄。恃了势力，专一欺邻吓舍，扎害良善。触着他的，风波立至，必要弄得那人破家荡产，方才罢手。手下用一班如狼似虎的奴仆，又有几个助恶的无赖子弟，日夜合做一块，到处闯祸生灾，受其害者无数。不想却遇了一个又狠似他的，轻轻捉去，打得个臭死。及至告到官司，又被那人

弄了些手脚，反问输了。因妆了幌子，自觉无颜，带了四五个
家人，同那一班恶少，暂在庄上遣闷。那庄正在长乐村中，离
秋公家不远。一日早饭后，吃得半酣光景，向村中闲走，不觉
来到秋公门首。只见篱上花枝鲜媚，四围树木繁翳，齐道："这
所在到也幽雅！是那家的？"家人道："此是种花秋公园上，有
名叫做花痴。"张委道："我常闻得说庄边有什么秋老儿，种得
异样好花。原来就住在此。我们何不进去看看？"家人道："这
老儿有些古怪，不许人看的。"张委道："别人或者不肯，难道
我也是这般？快去敲门！"那时园中牡丹盛开，秋公刚刚浇灌完
了，正将着一壶酒儿，两碟果品，在花下独酌，自取其乐。饮
不上三杯，只听得砰砰的敲门响，放下酒杯，走出来开门一看，
见站着五六个人，酒气直冲。秋公料道必是要看花的，便拦住
门口，问道："列位有甚事到此？"张委道："你这老儿不认得
我么？我乃城里有名的张衙内，那边张家庄便是我家的。闻得
你园中好花甚多，特来游玩。"秋公道："告衙内，老汉也没种
甚好花，不过是桃杏之类，都已谢了。如今并没别样花卉。"张
委睁起双眼道："你这老儿恁般可恶！看看花儿打甚紧，却便回
我没有。难道吃了你的？"秋公道；"不是老汉说谎，果然没
有。"张委那里肯听，向前叉开手，当胸一扠，秋公站立不牢，
踉踉跄跄，直撞过半边。众人一齐拥进。秋公见势头凶恶，只
得让他进去，把篱门掩上，随着进来，向花下取过酒果，站在
傍边。众人看那四边花草甚多，惟有牡丹最盛。那花不是寻常
玉楼春之类，乃五种有名异品。那五种？

　　　　黄楼子　绿蝴蝶　西瓜瓤　舞青猊　大红狮头。

　　这牡丹乃花中之王，惟洛阳为天下第一。有"姚黄""魏
紫"名色，一本价值五千。你道因何独盛于洛阳？只为昔日唐

朝有个武则天皇后，淫乱无道，宠幸两个官儿，名唤张易之、张昌宗，于冬月之间，要游后苑，写出四句诏来，道：

来朝游上苑，火速报春知。

百花连夜发，莫待晓风吹。

不想武则天原是应运之主，百花不敢违旨，一夜发蕊开花。次日驾幸后苑，只见千红万紫，芳菲满目，单有牡丹花有些志气，不肯奉承女主幸臣，要一根叶儿也没有。则天大怒，遂贬于洛阳。故此洛阳牡丹冠于天下。有一只《上楼春》词，单赞牡丹花的好处。词云：

名花绰约东风里，占断韶华都在此。芳心一片可人怜，春色三分愁雨洗。　玉人尽日恹恹地，猛被笙歌惊破睡。起临汝镜似娇羞，近日伤春输与你。

那花正种在草堂对面，周遭以湖石拦之，四边竖个大架子，上覆布幔，遮蔽日色。花本高有丈许，最低亦有六七尺，其花大如丹盘，五色灿烂，光华夺目。众人齐赞："好花！"张委便踏上湖石去嗅那香气。秋先极怪的是这节。乃道："衙内站远些看，莫要上去。"张委恼他不容进来，心下正要寻事，又听了这话，喝道："你那老儿住在我庄边，难道不晓得张衙内名头么？有恁样好花，故意回说没有。不计较就勾了，还要多言，那见得闻一闻就坏了花？你便这般说，我偏要闻。"遂把花逐朵攀下来，一个鼻子凑在花上去嗅。那秋老在傍，气得敢怒而不敢言。也还道略看一回就去；谁知这厮故意卖弄道："有恁样好花，如何空过？须把酒来赏玩。"分付家人快去取。秋公见要取酒来赏，更加烦恼，向前道："所在蜗窄⑥，没有坐处。衙内止看看花儿，酒还到贵庄上去吃。"张委指着地上道："这地下尽好坐。"秋公道："地上龌龊，衙内如何坐得？"张委道："不打紧,少不得有毡条遮衬。"不一时,酒肴取到,铺下毡条,众人团团围坐,猜拳行令,大呼小叫,十分得意。只有秋公骨笃了嘴,坐在一边。

那张委看见花木茂盛,就起个不良之念,思想要吞占他的。斜着醉眼,向秋公道:"看你这蠢老儿不出,倒会种花,却也可取。赏你一杯。"秋公那里有好气答他,气忿忿地道:"老汉天性不会饮酒。不敢从命。"张委又道:"你这园可卖么?"秋公见口声来得不好,老大惊讶,答道:"这园是老汉的性命,如何舍得卖?"张委道:"甚么性命不性命!卖与我罢了。你若没去处,一发连身归在我家。又不要做别事,单单替我种些花木,可不好么?"众人齐道:"你这老儿好造化,难得衙内恁般看顾。还不快些谢恩?"秋公看见逐步欺负上来,一发气得手足麻软,也不去睬他。张委道:"这老儿可恶!肯不肯,如何不答应我?"秋公道:"说过不卖了,怎的只管问?"张委道:"放屁!你若再说句不卖,就写帖儿,送到县里去。"秋公气不过,欲要抢白几句,又想一想,他是有势力的人,却又醉了,怎与他一般样见识,且哄了去再处。忍着气答道:"衙内总要买,必须从容一日,岂是一时急骤的事。"众人道:"这话也说得是,就在明日罢。"此时都已烂醉,齐立起身。家人收拾家伙先去。秋公恐怕折花,预先在花边防护。那张委真个走向前,便要踏上湖石去采。秋先扯住道:"衙内,这花虽是微物,但一年间不知费多少工夫,才开得这几朵。不争折损了,深为可惜。况折去不过二三日就谢了,何苦作这样罪过!"张委喝道:"胡说!有甚罪过!你明日卖了,便是我家之物。就都折尽,与你何干!"把手去推开。秋公揪住死也不放,道:"衙内便杀了老汉,这花决不与你摘的。"众人道:"这老儿其实可恶!衙内采朵花儿,值甚么大事，妆出许多模样！难道怕你就不摘了？"遂齐走上前乱摘。把那老儿急得叫屈连天，舍了张委，拼命去拦阻。扯了东边，顾不得西首。顷刻间摘下许多。秋老心疼肉痛，骂道："你这班贼男女，无事登门，将我欺负，要这性命何用！"赶向张委身边，撞个满怀。去得势猛，张委又多了几杯酒，把脚不住，翻筋斗跌倒。众人都道："不好了！衙内打坏也！"齐将花撇下，便赶过来，要打秋公。内中有一个老成些的，见秋公年纪已老，恐打出事来，劝住众人，扶起张委。张委因跌了这跤，心中转恼，赶上前打得个只蕊不留，撒作遍地。意尤未足，又向花中践踏一回。可惜好花，正是：

> 老拳毒手交加下，翠叶娇花一旦休。
>
> 好似一番风雨恶，乱红零落没人收。

当下只气得个秋公怆地呼天，满地乱滚。邻家听得秋公园中喧嚷，齐跑进来。看见花枝满地狼籍，众人正在行凶，邻里尽吃一惊，上前劝住。问知其故，内中到有两三个是张委的租户，齐替秋公陪个不是，虚心冷气，送出篱门。张委道："你们对那老贼说，好好把园送我，便饶了他。若说半个不字，须教他仔细着。"恨恨而去。邻里们见张委醉了，只道酒话，不在心上。覆身转来，将秋公扶起，坐在阶沿上。那老儿放声号恸。众邻里劝慰了一番，作别出去，与他带上篱门，一路行走。内中也有怪秋公平日不容看花的，便道："这老官儿真个忒煞①古怪，所以有这样事，也得他经一遭儿，警戒下次。"内中又有直道的道："莫说这没天理的话！自古道：种花一年，看花十日。那看的但觉好看，赞声好花罢了，怎得知种花的烦难。只这几朵花，正不知费了许多辛苦，才培植得恁般茂盛，如何怪得他爱惜！"

不题众人。且说秋公不舍得这些残花，走向前将手去捡起来看，见践踏得凋残零落，尘垢沾污，心中凄惨，又哭道："花啊！我一生爱护，从不曾损坏一瓣一叶，那知今日遭此大难！"正哭之间，只听得背后有人叫道："秋公为何恁般痛哭？"秋公回头看时，乃是一个女子，年约二八，姿容美丽，雅淡梳妆，却不认得是谁家之女。乃收泪问道："小娘子是那家？至此何干？"那女子道："我家住在左近。因闻你园中牡丹花茂盛，特来游玩，不想都已谢了。"秋公题起牡丹二字，不觉又哭起来。女子道："你且说有甚苦情，如此啼哭？"秋公将张委打花之事说出。那女子笑道："原来为此缘故。你可要这花原上枝头么？"秋公道："小娘子休得取笑！那有落花返枝的理？"女子道："我祖上传得个落花返枝的法术，屡试屡验。"秋公听说，化悲为喜道："小娘子真个有这法术么？"女子道："怎的不真？"秋公倒身下拜道："若得小娘子施此妙术，老汉无以为报，但每一种花开，便来相请赏玩。"女子道："你且莫拜，去取一碗水来。"秋公慌忙跳起去取水，心下又转道："如何有这样妙法？莫不是见我哭泣，故意取笑？"又想道："这小娘子从不相认，岂有耍我之理。还是真的。"急舀了一碗清水出来。抬头不见了女子，只见那花都已在枝头，地下并无一瓣遗存。起初每本一色，如今却变做红中间紫，淡内添浓，一本五色俱全，比先更觉鲜妍。有诗为证：

曾闻湘子将花染，又见仙姬会返枝。
信是至诚能动物，愚夫犹自笑花痴。

当下秋公又惊又喜道："不想这小娘子果然有此妙法。"只道还在花丛中，放下水，前来作谢。园中团团寻遍，并不见影。乃道："这小娘子如何就去了？"又想道："必定还在门口。须上去求他，传了这个法儿。"一径赶至门边，那门却又掩着。拽开看时，门首坐着两个老者，就是左近邻家，一个唤做虞公，一个叫做单老，在那里看渔人晒网。见秋公出来，齐立起身拱手道："闻得张衙内在此无理，我们恰往田头，没有来问得。"秋公道："不要说起，受了这班泼男女的殴气⑧。亏着一位小娘子走来，用个妙法，救起许多花朵，不曾谢得他一声，径出来了。二位可看见往那一边去的？"二老闻言，惊讶道："花坏了，有甚法儿救得？这女子去几时了？"秋公道："刚方出来。"二老道："我们坐在此好一回，并没个人走动，那见甚么女子？"秋公听说，心下恍悟道："怎般说，莫不这位小娘子是神仙下降？"二老问道："你且说怎的救起花儿？"秋公将女子之事叙了一遍。二老道："有如此奇事！待我们去看看。"秋公将门拴上，一齐走至花下，看了连声称异道："这定然是个神仙。凡人那有此法力！"秋公即焚起一炉好香，对天叩谢。二老道："这也是你平日爱花心诚，所以感动神仙下降。明日索性到教张衙内这几个泼男女看看，羞杀了他。"秋公道："莫要！莫要！此等人即如恶犬，远远见了就该避之，岂可还引他来。"二老道："这话也有理。"秋公此时非常欢喜，将先前那瓶酒热将起来，留二老在花下玩赏，至晚而别。二老回去，即传合村人都晓得，明日俱要来看，还恐秋公不许。谁知秋公原是有意思的人，因见神仙下降，遂有出世之念，一夜不寐，坐在花下存想。想至张委这事，忽地开悟道："此皆是我平日心胸褊窄，故外侮得至。若神仙汪洋度量，无所不容，安得有此！"至次早，将园门大开，任人来看。先有几个进来打探，见秋公对花而坐，但分付道："任凭列位观看，切莫要采便了。"众人得了这话，互相传开。那村中男子妇女，无有不至。

按下此处，且说张委至次早，对众人说："昨日反被那老贼撞了一跤，难道轻恕了不成？如今再去要他这园。不肯时，多教些人从，将花木尽打个稀烂，方出这气。"众人道："这园在衙内庄边，不怕他不肯。只是昨日不该把花都打坏，还留几朵，后日看看，便是。"张委道："这也罢了。少不得来年又发。我们快去，莫要使他停留长智⑧。"众人一齐起身，出得庄门，就有人说："秋公园上神仙下降，落下的花，原都上了枝头，却又变做五色。"张委不信道："这老贼有何好处，能感神仙下降？况且不前不后，刚刚我们打坏，神仙就来？难道这神仙是养家的不成？一定是怕我们又去，故此诌这话来央人传说。见得他有神仙护卫，使我们不摆布他。"众人道："衙内之言极是。"顷刻，到了园门口，见两扇柴门大开，往来男女络绎不绝，都是一般说话。众人道："原来真有这等事！"张委道："莫管他，就是神仙见坐着，这园少不得要的。"弯弯曲曲，转到草堂前，看时，果然话不虚传。这花却也奇怪，见人来看，姿态愈艳，光采倍生，如对人笑的一般。张委心中虽十分惊讶，那吞占念头，全然不改。看了一回，忽地又起一个恶念，对众人道："我们且去。"齐出了园门。众人问道："衙内如何不与他要园？"张委道："我想得个好策在此，不消与他说得，这园明日就归于我。"众人道："衙内有何妙算？"张委道："见今贝州王则谋反，专行妖术。枢密府行下文书来，天下军州严禁左道，捕缉妖人。本府见出三千贯赏钱，募人出首。我明日就将落花上枝为由，教张霸到府，首他以妖术惑人。这个老儿熬刑不过，自然招承下狱。这园必定官卖，那时谁个敢买他的？少不得让与我。还有三千贯赏钱哩。"众人道："衙内好计！事不宜迟，就去打点起来。"当时即进城，写下首状。次早，教张霸到平江府出首。这张霸是张委手下第一出尖的人，衙门情熟，故此用他。大尹正在缉访妖人，听说此事，合村男女都见的，不由不信。即差缉捕使臣带领几个做公的，押张霸作眼⑩，前去捕获。张委将银布置停当，让张霸与缉捕使臣先行，自己与众子弟随后也来。缉捕使臣一径到秋公园上，那老儿还道是看花的，不以为意。众人发一声喊，赶上前一索捆翻。秋公吃这一吓不小，问道："老汉有何罪犯？望列位说个明白。"众人口口声声，骂做妖人反贼，不由分诉，拥出门来。邻里看见，无不失惊，齐上前询问。缉捕使臣道："你们还要问么？他所犯的事也不小，只怕连村上人都有分哩。"那些愚民，被这大话一吓，心中害怕，尽皆洋洋走开，惟恐累及。只有虞公、单老，同几个平日与秋公相厚的，远远跟来观看。

且说张委俟秋公去后，便与众子弟来锁园门。恐怕有人在内，又检点一过，将门锁上，随后赶至府前。缉捕使臣已将秋公解进，跪在月台上，见傍边又跪着一人，却不认得是谁。那些狱卒都得了张委银子，已备下诸般刑具伺候。大尹喝道："你是何处妖人，敢在此地方上将妖术煽惑百姓？有几多党羽？从实招来！"秋公闻言，恰如黑暗中闻个火炮，正不知从何处起的。禀道："小人家世住于长乐村中，并非别处妖人，也不晓得甚么妖术。"大尹道："前日你用妖术使落花上枝，还敢抵赖！"秋公见说到花上，情知是张委的缘故。即将张委要占园打花，并仙女下降之事，细诉一遍。不想那大尹性是偏执的，那里肯信，乃笑道："多少慕仙的，修行至老，尚不能得遇神仙。岂有因你哭，花仙就肯来？既来了，必定也留个名儿，使人晓得，如何又不别而去？这样话哄那个？不消说得，定然是个妖人。快夹起来！"狱卒们齐声答应，如狼虎一般，蜂拥上来，揪翻秋公，扯腿拽脚，刚要上刑，不想大尹忽然一个头晕，险些儿跌下公座。自觉头目森森，坐身不住。分付上了枷扭，发下狱中监禁，明日再审。狱卒押着，秋公一路哭泣出来。看见张委道："张衙内，我与你前日无怨，往日无仇，如何下此毒手，害我性命！"张委也不答应，同了张霸，和那一班恶少，转身就走。虞公、单老接着秋公，问知其细，乃道："有这等冤枉的事！不打紧，明日同合村人，具张连名保结，管你无事。"秋公哭道："但愿得如此便好。"狱卒喝道："这死囚还不走！只管哭甚么！"秋公含着眼泪进狱。邻里又寻些酒食，送至门上。那狱卒谁个拿与他吃，竟接来自去受用。到夜间，将他上了囚床，就如活死人一般，手足不能少展。心中苦楚，想道："不知那位神仙救了这花，却又被这厮借此陷害。神仙呵！你若怜我秋先，亦来救拔性命，情愿弃家入道。"一头正想，只见前日那仙女，冉冉而至。秋公急叫道："大仙救拔弟子秋先则个！"仙女笑道："汝欲脱离苦厄么？"上前把手一指，那枷扭纷纷自落。秋先爬起来，向前叩头道："请问大仙姓氏。"仙女道："吾乃瑶池王母座下司花女，怜汝惜花志诚，故令诸花返本，不意反资奸人谗口。然亦汝命中合有此灾，明日当脱。张委损花害人，花神奏闻上帝，已夺其算①。助恶党羽，俱降大灾。汝宜笃志修行，数年之后，吾当度汝。"秋先又叩首道："请问上仙修行之道。"仙女道："修仙径路甚多，须认本源。汝原以惜花有功，今亦当以花成道。汝但饵百花，自能身轻飞举。"遂教其服食之法。秋先稽首叩谢起来，便不见了仙子。抬头观看，却在狱墙之上，以手招道："汝亦上来，随我出去。"秋先便向前攀援了一大回，还只到得半墙，甚觉吃力。渐渐至顶，忽听得下边一棒锣声，喊道："妖人走了，快拿下！"秋公心下惊慌，手酥脚软，倒撞下来，撒然惊觉，原在囚床之上。想起梦中言语，历历分明，料必无事，心中稍宽。正是：

> 但存方寸无私曲，料得神明有主张。

且说张委见大尹已认做妖人，不胜欢喜。乃道："这老儿许多清奇古怪，今夜且请在囚床上受用一夜，让这园儿与我们乐罢。"众人都道："前日还是那老儿之物，未曾尽兴。今日是大爷的了，须要尽情欢赏。"张委道："言之有理！"遂一齐出城，教家人整备酒肴，径至秋公园上，开门进去。那邻里看见是张委，心下虽然不平，却又惧怕，谁敢多口。且说张委同众子弟走至草堂前，只见牡丹枝头一朵不存，原如前日打下时一般，纵横满地。众人都称奇怪。张委道："看起来，这老贼果系有妖法的。不然，如何半日上倏尔又变了？难道也是神仙打的？"有一个子弟道："他晓得衙内要赏花，故意弄这法儿来吓我们。"张委道："他便弄这法儿，我们就赏落花。"当下依原铺设毡条，席地而坐，放开怀抱恣饮。也把两瓶酒赏张霸到一边去吃。看看饮至月色挫西，俱有半酣之意，忽地起一阵大风。那风好利害！

> 善聚庭前草，能开水上萍。
> 腥闻群虎啸，响合万松声。

那阵风却把地下这些花朵吹得都直竖起来，眨眼间俱变做一尺来长的女子。众人大惊，齐叫道："怪哉！"言还未毕，那些女子迎风一幌，尽已长大，一个个姿容美丽，衣服华艳，团团立做一大堆。众人因见恁般标致，通看呆了。内中一个红衣女子却又说起话来，道："吾姊妹居此数十余年，深蒙秋公珍重护惜。何意蓦遭狂奴，俗气熏炽，毒手摧残。复又诬陷秋公，谋吞此地。今仇在目前，吾姊妹曷不戮力击之！上报知己之恩，下雪摧残之耻，不亦可乎？"众女郎齐声道："阿妹之言有理！须速下手，毋使潜遁！"说罢，一齐举袖扑来。那袖似有数尺之长，如风翻乱飘。冷气入骨。众人齐叫有鬼。撇了家伙，望外乱跑，彼此各不相顾。也有被石块打脚的，也有被树枝抓番的，也有跌而复起、起而复跌的，乱了多时，方才收脚。点检人数都在，单不见了张委、张霸二人。此时风已定，天色已昏，这班子弟各自回家，恰像检得性命一般，抱头鼠窜而去。家人们喘息定了，方唤几个生力庄客，打起火把，覆身去抓寻。直到园上，只听得大梅树下有呻吟之声。举火看时，却是张霸被梅根绊倒，跌破了头，挣扎不起。庄客着两个先扶张霸归去。众人周围走了一遍，但见静悄悄的万籁无声。牡丹棚下，繁花如故，并无零落。草堂中杯盘狼籍，残羹淋漓。众人莫不吐舌称奇。一面收拾家伙，一面重复照看。这园子又不多大，三回五转，毫无踪影。——难道是大风吹去了？女鬼吃去了？正不知躲在那里。延挨了一会，无可奈何，只索回去过夜，再作计较。方欲出门，只见门外又有一伙人，提着行灯进来。不是别人，却是虞公、单老，闻知众人见鬼之事，又闻说不见了张委，在园上抓寻，不知是真是假，合着三邻四舍，进园观看。问明了众庄客，方知此事果真，二老惊诧不已。教众庄客且莫回去，"老汉们同列位还去抓寻一遍。"众人又细细照看了一下，正是兴尽而归，叹了口气，齐出园门。二老道："列位今晚不来了么？老汉们告过，要把园门落锁。没人看守得，也是我们邻里的干系。"此时庄客们，蛇无头而不行，已不似先前声势了，答应道："但凭，但凭。"两边人犹未散，只见一个庄客在东边墙角下叫道："大爷有了！"众人蜂拥而前。庄客指道："那槐枝上挂的，不是大爷的软翅纱巾么？"众人道："既有了巾儿，人也只在左近。"沿墙照去，不多几步，只叫得声："苦也！"原来东角转弯处，有个粪窖，窖中一人，两脚朝天，不歪不斜，刚刚倒插在内。庄客认得鞋袜衣服，正是张委。顾不得臭秽，只得上前打捞起来。虞、单二老暗暗念佛，和邻舍们自回。众庄客抬了张委，在湖边洗净。先有人报去庄上。合家大小，哭哭啼啼，置备棺衣入殓，不在话下。其夜，张霸破头伤重，五更时亦死。此乃作恶的见报。正是：

> 两个凶人离世界，一双恶鬼赴阴司。

次日，大尹病愈升堂，正欲吊审秋公之事，只见公差禀道："原告张霸同家长张委，昨晚都死了。"如此如此，这般这般。大尹大惊，不信有此异事。须臾间，又见里老乡民，共有百十人，连名具呈前事。诉说秋公平日惜花行善，并非妖人。张委设谋陷害，神道报应，前后事情，细细分剖。大尹因昨日头晕一事，亦疑其枉。到便心下豁然。还喜得不曾用刑。即于狱中吊出秋公，立时释放。又给印信告示，与他园门张挂，不许闲人损坏他花木。众人叩谢出府。秋公向邻里作谢，一路同了虞单二老，开了园门，同秋公进去。秋公见牡丹茂盛如初，伤感不已。众人治酒，与秋公压惊。秋公便同众人连吃了数日酒席。闲话休题。自此之后，秋公日饵百花，渐渐习惯，遂谢绝了烟火之物。所鬻果实之资，悉皆布施。不数年间，发白更黑，颜色转如童子。一日正值八月十五，丽日当天，万里无瑕。秋公正在房中趺坐⑫，忽然祥风微拂，彩云如蒸，空中音乐嘹亮，异香扑鼻，青鸾白鹤，盘旋翔舞，渐至庭前。云中正立着司花女，两边幢幡宝盖，仙女数人，各奏乐器。秋公一见，扑翻身便拜。司花女道："秋先，汝功行圆满，吾已申奏上帝，有旨封汝为护花使者，专管人间百花。令汝拔宅上升。但有爱花惜花的，加之以福，残花毁花的，降之以灾。"秋公向空叩首谢恩讫，随着众仙，登时带了花木，一齐冉冉升起，向南而去。虞公、单老和那邻里之人都看见的，一齐下拜。还见秋公在云端延头望着众人，良久方没。此地遂改名升仙里，又谓之惜花村。

园公一片惜花心，道感仙姬下界临。

草木同升随拔宅，淮南不用炼黄金。

选自《醒世恒言》

【题解】

这篇小说选自《醒世恒言》，研究"三言"故事源流的学者至今未曾考出这篇故事的"出处"。或许它未必有"出处"，而是编纂者冯梦龙自己的寓意深远的创作。花是美的象征，爱花、惜花也就是爱美、护美。世间并不缺少花，也不缺少美，缺少的是对花、对美的发现和保护。象秋翁那样专一爱花、惜花之人，无异于把自己奉献给了美的事业，难怪天神也为之感动，给予庇佑。相反，张委以践踏百花取乐，摧残美的事物，结果倒栽在粪窖中淹死，遗臭万年。由此不难看出，在对待美的态度上，其实也表现着不同人的善恶真假，昭示着他们的道德修养、思想品位，预示着他们的最后结局。因此，还是愿世间多一些秋翁好。

【注释】

①林下风气：形容妇女举止娴雅。　②刺干：讽刺，冒犯。
③行书厨：活的书柜。比喻虞世南博闻强识。　④子不语怪：孔子不讲怪异的事。　⑤干云：形容声音响亮，上达云端。

⑥蜗窄：形容住房狭窄，象蜗牛壳一样。　⑦忒（tè）煞：太，过于。　⑧殴气：呕气。　⑨停留长智：时间一长，对方就会想出对付的办法。　⑩作眼：做眼线。　⑪算：寿数，寿命。

⑫趺（fū）坐：盘足而坐。

钱秀才错占凤凰俦

渔船载酒日相随，短笛芦花深处吹。

湖面风收云影散，水天光照碧琉璃。

这首诗是宋时杨备游太湖所作。这太湖在吴郡西南三十余里之外。你道有多少大？东西二百里，南北一百二十里，周围五百里，广三万六千顷，中有山七十二峰，襟带三州。那三州？

苏州　湖州　常州

东南诸水皆归。一名震泽，一名具区，一名笠泽，一名五湖。何以谓之五湖？东通长洲松江，南通乌程霅溪，西通义兴荆溪，北通晋陵涌湖，东通嘉兴韭溪，水凡五道，故谓之五湖。那五湖之水，总是震泽分流，所以谓之太湖。就太湖中，亦有五湖名色，曰：菱湖，游湖，莫湖，贡湖，胥湖。五湖之外，又有三小湖：扶椒山东曰梅梁湖；杜圻之西，鱼查之东曰金鼎湖；林屋之东曰东皋里湖：吴人只称做太湖。那太湖中七十二峰，惟有洞庭两山最大。东洞庭曰东山，西洞庭曰西山。两山分峙湖中。其余诸山，或远或近，若浮若沉，隐见出没于波涛之间。有元人许谦诗为证：

周回万水入，远近数州环。

南极疑无地，西浮直际山。

三江归海表，一径界河间。

白浪秋风疾，渔舟意尚闲。

那东西两山在太湖中间，四面皆水，车马不通。欲游两山者，必假舟楫，往往有风波之险。昔宋时宰相范成大在湖中遇风，曾作诗一首：

> 白雾漫空白浪深，舟如竹叶信浮沉。
>
> 科头宴起吾何敢，自有山川印此心。

话说两山之人，善于货殖，八方四路，去为商为贾。所以江湖上有个口号，叫做"钻天洞庭"。内中单表西洞庭有个富家，姓高，名赞，少年惯走湖广，贩卖粮食。后来家道殷实了，开起两个解库，托着四个伙计掌管，自己只在家中受用。浑家金氏，生下男女二人，男名高标，女名秋芳。那秋芳反长似高标二岁。高赞请个积年老教授在家馆谷①，教着两个儿女读书。那秋芳资性聪明，自七岁读书，至十二岁，书史皆通，写作俱妙。交十三岁，就不进学堂，只在房中习学女工，描鸾刺凤。看看长成十六岁，出落得好个女儿，美艳非常，有《西江月》为证：

> 面似桃花含露，体如白雪团成。眼横秋水黛眉清，十指尖尖春笋。　裊娜休言西子，风流不让崔莺。金莲窄窄瓣儿轻，行动一天丰韵。

高赞见女儿人物整齐，且又聪明，不肯将他配个平等之人，定要拣个读书君子，才貌兼全的配他，聘礼厚薄倒也不论。若对头好时，就赔些妆奁嫁去，也自情愿。有多少豪门富室，日来求亲的。高赞访得他子弟才不压众，貌不超群，所以不曾许允。虽则洞庭在水中央，三州通道，况高赞又是个富家，这些做媒的四处传扬，说高家女子，美貌聪明，情愿赔钱出嫁，只要择个风流佳婿。但有一二分才貌的，那一个不挨风缉缝，央媒说合。说时夸奖得潘安般貌，子建般才。及至访实，都只平常。高赞被这伙做媒的哄得不耐烦了，对那些媒人说道："今后不须言三语四。若果有人才出众的，便与他同来见我。合得我意，一言两决，可不快当！"自高赞出了这句言语，那些媒人就不敢轻易上门。正是：

> 眼见方为是，传言未必真。
>
> 试金今有石，惊破假银人。

话分两头。却说苏州府吴江县平望地方，有一秀士，姓钱名青，字万选。此人饱读诗书，广知今古，更兼一表人才。也有《西江月》为证：

> 出落唇红齿白，生成眼秀眉清。风流不在着衣新，俊俏行中首领。　下笔千言立就，挥毫四座皆惊。青钱万选好声名，一见人人起敬。

钱生家世书香，产微业薄，不幸父母早丧，愈加零替。所以年当弱冠，无力娶妻。止与老仆钱兴相依同住。钱兴日逐做些小经纪供给家主，每每不敷，一饥两饱。幸得其年游庠②，同县有个表兄，住在北门之外，家道颇富，就延他在家读书。那表兄姓颜，名俊，字伯雅，与钱生同庚生，都则一十八岁，颜俊只长得三个月，故此钱生呼之为兄。父亲已逝，止有老母在堂，亦未尝定亲。说话的，那钱青因家贫未娶；颜俊是富家之子，如何一十八岁，还没老婆？其中有个缘故。那颜俊有个好高之病，立誓要拣个绝美的女子，方与他缔姻，所以急切不能成就。况且颜俊自己又生得十分丑陋。怎见得？亦有《西江月》为证：

> 面黑浑如锅底，眼圆却似铜铃。痘疤密摆泡头钉，黄发蓬松两鬓。　牙齿真金镀就，身躯顽铁敲成。楂开五指鼓锤能，枉了名呼颜俊。

那颜俊虽则丑陋，最好妆扮，穿红着绿，低声强笑，自以为美。更兼他腹中全无滴墨，纸上难成片语，偏好攀今掉古，卖弄才学。钱青虽知不是同调，却也借他馆地，为读书之资，每事左凑③着他。故此颜俊甚是喜欢，事事商议而行，甚说得着。话休絮烦。一日，正是十月初旬天气，颜俊有个门房远亲，姓尤名辰，号少梅，为人生意行中，颇颇伶俐，也领借了颜俊些本钱，在家开个果子店营运过活。其日在洞庭山贩了几担橙橘回来，装做一盘，到颜家送新。他在山上闻得高家选婿之事，说话中间偶然对颜俊叙述，也是无心之谈。谁知颜俊到有意了，想道："我一向要觅一头好亲事，都不中意。不想这段姻缘却落在那里！凭着我恁般才貌，又有家私，若央媒去说，再增添几句好话，怕道不成？"那日一夜睡不着。天明起来，急急梳洗了，到尤辰家里。尤辰刚刚开门出来，见了颜俊，便道："大官人为何今日起得恁早？"颜俊道："便是有些正事，欲待相烦。恐老兄出去了，特特早来。"尤辰道："不知大官人有何事见委？请里面坐了领教。"颜俊到坐启下，作了揖，分宾而坐。尤辰又道："大官人但有所委，必当效力，只怕用小子不着。"颜俊道："此来非为别事，特求少梅作伐。"尤辰道："大官人作成小子赚花红钱，最感厚意。不知说的是那一头亲事？"颜俊道："就是老兄昨日说的洞庭西山高家这头亲事，于家下甚是相宜。求老兄作成小子则个。"尤辰格的笑了一声道："大官人莫怪小子直言！若是第二家，小子也就与你去说了。若是高家，大官人作成别人做媒罢。"颜俊道："老兄为何推托？这是你说起的，怎么又叫我去寻别人？"尤辰道："不是小子推托。只为高老有些古怪，不容易说话，所以迟疑。"颜俊道："别件事，或者有些东扯西拽，东掩西遮，东三西四，不容易说话。这做媒乃是冰人撮合，一天好事，除非他女儿不要嫁人便罢休。不然，少不得男媒女妁。随他古怪，然须知媒人不可怠慢。你怕他怎的？还是你故意作难，不肯总成我这桩美事。这也不难，我就央别人去说。说成了时，休想吃我的喜酒！"说罢，连忙起身。那尤辰领借颜俊家本钱，平日奉承他的，见他有咈然不悦之意，即忙回船转舵道："大官人莫要性急，且请坐了，再细细商议。"颜俊道："肯去就去，不肯去就罢了。有甚话商量得！"口里虽则是恁般说了，身子却又转来坐下。尤辰道："不是我故意作难，那老儿真个古怪。别家相媳妇，他偏要相女婿。但得他当面看得中意，才将女儿许他。有这些难处，只怕劳而无功，故此不敢把这个难题目包揽在身上。"颜俊道："依你说，也极容易。他要当面看我时，就等他看个眼饱。我又不残疾，怕他怎地！"尤辰不觉呵呵大笑道："大官人，不是冲撞你说。大官人虽则不丑，更有比大官人胜过几倍的，他还看不上眼哩。大官人若是不把与他见面，这事纵没一分二分，还有一厘二厘。若是当面一看，便万分难成了。"颜俊道："常言无谎不成媒。你与我包谎，只说十二分人才。或者该是我的姻缘，一说便就，不要面看，也不可知。"尤辰道："倘若要看时，却怎地？"颜俊道："且到那时，再有商量。只求老兄速去一言。"尤辰道："既蒙分付，小子好歹去走一遭便了。"颜俊临起身，又叮咛道："千万，千万！说得成时，把你二十两这纸借契，先奉还了。媒礼花红在外。"尤辰道："当得，当得！"颜俊别去。不多时，就教人封上五钱银子，送与尤辰，为明日买舟之费。颜俊那一夜在床上又睡不着，想道："倘他去时不尽其心，葫芦提④回复了我，可不枉走一遭！再差一个伶俐家人跟随他去，听他讲甚言语。好计，好计！"等待天明，便唤家童小乙来，跟随尤大舍往山上去说亲。小乙去了，颜俊心中牵挂，即忙梳洗，往近处一个关圣庙中求签，卜其事之成否。当下焚香再拜，把签筒摇了几摇，扑的跳出一签。拾起看时，却是第七十三签。签上写得有签诀四句，云：

> 忆昔兰房分半钗，而今忽把信音乖。
> 痴心指望成连理，到底谁知事不谐。

颜俊才学虽则不济，这几句签诀，文义显浅，难道好歹不知。求得此签，心中大怒，连声道："不准，不准！"撒袖出庙门而去。回家中坐了一会，想道："此事有甚不谐！难道真个嫌我丑陋，不中其意？男子汉须比不得妇人，只是出得人前罢了。一定要选个陈平、潘安不成？"一头想，一头取镜子自照。侧头侧脑地看了一回，良心不昧，自己也看不过了。把镜子向桌上一撒，叹了一口寡气，呆呆而坐，准准的闷了一日。不题。

且说尤辰是日同小乙驾了一只二橹快船，趁着无风静浪，咿呀的摇到西山高家门首停舶，刚刚是未牌时分。小乙将名帖递了。高公出迎，问其来意。说是与令爱作伐，高赞问是何宅。尤辰道："就是敝县一个舍亲，家业也不薄，与宅上门户相当。此子方年十八，读书饱学。"高赞道："人品生得如何？老汉有言在前，定要当面看过，方敢应承。"尤辰见小乙紧紧靠在椅子后边，只得不老实扯个大谎，便道："若论人品，更不必言。堂堂一躯，十全之相；况且一腹文才，十四岁出去考童生，县里就高高取上一名。这几年为丁了父忧，不曾进院，所以未得游庠。有几个老学，看了舍亲的文字，都许他京解之才⑤。就是在下，也非惯于为媒的。因年常在贵山买果，偶闻令爱才貌双全，老翁又慎于择婿，因思舍亲，正合其选，故此斗胆轻造。"高赞闻言，心中甚喜。便道："令亲果然有才有貌，老汉敢不从命。但老汉未曾经目，终不放心。若得足下引令亲过寒家一会，更无别说。"尤辰道："小子并非谬言。老翁他日自知。只是舍亲是个不出书房的小官人，或者未必肯到宅上。就是小子撺掇来时，若成得亲事还好，万一不成，舍亲何面目回转！小子必然讨他抱怨了。"高赞道："既然人品十全，岂有不成之理。老夫生性是这般小心过度的人，所以必要着眼。若是令亲不屑下顾，待老汉到宅，足下不意之中，引令亲来一观，却不妥贴？"尤辰恐怕高赞身到吴江，访出颜俊之丑，即忙转口道："既然尊意决要会面，小子还同舍亲奉拜，不敢烦尊驾动履。"说罢，告别。高公那里肯放，忙教整酒肴相款。吃到更余，高公留宿。尤辰道："小舟带有铺陈，明日要早行，即今奉别。等舍亲登门，却又相扰。"高公取舟金一封相送，尤辰作谢下船。次早顺风，拽起饱帆，不勾大半日就到了吴江。颜俊正呆呆地站在门前望信，一见尤辰回家，便迎住问道："有劳老兄往返，事体如何？"尤辰把问答之言，细述一遍。"他必要面会，大官人如何处置？"颜俊嘿然无言。尤辰便道："暂别再会。"自回家去了。颜俊到里面，唤过小乙来问其备细，只恐尤辰所言不实。小乙说来果是一般。颜俊沉吟了半晌，心生一计，再走到尤辰家，与他商议。不知说的是甚么计策？正是：

> 为思佳偶情如火，索尽枯肠夜不眠。

> 自古姻缘皆分定，红丝岂是有心牵。

　　颜俊对尤辰道："适才老兄所言，我有一计在此，也不打紧。"尤辰道："有何好计？"颜俊道："表弟钱万选，向在舍下同窗读书，他的才貌比我胜几分儿。明日我央及他同你去走一遭，把他只说是我，哄过一时。待行过了聘，不怕他赖我的姻事。"尤辰道："若看了钱官人，万无不成之理。只怕钱官人不肯。"颜俊道："他与我至亲，又相处得极好。只央他点一遍名儿，有甚亏他处！料他决然无辞。"说罢，作别回家。其夜，就到书房中陪钱万选夜饭，酒肴比常分外整齐。钱万选愕然道："日日相扰，今日何劳盛设？"颜俊道："且吃三杯，有小事相烦贤弟则个。只是莫要推故。"钱万选道："小弟但可效劳之处，无不从命。只不知甚么样事？"颜俊道："不瞒贤弟说，对门开果子店的尤少梅，与我作伐，说的女家，是洞庭西山高家。一时间夸了大口，说我十分才貌。不想说得忒高兴了，那高老定要先请我去面会一会，然后行聘。昨日商议，若我自去，恐怕不应了前言。一来少梅没趣，二来这亲事就难成了。故此要劳贤弟认了我的名色，同少梅一行，瞒过那高老，玉成这头亲事，感恩不浅，愚兄自当重报。"钱万选想了一想，道："别事犹可，这事只怕行不得。一时便哄过了，后来知道，你我都不好看相。"颜俊道："原只要哄过这一时。若行聘过了，就晓得也不怕他。他又不认得你是甚么人。就怪也只怪得媒人，与你甚么相干！况且他家在洞庭西山，百里之隔，一时也未必知道。你但放心前去，到不要畏缩。"钱万选听了，沉吟不语。欲待从他，不是君子所为；欲待不从，必然取怪，这馆就处不成了，事在两难。颜俊见他沉吟不决，便道："贤弟，常言道：天摊下来，自有长的撑住。凡事有愚兄在前，贤弟休得过虑。"钱万选道："虽然如此，只是愚弟衣衫褴褛，不称仁兄之相。"颜俊道："此事愚兄早已办下了。"是夜无话。

次日，颜俊早起，便到书房中，唤家童取出一皮箱衣服，都是绫罗绸绢时新花样的翠颜色。时常用龙涎庆真饼熏得扑鼻之香，交付钱青行时更换，下面净袜丝鞋，只有头巾不对，即时与他换了一顶新的。又封着二两银子送与钱青道："薄意权充

纸笔之用，后来还有相酬。这一套衣服，就送与贤弟穿了。日
后只求贤弟休向人说，泄漏其事。今日约定了尤少梅，明日早
行。"钱青道："一依尊命。这衣服小弟暂时借穿，回时依旧纳
还。这银子一发不敢领了。"颜俊道："古人车马轻裘，与朋友
共，就没有此事相劳，那几件粗衣奉与贤弟穿了，不为大事。
这些须薄意，不过表情，辞时反教愚兄惭愧。"钱青道："既是
仁兄盛情，衣服便勉强领了。那银子断然不敢领。"颜俊道：
"若是贤弟固辞，便是推托了。"钱青方才受了。颜俊是日约会
尤少梅。尤辰本不肯担这干纪，只为不敢得罪于颜俊，勉强应
承。颜俊预先备下船只，及船中供应食物，和铺陈之类，又拨
两个安童⑥伏侍，连前番跟去的小乙，共是三人。绢衫毡包，
极其华整，隔夜俱已停当。又分付小乙和安童到彼，只当自家
大官人称呼，不许露出个钱字。过了一夜，侵早就起来催促钱
青梳洗穿着。钱青贴里贴外，都换了时新华丽衣服，行动香风
拂拂，比前更觉标致。

分明荀令留香去，疑是潘郎掷果回。

颜俊请尤辰到家，同钱青吃了早饭，小乙和安童跟随下船。
又遇了顺风，片帆直吹到洞庭西山。天色已晚，舟中过宿。次
日，早饭过后，约莫高赞起身；钱青全柬写颜俊名字拜帖，谦
逊些，加个晚字。小乙捧帖，到高家门首投下，说："尤大舍引
颜宅小官人特来拜见。"高家仆人认得小乙的，慌忙通报。高赞
传言快请，假颜俊在前，尤辰在后，步入中堂。高赞一眼看见
那个小后生，人物轩昂，衣冠济楚，心下已自三分欢喜。叙礼
已毕，高赞看椅上坐。钱青自谦幼辈，再三不肯。只得东西昭
穆⑦坐下。高赞肚里暗暗欢喜："果然是个谦谦君子。"坐定，
先是尤辰开口，称说前日相扰。高翁答言多慢。接口就问道：

"此位就是令亲颜大官人？前日不曾问得贵表⑧。"钱青道："年幼无表。"尤辰代言："舍亲表字伯雅。伯仲之伯，雅俗之雅。"高赞道："尊名尊字，俱称其实。"钱青道："不敢！"高赞又问起家世，钱青一一对答，出词吐气，十分温雅。高赞想道："外才已是美了，不知他学问如何？且请先生和儿子出来相见，盘他一盘，便见有学无学。"献茶二道，分付家人："书馆中请先生和小舍出来见客。"去不多时，只见五十多岁一个儒者，引着一个垂髫学生出来。众人一齐起身作揖。高赞一一通名："这位是小儿的业师，姓陈，见在府庠；这就是小儿高标。"钱青看那学生，生得眉清目秀，十分俊雅。心中想着："此子如此，其姊可知。颜兄好造化哩！"又献了一道茶，高赞便对先生道："此位尊客是吴江颜伯雅，年少高才。"那陈先生已会了主人之意，便道："吴江是人才之地，见高识广，定然不同。请问贵邑有三高祠，还是那三个？"钱青答言："范蠡、张翰、陆龟蒙。"又问！"此三人何以见得他高处？"钱青一一分疏出来。两个遂互相盘问了一回。钱青见那先生学问平常，故意谈天说地，讲古论今，惊得先生一字俱无，连称道："奇才，奇才！"把一个高赞就喜得手舞足蹈。忙唤家人，悄悄分付备饭，要整齐些。家人闻言，即时摆开桌子，排下五色果品。高赞取杯箸安席。钱青答敬谦让了一回，照前昭穆坐下。三汤十菜，添案⑨小吃。顷刻间，摆满了桌子，真个咄嗟而办。你道为何如此便当？原来高赞的妈妈金氏，最爱其女。闻得媒人引颜小官人到来，也伏在遮堂背后张看。看见一表人才，语言响亮，自家先中意，料高老必然同心，故此预先准备筵席。一等分付，流水的就搬出来。宾主共是五位。酒后饭，饭后酒，直吃到红日衔山。钱青和尤辰起身告辞。高赞心中甚不忍别，意欲攀留数日，钱青那里肯住。高赞留了几次，只得放他起身。钱青拜别了陈先生，口称承教，次与高公作谢道："明日早行，不得再来告别！"高赞道："仓卒怠慢，勿得见罪。"小学生也作揖过了。金氏已备下几色嚵程⑩相送，无非是酒米鱼肉之类。又有一封舟金。高赞扯尤辰到背处，说道："颜小官人才貌，更无他说。若得少梅居间成就，万分之幸。"尤辰道："小子领命。"高赞直送上船，方才分别。当夜夫妻两口，说了颜小官人一夜。正是：

> 不须玉杵千金聘，已许红绳两足缠。

再说钱青和尤辰，次日开船，风水不顺，直到更深，方才抵家。颜俊兀自秉烛夜坐，专听好音。二人叩门而入，备述昨朝之事。颜俊见亲事已成，不胜之喜，忙忙的就本月中择个吉日行聘。果然把那二十两借契送还了尤辰，以为谢礼。就择了十二月初三日成亲。高赞得意了女婿，况且妆奁久已完备，并不推阻。日往月来，不觉十一月下旬，吉期将近。原来江南地方娶亲，不行古时亲迎之礼，都是女亲家和阿舅自送上门。女亲家谓之送娘，阿舅谓之抱嫁。高赞为选中了乘龙佳婿，到处夸扬，今日定要女婿上门亲迎，准备大开筵宴，遍请远近亲邻吃喜酒。先遣人对尤辰说知，尤辰吃了一惊，忙来对颜俊说了。颜俊道："这番亲迎，少不得我自去走一遭。"尤辰跌足道："前日女婿上门，他举家都看个勾，行乐图也画得出在那里。今番又换了一个面貌，教做媒的如何措辞？好事定然中变！连累小子必然受辱！"颜俊听说，反抱怨起媒人来道："当初我原说过来，该是我姻缘，自然成就。若第一次上门时，自家去了，那见得今日进退两难！都是你捉弄我，故意说得高老十分古怪，不要我去，教钱家表弟替了。谁知高老甚是好情，一说就成，并不作难。这是我命中注定，该做他家的女婿，岂因见了钱表弟方才肯成！况且他家已受了聘礼，他的女儿就是我的人了。敢道个不字么？你看我今番自去，他怎生发付我？难道赖我的亲事不成？"尤辰摇着头道："成不得，人也还在他家！你狠到那里去？若不肯把人送上轿，你也没奈何他！"颜俊道："多带些人从去，肯便肯，不肯时打进去，抢将回来。便告到官司，有生辰吉帖为证。只是赖婚的不是，我并没差处。"尤辰道："大官人休说满话！常言道：恶龙不斗地头蛇。你的从人虽多，怎比得坐地的，有增无减。万一弄出事来，缠到官司，那老儿诉说，求亲的是一个，娶亲的又是一个。官府免不得与媒人诘问。刑罚之下，小子只得实说。连钱大官人前程干系，不是要处。"颜俊想了一想道："既如此，索性不去了。劳你明日去回他一声，只说前日已曾会过了，敝县没有亲迎的常规，还是从俗送亲罢。"尤辰道："一发成不得。高老因看上了佳婿，到处夸其才貌。那些亲邻专等亲迎之时，都要来厮认。这是断然要去的。"颜俊道："如此，怎么好？"尤辰道："依小子愚见，更无别策。只得再央令表弟钱大官人走遭，索性哄他到底。哄得新人进门，你就靠家大了。不怕他又夺了去。结婚之后，纵然有话，也不怕他了。"颜俊顿了一顿口道："话倒有理！只是我的亲事，到作成别人去风光。央及口时，还有许多作难哩。"尤辰道："事到其间，不得不如此了。风光只在一时，怎及得大官人终身受用！"颜俊又喜又恼。

当下别了尤辰，回到书房，对钱青说道："贤弟，又要相烦一事。"钱青道："不知兄又有何事？"颜俊道："出月初三，是愚兄毕姻之期。初二日就要去亲迎。原要劳贤弟一行，方才妥当。"钱青道："前日代劳，不过泛然之事。今番亲迎，是个大礼，岂是小弟代得的！这个断然不可！"颜俊道："贤弟所言虽当，但因初番会面，他家已认得了。如今忽换我去，必然疑心，此事恐有变卦。不但亲事不成，只恐还要成讼，那时连贤弟也有干系。却不是为小妨大，把一天好事自家弄坏了？若得贤弟亲迎回来，成就之后，不怕他闲言闲语。这是个权宜之术。贤弟须知，塔尖上功德⑪，休得固辞。"钱青见他说得情辞恳切，只索依允。颜俊又唤过吹手及一应接亲人从，都分付了说话，不许漏泄风声。取得亲回，都有重赏。众人谁敢不依。到了初二日侵晨，尤辰便到颜家相帮，安排亲迎礼物，及上门各项赏赐，都封得停停当当。其钱青所用，及儒巾圆领丝绦皂靴，并皆齐备。又分派各船食用，大船二只，一只坐新人，一只媒人共新郎同坐。中船四只，散载众人；小船四只，一者护送，二者以备杂差。十余只船，筛锣掌号，一齐开出湖去。一路流星炮涨，好不兴头。正是：

> 门阑多喜气，女婿近乘龙。

船到西山，已是下午。约莫离高家半里停泊。尤辰先到高家报信。一面安排亲迎礼物，及新人乘坐百花彩轿，灯笼火把，共有数百。钱青打扮整齐，另有青绢暖轿，四抬四绰，笙箫鼓乐，径望高家而来。那山中远近人家，都晓得高家新女婿才貌双全，竞来观看，挨肩并足，如看神会故事的一般热闹。钱青端坐轿中，美如冠玉，无不喝采。有妇女曾见过秋芳的，便道："这般一对夫妻，真个郎才女貌！高家拣了许多女婿，今日果然被他拣着了。"不题众人。且说高赞家中，大排筵席，亲朋满坐，未及天晚，堂中点得画烛通红。只听得乐声聒耳，门上人报道："娇客⑫轿子到门了。"傧相披红插花，忙到轿前作揖，念了诗赋，请出轿来。众人谦恭揖让，延至中堂奠雁。行礼已毕，然后诸亲一一相见。众人见新郎标致，一个个暗暗称羡。

献茶后,吃了茶果点心,然后定席安位。此日新女婿与寻常不同,面南专席,诸亲友环坐相陪,大吹大擂的饮酒。随从人等,外厢另有款待。且说钱青坐于席上,只听得众人不住声的赞他才貌,贺高老选婿得人。钱青肚里暗笑道:"他们好似见鬼一般!我好像做梦一般!做梦的醒了,也只扯淡。那些见神见鬼的,不知如何结末哩?我今日且落得受用。"又想道:"我今日做替身,担了虚名,不知实受还在几时?料想不能如此富贵。"转了这一念,反觉得没兴起来,酒也懒吃了。高赞父子,轮流敬酒,甚是殷勤。钱青怕担误了表兄的正事,急欲抽身。高赞固留,又坐了一回。用了汤饭,仆从的酒都吃完了。约莫四鼓,小乙走在钱青席边,催促起身。钱青教小乙把赏封给散,起身作别。高赞量度已是五鼓时分,赔嫁妆奁俱已点检下船,只待收拾新人上轿。只见船上人都走来说:"外边风大,难以行船。且消停一时,等风头缓了好走。"原来半夜里便发了大风,那风刮得好利害。只见:

> 山间拔木扬尘,湖内腾波起浪。

只为堂中鼓乐喧阗,全不觉得。高赞叫乐人住了吹打,听时,一片风声,吹得怪响。众皆愕然。急得尤辰只把脚跳。高赞心中大是不乐。只得重请入席,一面差人在外专看风色。看看天晓,那风越狂起来,刮得彤云密布,雪花飞舞。众人都起身看着天,做一块儿商议。一个道:"这风还不像就住的。"一个道:"半夜起的风,原要半夜里住。"又一个道:"这等雪天,就是没风,也怕行不得。"又一个道:"只怕这雪还要大哩。"又一个道:"风太急了,住了风,只怕湖胶⑬。"又一个道:"这太湖不愁它胶断,还怕的是风雪。"众人是恁般闲讲。高老和尤辰好生气闷!又捱一会,吃了早饭,风愈狂,雪愈大,料想今日过湖不成。错过了吉日良时，残冬腊月，未必有好日了。况且笙箫鼓乐，乘兴而来，怎好教他空去。事在千难万难之际，坐间有个老者，唤做周全，是高赞老邻，平日最善处分乡里之事。见高赞沉吟无计，便道："依老汉愚见，这事一些不难。"高赞道："足下计将安在？"周全道："既是选定日期，岂可错过！令婿既已到宅，何不就此结亲？趁这筵席，做了花烛。等风息，从容回去，岂非全美。"众人齐声道："最好！"高赞正有此念，却喜得周老说话投机。当下便分付家人，准备洞房花烛之事。却说钱青虽然身子在此，本是个局外之人。起初风大风小，也还不在他心上。忽见周全发此议论，暗暗心惊，还道高老未必听他。不想高老欣然应允，老大着忙，暗暗叫苦。欲央尤少梅代言，谁想尤辰平昔好酒，一来天气寒冷，二来心绪不佳，斟着大杯，只顾吃。吃得烂醉如泥，在一壁厢空椅子上，打盹去了。钱青只得自家开口道："此百年大事，不可草草。不妨另择个日子，再来奉迎。"高赞那里肯依，便道："翁婿一家，何分彼此！况贤婿尊人，已不在堂，可以自专。"说罢，高赞入内去了。钱青又对各位亲邻再三央及，不愿在此结亲。众人都是奉承高老的，那一个不极口赞成。钱青此时无可奈何，只推出恭。到外面时，却叫颜小乙与他商议。小乙心上也道不该，只教钱秀才推辞，此外别无良策。钱青道："我已辞之再四，其奈高老不从。若执意推辞，反起其疑。我只要委曲周全你家主一桩大事，并无欺心。若有苟且，天地不容。"主仆二人正在讲话，众人都攒拢来道："此是美事，令岳意已决矣。大官人不须疑虑！"钱青嘿然无语。众人揖钱青请进。午饭已毕，重排喜筵。傧相披红喝礼，两位新人打扮登堂，照依常规行礼，结了花烛。正是：

百年姻眷今宵就，一对夫妻此夜新。

得意事成失意事，有心人遇没心人。

其夜酒阑人散，高赞老夫妇亲送新郎进房，伴娘替新娘卸了头面。几遍催新郎安置，钱青只不答应，正不知甚么意故。只得伏侍新娘先睡，自己出房去了。丫鬟将房门掩上，又催促官人上床。钱青心上如小鹿乱撞，勉强答应一句道："你们先睡。"丫鬟们乱了一夜，各自倒东歪西去打瞌睡。钱青本待秉烛达旦，一时不曾讨得几枝蜡烛，到烛尽时，又不好声唤，忍着一肚子闷气，和衣在床外侧身而卧。也不知女孩儿头东头西。次早清清天亮，便起身出外，到舅子书馆中去梳洗。高赞夫妻只道他少年害羞，亦不为怪。是日雪虽住了，风尚不息。高赞且做庆贺筵席。钱青吃得酩酊大醉，坐到更深进房。女孩儿又先睡了。钱青打熬不过，依旧和衣而睡。连小娘子的被窝儿也不敢触着。又过一晚，早起时，见风势稍缓，便要起身。高赞定要留过三期，方才肯放。钱青拗不过，只得又吃了一日酒。坐间背地里和尤辰说起夜间和衣而卧之事。尤辰口虽答应，心下未必准信。事已如此，只索由他。却说女孩儿秋芳，自结亲之夜，偷眼看那新郎，生得果然齐整，心中暗暗欢喜。一连两夜，都则衣不解带，不解其故。"莫非怪我先睡了，不曾等待得他？"此是第三夜了，女孩儿预先分付丫鬟，只等官人进房，先请他安息。丫鬟奉命，只等新郎进来，便替他解衣科帽。钱青见不是头，除了头巾，急急的跳上床去，贴着床里自睡，仍不脱衣。女孩儿满怀不乐，只得也和衣睡了。又不好告诉爹娘。到第四日，天气晴和，高赞预先备下送亲船只，自己和老婆亲送女孩儿过湖。娘女共是一船，高赞与钱青、尤辰又是一船。船头俱挂了杂彩，鼓乐振天，好生闹热。只有小乙受了家主之托，心中甚不快意。驾个小小快船，赶路先行。

话分两头。且说颜俊自从打发众人迎亲去后，悬悬而望。到初二日半夜，听得刮起大风大雪，心上好不着忙。也只道风雪中船行得迟，只怕挫了时辰。那想到过不得湖！一应花烛筵席，准备十全，等了一夜，不见动静，心下好闷。想道："这等大风，到是不曾下船还好。若在湖中行动，老大担忧哩。"又想道："若是不曾下船，我岳丈知道错过吉期，岂肯胡乱把女儿送来，定然要另选个日子。又不知几时吉利？可不闷杀了人！"又想道："若是尤少梅能事时，在岳丈前撺掇，权且迎来，那时我那管时日利与不利，且落得早些受用。"如此胡思乱想，坐不安席，不住的在门前张望。到第四日风息，料道决有佳音。等到午后，只见小乙先回报道："新娘已取来了，不过十里之遥。"颜俊问道："吉期挫过，他家如何肯放新人下船？"小乙道："高家只怕挫过好日，定要结亲。钱大官人已替东人权做新郎三日了。"颜俊道："既结了亲，这三夜钱大官人难道竟在新人房里睡的？"小乙道："睡是同床的，却不曾动弹。那钱大官人是看得熟鸭蛋伴得小娘眠的⑩。"颜俊骂道："放屁！那有此理！我托你何事？你如何不叫他推辞，却做下这等勾当？"小乙道："家人也说过来。钱大官人道：'我只要周全你家之事。若有半点欺心，天神鉴察。'"颜俊此时：

　　　　　　怒从心上起，恶向胆边生。

一把掌将小乙打在一边，气忿忿地奔出门外，专等钱青来厮闹。恰好船已拢岸。钱青终有细腻，预先嘱咐尤辰伴住高老，自己先跳上岸。只为自反无愧，理直气壮，昂昂的步到颜家门首。望见颜俊，笑嘻嘻的正要上前作揖，告诉衷情。谁知颜俊以小人之心，度君子之腹，此际便是仇人相见，分外眼睁，不等开言，便扑的一头撞去，咬定牙根，狠狠的骂道："天杀的！你好快活！"说声未毕，查开五指，将钱青和巾和发，扯做一把，乱踢乱打。口里不绝声的道："天杀的！好欺心！别人费了钱财，把与你见成受用！"钱青口中也自分辩。颜俊打骂忙了，那里听他半个字儿。家人也不敢上前相劝。钱青吃打慌了，便呼救命。船上人听得闹吵，都上岸来看。只见一个丑汉，将新郎痛打，正不知甚么意故，都走拢来解劝，那里劝得他开。高赞盘问他家人，那家人料瞒不过，只得实说了。高赞不闻犹可，一闻之时，心头火起，大骂："尤辰无理，做这等欺三瞒四的媒人，说骗人家女儿。"也扭着尤辰乱打起来。高家送亲的人，也自心怀不平，一齐动手要打那丑汉。颜家的家人回护家主，就与高家从人对打。先前颜俊和钱青是一对厮打，以后高赞和尤辰是两对厮打。结末两家家人，扭做一团厮打。看的人重重叠叠，越发多了，街道拥塞难行。却似：

> 九里山前摆阵势，昆阳城下赌输赢。

事有凑巧，其时本县大尹恰好送了上司回轿，至于北门，见街上震天喧嚷，却是厮打的。停了轿子，喝教拿下。众人见知县相公拿人，都则散了。只有颜俊兀自扭住钱青，高赞兀自扭住尤辰，纷纷告诉，一时不得其详。大尹都教带到公庭，逐一细审，不许搀口。见高赞年长，先叫他上堂诘问。高赞道："小人是洞庭山百姓，叫做高赞，为女择婿，相中了女婿才貌，将女许配。初三日，女婿上门亲迎，因被风雪所阻。小人留女婿在家，完了亲事。今日送女到此。不期遇了这个丑汉，将小人的女婿毒打。小人问其缘故，却是那丑汉买嘱媒人，要哄骗小人的女儿为婚，却将那姓钱的后生，冒名到小人家里。老爷只问媒人，便知奸弊。"大尹道："媒人叫甚名字？可在这里么?"高赞道:"叫做尤辰,见在台下。"大尹喝退高赞,唤尤辰上来,骂道:"弄假成真,以非为是,都是你弄出这个伎俩!你可实实供出,免受重刑。"尤辰初时还十含糊抵赖。大尹发怒,喝教取夹棍伺候。尤辰虽然市井,从未熬刑,只得实说。起初颜俊如何央小人去说亲,高赞如何作难,要选才貌。后来如何央钱秀才冒名去拜望。直到结亲始末,细细述了一遍。大尹点头道:"这是实情了。颜俊这厮费了许多事,却被别人夺了头筹,也怪不得发恼。只是起先设心哄骗的不是。"便教颜俊,审其口词。颜俊已听尤辰说了实话,又见知县相公词气温和,只得也叙了一遍。两口相同。大尹结末唤钱青上来。一见钱青青年美貌,且被打伤,便有几分爱他怜他之意。问道:"你是个秀才,读孔子之书,达周公之礼,如何替人去拜望迎亲,同谋哄骗,有乖行止?"钱青道:"此事原非生员所愿。只为颜俊是生员表兄,生员家贫,又馆谷于他家,被表兄再四央求不过,勉强应承。只道一时权宜,玉成其事。"大尹道:"住了!你既为亲情而往,就不该与那女儿结亲了。"钱青道:"生员原只代他亲迎。只为一连三日大风,太湖之隔,不能行舟,故此高赞怕误了婚期,要生员就彼花烛。"大尹道:"你自知替身,就该推辞了。"颜俊从傍磕头道:"青天老爷!只看他应承花烛,便是欺心。"大尹喝道:"不要多嘴,左右扯他下去。"再问钱青:"你那时应承做亲,难道没有个私心?"钱青道:"只问高赞便知。生员再三推辞,高赞不允。生员若再辞时,恐彼生疑,误了表兄的大事,故此权成大礼。虽则三夜同床,生员和衣而睡,并不相犯。"大尹呵呵大笑道:"自古以来,只有一个柳下惠坐怀不乱。那鲁男子既自知不及,风雪之中,就不肯放妇人进门了。你少年子弟,血气未定,岂有三夜同床,并不相犯之理?

这话哄得那一个!"钱青道:"生员今日自陈心迹,父母老爷未必相信。只教高赞去问自己的女儿,便知真假。"大尹想道:"那女儿若有私情,如何肯说实话。"当下想出个主意来,便教左右唤到老实稳婆⑮一名,到舟中试验高氏是否处女。速来回话。不一时,稳婆来覆知县相公,那高氏果是处子,未曾破身。颜俊在阶下听说高氏还是处子,便叫喊道:"既是小的妻子不曾破坏,小的情愿成就。"大尹又道:"不许多嘴!"再叫高赞道:"你心下愿将女儿配那一个?"高赞道:"小人初时原看中了钱秀才。后来女儿又与他做过花烛。虽然钱秀才不欺暗室⑯,与小女即无夫妇之情,已定了夫妇之义。若教女儿另嫁颜俊,不惟小人不愿,就是女儿也不愿。"大尹道:"此言正合吾意。"钱青心下到不肯,便道:"生员此行,实是为公不为私。若将此女归了生员,把生员三夜衣不解带之意全然没了。宁可令此女别嫁,生员决不敢冒此嫌疑,惹人谈论。"大尹道:"此女若归他人,你过湖这两番替人驱骗,便是行止有亏,干碍前程了。今日与你成就亲事,乃是遮掩你的过失。况你的心迹已自洞然,女家两相情愿,有何嫌疑?休得过让,我自有明断。"遂举笔判云:

> 高赞相女配夫,乃其常理;颜俊借人饰己,实出奇闻。东床已招佳选,何知以羊易牛;西邻纵有责言,终难指鹿为马。两番渡湖,不让传书柳毅;三宵隔被,何惭秉烛云长。风伯为媒,天公作合。佳男配了佳妇,两得其宜;求妻到底无妻,自作之孽。高氏断归钱青,不须另作花烛。颜俊既不合设骗局于前,又不合奋老拳于后。事已不谐,姑免罪责。所费聘仪,合助钱青,以赎一击之罪。尤辰往来煽诱,实启衅端,重惩示儆。

判讫，喝教左右，将尤辰重责三十板，免其画供，竟行逐出，盖不欲使钱青冒名一事彰闻于人也。高赞和钱青拜谢。一干人出了县门，颜俊满面羞惭，敢怒而不敢言，抱头鼠窜而去。有好几月不敢出门。尤辰自回家将息棒疮不题。

却说高赞邀钱青到舟中，反殷勤致谢道："若非贤婿才行俱全，上官起敬，小女几乎错配匪人。今日到要屈贤婿同小女到舍下少住几时。不知贤婿宅上还有何人？"钱青道："小婿父母俱亡，别无亲人在家。"高赞道："既如此，一发该在舍下住了。老夫供给读书。贤婿意下如何？"钱青道："若得岳父扶持，足感盛德。"是夜开船离了吴江，随路宿歇。次日早到西山。一山之人闻知此事，皆当新闻传说。又知钱青存心忠厚，无不钦仰。后来钱青一举成名，夫妻偕老。有诗为证：

> 丑脸如何骗美妻，作成表弟得便宜。
>
> 可怜一片吴江月，冷照鸳鸯湖上飞。

选自《醒世恒言》

【题解】

面目丑陋并且胸无点墨的颜俊却想娶一个才貌女子秋芳为妻，于是请饱读诗书更兼一表人才的钱青冒名顶替去相亲、接亲，不断引起波折，弄假成真，最终钱青和秋芳结为良缘，这是一篇洋溢着喜剧色彩的小说，从题名"错占"云云，也可窥知。那么，钱秀才的错占对不对呢？或许有人认为不对，因为第一，他不该冒名顶替，到高家去接受择婿；第二，他不该冒名顶替那么久，以至于和秋芳进了洞房。然而，钱秀才的错占又在实际上被描写成是对的，因为：一，颜俊自知配不上秋芳，主动让钱青代庖，钱青是被迫出马；二，钱青也是无奈才入了洞房的，而且不行苟且之事；三，钱青的外貌、才学和品格完全可以与秋芳相配；四，秋芳本人和她的家长，对钱青都很满意；五，经过了官府明断。这么看来，钱秀才的错在于他的错恰恰是对。

【注释】

①馆谷：请先生在家里教小孩念书，负责供给先生的食宿。

②游庠：考取秀才。庠，古代地方学校。　③左凑：迁就，顺着。　④葫芦提：糊里糊涂。　⑤京解之才：有考中举人、进士的才能。　⑥安童：侍童，书童。　⑦昭穆：左右的代称。

⑧表：表字，表号，正名之外的名号。　⑨添案：下酒的菜肴。　⑩嘎程：送行的礼物。　⑪塔尖上功德：比喻只剩下一点小的结尾工程。⑫娇客：对女婿的敬称。　⑬湖胶：湖水结冰，湖面冻住。　⑭看得熟鸭蛋伴得小娘眠的：形容人不好食色。　⑮稳婆：收生婆。　⑯不欺暗室：在别人看不见的地方，也是规规矩矩，不做昧心的事。

施润泽滩阙遇友

还带曾消纵理纹，返金种得桂枝芬。

从来阴骘能回福，举念须知有鬼神。

这首诗引着两个古人阴骘的故事。第一句说：还带曾消纵理纹，乃唐朝晋公裴度之事。那裴度未遇时，一贫如洗，功名蹭蹬①。就一风鉴②，以决行藏③。那相士说："足下功名事，且不必问。更有句话，如不见怪，方敢直言。"裴度道："小生因在迷途，故求指示。岂敢见怪！"相士道："足下螣蛇纵理纹④入口，数年之间，必致饿死沟渠。"连相钱俱不肯受。裴度是个知命君子，也不在其意。一日，偶至香山寺闲游。只见供桌上光华耀目。近前看时，乃是一围宝带。裴度捡在手中，想道："这寺乃冷落所在，如何却有这条宝带？"翻阅了一回，又想道："必有甚贵人，到此礼佛更衣。祗候们不小心，遗失在此。定然转来寻觅。"乃坐在廊庑下等候。不一时，见一女子走入寺来，慌慌张张，径望殿上而去，向供桌上看了一看，连声叫苦，哭倒于地。裴度走向前问道："小娘子因何恁般啼泣？"那女子道："妾父被人陷于大辟，无门伸诉。妾日至此恳佛阴祐。近日幸得从轻赎锾⑤。妾家贫无措，遍乞高门。昨得一贵人矜怜，助一宝带。妾以佛力所致，适携带呈于佛前，稽首叩谢。因赎父心急，竟忘收此带，仓忙而去。行至半路方觉。急急赶来取时，已不知为何人所得。今失去这带，妾父料无出狱之期矣。"说罢又哭。裴度道："小娘子不必过哀，是小生收得，故在此相候。"把带递还。那女子收泪拜谢："请问姓字，他日妾父好来叩谢。"裴度道："小娘子有此冤抑，小生因在贫乡，不能少助为愧。还人遗物，乃是常事，何足为谢！"不告姓名而去。过了数日，又遇向日相士，不觉失惊道："足下曾作何好事来？"裴度答云："无有。"相士道："足下今日之相，比先大不相牟。阴德纹大见，定当位极人臣，寿登耄耋，富贵不可胜言。"裴度当时犹以为戏语。后来果然出将入相，历事四朝，封为晋国公，年享上寿。有诗为证：

> 纵理纹生相可怜，香山还带竟安然。
>
> 淮西荡定功英伟，身系安危三十年。

第二句说是：返金种得桂枝芬。乃五代窦禹钧之事。那窦禹钧，蓟州人氏，官为谏议大夫，年三十而无子。夜梦祖父说道："汝命中已该绝嗣，寿亦只在明岁。及早行善，或可少延。"禹钧唯唯。他本来是个长者，得了这梦，愈加好善。一日薄暮，于延庆寺侧，拾得黄金三十两，白金二百两。至次日清早，便往寺前守候。少顷，见一后生涕泣而来。禹钧迎住问之。后生答道："小人父亲身犯重罪，禁于狱中，小人遍恳亲知，共借白金二百两，黄金三十两。昨将去赎父，因主库者不在而归。为亲戚家留款，多吃了杯酒，把东西遗失。今无以赎父矣！"窦公见其言已合银数，乃袖中摸出还之，道："不消着急，偶尔拾得在此，相候久矣。"这后生接过手，打开看时，分毫不动。叩头泣谢。窦公扶起，分外又赠银两而去。其他善事甚多，不可枚举。一夜，复梦祖先说道："汝合无子无寿。今有还金阴德种种，名挂天曹，特延算三纪⑥，赐五子显荣。"窦公自此愈积阴功。后果连生五子，长仪，次俨，三侃，四偶，五僖，俱仕宋为显官。窦公寿至八十二，沐浴相别亲戚，谈笑而卒。长乐老冯道有诗赠之云：

> 燕山窦十郎，教子有义方。
>
> 灵椿一株老，丹桂五枝芳。

说话的，为何道这两桩故事？只因亦有一人曾还遗金，后来虽不能如二公这等大富大贵，却也免了一个大难，享个大大家事。正是：

> 种瓜得瓜，种豆得豆。一切祸福，自作自受。

说这苏州府吴江县离城七十里，有个乡镇，地名盛泽。镇上居民稠广，土俗淳朴，俱以蚕桑为业。男女勤谨，络纬机杼之声，通宵彻夜。那市上两岸绸丝牙行，约有千百余家，远近村坊织成绸匹，俱到此上市。四方商贾来收买的，蜂攒蚁集，挨挤不开，路途无伫足之隙；乃出产锦绣之乡，积聚绫罗之地。江南养蚕所在甚多，惟此镇处最盛。有几句口号为证：

> 东风二月暖洋洋，江南处处蚕桑忙。
>
> 蚕欲温和桑欲干，明如良玉发奇光。
>
> 缲成万缕千丝长，大筐小筐随络床。
>
> 美人抽绎沾唾香，一经一纬机杼张。
>
> 咿咿轧轧谐宫商，花团锦簇成匹量。
>
> 莫忧八口无餐粮，朝来镇上添远商。

且说嘉靖年间，这盛泽镇上有一人，姓施名复，浑家喻氏，夫妻两口，别无男女。家中开张绸机，每年养几筐蚕儿，妻络夫织，甚好过活。这镇上都是温饱之家，织下绸匹，必积至十来匹，最少也有五六匹，方才上市。那大户人家积得多的便不上市，都是牙行引客商上门来买。施复是个小户儿，本钱少，织得三四匹，便去上市出脱。一日，已积了四匹，逐匹把来方方折好，将个布袱儿包裹，一径来到市中。只见人烟辏集，语话喧阗，甚是热闹。施复到个相熟行家来卖。见门首拥着许多卖绸的，屋里坐下三四个客商。主人家跕在柜身里，展看绸匹，估喝价钱。施复分开众人，把绸递与主人家。主人家接来，解开包袱，逐匹翻看一过，将秤准了一准，喝定价钱，递与一个客人道："这施一官是忠厚人，不耐烦的，把些好银子与他。"那客人真个只拣细丝称准，付与施复。施复自己也摸出等子来准一准，还觉轻些，又争添上一二分，也就罢了。讨张纸包好银子，放在兜肚里，收了等子包袱，向主人家拱一拱手，叫声有劳，转身便走。行不上半箭之地，一眼觑见一家街沿之下，一个小小青布包儿。施复趋步向前，拾起袖过，走到一个空处，打开看时，却是两锭银子，又有三四件小块，兼着一文太平钱儿。把手撮一撮，约有六两多重。心中欢喜道："今日好造化！拾得这些银子，正好将去凑做本钱。"连忙包好，也揣在兜肚里，望家中而回。一头走，一头想："如今家中见开这张机，尽勾日用了。有了这银子，再添上一张机，一月出得多少绸，有许多利息。这项银子，譬如没得，再不要动他。积上一年，共该若干，到来年再添上一张。一年又有多少利息。算到十年之外，便有千金之富。那时造甚么房子，买多少田产。"正算得熟滑，看看将近家中，忽地转过念头，想道："这银两若是富人掉的，譬如牯牛身上拔根毫毛，打甚么紧，落得将来受用。若是客商的，他抛妻弃子，宿水餐风，辛勤挣来之物，今失落了，好不烦恼。如若有本钱的，他拼这账生意扯直，也还不在心上；倘然是个小经纪，只有这些本钱，或是与我一般样苦挣过日，或卖了绸，或脱了丝，这两锭银乃是养命之根，不争失了，就如绝了咽喉之气，一家良善，没甚过活，互相埋怨，必致鬻身卖子。倘是个执性的,气恼不过,肮脏送了性命,也未可知。我虽是拾得的,不十分罪过。但日常动念,使得也不安稳。就是有了这银子,未必真个营运发积起来。一向没这东西时,依原将就过了日子。不如原往那所在,等失主来寻,还了他去,到得安乐。"随复转身而去,正是:

> 多少恶念转善,多少善念转恶。
>
> 劝君诸善奉行,但是诸恶莫作。

当下施复来到拾银之处,靠在行家柜边,等了半日,不见失主来寻。他本空心出门的,腹中渐渐饥饿。欲待回家吃了饭再来,犹恐失主一时间来,又不相遇。只得忍着等候。少顷,只见一个村庄后生,汗流满面,闯进行家,高声叫道:"主人家,适来银子忘记在柜上,你可曾检得么?"主人家道:"你这人好混帐!早上交银子与了你,这时节却来问我,你若忘在柜上时,莫说一包,再有几包也都拿去了。"那后生连把脚跌道:"这是我的种田工本,如今没了,却怎么好?"施复问道:"约莫有多少?"那后生道:"起初在这里卖的丝银六两二钱。"施复道:"把甚么包的?有多少件数?"那后生道:"两整锭,又是三四块小的,一个青布银包包的。"施复道:"怎样,不消着急。我拾得在此,相候久矣。"便去兜肚里摸出来,递与那人。那人连声称谢。接过手,打开看时,分毫不动。那时往来的人,当做奇事,拥上一堆,都问道:"在那里拾的?"施复指道:"在这阶沿头拾的。"那后生道:"难得老哥这样好心,在此等候还人。若落在他人手里,安肯如此。如今到是我拾得的了。情愿与老哥各分一半。"施复道:"我若要,何不全取了,却分你这一半?"那后生道:"既这般,送一两谢仪与老哥买果儿吃。"施复笑道:"你这人是个呆子!六两三两都不要,要你一两银子何用!"那后生道:"老哥,银子又不要,何以相报?"众人道:"看这位老兄,是个厚德君子,料必不要你报。不若请到酒肆中吃三杯,见你的意罢了。"那后生道:"说得是。"便来邀施复同去。施复道:"不消得,不消得,我家中有事,莫要担搁我工夫。"转身就走。那后生留之不住。众人道:"你这人好造化!掉了银子,一文钱不费,便捞到手。"那后生道:"便是,不想世间原有这等好人。"把银包藏了,向主人叫声打搅,下阶而去。众人亦赞叹而散。也有说:"施复是个呆子,拾了银子不会将去受用,却骏站着等人来还。"也有说:"这人积此阴德,后来必有好处。"不题众人。且说施复回到家里,浑家问道:"为甚么去了这大半日?"施复道:"不要说起,将到家了,因着一件事,覆身转去,担阁了这一回。"浑家道:"有甚事担搁?"施复将还银之事,说向浑家。浑家道:"这件事也做得好。自古道:'横财不富命穷人。'倘然命里没时,得了他反生灾作难,到未可知。"施复道:"我正为这个缘故,所以还了他去。"当下夫妇二人,不以拾银为喜,反以还银为安。衣冠君子①中,多有见利忘义的,不意愚夫愚妇到有这等见识。

　　　从来作事要同心,夫唱妻和种德深。
　　　万贯钱财如粪土,一分仁义值千金。

　自此之后,施复每年养蚕,大有利息,渐渐活动。那育蚕有十体,二光,八宜等法,三稀五广之忌。第一要择蚕种。蚕种好,做成茧小而明厚坚细,可以缲丝。如蚕种不好,但堪为绵纩,不能缲丝,其利便差数倍。第二要时运。有造化的,就蚕种不好,依般做成丝茧。若造化低的,好蚕种,也要变做绵茧。北蚕三眠,南蚕俱是四眠。眠起饲叶,各要及时。又蚕性畏寒怕热,惟温和为得候。昼夜之间,分为四时。朝暮类春秋,正昼如夏，深夜如冬，故调护最难。江南有谣云：

做天莫做四月天，蚕要温和麦要寒。

秧要日时麻要雨，采桑娘子要晴干。

那施复一来蚕种拣得好；二来有些时运。凡养的蚕，并无一个绵茧；缲下丝来，细员⑧匀紧，洁净光莹，再没一根粗节不匀的。每筐蚕，又比别家分外多缲出许多丝来。照常织下的绸拿上市去，人看时光彩润泽，都增价竞买，比往常每匹平添很多银子。因有这些顺溜，几年间，就增上三四张绸机，家中颇颇饶裕。里中遂庆个号儿叫做施润泽。却又生下一个儿子，寄名观音大士，叫做观保。年才二岁，生得眉目清秀，到好个孩子。话休烦絮。那年又值养蚕之时，才过了三眠，合镇阙了桑叶，施复家也只勾两日之用。心下慌张，无处去买。大率蚕市时，天色不时阴雨，蚕受了寒湿之气，又食了冷露之叶，便僵死，十分之中，就只好存其半。这桑叶就有余了。那年天气温暖，家家无恙，叶遂短阙。且说施复正没处买桑叶，十分焦躁，忽见邻家传说洞庭山余下桑叶甚多，合了十来家过湖去买。施复听见，带了些银两，把被窝打个包儿，也来赶船。这时也是未牌时候，开船摇橹，离了本镇。过了平望，来到一个乡村，地名滩阙。这去处在太湖之傍，离盛泽有四十里之远。天已傍晚，过湖不及，遂移舟进一小港泊住，稳缆停桡，打点收拾晚食，却忘带了打火刀石。众人道："那个上涯去取讨个火种便好？"施复却如神差鬼使一般，便答应道："待我去。"取了一把麻骨⑨，跳上岸来。见家家都闭着门儿。你道为何，天色未晚，人家就闭了门？那养蚕人家，最忌生人来冲。从蚕出至成茧之时，约有四十来日，家家紧闭门户，无人往来。任你天大事情，也不敢上门。当下施复走过几家，初时甚以为怪，道：

"这些人家，想是怕鬼拖了人去，日色还在天上，便都闭了门。"忽地想起道："吓！自己是老看蚕，到忘记了这取火乃养蚕家最忌的。却兜揽这帐！如今那里去讨？"欲待转来，又想道："方才不应承来，到也罢了。若空身回转，教别个来取得时，反是老大没趣。或者有家儿不养蚕的也未可知。"依旧又走向前去。只见一家门儿半开半掩。他也不管三七廿一，做两步跨到檐下，却又不敢进去。站在门外，舒颈望着里边，叫声："有人么？"里边一个女人走出来，问道："甚么人？"施复满面陪着笑道："大娘子，要相求个火儿。"妇人道："这时节，别人家是不肯的。只我家没忌讳，便点个与你也不妨得。"施复道："如此，多谢了！"即将麻骨递与，妇人接过手，进去点出火来。施复接了，谢声打搅，回身便走。走不上两家门面，背后有人叫道："那取火的转来，掉落东西了。"施复听得，想道："却不知掉了甚的？"又覆走转去。妇人说道："你一个兜肚落在此了。"递还施复。施复谢道："难得大娘子这等善心。"妇人道："何足为谢！向年我丈夫在盛泽卖丝，落掉六两多银子，遇着个好人拾得，住在那里等候。我丈夫寻去，原封不动，把来还了，连酒也不要吃一滴儿。这样人方是真正善心人！"施复见说，却与他昔年还银之事相合，甚是骇异，问道："这事有几年了？"妇人把指头抢算道："已有六年了。"施复道："不瞒大娘子说，我也是盛泽人，六年前也曾拾过一个卖丝客人六两多银子，等候失主来寻，还了去。他要请我，也不要吃他的。但不知就是大娘子的丈夫？"妇人道："有这等事！待我教丈夫出来，认一认可是？"施复恐众人性急，意欲不要。不想手中麻骨火将及点完。乃道："大娘子，相认的事甚缓，求得个黄同纸⑩去引火时，一发感谢不尽。"妇人也不回言，径往里边去了。顷刻间，同一个后生跑出来。彼此睁眼一认，虽然隔了六年，面貌依然。正是昔年还银义士。正是：

> 一叶浮萍归大海，人生何处不相逢。

当下那后生躬身作揖道："常想老哥，无从叩拜，不意今日天赐下顾。"施复还礼不迭。二人作过揖，那妇人也来见个礼。后生道："向年承老哥厚情，只因一时仓忙，忘记问得尊姓大号住处。后来几遍到贵镇卖丝，问主人家，却又不相认。四面寻访数次，再不能遇见。不期到在敝乡相会。请里面坐。"施复道："多承盛情垂念。但有几个朋友，在舟中等候火去作晚食，不消坐罢。"后生道："何不一发请来？"施复道："岂有此理！"后生道："既如此；送了火去来坐罢。"便教浑家取个火来。妇人即忙进去。后生问道："老哥尊姓大号？今到那里去？"施复道："小子姓施名复，号润泽。今因缺了桑叶，要往洞庭山去买。"后生道："若要桑叶，我家尽有，老哥今晚住在寒舍，让众人自去。明日把船送到宅上，可好么？"施复见说他家有叶，好不欢喜。乃道："若宅上有时，便省了小子过湖，待我回覆众人自去。"妇人将出火来，后生接了，说："我与老哥同去。"又分付浑家，快收拾夜饭。当下二人拿了火来至船边，把火递上船去。众人一个个眼都望穿，将施复埋怨道："讨个火甚么难事！却去这许多时？"施复道："不要说起，这里也都看蚕，没处去讨。落后相遇着这位相熟朋友，说了几句话，故此迟了，莫要见怪！"又道："这朋友偶有余叶在家中，我已买下，不得相陪列位过湖了。包袱在舱中，相烦拿来与我。"众人检出付与。那后生便来接道："待我拿罢！"施复叫道："列位，暂时抛撇，归家相会。"别了众人，随那后生转来。乃问道："适来忙促，不曾问得老哥贵姓大号。"答道："小子姓朱名恩，表字子义。"施复道："今年贵庚多少?"答道："二十八岁。"施复道："怎样，小子叨长老哥八年!"又问："令尊令堂同居么?"朱恩道："先父弃世多年，止有老母在堂。今年六十八岁了，吃一口长素。"二人一头说，不觉已至门首。朱恩推开门，请施复屋里坐下。那桌上已点得灯烛。朱恩放下包裹道："大嫂快把茶来。"声犹未了，浑家已把出两杯茶，就门帘内递与朱恩。朱恩接过来，递一杯与施复。自己拿一杯相陪。又问道："大嫂，鸡可曾宰么?"浑家道："专等你来相帮。"朱恩听了，连忙把茶放下，跳起身要去捉鸡。原来这鸡就罩在堂屋中左边。施复即上前扯住道："既承相爱，即小菜饭儿也是老哥的盛情，何必杀生! 况且此时鸡已上宿，不争我来又害他性命，于心何忍!"朱恩晓得他是个质直之人，遂依他说，仍复坐下道："既如此说，明日宰来相请。"叫浑家道："不要宰鸡了，随分有现成东西，快将来吃罢。莫饿坏了客人。酒烫热些。"施复道："正是忙日子，却来蒿恼。幸喜老哥家没忌讳还好。"朱恩道："不瞒你说，旧时敝乡这一带，第一忌讳是我家。如今只有我家无忌讳。"施复道："这却为何?"朱恩道："自从那年老哥还银之后，我就悟了这道理。凡事是有个定数，断不由人，故此绝不忌讳，依原年年十分利息。乃知人家都是自己见神见鬼，全不在忌讳上来。妖由人兴，信有之也。"施复道："老哥是明理之人，说得极是。"朱恩又道："又有一节奇事，常年我家养十筐蚕，自己园上叶吃不来，还要买些。今年看了十五筐，这园上桑又不曾增一棵两棵，如今够了自家，尚余许多，却好又济了老哥之用。这桑叶却象为老哥而生，可不是个定数?"施复道："老哥高见，甚是有理。就如你我相会，也是个定数。向日你因失银与我识面;今日我亦因失物，尊嫂见还。方才言及前情，又得相会。"朱恩道:"看起来,我与老哥乃前生结下缘分,才得如此。意欲结为兄弟,不知尊意若何?"施复道:"小子别无兄弟。若不相弃,可知好哩。"当下二人就堂中八拜为交,认为兄弟。施复又请朱恩母亲出来拜见了。朱恩重复唤浑家出来,见了结义伯伯。一家都欢欢喜喜。不一时,将出酒肴,无非鱼肉之类。二人对酌。朱恩问道:"大哥有几位令郎?"施复答道:"只有一个,刚才二岁。不知贤弟有几个?"朱恩道:"止有一个女儿,也才二岁。"便教浑家抱出来,与施复观看。朱恩又道:"大哥,我与你兄弟之间,再结个儿女亲家何如?"施复道:"如此最好。但恐家寒,攀陪不起。"朱恩道:"大哥何出此言!"两下联了姻事,愈加亲热。杯来盏去,直饮至更余方止。朱恩寻扇板门,把凳子两头阁着,支个铺儿在堂中右边,将荐席铺上。施复打开包裹,取出被来丹⑩好。朱恩叫声安置,将中门闭上,向里面去了。施复吹息灯火,上铺卧下,翻来覆去,再睡不着。只听得鸡在笼中不住吱吱喳喳,想道:"这鸡为甚么只管咭聒?"约莫一个更次,众鸡忽然乱叫起来,却像被甚么咬住一般。施复只道是黄鼠狼来偷鸡,霍地立起身,将衣服披着急来看这鸡。说时迟,那时快,才下铺,走不上三四步,只听得一时响亮,如山崩地裂,不知甚东西打在铺上,把施复吓得半步也走不动。且说朱恩同母亲浑家正在那里饲蚕,听得鸡叫,也认做黄鼠狼来偷,急点火出来看。才动步,忽听见这一响,惊得跌足叫苦道:"不好了!是我害了哥哥性命也,怎么处?"飞奔出来。母妻也惊骇,道:"坏了,坏了!"接脚追随。朱恩开了中门,才跨出脚,就见施复站在中间,又惊又喜道:"哥哥,险些儿吓杀我也!亏你如何走得起身,脱了这祸?"施复道:"若不是鸡叫得慌,起身来看,此时已为齑粉矣。不知是甚东西打将下来？"朱恩道："乃是一根车轴搁在上边，不知怎地却掉下来？"将火照时，那扇门打得粉碎，凳子都跌倒了。车轴滚在壁边，有巴斗粗大。施复看了，伸出舌头缩不上去。此时朱恩母妻见施复无恙，已自进去了。那鸡也寂然无声。朱恩道："哥哥起初不要杀鸡，谁想就亏他救了性命。"二人遂立誓戒了杀生。有诗为证。

> 昔闻杨宝酬恩雀，今见施君报德鸡。
> 物性有知皆似此，人情好杀复何为？

当下朱恩点上灯烛，卷起铺盖，取出稻草，就地上打个铺儿与施复睡了。到次早起身，外边却已下雨。吃过早饭，施复便要回家。朱恩道："难得大哥到此！须住一日，明早送回。"施复道："你我正在忙时，总然留这一日，各不安稳。不如早些得我回去，等空闲时，大家宽心相叙几日。"朱恩道："不妨得！譬如今日到洞庭山去了。住在这里话一日儿。"朱恩母亲也出来苦留。施复只得住下。到巳牌时分，忽然作起大风，扬沙拔木，非常利害。接着风，就是一阵大雨。朱恩道："大哥，天遣你遇着了我，不去得还好。他们过湖的，有些担险哩。"施复道："便是。不想起这等大风，真个好怕人子⑫！"那风直吹至晚方息。雨也止了。施复又住了一宿。次日起身时，朱恩桑叶已采得完备。他家自有船只，都装好了。吃了饭，打点起身。施复意欲还他叶钱，料道不肯要的，乃道："贤弟，想你必不受我叶钱，我到不虚文⑬了。但你家中脱不得身，送我去便担搁两日工夫。若有人顾一个摇去，却不两便？"朱恩道："正要认着大哥家中，下次好来往，如何不要我去？家中也不消得我。"施复见他执意要去，不好阻挡。遂作别朱恩母妻，下了船。朱恩把船摇动。刚过午，就到了盛泽。施复把船泊住，两人搬桑

叶上岸。那些邻家也因昨日这风，却担着愁担子，俱在门首等
候消息。见施复到时，齐道："好了，回来也!"急走来问道：
"他们那里去了不见? 共买得几多叶?"施复答道："我在滩阙
遇着亲戚家，有些余叶送我，不曾同众人过湖。"众人俱道：
"好造化，不知过湖的怎样光景哩?"施复道："料然没事。"众
人道："只愿如此便好。"施复就央几个相熟的，将叶相帮搬到
家里。谢声有劳，众人自去。浑家接着，道："我正在这里忧
你，昨日怎样大风，不知如何过了湖?"施复道："且过来见了
朱叔叔，慢慢与你细说。"朱恩上前深深作揖。喻氏还了礼。施
复道："贤弟请坐，大娘快取茶来，引孩子来见丈人。"喻氏从
不曾见过朱恩，听见叫他是贤弟，又称他是孩子丈人，心中惑
突，正不知是兀谁。忙忙点出两杯茶，引出小厮来。施复接过
茶，递与朱恩。自己且不吃茶，便抱小厮过来，与朱恩看。朱
恩见生得清秀，甚是欢喜。放下茶，接过来抱在手中。这小厮
却如相熟的一般，笑嘻嘻全不怕生。施复向浑家说道："这朱叔
叔便是向年失银子的。他家住在滩阙。"喻氏道："原来就是向
年失银的。如何却得相遇?"施复乃将前晚讨火落了兜肚，因而
言及，方才相会留住在家，结为兄弟。又与儿女联姻，并不要
宰鸡，亏鸡警报，得免车轴之难。所以不曾过湖。今日将叶送
回。前后事细细说了一遍。喻氏又惊又喜，感激不尽。即忙收
拾酒肴款待。正吃酒间，忽闻得邻家一片哭声。施复心中怪异。
走出来问时，却是昨日过湖买叶的翻了船，十来个人都淹死了，
只有一个人得了一块船板，浮起不死。亏渔船上救了回来报信。
施复闻得，吃这惊不小。进来说向朱恩与浑家听了，合掌向天
称谢。又道："若非贤弟相留，我此时亦在劫中矣。"朱恩道：
"此皆大哥平昔好善之报，与我何干!"施复留朱恩住了一宿。

到次早，朝膳已毕，施复道："本该留贤弟闲玩几日，便是晓得你家中事忙，不敢担误在此。过了蚕事，然后来相请。"朱恩道："这里原是不时往来的，何必要请。"施复又买两盒礼物相送。朱恩却也不辞。别了喻氏，解缆开船。施复送出镇上，方才分手。正是：

> 只为还金恩义重，今朝难舍弟兄情。

且说施复是年蚕丝利息比别年更多几倍。欲要又添张机儿，怎奈家中窄隘，摆不下机床，大凡人时运到来，自然诸事遇巧。施复刚愁无处安放机床，恰好间壁邻家住着两间小房，连年因蚕桑失利，嫌道住居风水不好，急切要把来出脱，正凑了施复之便。那邻家起初没售主时，情愿减价与人。及至施复肯与成交，却又道方员无真假^⑭，比原价反要增厚，故意作难刁蹬^⑮，直征个心满意足，方才移去。那房子还拆得如马坊一般。施复一面唤匠人修理，一面择吉铺设机床，自己将把锄头去垦机坑。约摸锄了一尺多深，忽锄出一块大方砖来。揭起砖时，下面圆圆一个坛口，满满都是烂米。施复说道："可惜这一坛米，如何却埋在地下？"又想道："上边虽然烂了，中间或者还好。"丢了锄头，把手去捧那烂米。还不上一寸，便露出一搭雪白的东西来。举目看时，不是别件，却是腰间细两头翘，凑心的细丝锭儿。施复欲待运动，恐怕被匠人们撞见，沸扬开去。急忙原把土泥掩好，报知浑家。直至晚上，匠人去后，方才搬运起来，约有千金之数。夫妻们好不欢喜！施复因免了两次大难，又得了这注财乡，愈加好善。凡力量做得的好事，便竭力为之。做不得的，他也不敢勉强。因此里中随有长者之名。夫妻依旧省吃俭用，昼夜营运。不上十年，就长有数千金家事。又买了左近一所大房居住，开起三四十张绸机，又讨几房家人小厮，把个家业收拾得十分完美。儿子观保，请个先生在家，教他读书，取名德胤。行聘礼定了朱恩女儿为媳。俗语说得好：六亲合一运。那朱恩家事也颇颇长起。二人不时往来，情分胜如嫡亲。

话休烦絮。且说施复新居房子，别屋都好，惟有厅堂摊塌坏了，看看要倒。只得兴工改造。他本寒微出身，辛苦作家惯了，不做财主身分，日逐也随着做工的搬瓦弄砖，拿水提泥。众人不晓得他是勤俭，都认做借意监工，没一个敢怠惰偷力。工作半月有余，择了吉日良时，立柱上梁。众匠人都吃利市酒去了。止存施复一人，两边检点，柱脚若不平准的，便把来垫稳。看到左边中间柱脚歪斜，把砖去垫。偏有这等作怪的事，左垫也不平，右垫又不稳。索性拆开来看，却原来下面有块三角沙石，尖头正向着上边，所以垫不平。乃道："这些匠工精鸟账⑯！这块石头怎么不去了，留在下边？"便将手去一攀，这石随手而起。拿开石看时，到吃一惊。下面雪白的一大堆银子，其锭大小不一。上面有几个一样大的，腰间都束着红绒，其色甚是鲜明。又喜又怪。喜的是得这一大注财物，怪的是这几锭红绒束的银子，他不知藏下几多年了，颜色还这般鲜明。当下不管好歹，将衣服做个兜儿，抓上许多，原把那块石盖好，飞奔进房，向床上倒下。喻氏看见，连忙来问："是那里来的？"施复无暇答应。见儿子也在房中，即叫道："观保快同我来！"口中便说，脚下乱跑。喻氏即解其意。父子二人来至外边，教儿子看守，自己分几次搬完。这些匠人酒还吃未完哩。施复搬完了，方与浑家说知其故。夫妻三人好不喜！把房门闭上，将银收藏，约有二千余金。红绒束的，止有八锭，每锭准准三两。收拾已完，施复要拜天地。换了巾帽长衣，开门出来。那些匠人，手忙脚乱，打点安柱上梁。见柱脚倒乱，乃道："这是谁个

弄坏了？又要费一番手脚。"施复道："你们垫得不好，须还要
重整一整。"工人知是家长所为，谁敢再言。流水自去收拾，那
晓其中奥妙。施复仰天看了一看，乃道："此时正是卯时了，快
些竖起来。"众匠人闻言，七手八脚。一会儿便安下柱子，抬梁
上去。里边托出一大盘抛梁馒首，分散众人。邻里们都将着果
酒来与施复把盏庆贺。施复因掘了藏，愈加快活，分外兴头。
就吃得个半醺。正是：

> 人逢喜事精神爽，月到中秋分外明。

施复送客去后，将巾帽长衣脱下，依原随身短衣，相帮众
人。到巳牌时分，偶然走至外边，忽见一个老儿庞眉白发，年
约六十已外，来到门首，相了一回，乃问道："这里可是施家
么？"施复道："正是，你要寻那个？"老儿道："要寻你们家
长，问句话儿。"施复道："小子就是。老翁有甚话说？请里面
坐了。"那老儿紧见就是家主，把他上下只管瞧看，又道："你
真个是么？"施复笑道："我不过是平常人，那个肯假！"老儿
举一举手，道："老汉不为礼了。乞借一步话说。"拉到半边，
问道："宅上可是今日卯时上梁安柱么？"施复道："正是。"老
儿又道："官人可曾在左边中间柱下得些财采？"施复见问及这
事，心下大惊，想道："他却如何晓得？莫不是个仙人。"因道
着心事，不敢隐瞒，答道："果然有些。"老儿又道："内中可
有八个红绒束的锭么？"施复一发骇异，乃道："有是有的，老
翁何由知得这般详细？"老儿道："这八锭银子，乃是老汉的，
所以知得。"施复道："既是老翁的，如何却在我家柱下？"那
老儿道："有个缘故。老汉叫做薄有寿，就住在南镇上东首，止
有老荆两口，别无子女。门首开个糕饼粉面茶食点心铺子，日
常用度有余，积至三两，便倾成一个锭儿。老荆孩子气，把红

绒束在中间，无非尊重之意。因墙卑室浅，恐露人眼目，缝在一个暖枕之内，自谓万无一失。积了这几年，共得八锭，以为老夫妻身后之用，尽有余了。不想今早五鼓时分，老汉梦见枕边走出八个白衣小厮，腰间俱束红绒，在床前商议道：'今日卯时，盛泽施家竖柱安梁，亲族中应去的，都已到齐了。我们也该去矣。'有一个问道：'他们都在那一个所在？'一个道：'在左边中间柱下。'说罢，往外便走。有一个道：'我们住在这里一向，如不别而行，觉道忒薄情了。'遂俱覆转身向老汉道：'久承照管，如今却要抛撒，幸勿见怪，那时老汉梦中，不认得那八个小厮是谁，也不晓得是何处来的。问他道：'八位小官人是几时来的？如何都不相认？'小厮答道：'我们自到你家，与你只会得一面，你就把我们撇在脑后，故此我们便认得你，你却不认得我。'又指腰间红绒道：'这还是初会这次，承你送的。你记得了么？'老汉一时想不着几时与他的，心中止挂欠无子，见其清秀，欲要他做个干儿，又对他道：'既承你们到此，何不住在这里；父子相看，帮我做个人家？怎么又要住别处去？'八个小厮笑道：'你要我们做儿子，不过要送终之意。但我们该旺处去的。你这老官儿消受不起。'道罢，一齐往外而去。老汉此时觉道睡在床上，不知怎地身子已到门首，再三留之，头也不回。惟闻得说道：'天色晏了，快走罢。'一齐乱跑。老汉追将上去，被草根绊了一交，惊醒转来，与老荆说知，就疑惑这八锭银子作怪。到早上拆开枕看时，都已去了。欲要试验此梦，故特来相访，不想果然。"

施复听罢，大惊道："有这样奇事！老翁不必烦恼，同我到里面来坐。"薄老道："这事已验，不必坐了。"施复道："你老人家许多路来，料必也饿了。见成点心吃些去也好。"这薄老儿见留他吃点心，到也不辞，便随进来。只见新竖起三间堂屋，高大宽敞，木材巨壮。众匠人一个个乒乒乓乓，耳边惟闻斧凿之声，比平常愈加用力。你道为何这般勤谨？大凡新竖屋那日，定有个犒劳筵席，利市赏钱。这些匠人打点吃酒要钱，见家主进来，故便假殷勤讨好。薄老儿看着如此热闹，心下嗟叹道："怪道这东西欺我消受他不起，要望旺处去！原来他家恁般兴头！咦，这银子却也势利得狠哩！"不一时，来至一小客座中施复请他坐下，急到里边向浑家说知其事。喻氏亦甚惊异，乃对施复道："这银子既是他送终之物，何不把来送还，做个人情也好。"施复道："正有此念，故来与你商量。"喻氏取出那八锭银子，把块布包好。施复袖了，分付讨些酒食与他吃。复到客座中，摸出包来，道："你看，可是那八锭么？"薄老儿接过打开一看，分毫不差，乃道："正是这八个怪物！"那老儿把来左翻右相，看了一回，对着银子说道："我想你缝在枕中，如何便会出了黄江泾。到此有十里之远，人也怕走，还要趁个船儿。你又没有脚，怎地一回儿就到了这里？"口中便说，心下又转着苦挣之难，失去之易，不觉眼中落下两点泪来。施复道："老翁不必心伤！小子情愿送还，赠你老人家百年之用。"薄老道："承官人厚情。但老汉无福享用，所以走了。今若拿去，少不得又要走了，何苦讨恁般烦恼吃！"施复道："如今乃我送你的，料然无妨。"薄老只把手来摇道："不要，不要！老汉也是个知命的，勉强来，一定不妙。"施复因他坚执不要，又到里边与浑家商议。喻氏道："他虽不要，只我们心上过意不去。"又道："他或者消受这十锭不起，一二锭量也不打紧。"施复道："他执意一锭也不肯要。"喻氏道："我有个道理在此。把两锭裹在馒头里，少顷送与他作点心。到家看见，自然罢了。难道又送来不成?"施复道:"此见甚妙。"喻氏先支持酒肴出去。薄老坐了客位,施复对面相陪。薄老道:"没事打搅官人,不当人子!"施复道:"见成菜酒,何足挂齿!"当下三杯两盏,吃了一回。薄老儿不十分会饮,不觉半醉。施复讨饭与他吃罢,将要起身作谢,家人托出两个馒头。施复道:"两个粗点心,带在路上去吃。"薄老道:"老汉酒醉饭饱,连夜饭也不要吃了,路上如何又吃点心?"施复道:"总不吃,带回家去便了。"薄老儿道:"不消得,不消得!老汉家中做这项生意的,日逐自有。官人留下赏人罢。"施复把来推在袖里道:"我这馒头馅好,比你铺中滋味不同。将回去吃,便晓得。"那老儿见其意殷勤,不好固辞,乃道:"没甚事到此,又吃又袖,罪过,罪过!"拱拱手道:"多谢了!"往外就走。施复送出门前,那老儿自言自语道:"来便来了,如今去不知就有便船?"施复见他醉了,恐怕遗失了这两个馒头,乃道:"老翁,不打紧,我家有船,教人送你回去。"那老儿点头道:"官人,难得你这样好心!可知有恁般造化!"施复唤个家人,分付道:"你把船送这大伯子回去,务要送至家中,认了住处,下次好去拜访。"家人应诺。

薄老儿相辞下船,离了镇上,望黄江泾而去。那老儿因多了几杯酒,一路上问长问短,十分健谈。不一时已到,将船泊住,扶那老儿上岸,送到家中。妈妈接着,便问"老官儿,可有这事么?"老儿答道:"千真万真。"口中便说,却去袖里摸出那两个馒头,递与施复家人道:"一官宅上事忙,不留吃茶了。这馒头转送你当茶罢。"施家人答道:"我官人特送你老人家的,如何却把与我?"薄老道:"你官人送我,已领过他的情了。如今送你,乃我之情。你不必固拒。"家人再三推却不过,只得受了,相别下船,依旧摇回。到自己河下,把船缆好,拿着馒头上岸。恰好施复出来。一眼看见，问道："这馒头我送薄老官的，你如何拿了回来？"答道："是他转送小人当茶，再三推辞不脱，勉强受了他的。"施复暗笑道："原来这两锭银那老儿还没福受用，却又转送别人。"想道："或者到是那人造化，也未可知。"乃分付道："这两个馒头滋味，比别的不同，莫要又与别人。"答应道："小人晓得。"那人来到里边寻着老婆，将馒头递与。还未开言说是那里来的，被伙伴中叫到外边吃酒去了。原来那人已有两个儿女，正害着疳膨食积病症。当下婆娘接在手中，想道："若被小男女看见，偷去吃了，到是老大⑰利害。不如把去大娘换些别样点心哄他罢。"即便走来向主母道："大娘，丈夫适才不知那里拿这两个馒头。我想小男女正害肚腹病，倘看见偷吃了，这病却不一发加重！欲要求大娘换甚不伤脾胃的点心，哄那两个男女。"说罢，将馒头放在桌上。喻氏不知其细，遂拣几件付与他去。将馒头放过。少顷，施复进来，把薄老转与家人馒头之事，说向浑家，又道："谁想到是他的造化！"喻氏听了，乃知把来换点心的就是，答道："原来如此！却也奇异！"便去拿那两个馒头，递与施复道："你拍这馒头开来看。"施复不知何意，随手拍开，只听得棹上当的一响。举目看时，乃是一锭红绒束的银子。问道："馒头如何你又取了他的？"喻氏将那婆娘来换点心之事说出。夫妻二人，不胜嗟叹。方知银子赶人，麾之不去；命里无时，求之不来。施复因怜念薄老儿，时常送些钱米与他，到做了亲戚往来。死后，又买块地儿殡葬。后来施德胤长大，娶朱恩女儿过门，夫妻孝顺。施复之富，冠于一镇。夫妇二人，各寿至八十外，无疾而终。至今子孙蕃衍，与滩阙朱氏，世为姻谊云。有诗为证：

六金还取事虽微，感德天心早鉴知。

滩阙巧逢恩义报，好人到底得便宜。

选自《醒世恒言》

【题解】

这篇小说的主角施润泽的身份在当时叫"机户",实是手工业主。他养蚕复织绸,经营得不错,靠的主要是辛勤劳作,还有他的忠厚、与人为善,本篇强调的是后一点,即德。手工业主做买卖图的当然是利,本无可厚非,但同时重德,也不是于利无补,德、利兼顾,自有好处。在亟需本钱的时候,施润泽却坚持把拾得的银子还给失主;在需要桑叶的时候,恰是失主给了他帮助,这似乎有点儿因果的意味,又确实是情理之所不免。他和失银者因而友好并结为亲家,遵从的还是朋友有义的古训。现代评论家认为这个作品最能表现手工业主"出外靠朋友"的心态,而一些史学家却又十分重视这个作品中反映的商品经济繁荣的若干情况。

【注释】

①蹭蹬:(cèng dèng):不得意。 ②风鉴:这里指看相的人。 ③行藏:行动,出处。 ④腾(téng)蛇纵理纹:鼻下左右两条纹。 ⑤赎锾(huán):赎金。 ⑥延算三纪:即延长寿命三十六年。 ⑦衣冠君子:指官绅。 ⑧员:同圆。 ⑨麻骨:麻秸。⑩黄同纸:这里指纸捻。 ⑪丹:同摊。 ⑫子:助词,无意义。 ⑬虚文:空客气。 ⑭方员无真假:地道的意思。 ⑮刁蹬:刁难。 ⑯精鸟账:骂人话,比喻专会敷衍、马虎。 ⑰老大:很,非常。